Budd Schulberg
Die Faust im Nacken
Schmutziger Lorbeer

Budd Schulberg
Die Faust im Nacken
Schmutziger Lorbeer

Zwei Romane in
einem Band

DIANA VERLAG ZÜRICH

DIE FAUST IM NACKEN
Aus dem Amerikanischen übertragen
von Werner Balusch
Titel der Originalausgabe
ON THE WATERFRONT
© 1955 by Random House
© der deutschsprachigen Ausgabe 1959 und 1986
by Diana Verlag AG, Zürich

SCHMUTZIGER LORBEER
Aus dem Amerikanischen übertragen
von George S. Martin
Titel der Originalausgabe
THE HARDER THEY FALL
© 1948 by The Bodley Head
© der deutschsprachigen Ausgabe 1953 und 1986
by Diana Verlag AG, Zürich

Printed in Germany
ISBN 3-905414-40-6
Umschlaggestaltung: Graupner & Partner GmbH, München
Umschlagfoto: Archiv Dr. Karkosch, Gilching
Druck und Bindung: Friedrich Pustet, Regensburg

INHALT

ERSTES BUCH

DIE FAUST IM NACKEN

Seite 7

ZWEITES BUCH

SCHMUTZIGER LORBEER

Seite 355

Erstes Buch

DIE FAUST IM NACKEN

ERSTES KAPITEL

Von Bohegan, der geschäftigen Hafenstadt, fiel der Schein vieler kleiner Lichtervierecke quer über den Hudson und ergoß sich über die ganze Hafenmetropole. Die wuchtigen Senkrechten der New Yorker Silhouette verloren ihre harten Konturen und wurden allmählich zu einer weichen, endlosen Kette von Menschenhand geschaffener Gebirge.
In den Städten, die sich um den Hafen herumgruppieren, drängten sich die Leute in den Untergrundbahnen zusammen – Menschen, die von der Arbeit nach Hause fuhren. Doch das Tagewerk am Fluß fand nie ein Ende. Bohegan unmittelbar gegenüber, am alten North River, wie ihn die Holländer einst nannten und wie er auch heute noch bei den Hafenarbeitern heißt, wimmelte es auf dem Pier 80 wie in einer Ameisen-City und mit der gleichen scheinbar chaotischen Ordnung – Tausende von Passagieren, Angehörige und Freunde, Zurufe, Umarmungen, flatternde Taschentücher – das ganze Ritual des Abschiednehmens. Seit dreihundert Jahren bis auf den heutigen Tag dasselbe Weinen und die Angst und das Lachen und die Hoffnungen und das Unvorhersehbare jeder Schiffsreise. In der Mitte des Stromes schien etwas mehr Ordnung in das Durcheinander zu kommen, und altmodische Fähren, Schlepper, Küstenfrachter, Kohlenkähne, eine vorbeirauschende *Queen* und ein gedrungener holländischer Hochseedampfer bahnten sich mühsam den Weg durch das Gewirr, ließen die Sirenen ertönen und fanden wie durch ein Wunder den richtigen Weg aneinander vorbei.
An einem Pier in Bohegan lag ein für Lissabon bestimmter portugiesischer Frachter; dort wurde noch bei Licht gearbeitet, Winden brummten und ächzten, und die Dockarbeiter, fünfzig und sechzig Jahre alte Iren und Italiener, setzten ihren Stolz darein, Schritt zu halten mit den Jüngeren, den Dreißigjährigen, die aus dem Zweiten Weltkrieg heimgekehrt waren, den Kerlen mit den breiten Schultern und muskulösen Armen und den Bäuchen, die zwanzig Jahre später vom Bier und dem Sitzen an den Bars dick geworden sein würden – dick vom Herumlungern an der

Theke nach der Schicht oder in der Wartezeit, dem nicht endenwollenden Warten auf Arbeit. Hier in Bohegan arbeiteten sie meist in Gruppen zu zweiundzwanzig, acht im Laderaum, acht auf dem Kai, vier an Deck, daneben noch zwei als Kranleute; jeder kannte des anderen Arbeitsrhythmus, als wären sie alle Kameraden derselben Fußballmannschaft. Sie arbeiteten in einem regelmäßigen, leichten, aufeinander abgestimmten Tempo, wobei die gefährlichste Arbeit in ganz Amerika – mehr Todesfälle sogar noch als in den Kohlengruben – sicher und wie beiläufig aussah. Stahlträger schienen völlig herrenlos herumzufliegen, als sie vom Kai zu den vorderen Ladeluken herüberschwangen: ein paar Zentimeter weiter nach links oder rechts – und sie würden vom Kopf des Arbeiters eine Scheibe absäbeln wie von einem Stück Käse, und wenn man die Füße nicht in Sekundenschnelle wegzieht, wenn die Greifer sich auf den Kai heruntersenken, dann lebt wohl, ihr Zehen! Mehr als ein Hafenarbeiter kann seine Zehen zählen, ohne dabei alle Finger benutzen zu müssen, und mehr als einer hat überdies auch nicht mehr alle Finger. Das ist alles ein Teil der Hafenarbeit. So ist es kein Wunder, wenn sich hier und da einer bekreuzigt, wie es Grubenarbeiter oder Stierkämpfer tun, bevor er in die Ladeluke hinuntersteigt.

Laden und Löschen ist Kunst und Fieber zugleich. Der Kaimeister sitzt einem die ganze Zeit im Nacken. Los! Laden, Löschen und 'rum mit dem Kran. Je schneller der Greifer die Last herunterläßt, absetzt und die nächste faßt, um so besser! Tja, damit ist Geld zu verdienen. Schaff die Drei-Tage-Arbeit in zwei Tagen – das gibt Dollars. Und dazu noch ganz legal. Oh, 's gibt noch viele andere Möglichkeiten für das einfache Volk, das sich an den Piers und in Bohegan auskennt. Es gibt viel mehr Wege, sich selbst von dem dicken Kuchen eine Scheibe abzuschneiden, als sich der rechtschaffene Bürgersmann träumen läßt. Wenn man bedenkt, daß Güter im Werte von sechzehn Milliarden Dollar jedes Jahr im Hafen umgeschlagen werden, was macht es da schon aus, wenn die Leute, sagen wir, sechzig Millionen in andere Kanäle leiten, durch Plünderung, Betrug, Bestechungen, gefälschte Löschbescheinigungen und Dutzende andere raffinierte Operationen?

Wen kümmert's? Die Schiffsgesellschaften etwa? Davon ist nichts zu merken. Die Hafenarbeiter? Von ihnen sind die meisten froh, daß sie zu arbeiten haben. Die Stadtväter? Über die lacht man am Hafen bestenfalls. Das Volk, das Publikum, du und ich? Kaum, wir zahlen bloß das bißchen drauf, die extra sechs oder sieben Prozent, die dem Verbraucher aufgehalst werden, weil der größte Hafen der größten Stadt im größten Lande der Welt wie ein privates Profitunternehmen geleitet wird.

Der Hafen von New York macht die Stadt New York aus, und die Stadt New York ist die Hauptstadt Amerikas, ganz gleich, was uns die Lehrer in der Schule weismachen wollen. Ein Anteil von acht Milliarden Dollar am Welthandel macht diesen Hafen zum Handelszentrum der westlichen Welt. Ja, du einfältiger Hendrik Hudson in deinem einfachen, kleinen Schiff, der du Indien hinter den Palisaden von Jersey suchtest – sieh dir deinen Hafen jetzt einmal an!

Da fährt eine Lkw-Ladung Kaffee ab. Kaffee ist in diesen Tagen knapp. Ein Aufseher leitet die Fuhre nach einem Lagerschuppen um, bloß nicht zu dem, für den sie bestimmt war. Der Lastwagenfahrer muß eine Quittung abliefern; wer aber wird in den nächsten sechs Monaten merken, daß die Quittung gefälscht war? Kaffee im Werte von dreißigtausend Dollar. Nichts leichter als das. Am Hafen wird nur mit großen Summen gerechnet. Kein Wunder bei den sechzehn Milliarden Ein- und Ausgängen. Wer wird dabei schon eine kleine Wagenladung Kaffee vermissen? Und bis vielleicht einmal irgendeine übereifrige Spürnase dahinterkommt, dann liegt die Geschichte schon so lange zurück, daß sie nichts weiter tun kann, als den Vorfall dem Aufseher zu melden, und der meldet ihn weiter an zwei oder drei höhere Instanzen, bis er glücklich einen Direktor der betreffenden Firma erreicht, der ihn seinerseits an die Versicherungsgesellschaft weitergibt. Man braucht den Verlust nur den Gesamtkosten zuzuschlagen, das gehört zum Geschäft, so sind die Spielregeln. Keiner merkt etwas davon außer dem Verbraucher, außer dir und mir, und wir sind viel zu gleichgültig, um uns groß darüber aufzuregen.

Am Flußufer auf der Boheganer Seite, wo sich die alten Hudson-America-Kaianlagen 300 Meter in den eigentlichen Hafen hinein erstreckten, war das Wasser faul und abgestanden; es war bedeckt von einer dünnen Schicht gesplitterten Holzes, halbgekenterten Bierflaschen, Ölschlick, toten Fischen und hier und da einem Präservativ, das jemand nach einer Nacht voller Lust ins Wasser geworfen hatte. In der Mitte war der Strom tief und prächtig, doch hier am Uferrand sah er aus wie eine Müllgrube. Auf Stelzen, die das Wasser angefressen hatte, über dem flachen Uferrand, im Schatten eines großen Ozeandampfers am Pier B und eines ägyptischen Frachters am Pier C, lag ein Bootshaus, das mit seinen zwei Räumen einmal in einer fernen, eleganteren Vergangenheit dem Boheganer Jachtklub gehört hatte. Seit Jahren war Bohegan jetzt eine Arbeiterstadt, ein Geschäftszentrum am Hafen und – versteht sich – ein Tummelplatz für allerlei Politiker.
Jetzt hatten sich in dem Boheganer Jachtklub Sportler anderer Art eingenistet. Ein Schild über der Tür lautete: Hafenarbeitergewerkschaft – Ortsgruppe 447. Jedermann wußte, was 447 in Bohegan bedeutete. Johnny der Freundliche. Und jedermann wußte, was Johnny der Freundliche bedeutete. Eben Johnny der Freundliche. Johnny der Freundliche war Leiter der Ortsgruppe und Stellvertretender Leiter, Sekretär, Schatzmeister und Delegierter in einer Person, wenn er auch seine Leute hatte, die auf diesen Posten saßen. Darüber hinaus war er Stellvertretender Leiter des Distriktsrats der Hafenarbeitergewerkschaft. Und darüber hinaus war er es, von dem es abhing, ob man in diesem Teile des Hafens Arbeit bekam und auch behielt; er war es, auf den allein es dabei ankam, wenn man von den paar Leuten absieht, die auf Grund besonderer Beziehungen zum Bürgermeisteramt Arbeit bekamen. Das ist aber noch nicht alles – Johnny der Freundliche stand auf ausgesprochen vertrautem Fuß mit Tom McGovern, einem Mann, dessen Macht so groß war, daß man seinen Namen am Hafen nur im Flüsterton auszusprechen wagte. Mr. Big hieß er in den Zeitungen und in den Bars; die einen hatten Angst vor seinem Regiment von Wall-Street-Juristen, die anderen fürchteten ganz einfach für ihr Leben.

Mr. Big, oder Big Tom, wie ihn seine bunt zusammengewürfelte Anhängerschaft nannte, war ein großer Freund des Bürgermeisters, und zwar nicht etwa nur des Popanzes, der ins Boheganer Rathaus von Johnny dem Freundlichen und den Stimmen seiner Gefolgsleute hineingewählt worden war, den Stimmen der *Hudson-American and Inter-State (McGovern) Stevedore Company*, sondern ein Freund des Oberbürgermeisters der ganzen Riesenstadt, neben der Hoboken, Weehawken, Bohegan, Port Newark und die übrigen wie reiche kleine Nebenadern um die eigentliche Haupt-Erzader herum wirkten. Tom McGovern war ein schwerer, aus eigener Kraft emporgestiegener, selbstbewußter Mann. Während Johnny der Freundliche die Kaianlagen von Bohegan gewissermaßen in der Tasche hatte und, wie man oft hören konnte, dabei nicht schlecht abschnitt, verfügte Tom McGovern über einen ganzen Stall derartiger Johnnys von Brooklyn bis Bohegan. Johnny der Freundliche wirkte wie eine zweihundert Jahre alte Eiche, die man dicht unter der 1,80-m-Grenze abgesägt hatte. Er hatte wuchtige Schultern und noch aus seinen Dockarbeiterzeiten her starke Arme und Beine. Er war das, was die Leute einen schwarzen Iren nennen, mit Augen, die wie kleine schwarze Marmeln aussahen, allmählich schütter werdendem Haar, das er ganz zu verlieren fürchtete, und einem Unterkiefer, den er weit nach vorn zu schieben pflegte, wenn er im Begriff stand, sein Gegenüber zusammenzudonnern. Er hatte die Statur, die man bei jenen abgebrühten Kerlen findet, die ein oder zwei Leute auf dem Gewissen haben und ihr Bier lieben und Fünf-Dollar-Beefsteaks auf fettgerösteten Zwiebeln mit überdimensionalen Portionen von Bratkartoffeln, um die sich ein Kranz netter kleiner Teiche goldbrauner Butter bildet. Johnnys Muskeln waren bereits von einer dünnen Fettschicht überzogen, doch traten sie noch immer deutlich hervor und kündeten von der Kraft, die in ihnen schlummerte.

Johnny der Freundliche war nie allein, außer wenn er schlief. Er war immer von seinen Leuten umgeben, und die waren genau so ein Teil seiner selbst wie die tausend Füße eines Tausendfüßlers. Seine Männer – »Johnnys verlängerter Arm« wurden sie gemeinhin genannt – wurden auf Grund von drei Eigenschaften ausgesucht; das heißt, sie mußten zwei dieser drei besitzen. »Meine Leute müssen handfest oder schlau plus loyal sein.« In Johnny dem Freundlichen, dessen bürgerlicher Name Matthew J. Skelly lautete, waren allerdings alle diese drei Qualitäten vereinigt, und darüber hinaus noch drei weitere: Rücksichtslosigkeit, Ehrgeiz und Gutmütigkeit. Letztere besaß einen Schuß Weichheit, fast könnte man sagen Weichlichkeit. Niemand wagte das natürlich auszusprechen, ja nicht einmal Notiz davon zu nehmen, aber Johnny der Freundliche hatte so eine Art, einem die Schulter zu drücken und zu tätscheln, während er mit einem sprach – vorausgesetzt er hatte einen gern. Und er faßte sehr starke, plötzliche und – von seinem Standpunkt aus – einleuchtende Sympathien und Antipathien. Er war nicht bloß gut zu seiner Mutter, obwohl er tatsächlich versuchte, die verblüffte alte Dame in die Kirche zu begleiten. Es geschah wohl auch, daß die Frau eines Hafenarbeiters in ihrer Verzweiflung zu Johnny kam und die altbekannte Geschichte erzählte, ihr Mann versaufe seinen Wochenlohn auf dem Wege von den Docks nach Hause und jetzt stehe sie da mit den fünf Bälgern und einer leeren Speisekammer. Dann sorgte Johnny regelmäßig dafür, daß das Geld direkt von der Kasse der Firma in das Haus der betreffenden Frau wanderte. Ein König zu Zeiten des Absolutismus hat nie eine größere Macht besessen, als Johnny der Freundliche, McGoverns Lehensmann, an den Docks bis tief nach Bohegan hinein besaß. Und manch ein König, von dem in den Geschichtsbüchern geschrieben steht, besaß weniger Mitempfinden für seine Untertanen. Johnny der Freundliche setzte Himmel und Hölle für sie in Bewegung. Das beschränkte sich keineswegs nur auf Geschenkkörbe zu Weihnachten, obwohl er auch die nicht vergaß, und zwar auf dem Wege über den Cleveland Democratic Club an der Dock Street, den er unter seiner Kontrolle hielt. Es kam ihm nicht auf eine Fünfzig-Dollar-Note mehr oder weniger an, verbunden mit einem freundschaftlichen Klaps auf die Schulter und einem heiseren »Ach was, ist schon gut, ich verstehe schon, Schwamm drüber!« Wirklich ein großer Mann in Bohegan, dieser Johnny

der Freundliche, hundertprozentig, wenn er für dich ist. Absoluter Nullpunkt, wenn er gegen dich ist.
Gerade jetzt näherte sich Johnnys innere Verfassung dem absoluten Nullpunkt. Seine Geduld, von der er, seiner eigenen Meinung nach, einen großen Vorrat besaß, war restlos aufgezehrt. Dieser Junge, der Doyle. Diese Rotznase, diese freche. Ein Querkopf und Störenfried. Es schien in der Familie zu liegen. Der Onkel, Eddie, lief schon damals mit Unterschriftensammlungen und derlei Zeug herum, als die Ortsgruppe gerade anfing. Johnny war damals noch ein Kind. Sie hatten Eddie Doyles Wagen kurz zusammengeschlagen und Joeys Vater hatte dabei ein paar Haare lassen müssen. Das Bein wurde dem alten Doyle im Winter seither immer steif, von der Kugel, die noch drin saß. Er schien aber wenigstens seine Lehre daraus gezogen zu haben.
Seit Jahren war er nun mit dem Verein ganz gut ausgekommen; er war zufrieden mit seinen Arbeitstagen und den vierzig, fünfzig Dollar die Woche. Stets bereit, einen Dollar für die Sammlung zu zahlen, die in den Wohlfahrtsfonds bei 447 mündete (und ebensoschnell wieder aus ihm verschwand). Gelegentlich, wenn irgend jemand von oben eine Versammlung in der Ortsgruppe abhalten wollte, hatte Papa Doyle genug gesunden Menschenverstand, der Versammlung fernzubleiben. Papa Doyle war in Ordnung. Johnny der Freundliche hatte nichts gegen ihn einzuwenden. Aber der Junge, dieses Milchgesicht, das noch nicht trocken hinter den Ohren war. Zwei Jahre in der Marine und gebärdet sich jetzt wie ein Fachmann in Seerechtsfragen: die Satzung der Gewerkschaft verlangte zweimal im Monat die Abhaltung einer Versammlung. Der Bursche hat doch tatsächlich die Stirn, hinzugehen und die Satzungen zu lesen. Das ist genau der Typ, den wir hier nicht brauchen können. Wir brauchen Kerle, die nichts weiter lesen können als die Totoformulare und die nach der Arbeit hingehen und einen hinter die Binde gießen. Friedfertige Staatsbürger, mehr brauchen wir hier nicht. Nun gut, sie sollten ihre Versammlung haben. Wir beriefen sie vierundzwanzig Stunden vorher ein, und zwar durch einen Anschlag am Schwarzen Brett hier im Büro. Schön, die Bekanntmachung

stand auf einem Fetzen Papier, drei Zentimeter hoch, aber in den Satzungen steht nichts darüber, wie die Bekanntmachung aussehen soll. Dort heißt es bloß, sie soll angemessen sein. Ich hab's ihnen angemessen gegeben. Bloß ungefähr fünfzig waren erschienen. Fünfzig von insgesamt fünfzehnhundert. Und die Hälfte waren unsere Leute. Ihr wißt schon, besonders loyale Mitglieder von 447. So wurden wir alle auf weitere vier Jahre gewählt. Dieser Joey Doyle inszenierte ein großes Geschrei, so daß Truck, dessen Nacken so breit ist wie bei sonst jemand die Schultern, so daß also Truck ihn mit nach draußen nehmen und beruhigen mußte. Er ist ein zähes Luder, dieser Joey Doyle. Sieht zwar gar nicht so aus, aber der ganze Gewerkschaftskomplex ist ihm anscheinend übel zu Kopf gestiegen. Genau wie seinem Onkel Eddie, der war auch nicht davon abzubringen. Und jetzt kommt der Trumpf. Der Gouverneur hat da eine Anzahl von Leuten, die bei ihm Staatliche Kriminalkommission heißen. Ein Haufen elender Heuchler, eine aufgeblasene Bande. Jetzt stehen sie ganz groß in den Zeitungen wegen der Untersuchung von Verbrechen im Hafengebiet und so. Der Gouverneur hat dem Tom McGovern seinerzeit manchen Gefallen erwiesen. Aber jetzt stehen die Wahlen bevor, und der Gouverneur braucht Stimmen. Da ist zunächst dieser Spaßmacher Kefauver und dann seine Kumpane, die auch mit von der Partie sein wollen. Man kann natürlich bloß darüber lachen. Wer soll sich denn mit diesen Gesellen in den gestreiften Hosen unterhalten? Man fängt bloß an, Sachen über Joey Doyle zu hören. Man hat ihn gesehen, wie er mehrfach in das Gerichtsgebäude hineinging, wo sie herumsitzen, weise Reden führen und wer weiß was alles tun. Ich habe Geduld. Im Stadtrat drinnen, da kannst du jeden Beliebigen fragen und der wird dir bestätigen, daß ich einer von den besonneneren Köpfen bin. Ich gehe nicht gleich die Wand hoch wie mein alter Freund Cockeye Hearn, Gott hab' ihn selig. Du wirst nie erleben, daß ich bei hellichtem Tag jemanden eins auswische, bloß weil ich seinen Haarschnitt nicht leiden kann. Bevor ich den Joey mit dem Arm aus dem Wege räume, schaue ich zu, ob ich ihn nicht mit etwas sanfteren Mitteln loswerde. Für solche Sachen habe ich Charley Malloy. Charley wird nicht umsonst »der Gent« genannt. Er besitzt eine wesentlich bessere Bildung als wir alle zusammen. Er studierte zwei Jahre in Fordham, man mag es glauben oder nicht. Und der Grund, warum er dort herausflog, war nicht etwa der, daß er zu wenig smart gewesen wäre. Er war ein bißchen zu smart. Charley hat Köpfchen. Er wurde geschnappt, als er Lösungen von Examensaufgaben verkaufte, das ist alles. Charley war immer smart. Der hätte eine Mordsfigur als Rechtsanwalt abgegeben. Er kann in einem Atemzuge Sätze sagen wie *»Jene Angelegenheit, auf die Sie Bezug nehmen und um derentwillen«* und dergleichen mehr. So habe ich also meinen Ruhestifter zu meinem Unruhestifter hingeschickt. Charley redet ganz vernünftig. Er sagt, er habe Joey gern und wolle ihm helfen, was auch stimmt. Es lasse sich vielleicht sogar ein Platz in dem Verein für einen hellen Jungen wie Joey finden. Wir tragen niemandem etwas nach. Ich habe eine Menge Leute hereingenommen, die mich anfangs geärgert hatten. Das zeigt nur, daß sie ganze Kerle sind. So was kann ich brauchen. Als aber Charley wie gegen eine Wand redet und unverrichteter Dinge zurückkommt und das Luder von einem Doyle anfängt, den Kriminalern Märchen zu erzählen, wo sich doch kein anständiger Hafenarbeiter tot in ihrer Gesellschaft erwischen lassen würde, was soll ich da tun – ihm einen Orden um den Hals hängen? Ich habe allezeit zu hart arbeiten müssen, um mir von so einem Lausejungen auf der Nase herumtanzen zu lassen.

Johnny und Charley, am Hafen der Inbegriff von Verbindlichkeit und Kultur, arbeiten also einen kleinen Plan aus. Der Vorzug lag in seiner Einfachheit. Keine verräterischen Schießeisen, nicht einmal das übliche Aufplatschen im Wasser. Im Büro auf dem knarrenden Schwimmdock am Flußufer sah Johnny noch einmal mit Charley und Sonny und Specs, die den verlängerten Arm beisteuerten, die Pläne durch. Johnny gehörte nicht zu den vielen Iren, die auf dem Standpunkt stehen: Zuerst mach ihn fertig – zum Denken ist dann hinterher noch Zeit genug. Er war mit vielen Italienern zusammen aufgewachsen und zog es vor, was er zu tun hatte, mehr auf sizilianische Art zu tun.

»Gut, Matooze«, sagte er zu Charley, »hol deinen kleinen Bruder und setz ihn an die Arbeit.«

Matooze hieß bei Johnny jeder, den er gut leiden konnte. Niemand wußte, wo das Wort herstammte oder was es bedeutete. Es genügte, wenn man wußte, daß man bei Johnny in gewissem Ansehen stand, wenn er einen Matooze nannte. Redete er aber einen mit Shlagoom an, dann war Vorsicht geboten. Dann war es ratsam abzureisen, nach Baltimore zu gehen oder sich sonstwie aus dem Staube zu machen. Charley hatte mehr als einen Ganoven bei der bloßen Nennung dieses erfundenen, dunklen Wortes *Shlagoom* käsebleich werden sehen. Johnny ging mit Charley, den Arm auf dessen Schulter, über den Laufsteg ans Ufer zurück.

»Du bist gepolstert wie ein Fußballkicker«, sagte er in anerkennendem Tone zu Charley. Charley war stets nett angezogen. Er ließ sich seine Mäntel vom Schneider machen. Jetzt trug er einen Kamelhaar, der wirklich großartig aussah. Als ob er von einem Kamel der oberen Zehntausend stammte. Und er paßte Charley noch viel besser, als er jemals dem Kamel gepaßt haben mochte. Johnny der Freundliche, wenn der sich für hundertfünfzig Dollar einen Anzug machen ließ, dann hing ihm der nach zwanzig Minuten verbeult am Körper, als ob er von der Stange wäre. Charleys Anzüge hingen ihm sauber und gebügelt am Leibe, ein weiterer Grund, der ihm den Namen Charley der Gent eingetragen hatte.

»Schön, Matooze«, sagte Johnny wieder, »ich bin dann drüben in der Kneipe.«

Damit war die »Friendly bar« gemeint, ein Stück weiter oben in der River Street. Johnnys Schwager Leo führte sie für ihn. Dort wurden ebenso viele Geschäfte abgewickelt wie im Gewerkschaftsbüro selbst. Pferdetoto, Roulette, Poker und natürlich Beutelschneidereien aller Art, besonders mit Pumpgeschäften; das alles wurde in der Bar erledigt. Das Hinterzimmer war Johnnys zweites Zuhause. Er besaß zwar eine Mietwohnung, doch suchte er sie höchstens auf, um zu schlafen oder sich mit einem Frauenzimmer zu vergnügen. Er hielt nicht viel von einem Heim. Er achtete darauf, daß seine Mutter eine nette Unterkunft hatte und er half seinen beiden Schwestern dabei, gut unterzukommen, brachte ihre Ehemänner als Steuereinnehmer und Geldverleiher unter, so daß sie sich ihren Lebensunterhalt leicht verdienen konnten. Johnny aber wuchs auf der Straße und in den Bars auf, wenn er auch eigentlich kein Mann war, der gern und viel trank. Labatts helles Bier liebte er sehr. Er wollte im Geschäft bleiben, hatte er doch eine große Anzahl strammer Kerle sich zu Tode saufen sehen.

Charley der Gent sagte in dem trockenen, ruhigen Tonfall, den er an sich hatte, »bis gleich, Johnny«, und wandte sich dem Mietblock zu, der eine Häuserreihe hinter dem Fluß lag. Es war ein kühler Herbstabend, und Charley liebte die Art, wie die Wäsche und all der Firlefanz auf den Leinen flatterte. Da hingen Hemden in bunten Farben, lange Unterhosen, Schlüpfer, Windeln und Kinderzeug. Die Armut des Hafenviertels hing da, so daß jeder sie sehen konnte, Baumwollsachen, hundertfach gewaschen, Pyjamas voller Flicken und Jungmädchenkleider, die schon keine Farbe mehr hatten, so verwaschen waren sie. Die Armut des Hafenviertels hing da, so daß jeder sie sehen mußte. Charley blickte zu den Wäscheleinen empor und dachte an all die Hausfrauen, die all die Wäsche wuschen, Tag für Tag, all das Zeug voller Schweiß und Kaffeestaub und Schmutz, den die Kinder an ihren Spielplätzen aufsammeln, und durchnäßte Babywindeln – schmutzige Wäsche, die eingeweicht, geseift, gespült, hinausgehängt und hereingeholt und gebügelt und zusammengelegt werden mußte, und das alles, nur um erneut schmutzig zu werden.

Arme Schlucker, dachte Charley – das waren so etwa seine sozialen Vorstellungen –, arme Schlucker, die das tagaus, tagein mitmachen mußten; doch so ist das nun einmal, oder wenigstens, so war es einmal. Ganz oben an der Spitze die ganz Großen wie Tom McGovern, in der Mitte Leute wie die Bürgermeister und Staatsanwälte und Richter und Leute wie Willie Given, der erste Vorsitzende der *International*, der jedesmal niesen mußte, wenn er mit Tom McGovern im Zug stand. Eine Stufe tiefer die örtlichen Herren wie Johnny der Freundliche, dann die Unterführer wie er selbst, dann die kleinen Typen, die auch noch an der Kurbel drehten, die Wucherer und Gauner, darunter die Masse des Fußvolkes, die Dockarbeiter und Stauer und Kraftfahrer, die Baseball spielten und mithalfen, wenn es galt, etwas auf die Seite zu bringen und zu guter Letzt ganz unten am Boden die Männer, die hauptsächlich von geliehenem Gelde lebten, das sie mit zehn Prozent Zinsen pro Woche zurückzahlen mußten, die ein Ding drehten, wenn sie es vor Hunger nicht mehr aushielten und die ihre 2,34 Dollar die Stunde nur bekamen, wenn ein Schiff mal fünfzehn Löschgruppen benötigte und auch der letzte Mann Arbeit hatte, außer den Neugeborenen, den Schmarotzern und den Rebellen.

Charley erreichte den Eingang zu dem Wohnblock, den er suchte, ein schmales, vier Stock hohes Gebäude, das vor sechzig Jahren aufgeführt worden war, als es darauf ankam, rasch Unterkunft zu schaffen für die vielen neuen Arbeiter, als die neuen (jetzt veralteten) Piers gebaut wurden und der Überseeverkehr großen Stils auch für Bohegan begann. Es wurde schon dunkel, aber eine Reihe Kinder spielte noch Ball auf der Straße. Vor den Hauseingängen standen einige ältere Leute und sahen zu. Der alte Doyle war da, ein Glas Bier in der Hand, mehr erschöpft von der Arbeit des Tages als er zugeben mochte, und neben ihm, fast wie sein menschliches Zubehör, stand Runty Nolan, mit der Figur eines Jockeys, ein Gnom von einem Mann, kaum ein Meter sechzig groß, mit einem Gesicht, das in den dreißig Jahren beständigen Widerredens aus den Fugen geraten war. Kein junger, mit der Zeit gehender, in Marinebegriffen denkender und modernen Gewerkschaftsideen anhängender Oppositioneller wie Joey Doyle, sondern eine unbelehrbare Schmeißfliege, ein geborener Quengler, stets auf der Seite dessen, der gegen Johnny den Freundlichen war, und zwar in seiner eigenen, grobschlächtigen, irischen Art, indem er Johnny ins Gesicht lachte, ihn mit allerlei Späßen stichelte, die zwar scharf geschliffen waren, aber doch keine unmittelbare Vergeltung herausforderten. Runty Nolan war wie ein alter Marinemann, ein ewiger Matrose, der nach dem Buchstaben ganz genau wußte, wie weit er seine Vorgesetzten reizen konnte ohne mit dem Kriegsgericht in Konflikt zu kommen. Mitglied von 447 seit den Tagen, da Tom McGovern und Willie Givens noch junge Dockarbeiter am Hafen waren, stand Runty 1955 noch genau da, wo er 1915 angefangen hatte, eine Art selbstgewählter Hofnarr des Hafens, aber zu stolz, um einem König zu dienen, ein Mann, der seine Nakkenschläge als Teil eines großen Streiches betrachtete, den er McGovern und Givens spielte. »Diese Brüder habe ich schon gekannt, als sie noch froh waren, mal eine Hammelkeule von einem Fleischwagen herunterklauen zu können«, lachte er oft, wenn er in der Zeitung las, daß McGovern zum Vorsitzenden irgendeines neuen Hafenkomitees ernannt worden war, oder daß man Givens fünfundzwanzigtausend plus Spesen jährlich auf Lebenszeit zuerkannt hatte. »Ich würd' dem Lackel keine fünfundzwanzig Cent zahlen«, pflegte er dann ausgerechnet einem Mitläufer von Johnny dem Freundlichen zu erzählen, wohl wissend, wie der darauf reagieren würde, wenn jemand seinen Herrn und Meister, den erhabenen Vorsitzenden der International Longshoremans Union, beleidigte.

Runty hatte wie gewöhnlich einen geladen, und Papa Doyle genoß sein Bier still vor sich hin, auch wie gewöhnlich, ein Mann, dessen Gesichtszüge durch all die schweren Jahre gekennzeichnet waren, Schultern und Rücken leicht gekrümmt von dreißig Jahren Gebeugtgehen unter Kaffeesäcken und schweren Kisten; lange Zeit hindurch hatte er von einem besseren Los für die Hafenarbeiter geträumt und gelegentlich nach dem dritten oder vierten Bier von der enttäuschten Hoffnung auf Gründung einer Gott wohlgefälligen neuen Hafenarbeitergewerkschaft geredet; doch jetzt war er müde geworden, seine geliebte Frau war unter der Erde und etwas von seinem Mannestum und seiner Widerstandskraft war mit ihr gegangen und begraben; so war er es jetzt zufrieden, auf dem Treppenabsatz vor dem Hause zu sitzen, das Bier wie einen kühlen Strom in der Kehle zu spüren und über Runty Nolans schlaue Sticheleien und Späße zu grinsen.

»Na, wenn das nicht Bruder Malloy ist«, ließ sich Runty mit dem unvermeidlichen Lachen in der Stimme vernehmen, einem Lachen, das auch all die Jahre mit ihren Nackenschlägen nicht hatten zum Schweigen bringen können. Runty nannte jeden aus dem Kreise von Johnny dem Freundlichen mit besonderer Betonung »Bruder«, und die Männer konnten nie ein Lachen oder Lächeln unterdrücken, wenn Runty Nolan auf diese seine eigene Art durch die Blume jedem, der es hören wollte, zu verstehen gab, was er von Johnnys gewerkschaftlicher Bruderschaft hielt.

»Hallo, Jungens«, sagte Charley leutselig. Er konnte Runty, den unverbesserlichen Dreimalklugen, nicht ausstehen; Runty mischte sich in alles drein und kam nur deshalb um Mord und Totschlag herum, weil er klein war und irgendwie komisch wirkte. Charley fühlte sich auch keineswegs wohler, als er Pop Doyle sah; der Alte bewies in seinem stillen Gehaben eine passive Resistenz, die einem auf die Nerven gehen konnte, wenn man ein empfindlicher Mensch war. Das Dumme an mir ist, dachte Charley bei sich, daß ich mir dieses Zeug so zu Herzen gehen lasse. Acht Jahre bin ich jetzt bei Johnny, und ich nehm's mir immer noch zu Herzen. Eigentlich müßte ich längst drüben im Rathaus sitzen; dort könnte ich mein Schäfchen viel besser ins Trockene bringen, ohne mich um diese schmutzige Arbeit kümmern zu müssen. Da brauchst du bloß kleine Kinder aller Altersstufen zu küssen und im übrigen das Geld einzustreichen. Ja, eines Tages. Eines Tages würde er vielleicht *Commissioner* werden. Vielleicht sogar Polizeikommissar. Wie Johnnys alter Freund aus den Alkoholschmuggelzeiten, der Donnelly. Donnelly war jetzt Beauftragter für öffentliche Sicherheit und fuhr ganz nett dabei. In Bohegan war das gar nichts Besonderes. Drüben überm Fluß in der City, da war es allerdings viel komplizierter. Ein Staatsanwalt konnte sich zwar durchaus von Tom McGovern einladen und sich's im Hafenviertel wohl sein lassen, aber der war eben keineswegs so ein Typ wie Donnelly. Hier in Bohegan hatte jeder eine Chance. Charley blickte den alten Mann an, den Doyle, dessen Sohn das Ziel von Charleys Auftrag war. Pop Doyle, dachte Charley, wieviel Arbeit und Kummer hatten sich unauslöschlich diesem alten irischen Gesicht eingeprägt. Und jetzt wieder neuer Kummer. Und Charley der Gent, der bei aller ihm innewohnenden Geldgier empfindsame Anwandlungen hatte, mußte der Überbringer sein.

Bedacht, seinen mattglänzenden Kamelhaarmantel mit der schmierigen Tür und den Wänden des Hausflurs nicht in Berührung kommen zu lassen, trat Charley in den dunklen Eingang der Mietskaserne. Es war eines der Gebäude, das den bekannten Hang der Stadtväter zur Modernisierung ins Lächerliche verkehrt. Vor fünfzehn Jahren war über dem Haus wahrscheinlich nur deshalb nicht der Stab gebrochen worden, weil unter der Hand ein Geschäft zwischen dem Eigentümer und dem Beauftragten des Wohnungsbaukommissars abgewickelt wurde. Die Wände im Treppenhaus waren rissig und schmierig und mit allerlei Notizen bekritzelt, Beschwerden und Grußworte einer langen Kette von Bewohnern, was zu einer Art archäologischer Schichtung primitiver Nachrichtenübermittlung geworden war. Die Zubereitung von mindestens einem halben Dutzend verschiedener Mahlzeiten hatte in dem vierstöckigen Bienenkorb einen warmen, süßsauren Dunst erzeugt, den Charley immer instinktiv mit einem Leben in Verbindung brachte, dem er Gott sei Dank entflohen war. Das Durcheinander von Tönen und Geräuschen, das ganze Irrenhaus – immer schreit ein Baby und ein größerer Bengel verhaut einen kleineren, der wiederum haut zurück und brüllt dabei, so laut er kann, und die geplagte Mutter ist drauf und dran, beide zu verprügeln, und ein Ehepaar, das sich mit endlosen Tiraden unter großem Stimmaufwand über irgendein unverständliches Thema streitet, und das Stakkato einer Musiksendung im Radio und die Murphys, die sich trotz ihres Alters noch immer wie ein Liebespaar benehmen und miteinander lachen, und einer, der Frankie Laine mit höchster Lautstärke zum besten gibt, »*This cheating heart ... depends on you-hoo ...*«

Alles war heiser und aufdringlich und unhygienisch, und noch vielerlei mehr, aber etwas mußte man sagen: es hatte Leben. Es bildete keinen unwesentlichen Teil der geheimnisvollen Frage,

worauf sich die menschliche Gemeinschaft eigentlich gründet und wozu sie da ist.
Charley Malloy versuchte, seine Gedanken davon abzuhalten, in die dunklen Kammern dieses Geheimnisses abzuwandern. Mit der ein wenig unbeteiligt wirkenden Manier eines Versicherungsagenten, der einen Unfallkranken überprüft, stieg er mühsam die Treppen empor, blieb auf dem dritten Absatz stehen und ärgerte sich ein wenig über sich selbst, weil er so außer Atem geraten war. Er sollte eigentlich wieder mit Handball anfangen. Ein Mann von fünfunddreißig sollte besser in Form sein. Vielleicht war es Zeit, eine bestimmte Diät einzuhalten. Der Arzt hatte gesagt, er habe fünfundzwanzig Pfund zu viel. Alle sind hierzulande zu dick. Es geht ihnen allmählich zu gut. Außer solchen Halunken wie Pop Doyle. Der hatte kein halbes Pfund zu viel auf den Knochen. Das Beste an Pop Doyle war in Form von Schweiß den Körper heruntergelaufen und irgendwo unten zwischen den Schiffsplanken verronnen. Wie ein Versicherungsagent kletterte Charley Malloy die letzte Stiege bis zum Dach hinauf. Bloß, daß sich im vorliegenden Fall der Unfall erst noch ereignen sollte.

ZWEITES KAPITEL

Man konnte auf den Dächern der Mietshäuser die ganze Strecke von der Dock Street bis zur Ferry Street hinübergehen, wenn der Weg auch nicht gerade eben war, sondern erhebliche Niveauunterschiede aufwies. Dann zum Beispiel, wenn ein dreistöckiges Gebäude zwischen zwei vierstöckigen eingezwängt lag und auch Häuser mit der gleichen Anzahl Stockwerke ungleich hoch waren, so daß die Dachfront der ganzen Straßenzeile wie eine große, mehrstufige Theaterbühne wirkte. In den letzten Jahren waren auf diesen Dächern so viele Fernsehantennen emporgeschossen, daß man meinte, in einem Wald von Stahlgezweig herumzuwandern. Und zwischen den Antennen waren wieder Wäscheleinen gespannt, und fast auf jedem Dach gab es einen Taubenschlag, denn Brieftauben zu halten war immer noch ein beliebter Sport in Bohegan, bot er doch die Chance, sich über die Grenzen, die durch Backstein und Mörtel gezogen waren, emporzuschwingen. Hinauf in den schwerelosen Himmel stiegen die hübschen, geflügelten Belgier, und wenn es auch in dem täglichen Leben dieses Elendsviertels kaum mehr als Schmutz und Schweiß und grenzenlose Eintönigkeit gab, so konnte man wenigstens hier oben auf dem Dach mit Hilfe der Vögel in eine freiere, reinere Welt hinüberreichen.

Charley stand auf der obersten Stufe, die vom vierten Stock auf das Dach hinaufführte, einen Augenblick still und beobachtete seinen jüngeren Bruder, der am Dachrand mit einer langen Stange in der Hand zu Gange war. Am Ende der Stange war, wie eine kleine weiße Fahne, ein etwa zwanzig Zentimeter langer Stoffetzen befestigt, der dazu diente, die Vögel von der Landung abzuschrecken und sie zum Training länger in der Luft zu halten. So flogen sie immer wieder in großen Kreisen herum, wohl an die dreißig, nicht etwa in einer klaren Marschordnung hinter der Führertaube formiert, wie es Enten- oder Menschenformationen zu tun pflegen, sondern in ungeordnete, natürliche Haufen auseinandergezogen.

Tauben, dachte Charley bei sich, blöde Kinderei. Warum wird der Kerl eigentlich nie erwachsen? Er ist schon achtundzwanzig Jahre alt. Vielleicht hat er einen gegen den Schädel gekriegt, als er Preisboxer in Bohegan war. Als ob das schon etwas wäre! Man braucht ihn bloß anzusehen; mal war er der aussichtsreichste Boxer von Bohegan. Nachdem Truck Amon sich Joe Louis anschloß, als Joe auf große Tour durch die Staaten ging. Ja, Truck verdient sich jetzt wenigstens sein Brot als Handlanger für Johnny den Freundlichen, aber dieses Kind hier, was aus dem noch einmal werden soll? Ein erwachsener Mann, der immer noch ein halbes Kind ist. Trotz seiner etwas zu dicken Nase und den leicht verquollenen Augen, eigentlich ein ganz gutaussehender junger Bursche, wenn man von der Nase absieht, und den Narben im Gesicht, ein Kind, das zu Charley immer wie zu einem Vater aufschaut, weil ihr leiblicher Vater vergaß, daß er ein

Vater war und in irgendeinen eingebildeten, imaginären Himmel abschwamm und schließlich weder tot noch lebendig war, jedenfalls für Charley und Terry. Das einzige, was sie überhaupt von ihm bekommen hatten, war der Name Malloy. Charley war auf sich allein gestellt gewesen; er mußte zusehen, wo er blieb, und sich auf seinen Verstand verlassen. Er sorgte für den Kleinen, den Terry, so viel er konnte, aber was kann man schon für einen Burschen tun, der nichts weiter im Sinn hat, als mit einer blöden Stange nach einem Haufen blöder Vögel zu schlagen? Und ein paar Jungens anzuführen, Jungens aus der Nachbarschaft in blauen Leinenhosen und Basketballjacketts mit dem Abzeichen »Golden Warriors« in Großbuchstaben auf dem Rücken, eine Bande von angehenden Fürsorgezöglingen mit Namen Billy Conley und Jo-Jo Delaney, die Terry mit seinen Tauben halfen und zu ihm aufschauten, als ob er ein großes Tier wäre und nicht bloß Terry Malloy, der Exboxer, der eine kurze Zeit hindurch etwas gegolten hatte und jetzt von den anderen Großen dieser Gegend nur noch deshalb akzeptiert wurde, weil er das Glück hatte, der Bruder von Charley dem Gent zu sein.
Charley war hinter Terrys Rücken heraufgekommen, bedachte die beiden »Warriors vom Dienst« mit einem geringschätzigen Blick und redete seinen Bruder jetzt mit leiser Stimme an, doch der Junge – wie die meisten Leute ihn noch immer nannten – erschrak bei dem unerwarteten Erscheinen seines Bruders und drehte sich rasch um.
»Oh, Charley, ich hab' gar nicht gehört, daß du heraufgekommen bist.«
Er ließ die Stange herunter, und der Leitvogel, eine kräftige, blau gemusterte Taube, sich ihrer Bedeutung bewußt, landete in einem kreisförmigen Anflug auf dem Dach des Taubenschlages, worauf die anderen das gleiche taten.
»Ich bereite sie auf das Rennen von Washington vor«, sagte Terry. »Das letztemal war ich Zwölfter. Nummer Eins in der ganzen Umgebung. Das hat mir ein paar hundert Dollar eingebracht.«
Charley betrachtete die Tauben und war gelangweilt. »Jungens,

trollt euch«, sagte er zu den beiden »Warriors«. »Ich will mit Terry allein sprechen.«
Die beiden Burschen zogen sich mit dem mürrischen Gehorsam von Soldaten zurück. Das Prestige, das Charley der Gent in dieser Gegend genoß, war etwa mit dem eines Armeeadjutanten zu vergleichen. Der Tag würde noch kommen, an dem es diesen Burschen darum zu tun sein würde, irgendeinen Posten in der einzigen Organisation zu erhalten, die am Hafen eine Zukunft hatte.

»Man« – womit jeder von Johnny dem Freundlichen bis hinunter zum letzten Arbeiter gemeint sein konnte – wolle mit Joey Doyle sprechen. Joey habe sie an der Nase herumgeführt. Die ganze Zeit, seit er zur Kriminalpolizei ging, und als er merkte, daß Sonny hinter ihm her war, sei er nie mehr nachts allein ausgegangen, immer habe er zwei oder drei junge, kräftige Hafenarbeiter zum Schutz bei sich gehabt. Johnny wollte Joey allein haben. Es sei außerordentlich wichtig, daß sie mit ihm redeten. Ehe Joey hinging und etwas Törichtes täte. – Da hatte Charley plötzlich einen Einfall. Das war genau, was man von ihm verlangte: Einfälle. Er sah sich die Tauben jetzt aufmerksam an.

Auch Joey Doyle züchtete Tauben. Die ganzen letzten Jahre hatte eine freundschaftliche Rivalität zwischen ihm und Terry bestanden. Eine freundschaftliche Piraterie. Es gab einen alten Trick: man befestigt ein Stück Stoff am Bein einer Taube. Jede Taube ist unverbesserlich neugierig. So kommt es vor, daß manchmal ein fremder Vogel der eigenen Taube in den Schlag folgt. Terry war auf diese Weise zu ein paar ganz netten Neuzugängen gekommen. Heeresbrieftauben und alle möglichen anderen Preisträger, die von ihrem Kurs abgekommen waren. Bei jedem Fernflugwettbewerb gingen Hunderte von Tauben verloren. Manchmal flogen welche mit anderen mit. Terry hatte das Charley gegenüber einmal erwähnt, und Charley hatte kaum hingehört, weil er immer glaubte, daß diese Taubenhalterei eigentlich eine Spielerei für Kinder sei. Das war einer der Gründe, warum Terry immer noch nicht erwachsen war. Achtundzwanzig Jahre

alt und keine ständige Arbeit und nichts im Hafen zu tun, wo es leicht war, zu Geld zu kommen, wenn man bloß den einen oder anderen Trick wußte. Es gab wirklich keine Entschuldigung, nicht eine einzige Entschuldigung für einen, der nicht jede Woche ein kleines Sümmchen beiseite bringen konnte. Bloß ein bißchen Initiative, das war alles. Charley war kein Motor, kein Hansdampf in allen Gassen wie Johnny der Freundliche. Aber er war Gott sei Dank auch kein Herumtreiber, kein Tunichtgut wie dieser armselige Hanswurst von einem jüngeren Bruder, der so langsam von Begriff war, daß er erst merkte, daß es regnet, wenn es schon zu regnen aufgehört hatte. Hatte das Boxen ihm geschadet? Schwer zu sagen. Terry war gar nicht ohne gewesen, bevor diese kleinen Blutgerinnsel seinen Verstand und seine Reflexe mit weggeschwemmt hatten. Vielleicht hatte es auch etwas mit dem Tode der alten Dame zu tun. Charley war damals sechzehn, Terry gerade neun. Er hatte es sich sehr zu Herzen gehen lassen. Ein, zwei Jahre hinterher hat er kaum ein Wort geredet. Die Ärzte hatten irgendein ausgefallenes Wort dafür. Irgend etwas in einem ruft ein so merkwürdiges, so gemeines und so enttäuschendes Gefühl hervor, daß man auf nichts mehr reagiert. Gerade das Boxen war es, das Terry ein bißchen aus den anderen herausgehoben hatte. Gleich von Anfang an war er den anderen Burschen überlegen, und es gab ihm eine gewisse Stellung. Droben in dem Haus, in das sie ihn hineinsteckten, es hieß St.-Jakobs-Heim, da konnte er schon die Fünfzehnjährigen verprügeln, als er erst elf war. Das gab ihm eine gewisse Sicherheit. Etwas davon war ihm noch geblieben, ein kleines bißchen, zum Beispiel die Art, wie er die Schultern drehte, wenn er ging, und die Art, wie er die Hände hielt und wie er sich innerlich fühlte, und die Bewunderung, mit der man ihm gelegentlich nachsah, wenn er die River Street entlangschlenderte – »da geht Terry Malloy. War mal ein ganz guter Boxer.«
»– ich dachte, du könntest ihn mal herrufen und ihm sagen, du hättest eine seiner Tauben; dann kommt er mal aufs Dach, damit ein paar von den Leuten sich mit ihm unterhalten können«, sagte Charley.

Terry runzelte die Stirn. Er mußte noch ein paar Jungtauben beringen und den Schlag saubermachen, und dann hatte er sich auch vorgenommen, mit Chick und Jackie ein bißchen zu würfeln, dann zur Bar an der Ecke hinüberzugehen, ein paar Glas Bier zu trinken und den Boxkampf des Tages im Fernsehen anzuschauen. Das einzig Unangenehme an Charley und Johnny war, daß sie immer arbeiten mußten. Bei Tag und bei Nacht war immer irgend etwas los, um das man sich kümmern mußte. Das ist der Nachteil, wenn man zu hoch hinaus will.
»Hast du verstanden, was ich gesagt habe?« hörte er Charley sagen.
»Ja, ja, ist schon recht, ist schon recht«, sagte Terry. »Es klingt 'n bißchen komisch, aber ...«
»An dir ist's nicht zu fragen, warum«, zitierte Charley.
»He? Was sagst du?«
»Poesie. Kipling, glaube ich.«
»Du mit deinen geschwollenen Redensarten«, sagte Terry und war stolz auf Charleys Bildung und Verstand. »Spaß beiseite, Charley, als man dich zusammensetzte, hat man dir eine Extrazunge eingebaut.«
»Das war auch gut so«, sagte Charley. »Denn seither habe ich immer für uns beide zugleich reden müssen.« Er gab Terry einen freundschaftlichen Klaps auf die Schulter und benahm sich dabei unbewußt wie Johnny der Freundliche.
»Nun los. Fang nicht an zu trödeln. Johnny legt großen Wert darauf, großen Wert. Sag' ihm, du willst hier auf dem Dach mit ihm reden, und komm dann 'rüber in die Kneipe, ich warte da auf dich.«
»Nun gut, nun gut«, sagte Terry langsam. Er war wie ein Bub, dem der Vater befiehlt, der Mutter beim Abtrocknen in der Küche zu helfen.
Charley sah sich noch ein letztes Mal um, als er auf die steile Treppe zuging, die vom Dach herunterführte. »Mein Gott, ist das dreckig hier oben«, sagte er.
»Glaubst du etwa, dies wär der Dachgarten vom Waldorf Astoria?« sagte Terry.

»Na, ein Schweinestall ist immer sauber – jedenfalls vom Schwein her gesehen«, sagte Charley sanft. »Bis gleich, alter Junge, spute dich. Und übrigens, kannst was dabei verdienen.«
Der untadelige Kamelhaarmantel, ein seltsames Bild hier oben auf dem Dach, das mit Ruß von den umliegenden Fabriken verdreckt und von Taubenmist verunreinigt war, verschwand in der Wendeltreppe. Ein lauter, heiserer Sirenenton von der *United States*, die in der Mitte des Stromes der Hafenausfahrt zustrebte, ließ Terry für einen Augenblick vergessen, was er zu tun hatte. Diese Lotsen, er wünschte, er hätte auch mal irgend so etwas lernen können. Es gab bloß hundert im ganzen Hafen, und sie verdienten durchschnittlich fünfzig Dollar die Stunde. Fünfundzwanzigtausend im Jahr, bloß für das Steuern eines Schiffes. Das einzig Dumme daran war bloß, daß die meisten von ihnen nach einiger Zeit durch die dauernde Belastung zu Boden gingen. Aber sie hatten ja dann ihre Pension, und im übrigen war ja auch was dran, an Bord der *United States* oder der *Liberté* zu gehen und das Kommando vom Kapitän zu übernehmen. Dann gehört dir die ganze *Liberté*, und du fährst mit ihr wie mit einem Ruderboot mit Außenbordmotor und steuerst sie in der Hauptfahrrinne hinunter und hinaus aus dem Hafen bis an das letzte Leuchtfeuer. »Okay«, sagst du dann, »von hier an ist es leicht, kein Problem mehr, bloß noch offene See. Hier, mein Lieber«, sagst du dann zu dem Vierstreifenmann mit seinen Reihen von Ordensbändern auf der Brust, »ich glaube, von hier an können Sie sie selber übernehmen.«
Terry fuhr mit der Hand in den Taubenschlag und griff mit geübter Hand das nächste Tier; sorgsam senkte er seine Hand von oben herab und öffnete sie über dem Rücken des Vogels weit von Flügel zu Flügel, so daß ihm die Taube ruhig in der Hand lag und die übrigen Tiere nicht in Unruhe versetzte. Er schob die Taube in seine schwarz-rot karierte Windjacke. Diese gottverfluchten 447er, dachte er. Früher oder später steckten sie die Nase überall hinein, sogar hier in diesen seinen Taubenschlag, der doch ihm ganz allein gehörte.
Als er den Treppenabsatz im dritten Stock erreichte, hockten

Billy und Jo-Jo ein paar Stufen tiefer und beschäftigten sich
mit einem improvisierten Kreuzerl-Spiel.
»He, Terry, wohin willst du?«
»Ins Yankee-Stadion, ich und Marciano«, sagte Terry.
»Spaß beiseite, Terry, können wir mitkommen?« Und Jo-Jo:
»Klar, Terry, wir kommen mit.«
Terry hatte diese Burschen gern. Ordentliche, handfeste Kerle.
Sie würden alles für ihn tun. Machten immer kleine Botengänge für ihn. Er war für sie ungefähr das, was Johnny der
Freundliche für ihn selbst war. So ging es in diesem Viertel
zu. Man brauchte jemanden, der sich um einen kümmerte.
»Haut ab«, sagte Terry gutgelaunt und stieg die Treppe hinunter, während er der Taube in der Windjacke den Kopf streichelte, um sie zu beruhigen.
Die beiden Jungen sahen sich grinsend an; sie fühlten sich wohl
angesichts der Wärme und Vertraulichkeit, die aus Terrys Bemerkung sprach, und setzten ihr Spiel fort.
Terry bog um die Ecke, ging die enge Gasse hinunter und in
einen offenen Hofraum hinein, der von den Hausbewohnern
als Ablageplatz für leere Konservendosen und alte Zeitungen
benutzt wurde. Vorausschauende Planung und Sorge für die
Kleinen – oder auch einfacher, gesunder Menschenverstand –
hätten aus diesem Hofraum einen vernünftigen Kinderspielplatz
machen können. Statt dessen war dieser mit Gerümpel aller Art
bedeckte Ort ein schmutziges, rechteckiges Denkmal mangelnden
Bürgersinns – oder Verzweiflung – oder wie man es auch
sonst nennen mochte. Ein paar halbverhungerte, verwilderte
Katzen streunten zwischen den Abfallresten herum. Der Hudson war jetzt so schwarz wie ein Strom vergossenen Öls und
schien auch ebenso träge und dick dahinzufließen. Aber die
Schiffe und Boote waren mit ihrem ruhelosen Kommen und
Gehen in ständiger Bewegung. Einlaufen, Löschen, Auslaufen.
Ladung plus Bewegung ist gleich Geld. Und der Hafen war ein
gieriges Tier. Der Hafen war ein lockendes Weib mit Polypenarmen.
Als Terry unter Joeys Fenster vorbeikam, konnte er jeman-

den von fern mit tonloser, schaurig klingender Stimme singen hören. Irgendein Betrunkener, ein besoffener Hund, der seine von Whisky verrottete Stimme zu einem Lied zwang, das keiner hören wollte:
>*Tippi tippi tin tippi tin*
tippi tippi tan tippi tan ...«

Terry blickte zu Doyles Fenster hinauf. Die Sicht war ihm durch all die Wäsche, die auf den Leinen hing, und durch das Netzwerk der Feuerleitern etwas behindert. Er tastete nach der Taube in seiner Jacke. Sie fühlte sich nett und warm und friedlich an. Er wünschte, er brauchte Joey nicht herauszurufen. Er kam mit Joey ganz gut aus. Er neckte ihn immer, seine Vögel wären nichts weiter als ein Haufen armseliger Parkenten und dergleichen mehr. Dann lachte Joey immer. Joey hatte einen ausgesprochenen Sinn für Humor. Man konnte sich nur schwer vorstellen, wie ein so netter Bursche in so etwas hineingeraten konnte. Bei Charley und Johnny in ihrem dicken Buch den Vermerk »gefährlicher Hund« zu bekommen. Ein Agitator. Redete in den Kneipen ganz laut über alles, was er in der Gewerkschaft für nicht richtig hielt. Fünfzig Jahre hinter jeder anderen Gewerkschaft in Amerika zurückgeblieben, pflegte er zu sagen, genau wie er es von seinem Onkel Eddie gelernt hatte. Wo sind unsere älteren Gewerkschaftler? Wo ist der Plan für eine anständige Altersversorgung? Wo gibt's eine Arbeitsvermittlung, bei der man nicht das Gefühl hat, irgendein dahergelaufener ehemaliger Zuchthäusler erweise einem einen besonderen Gefallen, wenn er einem eine Beschäftigung vermittelt? Wo sind gerechte Wahlen nach einem von unten nach oben aufsteigenden System? Wo ist die öffentliche Abrechnung all der Tausender, die wir Monat für Monat an Beiträgen abführen? Und so weiter, und so weiter. Einige Männer brachten Gegenargumente vor. Und zwar diejenigen, die regelmäßige Arbeit hatten und Johnny und Charley dafür zu Dank verpflichtet waren. Und die anderen ließen bloß die Köpfe hängen, tranken ihr Bier und versuchten, von etwas anderem zu reden.

Einmal, als Joey wieder den Mund vollnahm über die alten

Leute und wie die Eisenbahnen und die Bergwerke für die Sechzigjährigen sorgten, weil man dort nämlich als Altersversorgung wieder auszahlte, was man vorher an Beiträgen eingenommen hatte, da hörte Terry aufmerksam zu und fragte schließlich:
»Was springt denn für dich dabei heraus, Joey? Mir ist das nicht klar. Du bist erst dreiundzwanzig Jahre alt. Du bist ein guter Arbeiter. Dein Vater steht auch noch seinen Mann. Du könntest alle Arbeit haben, die du willst, wenn du bloß das Maul halten würdest. Warum regst du dich über ein paar ausgemachte Halunken auf? Warum schaust du nicht zuallererst, wo du selbst bleibst?«
Und Joey hatte zur Antwort gegeben: »Es gibt ein Recht und ein Unrecht, Terry. Die Führung in der Gewerkschaft an sich zu reißen und mit der Pistole in der Hand zu regieren, wie's Johnny tut, das ist Unrecht. Und wenn mehr Leute hier Mut in den Knochen hätten, dann würden sie aufstehen und das Unrecht in alle Welt hinausschreien.«
Dieser Joey Doyle mußte einfach verrückt sein. Terry fand, es wäre besser, man ging seines Wegs. Solches Reden war ungesund, und dazu noch ausgerechnet in Johnnys Bar. Ein netter, sauber aussehender Junge, aber voller Ideen, mit denen man sich den Kopf einrennt.
Unter Joeys Fenster legte Terry die Hände wie einen Schalltrichter vor den Mund und rief laut: »He, Joey, Joey Doyle!«
Im vierten Stock öffnete sich ein Fenster und Joey lugte vorsichtig über das Fensterbrett herunter.
»Terry?« Er bemühte sich, die Gestalt zu sehen, die in dem leeren Hofraum stand. Er wußte, was es hieß, mit Leuten wie Johnny dem Freundlichen aneinanderzugeraten. Die Polizei drückte ein Auge zu, die Stadtverwaltung, die ganze Bevölkerung tat so, als merke sie nichts. Wenn man irgendwo Schutz brauchte, dann kam man sich im Hafenviertel wie ein Waisenkind vor. Man war auf sich allein gestellt. Sein Vater hatte ihn inständig gebeten, sich mehr zurückzuhalten. Seine Freunde hatten ihn davor gewarnt, auszugehen.

»Was ist los, Terry?«
Terry griff in die Windjacke und hielt die Taube empor. Der Vogel war verängstigt und wollte sich, als er die frische Luft spürte, aus Terrys Händen befreien. Es gelang ihm, einen Flügel frei zu bekommen. Er schlug heftig damit herum, um sich Terrys Griff zu entwinden. Terry hielt die Taube an den Beinen fest und drückte sie mit der anderen Hand auf den Flügeln kräftig nieder.
»Das hier«, rief er durch die schlaff und bunt herabhängenden Wäschestücke hindurch zu Joey hinauf, »die ist eine von deinen. Ich hab' sie an dem Ring erkannt.«
Joey lehnte sich ein bißchen weiter vor. Er hatte das junge, rotwangige, ein wenig fleischig aussehende irische Gesicht, das man oft bei Chorknaben findet.
»Laß mich sehen. Vielleicht ist es Danny Boy. Ich hab' ihn beim letzten Rennen verloren.«
Terry wußte gar nicht mehr, was er tat. Er tat nur noch das, was ihm befohlen war. »Er ist meinen Tauben in den Schlag gefolgt. Hier ist er – willst du ihn wiederhaben?«
Es war nett von Terry, seinen Vogel wiederzubringen. Es hatte Joey sehr leid getan, Danny Boy zu verlieren. Er hatte sich vorgenommen, ihn mit einer schnellen Taube, Peggy G., zu kreuzen. Er wollte schon sagen, er wäre gleich unten. Doch die Wachsamkeit des Tieres, die das Leben in den Bohegander Docks mit sich bringt, war in ihm, und die Worte blieben ihm im Halse stecken. Aber die rattenhaft schnelle Reaktionsfähigkeit, die das Leben an den Docks verlangt, war in Terry lebendig. Ohne weiter nachzudenken, fügte er deshalb hinzu: »Ich bring ihn hinauf aufs Dach. Wir treffen uns an deinem Schlag.«
Die Tauben bildeten den friedlichen und befriedigenden Teil von Joeys Leben, genau wie für Terry, und der Anblick des schlanken Vogelkörpers in Terrys Hand und die Erwähnung des Taubenschlages, Joeys einziger Zuflucht vor der gefährlichen Unmittelbarkeit des Hafens, wirkten beruhigend.
»Okay, okay«, sagte Joey, »ich bin gleich bei dir auf dem Dach.«

Als sich Joey Doyle vom Fenster abgewandt hatte, trat Terry ein paar Schritte zurück und ließ die Taube los. Sie stieg richtungslos auf und streifte in ihrem ungelenken, nachtblinden Flug die über ihr hängende Wäsche. Auf dem Dach konnte Terry die Silhouette zweier drohender Gestalten sehen, die im Dunkel auf ihre Beute warteten. Sie waren gleichbedeutend mit zwei Pistolen, Sonny und Specs, und er hoffte, sie würden Joey nicht allzu hart anfassen. Wenn Joey bloß schlau genug wäre und mit sich reden ließe. So ist das nun einmal und so wird es auch immer bleiben, und man mußte schon ein ganz dämlicher Hund sein, wenn man glaubte, gegen die Führung angehen oder es sich leisten zu können, neue Ideen zu haben. Es war nicht Terrys Schuld, wenn Joey es vorzog, gegen den Strom zu schwimmen. Terry schlich sich rückwärts in die Gasse hinaus, wie ein Krebs und mit dem Instinkt des Krebses, der den Kopf einzieht.
Die angebrochene Schallplatte hinter ihm ließ immer noch krächzend ihren elenden Hintertreppen-Trauergesang ertönen:

>*Tippi tippi tin tippi tin*
>*Tippi tippi tan tippi tan ...«*

Mein Gott, diese verkommenen Brüder hier unten, die konnten einem tatsächlich auf die Nerven gehen. Eine schwankende Gestalt mit wirren Haaren schlurfte heran und eine Welle von Abscheu überkam Terry, als er Mutt Murphy erkannte, den einarmigen Dockarbeiter, der sich mit billigem Whisky zugrunde gerichtet hatte, der den Tag am Nachmittag wie ein Gentleman begann, eine Lokalrunde machte (meist nach einem kurzen Gastspiel am Hafen) bis in die Morgenstunden und dann in einer Toreinfahrt oder einem Keller zusammensackte.
Mutt hatte vor zehn Jahren den Arm zwischen zwei Verladekisten verloren. Seitdem war er auf der Jagd nach Unterstützung und Alkohol umhergeirrt. Terry kannte die traurige Geschichte und hatte sich den sauren Whiskybrodem schon oft ins Gesicht blasen lassen. Sobald Mutt auf irgend jemanden stieß, der zufällig seinen Weg kreuzte, schoß sein linker Arm automatisch nach vorn, aggressiv und schamhaft zugleich.

»Einen Groschen. Hast du 'nen Groschen, den du nicht brauchst? Für ein verkrüppeltes Mitglied von 447?«
»Laß mich, scher dich weg«, sagte Terry, indem er das Wrack von sich weg in die Gasse stieß.
Herumgestoßen zu werden gehörte für Mutt zu den Erfahrungen seines täglichen Lebens, und er ließ sich nicht im entferntesten dadurch entmutigen. Er hatte gelernt, dieses Hin- und Hergestoßen- und Hinausgeworfenwerden als die hauptsächliche Art seines Umgangs mit diesen Hafenarbeitern hinzunehmen, unter denen und von denen er lebte. Das Leben wäre für ihn untragbar gewesen, hätte er nicht mit diesen Zeichen der Aufmerksamkeit, wenn nicht gar Zuneigung, von seiten seiner Mitmenschen rechnen können.
»Einen Groschen – einen Groschen für 'ne Tasse Kaffee?«
»Mach mir doch mit dem Kaffee nichts vor, du blöder Hund.«
Verärgert über Mutts Weigerung weiterzugehen und in nervöser Spannung wegen Joey und darüber, was man oben auf dem Dach mit ihm vorhatte, beugte sich Terry vor und spuckte Mutt wütend in die vorgehaltene Handfläche. Mutt zog die Hand mürrisch zurück und wischte sich den Speichel an dem Ärmel seines Armstumpfes ab. Durch die Wildheit dieser Geste nahm die kräftige, hochfahrende Gestalt des jungen Mannes für Mutt anscheinend festere Konturen an.
»Terry. Hätte ich wissen können.« Er richtete sich ein wenig auf und rieb sich die Hand an seinen schmutzigen, vom Schlafen zerknitterten Baumwollhosen. »Nichts für ungut, du Halunke.«
»Hau ab«, murmelte Terry, als er dem einarmigen Saufkumpan nachsah, der sich in dem abendlichen Nebel verlor.
»Tippi tippi tin ...« Der Wanderer kehrte zu seinem heiseren und freudlosen Singsang, einer Art persönlichem Ritual, zurück, als ob er in einem Anfall von Klarsichtigkeit eine Hymne auf seine eigene Leere gefunden hätte.

DRITTES KAPITEL

Als Terry Malloy etwa das Ende der Gasse, die in die River Street mündete, erreicht hatte, war es ihm so gut wie gelungen, Joey Doyle und die Taube aus seinem Kopf zu verbannen; vielleicht war er sich dessen gar nicht bewußt, vielleicht war die Erinnerung an Joey Doyle und die Taube nur zurückgedrängt und vergraben in dem Dickicht vergessener oder halbverstandener Eindrücke, die in Terrys Unterbewußtsein ein verschlungenes Knäuel bildeten. Vorausschauende Gedanken waren Terry ebenso fremd wie die Pein des Zerknirschtseins und die Selbstvorwürfe des »Zu spät«. Manchmal tippten sich die Ekkensteher an die Stirn und lachten, was soviel heißen sollte wie »Terry hat ein Rädchen zu wenig«. Aber Terrys Unvermögen, in sich selbst hineinzuschauen oder irgend etwas anderes als den unmittelbaren Genuß oder Schmerz des Augenblicks zu empfinden, war nichts weiter als Trägheit.

Man aß, man schlief, man trank, man ging mit einer Frau ins Bett, man sah sich einen Film an oder würfelte ein bißchen für Geld und man tat, wenn man unbedingt mußte, die angenehmste und leichteste Arbeit, die man gerade finden konnte, um ein paar Dollar in der Tasche zu haben. So spielte sich das tägliche Leben für Terry Malloy ab. Johnny der Freundliche redete einen mit Vornamen an. Man besaß im allgemeinen genug Kleingeld oder Kredit, um sich am Sonntagabend vollaufen zu lassen. Und immer ließ sich irgendwo ein dahergelaufenes Frauenzimmer finden, das mit einem nach Hause ging und einem dabei behilflich war, den überschüssigen Dampf abzulassen. Was willst du mehr? Was willst du mehr? Was könntest du überhaupt jemals noch mehr wollen?

In diesem Gefühl, auf eine abgestorbene Art voller Leben, auf sich allein gestellt, ohne Plan und Ziel, jederzeit darauf gefaßt auszureißen oder sich zu wehren oder etwas Lohnendes zu stehlen, bereit für die Erfordernisse des Augenblickes, aber völlig ohne Sinn für Zeit und Pflicht, schritt Terry an den Kneipen der River Street entlang. Mindestens ein halbes Dutzend gab

es in jedem Häuserblock, und in jeder gab es Bier für fünfzehn Cents und Schnaps für fünfunddreißig: da und dort plärrte ein Plattenspieler, die Honeydreamers und die Vier Asse »Ich bin so einsam, wenn du nicht bei mir bist ...«, und Lokale, wo die alten ziel- und sinnlosen Gespräche durch Fernsehgeräte abgelöst wurden, die die Gesichterreihen der Gäste in ein und dieselbe Richtung zogen und sie in dieser einen Richtung, bei allem Bierkonsum, so unverrückbar festnagelten, daß man glauben konnte, man habe ein Wachsfigurenkabinett vor sich.
Abgesehen von dieser einzigartigen Erfindung hatten sich die Lokale ganze Generationen hindurch kaum verändert; viele waren hundert Jahre alt, hatten von der Zeit polierte Mahagonitheken, elegante Messingspucknäpfe und Messingtrittstangen, auf denen schon die schweren Füße der Urgroßväter der heutigen Gäste geruht hatten. Die Leute, unter denen Terry die River Street entlangging, hatten ihren Stil auch nicht geändert. Es war etwas an dieser Hafengegend, das sich hartnäckig gegen jeden Fortschritt, ja gegen jede bloße Veränderung zur Wehr setzte. Genauso wie in den Tagen der Segelschiffe war die Straße am Ufer entlang mit Männern bevölkert, faßförmig von Gestalt, vierschrötig in ihren Windjacken, mit Gesichtern, die von der Seeluft und dem Alkohol gegerbt waren, mit schwerem Schuhwerk und aus der Stirn geschobenen Mützen. Es waren Schwerarbeiter, die der Schnaps nicht umzuwerfen vermochte und die den Lohn regelmäßig ihren Frauen nach Hause brachten – und schwankenden Schrittes zwischen ihnen die Gelegenheitsarbeiter, die gerade soviel Arbeit annahmen, als sie brauchten, um sich auf der Suche nach Befriedigung oder Vergessen in einem Zustande ewiger Trunkenheit halten zu können.
Terry sagte zu dem einen »Guten Abend« und gab dem anderen einen freundschaftlichen Stoß, und bald hatte er an der Ecke gegenüber Pier B Johnnys Bar erreicht. Es war nichts Besonderes an Johnnys Bar; sie sah aus wie die meisten anderen Kneipen an der Straße: eine Fensterscheibe aus Spiegelglas mit einem grünen bis zur halben Höhe hinaufreichenden Vorhang, damit die Ehefrauen ihre auf Abwege geratenen Männer nicht sehen

konnten, ein schöner, alter, in Rokokoart geschnitzter Bartisch, darum herum und gar nicht dazu passend rohe Wände aus bräunlichem Wellblech, die mit Fotos von Boxern, Baseballspielern und Aktbildern geschmückt waren. Ein paar witzige Schilder wie »Meine Damen, bitte keine unpassenden Redensarten, es könnten Herren anwesend sein« und dergleichen sowie ein Hinterzimmer für allerlei Glücksspiele, das war Johnnys Bar, ein täuschend harmlos aussehender Befehlsstand für den Boheganer Sektor des Hafens.

Johnny der Freundliche (vertreten durch seinen Schwager Leo) zahlte für die Straßenecke außeralb seines Etablissements keine Pacht, doch galt sie als integrierender Teil des Unternehmens. Dort standen immer ein halbes Dutzend, ein Dutzend oder mehr seiner Gefolgsleute herum, lehnten sich an das große Fenster oder den Laternenpfahl, sprachen über den Beruf, den Sport oder wickelten kleinere Geschäfte ab. »J. P.« Morgan, mit Fledermausohren und dem Gesicht eines Wiesels, war an der Ecke eine bekannte Figur, wenn die Hafenarbeiter mürrisch ihre fünfzig oder hundert Dollar von ihm pumpten, Darlehen, die zum entgegenkommenden Zinssatz von zehn Prozent die Woche zurückzuzahlen waren, was zunächst gar nicht einmal so übel schien, bis man merkte, daß sich die zehn Prozent akkumulierten und man, wenn das Geld in der ersten Woche nicht zurückgezahlt war, zehn Prozent von 110 $ zu entrichten hatte, und so weiter, und so weiter, bis man schließlich dreißig oder vierzig Prozent Zinsen zu zahlen hatte. Wenn man zu weit in Rückstand geriet, gab »J. P.« einem Arbeitsvermittlungsagenten, Big Mac McGown oder Socks Thomas, einen Wink, und der sorgte dann dafür, daß man entsprechend arbeitete. Der Schuldner übergab dann seine Arbeitskarte an »J. P.«, und »J. P.« holte sich sein Geld unmittelbar von der Lohnkasse ab, so daß der Schuldner gar keine Gelegenheit hatte, das Geld zu vertrinken oder es seiner Frau auszuhändigen, bevor »J. P.« (in Wirklichkeit Johnny der Freundliche) seinen Teil erhalten hatte. So war also ein unfehlbarer Weg, um (zu guter Letzt) zu Arbeit zu kommen, derjenige, Klient von »J. P.« Morgans Straßenecken-Bankinstitut zu werden.

Das finanzielle Auf und Ab in der Arbeiterschaft am Hafen wurde von der unscheinbaren aber entscheidend wichtigen, kleinen Figur wie »J. P.« maßgeblich beeinflußt und im Gleichgewicht gehalten. Die meisten Dockarbeiter kamen ihr ganzes Leben nicht aus den Schulden heraus; sie gaben den letzten Dollar Sonntagabend aus und fingen am Montagmorgen von Null oder besser von unter Null wieder an. Wucherzinsen plus zwei, drei Leute für besondere Aufgaben – dies waren die beiden Stützen, auf denen Johnnys Macht in Bohegan ruhte. Und auf den gleichen Stützen ruhte die Macht der Hafenkapitäne in Port Newark und Staten Island und Red Hook und jedem anderen Teil des Hafens, der in ein Dutzend sich selbst genügende, viele Millionen umsetzende Operationsgebiete nach dem stillschweigenden Übereinkommen der Unterwelt aufgeteilt war, die sich selbst Gewerkschaftsführung betitelte. Auf diesen Unterführern ruhte das Lächeln des Ersten Vorsitzenden Willie Givens, der bei Gewerkschaftsversammlungen an seine Brust schlagen und in Tränen ausbrechen konnte, wenn er von seiner Liebe zu den Brüdern im Hafen sprach, die ihre Dankbarkeit dadurch zum Ausdruck brachten, daß sie ihm fünfundzwanzigtausend Dollar auf Lebenszeit und unbegrenzten Spesenersatz bewilligten. Die Abstimmung war hundertprozentig gesetzmäßig und ebenso satzungswidrig, denn die Kongreßabgeordneten waren vorher einzeln ausgesucht worden, und eine Opposition trat nur hier und da in Gestalt eines geräuschvollen nicht zu unterdrückenden Runty Nolan oder eines seine Sache ernstnehmenden jungen Parlamentariers wie Joey Doyle in Erscheinung. Die breite Masse machte ihrer Ablehnung insgeheim in Witzen Luft und gab ihrem Ersten Vorsitzenden den Beinamen »Heulender Willie« und »Kreuzerl-Willie«, weil seine Abmachungen mit dem Transportverband immer zu notorisch jämmerlichen Lohnerhöhungen führten, und »Willfähriger Willie«, weil es ihm so rührend am Herzen lag, für die Transport- und Verladearbeiter (und seinen großmächtigen Wohltäter Tom McGovern) zu sorgen, die sich ihm ihrerseits zu Weihnachten mit Glückwunschbriefen, die knisternde Tausend-Dollar-Noten enthielten, erkenntlich zeigten.

Hier an der Ecke River und Pulaski Street wölbten sich »J. Ps« Taschen mit Johnnys Bargeld und hier führte »Jockey« Dyrness, ein uralter Zwerg, der von den Rennplätzen wegen Verwicklung in irgendeine längst vergessene Skandalaffäre ausgeschlossen war, ein Kontobuch, das den Hafenarbeitern zur Verfügung stand. Es war jedenfalls ein offenes Geheimnis, daß »Jockey« für den Verein tätig war, genauso wie »J. P.«, Big Mac und Socks Thomas, ein mehrmals vorbestrafter Schlägertyp.
Einige von diesen Leuten standen draußen vor Johnnys Bar und Grillroom, als Terry erschien. Charley war da und schien, gegen das Barfenster gelehnt, in Seelenruhe auf etwas zu warten. Er war flankiert von Truck Amon, einem riesigen Fettwanst, der in dem Rufe stand, zwölf Liter Bier am Tag zu konsumieren, und von Gilly Connlos, einem weiteren Dicken, dem mal eines Tages von Charley der Auftrag erteilt worden war, zur Erledigung einer bestimmten Angelegenheit seinen Kopf anzustrengen, worauf er seinen Gegner derartig zusammenschlug, daß das Opfer mit Nasen- und Kieferbrüchen ins Krankenhaus eingeliefert werden mußte.
Als Terry nahe genug herangekommen war, sagte Charley mit gewohnt leiser Stimme: »Na, wie geht's?«
Terry nickte ungeduldig: »Er ist auf'm Dach.«
»Die Taube?« Charleys Stimme war kaum hörbar.
»Du sagst es«, murmelte Terry, dem die Unterhaltung auf die Nerven ging, weil er irgendwie glaubte, wenn er nicht davon reden müsse, könne er sich von dem distanzieren, was man mit Joey Doyle vorhatte. »Es hat geklappt.«
»Bist du sicher? Hast du ihn hinaufgehen sehen?« drang Charley in ihn.
»Ja, ja, 's hat geklappt – 's hat geklappt.«
Truck Amon klopfte sich an die Schläfe, preßte die dicken Lippen zusammen und nickte Terry mit weiser Miene zu: »Dein Bruder hier macht sich die ganze Zeit Gedanken. Die ganze Zeit.«
Terry sah seinen Bruder fragend an; er wußte nichts mehr zu sagen. Gewöhnlich wartete er, bis Charley die Unterhaltung in Gang brachte. Diesmal aber war Charley still und nachdenklich.

Sein Gesicht zeigte einen traurigen, milden, zerstreuten Ausdruck; er schien angestrengt über etwas nachzudenken. Als Terry ihn ansah und sich den Kopf zerbrach, was im Gehirn seines älteren Bruders wohl vorgehen mochte, drang ein Laut an seine Ohren, an die Ohren jedes einzelnen in der ganzen Umgebung, denn dieser Laut war im ganzen Viertel zu hören, der entsetzlichste Laut, den man je vernommen hatte. Es war ein Schrei, wie er aus der Kehle eines wilden Tieres stammen mochte, das von noch wilderen Tieren in Stücke gerissen wird. Es war ein langgezogener Schrei, ein Brüllen, ein Beten, ein Protest, ein Abschiednehmen. Es war unverkennbar der Tod, plötzlich und gewaltsam, eine Zunge, die aus dem lebendigen Mund in dem Augenblick herausgerissen wird, in dem sich ihr der Aufschrei gegen das Entsetzliche entringt, ein schriller, mißtönender, aus der Höhe herabstürzender Klageton, der schließlich im Nichts erstickt.

»Ich fürchte, da ist jemand vom Dach heruntergefallen«, sagte Truck Amon und blickte von Gilly zu Charley.

Das Volk in der Kneipe drängte sich auf die Straße und lief in die Richtung, aus der der Aufschrei und der gräßliche dumpfe Aufprall, der das Ende war, herübergedrungen war. Nur Charley rührte sich nicht von der Stelle. Truck und Gilly und »J. P.« und ein paar andere saßen da mit ausdruckslosen und nichtssagenden Gesichtern, aus denen nicht der geringste Anflug von Helfen-Wollen oder Mitgefühl zu sprechen schien. Terry sah ihnen ins Gesicht, seinem Bruder ins absichtlich ausdruckslose Gesicht. Plötzlich erkannte er, was sie ihm angetan hatten. Er war der Lockvogel gewesen, wie die Taube, ebenso unwissend und fast ebenso schuldlos.

In der Seitenstraße herrschte ein stetig anwachsendes Gewirr von Stimmen. Ein Polizeiauto traf mit heulender Sirene ein. Charley und Truck und Gilly sahen zu – mit müden Augen, die zu sagen schienen: Uns geht's nichts an. Terry beobachtete Charley und Truck und Gilly. Truck sagte in seiner trockenen, schwerfälligen Art:

»Der hat wohl geglaubt, er könnte der Kriminalpolizei eins vorsingen. Denkste.«

Terry sprach still zu Charley, eher benommen als anklagend:
»Du hast doch gesagt, die wollten bloß mit ihm reden?«
Charley wollte Terry nicht anblicken. Er sah starr geradeaus, auf die Vorübereilenden, als ob es ein ganz gewöhnlicher Abend wäre. Er versuchte, genauso kalt und geschäftsmäßig wie Johnny der Freundliche zu wirken. »So war's gedacht.«
»Ich dachte, sie würden mit ihm reden. Würden versuchen, ihm den Kopf zurechtzusetzen. Ihn zur Vernunft zu bringen. Ich dachte, sie wollten bloß mit ihm reden?«
Was Terry da sprach, war weniger eine Frage als der hilflose Versuch, sich selbst wiederzufinden.
»Vielleicht hat er Streit mit ihnen bekommen«, gab Charley zu bedenken.
»Ich hab' mir gedacht, sie würden ihn höchstens anständig verprügeln«, sagte Terry.
»Er hat wahrscheinlich Streit mit ihnen angefangen«, beharrte Charley. Er sagte dies in einem Ton, der jede weitere Diskussion abschneiden sollte. Terry war ein komischer Bursche, ein Draufgänger und von Natur aus ein Polizistenhasser, aber trotzdem kein so zuverlässiger Ganove wie Specs und Sonny oder Truck oder Gilly. Dazu war er zu sehr Einzelgänger. Die Leute hatten eben kein Gefühl dafür, daß man einen gewissen Gruppeninstinkt braucht, um wirklich dazuzugehören. Terry war wie ein herrenloser, ab und zu bissiger Köter, der sich nie einem Rudel anschloß. Er war immer zufrieden, einen gefundenen Knochen abzunagen, statt einen richtigen Brocken Fleisch von einem Metzgerkarren herunterzustehlen. Man wurde nicht recht aus ihm klug, man konnte ihm nie so recht trauen, ein merkwürdiger Kauz. Deshalb hatte sich Charley auch nie Mühe gegeben, Terry in die Organisation hereinzulotsen. Man wunderte sich allgemein, warum Charley bei allen seinen Beziehungen nicht mehr für seinen jüngeren Bruder tat. Der Grund dafür lag in Terry selbst. Er konnte einfach keinen, auch nicht den kleinsten Auftrag ausführen, ohne hinterher törichte Fragen zu stellen.
»Ihn nur verprügeln, hab' ich mir gedacht«, murmelte Terry.
»Dieser Doyle hat unserem Chef die letzte Zeit viel zu schaffen

gemacht«, sagte Truck in einem rechthaberischen, fast pikierten Tonfall. Für Truck Amon, der von Geburt an gewohnt war, den Stärkeren zu respektieren, bedeutete jede Auflehnung gegen Johnnys Autorität ein Vergehen, das seinen Ordnungssinn beleidigte. Johnny hatte ihn zu dem gemacht, was er war, Johnny konnte ihn auch wieder auslöschen. Er lebte von seinem Wochenlohn und dem, was er zufällig irgendwo zusammenstehlen konnte. Das wußte er, und mehr brauchte und wollte er nicht wissen.

Terry sprach immer noch mit sich selbst. Charley hielt ein Auge auf ihn. Was war bloß mit dem Jungen los? Vielleicht hätte er ihn doch ganz einweihen sollen. Aber das ging aus Sicherheitsgründen nicht. Sag' niemandem mehr, als er unbedingt wissen muß, um deine Aufträge ausführen zu können, sagte Johnny der Freundliche immer. Wie manch anderer erfolgreiche Unterweltskapitän hätte Johnny einen ganz guten Divisionskommandeur abgegeben. Wie hätte Charley also Terry in alles einweihen sollen? Er hatte nicht erwartet, daß Terry ihm so viele Schwierigkeiten machen würde. Terry wußte doch, daß man in diesem Geschäft gewisse Dinge in die Hand nehmen mußte.

»War kein schlechter Kerl, der Joey«, sagte Terry leise.

»Nein, das stimmt«, sagte Charley.

»Wenn man von seinem Mund absieht«, sagte Truck.

»Geschwätzig«, sagte Charley.

»Ja, geschwätzig«, sekundierte Gilly, dem der Klang des Wortes irgendwie gefiel.

»War kein schlechter Kerl«, konnte Terry sich nicht enthalten, noch einmal zu sagen. Vielleicht, wenn es ihm bewußt gewesen wäre, daß es seine Aufgabe war, Joey ans Messer zu liefern, wenn er Zeit gehabt hätte, sich an diesen Gedanken zu gewöhnen, dann wäre es mit ihm vielleicht in Ordnung gegangen. Joey hat es ja nicht anders gewollt, darüber gibt's keinen Zweifel. Das hat er sich nur selbst zuzuschreiben. Terry sah das ein. Was ihn aber so wurmte, das war, daß man ihm nichts davon gesagt hatte. Als ob er zu blöde wäre, als ob man ihm so etwas nicht zutrauen könne, wenn er wisse, worum es geht. Das fraß

innerlich in ihm. Das ist es, dachte er. Er wußte nur, daß er ein irgendwie schlechtes Gefühl hatte. Bis zu dem Zeitpunkt, als Charley zu ihm auf das Dach gekommen war, hatte er sich vollkommen in Ordnung gefühlt, so wie sonst, und jetzt spürte er etwas, das ihm wie ein Brett vor dem Kopf vorkam, so wie ihm der Schädel gebrummt und plötzlich entsetzlich schwer geworden war, wenn sein Gegner im Ring eine Kombination von Haken am Kinn und am Ohr gelandet hatte und er wußte, daß er schwer getroffen war und in Deckung gehen mußte, bis er wieder klarkam.
Alle Leute an der Straßenecke blickten in Richtung auf das Hausdach, von dem Joey in den mit Gerümpel angefüllten Hof herabgestürzt war.
»Singen konnte er vielleicht«, sagte Truck in seinem gutturalen Tonfall, »aber fliegen konnte er nicht.«
»Das ist mal sicher«, grunzte Gilly, nickte ein paarmal ruckartig, und ein froschartiges Glucksen drang ihm aus der Kehle.
Terry sah sie an, und ihm war, als müsse er schwere Treffer am Kopf nehmen. Es war, als ginge ein Schlaghagel auf ihn nieder und er sei hoffnungslos im Kampfrhythmus des Gegners gefangen. Charley sah den Ausdruck auf Terrys Gesicht und dachte, es wäre besser, den Jungen aus der Nähe von Truck und Gilly zu entfernen, bevor ihm die beiden womöglich noch mehr zusetzten. Besonders dieser Truck, dem es nicht genügte, bloß ein Bulle zu sein und der, koste es was es wolle, auch schauspielern mußte.
»Komm mit, Junge, wollen einen zusammen trinken«, bot Charley an, während er den Arm um Terrys Schultern legte.
»Geh du schon 'rein. Ich komme in einer Minute nach«, sagte Terry.
»So was kommt vor, Kleiner«, meinte Charley philosophisch.
»Ich weiß. Ich weiß. Ich will bloß noch etwas frische Luft schnappen«, sagte Terry und schämte sich vor Charley seiner weichen Anwandlung.

VIERTES KAPITEL

Auf dem kleinen freien Platz hinter der Häuserreihe hatten sich mindestens fünfzig Menschen um den aus leblosen Knochen und Fleisch und zerknüllten Kleidungsstücken bestehenden Haufen versammelt, der einmal Joey Doyle gewesen war. Sie trugen die Köpfe in der uralten Haltung der Trauer, in diesem Fall echter Trauer, denn Joey war ein beliebter Junge gewesen, bevor er zu einer allseits geachteten Gestalt in diesem Viertel geworden war. Aber es schwang in dieser Atmosphäre auch ein tiefes Gefühl von Scham mit, als ob die ganze Gegend irgendwie in diese plötzliche und dennoch keineswegs unerwartete Gewalttat verwickelt sei.

Der unter der Oberfläche schwelende Haß war lautlos und unsichtbar; aber er stellte trotzdem eine Macht dar, wie ein elektrischer Stromkreis, der um den leblosen Körper herumkreiste, den irgend jemand in einem letzten Akt der Gnade mit den Seiten einer Tageszeitung zugedeckt hatte. Und wenn man genau hinsah, konnte man die schwarzen Schlagzeilen erkennen, die tagtäglich Mord und Totschlag in die Welt hinausschrien, so daß letzten Endes die Überreste der Gewalttat von den zerfetzten Berichten anderer Gewalttaten in einem Hinterhof dieser Hafenstadt bedeckt waren.

Pop Doyle stand da mit seinen Freunden Runty Nolan und dem dicken, stiernackigen Moose McGonigle, einer Kombination von Mutt und Jeff, ein Trinker und Späßemacher zugleich, der sich über sich selbst und andere Leute lustig machte. Sie kannten die Hintergründe dieses Todessturzes, und sie kannten ebenfalls – wenn sie sich auch zuweilen nicht genau daran hielten – den engen gewundenen Pfad, dem man folgen muß, wenn man am Hafen mit dem Leben davonkommen will. Deshalb sprachen sie nichts. Alle drei standen stumm und gefaßt um den Leichnam, und wenn auch Pop Doyles bewegungslose Trauer tief war – war doch Joey sein lieber, einziger Sohn gewesen (ein Bruder von ihm war im Kindesalter an Lungenentzündung gestorben) –, so spiegelte doch Pops Gesicht, wie auch alle anderen Gesichter um ihn herum, das Bemühen, Gefühle und Wissen zu verbergen. Nichts zu wissen oder zu handeln, als ob man nichts wisse, war der einzige Weg, um das Leben am Hafen zu bestehen.

Wie immer, so hatte die Stadt auch diesmal ihre Maschinerie in Bewegung gesetzt, um diesen Fall menschlicher Tragödie zu bearbeiten. Joe Regan, der Polizist vom Revierdienst, hatte den Unfallwagen angefordert, während Mrs. Geraghty, eine Nachbarin, ihren Sohn zu Pater Barry geschickt hatte, der einige Häuser weiter neben der Kirche St. Timotheus wohnte. Der Arzt und der Pater waren im Abstand von nur ein paar Minuten eingetroffen; der schlaksige, wortgewandte und kettenrauchende junge Pater stieß die Leute mit einem rauhen »Platz da, Platz da« beiseite und hatte gerade genug Zeit, die Sterbesakramente zu lesen, solange noch Wärme in dem Körper war und der Arzt vergeblich nach einem stockenden Herzschlag lauschte. Während Pater Barry um Gottes Gnade und um das ewige Leben für Joey Doyle betete, wies der Arzt den Polizisten Regan an, in seinem Bericht den Tod festzustellen. Wieder ein Toter in der River Street.

Regan hatte den Zuschauern ein paar Routinefragen gestellt – hat irgend jemand den Sturz gesehen und wußte irgend jemand, ob der junge Doyle allein auf dem Dach gewesen war –, Fragen, die Regan stellen mußte, um selbst im Falle einer Nachprüfung gedeckt zu sein. Aus dem gleichen Grunde – es sah zwar nach einem Unfall aus, war aber vermutlich keiner – ließ er die Mordkommission holen. Sie traf ein wenig später ein, zwei alte Kriminalbeamte, die die Sache in die Hand nahmen, besonders der ältere von ihnen, Foley, ein dicker Bursche, der anfangs bei derartigen Vorfällen am Hafen nicht viel Federlesens gemacht hatte, bis seine Vorgesetzten ihn an die Kandare genommen hatten. Am meisten war in dieser Hinsicht auf den Piers los: Pferdewetten und Glücksspiel und Fälle von Plünderung, gar nicht zu reden von den Großschiebungen an Bord der Schiffe und den Schweigegeldern der italienischen Hafenarbeiter, die einen unsicheren Waffenstillstand zwischen den irischen Elementen und Johnny dem Freundlichen in Bohegan aufrecht erhiel-

ten. Foley war zuerst bereit gewesen, gleich aufs Ganze zu gehen, aber bei einem Kriminalkommissar wie Donnelly geriet man damit bloß in Schwierigkeiten und riskierte, wieder in Uniform gesteckt zu werden, wenn man nicht alle Fünfe gerade sein ließ.
Foley wußte also, was für eine Art von Bericht man von ihm erwartete, er wußte aber auch hinreichend, wie er es anzustellen hatte, daß seine Fragen trotzdem hart und amtlich klangen. Das würde noch Tage so weitergehen, alle die Einzelheiten einer sorgfältigen Untersuchung, denn in nichts war die Polizei in Bohegan besser ausgebildet als darin, ihre eigenen Spuren zu verschleiern. Die Leute sahen wachsam zu, als Foley sich an Pop Doyle wandte.
»Sie sind Doyle, nicht wahr? Der Vater dieses Burschen?«
Pop starrte ihn an. Wut hinter der Maske des Gesichts.
»Das stimmt.«
»War ihr Sohn zu dieser Nachtzeit gewöhnlich da oben auf dem Dach?«
Pop zuckte mit den Schultern. »Ab und zu. Er war da oben immer bei seinen Vögeln.«
»Haben Sie irgendeine Ahnung, ob er allein war?«
»Wie soll ich das wissen? Ich war ja nicht oben.«
Mrs. Collins drängte sich vor, um zu sagen, was sie auf dem Herzen hatte. Sie war eine dicke, nervöse und überarbeitete Frau Anfang dreißig, die einstmals hübsch gewesen sein mochte; ihren Mann, den Lademeister, hatte man Ende der vierziger Jahre aus dem Strom gefischt. »Billy Conley und Jo-Jo Delaney sind immer oben auf dem Dach. Vielleicht können die etwas über die Sache sagen.«
Pop starrte sie wütend an. Der Polizei zu helfen, war am Hafen tabu. Ganz gleichgültig, was man im einzelnen von den Halunken dachte, die die Gewerkschaft in Mißkredit brachten.
»Buttinsky, du hältst das Maul«, befahl er ihr brüsk.
Die Jungen Conley und Delaney standen vorn in der Menge. Foley kannte sie. Sie gehörten zu dem Typ von Halbstarken, die man im Auge behalten mußte. Der bekannte leere Ausdruck des »Vorsicht-mit-der-Polizei« glitt über ihr Gesicht.

»Wir sind seit einer Stunde nicht mehr auf dem Dach. Wir haben nichts gesehen.«
Foley wandte sich von ihnen ab. Halunken. Er würde noch mal Schwierigkeiten mit ihnen haben, eines Tages. Alle Anwesenden starrten Foley und seinen Begleiter mit demselben kalten Abscheu an. Der alte Doyle hatte die Lippen zu einem melancholischen Grinsen zusammengepreßt. Er wartete auf die nächste Frage.
»Sie haben also bestimmt keine Ahnung, was er nach Einbruch der Dunkelheit oben auf dem Dach gemacht hat? Und ob er irgend jemand dort erwartet hat?«
Pop ließ ein leises Brummen hören, das seine Abneigung zu erkennen gab. Polizei! Wer will schon mit der Polizei zu tun haoben? Ob ich irgendeine Ahnung habe, will er wissen. Was der alles anstellen würde, wenn ich ihn bis zur Halskrause mit Ahnungen anfüllen würde! Ich würde bloß Ärger davon haben, wie der arme Joey hier.
»Irgendeine Ahnung, Pop?« sagte Foley wieder. »Irgendeinen Verdacht? Oder irgend so etwas?«
»Nichts«, sagte Pop.
Mrs. Collins drängte sich wieder nach vorn.
»Das ist genau dasselbe, was sie mit meinem Andy vor fünf Jahren gemacht haben.«
Pop drehte sich wütend zu ihr um. Großmäuler. Einer wie der andere. Warum konnten sie ihn nicht in Frieden lassen, mit seinem Herzweh und seinem Kinde? All diese Fragen und die Leute, die ihre Nase in alles hineinstecken müssen. Wozu denn? Nur wieder eine Augenauswischerei. »Du hältst das Maul«, sagte er zu Andy Collins Witwe. »Du hältst dein dickes, breites Maul aus dieser Sache heraus.«
Mrs. Collins warf einen flammenden Blick in die Runde. Sie redete immer von ihrem Andy und dem, was sie ihm vor fünf Jahren angetan hatten. Er war Lademeister auf Pier C gewesen und hatte die Jahre nicht vergessen, in denen er selbst mit dem Ladehaken in der Hand für eins-siebenunddreißig gearbeitet hatte. Er gab den Leuten gern mal eine Ruhepause. Johnny der Freundliche hatte ihn gewarnt, aber er wollte nicht mitmachen.

Verprügelt hatten sie ihn, aber er gab nicht nach. Man sprach davon, daß er entschlossen sei, den ganzen Verein umzukrempeln, die Hafenarbeitervereinigung zu übernehmen und sie wie eine Gewerkschaft selbst zu führen. Mrs. Collins verlor immer ein bißchen den klaren Kopf, wenn sie von diesen Dingen sprach. »Jedesmal, wenn ich den Schlüssel in der Tür höre, glaube ich, er kommt nach Hause«, pflegte sie zu sagen. Pop Doyle konnte sie anbrüllen, soviel er wollte, sie war entschlossen, das auszusprechen, was sie zu sagen hatte.
»Joey Doyle war der einzige in dieser Gegend, der den Mut aufbrachte, für sein Recht einzutreten. Er war dafür, daß regelmäßig Versammlungen abgehalten würden. Und er war der einzige, der sich's zutraute, mit den Leuten von der Kriminalpolizei ein offenes Wort zu reden. Damit diese ganze Schweinerei...«
»Halt's Maul!« Pop zitterte vor Erregung, und der Schmerz über seinen Verlust vermischte sich mit Wut und Enttäuschung.
»Alle wissen das.«
»Wer hat dich gefragt? Halt deine Klappe. Wenn Joey auf meinen Rat gehört hätte, dann wäre er nicht...«
Pops Blick wanderte zu dem, was von Joey Doyle übriggeblieben war; dann wandte er sich ab, und sein Gesicht wurde feucht, während sich Tränen und Schweiß zu einem langsamen salzigen Strom vereinigten. Die Sirene eines Ozeandampfers auf dem Strom machte Wuuum – wuum – wuuuuum. Für ihn waren der Fluß und Johnny der Freundliche ein und dasselbe, nicht endenwollend gefährlich und immer wach.
»Alle wissen das«, wimmerte Mrs. Collins vor sich hin.
Mutt Murphy war auch erschienen; er bahnte sich mit den Schultern den Weg durch die Menge und versuchte dabei, mit den Leuten zu reden, die sich von ihm abwandten, um seinem eklen Atem und dem Anblick seiner bläulichen, vom Trinken geschwollenen Lippen zu entgehen.
»'n guter Kerl«, murmelte er, denn er war gewohnt, mit sich selbst zu reden. »War der einzige, der sich immer für meine Entschädigung eingesetzt hat, Gott segne ihn...«

Foley hatte genug von Pop; er wandte sich zu Moose McGonigle und Runty Nolan.
»Wie steht's mit euch beiden; habt ihr jemals irgendwelche Drohungen gehört...«
Moose hatte eine tiefheisere Stimme, die durch das harte Leben etwas gefühlvoller geworden war, und normalerweise sprach er noch lauter als andere Leute, wenn sie schreien.
»Eines habe ich gelernt – in meinem Leben am Hafen –, stell nie dumme Fragen – antworte nie auf irgendwelche Fragen, es sei denn auf...«
Er brach ab und blickte auf den Fleischklumpen, der unter den alten Zeitungen lag und darauf wartete, seine Fahrt zum Städtischen Leichenhaus anzutreten.
»Er hatte ein gutes Herz, der Junge«, sagte Runty andächtig; und er senkte sein aus lauter gebrochenen Knochen zusammengesetztes Gesicht und konnte den Körper zu seinen Füßen gar nicht sehen, denn man hatte ihn wegen Aufsässigkeit so zusammengeschlagen, daß sein Augenlicht nur noch verschwimmende Schatten wahrnehmen konnte.
»Mut«, sagte Pop, als ob es ein Fluch wäre. »Ich habe genug von Mut. Er wird in das Goldene Buch der Gewerkschaft eingetragen, und plötzlich ist er ein Held. Man müßte den ganzen elenden Haufen einarmig von den Docks herunterjagen.«
»Mit anderen Worten, Sie sind sich ziemlich sicher, daß es kein Unfall war«, sagte Detektiv Foley, und zwar nicht so sehr inquisitorisch, als um sich selbst zu decken.
»Hören Sie zu, Foley«, sagte Pop. »Ich bin mir über überhaupt nichts sicher. Und wenn ich's wäre, würde ich's nicht sagen. Sie würden's nämlich in den Akten begraben und mich würden sie im Fluß begraben.«
Foley machte sich routinemäßig ein paar Notizen. Die ganze Sache war reine Routine. Alle wissen sie etwas, und niemand sagt etwas, und man schreibt dicke Akten über die Lage am Hafen, genau wie der alte Mann da eben sagt, heftet wieder einen Bericht ab und wartet auf den nächsten.

»Okay, Sie können ihn mitnehmen«, sagte er zu dem Arzt. »Wieder ein Toter.«
Pater Barry betete für Joey, während er die Letzte Ölung erteilte. Er war in Bohegan geboren und aufgewachsen, der Pater Barry, und er war kein frömmelnder, salbadernder Priester. Sein Vater war Polizist gewesen, einer von den anständigen, deshalb war er auch in Schwierigkeiten geraten. Man hatte ihn in ein Revier in den Vororten strafversetzt; die Religion war für ihn ebenso moralische Richtschnur wie ein Sakrament und Erlebnis, und er scheute sich nicht, gegen die Bischofsmützen und den äußeren Prunk zu wettern, wenn er die Geistlichkeit für zu weltlich hielt und der Ansicht war, sie lasse sich zu sehr von Reichtum und Stellung beeindrucken. Von Natur ein Rebell, war Polizeiwachtmeister John Francis Barry ein unabhängiger Mann gewesen. Sein Sohn, der Priester, dachte daran, was für ein elendes Ende doch der junge Doyle gehabt habe, und ihm fiel das Begräbnis seines Vaters vor neunzehn Jahren wieder ein, als er selbst gerade elf war. »Sieh' dir die Priester an, was verstehen die schon von der Welt, der Kragen schneidet sie ab von dem Wissen um die Welt, ihr Leben lang hocken sie sicher im Schoße der Kirche!« Aber der Priester ist ein Mensch, schwach im Glauben oder wahrhaft katholisch, furchtsam oder tapfer wie ein Löwe, eitel besorgt um die Reichen seines Sprengels oder ebenso unablässig bemüht um die Armseligen und Beladenen wie Christus selbst.
Mrs. McLaferty, eine plumpe Frau, deren Unterrock immer hervorsah, sagte zu ihrer Nachbarin: »Arme Katie, sie waren unzertrennlich wie Zwillinge.«
Die andere Frau stöhnte: »Das arme, süße Ding. Das bringt sie um, das bestimmt. Ihr einziger Bruder, und dabei ist sie selbst viel zu gut für diese Welt.«
Mrs. Collins ließ sich nicht beruhigen:
»Wir werden noch sehen, Gott wird mein Zeuge sein. Die Ratten, sie werden in der Hölle braten bis zum Jüngsten Gericht.«
Mutt Murphy schwankte etwas näher auf die Witwe Collins' zu und bekreuzigte sich umständlich. »Amen«, sagte er. »Gott

sei ihm gnädig. Er war ein Heiliger, der Joey. Der einzige, der sich darum gekümmert hat, daß ich meine Entschädigung bekomme. Er hat mir den Antrag ausgefüllt und...«
»Los, weg da, Vorsicht...« Die Leute von der Leichenhalle drängten sich durch die Menge der Neugierigen und Trauernden. Ein Polizist schob den weinerlichen Mutt Murphy barsch beiseite, damit die Bahre herangetragen werden konnte.
Mutt versuchte, Pop sein Beileid vorzuplappern, aber auch Runty stieß ihn beiseite. Es war irgend etwas an Mutt, das man immer wieder nur beiseite stoßen konnte. Aber ob gestoßen oder geschlagen, er schwang immer wieder zurück, wie ein schwerer Punchingball. »Hau ab, Blöder«, wies ihn Runty zurecht und warf sich dabei wie ein kleiner Kampfhahn in Positur. »Laß den alten Mann in Ruhe.«
Mutt zuckte mit den Schultern und entfernte sich kopfschüttelnd. Runty und Moose halfen Pop durch ihre bloße Gegenwart, während sie alle dem Leichnam zu dem Wagen folgten. Fast die ganze Nachbarschaft war in ehrfürchtigem Schweigen auf dem Bürgersteig versammelt und sah dem sich entfernenden Fahrzeug nach.
»Komm mit«, sage Runty zu Pop. »Komm, laß uns einen trinken.«

FÜNFTES KAPITEL

Die Hafenarbeiter, die zu dem Hofplatz hinter dem Mietshaus geeilt waren, strömten jetzt wieder zurück in Johnnys Bar, um weiterzutrinken. Es wurde nicht viel über Joey Doyle gesprochen. Es gab Klügeres zu tun, als ihn zu bedauern; es war sicherer, sich unwissend zu stellen und sich um seine eigenen Angelegenheiten zu kümmern, Schnaps zu trinken, den Boxkämpfen auf dem Bildschirm zuzusehen, sich nicht in fremde Dinge zu mischen. Wenn es überhaupt ein Gesetz in dieser Gegend gab, dann war es das. Im Fernsehen wurde ein Boxkampf gezeigt, und diejenigen, die aus besonderen Gründen in der Bar sitzengeblieben waren, und die anderen, die aus reiner Neugier sich draußen um den Priester und den Arzt und die Polizisten gedrängt hatten – sie alle fühlten sich jetzt wieder zu der ihnen allen gemeinsamen Zuflucht, dem 50-cm-Bildschirm, hingezogen, wo die Gewalttätigkeit gewissermaßen stellvertretend gezeigt wurde und verhältnismäßig harmlos war.

Terry Malloy beobachtete die Kämpfe gewöhnlich Montag-, Mittwoch- und Freitagabend. Er schaute mit gleichgültigem Gesicht, die Hände in den Hosentaschen, den Kopf über das Bierglas gebeugt, zu und schüttelte die Kerle ab, die ihm immer wieder erzählen wollten, was er mit den Schlappschwänzen da im Ring gemacht haben könnte; innerlich aber dachte er darüber nach, wie viele von den Burschen einen Mord auf dem Gewissen hatten und jetzt dort im Fernsehring ihre viertausend Dollar kassierten und kaum etwas anderes dazu mitbrachten als etwas Willenskraft und manchmal nicht einmal das. Nicht etwa, daß Terry ein Meisterboxer gewesen wäre. Er war leicht zu treffen gewesen; davon zeugte noch die Narbenschwellung über beiden Augen, aber er hatte Kräfte gehabt und das Herz auf dem rechten Fleck, und er hatte es verstanden, sich auf den Gegner einzustellen und ihn an den Seilen festzunageln, wenn der richtige Augenblick gekommen war. Er hatte nur sieben von insgesamt 43 Kämpfen verloren, ein ganz guter Durchschnitt für einen Jungen, der viel zu schnell herausgestellt worden war und manchmal sogar erst in letzter Minute für einen anderen hatte einspringen müssen. Terry also sah sich die Kämpfe an und träumte ab und zu den Traum eines erfolgreichen Come-back: Vielleicht würde er Schuhe und Handschuhe hervorholen und ein bißchen trainieren, nur um wieder das Gefühl dafür zu bekommen. Zum Teufel, er war immer noch ganz gut in Form, bloß drei oder vier Pfund über seinem besten Gewicht, und mit achtundzwanzig Jahren – man brauchte doch nur Rocky Marciano anzusehen und Jimmy Carter. Sie waren jetzt alle um die dreißig herum und bekamen mehr Geld zu sehen, als sie sich je mit zwanzig hatten träumen lassen.

»He, Terry, was machst du denn da?«

Es war Specs, der oben auf dem Dach mit Joey zusammengewesen war, Specs und Sonny. Jetzt waren sie beide in der Kneipe, tranken Whisky aus Biergläsern und sahen dem Boxkampf zu, als ob nichts geschehen wäre. Specs sah gar nicht wie ein Gewaltverbrecher aus, schmal und blaß wie er war, aber er brachte es über sich oder, wenn man so will, war verrückt genug, einen anderen umzubringen, ohne mit der Wimper zu zucken, das heißt, ohne sich allzu viele Gedanken darüber zu machen. Er war nervös und etwas kurzsichtig; Terry war nie ganz wohl, wenn er ihn sah, aber Specs tat alles, was Johnny der Freundliche ihm auftrug, darüber gab es keinen Zweifel. Sonny war lediglich ein Bulle, der nur so mitlief, hauptsächlich, weil er soviel Respekt vor Specs hatte. Die Leute hatten keine Ahnung davon, daß es gar nicht so ohne war, sein ganzes Leben lang den Tod eines anderen auf dem Gewissen zu haben. Gewöhnliche Schläger wie Truck und Gilly konnten das nicht. Sie konnten einen zwar so zusammenschlagen, daß man daran starb, gewiß, und sie konnten einen irgendwo in einer Seitenstraße liegen lassen, bis man verreckte. Aber dieses andere, diese von langer Hand vorbereitete Aktion, die konnte man von dem Durchschnittskerl nicht verlangen. Man mußte schon etwas Besonderes an sich haben, man mußte in seinem Charakter schon irgend etwas Großes oder Krankhaftes haben. Terry wußte das. Er wußte, Specs und sogar Sonny waren brutaler oder vielleicht hemmungsloser als er. Er selbst war bloß ein Mitläufer, einer, der die Brosamen aufsammelte, einer, dem man nur die allerkleinsten Aufträge anvertraute, was ihm auch durchaus recht war. Kleine Fische waren genau das, was er brauchte. Alles andere machte viel zuviel Ungelegenheiten, zum Beispiel Präsident zu sein. Wer, zum Teufel, hatte Lust, Präsident zu sein? Man braucht sich nur diesen Ike anzusehen und all die Kopfschmerzen, die der Mann sich zuzog. Fünf Sterne auf der Schulter, und man ist ein Held, ein George Washington, und man wird von der ganzen Welt Champion genannt. Aber dann ein Jahr im White House, und er ist ein Halunke, und Pegler belegte ihn mit all den Schimpfworten,

die er sich sonst für die Demokraten aufgespart hat. Präsident oder sogar Abgeordneter der Ortsgruppe 447 wie Specs Flavin, wer hat dazu schon Lust? Ein paar Muscheln in der Tasche und eine gutaussehende Auster für die Nacht, das war etwas für Terry. Diesmal allerdings war er in etwas mehr hineingeraten, als er gedacht hatte. Zum Teufel mit dem Kampf und Specs und Sonny.
»Komm her, Terry, trink 'n Schnaps mit«, winkte Sonny.
Terry schob sie alle beiseite und ging hinüber ins Hinterzimmer. Es war ein alter, ungepflegter, viereckiger Raum mit denselben Boxern und Baseballspielern und Pferden und denselben Mädchen an den Wänden – und mit ein paar Bildern von den Großen (von Johnny dem Freundlichen an aufwärts), Arm in Arm miteinander aufgenommen. Da hing auch ein rührendes Bild von Johnny mit dem Ersten Vorsitzenden der International, Willie Givens, Tom McGovern und dem Bürgermeister von Bohegan, aufgenommen anläßlich des letztjährigen fröhlichen Diners, jenes alljährlichen Ereignisses, das von der Willie-Givens-Association veranstaltet wurde, zusammen mit einer Reihe von Gönnern, die alle einflußreiche Persönlichkeiten umfaßten, angefangen vom Bürgermeister und den politischen Führern bis zu Jerry Benasio von der Mord-AG, der den Mord geschäftlich rationalisierte. Politiker, Schiffsreeder und Gangster, das war die Achse, um die sich am Hafen alles drehte. Sie veranstalteten wunderschöne offizielle Banketts. Und jedes Jahr dankte ihnen der »Weinende Willie« mit tränen- und whiskyerstickter Stimme und mit von Herzen kommenden Gemeinplätzen.
Der Fernsehapparat im Hinterzimmer war eingeschaltet, und alle beobachteten mit einem Auge den Bildschirm, während das andere Auge auf Johnny ruhte. Es war Freitag, Zahltag am Pier und Zahlnacht in Johnnys Bar, wo der Profit auf seine Gefolgsleute, die sich Gewerkschaftsfunktionäre nannten, aufgeteilt wurde. Überall im Hafen wurden heute abend die Löhne gezahlt. Auf Staten Island, am East River und draußen in Brooklyn, wo Benasio regierte, ein Bündel Banknoten für die treuen Gefolgsleute, ein Anteil an den Schiebungen, dann die

Wettgewinne und der andere Trick: man stelle sechzehn Mann für eine Arbeit ein, die für zweiundzwanzig ausgeschrieben ist, und stecke die Differenz in die Tasche. Im ganzen Hafen war Zahlnacht, und den Jungens saßen Hände und Zungen lose. Johnny der Freundliche war die ganze Woche über ein großer Mann, aber noch viel größer war er heute abend, weil er nämlich jetzt die Beute in der Hand hielt und mit Realitäten rechnete; deshalb stolzierte er in dem Hinterzimmer mit der Autorität und Würde und den schlechten Manieren eines mittelalterlichen Herrschers herum.
Terry blieb in Gedanken versunken, hinter der Bar stehen und sah die anderen an. Jocko, der Barmixer mit dem Pferdegesicht, steckte den Kopf durch die Tür.
»He, Chef, Packy will noch einen haben – wegen der Sache, Sie wissen schon.«
Packy war ein alter Hafenarbeiter und entlassener Sträfling, der gelegentlich bei kleineren Sachen aushalf.
»Gib ihm ruhig noch einen«, sagte Johnny und schickte Jocko mit einer Handbewegung wieder hinaus. In der Öffentlichkeit war er immer großzügig, meist auch im Privatleben. Wenn man seinen Lebensstil ohne viel zu fragen akzeptierte, dann war er eigentlich ein vorbildlicher Charakter.
Big Mac trat mit einem Stapel Geldscheine an den Spieltisch. Er sagte kein Wort, weil es sich bloß um die normalen Einkünfte handelte, den Gewinn der letzten Woche, wobei 850 Mann Big Mac zwei bis fünf Dollar pro Tag dafür zahlten, daß sie vor einigen anderen Leuten zur Arbeit eingeteilt wurden. Mehr als zehntausend Dollar. Zwei Piers. Und ein dritter sollte von Johnny in Kürze neu eröffnet werden. Big Mac drückte sich herum, und Johnny wußte, daß er ihm etwas sagen wollte. Johnny nahm ihn mit in den kleinen Waschraum, in das Allerheiligste für solche Geschäfte, die nicht einmal Johnnys Gefolgsleute zu hören brauchten.
Big Mac, der in ein paar Mordaffären als Zeuge aufgetreten war, auch im Falle Andy Collins, ein Mann, dessen harte Kinnbacken von einer dicken Fettschicht überzogen waren und von

einer gewissen Leichtlebigkeit Zeugnis ablegten, Big Mac brachte den Mund dicht an Johnnys Ohr.
»Ein Bananenschiff legt morgen am Pier B an, die *Maria Christal* von Panama. Ich hab' bloß gedacht. Diese Bananen werden schnell schlecht.«
Big Mac sah Johnny an und wartete auf das grüne Licht. Was er im Sinne hatte, war eine Arbeitseinstellung. Man denkt sich irgendeinen Arbeitsdisput aus – die Gesellschaft verwendet zum Beispiel eigene Leute, um das Löschen zu beschleunigen –, irgendeinen gerade griffbereiten Trick, und dann zieht man die Leute ab und läßt die Bananen verfaulen. Binnen vierundzwanzig Stunden fangen die Leute – und zwar diejenigen, die sich vertraglich verpflichtet haben, die Bananen zu kaufen – zu jammern an, wir haben keine Bananen. Dann flüstert Big Mac ihnen ins Ohr, er könne die Leute dazu bewegen, den Streik abzublasen, falls – und sofort rutschen ein paar Geldscheine in einen Umschlag, als ob es Weihnachten wäre. Sie hatten nach diesem System letztes Frühjahr mit Tulpenzwiebeln aus Holland gearbeitet und die holländischen Onkel um fünfundzwanzig Mille in barem Geld erleichtert. Aus Tulpenzwiebeln läßt sich ein Vermögen machen, und fünfundzwanzig Mille sind kaum der Rede wert, wenn es sich darum dreht, die Zwiebeln nach Amerika einzuführen, bevor sie in den Laderäumen verschimmeln.
»Okay, verlange zehn Mille«, sagte Johnny. »Aber paß auf, daß du die Leute nicht ohne triftigen Grund abziehst. Achte darauf, daß es ganz legal aussieht. Dann kann ich nämlich der Presse klarmachen, wie wir um das Recht unserer Arbeiter kämpfen.«
»Hab' verstanden, Chef«, sagte Big Mac. »Ich glaube, es wird keine Schwierigkeiten geben. Die Bananenleute haben sowieso keine Ahnung, worauf's ankommt.«
Als sie in den großen Raum zurückkamen, war der Boxkampf im Fernsehen noch immer im Gange. »Solari klammert«, ließ sich Jimmy Powers gerade vernehmen. »Riley hat ihn getroffen, aber er kann ihm nicht den Rest geben. Noch dreißig Se-

kunden. Solari klammert noch immer, der Schiedsrichter kann sie kaum auseinanderkriegen. Beide sind ziemlich müde.«
»Ach was, dreht den Kasten ab«, sagte Johnny. »Diese Brüder können nicht kämpfen. Heutzutage ist überhaupt niemand mehr zäh genug.«
Dann sah sich Johnny nach seinen Wucherern um und merkte, daß eine der Geldhyänen noch nicht den Wochenertrag abgeliefert hatte.
»Wo ist der Morgan? Wo ist mein großer Bankier?«
Morgan, der so aussah, als hätte man ihn gerade aus dem Brackwasser eines Kanals gezogen, trat vor. Er stand zwar auf den Füßen, aber er schien zu kriechen.
»Hier bin ich schon, Mr. Freundlich.«
»Schön. ›J. P.‹, wie geht's Geschäft?« sagte Johnny.
»Ich hab' wieder Ärger mit Kelly, Chef«, brachte ›J. P.‹ seine Beschwerde mit einem vorwurfsvollen Seitenblick auf Big Mac vor. »Er will kein Geld nehmen und Big Mac teilt ihn sowieso zur Arbeit ein.«
»Ich muß ihn arbeiten lassen. Er ist der Neffe meiner Frau«, beharrte Big Mac.
»Aber er will kein Geld pumpen.« »J. P.« war immer kühn, wenn Johnny da war und ihm Big Mac vom Leibe hielt.
»Ich muß ihm Arbeit geben. Du kennst meine Frau. Sie würde mich umbringen.«
Johnny der Freundliche lachte. »Deshalb bleib' ich Junggeselle!«
Big Mac funkelte »J. P.« an. Er wollte auf dem Dock genau so verfahren, wie es ihm, Big Mac, gerade einfiel, und er war es endgültig leid, daß dieser Zwerg, »J. P.«, immer heim zu Johnny lief und ihm seine Ammenmärchen auftischte. »J. P.« suchte in seinem verknüllten grauen Anzug nach einer abgenutzten Brieftasche und nahm ein Bündel Geldscheine heraus.
»Hier sind die Zinsen der letzten Woche, Chef, sechs-zweiunddreißig.« »J. P.« verdiente daran zwanzig Prozent, ungefähr 125 Dollar, ein ganz netter Profit, wenn man bedenkt, daß er dafür lediglich seine Nase in die Angelegenheit anderer Leute zu stecken brauchte.

Johnny übergab das Bündel Charley Malloy. »Hier, zähl mal, ich schlafe beim Zählen immer ein.«
Es war Johnnys Art, die Leute sich gegenseitig kontrollieren zu lassen.
Skins DeLacey, Ladearbeiter auf Pier B, ein scharfblickender, gut angezogener Bursche, der eine Schwäche dafür hatte, sich um die Arbeit herumzudrücken, und im Rufe stand, sich selbst zu bestehlen, bloß um in Übung zu bleiben, trat ein und ging auf Johnny zu.
»Wie ist's mit dem Walzblech gegangen?« fragte Johnny leise.
»Großartig«, sagte Skins. »Ich hab' eine prima Quittung ausgestellt, wenn ich so sagen darf.«
»Die Quittung ist in Ordnung. Gib mir das Geld«, sagte Johnny.
Skins hatte das Bündel Scheine in der Hand. »Fünfundvierzig.«
Johnny sah sich nach Terry um. Terry stand mit mürrischem Gesicht da, er versuchte nachzudenken. Er wollte etwas sagen, aber er wußte nicht was, und noch viel weniger, wie er es sagen sollte. Er hatte ein so komisches Gefühl. Ihm war, als läge er auf der Matte und könne nicht mehr aufstehen, ohne aber irgendeinen Schmerz zu empfinden. Das war ihm einmal passiert, als McBride ihn in Newark k. o. geschlagen hatte. Der Kopf war klar, und er konnte das Zählen hören, und er hatte das Gefühl, er könne aufstehen und weiterkämpfen, aber irgend etwas zwischen Kopf und Beinen schien durchgeschnitten zu sein, und so war er immer noch auf Händen und Knien, als der Schiedsrichter zehn gezählt hatte.
»Hier, Terry, zähl das mal«, Johnny übergab ihm das Geld, das Skins in der Hand hielt.
»Ach, Johnny...« begann Terry zu sagen.
»Los«, befahl Johnny. »Es tut dir gut. Es bildet deinen Verstand.«
»Was für einen Verstand?« mokierte sich Big Mac.
Terry fuhr zu ihm herum und fühlte sich erleichtert, endlich ein Ziel gefunden zu haben. »Du bist heute abend gar nicht komisch, du Dickwanst.«

Big Mac drängte sich gegen Terry und hielt die Hand griffbereit. Der Junge war für ihn Luft. Charley war smart und nützlich, aber an Terry konnte er nichts finden.
Johnny trat zwischen beide und legte den Arm um Terry. »Zurück da, Mac, ich hab den Kleinen gern; denk nur an den Abend, wo er Faralla bei St. Nick fertig machte. Damals haben wir einen Batzen verdient.« In alter Dankbarkeit drückte er die Faust in Terrys Seite. »Bist wirklich noch gut in Form. Hast noch Chancen.«
Der Schlag und das Gespräch und die Kopfschmerzen, mit denen Terry hereingekommen war, all das verwirrte ihn vollends.
Johnny lachte und gab ihm einen Schlag auf den Rücken. »Laß sein, Einstein. Wie kommt's, daß du überhaupt nichts gelernt hast; wie dein Bruder Charley?«
Charley sah mit seiner Brille besonders gelehrt aus. Er las eine Menge. Er war stolz darauf, *Verdammt in alle Ewigkeit* bis zu Ende gelesen zu haben. Er liebte vor allem Bücher, die das wirkliche Leben widerspiegelten.
Big Mac sagte mit einer Kopfbewegung in Richtung auf Terry: »Die einzige Mathematik, die der je gelernt hat, ist, daß er den Schiedsrichter bis zehn zählen gehört hat.«
Ein Gelächter war die Folge und Terry war bereit, die rechte Faust in Big Macs dicken Bauch zu jagen. Johnny liebte keine Raufereien in dem Hinterzimmer. Dies war ein Geschäftslokal, und Johnny vermied unnötiges Aufsehen. Damit war er bisher immer gut gefahren, und Charley hatte ihm geholfen, seine Machenschaften entsprechend abzudecken. Legitimieren nannte Charley so etwas. Er repräsentierte die Ortsgruppe in der Distriktversammlung und konnte sich noch mehr wie ein aufrechter Gewerkschafter gebärden als Reuther selber. Jetzt zog Johnny Terry fort, verstellte ihm mit seinem vierschrötigen, achtungeinflößenden Körper den Weg und fragte seinen Gehirnmann.
»Was ist bloß mit unserem Jungen los, Charley? Er ist gar nicht mehr er selber.«
»Das ist die Sache mit Joey Doyle«, sprach Charley leise. »Du weißt ja, wie er ist. Und dann solche Sachen. Er übertreibt sie, ist zu sehr Marquis of Queensbury.«

Johnny zog den Jungen mit rauher Herzlichkeit an sich heran. »Hör mal zu, kleiner Terry. Ich habe auch manchmal weiche Anwandlungen. Kannst jeden Arbeiter am Hafen fragen, ob ich nicht immer, wenn mich einer um etwas bittet, mit mir reden lasse. Aber unsere Mutter hat uns Kinder eben bloß mit ihrem kümmerlichen Witwengeld aufziehen müssen. Als ich sechzehn war, mußte ich um Arbeit betteln. Ich hab' mich nicht umsonst vom einfachen Dockarbeiter heraufgearbeitet.«
»Ich weiß, Johnny, ich weiß«, sagte Terry und wünschte, das Gespräch wäre gar nicht hierauf gekommen.
»An die Spitze dieser Ortsgruppe zu gelangen, weißt du, das war gar nicht leicht«, fuhr Johnny mit dem Ausdruck der Selbstgerechtigkeit fort, mit der er immer diese alte Geschichte zu färben wußte. »Eine ganze Menge harte Kerle haben mir dabei im Wege gestanden.« Mit einem Ruck hob er den Kopf und spannte seinen Stiernacken, so daß die lange, gezackte und berühmte Narbe sichtbar wurde. »Die haben sie mir als Andenken hinterlassen.«
Charley nickte. »Er hielt sich die Kehle zu, um das Blut zurückzudrängen, und rannte trotzdem noch hinter ihnen her, bis auf die Straße. Fischauge dachte, ein Toter liefe hinter ihm her.«
Terry war noch ein Kind gewesen, als dies passierte. Fischauge Hennessy und Puter Smith waren damals die Herren in Bohegan gewesen, während Johnny sich bis zum Ladeleiter emporgearbeitet hatte. Er mußte damals viel einstecken und sammelte insgeheim eine Gefolgschaft; dann marschierte er eines Tages einfach in das Büro der Ortsgruppe, in die kleine Bude am Kai hinein, und als Fischauge eintrat, warf er ihn hinaus, in das dreckige Wasser des Hafenbeckens, so daß alle es sehen konnten. »Ich bin der neue Erste Vorsitzende der Ortsgruppe 447«, erklärte er. Das ist die Art und Weise, wie Gewerkschaftsführer zur damaligen Zeit ihre Wahlen im Hafenviertel zu gewinnen pflegten. Ein paar Tage darauf kam Hennessy in Johnnys Bar (das Kleeblatt hieß sie damals) und wollte Johnny die Hand geben, aber in der Handfläche hatte er ein Messer und im Umsehen klaffte Johnnys Hals so weit wie ein Karpfenmaul. Zehn Tage später wurden die

wässerig-blauen, von Fischen angefressenen Überreste Hennessys mit Hilfe von langen Haken an die Wasseroberfläche gebracht. Johnny wurde als Zeuge vernommen, ebenso wie Specs Flavin. Aber niemand war da, der als Augenzeuge in Frage kam, so mußten sie nach ein paar Tagen wieder entlassen werden. Puter Smith fand man etwa ein Jahr später im Jersey-Sumpf. Er war schon halb verrottet und sah mehr wie ein anthropologisches Ausgrabungsobjekt als wie ein vor kurzem dahingeschiedenes Mitglied der menschlichen Rasse aus.
Terry kannte die alte Geschichte Wort für Wort. Die schnelle und gründliche Art und Weise, wie Johnny der Freundliche an den Docks von Bohegan zur Macht gelangt war, übte einen mythischen Zauber auf die Vorstellungswelt der eingesessenen Arbeiterschaft aus. Das gleiche galt für die Geschwindigkeit, mit der Präsident Willie Givens und der Haufen von Schmarotzern, die er seinen Distriktrat nannte, die neue Stellenbesetzung bei 447 anerkannten und bestätigten. Natürlich berief sich Willie Givens, der Frühstückskönig, der alte »Weinende Willie«, auf seine gesegnete Gesundheit, wenn jemand auch nur vage durchblicken ließ, daß seine Boheganer Ortsgruppe von den allerverkehrtesten Gewerkschaftlern besetzt sei, die es diesseits des großen Teiches gäbe. Es war nicht seine Aufgabe, sich zu eingenend mit der Geschäftsführung der Ortsgruppen zu befassen. Er trat für die Selbstbestimmung der Gewerkschaften ein. Solange die Ortsgruppen ihre Mitgliedsbeiträge an Willie und die International abführten, war Willie ein Verfechter ihrer Unabhängigkeit. Bei seinen fünfundzwanzigtausend pro Jahr und unbegrenzten Spesen und seinem Spezialfonds zur Bekämpfung von revolutionären Bestrebungen und seinem Wohlfahrtsfonds und den Zuwendungen von den Transportgesellschaften (Fröhliche Weihnachten, Willie!) konnte er nach Herzenslust mit seinem guten Freund Tom McGovern feiern, während Johnny der Freundliche und seine Leute die schmutzige Arbeit verrichteten. *An die Spitze dieser Ortsgruppe zu gelangen, weißt du, das war gar nicht leicht.* Terry kannte die ganze Geschichte Wort für Wort.
»Ich weiß, was dich auffrißt, Junge.« Johnny ließ den Arm

auf Terrys Schulter liegen, und Terry wünschte, Charley hätte dieses Thema gar nicht aufgebracht. Er hatte von all dem genug. Was er brauchte, war ein tüchtiger Rausch. Am nächsten Morgen würde er dann schon wieder auf Draht sein. Aber Johnny ließ ihn nicht los. Vielleicht hätte man dem Kleinen die ganze Geschichte vorher auseinandersetzen sollen, meinte Johnny. Dann wäre es vielleicht nicht so ein Schock für ihn gewesen.
»Schau mal her, Junge, du weißt, ich hab' jetzt fünfzehnhundert zahlende Mitglieder, das sind vierundfünfzigtausend im Jahr, und zwar *legal*. Und wenn jeder einzelne bereit ist, noch zwei Dollar dazuzulegen, um sicher zu sein, einen Tag Arbeit zu haben, und wenn sie außerdem alle ihren Dollar zahlen, jedesmal, wenn die Sammelbüchse für den Wohlfahrtsfonds herumgeht, tja, und dann haben wir ja noch die Lotterie und die Pferde, und noch ein bißchen dazu – na ja, du kannst dir's ja ausrechnen. Wir haben die beiden fettesten Piers im fettesten Hafen der Welt. Was immer herein- und hinausgeht – wir beziehen unseren Anteil.«
»Wir haben schwer dafür arbeiten müssen«, sagte Charley. »Und es macht uns noch immer viel Kopfzerbrechen, und dann die ganze Verantwortung – glaube mir, alles was wir einnehmen, ist unser gutes Recht.«
Terry war mitten hineingeraten und wünschte, er wäre auf seinem Dach und schwänge die lange Übungsstange nach den Tauben. Aber Johnny kniete ihm auf der Seele und redete auf ihn ein, das Gesicht dicht an dem seinen.
»So, jetzt schau also einmal her, Kleiner, du glaubst doch selbst nicht, daß wir es uns leisten könnten, uns aus so einer Stellung heraushauen zu lassen, aus einer Stellung, die mich Blut und Schweiß gekostet hat – und das Ganze bloß wegen dieses einen lausigen, kleinen Idioten, wegen dieses Doyle-Knaben, der herumgeht, die Leute aufwiegelt und der Kriminalpolizei eins ins Ohr pfeift. Oder?«
Terry war zu Boden gegangen, er kroch auf Händen und Knien, und der Schiedsrichter zählte, und irgend etwas stimmte mit ihm nicht, denn er kam nicht wieder hoch. Als ob ihm die Luft ausgegangen wäre...

Terry runzelte die Stirn und sagte: »Klar, Johnny, klar, ich weiß, es war blöd von mir, dir alle diese Schwierigkeiten zu machen. Ich habe bloß gedacht, wenn ich schon drinhänge, dann hätte ich auch wissen müssen, was eigentlich . . .« Er geriet ins Stocken, fühlte Johnnys Blick auf sich ruhen und merkte, daß Charley versuchte, ihm ein Zeichen zu geben, er solle schweigen. »Ich . . . habe mir bloß . . .« seine Stimme erstarb. Was sollte er noch sagen? Sie wußten sowieso, was er meinte.
Charley beobachtete Johnny mit ängstlicher Aufmerksamkeit, aber der Chef schien immer noch milde gestimmt, jedenfalls was Terry anging. Der Junge hatte seinen Teil an der Sache gut erledigt, und Specs und Sonny hatten das Ihre dazu getan, und die ganze Sache war okay. Jetzt standen die Aussichten hundert zu eins, daß der Leichenbeschauer die Angelegenheit als reinen Unglücksfall behandeln würde. Auch die Polizei würde in ein paar Tagen die Akten über diesen Fall schließen. Man brauchte nicht einmal mit ein paar geringfügigen Verhaftungen zu rechnen. Sam Millinder, der als eine Art Vertragsanwalt seine fünfundsiebzigtausend im Jahr bezog, würde kaum Gelegenheit haben, seine Spitzenkür als Rechtsverdreher zu laufen. Es handelte sich eben um eine glatte Operation, und die ist nur möglich, wenn man die entsprechenden Leute bei der Hand hat. Johnny zog eine Fünfzigdollarnote aus der Tasche und stopfte sie hinten in den Pullover, den Terry als Hemd trug.
»Hier, Kleiner, hier hast du einen halben Hunderter, sauf dir einen an.«
Verschwommen, dunkel, wie in einem von Wolken überzogenen Traum, wie ein verblaßtes Albumbild aus biergetränktem Schlaf, erinnerte sich Terry plötzlich an das frische junge Gesicht des jungen Doyle, wie er sich aus dem Fenster beugte. Das Geld würde ihn nur immer wieder daran erinnern. »Nein, danke, Johnny.« Er versuchte den Geldschein zurückzuweisen. »Ich brauch's wirklich nicht, ich . . .«
Johnny hatte es nicht gern, wenn man ihm einen Korb gab, auch dann nicht, wenn er Geldgeschenke machte. Er steckte den Schein noch tiefer von oben in Terrys Pullover hinein und ließ dabei

ein hartes, herablassendes Lachen ertönen. »Geh weiter. Ist ja nur ein kleines Geschenk von deinem Onkel Johnny.«
Dann wandte er sich Big Mac zu, der folgsam auf seinen Anteil wartete, damit er sich an der Bar damit brüsten und den großen Mann spielen konnte.
»He, Mac«, kommandierte Johnny, »morgen früh, wenn du die Leute einteilst, dann schick Terry ganz nach oben. Nummer eins. Jeden Tag.«
Big Mac nickte, zog seine aufgedunsenen Backen ein, was bei ihm soviel bedeutete, wie »na schön, wenn du meinst«.
»In Ordnung, Matooze?« sagte Johnny zu Terry. »Eine leichte Sache. Brauchst da bloß die Kaffeesäcke zu zählen.«
Das hieß neunzig Dollar die Woche für das Lesen von *See, She, Pics Quick, Tempo, Stare, Dare* und der *Police Gazette*.
»Danke, Johnny«, sagte Terry. Er konnte das Gefühl nicht loswerden, man habe ihm nicht alles gesagt. Er steckte die Hände in die Taschen seiner blauen Leinenhose und stapfte hinaus mit den fünfzig Dollar, die ihm auf der Haut brannten wie ein Senfpflaster.
Charley hatte seinen Bruder mit wachsamer und etwas skeptischer Anteilnahme beobachtet. »Du hast hier einen wirklichen Freund gewonnen, denk immer daran«, glaubte er dem Jungen nachrufen zu müssen.
Terry drehte sich nicht um. Er schritt langsam zur Tür, wie ein geschlagener Boxer, den Kopf gesenkt, als ob er durch die schmale Gasse zwischen der Menge hindurch in seine Garderobe ginge.
»Warum sollte er das auch vergessen?« sagte Johnny großspurig. Er fuhr fort, seine Leute auszuzahlen, die Einnahmen der Woche wie Karten auf einem Spieltisch auszuteilen, und legte dabei die Bündel für den Bürgermeister und den Polizeidirektor beiseite, die er etwas später im Cleveland Democratic Club treffen wollte.
Specs und Sonny und Gilly waren an der Bar mit Würfeln beschäftigt, als Terry sich den Weg zur Tür bahnte. Sie riefen ihm zu, aber er ging weiter. Er schritt die River Street entlang, bis er zu der kleinen, aus einem einzigen, winzigen Raum beste-

henden Bar namens Hildegarde kam. Er mußte eigentlich immer lachen, denn Hildegarde war gut zweihundert Pfund schwer, ein Riesenstück warmherziger, unförmiger Weiblichkeit, die einen tränenreichen, unentschiedenen Kampf mit ihrem knausrigen, arbeitsscheuen Ehemann Max führte. Es war gewöhnlich ruhig bei Hildegarde, besonders, wenn sie ihren Max hinausgeworfen hatte. Terry setzte sich an die Bar und hörte geistesabwesend Helen Forrest zu, die »My Secret Love« sang, einmal und noch einmal und noch einmal, denn Hildegarde stopfte mit ihren fetten, feuchten Händen immer wieder Groschenstücke in den Apparat.
»Was ist denn los mit dir, du bist ja so still heute abend?« sagte Hildegarde.
Terry zuckte mit den Schultern und stürzte den Whisky die Kehle hinunter, als ob er zu heiß wäre, um ihn im Mund zu behalten. Hildegarde zog sich von ihm zurück, denn sie war eine erfahrene Barfrau, die die Stimmungen ihrer Gäste zu respektieren wußte. Es war sonst niemand da, deshalb lehnte sie ihren schwammigen Körper über den Spielautomaten und sang mit belegter, gutturaler Stimme:

>»Ich hatt' einst ein heimliches Liebchen
>das wohnte im Herzen bei mir...«

Gewöhnlich neckte Terry sie und machte Witze über ihre Liebschaften – »Wie heißt denn dein neuer Liebhaber?« und mit einem Stoß des Ellbogens: »Na, was meinst du, sollen wir beide uns nicht über das Wochenende mal kurz auf und davon machen. Du kennst doch das verschwiegene Hotel, ha-ha, du hast zwar nicht den allerbesten Hintern in der Stadt, aber niemand wird behaupten, daß du nicht den größten hättest.«
Hildegarde pflegte ihn dann in gespieltem Zorn einen frechen Lümmel zu heißen, aber sie hatte Terry gern, und das Ende war immer, daß sie ihn zum Trinken einlud und für ihn zahlte, bis er genug hatte. Heute abend aber war es anders. Hildegarde umarmte in ihrer Einsamkeit den Musikautomaten und überließ Terry seinen Gedanken.

SECHSTES KAPITEL

Es war nach zehn Uhr abends, aber die Kinder auf der Market Street waren im trüben Schein der Straßenlaternen noch immer mit ihrem lärmenden Spiel beschäftigt. Der Ball prallte irgendwo ab, sprang auf den Fahrdamm, und ein zwölfjähriger Junge, das Gesicht glänzend von Schweiß, sprang ihm nach und geriet fast unter die Räder eines Taxis, das plötzlich um die Ecke bog. Die Leute aus dieser Gegend pflegten die Untergrundbahn zu benutzen und murrten über das Fahrgeld von fünfzehn Cents. Ein Taxi, das vor einer der Mietskasernen vorfuhr, war deshalb eine kleine Sensation. Als es vor dem Doyleschen Haus parkte, kamen die Kinder angelaufen, umringten den Wagen, und einige kletterten zum Mißvergnügen des Fahrers, der seinem Unwillen freien Lauf ließ, auf die Kotflügel. Bevor Katie Doyle noch aussteigen konnte, wanderte ihr Name im Flüsterton durch die Menge. Die Kinder bildeten einen Knäuel vor der Tür und drückten sich gegen die Scheiben, wie Halbwüchsige, die einmal einen Filmstar sehen wollten. Abgesehen von der Verbindung mit ihrem Bruder Joey war sie in diesem Viertel so etwas wie eine Berühmtheit, denn als junge Studentin am Marygrove College in Tarrytown hatte sie sich ganz bewußt von ihren Altersgenossinnen distanziert, die in blauen Leinenhosen mit heraushängenden Hemden herumliefen und freche Reden führten, wie man sie in Bohegan gewohnt war. Katie Doyle war ein stilles, vielleicht allzu ernstes junges Mädchen; Pop Doyle hatte sie bereits im zarten Alter von zwölf Jahren auf die auswärtige Schule geschickt, weil er unter allen Umständen, koste es was es wolle, entschlossen war, sie vor dem Leben auf der Straße zu bewahren und ihr das Unglück zu ersparen, dem kaum ein hübsches Mädchen, und wenn es noch so gut erzogen ist, im Hafenviertel von Bohegan entgeht.

Während des ersten Jahres in Marygrove war sie unter ihren Klassenkameradinnen dadurch aufgefallen, daß sie den Katechismus so aufsagte, als ob die Worte ihr etwas bedeuteten, während die anderen sich damit begnügten, die Sätze herzubeten, und sich

keinerlei Gedanken über Sinn und Inhalt des Textes machten. Katherine-Anne war dadurch zu einer schwierigen Schülerin geworden. Innerhalb der Grenzen, die der Gehorsam zog, versuchte sie, selbständig zu denken. Wenn die Schwestern, die in Marygrove lehrten, Katherine-Anne den Schlüssel zur Himmelspforte gegeben hätten, so würde sie sofort versucht haben, ob der Schlüssel auch tatsächlich paßte und hätte dann den Raum hinter der Tür mit der gleichen inquisitorischen Hartnäckigkeit untersucht, der die braven Schwestern oft fassungslos gegenüberstanden. Schwester Margaret, die englische Literatur unterrichtete, klagte zuweilen – trotz aller Zuneigung für Katherine-Anne – »Ich wollte, sie stellte nicht so viele Fragen.«
Die Kinder mit ihren aufmerksamen Blicken und von Schmutz überzogenen Gesichtern umdrängten Katherine-Anne, als sie den Taxifahrer entlohnte. Sie hatte Joey geliebt, ja verehrt, fast bis zur Grenze der Selbstvergessenheit oder sogar Sünde, und jetzt schien sie vollkommen eingehüllt in ihren Verlust und noch benommen von dem Schock, den der Telefonanruf auf sie ausgeübt hatte. Sie hatte noch die blaue Schülerinnenbluse und den Rock an, den sie in Marygrove trug, und auch in manch anderer, weniger sichtbaren Weise hatte sie den Übergang vom College am Stadtrand von Tarrytown in diese Häuserreihe übervölkerter, aufdringlicher Mietskasernen dicht am Hafen noch nicht vollzogen. Vom Taxi eilte sie geradewegs über die Außentreppe in den schäbigen, vertrauten Hausflur hinein.
Billy Conley, der von seinem beherrschenden Beobachtungsposten am Fuße der Treppe aus zu ihr aufschaute, konnte nicht umhin, zu bemerken: »Junge, Junge, die kleine Doyle ist aber wirklich groß geworden, seit sie letzte Ostern zu Hause war.«
Jo-Jo Delaney meinte lachend dazu: »Und auch an der richtigen Stelle.« Und er unterstrich mit einer Handbewegung nach Erwachsenenart, was er damit ausdrücken wollte.
Ein dickes, zwölf Jahre altes Mädchen schalt laut: »Hast du denn gar keinen Respekt vor den Toten?«
In diesen Worten schwang ein so abschließender, endgültiger Unterton mit, daß die frühreifen Burschen verstummten. Billy konn-

te wie ein hübscher, irischer Junge aussehen, wenn sein Antlitz in ruhiger Gelassenheit offen dalag; und jetzt wirkte er wie ein engelgesichtiger Chorknabe bei der Heiligen Messe, als er die Augen hob – nicht zum Himmel, sondern bloß zu dem Fenster im zweiten Stock, wo die Lichter in der Doyleschen Wohnung brannten.
Es war eine Eisenbahnerwohnung, eine von sechzehn in dem sechzig Jahre alten Backsteinbau. Man gelangte von der Eingangstür unmittelbar in die enge Küche; dort stand der kleine Herd und die Badewanne, über die ein Deckel gelegt war, auf den sich Pop zu setzen pflegte, wenn er Besuchern Platz am Küchentisch machen wollte. Hinter der Küche lag ein dunkler knapp vier Meter langer Raum, aus dem man die Türen entfernt hatte, um Platz für ein Bett zu lassen. Ein weiteres kleines Schlafzimmer und das Vorderzimmer, das früher einmal ein Salon gewesen, inzwischen aber in einen Schlafraum umgewandelt worden war (es besaß ein Fernsehgerät, das noch nicht ganz abbezahlt war), vervollständigten den bewohnten Raum. Eine Eisenbahnerwohnung. Der Name ist gar nicht so schlecht gewählt, denn sie war nur wenig breiter als ein Schlafwagen, die einzelnen Zimmer gingen ineinander über, und es gab keinen Korridor oder Flur, der der ganzen Wohnung etwas mehr Ruhe und Abgeschlossenheit gegeben hätte. Auf dem Vorplatz befand sich eine kleine Toilette für die Mieter derselben Etage; und wenn so auch nicht die Mehrzahl der Leute in Amerika zu wohnen pflegte, so war all das doch typisch für die Lastträger des Hafens von Bohegan. Einige der Mietshäuser in diesem elenden Viertel stellten nichts weiter als bessere Bruchbuden dar, armselige Denkmäler sozialer Rückständigkeit, die auf den von Altpapier und Abfällen übersäten freien Plätzen zwischen den Wohnblocks auf der Market Street und den Bars an der River Street errichtet worden waren.
Schon ein halbes Dutzend Menschen hatten in der Doyleschen Wohnung kaum Platz – jetzt waren mehr als doppelt so viele anwesend: Pop in seinem Unterhemd, und Runty und Moose, die die Flasche herumgehen ließen, und ein Mieter aus der Nach-

barwohnung, Mr. Mathewson, ein nordirischer Protestant, aber trotzdem gerngesehener Gast, und Jimmy Sharkey, ein junger Freund von Joey. Da war außerdem Mrs. Gallagher, eine mütterliche Nachbarin, die elf Kinder hatte und ihr Leben lang mit ihrem Mann in Streit lag, wer am Freitagabend in den Besitz der Lohntüte gelangen würde, und die trotzdem noch Zeit fand, das ganze Haus irgendwie zu bemuttern. Sie stand jetzt in der überfüllten Küche und richtete an Stelle der schon vor langer Zeit heimgegangenen Mrs. Doyle belegte Brote mit Hilfe von Schinken, Corned beef und Käse, was andere Nachbarn beigesteuert hatten. Auch Onkel Frank war da, der Polizeiwachtmeister, ein unbeholfener, freundlicher Mann mit rotem Gesicht, der aus irgendeinem geheimnisvollen Grund nie geheiratet hatte und den Kindern auf der Straße den einen oder anderen Groschen zuzustecken pflegte. Ein Querschnitt der Bevölkerung drängte sich in diesen engen Zimmern, trank und redete laut, erzählte Geschichten und weinte hier und da mit den Nachbarn, die vorbeischauten und wieder gingen, nachdem sie Pop umarmt, einen Schluck aus der Flasche genommen und die althergebrachten Beileidsworte zum Tode des armen Jungen gestammelt hatten.

Als Katherine-Anne den knarrenden Treppenabsatz in Richtung auf die offenstehende Küchentür entlangging, war Runty Nolan gerade dabei, eine alte Saufgeschichte zu erzählen. Er hoffte, Pop damit ein wenig zu erheitern.

»Ich komme also aus der Drehtür von McCartys Bar heraus« – Runty spielte die ganze Begebenheit den Anwesenden noch einmal naturgetreu vor – »und falle kopfüber in einen Schneehaufen...«

Moose schenkte Pop wieder ein, und Pop versuchte zu lachen.

»Trink, Pop, trink«, rief Moose laut, »trink ruhig noch einen.«

»Gut, aber bloß 'n kleinen«, sagte Pop, den die vielen Leute und die Plötzlichkeit der Ereignisse etwas aus dem Gleichgewicht gebracht hatten.

»... und als Patrick hier (mit einer Handbewegung auf Pop) versucht, mich aufzuheben, sag' ich, was fällt dir ein, einen

Mann in seiner Nachtruhe zu stören und ihm das Bettlaken wegzuziehen. »Was heißt hier Bettlaken, das ist Schnee, du Trottel, sagt darauf der alte Gauner.«
Runty lachte aus vollem Halse, ha-ha-ha und alle fielen mit ein, und zwar riefen die, denen am wenigsten zum Lachen zumute war, am lautesten ha-ha-ha, bis die überfüllten Räume mit ihrer verbrauchten, abgestandenen Luft und den schäbigen Tapeten wahrhaft zu erwachen schienen bei dem unnatürlichen, der Trauer so dicht benachbarten Gelächter.
In diesem Augenblick trat Katie ein, hochgewachsen, aufgerichtet, frische Farben im Gesicht, eine Gestalt, die in der übervölkerten, von Whiskydunst erfüllten Küche wie ein Eindringling aus einer anderen Welt wirkte.
Der Anblick seiner Tochter, die so still eintrat, daß sie schon mitten unter ihnen war, bevor man ihre Ankunft überhaupt gemerkt hatte, gab Pop den Rest: er brach vollends zusammen. Jetzt konnte er endlich seinen Gefühlen freien Lauf lassen, als er Katie in die Arme schloß und sie sein runzeliges, unrasiertes Gesicht an ihrer Wange spürte. Dann schluchzte er fassungslos, den Kopf in die Beuge zwischen Hals und Schulter seiner Tochter gelegt. Sie hielt ihn still, während er schluchzte: »Katie, mein Mädchen...«
Leise und noch immer tränenlos von dem Schock sagte sie: »Pop... Pop...« und die Freunde in dem Raum wandten sich zueinander, teils aus Verlegenheit, teils um eine unsichtbare Mauer zu bilden, hinter welcher Vater und Tochter sich ihrem Kummer hingeben konnten.
Auf der anderen Seite dieser Mauer reichte Runty Nolan die Flasche Mathewson hinüber. »Los, Matty, du verlierst den Anschluß.«
»Anschluß! Noch einen und ich verliere das Gleichgewicht«, sagte der Protestant aus Nordirland.
Katherine-Anne betrachtete aufmerksam und wie aus weiter Ferne die Szene und betete innerlich zu ihrer lieben Mutter Maria, sie möge ihr dabei helfen, den Sinn der letzten Ereignisse zu erfassen. In der Abgeschiedenheit des Konvents von Tarrytown

hatte sie unter der Leitung der St.-Annen-Schwestern eine fast fieberhafte Vorstellung davon bekommen, was Sünde und Verworfenheit und menschliches Elend heißen. Die Heilige Familie führte in ihren Augen einen unablässigen Kampf gegen Unwissenheit und menschliches Irren. Die Drei-Einigkeit stand für Katie ebenso wirklich wie die Registrierkasse in Johnnys Bar für Johnnys Schwager Leo. Allmählich und langsam begann Katie aber zu fühlen, während sie sich blind wie ein junger Maulwurf im Dunklen vorwärtstastete, daß die Welt, durch die sie sich hatte treiben lassen, eine Welt frommer Träume gewesen war. Jetzt erfuhr Katie zum erstenmal in ihrem Leben das wirkliche menschliche Elend, die lebendige Sünde, die nackte und hinterhältige Verworfenheit, und ihr Glaube war getroffen. Im Geiste, abgesetzt von der gezwungenen Festlichkeit der Leichenfeier, rief sie die Jungfrau Maria an, als wende sie sich an ihre eigene, leibliche Mutter. Und während sie im Herzen rief: *Heilige Mutter Gottes, hilf mir, hilf mir, daß ich begreife*, suchte sie, ohne es noch selbst zu wissen, nach einer wirklichen Antwort auf die Frage nach Leben und Tod, nicht in weiter Ferne auf dem Kalvarienberg, wo die Engel in stillem Triumph auf rohe Krieger herniederfuhren, sondern hier, an der River Street und der schäbigen Market Street, wo die Schiffe – wuuuuuuuuum – in der Nacht vorbeifuhren und das Ungeheuer Fluß mit öligen Zungen gierig nach neuen Opfern lechzte und leckte.
»Ja, ja«, sagte Jimmy Sharkey, nun wohl zum fünften Male, um das Gespräch in Fluß zu bringen und um die Versammlung ein wenig zu beleben, »es wird lange dauern, bis wieder mal jemand diesen Hyänen die Meinung sagt, wie es Joey Doyle getan hat.«
»Mut hatte er wie ein ganzes Regiment«, rief Moose.
»Wirklich ein Draufgänger«, warf Runty Nolan ein.
Und Runty wußte, was es hieß, auf den Docks ein Draufgänger zu sein. Er brauchte nur ins Jahr 1914 zurückzugehen, als die Ortsgruppe 447 ihre Satzungen erhielt. Willie Givens und Tom McGovern waren einfache Mitglieder, die neben ihm zur Arbeit gingen. Willie war ein junger Prahlhans, der dauernd

andere um Drinks anbettelte. Einmal hatte er einen in der Krone und sah das Stück Stahlblech nicht, das vom Kai zum Laderaum herüberschwang. Willie lag drei Monate im Bett, und Runty schlug dem Verein, der sich damals noch an die demokratischen Spielregeln hielt, aus reiner Herzensgüte vor, man solle doch Willie auf den Posten des zweiten Finanzsekretärs der Ortsgruppe setzen, damit er seine Rekonvaleszenzzeit durchstehen könne. Willie verschrieb sich dem Büroleben, wie der Hafenarbeiter dem Bier. Nicht einen Tag hatte er seither mehr am Hafen gearbeitet. Er stieg immer höher und höher. Erster Vorsitzender der Ortsgruppe. Stellvertretender Vorsitzender im Distriktsrat. Schließlich Präsident der International. Fünfundzwanzigtausend und unbegrenzte Spesen. Und Zuwendungen von den Transportleuten, weil er soviel Verständnis für die Probleme der Geschäftsführung hatte. Und ein Geheimfonds für den »Kampf gegen den Kommunismus«, den zu unterstützen jede Firma im Hafen für ihre· patriotische Pflicht hielt, ein Fonds, den Willie ganz allein verwaltete. Der letzte Kongreß, eine hübsche Sammlung von Ja-Sagern, hatte Willie zum Präsidenten auf Lebenszeit gewählt (»wer dafür ist, der sage ja, und gnade Gott demjenigen, der es wagen sollte, dagegen zu sein«). Auf diese Weise hatte sich Willie Givens in eine einheitliche parlamentarische Front mit Johnny dem Freundlichen darunter und Big Tom McGovern darüber hineinmanövriert.
Big Tom saß im Aufsichtsrat des Knickerbocker Athletic Club und des Gotham Club, und der Bürgermeister tanzte nach seiner Pfeife, und er besaß Verladegesellschaften und Schleppergesellschaften und Ölgesellschaften und Sand- und Kiesgesellschaften und Transportunternehmen und Gesellschaften, die wiederum andere Gesellschaften besaßen. Mit anderen Worten, er hatte die ganze Stadt fest in der Hand, und während er den Richtern und Politikern einen fünfundzwanzig Jahre alten Tropfen kredenzte, wurden diejenigen, die nicht parieren wollten, von seinen Handlangern am Hafen blutig geschlagen. Von der Fifth Avenue bis zur Gosse in der River Street, wo das Blut floß, das alles war Big Toms Herrschaftsbereich.

Aber Runty wußte noch, wie innerhalb von drei Jahren Tom McGovern vom Verladearbeiter mit vierzig Cents die Stunde zum Besitzer von zehn eigenen Fleischwagen aufstieg. Das war die Geburtsstunde der Enterprise Trucking Co., und diese Gesellschaft kam auf eine ungewöhnlich direkte Art zustande, denn Big Tom erwarb sich die ersten beiden Fahrzeuge einfach dadurch, daß er den Besitzer durch schwere Drohungen dazu veranlaßte, ihm die Wagen zu überschreiben.

Runty hatte mit angesehen, wie Tom sich mit seinen eigenen Fäusten den Weg nach oben auf den Docks erkämpfte. Und er wußte auch, daß der Leiter der Fuhrmannsgewerkschaft in einem der ersten Mordfälle am Hafen aus dem Wege geräumt wurde, so daß Big Tom einen seiner eigenen Leute in diese Position hineinlancieren konnte, so wie er dann etwas später Willie Givens an die Spitze der Hafenarbeiter brachte. Und die ganze Zeit hindurch, während Big Tom sich den Weg in den inneren Kreis der oberen Zehntausend der Stadt bahnte und der »Weinende Willie« seine whiskybenetzten Schwingen als erfolgreicher Gewerkschaftsführer spannte, während all dieser Zeit blieb Runty Nolan der einfache Hafenarbeiter, der mit dem Haken in der Hand im Laderaum der Schiffe arbeitete, und das zu einer Zeit, da man noch keine besonderen Geräte kannte und das Hauptwerkzeug der eigene Rücken war. Ein starker Rücken und ein schwacher Verstand – so lautete damals die gültige Arbeitsformel für den Ladearbeiter.

Runty jedoch besaß, trotz des Whiskys und der langen, in den Bars verbrachten Nächte, einen starken oder zum mindesten unbeirrbaren Willen, sobald es sich um Willie und Big Tom drehte. Als er erkannte, worauf sie hinaus waren, damals während des Ersten Weltkrieges, als Tom dabei war, die erste Million zusammenzubringen und Willie damit beschäftigt war, die Gewerkschaftsmaschinerie zu ölen, schwor ihnen Runty ewigen Haß; er schwor bei der Seele seiner Mutter und seines irischen Vaters, der auch im Hafen gearbeitet hatte und während der irischen Unruhen in der Zeit des Ersten Weltkrieges ums Leben gekommen war. Und wenn ein Nolan bei der Seele

seiner Eltern schwört, dann schwört er für Zeit und Ewigkeit.
Runty Nolan sah bei allem auch immer die komische Seite, sogar dann, wenn er geradewegs in die Mündung einer auf ihn gerichteten Pistole hineinblickte. Wenn andere Hafenarbeiter aus Angst ihres Weges gingen, schien es Runty geradezu eine perverse Freude zu machen, die Pistoleros, wie er sie nannte, zu reizen. Manchmal lachten sie bloß, und die Sache war erledigt; manchmal aber, wenn er nicht abließ, sie zu reizen und zu provozieren – und man am Hafen aufmerksam beobachtete, ob Runty ungestraft damit durchkam –, dann taten sie ihm den Gefallen, mit einem Schraubenschlüssel oder einem Stück Gummikabel. Die Geschichte dieser Schlägereien war am Hafen mittlerweile zu einer Art Mythos geworden.
Runty Nolan war ein Draufgänger – wie er sich selbst nannte – die letzten vierzig Jahre hindurch gewesen, und er war zäher als ein Käfig voller Katzen und hatte mehr Schläge bezogen, als für einen Einzelgänger gesund war.
Als er also hier bei der seltsamen Totenfeier Joey Doyle einen Draufgänger nannte, in diesem Fall einen moderneren und besser organisierten, da wußte er, was das zu besagen hatte. Er gebrauchte das Wort nicht leichthin.
Pop, der Runty liebte, dem aber schon seit langem das Rückgrat gebrochen worden war, trat jetzt in die Mitte des Raumes und schwenkte die mageren, stahlharten Arme, zitternd vor Wut und Trauer.
»Red' mir nicht von Draufgängern«, schrie Pop. »Für Draufgänger gibt's hier am Hafen letzten Endes nur eines, wo sie schließlich landen – die Bahre. Genau wie bei unserem Joey.«
»Gott sei ihm gnädig«, murmelten alle und griffen nach den Gläsern. Moose füllte überall nach, und Runty, dem es leid tat, mit seiner Erwähnung des Draufgängertums in Pop ein derartiges Gefühl der Bitterkeit geweckt zu haben, hob sein Glas in dem durchsichtigen aber nichtsdestoweniger wirkungsvollen Bestreben, die allgemeine Stimmung wieder zu heben.
»Los, laßt uns trinken auf Gott, Irland und alle Anwesenden«,

sagte er mit dem ihm eigenen unverwüstlichen Anflug von Humor in der Stimme. Und dann fügte er noch hinzu, wie der ältere Cato, der auf der Zerstörung von Karthago bestand: »Und zum Teufel mit Willie Givens.«
Von allen Seiten kam »Richtig« und »Zum Wohlsein« und »Gott vergelt's« und Runty dachte bei sich, jetzt haben wir diese Totenfeier endlich wieder auf dem richtigen Gleis, als Katie, die bis dahin noch am Rande der Menge gestanden und sich ganz still verhalten hatte, nur leise fragte: »Wer hat es getan?«
Die Frage fiel wie eine Bombe in die Mitte des Raumes. Moose, Runty, Pop, der junge Jimmy Sharkey und drei oder vier Hafenarbeiter, die gerade vorbeigekommen waren, sahen sich an und ließen die Köpfe in einer Weise hängen, wie es am Hafen Sitte geworden war, sooft eine derartige Frage gestellt wurde.
»Wer hat es getan?« fragte Katie wieder, und ihre Frage klang ebenso einfach und verblüffend wie die anderen alle, die sie ihrer verzweifelt geduldigen Lehrerin in christlicher Apologetik zu stellen pflegte.
Im Raum herrschte Schweigen. Jedes Gespräch war verstummt. Und das gerade, als Runty gehofft hatte, wieder etwas Leben in die Versammlung zu bringen. Es war zwar schwer, aber das Leben mußte weitergehen. Das war ja auch schließlich der Sinn einer solchen Leichenfeier. Man trinkt irischen Whisky die ganze Nacht und landet schließlich in der Küche, wenn der frühe Morgen durch die Fenster schaut, man stimmt ein Liedchen an – das ist die einzige Art und Weise, wie man mit dem Kummer fertig wird und zum Leben zurückfindet.
Hier stand aber jetzt das Mädchen mit seiner Frage, die sogar Runty bei all seinem Draufgängertum aus einer gewissen Verpflichtung – oder Traditionsgebundenheit – heraus nicht beantworten zu können glaubte.
Katie wandte sich einem nach dem anderen zu, fassungslos, und noch immer in Unkenntnis dessen, was sie damit tat. »Hört ihr mich nicht? Wer konnte denn Joey Böses wünschen? Der beste Junge in der ganzen Gegend. Nicht, weil ich seine Schwester bin. Alle haben ihn geliebt.«

Stille kann so intensiv sein, daß sie zu einer Macht im Raum wird und hörbar zu werden scheint. Katie glaubte, sie müsse ihre Stimme erheben, um die Stille zu übertönen.
»Seid ihr alle taub? Hat euch das schreckliche Zeug, das ihr da trinkt, die Trommelfelle zerfressen? *Wer konnte Joey Böses wünschen?*« Pop kam herüber und legte die Hand sanft auf Katies Arm. Er hatte sie nicht nur deshalb nach Tarrytown gehen lassen, um sie vor den Burschen zu bewahren, die vor den Tabak- und Zeitungsläden, die in Wirklichkeit Spielhöllen waren, herumlungerten, sondern auch weil er fest entschlossen war, sie vor dem Laster, das das Hafenviertel unsicher machte, zu schützen.
Pop führte Katie in den engen Raum hinter der Küche. Er war leicht angetrunken – benebelt, um es mit seinen eigenen Worten zu nennen – und die Falten in seinem Gesicht waren feucht, die Augen trübe und die Stimme leise und belegt. Der lange Pullover, der ihm als Hemd diente, wies da und dort Flecken auf, wo er mit unsicherer Hand Whisky vergossen hatte.
»Bete für ihn, Katie, Mädchen. Bitte unseren Schöpfer, ihm den ewigen Frieden zu schenken. Aber stell keine Fragen. Weil du nämlich keine Antworten drauf bekommst. Du bekommst nichts drauf als einen großen Haufen Ärger.«
Katie funkelte ihn an.
»Ärger? Was kann es denn jetzt noch Ärgeres geben? Joey ist tot. Joey ist tot . . .« Es brach wie ein Stöhnen aus ihr.
Pop legte beide Hände auf Katies Arme und versuchte, sie mit Vernunft zur Ruhe zu bringen. »Sag so etwas nicht, Liebling, du machst es nur noch schlimmer. Wenn's Gottes Wille ist . . .«
»Gottes Wille!« Sie entzog sich ihm voller Zorn. »Schieb nur nicht die Schuld auf Gott. Seit wann ist es Gottes Schuld, wenn sich die Menschen wie Schweine benehmen?«
Pop ließ sie gehen, er war hilflos. Wenn sich nur Joey an das gehalten hätte, was Pop ihm gesagt hatte: kümmere dich um deinen eigenen Kram. »Aber, Pop . . .« Der Junge sah ihn dann

immer mit seinen klaren, blauen, gläubigen Augen an (er hätte Katies Zwillingsbruder sein können, so ähnlich waren sie sich in dem glühenden Eintreten für ihre Überzeugung). »Aber, Pop, diese Gauner, die mit unserer Ortsgruppe machen, als ob wir alle ihr persönliches Eigentum wären, die vertragsbrüchig werden, wenn's ihr persönlicher Vorteil ist – ist das etwa nicht unser eigener Kram?« Joey war daran zugrunde gegangen, und jetzt kam Katie, die nichts davon verstand, und war auf dem besten Wege, es ihrem Bruder gleichzutun. Jesus, Maria und Joseph, dachte er bei sich, hoffentlich finde ich wenigstens ein klein bißchen Frieden in der nächsten Welt.

Onkel Frank trank sein Bier aus und war dabei, den Uniformrock zuzuknöpfen und sein Koppel mit der Pistole um, oder besser gesagt, unter seinen ansehnlichen Bauch zu schnallen. Der Anblick seiner Uniform gab Katie einen Gedanken ein und sie eilte zwischen den Leuten hindurch auf ihn zu.

»Onkel Frank, gut, daß ich dich treffe. Warum tust du nichts? Du kennst doch Joey. Du weißt, daß er nie – nie Selbstmord begangen haben würde. Er glaubte an Gott.«

Onkel Frank war ein breitschultriger, ruhiger Mann, der in ein paar Jahren aus dem aktiven Dienst ausscheiden und von seiner Pension leben würde und sich schon heute darauf freute, nachdem er achtundzwanzig Jahre lang die Schattenseiten des menschlichen Lebens hatte beobachten müssen. Er zog Katie mit sich aus der Küche in den Hausflur. Die Leute kamen und gingen, und um ihnen aus dem Wege zu gehen, zogen sie sich in die äußerste Ecke des Flurs zurück, wo sie wenigstens einigermaßen unter sich waren.

»Katie«, begann Onkel Frank, »du bist ja kein Kind mehr. Ich finde, Pop begeht einen Fehler, indem er dich in Unkenntnis der wahren Verhältnisse hier am Hafen halten will. Damit gerätst du nur in Schwierigkeiten. Zwar nicht in der Art, als wenn du hier mit den Halbstarken herumrennen würdest, aber trotzdem, du rennst in dein Unglück. Es ist an der Zeit, daß du erfährst, was in Wirklichkeit gespielt wird.«

»Pop redet nie davon«, sagte Katie. »Sogar Joey – er sagte

immer, später mal, wenn ich größer wäre. Als ob ich immer noch ein kleines Kind wäre, das man bemuttern müsse. Und die ganze Art, wie sie sich benahmen – fast als ob sie – als ob sie selbst Verbrecher wären, sahen sie sich gegenseitig an und redeten plötzlich von etwas anderem –, dann wußte ich immer, irgend etwas stimmt da nicht.«

Katie suchte in dem plumpen roten Gesicht ihres Onkels Frank nach einer Antwort.

»Katie, drunten bei der Polizei haben wir Akten über Verbrechen, die hier am Hafen verübt worden sind – so dicke Akten –, lauter Mordfälle, Fälle, in denen jemand plötzlich verschwunden ist, und dergleichen – seit ich hier Dienst tue, sind es mindestens vier oder fünf jedes Jahr. Hundert Mordfälle, wenn das überhaupt reicht. Und weißt du, wie viele Leute daraufhin verhaftet worden sind? Ich rede jetzt nicht von denen, die rechtskräftig verurteilt worden sind, sondern nur von Verhaftungen.«

Katie schüttelte den Kopf.

»Fünf. Und Gerichtsurteile? Zwei. Genau zwei. In den ganzen achtundzwanzig Jahren, die ich jetzt bei der Polizei bin.«

»Aber Onkel Frank, in Staatsbürgerkunde lernen wir doch ... in Amerika ...«

»Katie, wenn du hier um die Ecke gehst, hinüber in die River Street, dann bist du nicht mehr in Amerika. Dort herrscht der reinste Dschungel, Niemandsland. In den Akten steht alles drin.«

»Hundert Morde ...«

»Vielleicht sind es mehr. Es fällt jemand in den Fluß. Sie sagen, er war betrunken und ist ausgerutscht. Oder er ist vom Kran erwischt worden, oder eine Leine hat nachgegeben. Da gibt es Dutzende von Möglichkeiten. Bei der Ladearbeit am Hafen gibt es tatsächlich mehr Unfälle als irgendwo sonst im ganzen Land. Das weißt du, glaube ich. Von fünfhundert Hafenarbeitern stirbt einer eines unnatürlichen Todes. Deshalb helfen diese Kerle den Unfällen ein bißchen nach. Es ist schwer zu beweisen.«

»Du bist doch aber dazu da, sie zu beschützen. Das ist doch deine Aufgabe, nicht wahr, Onkel Frank?«
»Natürlich, so steht es in den Büchern. Aber, Katie, es gibt da noch viele Dinge, von denen du keine Ahnung hast, eine Menge Dinge über die Stadt und darüber, wie es in so einer Stadt zugeht, lauter Sachen, die in keinem Buch stehen. Wenn ich dir davon erzählen würde und meine Vorgesetzten erführen davon, würde ich meine Pension verlieren. Donnelly, der Polizeikommissar, vom Bürgermeister dazu ernannt, hat früher einmal einen Bierwagen für Johnny den Freundlichen gefahren. Ist dir klar, was das heißt?«
»Der Polizeikommissar...«
»Alle wissen das.« Onkel Frank nickte traurig. »Geschichten könnte ich dir erzählen. Zum Beispiel, was mir alles passiert ist, als ich beim Hafenkommissariat Dienst tat und versuchte, einen Geldwucherer zu verhaften.« Onkel Frank lachte einmal kurz und bitter auf. »Ich hätte schon vor sechs Jahren Leutnant werden können, wenn ich nicht durch Pop so viel mit Runty und Moose zusammengekommen wäre, die in Johnnys Buch einen schwarzen Strich haben. Oh, ich könnte dir viele Geschichten erzählen.«
Katie schüttelte den Kopf. »Ich wußte schon, daß in Bohegan die Politik ganz groß geschrieben wird. Das habe ich Pop oft sagen hören. Aber die Schwestern in Tarrytown sagen, wir leben in einer christlichen Welt.«
Onkel Frank schnallte sich den Pistolengurt enger. »'s ist eine Welt, in der es auch Christen gibt, soviel kann man vielleicht sagen. Und die haben es hier in Bohegan verdammt nicht leicht – und ich weiß nicht einmal, ob es bei uns hier leichter ist als auf der West Side oder auf Staten Island oder Brooklyn. Es stinkt zum Himmel.«
Er wandte sich zum Gehen, zurück zu seinem Nachtdienst und den wenigen Verbrechen, die sich mit einiger Sicherheit vor Gericht bringen ließen.
»Ich danke dir, Onkel Frank, ich danke dir, daß du so offen mit mir gesprochen hast«, sagte Katie.

Onkel Frank, das kleine Rädchen in dem großen Getriebe der Gerechtigkeit und Gerichtsbarkeit von Bohegan, wandte sich noch einmal um und sagte warnend: »Katie, ich habe dir das alles nicht gesagt, um dich zu Taten zu ermutigen. Du sollst lediglich einsehen, wie hoffnungslos alles ist, damit du die Sache mit Joey so nimmst, wie man sie nehmen muß. Mit Schmerz und Resignation, Katie, Schmerz und Resignation. Eines Tages, ja vielleicht, eines Tages wird es anders sein. Vielleicht wirst du oder deine Kinder, vielleicht werdet ihr noch einmal die soziale Gerechtigkeit erleben, von der die heiligen Väter gesprochen haben. Vielleicht muß Christus selbst dazu wieder auf die Erde kommen, wie er es versprochen hat. Aber Gott weiß, und es ist mir Ernst damit, wenn ich sage, *Gott weiß*, daß es in Bohegan keine Brüderlichkeit und keine Liebe und keine Gerechtigkeit gibt. Das ist der Grund dafür, daß sie alle den Mund halten. Das ist der Grund dafür, warum ich keine Halunken auf der River Street verhaften kann. Donnelly« – Jahre der Erniedrigung und Enttäuschung kamen plötzlich im Sergeanten Frank Doyle hoch –, »hoffentlich wird er einmal in der Hölle brennen.«
Er zog sich den Gurt noch ein Loch enger, holte tief Atem und seufzte laut. »Denk daran, was ich dir gesagt habe, Katie. Es bleibt alles unter uns, und du weißt jetzt ganz genau, was du zu tun hast, nämlich genau das, was dein Vater sagt, und du wirst die ganze Sache nicht noch schlimmer machen. Wenn du nur mit einem Wort erwähnst, was ich dir erzählt habe, wfffff (er stieß einen Pfiff aus), weg ist meine Pension.«
Dann stieg er mühsam und langsam die Treppe hinab.
Auf dem zweiten Treppenabsatz konnte Katie hören, wie Onkel Frank sagte »– n' Abend, Pater«, in jenem Tonfall kindlichen Respekts, den die irischen Männer immer anklingen lassen, wenn sie einen Priester anreden. Kurz darauf kam Pater Barry in Sicht, wie er mit dem ihm eigenen Geschwindschritt die Stufen heraufeilte. Aus dem Mund baumelte ihm eine Zigarette. Katie sah, wie er sie herausnahm, die Glut ausdrückte und den Stummel für späteren Gebrauch in die Tasche gleiten ließ. Er rauchte

ständig (Minimum vierzig pro Tag) und hatte irgendwie ein schlechtes Gewissen, daß er fünfzig Cents täglich für dieses kostspielige Laster ausgab. Er hatte sich davon überzeugt, daß es ihm bei seiner Arbeit vorwärtshalf. Ständig auf hohen Touren und von geradezu wütender Energie beseelt, brauchte er etwas in den Händen oder im Mund, mit dem er sich beschäftigen konnte, wenn er mit Elan seinen Gemeindepflichten nachging. In der Klemme zwischen zwei Lastern, hatte er zu wählen zwischen Geld ausgeben und Betteln, so hatte er sich schließlich zu einem vollendeten Zigarettenschnorrer entwickelt.
Pater Barry, der im College ein recht guter Baseball-Spieler und so etwas wie ein Amateurboxer gewesen war, nahm immer zwei Stufen mit einemmal, bis er den Treppenabsatz im dritten Stock erreichte.
»Nanu, Katie«, sagte er, als er das Mädchen allein im Flur stehen sah. »Du bist ja seit dem Sommer kaum wiederzuerkennen. Groß bist du geworden.«
»Ja, Pater«, sagte sie und hatte keine Lust sich in eine belanglose Konversation einzulassen.
»Es ist schwer, die Sache mit Joey«, sagte Pater Barry. »Er war der Beste. Wir werden ihn alle vermissen. Aber ...«
Er suchte nach einem trostreichen Wort, nach einem lindernden Ausblick auf das, was jenseits dieser Welt liegt, doch war auch er ein Produkt der Verhältnisse von Bohegan, war unter schweren Verhältnissen und in Armut aufgewachsen und konnte deshalb nicht umhin, Realist zu sein. Es hat keinen Zweck, den Leuten hier mit hochtönenden Redensarten zu kommen, hatte er oft dem Pfarrer Pater Donoghue, dem er in der Kirche St. Timotheus assistierte, gesagt. Die Leute in diesem Viertel nahmen kein Blatt vor den Mund. Sie hatten ein Recht darauf, daß man ihnen Rede und Antwort stand.
Priester und Mädchen sahen einander an; er ließ den Kopf hängen, da er die Ungeduld in ihren Augen sah und spürte, er dürfe weiter nichts sagen.
»Pop ist drinnen«, sagte sie, »Er wird sich über Ihren Besuch freuen.«

»Wie hat er es aufgenommen?« fragte Pater Barry.
Katie zuckte mit den Schultern. »Wie man's so nimmt. Er trägt es halt.«
»Ich werde in ein paar Minuten den Rosenkranz beten«, sagte Pater Barry beim Hineingehen.
»Ich bin gleich da«, sagte Katie. Aber sie blieb unschlüssig im Flur stehen, und Tränen brannten ihr in den Augen. Sie wartete, bis sie wußte, daß sie die Fassung wiedergewonnen hatte und ging dann durch die Küche in das vordere Schlafzimmer hinüber. Dort standen Pop und seine Freunde und die Nachbarn um Pater Barry herum. Der Priester hätte seinem Aussehen und seiner Stimme nach ebensogut ein hochgewachsener, schlaksiger, rotwangiger Hafenarbeiter sein können, wenn er nicht den blankgescheuerten schwarzen Anzug und den verkehrt getragenen weißen Kragen angehabt hätte, der durchgeschwitzt und schmutzig war, weil er den ganzen Nachmittag einfach keine Zeit gefunden hatte, um sich umzuziehen.
Die Perlen in den Händen des Priesters waren nicht bloß Perlen, sondern die aufeinanderfolgenden Stationen auf dem Leidenswege des Herrn nach Golgatha. Als Katie in leisem, singendem Tonfall zusammen mit den anderen respondierte, durchlebte sie von neuem die fünf Mysterien der Trauer, das aus den Poren hervortretende Blut und die Geißelung, den stechenden Schmerz der Dornenkrone, die Last des Kreuzes und schließlich den Todeskampf des Fleisches, das an den rohen, grausamen Nägeln hängt. In wirklichem Schmerz, das Herz voller Trauer um Joey, sang sie die Vaterunser und die Marienlieder und jene so geheimnisvoll beruhigenden Worte, so war es am Anfang und ist es jetzt und so wird es sein immerdar. Amen.
Das Beten des Rosenkranzes war zu Ende; Pater Barry sprach schnell und leicht aus dem Mundwinkel heraus, in dem nervösen Rhythmus der irischen Arbeiterklasse, genauso, wie wenn er die Spielaussichten der von ihm geliebten Baseballmannschaft der Giants diskutierte, aber trotzdem mit dem echten Gefühl, das alle spürten. Er wußte nicht, wie er diesem Hafenvolk von

Bohegan etwas vormachen sollte, wie seine Worte fromm oder wohlüberlegt oder auch nur priesterlich klingen sollten.
Als es vorbei war, brachte Mrs. Gallagher dem Pater ein Schinkenbrot und Runty sagte: »Hier, Pater, hier ist etwas zum Hinunterspülen«, und hielt ihm eine Flasche Bier vor das Gesicht. Pater Barry nahm sie dankbar entgegen und stellte fest, daß es sich um Paddys Irish handelte, ein Getränk, das er ganz besonders liebte und stets als Versuchung empfand. Er knöpfte sich hinten den Kragen auf und setzte sich nieder, um ein wenig auszuruhen, im Grunde seines Wesens ein Stiernacken, aber ein kluger, willensstarker und seinem Beruf ergebener.
Das Beten des Rosenkranzes und die körperliche Gegenwart des Priester hatten Pop wieder etwas beruhigt. Pater Barry hatte das Gefühl, er habe getan, was er tun konnte. Sie würden sich im Paradiese wiedertreffen, hatte er ihnen versichert. Was hätte er noch weiter sagen sollen?
Pater Barry genehmigte sich noch eine zweite und letzte Flasche Bier und ein Käsebrot. Er war ein starker Esser, wenn man ihm auch äußerlich nichts davon anmerkte. Das Fett verbrannte er in nervöser Energie. Dann setzte er die Zeit für Joeys Seelenmesse fest, erteilte Pop den Segen, versetzte ihm einen kräftigen Schlag auf den Rücken und eilte zur Tür. Mrs. Glennon, die um die Ecke wohnte, lag im Sterben. Krebs. Ihr Mann, Beanie Glennon, Gelegenheitsarbeiter am Hafen, sorgte nur schlecht für seine Frau und die fünf Kinder, zwei bis dreizehn Jahre alt; sie würden viel Hilfe brauchen.
Als Pater Barry sich mit kurzem Gruß »n' Abend« und »Wiedersehen« und »Mach's gut, Jimmy« verabschiedete und Pop ein letztes Grußwort zurief, folgte ihm Katie hinaus auf den Flur.
»Pater...«
Pater Barry, der gerade die Treppe hinuntergehen wollte, drehte sich auf dem Absatz herum. Er war auf diesen unerwarteten Aufenthalt nicht gefaßt. Er empfand ein starkes persönliches Mitgefühl mit dem gewaltsamen Ende des jungen

Doyle, aber er hatte ja auch einen Beruf und war bereits eine ganze Stunde hiergeblieben. Der Tag war besonders anstrengend gewesen, und dann mußte er ja auch noch zu den Glennons, was bestimmt nicht einfach sein würde; es war also noch gar nicht abzusehen, wann er es sich endlich leisten konnte, sich aufs Bett zu werfen und die Sportzeitung zu lesen, bis sie ihm aus der Hand fiel und er seinen täglichen Sechs-Stunden-Schlaf beginnen konnte.
»Ja, Katie?«
»Pater, man hat Joey heruntergestoßen, daß wissen Sie doch, nicht wahr?« Sie zitterte in hilflosem, tränenlosem Zorn. »Wissen Sie das denn nicht? Wissen Sie das denn nicht?«
Ihre Wut traf ihn wie ein Peitschenhieb. Er streckte die Hand aus, um sie zu beschwichtigen.
»Reg' dich nicht auf, Katie. Ich weiß, es ist schwer. Ich weiß darauf auch keine einfache Antwort. Aber Zeit und Glaube ... Zeit und Glaube vermögen vieles zu heilen.«
»Zeit und Glaube!« Katie schleuderte ihm seine eigenen Worte so hart zurück, daß sie ihn wie ein plötzlicher Schlag trafen, der ihn aus dem Gleichgewicht brachte. So hatte noch keine Schülerin von Marygrove zu einem Priester gesprochen. »Zeit und Glaube. Mein Bruder ist tot, er wurde von diesem Dach da oben von wilden Tieren heruntergestoßen, die das Angesicht Gottes hassen. Und Sie stehen hier und reden einfach bloß von Zeit und Glaube.«
»Vielleicht ist es nicht genug, Katie, aber ich tue, was ich kann.«
Ihre Augen loderten. »Sind Sie sicher, Pater? Sind Sie *sicher*?«
Er wurde unsicher.
»Sei doch vernünftig, Katie. Ich kann nichts weiter tun, als der Familie helfen. Mit euch zu beten und zu versuchen euch über den Verlust hinwegzuhelfen.«
Aber sie wollte sich damit nicht zufriedengeben. »Nur Gott hat die Macht, Leben zu spenden und zu nehmen. Ist das nicht so, Pater?«
»Natürlich, Katie, das weißt du doch auch.«
»Wenn also – wenn also diese gemeinen Tiere Joey das Leben

nehmen und die Polizei – das weiß ich von Onkel Frank – sich bloß umdreht und die Sache auf sich beruhen läßt, ist es dann nicht Ihre Pflicht, wirklich etwas zu tun? Wenigstens den Versuch zu unternehmen, etwas zu tun? Wenn jemand einen anderen umbringt, wenn hier am Hafen lauter solche entsetzliche Verbrechen vorkommen, wie können Sie dann behaupten, daß Sie eine christliche Gemeinde haben – und – und all diese schönen Dinge, die wir über die christliche Nächstenliebe lernen müssen?«
Pater Barry trat einen Schritt rückwärts die Stufen hinab als ob mit der Vergrößerung der Entfernung zwischen ihnen auch der stechende Schmerz nachlassen würde.
»Katie, die Glennons warten auf mich. Ich spreche jederzeit gern mit dir darüber. Wie ich gesagt habe, ich will tun, was ich kann. Ich bin in der Kirche zu sprechen, sobald du mich brauchst.«
Katie funkelte ihn an und lachte dann zornig auf. Joey ist tot, und die kummervolle Resignation ihres Vaters und der blitzartige und schmerzliche Einblick in die in Bohegan geübte Gerechtigkeit, den sie soeben erst von ihrem Onkel erhalten hatte, all das zusammen hatte sie in einem Maße niedergeschlagen, daß sie nicht mehr wußte, was sie sagte.
»In der Kirche, wenn du mich brauchst!«, wiederholte sie, so daß Pater Barry zusammenzuckte. »Hat es je einen Heiligen gegeben, der sich in der Kirche versteckte?«
Der Anprall dieser Frage ließ den Priester zurücktaumeln, als ob er von einem Geschoß aus Specs Flavins Revolver getroffen worden wäre. Er lief schnell die Treppe hinunter und sah sich nicht mehr um.
»O Mutter, heilige Mutter Gottes, hilf mir«, sagte Katie laut.
In der Wohnung sangen sie gerade ein altes Lied, das Runty von seinem Vater übernommen hatte, »Grün und Rot«. Runty Nolan pflegte gern zu sagen, »meine gesamte Erbschaft bestand aus der *Geschichte Irlands,* einer Flasche irischen Whiskys und der Fähigkeit, Schläge abzuschütteln wie ein nasser Hund, der aus dem Wasser kommt«.

Voller Empörung hörte Katie dem mißtönenden Gesang zu, der die Stimmung im Hause wieder etwas heben sollte:

> ». . . *so heben wir stolz unser Haupt*
> *Und setzen unser Leben ein,*
> *Daß ewig obsiegt immerdar*
> *Das Grün und nicht das Rot* . . .«

Es war ein altes Lied auf die irische Unabhängigkeit, und es sprach von der uralten Sehnsucht des Menschen nach Freiheit; in Katies Ohren jedoch klang es wie ein Heldengesang auf eine verlorene Sache, wie ein Pfiff im Dunkeln, und es schien ihr, als ob Pop und Runty und Moose und alle anderen den langen schweren Weg durch den finsteren Tunnel zurückgingen, in dem man sie gefangen hatte.

»Heilige Mutter Gottes, hilf mir, einen Weg zu finden«, betete Katie.

Einen Häuserblock weiter rollte der schwarze Strom mit betäubender Lautstärke seine Antwort an das Ufer zwischen Jersey und Manhattan, während wieder ein Ozeandampfer (einer alle fünfzig Minuten, tagein, tagaus) stromabwärts dem offenen Meere zustrebte.

SIEBENTES KAPITEL

Mrs. Glennon starb vor Pater Barrys Augen dahin, jeden Tag wurde sie weniger, und ihre Kinder starrten vor Schmutz und waren armselig gekleidet. Beanie Glennon hatte unten an der Ecke in der Bar gestanden, als Pater Pete – wie er bei den Glennons hieß – eintraf, und der älteste Sohn war wie gewöhnlich hinuntergelaufen, um den Vater zu holen. Der Priester fürchtete sich vor dem, was mit den Kindern geschehen würde, wenn Mrs. Glennon einmal nicht mehr war. Und er dachte oft darüber nach, warum es gerade für Mrs. Glennon so schwer hatte sein müssen, bei ihrer Krankheit und Armut und, was das Schlimmste war, der unsicheren Zukunft für ihre fünf

Kinder. Er hatte versucht, sie zu trösten, ihr Mut zuzusprechen, und seine Worte hatten ihr ein wenig geholfen. Aber waren denn Worte hier genug? Er mußte an Katie Doyle denken. Konnte er nicht noch mehr tun? Gewiß, es war ein schwerer Tag gewesen, ein langer Tag, von fünf Uhr morgens, als er mit seinen eigenen Gebeten und den Vorbereitungen für die Sechs-Uhr-Messe begann, bis zu diesem letzten Besuch um elf Uhr abends. Und dazwischen eine schier endlose Kette von Mühe und Arbeit, das durchschnittliche Tagewerk im Leben eines Gemeindepfarrers in dem Arbeiterviertel. Aber jetzt überkam ihn der Zweifel, jetzt, da er müde war von des Tages Arbeit. Konnte er denn nicht mehr tun? Handelte es sich denn hier nur um eine endlose Reihe einzelner Fälle menschlicher Bedürftigkeit? War das, was er hier vor sich hatte, nicht vielmehr planvolle Unsicherheit und Gesetzlosigkeit, ein Vernichtungswerk wie zwischen Kain und Abel?

Er hätte das Pfarrhaus zu Fuß die Market Street hinunter erreichen können, aber er fühlte sich zur River Street hingezogen. Die Ereignisse dieses Tages schnitten ihm wie scharfe Messer in das Herz. Er blickte den Männern, die an ihm vorübergingen, in die müden Gesichter und dachte: Warum trinken sie sich die Seele aus dem Leibe? Warum gibt es hier in jedem Häuserblock mindestens sechs Bars? Bars, und keine Spielplätze, keine Lesehallen? Warum gab es im Hafenviertel von Bohegan nichts, wohin man gehen konnte, außer in eine Bar oder eine Kirche? Pater Barry war müde und abgespannt, aber die dauernden Fragen ließen ihn nicht zur Ruhe kommen. Alles ist falsch, zum Teufel auch, es ist mehr als bloße körperliche Armut, die den Hafen in ihren Klauen hält, Apathie, Amoralität. Das waren schöne Worte, und sie sagten ihm nichts mehr. Zum Teufel, er war selbst in Bohegan aufgewachsen. Wem wollte er denn hier etwas vormachen? Es stank ganz einfach zum Himmel. Ein guter Junge, wie Joey Doyle, wurde umgebracht, ohne daß irgend jemand auch nur einen Finger krümmte. Und die Leute selber nahmen den Mord hin, als ob er nichts Schlimmeres wäre als ein blaues Auge. Gute fünf-

undneunzig Prozent der Katholiken hatten sich bereits an die Vorstellung gewöhnt, daß ein Mitglied der Gemeinschaft Christi gewaltsam aus dem Kreise der übrigen Mitglieder entfernt werden konnte, ohne daß sie sich bemüßigt fühlten, laut gegen diese Verletzung seines höchsten Geschenks, des Lebens, zu protestieren. Er fühlte sich in die Defensive gedrängt, als Katie ihm ihre Frage entgegengeschleudert hatte: *»Hat es jemals einen Heiligen gegeben, der sich in der Kirche versteckt hat?«* Seine unmittelbare Reaktion war gewesen: Laß mich in Frieden, Schwester. Du nennst dies »sich verstecken«? Nach einem anstrengenden Tag bin ich hier bei der Leichenfeier und dann gleich weiter zu den Glennons. Ich habe bei Hunderten von Familien in der Küche gesessen, und nicht nur bei den Gottsuchern, sondern auch bei den Rückfälligen und Gottlosen. Das brauche ich dir nicht erst noch zu versichern. Der Pfarrer kann dir erzählen, daß ich mich redlich mühe, hier unten etwas zu leisten.
Hat es jemals einen Heiligen gegeben, der sich in der Kirche versteckt hat? Die einfache Frage ließ ihn einfach nicht mehr los. Sie war beinahe zu einfach. Und trotzdem hatte die kleine Doyle eigentlich recht. Man brauchte nur fünf Heilige zu nehmen, und mindestens drei von ihnen riefen die Erinnerung an Not und Elend wach. Sie kannten die Gefahr. Es waren unabhängige Seelen, die nur um Haaresbreite dem Abgrund der Ketzerei und der Exkommunikation entgingen. Es waren verzweifelte Männer und Frauen, Rebellen und Erneuerer, die nach den Sternen griffen, um nur um so tiefer zu fallen, die auch das Letzte wagten wie Paulus und Stephan und der erste Ignatius. Angesichts der Kneipen und der Elendsviertel in aller Welt wurde die Frage des Mädchens in Wirklichkeit zu einer Anklage, daß wir die geistige Vitalität verschleudern, die die Idee der Liebe über die ganze Welt verbreitet hat. Pater Barry hatte den Park vor seiner alten roten Backsteinkirche erreicht, aber er ging weiter.
Draußen vor dem Krähennest, einer vielbesuchten Bar neben dem Seemannsheim, schlugen sich zwei Betrunkene die Fäuste

ins Gesicht. Der Kleinere von beiden ging zu Boden und beim Aufstehen fluchte er seinem Gegner durch die blutenden Zähne hindurch »Ich bring dich um, verdammter Hund«. Kaum hatte er das gesagt, lag er wieder am Boden. Der größere Mann lachte. »Ich mach dich verdammten Hund von einem Seemann noch fertig. Streikbrecher verdammter. Steh auf, du Schuft, ich bin noch nicht fertig mit dir.«
Pater Barry konnte nicht mit ansehen, daß der Kleinere noch weiter zusammengeschlagen wurde; er schritt deshalb, wenn auch ein wenig gegen besseres Wissen, ein, als wäre er der Schiedsrichter. »Los, ihr beiden, auseinander! Was redet ihr da?«
Zu seiner Überraschung war es gerade der Kleinere, der viel übler zugerichtet war, der die Einmischung am meisten übelnahm. »Was wollen Sie denn hier, Pater? Warum gehen Sie nicht in die Kirche, wohin Sie gehören? Hier haben Sie nichts verloren.«
Der Größere, von dem der Priester eigentlich die meisten Schwierigkeiten erwartet hatte, schien sich entschuldigen zu wollen.
»Hören Sie nicht auf den da, Pater. Er hat schon den ganzen Tag gesoffen. Er weiß gar nicht, was er redet. Er wird noch rechtzeitig für die Messe nüchtern sein, Sie werden's noch sehen, Pater.«
»Also Jungens, der Kampf ist vorbei. Geht in eure Ecken.«
Pater Barry zog sich zurück und ging weiter, mit denselben langen Schritten wie sonst, als ob er noch ein halbes Dutzend Besuche zu machen hätte, Kopf und Muskeln waren ihm müde von dem langen Tag, der ihm körperlich und seelisch arg zugesetzt hatte. Er konnte aber noch nicht ins Bett gehen. Die Fragen ließen ihn nicht los.
Die beiden Kerle, die sich gegenseitig die Schädel einschlugen. Wahrscheinlich waren es gute Katholiken, wenigstens äußerlich. Gehen jeden oder doch fast jeden Sonntag zur Messe und empfangen pflichtgemäß zu Ostern das Abendmahl. *Dies ist mein Leib, der für euch hingegeben wird* ... Großer Gott, wir suchen die Heiden in Afrika und China, und in unserer eigenen Gemeinde wimmelt es von ihnen. *Was ihr an einem dieser ge-*

ringsten meiner Brüder getan habt, das habt ihr mir getan. Wie tief hatte Pater Barry das einmal gefühlt. Doch wie einfach war es geworden, dieses Wort herzusagen, es zu zitieren, ohne es zu fühlen und vorzuleben. Genau wie die unbeweglichen, schläfrigen Gesichter bei der Frühmesse Christus gehorsam empfingen, bloß weil sie einmal getauft worden waren und die Erstkommunion empfangen haben. Unsere Religion aber predigt und lehrt die Würde des Menschen, die Kostbarkeit des Menschen. Wie hatte ihn doch der heilige Bernhard genannt? Eine edle Kreatur mit einer majestätischen Bestimmung. Wo sind denn diese edlen Geschöpfe geblieben? Schaut euch nur diese Gemeinde an. Hier sieht man, was aus ihnen geworden ist, armselige Geschöpfe, die ihr Elend in Strömen von Alkohol ertränken und nichts Besseres wissen, als sich von Generation zu Generation die Schädel einzuschlagen. Wie können wir, fragte sich der Priester, unsere Leistung errechnen: durch die Zahl der Kirchgänger, die aus Tradition jeden Sonntagmorgen zur Messe gehen? Oder müssen wir nicht vielmehr das Ergebnis unserer Arbeit an dem Wert des Lebens messen, das sie in dieser dunklen Ecke des Hafens führen? *»Wenn jemand einen anderen umbringt«*, hatte das Mädchen gesagt und ihm damit den Dolch auf die Brust gesetzt, *»wenn hier im Hafen lauter solche entsetzlichen Verbrechen vorkommen, wie können Sie dann behaupten, daß Sie eine christliche Gemeinde haben?«*
Er stand jetzt nahe am Wasser und konnte hören, wie die Wellen gegen das Ufer leckten. Am nächsten Pier wurde gerade ein Frachter unter hellem Lampenlicht beladen. Warum war das Arbeiten in den Ladeluken bei Nacht so gefährlich? Was bekamen die Leute für die Überstunden bezahlt, während die übrige Stadt schlief? Stimmte es, daß sie sich alle ihre Arbeit jeden Tag von diesem Kerl, diesem Johnny dem Freundlichen, erkaufen mußten? Doch hatte Pater Barry gehört, wie Monsignore O'Hare sehr gut von Johnny dem Freundlichen gesprochen und ihn als freigebigen Gönner der katholischen Sache bezeichnet hatte. Bestand die Opposition gegen Johnny dem Freundlichen aus »einem Kommunistenhaufen«, wie der Monsignore gemeint hatte?

Wenn Joey Doyle ein Führer der Opposition war, dann mußte er allerdings eine seltsame Art von Kommunist gewesen sein, ging er doch regelmäßig zur Beichte und war er doch im Schoße der Kirche gestorben.
Pete, bleib dran, dachte er. Du bekommst hier irgend etwas zu fassen. Laß es nicht los, Pete. Schon im letzten Jahr hatte er eine vage Unzufriedenheit mit dem routinemäßigen Ablauf der Messen gespürt und hatte sogar schon mit Pater Donoghue über die Einführung des Wechselgesanges in der Messe gesprochen, um auf diese Weise ihre Bedeutung und ihren Sinn bei den Gemeindemitgliedern zu erhöhen. Jetzt aber blickten Katie Doyles zornige Augen ihm ins Herz. Sie warfen ihm völliges Versagen vor. Mit einer bloßen Verbesserung der Messen war da nichts getan. Hatte er Christus und das, wofür Er gelebt und gestorben, in das Leben dieser Menschen gebracht? Hatte er, Pater Pete Barry, den Leuten wirklich klargemacht, was Er für sie alle und sie für sich selbst bedeuteten? Zum Teufel, jede Familie, mit der er in Berührung kam, war von diesem Problem irgendwie betroffen, von der Frage, ob sie Arbeit hatten oder nicht, und wie sie arbeiteten. Unter was für erniedrigenden Verhältnissen und bis zu welchem Ausmaß brachten sie sich selbst in Gefahr, wenn sie das Wagnis auf sich nahmen, diese Verhältnisse verbessern zu wollen. Hier handelte es sich nicht um ein politisches Problem, dem Pfaffen besser aus dem Wege gingen. Zum Teufel, nein, es war ein sittlich-religiöses Problem! Und du, Pete, du hast dich drum herumgedrückt. Du hast Angst gehabt, mitten hineinzuspringen. Der Strom war dunkel und trügerisch und unergründlich, wie der Strom der Menschheit, in den sich Paulus hineinstürzte, als er aus Jerusalem auszog, um unter den feindlich gesinnten Heiden nach Brüdern in Christo zu suchen.
Mensch, wir leben wieder im ersten Jahrhundert, und überall gibt es Bekehrte, die noch einmal bekehrt werden müssen. Die erlösten Menschen müssen von neuem erlöst werden. Mein Gott, wie anders würde Bohegan aussehen, wenn die Leute hier in den innersten Tiefen ihrer Seele tatsächlich wüßten, was es heißt, Christi Fleisch und Blut als Speise und Trank zu nehmen. Laß

die Kommunisten ruhig von ihrer Revolution reden, von ihrer wirtschaftlichen Wiedergeburt durch Säuberungen und Zwangsarbeitslager. Was für eine ganz andere Revolution könnten wir selbst herbeiführen, wenn die Christen, die es nur dem Namen nach sind, sich zu Christen der Tat entwickeln würden! Wir haben das Schiff verpaßt. Alle paar Tage kommt ein Schiff herein, wendet und läuft wieder aus, und wir sind nicht an Bord, sind nicht dabei, wir warten darauf, daß die Gläubigen zu uns kommen, statt ihnen die Leine zuzuwerfen.

Ein dreckiger, leicht vornüber gebeugter, einarmiger Betrunkener stolperte rückwärts aus einer Bar heraus, als ob man ihn hinausgeworfen hätte. Als er den Priester sah, streckte er automatisch die Hand aus. »Einen Groschen. Einen kleinen Groschen für eine Tasse Kaffee.«

Pater Barry suchte in der Tasche nach einer Münze, die ein Teil seines sorgfältig behüteten Zigarettenfonds war. Jeden Tag kaufte er eine Schachtel und schnorrte er sich eine Schachtel. Hier stand sein Bruder ohne Arm und ohne Geld und wahrscheinlich ohne Bett, einer von tausend Obdachlosen im Hafen. Das hier war einer der geringsten meiner Brüder, der von Bar zu Bar und von Gosse zu Gosse herumgestoßen wird. Pater Barry erinnerte sich, ihn gelegentlich in der Messe gesehen zu haben. Eines Morgens mußte er ihn einmal aus der Kirche hinausweisen, weil er vollkommen betrunken in der Reihe der Beichtenden stand. Mutt Murphy, so hieß er, ein bißchen aus dem Gleichgewicht geraten vom vielen Trinken und den Fußtritten, die er erhalten hatte. Ja, das schon, aber – wo stand hier die Kirche? Wo stand hier Pater Pete Barry selbst? Was tat er, um diesen geringsten seiner Brüder zu beschützen?

»Hier«, sagte Pater Barry. »Geh und trink noch ein Bier auf mein Wohl.«

»Gott segne Sie, Pater. Gott segne Sie«, murmelte Mutt zwischen geschwollenen Lippen. Dann blickte er dem Priester ins Gesicht. »Oh, Pater, Sie waren es doch, der Joey Doyle die Sterbesakramente gegeben hat.«

Als Pater Barry nickte, brachte Mutt sein Gesicht so dicht an

das des Priesters heran, daß der saure Atem ihm zuwider war. Pater Barry zog den Kopf aber nicht zurück.
»Dieser Joey Doyle war ein Heiliger, Pater, wissen Sie das? Ging direkt ins Gewerkschaftsbüro und versuchte, mir meine Entschädigung zu verschaffen. Die Halunken da warfen ihn hinaus. Die arbeiten mit den Schiffern Hand in Hand. Wissen Sie das, Pater? Die haben an so was kein Interesse« – er schlug sich auf seinen Armstumpf. »Wo ich es doch auf Deck bekommen habe. Das einzige, woran diese Halunken interessiert sind, ist das ...« er streckte den heilen Arm aus, rieb die Finger aneinander und machte das uralte Zeichen des Geldzählens. »Jesus, Maria und Joseph, wenn wir eine anständige Gewerkschaft statt dieses Haufens von Geldschrankknackern hier hätten, würde ich mit Leichtigkeit meine hundert Dollar im Monat verdienen. Ich bin kein Schuft, kein Bettler hier drin im Herzen, Pater, so wahr mir Gott helfe. Aber ich kann keine Arbeit bekommen, und ich habe mich mit Johnny dem Freundlichen nie gut gestanden. Was soll ein Mensch wie ich denn machen, Pater?«
»Dieser junge Doyle«, fragte Pater Barry, »sind Sie sicher, daß er hinuntergestoßen worden ist?«
Mutt Murphy ging unsicher einen Schritt zurück. »Wollen Sie mich auf den Arm nehmen, Pater? Was haben Sie denn vor, wollen Sie mich hier in den Fluß schmeißen?«
Mutt drehte sich um und ging fast hochnäsig seines Weges. Kurz vor der Bar an der Ecke drehte er sich um und schrie mit häßlich krächzender Stimme: »Jesus wird mich retten! Jesus wird mich retten.« Dann verschwand er in dem kurzfristigen Obdach der Kneipe.
Pater Barry ging weiter. Er ging bis zum Ende eines Eisenbahnpiers und starrte auf das unterbrochene Muster kleiner, viereckiger Lichter, die aus den massigen Gebäuden über dem Fluß herausblinzelten. Da lag die mächtigste Stadt der Welt, halb schlafend, halb wach. Millionen und Abermillionen von Leuten, und nicht einer von ihnen wußte von Mutt Murphy und seinem verlorenen Arm. Oder von Joey Doyle und seinem verlorenen Leben. Und wenn sie es erfahren sollten, wenn die

Morgenzeitungen mit großen Schlagzeilen zum Frühstück das schreckliche Verbrechen an Joey Doyle tatsächlich bringen sollten, wen würde das kümmern? Eine ganzseitige Überschrift, ein paar Sensationsbilder und dann – wen geht's an? Wen kümmert es wirklich? Wenn sich sogar hier in Bohegan, wo die Leute ihn kannten, kein einziger sich wirklich der Sache annimmt? Man braucht nur die Zahl der Kirchgänger zu vergrößern und das Sittenklima verbessert sich damit automatisch, pflegten die Bequemen immer zu sagen. Hier aber folgten die Kirchgänger Jesus Christus in einer so jämmerlichen Weise nach, daß es wirklich ein grausamer Scherz war, sie noch Christen zu nennen. Auch die Priester, sogar die, die das Wort von dem geringsten ihrer Brüder zwar im Munde führten aber nicht danach lebten – sogar einige Priester.
Bei Gott, erkannte Pater Barry auf einmal. Er war von den Armen gekommen und hatte das Priesterkleid angelegt, um den Armen zu dienen. Aber die Jahre hatten ihn vorsichtig gemacht. Sich in der Kirche verstecken, hatte Katie gesagt. Pater Barry war nur ein paar Kilometer gegangen, aber er hatte einen weiten Weg zurückgelegt, seit Katie Doyle ihm ihre zornige Frage entgegengehalten hatte. Jetzt stellte er sich die Fragen selbst. Der Mensch, hatte der heilige Bernhard erklärt, sei ein edles Geschöpf mit majestätischer Bestimmung. Gehörte es zu Joey Doyles majestätischer Bestimmung, vom Dach einer Mietskaserne heruntergestoßen zu werden und zwischen Wäscheleinen hindurch in einen dreckigen Hinterhof zu fallen, wie eine leere Bierflasche?
So hatte Katies unverblümte Frage »Was wollen Sie jetzt deswegen tun?« den Priester als Glied in die Kette zwischen Gott auf der einen und dem Menschen auf der anderen Seite gestellt. Du magst es Politik nennen oder erklären, es handle sich um ein Polizeiproblem und dich vor ihm in der Kirche verstecken, aber du stehst mitten drin, Bruder, du stehst selbst drin, tief drin, das ist so sicher, wie es den Leib Christi gibt. Joeys Tod und die Suche nach dem Sinn dieses Todes, nach seinem Motiv und seiner Erlösung, mußte die Kirche seiner Gemeinde auf die

Straßen von Bohegan zurückführen, wo die Leute während einer Stunde am Sonntag Christen waren und die ganze übrige Woche Feinde des Christentums.
Pater Barry empfand plötzlich eine gehobene Stimmung. Es war nicht nur die leichte Brise, die vom Fluß heraufstieg, nicht nur ein kühler Luftzug, der ihn da angeweht hatte. Er wußte noch nicht genau, was er tun würde, aber er war jedenfalls bereit, den ersten Schritt zu tun. Bei Gott, er würde bestimmt nicht bloß einer von den weihrauchschwingenden Pfaffen sein. *Duc in altum.* Steig hinab in die Tiefe. Diese Worte hatten ihn immer fasziniert. Sei bereit, den Weg in unbekannte Tiefen zu wagen. Würde er es schaffen? Besaß er tatsächlich den Mut, den Weg in die Tiefe anzutreten?
Er wandte sich und begann rasch zu dem einen Kilometer entfernten Pfarrhaus zurückzugehen. Beim Überqueren der River Street ein paar Häuserblocks weiter, näherte sich ihm eine gedrungene Gestalt, ein junger Bursche in dunklen Cordhosen und einer schwarz und rot karierten wollenen Windjacke, die Hände tief in die Taschen vergraben, den Kopf gesenkt.
»He, Junge, hast du zufällig 'ne Zigarette bei dir?« fragte Pater Barry.
Schon wieder benutzte er seine kirchliche Stellung, um kleine Vorteile zu ergattern. Wie er es manchmal tat, wenn er morgens an Läden vorbeiging, die gerade ihre Türen geöffnet hatten und die Möglichkeit bestand, daß irgendein abergläubischer Kaufmann ihm gratis das geben würde, was er suchte. Es bringt Unglück, den ersten Kunden abzuweisen, wenn er ein geistliches Kleid trägt. Pater Barry hatte früh zu schnorren gelernt. Es war noch etwas Diebisches an ihm, ein Überbleibsel aus der Zeit, da er als Straßenjunge in Bohegan aus reinem Selbsterhaltungstrieb schauen mußte, wo er blieb.
»Was soll das – ist das ein Trick?« fragte der in Gedanken versunkene junge Mann – Terry Malloy – ärgerlich. »Ich wette eins zu zehn, daß du gar kein Priester bist. Die Tour habe ich schon oft genug erlebt.« Leise vor sich hinfluchend ging Terry weiter.

Pater Barry zuckte mit den Achseln und schritt zum Pfarrhaus. Dieser Junge da, dieser kleine Ganove, war wahrscheinlich auch getauft, war auch in die Sonntagsschule gegangen und hatte die Kommunion empfangen. Und schau ihn dir jetzt an, ein übler Vagabund, feindselig, argwöhnisch, gefährlich und einsam.

ACHTES KAPITEL

Als Katie in ihrem kleinen Eisenbett, das den kleinen stickigen Schlafraum fast ausfüllte, erwachte, wußte sie zuerst gar nicht, wo sie war. In der Schule ging ihr Schlafzimmerfenster nach Osten, der Morgensonne entgegen, und sie blieb vor dem Aufstehen immer gern noch ein paar Augenblicke in ihrem sauberen weißen Bett liegen, dehnte sich und ließ sich von der Sonne bescheinen. Das war für sie immer ein ganz besonders schöner Augenblick, ein kurzer Aufenthalt zwischen Schlafen und Wachen, zwischen der Süße des Schlafs und den vielen Pflichten des Tages. Heute morgen gab es keine Sonne und kein weißes Bettzeug. Sie war immer noch in den Kleidern und lag oben auf dem Bett, wohin sie sich schließlich in einen Schlaf der Erschöpfung hatte fallen lassen. Das einzige Fenster auf der Nordseite des schmalen Raumes ging auf das Nachbarhaus, das kaum einen Meter entfernt war, so daß auch das hellste Tageslicht nur vom Dach oben in ihr Zimmer hereinsickern konnte. Alles war stickig und düster. Mühsam und mit einem Gefühl des Widerwillens, mit dem Bewußtsein der Unordnung und des Schmutzes, das sie verabscheute, dämmerte ihr, wo sie sich befand, und warum sie hier war. Sauber und gepflegt wie sie war, stolz auf ihr reinliches, immer sauber gewaschenes Aussehen, das ihr angeboren war und das sie besonders pflegte, erhob sie sich mit dem Gefühl der Schuld, strich die schäbige Bettdecke glatt und versuchte, die Falten ihres marineblauen Rockes zu glätten.
Im Vorderzimmer war ein unmusikalisches, männliches Schnarchen zu hören, denn die Getreuen lagen seit der Leichenfeier immer noch da, wo sie gerade hingefallen waren. Runty Nolan

lag auf dem Fußboden, alle viere von sich gestreckt, als ob man ihn mitten beim Erzählen einer Geschichte an den Boden genagelt hätte. Jimmy Sharkey lag schlafend in dem großen Lehnstuhl, aus dem die Polsterung schon halb heraushing. Moose war sogar im Schlaf noch nicht zur Ruhe gekommen; sein mächtiger Körper hob und senkte sich bei jedem Atemzug. Pops drahtige, schmächtige Arme hingen über den Rand des unordentlichen Betts herab. Sein unrasiertes Gesicht und der schmutzige, lange Pullover verstärkten nur noch das Düstere der Szene. Das Zimmer war mit den Überresten der Feier besät, ein paar Whiskyflaschen lagen genauso auf dem Fußboden verstreut wie die Männer, in die sich ihr Inhalt ergossen hatte; ein Zigarettenkasten lag umgekippt auf der Seite, schwärzlicher Tabak, halbgeraucht Zigaretten und ausgedrückte Zigaretten bildeten eine kleine Abfallgrube auf dem Teppich; über der Lampe hing ein Hemd; Schuhe waren in alle Winde zerstoben, wie Hasen auf der Treibjagd; und Gläser – schmutzige Gläser, halbgefüllte Gläser, zerbrochene Gläser, umgestürzte Gläser, Gläser, die Katie an den Whisky und den Tod und das schmale Entsetzen des nächsten Morgens gemahnten.
Katie ging in die Küche, sah das entmutigende Tellergewirr in der Abwaschwanne, die übriggebliebenen Butterbrote, die vergossenen Whiskyreste, die einen säuerlichen Geruch verbreiteten. Wieder wanderten ihre Gedanken sehnsüchtig zurück nach Marygrove, wo die Schwestern in ihrer Makellosigkeit umhergingen und die Gesichter ihrer Klassenkameradinnen sauber gewaschen waren. Pflichtbewußt riß sich Katie aus ihren Gedanken an Tarrytown und wandte sich dem schmutzigen Geschirr zu und dem Kaffee, den sie zubereiten mußte, um Pop und seine Freunde für das bevorstehende Tagewerk zu stärken. Dieser kalte, trübe, sonnenlose Tag, dieser Joey-lose Tag.
Der Klang des Kaffeegeschirrs und das Klappern der Teller, die Katie in der Abwaschwanne stapelte, hatte allmählich begonnen, in Patrick Doyles bleiernen Schlaf einzudringen. Er richtete sich auf der Couch langsam in eine sitzende Stellung auf und rieb sich das Gesicht mit den Händen, während er die Augen gegen das Tageslicht noch immer geschlossen hielt. Er

reckte sich und stöhnte, und Runty räkelte sich auf dem Boden und öffnete die Augen zu einem Schlitz.

»Eine großartige Leichenfeier, Patrick«, brachte er mit einer Fröhlichkeit heraus, die fast automatisch war. »Seit ich meinen eigenen Vater begrub, habe ich keinen so hübschen Abschied mehr erlebt.«

»Oh, mein armer Kopf«, stöhnte Pop.

Katie kam mit der Kaffeekanne und ein paar sauberen Tassen herein. Sie hatte ihre Lippen voller Zorn zusammengepreßt. Warum benahmen sich die Männer so und warum nahmen sie Joeys Tod als eine Tatsache hin?

»Morgen, Pop«, sagte sie. »Hier ist Kaffee für dich. Und für deine Freunde.«

Sie setzte den Kaffee mit den Tassen und Löffeln hin und ging wieder in die Küche.

»Sie ist ein prima Mädchen«, sagte Runty. »Du hast Glück gehabt, daß sie ihrer Mutter nachgeraten ist.« Er ließ sein bekanntes ho-ho-ho-Lachen ertönen.

Sie tranken den Kaffee schweigend. Vom Fluß drang der heisere Ton einer Schiffssirene herüber. Pop konnte nach den Geräuschen des Flußverkehrs die Zeit bestimmen. »Die Sieben-Uhr-Fähre fährt gleich ab zur Christopher Street«, sagte er. »Es wird Zeit, daß wir zur Ecke hinuntergehen.«

Die Männer rieben sich den Schlaf aus den Augen und zogen die Windjacken an. Pop nahm seinen abgewetzten wollenen Arbeitsmantel und die schmutzigen Segeltuchhandschuhe vom Haken; die Handschuhe gehörten zu seiner Berufskleidung genau so wie der kurze Ladehaken, der schon fast zur physiologischen Verlängerung des rechten Armes der Hafenarbeiter geworden war.

»Leg den Haken weg«, sagte Runty. »Heute ist kein Tag für dich zu arbeiten. Die Jungens, die heute Arbeit kriegen, werden dir was abgeben.«

»Klar, Pop, bleib zu Hause. Wir werden die Büchse für dich herumgehen lassen«, sagte Jimmy Sharkey.

»Klar, das werden wir tun!« rief Moose laut.

»Danke schön, Jungens, aber ich werde doch arbeiten«, sagte Pop, während er den Haken durch seinen Gürtel über der Hintertasche steckte. »Wer, glaubt ihr wohl, wird das Begräbnis bezahlen? Tom McGovern und seine stinkige Lagergesellschaft? Oder Willie Givens, der Schuft? Niemand wird die Büchse für mich herumgehen lassen, trotzdem aber vielen Dank. Ich gehe mit zur Arbeit.«
Er ging durch das Schlafzimmer bis zur Küchentür voraus. Von einem Haken an der Tür hing Joeys Windjacke herunter, ein pelzgefüttertes Marinekleidungsstück, das Pop aus dem Laderaum eines Schiffes hatte mitgehen lassen. Einer plötzlichen Eingebung folgend nahm Pop die Jacke vom Haken und reichte sie Runty.
»Hier. Genausogut kannst du sie jetzt brauchen. Deine hat mehr Löcher als 'n Stück Schweizer Käse.«
Runty nickte, schlüpfte aus seiner alten, wollenen Windjacke heraus und probierte Joeys an. Sie hing ihm lose um die Schultern.
»Da ist noch viel Platz drin für Steaks und Whisky«, meinte er anerkennend.
Pop wandte sich um und umarmte Katie, die hinter ihnen gestanden und mit traurigen Augen zugesehen hatte.
»Mach's gut, Pop«, sagte sie kurz.
Pop empfand diese Bemerkung als Vorwurf; er wollte sie trösten und fürchtete, daß jedes weitere Wort über Joey sie wieder in Zorn versetzen würde.
»Katie, ich weiß, es ist nicht leicht. Vielleicht, wenn du zu den Schwestern nach Tarrytown zurückgehst, die können dir vielleicht helfen, darüber hinwegzukommen.«
»Warum müssen wir darüber hinwegkommen?« sagte Katie.
Pop zuckte die Achseln. »Gott muß wissen, was er tut.«
»So einfach ist das auch nicht«, sagte Katie.
Pop streckte die Hände aus und schien in dieser fast komisch wirkenden Bewegung die anderen um Hilfe bitten zu wollen.
»Jesus, Maria und Joseph. Ich bin aber wirklich mit dickköpfigen Kindern gestraft.«

»Es fehlte nur noch, daß es anfängt zu regnen«, sagte Jimmy und dachte an alle möglichen Unfälle. »Wenn wir Pech haben, dann kriegen wir im Regen Kupferblech zu verladen.«
»Oder Bananen«, sagte Pop. »Wenn du erst mal anfängst, auf den verfaulten Bananen hin und her zu rutschen...«
Runty kicherte. »Wäre das ein wunderbarer Anblick, wenn jetzt ein Schiff direkt aus Irland hereinkäme, die *Maple* oder die *Elm* und bis unter die Reling mit Jamesons irischem Whisky beladen.« Runty steckte die kleinen vernarbten Hände in die Taschen seiner neuen Windjacke. »Das wäre dann der Tag, an dem diese Jacke ihrer eigentlichen Bestimmung zugeführt würde.«
Katie sah ihnen nach, wie sie laut lachend und redend die Treppe hinuntergingen. Hatten sie denn gar kein Gefühl? Ja, natürlich wußte sie, daß Pop vor sich hingeweint hatte und daß Runty unter seiner harten Schale so weich wie Butter war. Und Moose war rauh und laut, aber sie wußte, daß er im Innern fast zu zart und sanft war, um den harten Konkurrenzkampf auf den Docks zu überstehen. Doch es hatte schon zu viele »Unfälle« wie Joeys am Hafen gegeben. Zu viele Rippen waren schon gebrochen worden. Zu viele Gesichter hatte man schon mit Stahlhaken und Pistolengriffen entstellt. Wenn auch Pop es sorgfältig vermieden hatte, mit ihr über diese Dinge zu reden, so gehörte doch die Gewalttat zum Hafen genauso wie die Luft, die sie atmeten. Sie hatte davon in dem Kramladen munkeln hören, wenn sie über das Wochenende nach Hause kam, sie hatte es als einen weiteren harten Teil der Wirklichkeit hingenommen, so wie sie in Bohegan nun einmal war, aber sie hätte es sich nie träumen lassen, daß derartige Dinge auch in ihr eigenes Leben einbrechen würden.
Vom Dach aus konnte man sehen, wie die kalte Morgensonne drüben über dem Fluß hinter der gezackten Kette von Stahl, Beton und Glas emporstieg. Im Sommer bildeten die flachen Dächer der Mietskasernen eine Art Riviera, wo die Armen in der Sonne liegen, das Glitzern des Stromes beobachten und manchmal von der erstickenden Hitze ihrer dumpfigen Schlafzimmer

eine Zuflucht in der kühleren Nachtluft finden konnten. Jetzt aber, an dem kühlen Novembermorgen, waren die Dächer verlassen; nur die Taubenbesitzer waren oben, um bei Sonnenaufgang ihre Vögel zu füttern und sie vor Arbeitsbeginn zu trainieren.
Heute morgen befand sich nur eine Gestalt auf dem Dach. Es war Terry Malloy, der vor etwa einer Stunde, nach der in den Bars verbrachten Nacht, heraufgekommen war, nachdem er seinen Lohn in einer Reihe von Kneipen zwischen Bohegan und Manhattan durchgebracht hatte.
Terry war noch benebelt von billigem Whisky und Bier. Seine Zunge fühlte sich an – diese Vorstellung kam ihm mit einem Anflug grimmigen Humors – wie der Boden seines Taubenschlages. Aber er fühlte sich erleichtert, als er sich gegen die Seite eines mit Teerpappe verkleideten Lichtschachtes lehnte und den Tauben zusah, die weit hinaus über dem Fluß ihre Kreise zogen. Tief sog er die kühle Luft ein, die vom Fluß herüberdrang und von Ruß und Rauch gereinigt schien. Er freute sich darüber, wie die Tauben die glänzenden Unterseiten ihrer braunen und blauen und silbrig-grauen Flügel aufleuchten ließen, wenn sie über ihn hinwegflogen.
Verdammt noch mal, sie waren wirklich hübsch, und sie gehörten ihm; sie waren das einzige im Leben, worüber nur er allein zu bestimmen hatte; er allein konnte sie mit der langen beflaggten Stange in der Luft halten, er war derjenige, der sie in unbekannte ferne Städte entsenden konnte, damit sie dort zum Rennen heim nach Bohegan ausgelassen wurden. Dann eilte er zu seinem Schlag, sobald der erste Vogel eingetroffen war, nahm das Rennabzeichen mit sicherer Hand vom Ständer der Taube und stieß es unmittelbar darauf in die Rennuhr, damit auch nicht der Bruchteil einer Sekunde bei der Zeitnahme verlorenging. Es war schon ein herrliches Gefühl, dieses erste Abzeichen in der Uhr zu wissen.
Wie die Tauben es anstellten, hoch über den Städten von East Jersey dahinzufliegen und sich genau sein – Terrys – kleines Dach mit dem Taubenschlag zu merken –, das konnte er einfach

nicht begreifen. Sie mußten in den kleinen, runden, von seidigen Federn umgebenen Köpfchen eine ganze Menge von Gehirn haben. Hirn und Mut, genau das brauchte eine Taube, um ein Rennen zu gewinnen; das war ganz ähnlich wie beim Boxen. Laß dir bloß von niemandem weismachen, daß ihnen das angeboren sei, dachte Terry. Zum Teufel, hätte er einen Dollar für jede Taube, die er auf den Übungsflügen eingebüßt hatte. Sie besaßen irgend etwas Besonderes, diejenigen, die es schließlich schafften. Nimm hier bloß mal diesen Swifty, dachte er, seine Leittaube, den Herrn und Gebieter im Taubenschlag, der sich den Weg zu seiner Führerstellung erkämpft und zwei schwere Fünfhundert-Meilen-Rennen gewonnen hatte, wobei er einmal einige Kopffedern eingebüßt hatte und blutete, weil ein Habicht versucht hatte, ihn als Mittagsmahlzeit zu verspeisen. Ein andermal war er mit gebrochenem Bein in den Schlag zurückgekehrt. Terry hatte nie feststellen können, wie das passiert war. Aber ein Vogel mit dem richtigen Heimwärtsdrang läßt sich durch nichts, weder Fressen, noch Wasser, noch Wunden von seinem Wege abbringen. Solange er in der Lage ist, die Flügel zu bewegen, fliegt er weiter Richtung Heimat. Swifty war zwar ein halber Krüppel jetzt, aber immer noch ein kraftvoller Bursche, ein stolzer und mächtiger Hahn unter den Tauben. Er hatte etwas mit Johnny dem Freundlichen gemeinsam, wie er so im Vollgefühl seiner Macht über alle übrigen regierte. Man mußte ihn bewundern, wie er sich hochgekämpft hatte, wie er den Platz an der Spitze errungen hatte und ihn verteidigt hatte gegen jeden, der ihm die Führerrolle streitig machen wollte. Mut gehörte dazu und das Wissen, wie man so etwas anstellt und ...
Terry suchte sich einen anderen Platz; ihm wurde bei diesen Gedanken unbehaglich. Warum war es ihm denn nicht vergönnt, sich hier einfach herzuhocken und den Anblick des großen Kreises zu genießen, den seine Tauben über dem Fluß und den Dächern beschrieben, und nicht immer denken zu müssen ... Mein Gott, mit einem Kopf wie eine fünf Tage alte Wassermelone, da brauchte man wirklich nicht zu denken. Lehn dich einfach zurück gegen die Teerpappe und schau in den kalten Himmel

hinauf, denk an die Rennen, die du gewinnen wirst, und die leichte Arbeit, die man dir am Hafen geben wird. Denk an Melva, das halbwüchsige Mädchen, das in dem Viertel jetzt die große Rolle spielte; ein netter Käfer mit noch etwas überflüssigem Fett, das man aber noch wegbringen konnte. Melva, die immer in engen blauen Hosen herumlief und die Inschrift »Vorsicht – Sprengstoff« stolz auf ihrer prallsitzenden Bluse trug, ein munteres Mädchen der weiblichen Gefolgschaft der »Golden Warriors«!

Ja, Mensch, so ist's besser, denk nicht mehr an gestern abend, denk lieber an all die feinen jungen Weiber, die hier herumlaufen, und an die hübschen Tauben und an die acht Stunden Arbeit, zwei Dollar vierunddreißig pro Stunde mit dem bloßen Herumsitzen auf den Kaffeesäcken. Denk an all die schönen Sachen, die sich stehlen lassen, spanischen Brand, und französisches Parfüm und die erstklassigen Beefsteaks aus den Vorratsräumen der Schiffe, und die zarten Filets und die zarte Melva und die zwanzig Dollar pro Tag für das Studieren der immer wieder faszinierenden weiblichen Formen in den Magazinen, wie zum Beispiel *Girlie* und *Scanties* – ja, das war das eigentliche Leben, das Leben, wie er es gern hatte. »Shaboom, shaboom tatata-tatata-tatata- tatata-tatata ...« summte Terry in Gedanken an einen alten Schlager vor sich hin.

»Ein zweiter Eddi Fisher, bloß ohne Talent«, kam eine Stimme hinter dem Taubenschlag hervor. Es war Billy Conley.

»Was ist denn los, hast du was dagegen?« verlangte Terry zu wissen.

»Keine Rede davon, ich hab's bloß lange nicht gehört.«

»Ha, ha«, sagte Terry verächtlich.

»Was ist denn los mit dir, bist du heute mit dem falschen Bein zuerst aufgestanden?«

»Ich bin heute morgen überhaupt nicht aufgestanden, das ist los«, erklärte Terry.

»Mensch, du siehst ja aus wie ein ungemachtes Bett«, sagte Billy. »Was machst du eigentlich so früh am Morgen hier oben?«

Terry reagierte auf diese Frage sauer. »Das geht dich einen Dreck an.«
Billy war beleidigt. »Na, du brauchst dich ja nicht gleich aufzublasen wie ein Truthahn!«
»Ich bin schon so früh hier oben, weil ich schon so früh hier oben sein wollte, und damit basta«, beharrte Terry.
»Mein Gott, was hast du denn vor? Soll's eine Staatsaffäre werden?« Billy war sichtlich empört. Sein Herr und Meister hatte ihn angefahren. »Für nichts und wieder nichts«, würde er später seinen »Golden Warriors« erzählen, »für nichts und wieder nichts hat er mich plötzlich angefahren.«
Billy fuhr mit der Hand unter den Taubenschlag, um den Futterkasten herauszuziehen. Es war seine Aufgabe, den Tauben jeden Morgen das Futter hinzustreuen. Terry zahlte ihm fünfundzwanzig Cents für diese Arbeit, die diesem vierzehn Jahre alten Burschen den Nachschub an Zigaretten garantierte.
»Schon alles erledigt«, rief Terry, »ich hab's schon selbst gemacht.«
»Donnerwetter, man kennt dich heute morgen ja gar nicht wieder. Der reinste Frühaufsteher.«
»Ja, ja.« Terry wollte sich mit dem Kleinen in keine Diskussion einlassen. »Ich hab' mir gedacht, da ich sowieso schon auf war – was ist da schon weiter dran.«
Billy sah ihn erstaunt an. Terry Malloy, dessen stolzes Foto im Boxerdreß einen Ehrenplatz im Geschäftszimmer der »Golden Warriors« einnahm, benahm sich irgendwie merkwürdig. Der Junge nickte in Richtung auf das Nachbardach. »Zum Teufel, ich hätte nicht der junge Doyle sein mögen, der da gestern abend den Sprung in die Tiefe gemacht hat, wo doch unten gar kein Wasser war.« Er schüttelte den Kopf und stieß ein häßliches Lachen aus. »Hättest du Lust gehabt, Terry?«
»Hör auf mit deinem blöden Geschwätz«, sagte Terry verärgert.
»Jo-Jo hat Glück gehabt«, fuhr Billy fort. »Er sah ihn landen. Riß Mrs. McLaftertys Wäscheleine durch. Er schwört, daß er

zurücksprang wie ein Ball, so hoch. Was sagst du dazu? Ich glaube, er ist ein ausgemachter Lügner.«
»Willst du um alles in der Welt jetzt endlich das Maul halten?« sagte Terry mit erhobener Stimme.
»Nanu, wo sind wir denn eigentlich, in Rußland? Man kann ja hier nicht einmal mehr reden, was man will«, protestierte Billy.
Die Tauben folgten Swifty in einer scharfen Wendung, die sie bis auf etwa zehn Meter an das Dach heranführte, und schwirrten dann wieder in einer eleganten Kurve ab. Auf Terrys nachdenklichem Gesicht zeigte sich angesichts dieser Flugleistung ein bewunderndes Grinsen.
»Diese Burschen verstehen wirklich zu fliegen«, sagte er leise vor sich hin. »Und sie haben zu fressen, was sie wollen, sie fliegen wie verrückt herum, schlafen jede Nacht zusammen und bringen laufend Kleine auf die Welt.«
»Dir selbst geht es ja auch nicht so übel«, sagte Billy. »Eine dicke Nummer bei Johnny dem Freundlichen und Freikarten für alle Boxkämpfe drüben in Newark. Und alle Weiber in der Nachbarschaft verdrehen sich die Hälse nach dir, weil dein Name ganz groß in Leuchtschrift im Madison Square Garden...«
»Ein einziges Mal«, erinnerte ihn Terry.
»Was macht das schon?« fuhr Billy fort. »Die Weiber wollen bloß deine Muskeln fühlen.« Er machte eine vielsagende Bewegung mit den Händen und stieß ein böses Lachen aus. »Dir geht's gar nicht so übel.«
»Zum Teufel, halt endlich dein Maul«, sagte Terry, der sich nicht ganz wohl in seiner Haut fühlte. Er krempelte sich die dunklen Cordhosen etwas hoch und versetzte Billy einen spielerischen Boxhieb, der aber hart genug war, daß dem Jungen ein paar Tränen in die Augen traten. Auf dem Fluß tutete ein Frühboot, als es an einer langsamen Kette von Kohlenschleppern vorbeifuhr. Terry wandte seine Gedanken dem Fluß und der morgendlichen Arbeitsverteilung zu. »Ich muß mal eben 'runtergehen und mir eine Tasse Kaffee und ein paar Brote besorgen. Du kannst inzwischen die Wasserschüsseln saubermachen.«

Terry schlug zwei blinde Haken in die Luft, was soviel heißen sollte wie »Auf Wiedersehen«. Als er an den Eingang der Treppe kam, drehte er sich noch einmal halb um.
»Und verschütte kein Wasser auf den Boden. Ich will nicht, daß die Vögel sich erkälten.«
Einen Augenblick lang ruhte Terrys Blick auf dem Nachbardach, wo Joeys Tauben herumhüpften und mit ängstlichen Stimmen nach ihrem Frühstück riefen. »He, du kannst auch ein bißchen Streufutter da drüben in den anderen Schlag bringen«, sagte Terry nebenbei.
»He, das ist eine Idee«, sagte Billy, »die kannst du wahrscheinlich in deinen eigenen Schlag vereinnahmen.«
»Tu, was ich dir gesagt habe«, befahl Terry. Dann reckte er sich und begann den Abstieg in einem schnellen, tänzelnden Rhythmus.
Im zweiten Stock lief Terry schon so schnell, daß er fast mit Pater Barry zusammengestoßen wäre, der gerade die Stufen heraufkam.
»Passen Sie doch auf, wohin Sie gehen«, brummte Terry und eilte weiter.
Der Priester beachtete ihn kaum. Seine Augen waren von der schlaflosen Nacht rot gerändert. Er war die ganze Nacht auf und ab gegangen, hatte gelesen, meditiert und gebetet. Er hatte die Werke der alten Kirchenfürsten von Augustin und Thomas von Aquin bis zu dem sozialen Denken Pius XI. und Maritain durchgeblättert. Er hatte sich schwere Gedanken über die Märtyrer gemacht, über Paulus, den ersten Ignatius, Stephan, den Heiligen Johannes und Thomas More, lauter willensstarke, unbeugsame Männer. Und den Heiligen der Gnade und des Dienens Franz Xavier, den er sehr verehrte, und den anderen, sich selbst verleugnenden Franz, den Barfüßer von Assisi, die auf dem schweren Weg gewandert waren. Der heilige Judas fuhr ihm durch den Kopf und Vinzenz von Paul.
Er hatte die Turmuhr vom Rathaus die dritte Stunde schlagen hören, und als der letzte Ton im Schweigen der Nacht verklungen war, hatte er sich halb angezogen aufs Bett geworfen, weil

er um sechs Uhr die Frühmesse zu halten hatte. Doch in der Dunkelheit hörte er wieder die klare, zornige, ein wenig kindliche Stimme der kleinen Doyle: *Hat es jemals einen Heiligen gegeben, der sich in der Kirche versteckte?* Ja, wie stand es denn wirklich damit? Er dachte wieder an seinen starken, schäbig aussehenden, glaubensstarken Franz, der nach Goa zu den Heiden geschickt wurde und sich zuerst seinen Weg durch das habgierige und intrigierende und sittliche Chaos nicht der Asiaten, sondern der europäischen Christen zu bahnen hatte, die nur auf den Erwerb irdischer Güter erpicht waren und Christus mit jedem begehrlichen Atemzuge verspotteten. Dieser Franz war kein Heiliger, der sich in der Kirche versteckte. Pete Barry hatte an der Fordham Universität seine Doktorarbeit über diesen selbstlosen kleinen baskischen Aristokraten geschrieben, der für die portugiesischen profithungrigen Katholiken und ihre allzu weltlichen Priester keine Geduld aufbrachte, der aber andererseits die Lammsgeduld eines Hiob und Jesus bewies, wenn es sich um die Bettler und Sklaven, die Huren und landlosen Farmer, die Armen in den Städten und die fluchenden Seeleute handelte, mit denen er sich gelegentlich auf ein Kartenspiel am Hafen einließ.

Pater Barry setzte sich auf, suchte nach dem Feuerzeug und zündete sich eine Zigarette an, um klarer denken zu können. Dann stieg er aus dem Bett und ging zu den Bücherregalen, wo er nach seinen abgegriffenen Abschriften der Briefe des Franz Xavier suchte, die hier und da durch Unterstreichungen und Anmerkungen von der Zeit kündeten, in der er sie im Seminar durchgearbeitet hatte. Seine Gemeinde von St. Timotheus kannte diese Seite seines Wesens kaum. Sie sahen lediglich den jungen, etwas ungehobelten Iren mit dem roten Gesicht, der seine Messe manchmal ein wenig zu schnell las, und der kaum etwas von der Geistlichkeit zu haben schien, die den Pfarrer, Pater Donoghue, zu einer eindrucksvollen religiösen Gestalt in der Gemeinde machte. »Dieser Pater Barry ist ungefähr ebenso ein Heiliger wie ein Sack Mehl«, war Runty Nolans erster Eindruck gewesen, und als dieser Ausspruch Pete zu Ohren kam, hatte er schmunzelnd zu seinem Vikar, dem Pater Harry Vincent, gesagt: »Ich

bin froh, daß er Mehl gesagt hat, der Vergleich hätte auch schlimmer ausfallen können.«
Was aber Pater Barry auszeichnete, und was er sich bewahrte, seit er bei St. Timotheus war, das war eine lebendige Erinnerung dessen, was es heißt, arm zu sein, die Erinnerung an die Erniedrigung, die seine Mutter über sich ergehen lassen mußte, als die Mitarbeiter der öffentlichen Wohlfahrt zu ihr kamen, die Art und Weise, wie die entsetzliche Armut der weniger Glücklichen und derjenigen, die keine guten Beziehungen am Hafen hatten, den Menschen entpersönlichen und degradieren kann. Er hatte sich im letzten Jahre seines Theologiestudiums gelobt, diese Dinge niemals zu vergessen und so zu arbeiten, wie Jesus unter den Ärmsten der Armen gearbeitet hatte.
Hatte er sich nun selbst etwas vorgemacht? Eigentlich nicht. Er war hier an der Kirche St. Timotheus auf der Pulaski Street, weil der Bischof ihm mit der Versetzung in das Elendsviertel von Bohegan eine besondere Auszeichnung zuteil werden lassen wollte. Aber im zweiten Jahr hatte eine gewisse Bequemlichkeit und etwas von Pater Vincents kluger Vorsicht ihm etwas von seinem alten Schwung genommen. Verdammt noch mal, Bohegan war genau derselbe heuchlerische, unmenschliche und deshalb un-katholische Sumpf wie Goa, als der junge Xavier vor vier Jahrhunderten dort an Land ging. Der einzige Unterschied ist nur der, daß du jetzt nicht den Mut hast, wie Xavier ihn hatte, um diese Zustände anzuprangern. Okay, Pete, du hast das gehört, *Pater* Barry, und nun, was wirst du dagegen tun?
In dem Buch, das er in der Hand hielt, wurde er von einem Brief, den er vor ein paar Jahren angekreuzt hatte, gefesselt. Er ging wieder ins Bett, um ihn zu lesen, denn der Pfarrer war in bezug auf Kohlen geizig (oder, wie er und Pater Vincent scherzend sagten, fromm). Im Pfarrhaus war es immer zehn Grad kälter, als es angenehm war. Aber das Bett war warm und das Kopfkissen, das seine Mutter eigens für ihn angefertigt hatte, umschmeichelte ihm sanft den Kopf. Die Worte schienen ihm vor den Augen zu verschwimmen. Das kam vom zu

vielen Lesen im Brevier mit seinem kleinen Druck. Warum tat er das alles überhaupt? Er war doch hier nicht mehr im Seminar; er brauchte ja jetzt nicht mehr zu büffeln wie ein Schuljunge. Sein Wecker war auf fünf Uhr dreißig eingestellt und gewährte ihm gerade genug Zeit, sich zu waschen, schnell zu rasieren und ein Morgengebet vor der Frühmesse zu sprechen. Eines Tages würde er Pfarrer werden und dann seinen Vikaren auftragen, die unbequeme Frühmesse zu lesen! Dann ergriff ihn das Gefühl der Schuld und zog ihn aus dem Bett. Er hatte die schwerste und leichteste Aufgabe in der Welt gewählt. Sie war nicht so verschieden von der Armee mit ihren Infanterie-Zugführern, ihren Kämpfern im vordersten Graben, ihren Strategen ganz oben und ihren Militärpolitikern im Hauptquartier.

Pete Barry hatte die wärmenden Decken abgeworfen und sich neben dem Bett auf den kalten Fußboden niedergekniet. Das Bett als Lesepult benutzend, las er die Worte des Xavier, die in einen Brief eingebaut waren, die jener an einen jungen Priester geschrieben hatte, der vor vierhundert Jahren sein apostolisches Leben in Indien beginnen sollte. Die Worte waren nicht nur unterstrichen, sondern auch mit Bemerkungen versehen: dennoch kamen sie Pete Barry heute als etwas ganz Frisches und Neues ins Gedächtnis zurück:

Wenn du im Beichtstuhl alles das dir angehört hast, was deine Beichtkinder dir über ihre Sünden bekannt haben, so glaube nicht, daß damit alles geschehen sei und daß du keine weitere Aufgabe mehr zu erfüllen habest. Du mußt fortfahren, dich zu erkundigen und mit Hilfe von Fragen die Fehler bloßzulegen, die bekannt und berichtigt werden sollten, die aber den Bußfertigen selbst auf Grund ihres Unwissens entgangen sind.

Frag sie, was für Profite sie erzielen, wie und woher. Und welchem System sie in Handel und Geldgeschäften anhängen und wie sie ihre vertraglichen Verpflichtungen erfüllen.

Du wirst allgemein finden, daß alles mit Wucherverträgen durchsetzt ist; alle diese Leute haben den größeren Teil ihres Geldes auf unrechte Weise erworben, dieselben Leute, die nichtsdestoweniger behaupten, mit dem größten Selbstvertrauen von der ansteckenden Krankheit ungerechter Gewinste frei zu sein; dieselben Leute, die nach ihren eigenen Worten ein reines Gewissen haben, das sie keines Fehltrittes beschuldigt. In der Tat, das Gewissen einiger Menschen hat sich so verhärtet, daß sie entweder überhaupt kein Empfinden oder nur sehr geringes Empfinden für das Vorhandensein riesiger Anhäufungen von Diebesgut besitzen, das sie in ihren Herzen angesammelt haben.

»Riesige Anhäufungen von Diebesgut ...« Pater Barry las weiter mit wachsender Erschütterung und Erregung. Hier war ein Priester, der von Spanien nach Paris, von Paris nach Portugal, von Portugal nach Indien, von Indien nach Japan und der chinesischen Küste gefahren war, ein Priester, dessen Kirche die weite, weite Welt war, ein Priester, der nicht in jedem knienden Katholiken einen Christen sah und der ausgezogen war, um mit Worten und Taten die verheidnischten, widerspenstigen, dem Lippenbekenntnis huldigenden sogenannten Christen noch einmal zu bekehren, ein Priester, der mit seinem eigenen Leben und Leiden die Kunde verkörperte, daß Jesus viele Anhänger hatte, die das himmlische Königreich liebten, aber nur wenige, die sein Kreuz zu tragen bereit waren. Pater Barry fuhr zu lesen fort:

... Befrage alle diese Menschen, auf welche Weise sie in Ausübung ihrer Pflichten und in Ansehung ihres üblichen Einkommens reich geworden sind. Wenn es ihnen schwerfällt, dir zu antworten, so treffe deine Feststellungen mit allen nur möglichen Mitteln und auf die mildeste Art, die dir zu Gebote steht. Es wird nicht lange dauern und du wirst den Weg gefunden haben, der dich unfehlbar zu den Höhlen und Lagerstätten ihrer Betrügereien und Monopole führt, durch welche eine beträchtliche Anzahl von Menschen ihrem persönlichem Vermögen solche Werte zufließen läßt, die der Allgemeinheit gehören ...

»Treffe deine Feststellungen mit allen nur möglichen Mitteln ...« Was der kleine Xavier doch für ein kluger Bursche war! Man bedenke, daß er alle Schliche des Handels, die ganzen Praktiken kannte, daß er sich nie auf eine Auseinandersetzung darüber einließ, ob die Rede über Profitgier oder Gangstertum auf die

Kanzel oder in den Beichtstuhl gehöre. Das war kein Zufall, dachte Pater Barry; dies ist eine der Säulen unseres Glaubens, wie unser Heiliger Vater gerade erst vor kurzem ausgeführt hat, und auch nicht eine der geringsten. Wenn der Mensch das einzige Geschöpf auf der Erde ist, das als Abbild Gottes geschaffen wurde, dann lästerst du in Wirklichkeit Gott jedesmal dann, wenn du die Würde dieser Schöpfung mit Füßen trittst.

Immer noch in den Unterkleidern, die Knie und Arme schon rot von der Kälte, aber in einem Zustande der Erregung, der alle Unbequemlichkeit vergessen läßt, fragte sich Pater Barry, ob das Mädchen mehr sagte, als sie eigentlich wußte. »*Sich in der Kirche verstecken.*« Dieses Wort hatte ihn wie eine Kranladung voller Stahlblöcke getroffen. In ein paar Stunden, die ihm den Kopf schwirren machten, hatte er fast zweitausend Jahre durchmessen, vom Heiland bis zum sozialen Genie eines Pius XI. und zurück zu Franziskus X.

Wenn du durch viele und vorsichtige Fragen das Geständnis dieser Monopole und dergleichen aus ihnen herausgepreßt hast, dann wirst du mit größerer Leichtigkeit in der Lage sein, zu bestimmen, wieviel von anderer Menschen Eigentum sie besitzen, und wieviel davon sie denen zurückerstatten sollten, die sie betrogen haben, damit sie sich wieder mit Gott versöhnen; so kommst du leichter zum Ziel, als wenn du ihnen nur die allgemeine Frage stellst, ob sie irgend jemanden betrogen haben. Denn auf diese Frage werden sie sogleich antworten, daß ihre Erinnerung ihnen darüber nichts mitteilt. Denn die Gewohnheit nimmt bei ihnen den Platz des Gesetzes ein, und was sie vor ihren Augen geschehen sehen, jeden Tag, das reden sie sich ein, könne ohne Sünde ausgeführt werden. Denn Gewohnheiten, die in sich selbst böse sind, nehmen in den Augen dieser Menschen Autorität und Gesetzmäßigkeit durch die bloße Tatsache an, daß sie gemeinhin geübt werden.

Pater Barry legte das Buch hin und nahm den Rosenkranz zur Hand. Schenk mir, o Vater, die Weisheit und das Wissen um den Weg und den Mut, betete er.

Vom Turm schlug es wieder, diesmal fünf Schläge. Er zog den

vom vielen Tragen glänzend gewordenen, formlosen, schwarzen Anzug an, setzte den verknitterten schwarzen Hut auf und eilte um die Ecke zu dem Platz, wo eine alte Frau die ganze Nacht hindurch Zeitungen verkaufte. »Hallo, Pater, Sie laufen ja heut schon früh herum!« Aus einem der ehemaligen baltischen Staaten stammend, sprach sie mit einem harten Akzent, den dreißig Jahre Bohegan nicht verdrängt, sondern eher verschönt hatten.
Pater Barry kaufte sich die örtliche Tageszeitung, den *Graphic*, und die aus Manhattan stammenden Sensationsblätter, die gerade durch den Tunnel unter dem Fluß hindurch herangefahren worden waren. Er setzte sich auf einen Hocker in dem nebenanliegenden Restaurant, schob den Hut in den Nacken und breitete die Zeitungen vor sich auf der Theke aus. Er hatte nach den Anstrengungen der Nacht Hunger, doch mußten seine Lippen heute morgen das Blut und den Leib unseres Herrn berühren. Kaffee und Gebäck mußten warten. Er erwartete eigentlich, daß der Tod des jungen Doyle groß auf der ersten Seite stehen würde. Aber die Schlagzeile berichtete von der Verhaftung eines jungen, gutaussehenden Notzuchtverbrechers, der eine Kellnerin erschlagen hatte. Sich eine Zigarette anzündend, blätterte er in den Zeitungen, die voller Sünde und Gewalttat waren – Überfälle durch Halbwüchsige, wüste Ehescheidungsprozesse, Vaterschaftsklagen, Bar-Skandale, an denen Mädchen der Gesellschaft beteiligt waren, Auflösung von Verlobungen, Unterschleifen im Amt, Wochenendorgien in einer Kleinstadt, Vertauschung von Ehefrauen, ein Seemann, der einen Perversen verprügelt, Skandalaffären aus dem mitternächtlichen Manhattan –, lauter Eingeständnisse, daß die Stadt unfähig war, die zehn Gebote zu halten. Die um den Hafen herumliegenden Orte quellen über von Sünde und Unrat, las Pete Barry zwischen den Zeilen. Genauso wie große und kleine Schweine in einem Loch voller Morast.
Immer noch nach einer Überschrift bezüglich Joey Doyle suchend, stieß er schließlich auf eine kleine Notiz, die mitten unter Annoncen für Heilmittel gegen Kreuzschmerzen, Kopfschmerzen, Exzeme und Pickel stand:

TODESSTURZ EINES HAFENARBEITERS

Joseph F. Doyle, Hafenarbeiter, wohnhaft in Bohegan, Market Street 225, starb gestern abend, als er vom Dach des Mietshauses fiel, in dem er wohnte. Er lebte nur noch wenige Minuten, nachdem er von Nachbarn in dem Hof hinter dem Wohnhaus, einen Block vom Hafen entfernt, aufgefunden worden war. Ob es sich bei dem Sturz um einen Unfall oder um ein Verbrechen handelt, konnte die Polizei an der Unfallstelle nicht ermitteln. Polizeichef Willie Donnelly ließ durch einen Sprecher erklären, daß »alle erforderlichen Schritte unternommen seien, um den Sachverhalt zu klären«. Der Tote hinterläßt ...

Pater Barry tat einen langen Zug an der Zigarette. Man hatte Joey Doyle nur ein paar Zeilen auf einer hinteren Seite im *Graphic* für wert erachtet. Die zynischen Bemerkungen, die Katies Onkel Frank gemacht hatte, schwangen wie ein australischer Bumerang auf ihn zurück: »Wenn die Polizei der Sache den Rücken zudreht und sie auf sich beruhen läßt – wie Onkel Frank sagt –, ist es dann nicht Ihre Pflicht, etwas zu unternehmen?« Pater Barry blickte auf die große Uhr an der Wand. 5 Uhr 20. Er mußte sich beeilen, um sich auf die Messe vorzubereiten. Er eilte mit so schnellen Schritten zur Kirche St. Timotheus zurück, daß ihm ein Milchmann zurief, »warum so eilig, Pater«?

Als er sich in der Sakristei umkleidete, erschien ihm auf einmal sein geistliches Gewand in einer Bedeutung, die ihm seit der Priesterweihe noch nicht mit solcher Klarheit deutlich geworden war; er gürtete tatsächlich seine Lenden für die Schlacht. Und bei der Frühmesse um sechs, die er, wie er zugeben mußte, oft mechanisch und zuweilen sogar verschlafen gelesen hatte, empfand er bis zu einem beinahe unerträglichen Grade die Leidenschaftlichkeit des Opfers. Der Kelch, in den er den Wein goß, hielt das Blut Christi umfangen, das Vermächtnis der Märtyrer, Joeys Vermächtnis.

Er bildete sich gern ein, ebenso standfest zu sein, wie die Kerle, die die Ladehaken schwangen, aber heute morgen zitterte ihm die Hand, als er erkannte, daß in diesem selben Augenblick wiederum Menschen mit Christus starben – erst am vergangenen Abend Joey Doyle.
Die schläfrigen Dockarbeiter und Seeleute und Lastwagenfahrer und Barmixer und einige ihrer Frauen erkannten, daß Pater Barry diese Messe mit Worten und Gesten durchlebte, die spontan waren und nicht ein Überbleibsel früheren Messelesens bildeten. Die Passion war seine Passion, der Wein schmeckte wie Blut, und die Oblate lag ihm schwer in der Hand wie der Leib des Gekreuzigten. In Pater Barrys Gedanken war die Messe auf schöne und gefährliche Weise zu einer Einheit geworden. Der Altar, an dem das Opfer immer wieder von neuem dargeboten wurde, war zum Kalvarienberg an der Market Street geworden. *Et verbum caro factum est* sprach er beinahe zornig. Und das Wort wurde zu Fleisch und wohnte unter uns.
Sobald er die Messe beendet und das Dankgebet gesprochen hatte, eilte er zurück in seinen Raum, zog sich den Straßenanzug an und machte sich auf den Weg nach der fast drei Häuserblocks entfernten Doyleschen Wohnung.
Auf sein Klopfen erschien Katie mit einer Müllschaufel an der Tür. Sie trat überrascht einen Schritt zurück und versuchte verlegen, aber erfolglos, ihren zerknitterten Rock glattzustreichen.
»Morgen, Katie«, sagte Pater Barry.
Sie zögerte und wußte nicht recht, ob sie ihn hereinbitten sollte. Sie war noch mitten im Aufräumen, und die Küche, in die er hineinsehen konnte, war mit schmutzigen Gläsern, Tellern und Aschenbechern, die sie aus den übrigen Zimmern zusammengeholt hatte, übersät.
»Oh, Pater, wenn ich gewußt hätte, daß Sie kommen, hätte ich im Flur das Licht brennen lassen.«
»Ist schon gut, Katie. Gestern abend hast du ein großes Licht entzündet« – er klopfte sich nervös mit der Hand an die Schläfe –, »hier oben.«

»Ich fürchte, ich habe gestern abend zu viel gesagt«, erwiderte Katie mit konventioneller Höflichkeit.
Pater Barry hatte nicht den weiten Weg zurückgelegt, um sich jetzt die Floskeln eines Schulmädchens anzuhören.
»Hör zu, Mädchen, du hast gesagt, was du gedacht hast. Du hast mich an der richtigen Stelle getroffen. Ich bin die ganze Nacht aufgeblieben und habe mir lange und genau angesehen, was ich bisher getan habe, und was ich da sah, das schien mir gar nicht so bemerkenswert zu sein.«
Er beobachtete, wie sie mit den Fingern sich verlegen durch ihr langes, dunkelblondes Haar strich.
»Ich bin draußen herumgegangen. Ich habe in einer Menge Bücher gelesen. Ich habe über einige von den Heiligen nachgedacht, die du mir ins Gesicht geschleudert hast.«
»Pater...«
»Es ist gerade ein paar Stunden her, daß ich mir selbst die Vierundsechzig-Dollar-Frage gestellt habe: Bin ich bloß ein Schlappschwanz mit umgedrehtem Kragen?«
»Pater...«
»Na, bin ich das etwa nicht, in deinen Augen?«
Ihr Schweigen tat ihnen beiden weh.
»Oder?«
»Das – das wollte ich nicht sagen. Ich dachte bloß...«
»Ich weiß. Ich weiß, was du dir gedacht hast. Du hast dir gedacht, ich sollte meine Religion leben und nicht nur predigen, habe ich recht?«
Katie errötete. Der junge Priester mit den geröteten Augen und dem zornigen, bittenden Blick tat ihr leid.
»Okay. Du brauchst nichts zu sagen. Gestern abend hast du genug gesagt. Jetzt ist die Reihe an mir. Deshalb habe ich die Frage gestellt, Katie. Bin ich bereit, mich wirklich für etwas einzusetzen, oder bin ich nichts weiter als ein bloßer Mitläufer?«
Ein Ausdruck des Zweifels, der Furcht trat in ihr Antlitz, und er lächelte traurig. »Oh, mach nicht solch ein überraschtes Gesicht, es gibt viele von solchen Spaßvögeln in der Kirche. Das ist immer so gewesen. Ich meine damit alle diejenigen, die auf

Nummer Sicher gehen, nirgends Anstoß erregen wollen und dann schließlich als Monsignore ihre Tage beschließen. Es gibt eine ganze Menge von ihnen in der Stadt, das heißt in der Diözese. Katie, was ich sagen wollte ist dies: als ich mir selbst die Frage vorlegte, traf mich die Antwort wie ein Keulenschlag!« Er hielt inne und blickte ihr in die Augen, die jetzt einen entsetzten, ungläubigen Ausdruck hatten. »Dies ist meine Gemeinde. Ich werde hinuntergehen zu den Docks, und ich werde mich von nichts abschrecken lassen. Ich werde mit jedem sprechen, der mich anhören will. Ich wußte ja, daß es schon die ganze Zeit über so gewesen ist, aber du hast mir die Augen geöffnet, damit ich es wirklich sehen kann. Ich weiß nicht, wieviel ich tun kann, aber ich werde meinen Beruf verlassen, wenn ich nicht hinunter gehe an den Hafen und mir alles genau selber ansehen werde. Ich bin kein Heiliger, Katie. Ich bin nur ein ganz gewöhnlicher Priester, aber du hast mich gestern abend festgenagelt. Jetzt bin ich bereit, selber ein paar Schläge auszuteilen. Jedenfalls, für mich gibt es kein Verstecken in der Kirche mehr.«
»Ich gehe mit Ihnen, Pater.«
»Dort hinunter?« Er schüttelte den Kopf.
»Bitte.«
»Jetzt verstehe ich, du glaubst, ich will dir etwas vormachen. Du willst selbst dabei sein und sehen, was ich zuwege bringe.«
»Pater, Sie dürfen nicht so sprechen.«
»Gut, vielleicht werden sie, wenn sie dich da unten sehen, etwas milder gestimmt sein.«
Sein Lächeln wärmte ihm für einen Augenblick das Gesicht, dann schwand es schnell dahin. »Genauso, wie du es mit mir gemacht hast.«
»Ich habe nie gedacht, daß ein Priester ...«
»Ein Priester ist ein Mensch«, erklärte er. »Ein Priester ist nicht deshalb heilig, weil er dieses Ding da trägt.« Er faßte sich an den Kragen. »Gestern abend hast du dich deshalb so erregt, weil du glaubtest, daß zu viele unter uns – ja, ich meine zu viele von uns im Pfarrhaus – nichts weiter tun, als die Messe lesen und das ihr ganzes Tagewerk nennen.«

»Ich war gerade so – so hilflos.«
»Wir sollten eigentlich alle so hilflos sein«, sagte Pater Barry.
Als sie lächelte, kehrte in ihre Augen, die verweint und übernächtig waren, das Leben zurück.
»Hol dir deinen Mantel, Katie. Wir gehen hinunter und werden uns den Betrieb mal genau ansehen.

NEUNTES KAPITEL

Die Longdock-Bar und Grill, an der River Street auf dem anderen Ende des Häuserblocks von Johnnys Bar aus gelegen, hatte den Dockarbeitern auf Pier B und C, die ihre Arbeit durch Johnnys Ortsgruppe 447 erhielten, seit Jahren als Kaffeestube gedient. An den Werktagen war der Raum gegen sieben Uhr stets von Hafenarbeitern voll, die eine Tasse Kaffee und vielleicht auch etwas Schinken und gebratene Eier zu sich nahmen, bevor sie über die Straße zum Arbeitsappell hinüberwechselten. Es war ein bitterkalter Morgen, Schnee lag in der Luft und unter den irischen Mützen und spitzen Skikappen sah man vereinzelt auch einige schwarze, runde, wollige Kopfbedeckungen, die an russische Bauern erinnerten. Einige der Männer waren entlassene Sträflinge, andere waren ehemalige Boxer mit tiefliegenden Augen und eingedrückten Nasen, jenen Kampftrophäen, die man sich nicht nur im Ring, sondern auch auf den Docks und in den Kneipen erwirbt. Manche waren hinterhältig und schnell mit der Pistole bei der Hand und mürrisch, wenn sie etwas getrunken hatten; und andere mit den härtesten Gesichtern waren einfache, umgängliche Leute, die es liebten, bei einem Glas Bier den Tag zu verplaudern.
Zu diesen letzteren gehörte auch Moose, ein stämmiger, laut redender Bursche nach außen hin, im Herzen aber ein gutmütiger, sentimentaler Mensch, ein Typ, wie man ihn unter Iren häufig findet. Er ging gerade in die Longdock-Bar hinein, während Runty, Jimmy und Pop hinter ihm nachfolgten. Die Bar wurde erst um acht geöffnet, doch an der Schnellbedienungstheke waren

noch ein paar Hocker unbesetzt. Fred, ein alter Mann mit rosigem Gesicht und engelhaftem Ausdruck unter ein paar sorgfältig zurückgekämmten Haarsträhnen, führte hinter der Theke mit immer noch deutlichem irischen Akzent den Vorsitz.
»He, Fred«, erhob sich Mooses gewaltige Stimme über das Tellerklappern, »wie wärs mit vier Tassen Kaffee?«
»Ich kann dich schon hören, Moose«, sagte Fred schnippisch, »wir sind nicht im Madison Square Garden.«
Hinter Pop kam der kleine Mann in Sicht, »J. P.« Morgan, der Geldverleiher, der die Angewohnheit hatte, auf lautlosen Sohlen heranzuschleichen, so daß sein Gesicht mit der dicken Nase, den Fledermausohren und dem Ausdruck eines Präriehundes einem immer schon ins Gesicht starrte, bevor man darauf gefaßt war.
Runty warf dem unterwürfigen »J. P.« über die Schulter einen Blick zu und stieß Pop mit dem Ellbogen an.
»Dreh dich nicht um, aber Mr. John Pierpont Morgan beehrt uns mit seiner Anwesenheit.«
Pop und die anderen blickten unentwegt geradeaus, als Fred den Kaffee servierte und der Wucherer sich nach vorn über Pops Schulter lehnte.
»Mein Beileid«, sagte er.
Pop schlürfte seinen Kaffee.
»J. P.« war an so etwas gewöhnt. »Wie steht's denn mit den Moneten heute morgen?«
Jetzt drehte sich Runty auf seinem Hocker herum. »Oh, ich und mein Spezi, wir schwimmen geradezu drin.«
»Stimmt«, fiel Pop ein. »Jeder weiß, daß wir hier unten nur zum Vergnügen arbeiten.«
»Und all die frische Luft, die wir hier haben«, setzte Jimmy Sharkey mit einem Grinsen hinzu. »Wir sind bloß unserer Gesundheit zuliebe hier.«
»Ho, ho – ihr kitzelt mich«, dröhnte Moose, und alle fielen in sein Lachen ein.
»J. P.« Morgan seufzte still und geduldig. Als Geldverleiher für Johnny den Freundlichen hatte er eine Menge Schimpfworte

von den hartbedrängten Hafenarbeitern hinzunehmen, die ihre Gefühle an ihm ausließen, weil sie sich vor Johnny dem Freundlichen selbst fürchteten.
»Du wirst ein paar Dollar für deine Extraausgaben brauchen, nicht wahr, Pop?« Seine Stimme klang beinahe weinerlich.
»Extraausgaben«, murmelte Pop. Die Bitterkeit hielt ihn davon ab, mehr zu sagen.
»Du bist drei Wochen im Verzug mit den letzten fünfundzwanzig, aber ich bin bereit, ein Risiko einzugehen.«
Pop schüttelte den Kopf. »Ein Risiko – mit zehn Prozent die Woche. Und wenn ich zu weit in Rückstand gerate, dann sagst du's Big Mac, und der gibt mir ein paar Tage zu arbeiten – und dann kassierst du den Lohn am Wochenende ein. Ein Risiko.« Jahre um Jahre hatte er mit angesehen, wie »J. P.« und die anderen Beutelschneider den Zahlmeistern am Hafen die metallenen Arbeitsmarken der Arbeiter aushändigten und das Geld einstrichen. In Pop begann es zu kochen. »Ein Risiko. Verprügeln sollte man dich.«
»J. P.« trat mit dem Ausdruck beleidigter Unschuld ein paar Schritte zurück. »Heb nur die Hand und du bist für immer im Hafen erledigt.«
»Hör mal zu, Pop arbeitet hier schon mehr als dreißig Jahre«, wies Runty den Geldmann zurecht. »Er braucht keinen elenden Beutelschneider wie dich, um zu erfahren, was hier gespielt wird.«
»Nicht so laut«, warnte Jimmy den Alten. »Schau mal dort hinüber, wer da sitzt. Der fünfte Hocker von hier.«
Es war Terry Malloy, eingerahmt von den beiden jungen Verehrern Jackie und Chick. Aber Terry sprach nicht mit ihnen. Er kaute gedankenverloren an einem mit Zucker überpuderten Krapfen herum.
»Äh, der ist eine Null – mit dem nehme ich's noch auf – mit allen dreien«, sagte Runty, aber er sprach trotz alledem etwas leiser.
»J. P.« Morgan hielt jetzt das Geld in der Hand, grüne, abgegriffene, einladende Banknoten.

»Na, Patrick«, sagte er, und sein Tonfall war weich und alt wie das Geld, »wieviel wirst du denn brauchen?«
»Na gut, gib mir fünfzig Dollar«, sagte Pop und schämte sich. Doch dann kam es knapp: »Hoffentlich verfaulst du noch mal in der Hölle, ›J. P.‹.«
»J. P.« zählte die Scheine von einem Bündel Zehndollar-Noten herunter. »Beleidige mich nur, erniedrige mich nur«, jammerte er. »Wenn ich einmal tot bin, dann wirst du erst wissen, was du an mir gehabt hast.«
»Fall doch einfach jetzt tot um, warum denn nicht«, meinte Runty, »dann können wir ja gleich sehen, ob das stimmt.«
»Ha, ha, ha.« Moose hustete sich das Lachen aus dem Leib, wie der Motor eines großen Lastwagens, wenn er am frühen Morgen zum ersten Male angelassen wird.
»Mein Beileid«, sagte »J. P.« noch einmal, verbeugte sich ehrerbietig und ging von dannen, um das nächste Geldgeschäft zu tätigen. Es gab Hafenarbeiter, die Geld brauchten, um ein Stück Fleisch auf dem Tisch zu haben, und es gab auch immer ein paar solche, die sich Geld pumpten, um es beim Pferderennen zu verwetten, und da das Wettbüro auch von Johnny dem Freundlichen kontrolliert wurde, floß das Geld immer wieder zu ihm zurück und vermehrte sich, während es floß, zu einem wachsenden, ununterbrochenen Strom.
»Noch etwas Kaffee?« verlangte Fred zu wissen.
Mit leiser Stimme sagte Pop: »Wenn du 'nen Schnaps hineingießt. Mir ist lausig zumute.«
Fred schüttelte den Kopf. »Du kennst die Bestimmungen. Acht Uhr.«
»In der Tasse«, flüsterte Pop. »Ausnahmsweise.«
Fred blickte in das alte, von Linien gezeichnete Gesicht, das er hier an der Theke schon seit Jahren kannte. Er wußte alles über Joey. Aber er kümmerte sich um seine eigenen Pflichten. Es war ja schließlich nicht seine Sache.
»Nun gut, weil du's bist, Pop«, sagte er im Flüsterton. Er nahm Pop die Kaffeetasse weg, hielt sie an ein Regal unterhalb der Theke und goß ein Glas Schnaps aus der Flasche hinein, mit

der er sich selbst über die Zeit hinwegzuhelfen pflegte, die er die Sahara-Periode nannte.
»s' tut mir leid, was dir passiert ist«, sagte er, als er Pop die Tasse zuschob. Pop goß sie dankbar hinunter.
Leute in Straßenanzügen pflegen sich selten in die Longdock-Bar hineinzuwagen, und wenn doch einmal einer eintrat, dann wußte jeder, wer es war, ohne ihn direkt anzusehen. Einige unter den Gewerkschaftsfunktionären und den Angestellten der Transportgesellschaften gingen in richtigen Anzügen, weißen Hemden und Krawatten herum, sie betraten jedoch fast nie die Longdock-Bar, die eine ausgesprochene Arbeiterkneipe war. Straßenanzüge waren fast immer gleichbedeutend mit Polizei. Die meisten Kriminalpolizisten waren den Stammkunden in der Longdock-Bar seit langem bekannt; die beiden, die jetzt gerade hereingekommen waren, schienen jedoch Fremde zu sein. Einer von ihnen war ein breitschultriger Bursche mit eckigem Gesicht, etwa Mitte der Dreißig, der früher einmal Fußball gespielt haben mochte und auch jetzt noch ganz gut in Form zu sein schien. Der andere war höchstens mittelgroß, von dunkler Gesichtsfarbe, gedrungen und von Berufs wegen mürrisch. Er trug eine Aktentasche. Dieses Außenseiterpaar schritt an der Theke entlang, bis es zu Terry Malloy und seiner beiden Kumpanen kam. Das Trio tat, als merke es nicht, daß die beiden Männer hinter ihnen stehen geblieben waren.
»Kennt einer von euch Terry Malloy?« fragte Glover, der Ex-Fußballer.
Die drei jungen Leute an der Theke aßen ruhig weiter.
»Haben Sie gehört, daß dieser hier Sie nach etwas gefragt hat?« schaltete sich Gillette, der kleinere und aggressivere ein.
»Malloy? Noch nie gehört«, sagte Jackie über die Schulter.
»Ich auch nicht«, fügte Chick rasch hinzu, ohne sich umzublicken.
Glover und Gillette sahen sich an. Dann warf Glover einen prüfenden Blick auf die Fotografie, die er aus der Manteltasche gezogen hatte. Er trat einen Schritt näher an Terry heran, der mit hochgezogenen Schultern vornübergebeugt auf seinem Hokker saß und den völlig Unbeteiligten spielte.

»Sie sind doch Terry Malloy, nicht wahr?« sagte Glover.
Terry würdigte ihn immer noch keiner Antwort. Gillette wollte die Frage gerade wiederholen, als Terry sich so langsam, wie er konnte, auf dem Hocker herumdrehte und die beiden Fremden von oben bis unten ansah.
»Na, und?«
»Ich wußte doch, ich würde Sie wiedererkennen«, sagte Glover fröhlich. »Vor ein paar Jahren habe ich Sie mal im Ring gesehen. Ich bin nämlich ein Box-Fan.«
»Gut, gut. Reden Sie nicht drum herum. Was wollen Sie eigentlich?«
»Kriminalpolizei«, sagte Glover und ließ mit vielgeübtem Schwung seine Brieftasche aufschnappen. Terry betrachtete die Erkennungsmarke und den Ausweis mit berechneter Verachtung.
»Kriminalpolizei?« Terry schob mit einer Handbewegung die Brieftasche beiseite. »Doch wohl nicht Ihr Ernst?«
»Wir möchten bloß ein paar Minuten mit Ihnen sprechen«, sagte Gillette.
»Sie sprechen ja schon mit mir«, sagte Terry.
»Er meint, da drüben in der Ecke, oder vielleicht möchten Sie mal eben mit hinauskommen«, sagte Glover. »Da sind wir unter uns.«
»Ich wüßte nichts, was nicht auch meine Freunde hier hören könnten«, sagte Terry. »Worum handelt es sich?«
»Die Kriminalkommission führt eine Untersuchung der Verbrechen am Hafen und der Infiltration der Hafenarbeitergewerkschaft durch Elemente der Unterwelt durch.«
»Tatsachen, meine Herrschaften, Tatsachen bitte«, mischte sich Chick ein, und Jackie lachte.
»Dann lassen Sie sich nicht aufhalten«, sagte Terry. »Was wollen Sie von mir?«
»Nur ein paar Auskünfte«, sagte Glover liebenswürdig.
»Ich weiß von gar nichts«, sagte Terry und drehte sich wieder der Theke zu.
»Sie haben ja die Fragen noch gar nicht gehört«, erinnerte ihn Gillette.

Terry drehte sich langsam wieder zurück, bis er ihnen genau wieder gegenübersaß, warf einen langen Blick, der drohend wirken sollte, auf die adrette, geschäftsmäßig wirkende Gestalt Gillettes und wandte sich wieder seinem Kaffee zu.
»Der Staat versucht, die Gangster in den Gewerkschaften auszuheben«, sagte Glover.
»Wer macht hier eigentlich wem was vor?« sagte Terry. »Überhaupt, nichts wird hier ausgehoben. Diese blöde Kommission will bloß in Schlagzeilen in der Zeitung stehen, und vielleicht will wieder irgendwer Bürgermeister werden.«
Chick und Jackie nickten. Das Hafenviertel war schon seit Jahren der Gegenstand von Untersuchungen durch Komitees und Schwurgerichte und herumreisende Senatoren gewesen. Man hatte dicke Schlagzeilen in die Zeitungen gesetzt, und als sich der Rauch schließlich verzogen hatte, da war das Hafenviertel immer noch genau dasselbe alte Hafenviertel geblieben. »Untersuchung«, so lautete das dreckigste Wort im Hafen.
»Wir haben Sie heute morgen nicht deshalb aufgesucht, um Ihre Meinung über unsere Arbeit zu hören«, sagte Gillette. Terry hatte ihn von vornherein als den Unangenehmeren der beiden richtig eingeschätzt. »Wir sind hereingekommen, um Ihnen ein paar ganz klare Fragen vorzulegen.«
Terry wollte gerade wieder eine spitze Antwort geben, da kam ihm Glover zuvor und sagte immer noch im selben beiläufigen und freundlichen Tonfall:
»Es geht das Gerücht, daß Sie der letzte gewesen seien, der Joey Doyle lebend gesehen hat.«
»Sie können sich mit Ihren Gerüchten ...« begann Terry.
»Wir haben mit der eigentlichen Polizei nichts zu tun, wissen Sie«, sagte Gillette erklärend. »Wir haben mit dem Doyle-Fall unmittelbar nichts zu tun. Wir wollen bloß feststellen, ob irgendeine Verbindung zwischen seinem Tod und den Hafen-Banden im allgemeinen besteht.«
»Wir bringen Ihnen nicht einmal eine Vorladung«, sagte Glover.
»Wir wollen Sie bloß zu einer kleinen Untersuchungssitzung einladen.«

»Ich hab' euch doch schon gesagt – ich weiß von nichts«, sagte Terry.
»Wir wollen nichts weiter, als Sie nach ein paar Leuten fragen, die Sie vielleicht kennen«, fügte Gillette hinzu.
Terry drehte seinen Hocker außen bis zu Gillette hin herum und bewegte sich dabei so langsam, wie er nur konnte, damit aus dieser Wendung eine möglichst beleidigende Geste wurde.
»Leute, die ich vielleicht kenne ... Sie meinen wohl, ich pfeife Ihnen was ins Ohr?«
»Nur ruhig, Junge, nur ruhig«, sagte Gillette.
»Was sich diese Kerle einbilden«, sagte Terry, für seine Freunde bestimmt.
Dann erhob er sich vom Hocker und stemmte die Fäuste in die Seite.
»Jetzt verschwinden Sie hier aber schleunigst, Mensch.«
Gillette war kleiner als Terry, aber er war Judo-Meister in der Armee gewesen und hatte das körperliche Selbstvertrauen eines kleingewachsenen Mannes, der weiß, daß er sich auf seine Gewandtheit verlassen kann. Er hatte Judo vor sich und den Staat hinter sich.
»Ich würde Ihnen das nicht raten, Mr. Malloy, wenn Sie sich nicht wegen tätlichen Angriffs auf einen Polizeibeamten einsperren lassen wollen.«
»Hören Sie zu, Polente«, sagte Terry, ließ die Hände sinken und glich diese Bewegung durch schärferen Tonfall wieder aus. »Ich weiß nichts, ich habe nichts gesehen und ich sage nichts. Also, warum stecken Sie den Kleinen hier nicht in die Aktentasche und hauen ab? Na los, verschwinden Sie.«
»Schön«, sagte Gillette ruhig. »Wir werden uns schon noch mal wiedersehen.«
»Nie ist immer noch zu früh, wenn's nach mir geht, Kleiner«, sagte Terry.
Glover legte seine große Hand mit einer Vertraulichkeit auf Terrys Schulter, daß Terry zusammenzuckte. Sein ganzes Leben lang war die Polizei sein Feind gewesen, der ihn zunächst für das Stehlen von Äpfeln ins Gebet nahm und dann erst die

Katze aus dem Sack ließ. Es gab nur zwei Möglichkeiten, um mit der Polizei fertig zu werden: so schnell wie möglich abzuhauen oder einen großen Bogen um sie herum zu machen. Sein Bruder Charley hatte nie irgendwelche Schwierigkeiten mit der Polizei.
»Reg dich nicht auf, Kleiner«, sagte Glover. »Es ist dein gutes Recht, zu schweigen, wenn du es für richtig hältst.«
»Tut mir einen Gefallen und verschwindet«, faßte Terry seine Gefühle zusammen.
Die beiden Eindringlinge wandten sich ab. Terry schüttelte den Kopf in der Richtung, in der sie verschwunden waren, und aß hastig den Krapfen fertig, um damit seinen Begleitern zu zeigen, wie wenig ihm die ganze Sache ausgemacht hatte.
»Wie findet ihr das, die Kerle schleichen hier herum und glauben, ich sag ihnen etwas ins Ohr?«
Jackie lachte und ahmte sie mit hoher Fistelstimme nach, wobei er eine Papierserviette als Notizbuch vor sich hinhielt. »Die Namen bitte. Ich werde Sie hier in meinem kleinen Buch eintragen.«
Terry lachte erleichtert auf und stieß Jackie anerkennend in die Seite.
»Noch ein Wort, und ich hätte es ihnen gegeben, Ausweis hin oder her.«
»Äh, die Politiker sind ja ein Witz«, sagte Chick. »Wenn sie nichts Besseres zu tun haben, dann kommen sie ins Hafenviertel und wollen eine Untersuchung machen.«
»Komm, trink den Kaffee aus«, sagte Jackie. »Noch fünf Minuten bis zum Pfeifen.«
»Du hast's ja geschafft, Terry«, sagte Chick. »Ein Dauerposten oben auf dem Boden. Wie wär's denn, wenn du jetzt auch mal etwas für uns tät'st wo du eine große Kanone bist.«
»Der Chef auf dem Boden würde euch schon am ersten Tag hinauswerfen«, sagte Terry, während er einen Dollar auf die Theke warf und damit für alle drei bezahlte. Es fiel ihm nicht leicht, seine Gedanken an die alberne Kommission loszuwerden.
»Für so einen Druckposten braucht man schon Köpfchen.«

»Oder zum mindesten einen Bruder, der Köpfchen hat«, sagte Jackie.
In Wirklichkeit standen Jack und Chick, die Terry schon von der Reformschule her kannten, mit Big Mac auf gutem Fuß. Sie waren immer zur Stelle, wenn es galt, etwas auf die Seite zu bringen, und sie erhielten so regelmäßig Arbeit, daß sie auf viertausend im Jahr kamen, ganz abgesehen von ihrem Anteil an dem Beutegut. Sie gehörten nicht zu der Schlägergruppe wie Truck und Sonny, doch konnte Big Mac stets auf sie rechnen, wenn irgendein kleinerer Überfall durchgeführt werden sollte.
»Los, Kinder, wir wollen hinübergehen«, sagte Terry und fiel beim Verlassen des Lokals wieder in seinen rollenden Boxergang.
Die am Fluß herrschende Kälte fraß sich in ihre Knochen, jene Kälte des ausgehenden Novembers, die den Hafenarbeitern vom Wasser her in die wetterharten Gesichter fuhr. Sie sammelten sich jetzt am Eingang zum Pier und warteten auf den Pfiff, der die Arbeitsausgabe ankündigen würde.
In diesem Riesenhafen der modernsten Großstadt der Welt wurden die Dockarbeiter noch immer auf dieselbe willkürliche Art zur Arbeit angeheuert wie in den Zeiten der Segelschiffe, als die Hochseeschoner auf der Höhe von South Street vor Anker gingen und auf ein Pfeifsignal hin die Müßiggänger aus den Hafenkneipen herbeieilten, um sich ein paar gute Yankee-Dollars als Packesel in Menschengestalt beim Ausladen von Kaffee und Tabak und Hanf zu verdienen. In London und Liverpool und San Francisco hatte man die Heuer-Pfeife längst ins Museum verbannt, hier aber in Bohegan und im ganzen Hafengebiet rief die jahrhundertealte Pfeife die Arbeitswilligen noch immer herbei, nicht zur Arbeit, sondern zum Arbeitsappell, worauf dann jeweils der Heuerchef die Angetretenen musterte und die Auswahl vornahm. In den alten Zeiten hatte er lediglich die Tüchtigen von den Faulenzern ausgesondert. Heute sichtete er die Männer nach dem Grade ihrer Willfährigkeit. Es gab da geheime Vorrichtungen, die einem Außenseiter kaum aufgefallen sein würden, zum Beispiel ein Streichholz hinter dem linken

Ohr, was soviel bedeutete wie die Bereitschaft, ein paar Dollar dafür zu zahlen, daß man Arbeit bekam, oder eine winzige, an die Windjacke angesteckte Flagge, die den Betreffenden als Mitglied eines Ringvereins bezeichnete. Das war die stumme Sprache der Korruption am Hafen.

Die Männer, die als erste am Pier der von Tom McGoverns Interstate Stevedore Company betreut wurde, eingetroffen waren, hatten in einer rostigen alten Blechtonne ein Feuer angemacht, um sich wenigstens etwas vor der schneidenden Kälte zu schützen.

Sie bliesen kleine Atemwolken in die kalte Luft und unterhielten sich darüber, wie kläglich der Boxkampf am vergangenen Abend gewesen war. Sie achteten sorgfältig darauf, daß niemand über ernstere Dinge sprach, denn der Pier hatte Ohren, und überall konnte einer von Johnnys Leuten auftauchen, Sonny oder Truck, Gilly oder Specs oder Barney. Und da die Art der Arbeitsausgabe alle untereinander zu Rivalen machte, wußte man nie, ob nicht einer, dem man sich eben noch anvertraut, im nächsten Augenblick zu Big Mac oder Specs Flavin rannte und seine Dienste als Gegenleistung dafür anbot, daß er regelmäßig Arbeit bekam. Regelmäßige Arbeit – die einzige Gelegenheit, daß man so viel Geld verdiente wie man ausgab –, das war das Streben, die Hoffnung, der unterdrückte Schrei jedes einzelnen unter den drei- oder vierhundert Männern, die sich Big Mac und seinem kalten Zynismus ausliefern mußten. Garantierter Mindestlohn für jeden gelernten Hafenarbeiter – das war Joey Doyles Lieblingsidee gewesen; sie stand in krassem Widerspruch zu dem Bestreben der Transportgesellschaften, die ein Überangebot an Arbeitskräften wünschten, was dann wiederum von Bandenkönigen wie Johnny dem Freundlichen und Charley Malloy ausgenutzt würde. Sicherung des Arbeitsplatzes, so hatte es Joey genannt, und keine der Willkür überlassene Arbeitsverteilung, die die verfügbaren Stellen unter die Menge wirft wie Fische, die man hungrigen Seehunden zum Fraß anbietet.

Als Pop und seine drei Getreuen an eine der Feuertonnen herantraten, übten sie eine kaum wahrnehmbare aber doch unge-

wöhnlich starke Wirkung auf die dort bereits Versammelten aus. Diese Männer hatten das Empfinden, sie müßten Pop eigentlich etwas sagen, um ihm Trost zuzusprechen, doch die Worte blieben ihnen im Halse stecken. Unbewußt traten sie ein paar Zentimeter zurück, als ob Pop der Tod selbst sei und die bloße Berührung seiner Windjacke verhängnisvoll werden könne. Starb auf den Docks jemand eines gewaltsamen Todes, waren die Männer hinterher immer – oft monatelang – unzugänglich und irgendwie gereizt. Sogar noch nach einem Jahr konnte die Spannung andauern. Da war zum Beispiel die Sache mit Andy Collins, der vor fünf Jahren seinen Posten als Stellvertreter des Heuer-Chefs antreten sollte und mitten im Gewerkschaftsbüro erschossen wurde. »Ellbogen«-Sweeney, der die Tat im Auftrage Johnnys des Freundlichen ausgeführt hatte, hatte sich nach Florida abgesetzt und war dort täglich auf den Rennplätzen zu sehen, wo er das Geld verwettete, das Johnny ihm schickte. Andy Collins war ein allseits beliebter Mann gewesen, der viel für die katholische Jugend in der Kirchengemeinde getan hatte. Jedermann wußte, daß es Sweeney gewesen war. Jede Kneipe in Bohegan konnte einem die ganze Geschichte erzählen. Viele Dockarbeiter in der Ortsgruppe 447 haßten Johnny den Freundlichen und Charley den Gent wegen der Sache mit Collins. Was konnte man aber tun? Die Arbeit auf dem Pier war die einzige, die man gelernt hatte, und dies war auch die einzige Stelle, wo man sie zugewiesen bekam. Wechselte man hinüber an einen anderen Pier und in einen anderen Verein, dann mußte man wieder ganz von vorn anfangen und sich als Außenseiter mit den Brosamen begnügen, die von der Herren Tische fielen. Und es ging drüben am anderen Flußufer genauso zu wie in Bohegan. Deshalb hatten die Männer tiefes Mitgefühl mit Pop und mußten sich zur gleichen Zeit hüten, ihr Mitgefühl zu zeigen. Einander zuwiderlaufende Gefühle trafen sich in ihrem Innern wie Gegenströmungen in gefährlichen Gewässern und machten sie im Grund unberechenbar.
Nur Luke Tucker, ein hochgewachsener Neger, kam her und drückte sein Beileid aus. Am Hafen bestand eine scharfe Trenn-

wand zwischen den Rassen; die Iren und Italiener bildeten Gruppen für sich und sonderten sich von den anderen ab. Und die »Nigger« waren natürlich der Abschaum des Hafens. Luke aber war für Runty und seine Freunde ein selbstbewußter, mit zwei starken Fäusten ausgerüsteter, unabhängiger Neger, mit dem man kinderleicht auskommen konnte, solange man ihm nicht seine Rassenzugehörigkeit vorhielt. Er war der anerkannte Führer der schwarzen Minderheit, die die schwerste Arbeit unten im Laderaum verrichtete und gelegentlich einsprang, wenn sich für besonders unangenehme oder gefährliche Arbeiten sonst niemand meldete. Als solcher hatte sich Luke bei Big Mac eine gewisse Stellung erkämpft, wenn dieser auch die Schwarzen wie die Pest haßte. Luke war aus Alabama, wo er als Landarbeiter gelebt hatte, mit vierzehn Jahren nach New York gekommen. Erst hatte er sich für weniges Geld als Ringer betätigt und dann kurze Zeit gesessen, weil er sich mit vagabundierenden Kerlen zusammengetan hatte, die mehrere kleinere Delikte verübten. Als er in den Hafen geriet, begegnete er dem doppelten Bestechungssystem für Farbige. Sie zahlten nicht nur fünf Dollar an den Heuer-Chef, das Doppelte von dem, was ihre weißen Kollegen entrichteten, sondern noch ein oder zwei Dollar extra an den Neger, der in die Arbeitszuweisung an die Schwarzen eingeschaltet war. Es wäre Luke ein leichtes gewesen, sich an die Stelle dieses Negers zu setzen, die Extradollar in seine eigene Tasche fließen zu lassen und fünfzig bis fünfundsiebzig Dollar die Woche zu verdienen. Luke aber sagte: »Wenn ich die Armen begaunern muß, um reich zu werden, dann bleibe ich lieber auch arm.« Er war ein Rebell, ohne es eigentlich selbst zu wissen. Er trat jetzt auf Pop zu, versetzte ihm in ewiger Unterschätzung seiner Ringerkräfte einen gewaltigen Schlag auf den Rücken und sagte gerade heraus: »Es tut mir leid um Joey. Das hätte nicht passieren dürfen.«
»Danke, Luke«, sagte Pop. Er wußte, daß es im Gebetbuch hieß, alle seien Brüder – aber es war etwas viel verlangt von einem waschechten Iren, sich mit einem nach Knoblauch duftenden Nigger zu verbrüdern. Trotzdem hatte man Luke so gut wie ak-

zeptiert, wie auch den Juden Max, einen alten erfahrenen Mann an der Winde, den einzigen Hebräer, der Pop bisher als Hafenarbeiter unter die Augen gekommen war.

»Ich habe eine kleine Sammlung unter den Brüdern veranstaltet«, sagte Luke und meinte damit die zwei Dutzend Neger, die als Gelegenheitsarbeiter zur Erledigung besonderer Aufgaben eingesetzt wurden.

»Dank ihnen von mir, Luke«, sagte Pop und nahm das Geld an, obwohl er eigentlich nicht wollte. »Ich gebe es Pater Donoghue, damit er Seelenmessen für Joey liest.«

»'s sieht so aus, als ob hier bald was los sein wird«, sagte Luke und wies mit dem Kopf auf den südamerikanischen Frachter hin, der gerade angelegt hatte. »Bananen«.

Bananen bedeuteten Handarbeit, weil die Stauden auf den Schultern an Land geschleppt werden mußten. Tausende von Stauden, ein ganzer Schiffsbauch voller Bananen. Das war altmodische Entladearbeit; Hunderte von Männern, die bei den Luken heraus- und hineinquollen wie Ströme von Ameisen.

»Bananen«, sagte Runty. »Ich habe eine richtiggehende Kerbe in der Schulter von zu vielen Jahren Bananen schleppen. Ich wollte, mein Vermögen wäre ebenso groß wie mein Haß gegen die Bananen.«

»Solange man dabei zwei Dollar vierunddreißig die Stunde verdient, würde ich auch Jauche schleppen«, sagte Luke unbekümmert.

»Für Scheiße bekämst du doppelte Arbeitsstunden angerechnet, genau wie bei Munition«, sagte Jimmy Sharkey. »Fällt mit unter die Rubrik ›Schädliches Gut‹.«

»Als ob sich Johnny der Freundliche einen Dreck darum schert, was wir tragen«, rief Moose. »Nimm bloß die Schwefelsäure. Die ist in jedem anderen Hafen schädlich. Unten im Laderaum treibt's dir das Wasser in die Augen und du glaubst, es drehte sich dir der Magen um. Aber die gute alte Interstate zahlt nur den gewöhnlichen Tarif.«

»Dank Johnny dem Freundlichen und Charley dem Gent, diesen großen Arbeiterführern«, lachte Runty Nolan. »Charley tritt

tatsächlich bei den Verhandlungen für unsere Interessen ein.«
Er zog sich den Finger über den Nacken, und die anderen lachten.
Sonny, der als Schwager von Specs Flavin, dem Schläger, bevorzugt Arbeit erhielt, hielt stets ein wachsames Auge auf diese Gruppe. Jetzt witterte er Ärger und kam näher.
»He, haltet lieber 's Maul. Was habt ihr da gesagt?«
»Ich hab' gerade gesagt, wie dankbar wir Johnny dem Freundlichen dafür sein sollten, daß er solch ein scheißfeiner Gewerkschaftsführer ist und soviel für die Verbesserung der Arbeitsbedingungen tut«, trug Runty dick auf und grinste dem fetten Sonny Rodell in das blöde Gesicht.
»Redet bloß nicht zu klug daher!« warnte Sonny.
»Klug«, äffte Runty ihn nach. »Wenn ich klug wäre, würde ich nicht vierzig Jahre Hafenarbeiter sein und heute noch ärmer dastehen als am Anfang. Zum Teufel, nein, ich würde meine sechshundert im Monat von der International beziehen und mit Willie Givens, unserem allseits geschätzten Präsidenten, auf du und du sein.«
»Über Willie Givens halt lieber dein dreckiges Maul!«
Sonny gehörte zu den Delegierten, die auf den Gewerkschaftskongreß abgeordnet wurden und dafür hundert Dollar Tagegeld bezogen; jedes Jahr war er von neuem aufs tiefste beeindruckt von den Höhen, zu denen sich Willie Givens in seiner Redekunst verstieg.
»Und schließlich«, sagte Sonny abschließend, »ist nicht Willie Givens oder Johnny daran schuld, daß ihr all euer Geld versauft. Nehmt euch in acht.« Er stolzierte wie ein Schulmeister von dannen.
»Ein ganz großer Halunke«, murmelte Runty, als Sonny außer Hörweite war. »Wenn er Specs und dessen Kanone nicht hätte, würde er an den Hintertüren der Kneipen um Almosen betteln.«
Seine Freunde stimmten ein herzhaftes Gelächter an.
Mutt Murphy kam und wärmte sich an dem Feuer. Er rechnete nie damit, Arbeit zu bekommen, doch fast immer erschien er

mit den anderen zur Arbeitsverteilung, sei es aus reiner Gewohnheit oder weil er einem verschwommenen Hang zur Geselligkeit ergeben war.
»Morgen, Pop«, murmelte er. Er trug einen zerrissenen Anzug, der irgendwo aus einer Wohlfahrtsmission stammte. Er sah aus, als sei er vollkommen durchgefroren. Seine Lippen und Hände waren blau, aber er schien die Kälte nicht zu merken. »Gott segne dich, dein Joey war ein Heiliger.« Er bekreuzigte sich umständlich und begann plötzlich, mit rauher und krächzender Stimme auszurufen:
»Joey ist für uns gestorben – Jesus wird uns erlösen ...«
Truck Amon, dessen zweihundertzwanzig Pfund Lebendgewicht in einen Körper von einem Meter fünfundsiebzig hineingepreßt waren, und dessen Nacken so dick war wie der eines Zuchtebers, kam herübergestampft und grunzte Mutt an »Komm. Halt's Maul und hau ab.« Er schob den Einarmigen vom Dockeingang weg. »Gleich wird gepfiffen. Du bist ein Pickel auf dem Hintern des Fortschritts. Verschwinde.« Trucks dickes Gesicht zog sich zu einem selbstgefälligen Grinsen auseinander. Er staunte selbst über die komischen Redensarten, die ihm zuweilen einfielen. Er war mit seinem letzten Einfall besonders zufrieden, zog eine Münze aus der Tasche und warf sie Mutt hin. »Hier, sauf dir ein Frühstück an«, sagte er, und sein fetter, muskulöser Körper schüttelte sich vor Vergnügen.
Kapitän Schlegel, der allgemein unter dem Namen »Schnorchel« bekannte ehemalige deutsche U-Bootfahrer, der am Pier für die Interstate die Aufsicht führte, hatte Big Mac soeben die aufgeschlüsselte Ladeliste der *Maria Christal* übergeben: zwei Gruppen oben auf Deck, sechs reguläre Arbeitsgruppen und extra zweihundert Bananenträger. Kapitän Schlegel gab Big Mac eine Schachtel voller Blechmarken, die der Anzahl der zu besetzenden Arbeitsposten entsprachen. Zwischen dem Pier-Boß und Big Mac gab es viel böses Blut, weil der Deutsche ein auf Disziplin bedachter, preußischer Typ war, den Tom McGovern seinerzeit eingestellt hatte, als Schlegel nach dem Ersten Weltkrieg in Bohegan hängen blieb, wo man sein U-Boot interniert hatte.

Schlegel konnte Big Macs Schlamperei nicht leiden und war dagegen, daß ein Mann, der im Zuchthaus gesessen hatte, seine Stellung lediglich auf Grund von Beziehungen zur Unterwelt und nicht wegen besonderer Leistungen im Verladegeschäft inne hatte. Laden war eine Kunst; es kam auf Geschwindigkeit und richtige Verteilung der Ladung an. Schlegel galt allgemein als Meister in diesem Fach, wenn man ihn auch gewöhnlich für einen Leuteschinder hielt. Es war Kapitän Schlegel, der einmal hochfahrend vor Pressevertretern erklärt hatte: »Ich habe keine Vorliebe für Gangster, aber das eine kann ich Ihnen sagen, man braucht hier einen starken Arm, wenn man die Sorte von Arbeitern, mit denen wir es auf den Docks zu tun haben, zusammenhalten will.« Auf Befehl der Interstate sandte Kapitän Schlegel jedes Jahr ein Weihnachtskuvert an Johnny den Freundlichen sowie an Charley den Gent und deren Untergebene, weil sich die Interstate für ihre Zusammenarbeit erkenntlich zeigen wollte. Klar, sie setzten einem zuweilen hart zu, aber es war bequemer und billiger, gleich von vornherein zehntausend zu zahlen, als sich mit den komplizierten Forderungen einer echten Gewerkschaft auseinanderzusetzen.

Vor ein paar Minuten hatte Kapitän Schlegel mit Verwunderung gesehen, wie ein irischer Priester drüben von der Kirche St. Timotheus mit Joey Doyles Schwester hereingekommen war und gefragt hatte, ob sie sich eine Arbeitsausgabe mit ansehen könnten. In seinem Innern hatte Kapitän Schlegel in Joey einen Unruhestifter und Demagogen gesehen, die Sorte von Dreimalklugen, die einem den ganzen Tarifvertrag auswendig herbeten können. Aber er beeilte sich, dem Priester und dem Mädchen zu versichern, daß ihr Bruder bei der Gesellschaft wohlgelitten und ein guter Arbeiter und feiner Kerl gewesen sei. Im Namen der Interstate brachte Kapitän Schlegel sein Beileid zum Ausdruck. Wenn sich auch der Unfall außerhalb der Arbeitszeit und nicht auf dem Pier abgespielt habe und die Gesellschaft keineswegs betroffen sei, so würde Kapitän Schlegel vorschlagen, daß die Interstate Mr. Doyle einen Scheck auf 100 Dollar als offiziellen Ausdruck ihres Mitgefühls übersende. Und was die Arbeits-

ausgabe anlange, die sie zu sehen wünschten, so wundere er sich offengestanden, daß sie sich der Mühe unterziehen wollten, eine reine Routineangelegenheit wie die Verteilung der Arbeitsplätze zu beobachten. Wenn sie sich aber die Zeit dazu nehmen wollten, so sei es ihm ein Vergnügen, sie durch einen Wachmann an den Eingang zum Pier B geleiten zu lassen, wo die Arbeitsausgabe jeden Augenblick beginnen werde. Sie täten jedoch gut daran, riet er, Mr. McGown keine Fragen zu stellen, da er in Erledigung seiner allmorgendlichen Pflichten außerordentlich beschäftigt sein würde. Kapitän Schlegel fühlte sich nicht ganz wohl dabei und konnte sich gar nicht vorstellen, worauf der Priester und das Mädchen aus waren, und Big Mac in seinem Rausch war wohl kaum der Mann, der ihre Neugier befriedigen würde.
Die Arbeitsausgabe werde oft in unfairer Weise angegriffen, erläuterte Kapitän Schlegel, als er bis zur Tür seines Büros mitging. Es sei ja ganz klar, daß man den Leuten keine regelmäßige Beschäftigung geben könne, wenn an einem Tage dreihundert und am nächsten nur einhundert Arbeitsplätze zur Verfügung stünden; am dritten gäbe es dann sogar vielleicht überhaupt keine Arbeit, wenn das eine Schiff ausgelaufen sei und das nächste noch nicht angelegt habe. In der Praxis versucht unser Heuer-Chef, die tüchtigsten Leute und diejenigen, die es am meisten verdienen, auszuwählen, und die meisten kommen im Monat auf ein ganz nettes Durchschnittseinkommen. Deshalb sei das ganze System gar nicht so willkürlich und unmenschlich, wie es ein paar Übereifrige hinzustellen pflegten. »Natürlich müssen sie auch Zeitungen verkaufen und die ganze Sache ein bißchen übertreiben, wenn es ihnen Spaß macht – wer soll ihnen das übelnehmen?« Kein System sei vollkommen. Er sei in fast allen großen Häfen der Welt gewesen, und er könne nur sagen, daß die hier gebräuchliche Art der Arbeitsausgabe so gut und so schlecht sei wie jede andere. Über einem Glas Bier im Hofbräuhaus hatte Schlegel einmal privat zu seinen Verladekollegen gesagt: »Wenn fünfhundert Männer erscheinen und nur zweihundert Arbeitsplätze vorhanden sind, und jeder mit eigenen Augen sehen kann, daß von drei Bewerbern immer nur einer Arbeit

zugewiesen bekommen kann, dann wäre es ja gelacht, wenn wir nicht die Arbeitsleistung so hinaufschrauben könnten, wie es uns paßt.«
Es gefiel ihm gar nicht, daß dieser Pater hier herumschnüffelte. Er würde der Sache noch nachgehen. Und daß die junge Doyle zum Hafen herunterkam, das war auch kein gutes Zeichen. Kapitän Schlegel wußte jedoch, was man einem Priesterrock und einer jungen Dame schuldig war. Er verbeugte sich, schlug aus alter Gewohnheit die Hacken zusammen und versicherte, er sei selbstverständlich gern bereit, ihnen jede einzelne Phase der Verladearbeit zu zeigen.
So schauten also Pater Barry und Katie zu, als Big Mac mit einer Zigarrenkiste voller Messingmarken am Eingang zum Pier erschien.
McGown blies sich die Backen auf, als er die Trillerpfeife ertönen ließ. Einige vierhundert Mann formierten sich schweigend zu einem Halbkreis um ihn herum.
Ihre Aufstellung folgte einem gewissen System; die Deckleute standen auf dem linken Flügel, neben ihnen die Leute für die Arbeiten im Laderaum, dann die Dockarbeiter, die Kranarbeiter und ganz rechts die Gelegenheitsarbeiter und die Extraleute. Pater Barry und Katie sahen, wie sie sich nach vorn drängten und mit den Augen um die ersehnte Arbeit bettelten, als Big Mac auf sie zutrat. Zuerst rief er die Leute für die Arbeit oben auf dem Boden auf, hauptsächlich ältere Männer, die für schwere Arbeit nicht mehr geeignet waren, doch unter ihnen auch einige jüngere, Bevorzugte eingestreut, denen Johnny der Freundliche einen Gefallen tun wollte. »Hogan-Smith-Krafowski-Malloy«, rief Big Mac laut. Terry fing seine Marke mit eleganter Handbewegung auf und blinzelte Chick und Jackie zu, während er auf den Piereingang zuging, wo er dem Zeitnehmer seine Nummer zurief.
Dann begann Big Mac, die übrigen Gruppen zusammenzustellen. Hierbei hielt er nach bekannten Gesichtern Ausschau und nahm in erster Linie diejenigen, von denen er einen Dollar extra erwarten konnte. »Du – ja, du – okay, du ...« Als er bei den

Bananenträgern angelangt war, wuchs die Verzweiflung. Einige fielen ihm in ihrer Erregung in den Arm, in ihren vom Frost gezeichneten Gesichtern drückte sich eine seltsame Mischung von Unterwürfigkeit und Wut aus.
»Schau her, Mac, ich brauch' dringend einen Tag ...«
»Ich hab' fünf Kinder zu Hause, Mac, ich muß heut' arbeiten, sonst ...«
»He, Mac, weißt du noch, das nächste Mal hast du gesagt, würdest du ...«
Und Runty, halb bittend, aber stets auf Wahrung seines Stolzes bedacht: »Was muß man dir eigentlich bieten, daß man 'ne Marke kriegt, Dicker?«
Pater Barry schämte sich, als er dies alles sah. Er hatte die Arbeitsverteilung schon einmal aus einer größeren Entfernung beobachtet, als er nach der Sieben-Uhr-Messe in den Park gegangen war, um etwas frische Luft zu schnappen. Er hatte aber nie so dicht daneben gestanden, um in diese verzweifelten Gesichter blicken zu können. Das hier war Entpersönlichung, das hier war Würdelosigkeit, gerade gegenüber der Kirche St. Timotheus, unmittelbar vor seinen Augen. Abstrakte Kritiken der Arbeitsausgabe zu hören, war das eine; das andere aber war, hier daneben zu stehen, und zwar so dicht, daß man den kalten Atem der Männer sehen und in ihre Augen, ihre bittenden Gesichter blicken konnte. Worum bettelten denn diese Männer? Um vier Stunden Arbeit, um etwa neun Dollar für das Schleppen von zweihundert Pfund schweren Bananenbüscheln im kalten Novemberwind. War es da ein Wunder, daß manche Gesichter ausdruckslos und verloren wirkten und manche vom Alkohol bereits verquollen und entstellt waren? Er blickte Katie an. Sie sah fasziniert und ungläubig zu, wie ihr Vater sich selbst, genau wie die anderen, Big Mac anbot. Dem Priester fiel wieder der heilige Xavier ein, und wie der kleine Baske wohl gegen solche Zustände zu Felde gezogen wäre. Der Mensch ist solch ein edles Geschöpf, fiel ihm irgendeine Textstelle ein, daß nur Gott sein Meister ist.
»– Komm, Mac, gib mir eine Chance, ich brauch' einen Tag

dringend, wirklich dringend«, hörte er eine heisere Stimme sagen. Das Mädchen starrte sprachlos auf eine Szene, die aus einem mittelalterlichen Lehrbuch der Sklavenhaltung herausgerissen sein konnte. »Kein Wunder, daß Pop nie darüber gesprochen hat«, sagte Katie. »Und daß er mir immer verboten hat, jemals hierher zu kommen.«
»Man muß schon taubstumm und blind sein, um nicht zu sehen, daß diese Sache zum Himmel stinkt«, sagte Pater Barry.
»Jetzt sehen Sie mal etwas von dem, was Joey abzustellen versuchte«, sagte Katie. Ihr Gesicht nahm einen gespannten Ausdruck an. Der Wind blies ihr die langen, blonden Haare ins Gesicht. »Ich will immer noch wissen – wer hat meinen Bruder umgebracht?«
Pater Barry sagte: »Die geringsten meiner Brüder. Oh, Bruder, sie geben es den geringsten meiner Brüder aber wirklich!«

ZEHNTES KAPITEL

Wie es eigentlich im nächsten Augenblick anfing, ist nie ganz klar geworden. Es war »eine von jenen Geschichten«, ein großes Fragezeichen, über das man sich noch Jahre danach in den Kneipen die Köpfe erhitzte. Big Mac wurde von allen Seiten bedrängt, angerempelt, bestürmt. Ob er nun in seinem angetrunkenen Zustand absichtlich – um seine Verachtung zu zeigen – die begehrten Marken einfach in die Luft warf, oder ob ein übereifriger Dockarbeiter nach einer Marke griff und dabei die Schachtel umkippte – Tatsache jedenfalls war, daß plötzlich fast zweihundert Marken in der Luft herumwirbelten. Sie verstreuten sich über den ganzen Dockeingang, und während sie zur Erde fielen, heulten nahezu vierhundert Männer auf, stürzten sich auf die Marken und verwickelten sich in erbitterte Kämpfe.
Menschliche Kehllaute von tierischer Wildheit, das Geräusch knackender Knochen und arbeitsharter Fäuste, die blutige Wunden rissen – es entstand ein Inferno. Männer, die ihr ganzes Leben lang auf den Docks um ihre nackte Existenz hatten rin-

gen müssen, kämpften unter Zuhilfenahme der Schädel der Knie, der Füße.
Truck und Gilly schauten erheitert zu.
»Elendes Pack«, grunzte Truck.
»Stimmt«, sagte Gilly und amüsierte sich köstlich.
Es hatte so plötzlich begonnen und schien so unwirklich, obwohl es sich doch unmittelbar vor ihren Füßen abspielte, daß es Pater Barry und Katie wie ein Alptraum vorkam, ein Schauspiel, das so entsetzlich war, daß sie sich von ihm losreißen wollten, nur um diesem Grauen zu entfliehen. Sie sahen, wie Moose sich in seiner ganzen Länge auf eine Marke stürzte, nur um seine Hand von einem schweren Stiefel zu einer blutigen Masse zerstampfen zu lassen. In dem Gewühl bemerkten sie Runty, der wie ein angeschlagenes Boot auf stürmischer See auf und nieder tanzte. Blut tropfte ihm von einem Auge, aber er wich keinen Schritt vor seinen Gegnern zurück, die hundert Pfund schwerer und einen ganzen Kopf größer waren. Katie schrie auf, als sie ihn sah, wie er auf Händen und Füßen in den Sog der ringenden Leiber geriet, die sich gegenseitig schlugen und überstürzten wie Brecher bei schwerem Sturm. Pop, Pop, wo war Pop? Die Vorstellung, daß ihr Vater mit seinen mageren Armen überwältigt und in diesen kochenden, blutbeschmierten Knäuel verschlungener Menschenleiber gezerrt würde, war ihr unerträglich. »Pop, Pop«, schrie sie laut. Dann erblickte sie ihn, wie er am äußeren Rande des Handgemenges gegen die Übermacht ankämpfte. Er erspähte auf dem Boden eine Marke, streckte die Hand aus, griff nach ihr, wurde beiseite gestoßen, schlug die Fäuste wie zwei Kolben in das nächste beste Gesicht und war schließlich gerade so weit, den Kampfpreis aufzuheben, als die Gestalt, die er gerade aus dem Felde geschlagen hatte, ausrief:
»He, Terry, schnapp sie für mich!«
Terry Malloy, der dicht hinter dem Zeitnehmer stand und seinen Spaß an dem Anblick hatte, fuhr mit einer raschen Reflexbewegung nach der Marke und hob sie auf.
»Hier ist sie, Jackie«, rief er fröhlich, indem er mit Leichtigkeit den alten Mann abdrängte. Pop aber ging mit blutunterlaufenen

Augen auf ihn los: »*He, gib sie mir*« und führte einen wilden rechten Schwinger gegen Terry, dem dieser geschickt durch eine leichte Bewegung auswich.
Ehe Pater Barry sie zurückhalten konnte, stürzte Katie vor. Sie war zu wütend und voll panischer Angst, als daß sie noch wußte, was sie tat. Sie hatte gesehen, wie dieser junge Kerl seine Kraft und Jugend einsetzte, um ihren alten Vater aus dem Rennen zu werfen. »Geben Sie sie mir, geben Sie sie mir«, schrie sie ihn an und griff nach der Marke in Terrys Hand. Terry drehte sich herum, von ihrer Hand weg, und vollführte einen Kreis auf ihre linke Seite zu, wie ein Boxer, der einer rechten Geraden ausweicht.
Leicht herumtänzelnd und amüsiert sagte er in einem fort: »Hä? Hä? Was wollen Sie denn? Hä?«
»Geben Sie mir die Marke! Geben Sie sie mir!«
Terry lachte. »He, schau mal einer an, was es auf den Docks nicht alles gibt, hä, Jackie?«
»Die gehört Pop. Er hat sie zuerst gesehen«, Katie bemühte sich, nicht zu heulen. Terry grinste sie an und sie versetzte ihm eine Ohrfeige, doch er bog sich zurück, immer noch grinsend.
»Pop? Ich dachte schon, Sie wollten auch hier arbeiten – bei all Ihren Muskeln!«
»Die Marke gehört Pop«, sagte sie und versuchte erneut vergeblich, die Marke zu greifen, während Terry in seinem alten Boxstil sich von ihr wegdrehte.
Wirklich ein prima Mädchen, dachte sich Terry, als er sie zum besten hielt. Hochgewachsen, jung, fest, süß, große Klasse. »Ihr Pop, he? Was ist denn so Besonderes an ihm dran?«
Als Katie noch einen Versuch machte, ihm die Marke zu entreißen, war es Jackie Rocke, der sagte: »Erkennst du ihn denn nicht, du Trottel, das ist doch der alte Doyle!«
He, Joey, Joey Doyle – die ist eine von deinen – ich hab sie an dem Ring erkannt.
Terry hörte auf, sich von ihr wegzudrehen. Er hatte ein unbestimmbares und unangenehmes Gefühl, als ob etwas von ihm abfiele, eine plötzliche Leere.

»Doyle ... Joey Doyles ... Sie sind seine ...«
»Schwester«, sagte Katie einfach, »allerdings, die bin ich.«
Terry schaute sie an, nahm die Mütze ab, fuhr sich mit der Hand durch die Haare und schüttelte den Kopf, als ob er sich von einer bösen Runde im Ring freimachen wolle. Dann kehrte er wieder den starken Mann heraus. Er wandte sich zu Jackie.
»Wer hat denn überhaupt bei diesem Regen noch Lust, Bananen zu schleppen? Hab ich recht Jackie?«
»Klar, Terry, gib sie ihm«, sagte Jackie.
»Da haben Sie sie«, sagte Terry zu Katie und drückte ihr klatschend die Marke in die Hand. »Es war nett, ein bißchen mit Ihnen zu ringen.«
Er hob die linke Hand, hieb ein paar kurze Haken in die Luft und blinzelte ihr zu.
»Komm, Jackie, wir gehen eben mal hinüber zu Johnny und genehmigen uns ein paar Bier. Ich kann hier jederzeit anfangen.«
Er und Jackie setzten sich mit großspurigen Bewegungen in Marsch. Er wußte, daß das Mädchen ihm mit zornigen Blicken nachsah. Sein breitbeiniger Gang war noch etwas übertriebener als gewöhnlich. Verdammt noch mal, wer hat bloß dieses Doyle-Mädchen in diese Geschichte hereingezogen? Gerade als er im Begriff war, es sich oben auf dem Boden bequem zu machen. Auf dem Boden war man dieser ganzen Jagd entronnen, man brauchte sich um die ganze Rauferei nach den Marken nicht mehr zu kümmern, wenn man dort oben eine Dauerbeschäftigung hatte. Er würde drei, vier, fünf Whisky brauchen, um nicht mehr daran zu denken.
Katie sah ihm nach, wie er mit den Händen in den Hosentaschen, die Schultern hochgezogen, davonging und aus dem Mundwinkel heraus weise Reden mit seinem Begleiter wechselte. Sie war schon lange Zeit nicht mehr in Bohegan gewesen. Aber Katie kannte diesen Typ. Auf den Straßen ihrer Kindheit hatte es von ihnen gewimmelt. Die Gesichter voller Schmutz, Schimpfworte im Mund, fühlten sich diese durch das Leben in der Gosse hartgewordenen jungen Leute zu den stärksten und rücksichts-

losesten Kerlen, wie die Eisenspäne zu einem Magneten hingezogen. Von den Nonnen geohrfeigt, eingesperrt von der Polizei, geschlagen von den Eltern und verprügelt von den größeren Burschen war für sie jeder Tag ein neue Aufforderung, nur noch lauter und gemeiner zu werden; habgierig, argwöhnisch, loyal nur zu ein paar wenigen Freunden, die ebenso geartet waren wie sie selbst, jeder Autorität hohnlachend, waren sie kleine Wilde des zwanzigsten Jahrhunderts – oh, Katie kannte sie schon ihr ganzes Leben lang, war schon ihr ganzes Leben lang von ihrem Vater vor ihnen gewarnt worden, Burschen genau wie der, mit dem sie gerade wegen der Marke gekämpft hatte, Burschen, die sich nie daran genug tun konnten, ihren Spezis zu beweisen, wie stark und zäh sie waren. Wie wenig sie doch wußten, dachte Katie, als Terry zur Kneipe hinüberging. Wie sie doch bei allem, was sie taten, nur mit ihrer Stärke rechneten und nie daran dachten, daß keiner in höherem Grade ein Opfer der Stärke ist als gerade derjenige, der glaubt, er müsse sich auf sie verlassen.
»Wer ist dieser freche Bursche?« fragte sie Moose, der das Gemenge verlassen hatte, um zu sehen, ob sie heil und unversehrt sei.
»Das war Terry Malloy, der kleine Bruder von Charley dem Gent«, erklärte er. »Ein Strolch, sonst nichts.«
»Charley der Gent?«
»Er ist unser Gewerkschaftsvertreter im Distrikrat, Politiker.«
Moose wollte ihr nicht mehr sagen.
Pater Barry kam rasch auf sie zu und führte Pop an der Hand, der sich mit einem Taschentuch, das der Priester ihm gegeben hatte, das Blut vom Gesicht wischte. Pop machte sich von dem Pater los. Er befand sich in einem Zustand größter Wut, aber nicht deswegen, weil er die Marke eingebüßt hatte. Fast vierzig Jahre am Hafen hatten ihn den täglichen Nackenschlägen gegenüber unempfindlich gemacht. Nicht einmal die Tatsache, daß sich seine Nase gebrochen anfühlte, schien ihm viel anzuhaben. Er war ein zäher alter Mann. Nein, sein Zorn galt Katie, die hergekommen war, obwohl er es ihr immer verboten hatte.

»Lassen Sie mich, Pater«, sagte er und machte sich los.
Katie hielt ihm die Marke hin und schämte sich, ihn in seiner Erniedrigung gesehen zu haben.
»Hier – ich hab' eine Marke für dich.«
Pop riß sie ihr aus der Hand.
»Okay – kann sie brauchen.« Er hätte ihr eine Ohrfeige versetzt, wenn der Priester nicht dabei gewesen wäre. »Sobald wir ihn begraben haben, scherst du dich zu den Schwestern, wo du hingehörst.« Er wandte sich zu dem Priester. »Ich muß mich über Sie wundern, Pater, wenn ich so sagen darf. Lassen das Mädchen Dinge sehen, die nicht für die Augen eines anständigen Mädchens gemacht sind.«
»Sie weiß anscheinend selbst, was sie will«, sagte Pater Barry.
»Halsstarrig wie ein irischer Esel, das meinen Sie wohl«, sagte Pop und funkelte sie an. »Scher dich fort von hier.« Dann wieder zum Priester: »Wenn ich Sie wäre, Pater, dann würde ich mich hier auch fortscheren.«
»Sie wollte sich das hier mal ansehen. Vielleicht ist es an der Zeit, daß wir es uns alle mal ansehen«, sagte Pater Barry.
»Ich finde, Sie beide sind völlig übergeschnappt.«
»Wie soll man denn Geduld haben, wenn man übergeschnappt ist?« sagte Pater Barry.
»Jesus, Maria und Joseph, die Leute haben aber auch auf alles eine Antwort«, protestierte Pop.
Eine Bullenstimme mischte sich ein. Es war Big Mac, der in seinem betrunkenen Zustand die alte Würde wiederherzustellen versuchte. »He, Doyle, hast du 'ne Marke?«
Pop hielt sie hoch. »Ja.«
»Dann hör mit der Quasselei auf. Dort 'rein. Steuerbordgruppe Nummer zwei. Aber Tempo.«
»Okay, okay, reg dich nicht auf«, sagte Pop. Die Blutspuren auf der Oberlippe verliehen ihm das Aussehen eines zerrauften, geschminkten Zirkusclowns, als er sich auf ein letztes Wort seiner Tochter und dem Priester zuwandte.
»Du hörst jetzt zu, was ich dir sage. Und Sie auch, Pater. Dies hier ist kein Platz für einen Mann Gottes.« Dann setzte er

sich, vor sich hinmurmelnd, gegen den Dockeingang zu in Bewegung.
Kapitän Schlegel blieb meistens im Büro innerhalb des Piers, doch hatte ihn diesmal die allgemeine Aufregung an den Dockeingang gelockt. Als er Pater Barry sah, beeilte er sich, ihm zu versichern, daß die Vorgänge, die sich soeben abgespielt hatten, keineswegs typisch für die morgendliche Arbeitsausgabe seien. (Dieser Dummkopf, dieser McGown, dachte er bei sich. Vielleicht könnte er bei Kapitän Bateson erreichen, daß McGown an einen anderen Pier versetzt würde, wo er einem anderen Verladechef das Leben sauer machen konnte.)
Auch ohne die Schlägerei, antwortete Pater Barry, habe er den Eindruck, daß diese Art der Arbeitsausgabe eine unsinnige, gefühllose und unbrauchbare Methode sei, menschliche Wesen zur Arbeit einzuteilen. Es scheine ihm ein System der Systemlosigkeit zu sein. Das sei wohl kaum fair. Und sei es jetzt nicht bereits zu spät, das Glück auf den anderen Piers zu versuchen? Waren nicht alle Arbeitsgruppen, von Bohegan bis Red Hook, schon längst aufgefüllt? Und, sagte Pater Barry – er sprach jetzt sehr schnell, wie er es immer tat, wenn eine Idee Besitz von ihm ergriff –, und war es denn gut, einem einzigen Menschen solche Macht über fünfhundert andere Menschen zu geben, wie es bei Big Mac der Fall war? »Ein Heuer-Chef muß schon ein Heiliger sein, wenn er diese Machtfülle nicht mißbrauchen soll«, sagte Pater Barry. »Und dieser fette Kerl mit seinem Schmerbauch ist vielleicht noch nicht einmal der Schlimmste seiner Art, doch ist er nicht genau das, was ich mir unter einem Heiligen vorstelle.«
»Pater, ich bin zufällig auch Katholik«, sagte Kapitän Schlegel. »Oh, vielleicht nicht einer der besten, aber« – er hielt einen Augenblick inne – »gestatten Sie mir ein offenes Wort. Wir kommen auch nicht nach dort drüben« – er nickte auf die Kirche St. Timotheus hin – »und versuchen, Ihnen einzureden, wie man am besten den Beruf eines Pfarrers ausübt. Gibt es irgendeinen Grund dafür, daß Sie jetzt zu uns herüberkommen und uns klarmachen wollen, wie man am besten mit den Lösch-

arbeiten verfährt? Ha? Ha?« Kapitän Schlegels Augen blinzelten vor Genugtuung darüber, daß er ins Schwarze getroffen hatte.
»Herr Kapitän«, sagte Pater Barry knapp, »ich glaube, die Antwort heißt: ja. Ich komme gern in den nächsten Tagen mal wieder vorbei und sage Ihnen, warum.«
»So oft Sie wollen, Pater«, sagte Kapitän Schlegel, schlug die Hacken zusammen und wandte sich zum Gehen, um seine Laune an Big Mac auszulassen, der am Eingang stand und die Backen nach innen gesogen hatte, eine Angewohnheit, die seinen normalen Ausdruck grenzenloser Dummheit noch erhöhte.
»Mac, wir vergeuden die Zeit«, fuhr ihn Kapitän Schlegel an. »Schaff die Leute hier aus dem Weg.« Er meinte die hundert Übriggebliebenen, die keine Marke mehr erhalten hatten. »Die halten nur die Lastwagen auf.« Dreißig Zehn-Tonnen-Lastkraftwagen waren aufgefahren, um sechzigtausend Pfund Bananen abzubefördern. Mit wichtiger Miene eilte Kapitän Schlegel wieder auf den Pier zurück, die Pfeife zwischen den Zähnen seines Bulldoggengesichts.
Big Mac wandte sich, ebenso breitbeinig und vierschrötig wie die ihm zur Seite stehenden Truck und Gilly, den hundert Männern zu, die noch immer in schweigenden, gottergebenen, feindseligen Gruppen herumstanden. Die vor den Augen des herumschnüffelnden Priesters vor sich gegangene Schlacht um die Marken und die verächtlichen Blicke des Kapitäns Schlegel hatten ihn in eine üble Laune versetzt. Bei Big Mac war eine üble Laune immer gleichbedeutend mit einer geräuschvollen Laune, und wenn er die abgewiesenen Dockarbeiter anbrüllte, dann war die Luft voll von seiner harten, einem Nebelhorn ähnelnden Stimme und schien für einen Augenblick nachzuzittern, als ob ein Ozeandampfer einen Sirenenton von sich gegeben hätte.
»Ihr andern da? Schert euch aus dem Weg. Die Wagen müssen durch. Kommt morgen wieder.«
Big Mac winkte den ersten Lastkraftwagen zum Pier herein. Der Fahrer ließ den Motor aufheulen und rechnete damit, daß die restlichen Dockarbeiter den Weg freimachen würden. Und

im allerletzten Moment taten sie es auch, in einer nachtwandlerisch wirkenden Bewegung, indem sie um Zentimeterbreite der Auffahrt der Wagen auswichen, ohne sie offenbar zu sehen.
Auf der einen Seite des Dockeingangs, dicht neben dem Hafenbecken, wo der Bananendampfer festgemacht hatte, standen Luke, Runty, Moose und Jimmy mit ein paar anderen Arbeiterveteranen in niedergeschlagener Verfassung zusammen. Es war eine alte Gewohnheit, dieses sinn- und ziellose Herumstehen und Warten, nachdem die eingeteilten Arbeitsgruppen bereits mit den Löscharbeiten angefangen hatten. Manchmal stellte der Chef fest, daß er noch ein paar zusätzliche Arbeiter benötigte, um eine Gruppe aufzufüllen. Oft ließ Big Mac durch achtzehn Leute die Arbeit von zweiundzwanzig verrichten und strich den Lohn der vier »Phantome« – glatte hundert Dollar pro Tag – selber ein und gab sie an Johnny den Freundlichen und Charley Malloy weiter, die außerdem noch die »Abgaben« von den anderen Piers einkassierten. Die Interstate kam dabei nicht zu kurz, solange die Arbeit zeitgerecht erledigt wurde und der Dampfer planmäßig wieder auslaufen konnte. Deshalb sah Kapitän Schlegel nicht so genau hin, wenn Big Mac in Unterbesetzung arbeiten ließ – es sei denn, daß die Gefahr bestand, die Norm von tausend Tonnen pro Tag würde nicht erreicht. Dann pflegte er Big Mac anzuhalten, die Gruppen auf ihre normale Stärke aufzufüllen. Darauf jedenfalls beruhte die Hoffnung der Männer, die noch einige zehn oder fünfzehn Minuten nach der Arbeitsausgabe am Dockeingang herumlungerten. Auch noch, nachdem Big Mac sie angebrüllt hatte, blieben die Leute in kleinen Gruppen unschlüssig stehen, als ob die Niederlage dieses Morgens ihnen jede Willenskraft zur Fortbewegung genommen hätte.
Pater Barry, der immer in Spannung war und jetzt als Folge des soeben abgerollten Schauspiels einen gefährlichen Grad der Hochspannung erreicht hatte, schritt auf die Gruppe zu. Er hatte die meisten Leute bei der Leichenfeier gesehen.
»Nun, was machen Sie jetzt?«
Die Männer sahen ihn nicht an. Ein Gefühl von Schuld lastete

auf ihnen, als ob sie für ihre Hilflosigkeit büßen müßten. Und Katies Anwesenheit machte ihnen auch zu schaffen. Die meisten von ihnen waren Iren und fühlten sich deshalb nie ganz wohl, wenn Frauen zugegen waren, besonders jetzt nicht, da dieses Mädchen, das sie alle achteten, mit dabei war und sie im Zustande tiefer Erniedrigung sah.
Pater Barry ließ nicht locker. Er wußte, daß die Männer ihn ebenso wie das Mädchen hier unten am Hafen nicht gern sahen.
»Ich habe gefragt, was Sie jetzt zu tun gedenken?« Luke zuckte mit den Schultern. »Wie der Mann gesagt hat. Kommen morgen wieder.«
»Morgen«, fuhr Runty dazwischen. »Morgen ist gar kein Schiff da.«
»Und wenn er Ihnen das nächste Mal keine Arbeit gibt?« fragte Pater Barry.
Moose zog die Schultern hoch. »Dann nehmen wir eben bei ›J. P.‹ Morgan einen Pump auf. Der Hafenarbeiter gibt heute das Geld aus, das er morgen zu verdienen hofft. So ist das nun mal, Pater.«
»Nicht so laut«, warnte Jimmy Sharkey, denn Truck und Gilly schauten vom Dockeingang herüber.
»Moose, wenn du einem was zuflüstern willst, dann wette ich, daß man es noch in der nächsten Straße hören kann.« Runty sagte es halb lachend.
»Ich stehe jetzt geschlagene fünf Tage hier herum«, rief Moose mit einer Lautstärke, die er für gedämpft hielt. »Ich hab' ihm gesagt, daß ich vier Kinder mit durchzufüttern habe und daß meine Frau schon anfängt zu spinnen. Aber man hält mich für einen Bolschewiken, weil sie mich zu oft mit Joey haben reden sehen. Verflucht noch mal, und dabei haben wir uns hauptsächlich übers Boxen und Baseball unterhalten.«
Sein konspirativer Ausbruch verletzte Trucks und Gillys argwöhnische Ohren, deren unsichtbare Antennen ständig auf Meuterei eingestellt waren. Truck watschelte heran, und Gilly folgte ihm mechanisch.
»Jedenfalls stehe ich jetzt fünf Tage hier«, wiederholte Moose

mit dröhnender Stimme. »Und der Kerl da, der McGown, der sieht einfach durch mich hindurch, als ob ich ein offenes Fenster wäre.«
Truck trat an ihn heran. »Komm, los, hau ab. Du hast doch gehört, was der Chef gesagt hat.«
»Ja, hau ab«, fiel Gilly mit ein und schob Moose ein wenig beiseite.
Truck war auch Katholik, oder wenigstens glaubte er einer zu sein, und er konnte einfach nicht weitermachen, ohne von dem Priester irgendwie Notiz zu nehmen. »Tut mir leid, Pater, aber Sie sehen ja, der Eingang hier darf nicht versperrt werden.«
»Das stimmt. Unbedingt«, kam das Echo von Gilly.
Johnnys Paar starker Männer bahnte sich den Weg zur anderen Seite hinüber, um eine weitere Gruppe vom Dockeingang zu verscheuchen.
»Kommt, laßt uns einen hinter die Binde gießen«, sagte Runty. Er atmete immer noch schwer durch die gebrochene Nase.
Doch Pater Barry hielt sie mit seinem Zorn zurück. »Ist das alles, was Sie machen wollen? Sie finden sich einfach so damit ab?«
Die Männer sahen sich an, als ob sie sagen wollten, was hat das schon für einen Zweck? Pater Barry wandte sich von einem zum anderen. »Ich hab' immer gedacht, Sie hätten hier eine Gewerkschaft. Es gibt keine Gewerkschaft im ganzen Land, die sich so etwas gefallen lassen würde.«
Runty sah sich um, um festzustellen, ob Truck und Gilly noch in der Nähe wären. Als er sie noch herumstehen sah, ergriff er den Arm des Priesters.
»Machen Sie einen kleinen Spaziergang mit mir, Pater.«
Pater Barry nickte Katie zu, die vernünftig genug war, den Mund zu halten. Es war schon schlimm genug, daß sie überhaupt hier unten am Hafen war. Sie wußte, was in Pop vor sich gehen mußte. Der hätte sie sicher am liebsten verprügelt. Und sie begann sich schwere Vorwürfe zu machen, in welche gefährlichen Untiefen sie den Priester hineingelotst hatte. Sie ging mit und sagte nichts, doch beobachtete sie beide mit ihren unschuldigen, kritischen, lebhaft blauen Augen.

»Wenn ich Sie wäre, Pater«, sagte Runty, »dann würde ich meine Nase nicht in diese Dinge stecken. Zu Ihrem eigenen Besten. Das ist mein Ernst. Wenn Sie's aber schon wissen wollen: wir haben keine Gewerkschaft. Wir haben diese Strolche über uns, die unsere Abgaben, Beiträge und Bestechungsgelder in ihre eigenen Taschen stecken und in Viertausend-Dollar-Autos herumfahren.«
»Sie wollen damit sagen, daß Sie in einer Versammlung nicht einfach aufstehen können und . . .«
Sie sahen sich wieder gegenseitig an und zuckten lächelnd mit den Schultern.
Jimmy Sharkey sagte: »Sie wissen doch, wie man hier die Vier-vier-sieben nennt? Die Revolverortsgruppe.«
»Ich erinnere mich, das schon einmal gehört zu haben«, sagte Pater Barry.
»So etwas zu hören ist ja ganz schön. Aber es ist etwas ganz anderes, den Revolverknauf im Nacken zu fühlen«, sagte Runty.
»Sie wissen, wie eine Revolverortsgruppe arbeitet, Pater?« rief Moose.
»Nein – wie denn?« sagte Pater Barry.
Luke antwortete für sie alle. Er sprach mit leisem Humor, der jedoch nicht die Schärfe seiner Worte bemänteln konnte.
»Sie stehen in einer Versammlung auf, Sie stellen einen Antrag, die Lichter gehen aus, dann gehen *Sie* aus.«
Alle Männer lachten bitter über Lukes treffende Schilderung.
»Das ist keine Lüge, Pater«, sagte Moose wieder lauter werdend. Dieses Thema versetzte ihn immer wieder in Erregung. »Sie stehen in einer Versammlung auf und stellen eine Frage; das Nächste, was passiert, ist, daß man Ihnen den Schädel einschlägt. So wie es mir einmal gegangen ist, als ich aufstand und versuchte, einen Antrag über die Einrichtung einer Altersversorgung zu stellen. Ich hielt mich streng an die Regeln. Runty hatte mir aus einem Lexikon vorher vorgelesen, wie man so etwas macht. Also, ich fange an zu reden und – bums – da rolle ich schon die lange Treppe aus dem Versammlungshaus hinunter

und liege im nächsten Moment draußen auf dem Bürgersteig, platt mit dem Gesicht nach unten.«

»Das war vor zwei Jahren«, sagte Jimmy. »'s war die letzte Versammlung, die wir gehabt haben.«

Runty grinste. »So ist es immer gewesen, seit Johnny und seine Revolverhelden unsere Vier-vier-sieben übernommen haben. Wenn ich genügend Schnaps in mir habe, dann gehe ich mal zu ihnen hin und sage ihnen ins Gesicht, was für Halunken sie sind. Einmal haben sie mich mit einem Bleirohr über den Kopf geschlagen und in den Fluß geschmissen. Ich und der Fluß, wir beide kennen uns ganz gut. Es war Winter und das Wasser war kälter als bei einer Nonne – hm, ich meine es war Eiswasser, Pater, und verdammt noch mal, das hat mich wieder zu mir gebracht.« Runty grölte »ho ho ho«, als ob er grade eine lustige Geschichte erzählt hätte. »Sie sehen also, Pater, ich bin auf Rosen gebettet. Eigentlich sollte ich mir so meine Gedanken darüber machen, denn lange werde ich's nicht mehr mitmachen.«

Pater Barry fühlte sich immer tiefer in die ganze Sache hineingezogen.

»Und Sie wollen mir sagen, daß solche Dinge passieren und nie in die Zeitungen kommen?«

»Der *Graphic* ist das Blatt des Bürgermeisters«, rief Moose. »Das müßten Sie eigentlich wissen, Pater. Und der Bürgermeister und Johnny der Freundliche sind ganz dicke Freunde, wobei Johnny der Freundliche noch über dem Bürgermeister steht. Zum Teufel, wenn jemand dem Bürgermeister irgendeinen kleinen politischen Gefallen tut, dann schickt er Johnny oder Charley einen kleinen Zettel, damit die dem Betreffenden eine Arbeit zuweisen. Dabei spielt es gar keine Rolle, daß wir reguläre Hafenarbeiter sind, die die Arbeit brauchen, um zu leben, während die Strolche, die man uns hier hereinsetzt, bloß stinkende Speichellecker sind.«

Pater Barry machte ein skeptisches Gesicht. »Sie meinen, der Bürgermeister und Johnny der Freundliche arbeiten tatsächlich Hand in Hand, wenn es darum geht, wer hier unten am Hafen Arbeit bekommt und wer nicht?«

Runty lachte. »Donnerwetter, ich habe geglaubt, jedermann in Bohegan wüßte das, Pater. Der letzte Bürgermeister hat sich mit ungefähr einer Million Dollar zur Ruhe gesetzt. Wo sind *Sie* eigentlich gewesen, Pater?«
Pater Barry warf Katie einen unsicheren Blick zu. »Vielleicht habe ich mich in der Kirche versteckt.«
»Und wenn ich Sie wäre, dann würde ich dort auch bleiben«, sagte Runty. »Der ganze Verein hier unten ist eine einzige große Schweinerei, verzeihen Sie. Ich sage Ihnen, so etwas gibt es im ganzen Lande nicht noch einmal. Und Gott möge mich strafen, wenn dies nicht die heilige Wahrheit ist.«
»Okay, ich glaube Ihnen. Aber Ihre Vorfahren müssen sich doch in ihren Gräbern umdrehen! Sie sind mir schöne Iren! Zum Teufel, die Engländer haben achthundert Jahre lang unsere Familien wie einen Haufen Schlachtvieh umgebracht und wir haben nie klein beigegeben. Wir haben immer Mittel und Wege gefunden, uns zur Wehr zu setzen.«
Pater Barry erinnerte sich noch – nur dunkel zwar, aber in der Art wie man sich alter, geliebter Kindheitsträume erinnert – der glühenden Erzählungen seines Vaters über die O'Neills, Shane und Owen Rose und Hugh, den Grafen von Tyrone, und Red Hugh O'Donnell, den großen Kämpfer auf verlorenem Posten. Sie hatten in Pete Barrys Jugendjahren für ihn eine große Rolle gespielt, und er rief sie jetzt an, da er sich selbst immer tiefer in eine Auseinandersetzung verwickelt sah, der er bisher sorgfältig aus dem Wege gegangen war.
»Es ist gar nicht so einfach, sich zur Wehr zu setzen, Pater«, sagte Luke. »Auch jetzt könnten wir nicht so reden, wenn wir Sie nicht als Schutz bei uns hätten. Diese Kerle würden Schindluder mit uns treiben.«
Moose nickte. »Nennen Sie nur einen einzigen Ort, wo man sich offen aussprechen kann, ohne eins über den Schädel zu kriegen«, schrie er. »Nennen Sie mir einen einzigen Ort. Einen einzigen bloß.«
»Die Kirche«, sagte Pater Barry rasch.
»Pst. Brüll nicht so laut«, warnte Jimmy. »Ist das Ihr Ernst, Pater?«

»Ich sagte die Kirche. Nehmt den Kellerraum der Kirche.«
Dieses Mal lachte Runty nicht. »Wissen Sie auch, Pater, in was Sie sich da einlassen?«
Pater Barry suchte in den Taschen nach einem Päckchen Zigaretten. Es war leer und zerknüllt. »Hat jemand 'ne Zigarette bei sich?« fragte er.
Jimmy bot ihm eine an. »Echt amerikanisch«, sagte er.
Pater Barry nahm sie, Runty strich ein Streichholz an und hielt es ihm hin. Dabei blickte er dem Pater ins Gesicht, als ob er ihm heute zum ersten Male begegnet sei.
»Ist Ihnen auch klar, in was Sie sich da einlassen?« Runtys Frage stand ebenso still in der Luft wie das Feuer, das er dem Priester hinhielt.
»Nein, das nicht«, gab Pater Barry zu. »Aber ich werde es schon merken.«
Pater Barry und Katie verließen die Männer am Eingang zur Longdock. Wenn die Leute morgens um sieben Uhr dreißig zur Arbeit herkamen und nichts zu tun bekamen, was blieb ihnen da anderes, als gemeinsam in den Kneipen herumzusitzen? Manchmal, wenn sich ein Arbeiter verletzt hatte oder jemand zusätzlich gebraucht wurde, schickte Big Mac einen über die Straße, um ein oder zwei Leute aus der Bar zu holen.
Runty, Moose, Luke und Jimmy versprachen, sich im Keller der Kirche einzufinden, und zwar um acht Uhr noch am selben Abend. Pater Barry hatte nicht einmal daran gedacht, dafür um Erlaubnis nachzusuchen. Es war ihm gewesen, als sei der Augenblick uneingeschränkter Gastfreundschaft gekommen. Er würde sich mit dem Pfarrer an einen Tisch setzen, kurz vor dem Mittagessen – oder nein, besser kurz danach. Pater Donoghue liebte regelmäßige Mahlzeiten und war immer in besserer Laune, wenn er gegessen hatte. »Wieviel christlicher und gnädiger doch der Herr Pfarrer ist, wenn er eine dampfende Schüssel voll Rindfleisch und Kohl aufgegessen hat«, hatte einmal Mrs. Harris, seine Haushälterin, gesagt und damit einen unfreiwilligen Witz gemacht, über den man noch oft im Pfarrhaus lachte.

»Ich begleite dich nach Hause«, sagte der Priester zu Katie.
Katie schüttelte den Kopf. »Danke, aber ich wollte sowieso noch bei der Kirche vorbeigehen. Ich möchte um etwas beten.«
»Um Joey?«
Es lag etwas von dem direkten Humor ihres Vaters in ihrer Stimme, als sie sagte: »Ich glaube, es ist an der Zeit, daß ich anfange, für Sie zu beten.«
Pater Barry lachte. »Weißt du, Katie, ich bin in einem wüsten Viertel aufgewachsen. Von der Bande, der ich angehörte, sind zwei der Jungen auf dem elektrischen Stuhl geendet und mindestens drei weitere sitzen noch immer im Zuchthaus. Es sieht so aus, als hätten wir nur zwischen zwei Möglichkeiten zu wählen – entweder mit den Wölfen zu heulen oder den Priesterrock anzuziehen. Die meisten dieser Kerle hätten sich so oder so entscheiden können. Ich habe mich mit ihnen auf den Straßen herumgeschlagen, bis sie schwereres Geschütz auffuhren. Ich fürchte mich nicht, mich noch einmal mit ihnen zu messen, wenn ich muß.«
»Ich bringe Sie nur in Schwierigkeiten«, sagte Katie.
»Das können Sie ruhig noch einmal sagen«, sagte Pater Barry. »Jedesmal, wenn Sie in so einer Gegend aus der Kirche heraustreten, rennen Sie in irgendwelche Schwierigkeiten hinein.«
Sie gingen gegen den Wind. Kalte, feuchte Böen vom Fluß her schlugen ihnen ins Gesicht. Der Hudson hatte die Färbung grauen Kalkes, trübe und erbarmungslos. Schiffe zogen quer über den Strom und abwärts dem Meere zu.

ELFTES KAPITEL

Die Waterfront Western Union hat kein Zentralbüro, keinen Fernschreiber, keine uniformierten Telegrammboten. Auch ohne all dies kann die Kunde sich über den ganzen Hafen verbreiten, von Pier zu Pier, von Bar zu Bar, von Mietskaserne zu Mietskaserne. Jeder Hafenarbeiter, der von der Versammlung in der Timotheus-Kirche erfuhr, wurde ausdrücklich darauf hingewie-

sen, es nur an solche Leute weiterzusagen, die zuverlässig Anti-Johnny waren. Aber das erste Leck wurde bald zu einem tröpfelnden Rinnsal und schließlich – nach kaum einer Stunde – zu einem reißenden Strom wilder Spekulation und Aufregung. Die Boheganer Docks waren voll Neuigkeit, daß Pater Barry eine Protestversammlung einberufen habe, um in die Joey-Doyle-Affäre hineinzuleuchten. Im Laderaum des Schiffes saß der Mann, der den Trägern die Bananenstauden auf die Schultern packte, auf dem Hocker und flüsterte dem alten Marty Gallagher etwas ins Ohr.
»Heute abend ist eine Versammlung im Keller von St. Tim über Joey Doyle. Acht Uhr, sag's weiter.«
Gallagher, der schwer zu arbeiten verstand, es sei denn, er war gerade sternhagelvoll, schüttelte den Kopf. Er bekam fast immer eine Marke und hatte besseres im Sinn, als es sich mit Johnny dem Freundlichen zu verderben.
»Laß mich in Frieden. Ich bin ein alter Mann.«
Die meisten Angesprochenen sagten überhaupt nichts. Sie nickten nur und arbeiteten weiter. Einige schüttelten vielleicht mal vor ein paar vertrauten Freunden das Herz aus, aber sie wollten sich auf nichts einlassen. Und was hatte denn ein katholischer Priester – verdammt noch mal – überhaupt damit zu tun. Die meisten Arbeiter waren voller Zynismus und gespannt, was wohl für den Priester dabei herausspringen würde. Höchstens einer unter hundert fühlte sich Joey so eng verbunden, daß er bereit war, ein Risiko einzugehen.
Nicht so Pop Doyle allerdings. Als er auf ein Bier und ein belegtes Brot zum Mittagessen in die Longdock-Bar kam und hörte, was Pater Barry vorhatte, schüttelte er den Kopf und murmelte, den Mund voller Corned beef: »Ich bin dagegen. Laßt doch die Toten endlich ruhen. Haben wir nicht schon genug Kummer gehabt?«
Runty hatte schon den ganzen Vormittag der Flasche zugesprochen und als Vorschuß auf den nächsten Zahltag getrunken. Er erwachte allmählich zu neuem Leben, nachdem er die Folgen der Leichenfeier überwunden hatte. »Ich fange erst

langsam an, mich wie ein Mensch zu fühlen, wenn ich halb benebelt bin.« Er lachte und tat Pops Resignation mit einer Handbewegung ab.
»Ich bin noch keinem begegnet, der Johnny und seinem ehrbaren Freund, dem »Weinenden Willie«, einen Schuß vor den Bug versetzen könnte. Aber ich sage dir, hör dir ruhig den Pater mal an. Was kannst du schon verlieren?«
»Höchstens das Leben«, sagte Pop.
Runty grinste. »Wenn Gott gewollt hätte, hätte er mich schon längst abgeholt. Ich bin hier bloß ein Gast.«
Weil er keine Arbeit hatte und in Stimmung war, bestellte er noch einen Whisky für sich und Pop.
»Komm, laß uns trinken, auf daß Willie Givens verrecke.«
»Sag das nicht so laut«, warnte ihn Pop.
Die Kunde von der Versammlung fuhr wie ein Wind durch den Hafen. Sie blies aus der Longdock-Bar heraus, quer über die Straße nach Johnnys Bar, durch den Barraum hindurch und in das Hinterzimmer hinein, wo Johnny der Freundliche ein ausgiebiges Frühstück mit gepökeltem Schweinefleisch und Bier verzehrte. Er hörte die Nachricht von Charley Malloy, der sie ihm vorsichtig und mit inneren Vorbehalten erzählte, als ob er fürchtete, nach der mittelalterlichen Gepflogenheit als Überbringer schlechter Nachricht umgebracht zu werden. Man wird keine Führerfigur, wenn man Angst hat, und Johnny der Freundliche war nicht gewillt, sich von einem dahergelaufenen Priester und ein paar Milchgesichtern ins Bockshorn jagen zu lassen. Der Monsignore O'Hare war ein guter Freund von Willie Givens und immer bereit, bei feierlichen Anlässen anerkennende Worte über den Präsidenten zu finden. Und wenn alles schiefgehen sollte, dann würde er bestimmt den Monsignore dafür gewinnen können, dem Bischof einen Wink zukommen zu lassen, damit dieser den wildgewordenen Priester zurückpfeift. Aber er war ganz zuversichtlich, daß es so weit gar nicht kommen würde. Die meisten Schlagzeilen übertreiben. Die meisten kleinen Geister fallen durch ihr eigenes Gewicht.
»Trotzdem«, sagte er zu Charley, während er weiteraß, »solle je-

mand die Versammlung überwachen. Und die Namen besorgen. Ihnen vielleicht einen kleinen Schreck einjagen, wenn sie herauskommen. Laßt aber die Kirche in Frieden. Ich habe keine Lust, Krach mit meiner Mutter zu bekommen.«
Es war Charley überlassen, wie er die Versammlung in der Kirche überwachen lassen wollte. Schon auf dem Wege zu den Docks hatte er sich für Terry entschieden. Es würde dem Kleinen gut tun, dachte er sich. Würde ihn etwas enger an die Organisation binden. Würde ihm auch ein bißchen Gefühl für Verantwortung beibringen. Charley hatte seinen Weg gemacht, weil er ein Mann der Organisation war, ein loyales und gerissenes Mitglied. Terry aber war ein Einzelgänger ohne Ehrgeiz, der an niemanden und an nichts glaubte. Er hatte ein paar Fähigkeiten, zum Beispiel mit seinen Fäusten. Er konnte tanzen und machte eine gute Figur, wenn er wollte. Die Jungens hatten ihn wegen seines kurzen Ruhmes im Ring alle gern. Aber es schien ihm nie darauf anzukommen, mal aus seinen Talenten Kapital zu schlagen. Auch als es kurze Zeit so ausgesehen hatte, als wolle er nun doch endlich vernünftig werden, war dann doch wieder alles beim alten geblieben. Charley wußte nicht, warum. Er wußte lediglich, daß Terry ein launischer, einzelgängerischer Junge war, der sich um nichts kümmerte und ruhig mitansehen konnte, wie Charley jede Woche seine tausend Dollar von den Docks bezog, ohne daß es ihm dabei eingefallen wäre, dasselbe zu versuchen.
Deshalb hatte Charley, um seinem Bruder zu helfen, in letzter Zeit begonnen, ihm ein paar Gelegenheiten zu vermitteln. Letzte Nacht die Doyle-Sache. Charley war zwar nie dafür, solche Dinger zu drehen, aber wenn Joey nun einmal zu verschwinden hatte, so fand er, daß Terry genausogut wie jeder andere etwas dabei verdienen konnte.
Johnny hatte den Jungen seit dessen Boxertagen gern, aber er verschenkte nichts für nichts und wieder nichts. Er folgte dem Grundsatz, nur wirklich geleistete Dienste zu honorieren. Das war die einzige Art und Weise eine Organisation zu führen. Johnny wußte das. Der nächste Auftrag für Terry war also, das

sah Charley ganz klar, die Sache mit der Kirche. Überwachungsauftrag von Johnny. Terry war wirklich der einzig Richtige dafür. Trotz seiner Verwandtschaft mit Charley wußte man allgemein, daß er ein Außenseiter war, und bei all seiner Unabhängigkeit benahm er sich oft seltsam, daß sich niemand besonders darüber wundern würde, wenn er in der Kirche mit dabei wäre.

Die Atmosphäre auf dem Boden war ausgesprochen ruhig im Verhältnis zu der Geschäftigkeit, die im Laderaum des Schiffes und auf Deck herrschte. Das obere Stockwerk war hoch mit sorgfältig aufgestapelten Kaffeesäcken, Olivenbehältern, Hanfballen und Fässern mit Rohöl gefüllt. Kraftfahrer, Stauer und die auf dem Boden eingeteilten Arbeiter arbeiteten in ruhigem, fachmännischem Rhythmus; die meisten hatten diese Arbeit schon viele Jahre verrichtet. Dies waren die leichtesten Arbeitsplätze, und alle, die hier oben auf dem Boden arbeiteten, waren eindeutig Johnnys Parteigänger.

Diebstahl und Unterschlagung galten hier nicht als Verbrechen, sondern als zum Leben gehörig. Auf dem Boden kamen so viel Verladegüter zusammen, daß man Waren im Werte von zehntausend Dollar ohne große Schwierigkeiten dadurch beiseite bringen konnte, daß man nur eine einzige Faktura fälschte. Aber auch die eigentliche Lösch- und Stauarbeit wollte gekonnt sein. Schon das bloße Stapeln der Kaffeesäcke verlangt Geschicklichkeit und Übung. Ein einziger gelernter Arbeiter konnte einen einhundertfünfundsechzig Pfund schweren Sack voller Kaffeebohnen hochheben, als ob er ein Kinderspielzeug wäre.

Charley Malloy war auf einen Kipper gesprungen, der zwischen den auf dem Pier gestapelten Gütern entlangfuhr. Er sprang ab, als er zu dem sauber aufgestapelten Berg von Kaffeesäcken kam, auf denen es sich Terry, in die letzte Ausgabe des *Confidential* vertieft, bequem gemacht hatte. Charley zog sich am äußeren Rande der Säcke hoch, so daß er Terry über die Schulter sehen konnte.

»Na, du Schwerarbeiter«, sagte er.

Terry zuckte mit den Achseln und antwortete, ohne sich umzu-

sehen. »Man lebt.« Er kuschelte sich mit dem Rücken noch genußsüchtiger in den Zwischenraum zwischen den Kaffeesäcken und blätterte in der Illustrierten eine Seite weiter, um in die Betrachtung einer weiteren weiblichen Schönheit zu versinken.
»Sag mal, willst du nicht wenigstens so tun, als ob du was tätest?« wollte Charley wissen.
»Ich hab' meine Arbeit getan. Ich habe alle Säcke gezählt.«
»Ausgezeichnet«, sagte Charley. »Aber wir haben eine prima Beschäftigung für dich. Das heißt, wenn wir dich nicht allzusehr stören.«
Charley kletterte noch eine Lage Säcke höher, so daß er mit Terry fast auf gleicher Höhe stand. Er senkte die Stimme auf die gewöhnliche, immer etwas konspirativ klingende Lautstärke.
»Hör zu, dieser Priester, der heute morgen seine Nase in die Arbeitsausgabe gesteckt hat, er und die Schwester von diesem Doyle, wollen in der Kirche heute abend 'ne Versammlung abhalten. Wir möchten gern wissen, wer alles daran teilnimmt. Du weißt schon, Namen und so weiter.«
Terry betrachtete aufmerksam das Bild einer üppigen südländischen Schönheit. »Chiquita«, las er die Überschrift hörbar vor sich hin.
»Tja«, sagte Charley. »Heißt soviel wie klein. An dem Käfer ist aber wirklich nichts klein.« Er schaute über Terrys Schulter etwas genauer hin. Dann entsann er sich seines Auftrages. »Leg die verdammte Zeitung mal einen Augenblick hin. Du hast doch immer nur dasselbe im Kopf. Jetzt hör mal zu. Wir brauchen jemanden, der die Kirchenversammlung überwacht. Man hat dich vorgeschlagen.«
Terry legte das Magazin zögernd hin und stützte sich auf einen Ellbogen. Das war immer das Dumme, wenn man sich von jemandem einen Gefallen erweisen läßt. Man muß ihm dann auch einen erweisen.
»Warum immer ich, Charley? Ich mag in keine Kirche gehen. Ich bin für so etwas ungeeignet.«
»Da ist doch gar nichts dabei«, sagte Charley. »Johnny soll wissen, daß du dir dieser Ehre bewußt bist. Alles, was du zu

tun hast, ist, daß du dich in die hinterste Reihe setzt und die Ohren offenhältst. Was ist daran so schwer?«
Terry runzelte die Stirn. Wie sollte er es ihm erklären? Jemandem, der Ehrgeiz hatte und 'ranging und sich ein Vermögen zulegen wollte, konnte er das nicht erklären.
»Spitzeldienste sind das, Charley. Verstehst du denn nicht? Ich soll für euch Spitzeldienste verrichten.«
Charley zündete sich erregt eine Zigarette an.
»Rauchen verboten«, sagte Terry und wies mit dem Daumen auf das Schild.
»Ja, ich weiß«, sagte Charley und tat ein paar kräftige Züge. Solche Bestimmungen waren für die anderen gemacht, für die Schlappschwänze. Smarte Kerle machten sich ihre eigenen Gesetze.
»Ich will dir mal erklären, was bespitzeln heißt«, sagte Charley. »Ein Spitzel ist jemand, der seine eigenen Freunde verrät.«
»Ja, ja«, murrte Terry ungeduldig.
Charley hielt es für besser, das Theoretisieren aufzugeben. »Wenn Johnny will, daß du ihm einen kleinen Gefallen tust, dann denk nicht lange darüber nach, sondern tu's.«
Terry hatte das Magazin wieder aufgenommen. Er wendete die Seiten um und tat so, als höre er gar nicht mehr zu.
»Was für ein Recht hat dieser Priester dazu, seine Nase in unsere Angelegenheiten zu stecken«, sagte Charley in der Meinung, jetzt das Richtige gefunden zu haben. Damit war man bisher im Hafen immer gut gefahren. Er stieß Terry leicht an. »Na los, Kleiner – geh' in die Kirche.«
Terrys Seufzer war etwas übertrieben. »Okay, okay. Das ist aber auch das Allerletzte, was ich für dich tue, Charley. Ich will von Johnny gar nichts außer genug Arbeit, um Essen und Trinken bezahlen zu können, und ich finde, soviel ist er mir schon schuldig, auch wenn ich ihm diese verfluchten Aufträge nicht erledige. Er hat schon genug an mir verdient, um ...«
»Was ist denn daran so schwer?« sagte Charley wieder. »Du gehst in eine Kirche und setzt dich hin. Eintritt ist sowieso frei für alle. Wir wollen keinen neuen Ärger. Wir wollen bloß wissen, was sie über uns da reden. Das ist nicht mehr wie recht und billig.«

»Charley«, sagte Terry beinahe zärtlich. »Du bist der vernünftigste und gemeinste Schuft, den ich kenne. Jetzt hau ab und laß mich weiterarbeiten.« Er blätterte weiter und vertiefte sich in den Anblick einer unbekleideten Blondine, die ihn mit schmachtenden Augen ansah.
Charley fuhr auf einem anderen Lastwagen bis zu der Wendeltreppe zurück, die auf den Hauptstock des Piers führte. Terry war ein launischer, halsstarriger Junge, aus dem man nie recht klug wurde, dachte er bei sich; wenn sein Temperamentsausbruch aber erst einmal verraucht war, tat er meistens, was Charley von ihm wollte.

ZWÖLFTES KAPITEL

Als er den Kellerraum der Kirche betrat und nur eine Handvoll Hafenarbeiter verstreut herumsitzen sah, empfand Pater Barry einen leichten Stich der Enttäuschung. Es waren kaum mehr als ein Dutzend, und da sie meist allein saßen und Plätze zwischen sich freigelassen hatten, als ob sie nicht wollten, daß die übrigen ihre Anwesenheit bemerkten, wirkte die Gruppe von Männern noch kleiner. Pater Barry erkannte Runty, der sich auf etwas großspurige, trotzige aber doch skeptische Art und Weise bemerkbar machte, und Moose und Jimmy und Luke. Hinter ihnen saß Katie, allein für sich, kühl und reserviert, aber mit einem wachsamen Auge für alles, was da vor sich ging, und mit einer so starken, intensiven inneren Beteiligung, daß sie in dem Raum geradezu körperlich greifbar war.
Pater Barry hatte sich den ganzen Tag den Kopf zerbrochen und abgeplagt, nicht nur um diese Versammlung vorzubereiten, sondern vor allem, um die Erlaubnis zur Abhaltung der Versammlung zu bekommen. Zuerst hatte sich der Pfarrer, Pater Donoghue, über seinen Vikar, der die Hafenarbeiter ohne vorherige Rücksprache mit ihm einfach eingeladen hatte, einigermaßen geärgert.
Es handelte sich hier aber um einen ausgesprochenen Notfall,

hatte Pater Barry mit Nachdruck vertreten, und zwar um einen solchen, in den die Kirche eigentlich unverzüglich – gewissermaßen mit beiden Füßen zugleich – hineinspringen müsse.
So klar war die Sache für Pater Donoghue nicht. Präsident Willie Givens war bekanntermaßen ein guter Freund des Monsignore O'Hare. Könnte sich Givens, und deshalb auch der Monsignore, durch diese Versammlung nicht beleidigt fühlen? Und wenn der Monsignore zum Bischof ginge? Der Pfarrer stehe doch aber recht gut mit dem Bischof, wandte Pater Barry ein. Ja, sagte Pater Donoghue, und er wünsche, daß das auch so bliebe. Wir sorgen uns ernsthaft um die Seelen dieser Männer als Einzelindividuen, führte er aus. Ist es aber unseres Amtes, sie zu einer Art Klassenversammlung zusammenzurufen? Überschreiten wir damit nicht unsere Grenzen?
Pater Donoghue stellte diese Fragen so milde, wie er nur konnte. Er war ein frommer, freundlicher Mann, der für die Armen, die die Masse seiner Gemeindemitglieder stellten, ein mitfühlendes Herz hatte, und auch die praktische Seite dabei nicht übersah.
In seiner Antwort zitierte Pater Barry ein Wort des Papstes Pius, der es als Irrtum bezeichnet hatte zu glauben, daß die Autorität der Kirche auf religiöse Dinge beschränkt sei. »Soziale Probleme sind für das Gewissen und die Rettung des Menschen von großer Bedeutung«, hatte Pater Barry in freier Übersetzung des Heiligen Vaters angeführt. »Es scheint mir, als sei eines unserer Gemeindemitglieder ermordet worden, weil er den Versuch unternahm, eine humanere und moralisch bessere Ordnung auf den Docks einzuführen. Sagt jetzt seine eigene Kirche dazu ›es ist nicht unseres Amtes‹? Ist das nicht genau dasselbe, wovon der Papst spricht, nur übertragen auf unsere Docks von Bohegan?«
Pater Donoghue sog an den Lippen und sagte, er wolle sich die Angelegenheit noch überlegen und seinem übereifrigen, temperamentvollen Vikar bis zum Nachmittag Bescheid zukommen lassen. Um drei Uhr dreißig gab er, ohne erst mit dem Bischof Rücksprache zu halten, Pater Barry freie Bahn und war selbst

über seinen eigenen Wagemut überrascht. Seine einzige Forderung war die, daß Pater Barry den Dockarbeitern keinen Zweifel darüber lassen dürfe, daß ihnen lediglich die Benutzung der kirchlichen Einrichtungen gestattet sei, die Kirche aber keinerlei Verantwortung für etwaige Folgen übernehmen könne, die sich aus der Versammlung ergeben könnten.

Pater Barry griff zu. »Ich tue alles, was Sie wollen.« Hauptsache war, daß die Versammlung stattfinden konnte, worauf er angesichts des unschlüssigen Gesichts bei Pater Donoghue schon kaum zu hoffen gewagt hatte. Von jetzt an, das wußte Pater Barry, würde er das ganze Unterfangen durchziehen können. Später würde er schon noch die Möglichkeit finden, die Einwilligung des Bischofs zu erlangen.

Da nun die Versammlung angesetzt war, bat Pater Barry den alten Polizeibeamten Frank Doyle zu einer kurzen Unterhaltung zu sich. Doyle war während der ersten halben Stunde sehr zurückhaltend. Er wollte seine Pension nicht einbüßen und fürchtete, sich bereits gegenüber Katie zu viel von der Seele geredet zu haben. Erst als Pater Barry ihm versprach, das Berufsgeheimnis unter allen Umständen zu wahren, zog Frank Doyle vom Leder. Schließlich war es ihm geradezu eine Erleichterung, sich einmal aussprechen zu können. Doyle sagte dem Priester, es sei von Anfang an eine ausgemachte Sache gewesen, daß Donnellys Ermittlungsbeamten die Bücher über Joey ohne irgendeine Anklageerhebung wegen Mordes schließen würden. Donnelly habe gar keine andere Wahl. Die ganze Verwaltung von Bohegan sei so tief in die Ringvereine am Hafen verstrickt, daß man sagen könne, der Bürgermeister, der Polizeikommissar und die Gewerkschaftsführung zögen alle am selben Strick.

Frank Doyle sprach über eine Stunde mit Pater Barry. Der Priester machte sich Notizen, heftete sie aber als Fall Mike X. ab. Doyle erzählte ihm von einigen früheren Mordfällen, in denen die Polizei den Sachverhalt absichtlich verdunkelt habe. Er war mit dem Priester der Meinung, daß der Fall seines Neffen eine ideale Gelegenheit sei, einen Feldzug für bessere Arbeitsbedingungen am Hafen zu beginnen. Doch hatte er schon zu viel

erlebt, um noch daran zu glauben, daß der Priester trotz seiner guten Absichten überhaupt etwas erreichen würde. Die ihm gegenüberstehende Front, angefangen von der breiten Masse über die Transportgesellschaften bis zum Rathaus, war schon mit anderen Widerständen fertig geworden. Dennoch nahm es ihm eine Last von der Seele und vom Gewissen, sich dem Priester anvertrauen zu können.
Pater Barry dankte dem alternden Polizisten dafür, daß er ihn etwas tiefer in den Dschungel der Boheganer Hafenverhältnisse eingeführt habe.
Frank Doyle zuckte die Schultern. Eine Menge Leute wußten, was eigentlich gespielt wurde. Aber damit hatte es auch sein Bewenden. »Und ob man von den Hafenarbeitern selbst irgendeine Hilfe erwarten kann, das bezweifle ich sehr. Nehmen Sie sich mal den einfachen Arbeiter, Pater, der ist nämlich ein komischer Geselle. Er ist persönlich so aufsässig und rabiat wie man nur sein kann – was aber im Hafen passiert, das nimmt er einfach so hin. Wie mein eigener Bruder. Er ist mißtrauisch jedem Außenseiter gegenüber, und besonders dann, wenn der kommt und sagt, er wolle ihm helfen. Das müssen Sie unbedingt wissen, damit Sie sich nachher nicht kränken. Oder sich das Herz brechen. Der Dockarbeiter, der weiß, wie tief die Gewerkschaftsführer da drinstecken und wie sehr ihnen die Transportleute und die Polizei den Rücken stärken. Deshalb denkt er sich, warum das wenige, das man hat, aufs Spiel setzen, nur um die Mißstände aufzudecken, die sowieso nicht abgestellt werden. Er weiß, daß viele nur allzugern bereit wären, seinen Arbeitsplatz einzunehmen, wenn er sich anmaßt, gegen den Strom zu schwimmen. Oder vor Gericht aussagt. Aus diesem Grunde wird die Untersuchung zäh und stockend verlaufen. Klar, es ist wunderschön auf die Bibel zu schwören, aufzustehen und die Wahrheit zu erzählen, aber wer kümmert sich dann um einen, wenn man den Zeugenstand verlassen hat? Man hat selbst den Kopf in die Schlinge gesteckt. Genauso wird diese neue Untersuchung von den Jungens auf den Docks betrachtet. Und man kann ihnen daraus kaum einen Vorwurf machen. Sehen Sie, vor ein paar Jahren

gab es schon einmal eine derartige Untersuchung in New York, und es stellte sich heraus, daß in sechs Brooklyner Ortsgruppen jeder einzelne Posten von einem Mitglied der Familie Genotta, Spitzel für Benasio, bekleidet wurde. Das steht einwandfrei fest. Ende der Untersuchung ist die Forderung nach einer neuen, ehrlichen Wahl. Und was ist geschehen? Sie haben's erraten, Pater. Alle Genottas wurden auf dieselben Posten wiedergewählt. Verstehen Sie, wie ich das meine, Pater?«
Wachtmeister Doyle lachte – in der besonderen Art wie Iren lachen, wenn etwas sie besonders tief verletzt hat.
Als Pater Barry gegen Ende des Tages Tatsachenmaterial von einer größtmöglichen Zahl von Quellen zusammengetragen hatte, stieg sein Interesse an der bevorstehenden Untersuchung noch mehr an. Eine von der breiten Gewerkschaftsmasse ausgehende Revolte schien so lange ein Unding, als die öffentliche Meinung und die Presse nicht in einer Art und Weise aufgebracht wären, daß es für Johnny den Freundlichen und seine respektablen Gönner schwer wäre, ihre mittelalterl ich anmutende Verachtung für jedwede Opposition weiterhin in die Praxis umzusetzen. Während sich für Pater Barry im Laufe des Nachmittags das allgemeine Bild der Verhältnisse immer klarer abzeichnete, begann er, die Richtung für sein weiteres Vorgehen festzulegen.
Beim Betreten des Kellerraumes unter der Kirche fühlte Pater Barry dieselbe Hochspannung wie ein Boxer, der sich zum Hauptkampf des Abends in den Ring begibt. Pater Vincent, ein stattlicher Mann von fünfunddreißig, folgte ihm auf dem Fuße. Harry Vincent bewunderte Pater Barry, doch glaubte er, Barry werde nun seine vielversprechende Karriere ruinieren, wenn er die katholischen Laienkreise in Bohegan und am Hafen vor den Kopf stieße.
»Pete, du läßt dich in allerhand ein«, sagte Pater Vincent in dem Bestreben, Pater Barry hilfreich zur Seite zu stehen. »Warum diese übereilte Aktion? Sie kann doch zu nichts Gutem führen. Soziale Gerechtigkeit ist ja ganz schön, aber wenn ich du wäre, dann würde ich warten, bis ich in der Kirche etwas

mehr Gewicht hätte. Pete, du beschwörst eine große Auseinandersetzung herauf.«
Pete Barrys Antwort kam rasch und voller Ungeduld. »Das stimmt. Und es ist auch höchste Zeit, daß etwas geschieht.«
Harry Vincent war ein guter Geistlicher und ein guter Kamerad, dachte Pater Barry, aber er hatte etwas von seines Vaters Vorstellung, wie man unter Einhaltung der Spielregeln zu materiellem Wohlstande gelangt, mit in den Priesterberuf übernommen. Vincent senior war offiziell Katholik und war wenig erbaut gewesen, als sich sein Sohn entschloß, der römischen Kirche beizutreten und nicht, wie er erwartet hatte, der Firma H. J. Vincent & Söhne, Lebensmittel en gros. Harry jun. war entschlossen, seinem Vater die Richtigkeit seiner Wahl dadurch zu beweisen, daß er eines Tages Bischof werden würde. Das war etwas, was H. J. sen. verstehen konnte. Der junge Vincent hatte erkannt, daß sein Kollege Pete Barry genug Verstand und Energie besaß, um schließlich einmal ganz oben, vielleicht an der Spitze der Diözese zu landen, und es beunruhigte ihn, mit ansehen zu müssen, wie Pete seine Berufsaussichten mit einer noch nie dagewesenen Hafenarbeiterversammlung in der Kirche aus der Hand geben konnte. Deshalb folgte er Pater Barry mit deutlicher Skepsis zu der nur spärlich besuchten Versammlung.
Als Pater Barry diesen Männern in ihren Windjacken und einfachen Wollhemden gegenüberstand und sah, wie einigen noch von den Löscharbeiten der Dreck im Gesicht stand, erkannte er, daß er keinen Willkommensgruß, keine Dankbarkeit für seine Bemühungen, ja nicht einmal Vertrauen zu erwarten haben werde. Statt dessen spürte er, wie ihm die Männer durch eine schweigende, unsichtbare Wand des Mißtrauens betrachteten. Er stand vor dem einfachen Altar und blickte hinein in den langen, nackten Kellerraum, der nur den allernotwendigsten Schmuck als Betsaal aufwies. Die Wände waren aus Gips, die Beleuchtung trübe, als ob die Versammlung selbst keinen Wert darauf lege, unnötiges Aufsehen zu erregen.
Er begann in seiner schnellen, leicht nasalen BohegaHauer Mundart zu reden: »Also, äh, ich dachte, es würden mehr von Ihnen

kommen, doch haben wir, äh, haben die Römer festgestellt, was eine Handvoll vermag – wenn es die richtige Handvoll ist.«

Er hielt inne und wartete auf irgendeine Reaktion, auf irgendein Zeichen dafür, daß er auf dem richtigen Wege war, doch sahen ihn die Leute bloß an und warteten. Los, Pater, spielen Sie aus, schienen die Pokergesichter zu sagen. Pater Barry blickte hinüber zu Katie, die in einer der hinteren Bankreihen saß. Auch sie schien bloß abzuwarten, als sei sie sich selbst nicht mehr sicher, wozu sie ihn eigentlich verleitet hatte.

Deshalb ging er direkt auf das Ziel los: »Gut, ich bin auch nichts weiter als ein Kartoffelfresser, aber ist denn die ganze Geschichte nicht sonnenklar? Erstens – die Arbeitsbedingungen sind schlecht. Ihr seid 40 000 Mann auf nicht einmal ganze 20 000 Arbeitsplätze. Ihr habt eine Gewerkschaft, die gegen euch statt für euch tätig ist. Zweitens – die Verhältnisse sind schlecht, weil die Gewerkschaft sich in den Händen einer Reihe von Gaunern befindet – stimmt's – und weil diese Gauner die Arbeitsplätze verteilen. Zwei Drittel eurer Heuerchefs sind entlassene Sträflinge. Und drittens – der einzige Weg, wie ihr diesen Gaunern das Handwerk legen könnt, ist der, daß ihr ihnen die Verübung von Mord und Totschlag gründlich verleidet. Wenn sie einen von euch umbringen, dann ketten sie die übrigen von euch nur noch um so fester an sich. Ihr habt jeden Mord bisher einfach hingenommen.«

Er sah jeden der Reihe nach an und stellte in den Gesichtern lediglich mürrische Ablehnung fest. Sie waren auf der Suche nach Hilfe hergekommen. Und er war in die Bresche getreten, um ihnen zu helfen, aber das Schweigen dieser Männer war unergründlich. Sogar Pater Barry, der doch aus Bohegan stammte und ihre Sprache sprach, kam sich in den Tiefen ihrer Zurückhaltung wie verloren vor.

»Jetzt hört einmal her«, rief der Priester ärgerlich, »wenn einer von euch wenigstens die eine Frage beantworten will, dann hätten wir wenigstens einen Anfang. Und diese Frage ist: Wer hat Joey Doyle getötet?«

Er versuchte wieder, die Augen seiner Zuhörer auf sich zu ziehen, doch ließ sich keiner von ihm einfangen. Moose starrte in den Schoß und Runty saß zurückgelehnt da und zog das Kinn herunter, als ob er einen Rausch ausschlafen wolle. Luke drehte sich auf dem Sitz halb um und betrachtete aufmerksam die kahle Wand, während Jimmy vor dem Gesicht die Knöchel aneinander rieb. Wer wen umgebracht hat, war am Hafen tabu. Pater Barry hätte das wissen müssen.
In dem allgemeinen Schweigen hatte Pater Barry ein Streichholz entflammt, um sich eine Zigarette anzuzünden. Zornig blickte er über seinen kleinen Zuhörerkreis hin. Mein Gott, wenn er mit diesem Monsignore O'Hare und vielleicht sogar mit dem Bischof in Schwierigkeiten geraten sollte, dann wünschte er, daß wenigstens diese Männer hier auf seiner Seite stünden. Pater Barry dachte an Wachtmeister Doyles Worte: »Diese Dockarbeiter sind komische Burschen ...« und er warf erneut den Angelhaken aus:
»Hat keiner von euch die geringste Vermutung, wer Joey Doyle umgebracht haben könnte?«
Das Schweigen wurde zur Last. Das hölzerne Kirchengestühl knarrte, als die Männer verlegen hin und her rückten.
»Ich glaube eigentlich, daß jeder einzelne von euch uns etwas darüber erzählen könnte«, sagte Pater Barry.
Die Männer preßten die Lippen aufeinander und wagten nicht, ihm in die Augen zu sehen.
»Nun gut, dann gebt mir wenigstens hierauf eine Antwort«, versuchte es Pater Barry von neuem. »Wie können wir uns Christen nennen, wenn wir diese Mörder durch unser Schweigen in Schutz nehmen.«
Die Stille, die auf dem Raume gelastet hatte, schwoll an zu einer Woge, die sich ständig neue Nahrung gab.
»Könnt ihr denn nicht sehen?« Pater Barry sprach jetzt mit lauter Stimme. »In diesem Hafenviertel, in einer angeblich katholischen Gegend, ist der Mord zu einer Alltäglichkeit geworden. Es ist etwas faul in diesem Hafenviertel. Und die gesamte Kirchengemeinde – ihr alle da – seid mit dran schuld.«

Seine laute, rauhe Stimme, die im Tonfall von Johnnys gar nicht so weit entfernt war, erstarb. In der Stille war das Knarren einer Tür im Hintergrunde vernehmbar. Es war Terry Malloy, der unter übertriebenem Rollen der Schultern eintrat. Er ließ sich auf der hintersten Reihe nieder, gerade als Katie sich umwandte, um Jimmy zur Rede zu stellen.
»Jimmy Sharkey, du warst Joeys bester Freund. Wie kannst du hier so einfach dasitzen und den Mund überhaupt nicht auftun?«
Jimmy begann zuversichtlich. »Klar, ich werde an ihn immer als an meinen besten Freund denken. Aber ... aber ... « Er senkte den Kopf und war wieder still, als habe er Zuflucht in der allgemeinen Apathie gefunden.
Katie drückte sich die Handflächen gegen das Gesicht und schüttelte leise den Kopf. Jimmy sah diese Geste der Hilflosigkeit und kam sich elend und schäbig vor. Aber was konnte er tun?
Terry Malloy lümmelte sich auf seinem Sitz, die Hände hinter dem Kopf verschränkt. Er hätte keine Haltung finden können, die geeigneter gewesen wäre, die Verachtung, innere Überlegenheit und die Langeweile zum Ausdruck zu bringen, die er bei der Erfüllung dieses seines Auftrages empfand. Ein verrückter Priester und ein Haufen von Schlappschwänzen. Machten sich am Hafen mausig, so daß nicht einmal ein dahergelaufener Geldverleiher sie eines Blickes würdigen würde. Charley wollte ihre Namen wissen. Verdammt noch mal, er hatte keine Lust, für irgend jemanden Spitzeldienste zu leisten, nicht einmal für Charley. Aber wenn diese Idioten dumm genug waren, sich selbst ans Messer zu liefern, so geschah es ihnen ja eigentlich recht. Nichtsdestoweniger wollte Terry, er wäre nicht hier. Träumerisch sah er sich selbst mit einer Flasche Rum in der Hand unter einer Palme liegen und neben sich eine südamerikanische Schönheit, die bereit war, ihn so zu lieben, wie es das Mädchen in dem Magazin getan haben würde. Der Priester da sollte eigentlich wissen, woran ich gerade denke, durchfuhr es ihn, und er lächelte befriedigt in sich hinein.
Runty Nolan warf Terry quer über die leeren Sitzreihen hin-

weg einen empörten Blick zu und flüsterte dann Moose zu, so daß es alle hören konnten: »Wer hat denn den da zu dieser Party eingeladen?« Moose sah sich um und verlieh seinen Gefühlen mit einem breiten Achselzucken Ausdruck.
Terry lehnte sich zurück. Er fühlte sich fehl am Platze.
»Jeder aus dem Hafen ist hier willkommen«, sagte Pater Barry mit einem Verweis für Runty. Dann redete er Terry unmittelbar an.
»Ich versuche lediglich festzustellen, was mit Joey Doyle geschehen ist. Vielleicht können Sie uns helfen.«
Terry behielt die Hände hinter dem Nacken und schüttelte leicht den Kopf, wobei er immer noch die Maske von Verachtung und Langeweile zur Schau trug.
»Der Bruder von Charley dem Gent«, sagte Runty halblaut zu Moose. »Die werden uns schon noch zu einer Fahrt auf den Boden des Flusses verhelfen.«
Terry war angewiesen worden, den Mund zu halten. Er fühlte sich aber immer unmittelbar angesprochen, wenn jemand seinen Bruder erwähnte. Es war eine Mischung aus Stolz und Scham. So konnte er jetzt nicht widerstehen zu sagen: »Laßt Charley gefälligst aus der Geschichte heraus.«
Runty hatte noch nie gelernt, den Mund zu halten. Es war ein Wesenszug von ihm, den er einfach nicht unterdrücken konnte, so wie er niemals vor irgend jemandem zurückwich, und wenn der Betreffende auch noch so groß war. »Glaubst du nicht, daß er uns vielleicht weiterhelfen könnte?« fragte er den Jungen.
Terry zögerte einen Augenblick und lächelte über seine eigene Antwort, die ihm sehr schlagfertig vorkam: »Frag ihn doch selbst, warum tust du's denn nicht?«
»Das werde ich vielleicht auch tun«, sagte Runty. »An einem der nächsten Tage.«
Terry kicherte und lehnte sich mit der Manier eines Siegers zurück. »An einem der nächsten Tage.«
Katie, die sich auf ihrem Platz halb umgedreht hatte, beobachtete den Nachzügler mit neugierigen Augen. Sie erkannte in ihm den Burschen wieder, der ihr die Arbeitsmarke gegeben hatte,

nachdem er sie vorher auf rohe Weise Pop entrissen hatte. Und jetzt als sie sein Gesicht genauer betrachtete, erinnerte sie sich seiner aus früheren Tagen, aus der Sonntagsschule an der Pulaski Street, ehe sie nach Marygrove gekommen war. Es fiel ihr ein, daß die Schwestern über ihn den Kopf zu schütteln pflegten und ihn immer einen »bösen Buben« nannten. Dann war auch er irgendwohin weggeschickt worden – in eine katholische Anstalt für schwer erziehbare Kinder, glaubte sie sich zu erinnern. Sie war damals fast dreizehn, und sein dunkelbraunes hübsches, schmutziges Gesicht und seine Böses ausstrahlende Gegenwart war ihr in der verschwimmenden Erinnerung an ihre frühe Jugend nicht mehr deutlich gegenwärtig. Er war ein schwarzer Fleck gewesen, dem man besser aus dem Wege ging; das war eigentlich alles, dessen sich Katie noch erinnern konnte.
»Jetzt hört einmal her!« Pater Barry verschaffte sich wieder Gehör. »Ihr braucht mir nichts vorzumachen. Ich habe mich den ganzen Tag lang mit allen möglichen Leuten unterhalten. Ihr wißt genau, wer die Revolverhelden sind. Wollt ihr denn alle stillhalten, bis sie euch einen nach dem anderen umbringen? Willst du denn das? Und du? Und du?«
Weil Nolan mit der Sprache herausgerückt war und in dem Rufe stand, sich etwas zuzutrauen, trat Pater Barry einen Schritt auf ihn zu. »He, Nolan, Nolan, wie steht's mit dir?«
»Es gibt etwas, das Sie verstehen müssen, Pater«, sagte Runty. »Wir auf den Docks sind von jeher T. 'nd S.«
»T. 'nd S.?« Den Ausdruck hatte Pater Barry noch nicht gehört.
Runty nickte. »Taub und stumm. Ganz gleich, wie sehr wir diese Strolche hassen, wir verpfeifen niemanden.«
Alle nickten mit den Köpfen oder murmelten fast unhörbar: »Das stimmt, Pater.«
Hier lag also der Hund begraben. Dies war das Geheimnis. Pater Barry kam sich vor wie ein Mann, der eine zementierte Steinbarrikade mit bloßen Händen einzureißen versucht.
»Nun denkt mal etwas weiter, als eure Nase lang ist«, rief er aus. »Ich weiß, daß man euch übel mitspielt, aber etwas haben

wir in unserem Lande, auf das wir uns alle etwas einbilden, und das ist, das wir uns nie etwas gefallen lassen. Wenn ihr nur wollt. Nehmt mal diese Untersuchung, die man in Gang zu setzen versucht. Natürlich seid ihr dagegen, daß sich der Staat in so etwas einmischt, das weiß ich ganz genau. Aber betrachtet es einmal von der anderen Seite. Der Staat – der ja letzten Endes auch nichts anderes ist als ich und du und alle anderen –, der gibt euch die Chance, etwas an die Oberfläche zu bringen, das jahrelang im Dunkeln sein Unwesen getrieben hat. Ihr braucht nur aufzustehen und auszusagen, was ihr als richtig und anständig und demokratisch und christlich erkannt habt, und zwar gegen alles, was nach eurer Auffassung falsch und böse und stinkig ist, wie tote Fische, die am Flußufer herumtreiben. Wenn ihr das tut, dann beginnt ihr ein neues Klima hier am Hafen zu schaffen, einen neuen Boden, wo endlich einmal ehrliche und anständige Gewerkschaften beginnen können, Fuß zu fassen. Menschenskinder, bringt den Fall von Joey Doyle ans Tageslicht, und ihr tut damit den ersten Schritt, die Macht der Unterwelt zu brechen. Brecht die Macht der Unterwelt und ihr werdet einen Silberstreif am Horizont sehen und könnt endlich auf die Sicherheit des Arbeitsplatzes hoffen. Verdient habt ihr die, weiß Gott. Ihr redet von Verpfeifen. Was für die dort Verpfeifen ist, das ist für euch, die Wahrheit sagen. Seht ihr denn das nicht ein? Seht ihr denn das nicht ein? Seht ihr denn das nicht ein?«

Wieder hing dieselbe ergebene, sich vor sich selbst schämende Stille über der Versammlung. Pater Barry ließ geschlagen die Hände sinken. Er machte Anstalten, sie wieder zu heben und ließ sie dann wieder mit einer Geste der Verzweiflung fallen. Er blickte über die Köpfe der schweigenden Männer hinweg zu Katie hinüber, als ob er fragen wollte: ›Was nun?‹ Sie zog das Halstuch fester und erwiderte seinen Blick.

Terry saß weiterhin zurückgelehnt auf seinem Platz und genoß, die Hände noch immer hinter dem Nacken verschränkt, die Verlegenheit des Priesters. Er hätte dem Pfaffen von vornherein sagen können, daß sich die Leute wie Schnecken in ihre Gehäuse

zurückziehen würden. Er mußte lächeln, wenn er daran dachte, daß dieser armselige Haufen wirklichen Männern wie Johnny dem Freundlichen und seinem Bruder Charley eins auswischen wollte.
Es entstand eine längere peinliche Pause, nachdem Pater Barry zu reden aufgehört hatte. Pater Vincent, der mehrere Male ungeduldig den Kopf geschüttelt hatte, ergriff die Gelegenheit, um die Leitung der Versammlung zu übernehmen. Pater Barry zulächelnd, sagte er mit fröhlichem Tonfall: »Das dürfte wohl zunächst alles sein, was wir jetzt im Augenblick tun können. Ich denke, daß Sie mir hierin zustimmen, Pater. Und so wollen wir mit einem Wort aus dem Matthäus-Evangelium schließen: ›Kommt alle, die ihr mühselig und beladen seid, ich will...‹«
Pater Vincent kam mit dem Bibelwort nicht bis zum Schluß. Denn in diesem Augenblick ging seine Stimme in einem explosionsartigen Donner unter, der von draußen auf dem Bürgersteig oberhalb des Kellerfensters hereindrang.
»Baseballschläger«, sagte Runty. »Das dürften wohl unsere Freunde sein.«
Alle waren auf den Beinen. Joey Doyle war vergessen.
»Es gibt einen rückwärtigen Ausgang durch den Innenhof«, rief Pater Barry. »Geht besser zu zweit nach Hause. Sicher ist sicher.«
Einige eilten durch die Seitentür auf den Innenhof.
»Wenn sie irgend jemandem von euch ein Leid antun, dann werde ich dafür sorgen, daß sie ins Gefängnis kommen, das schwöre ich«, rief Pater Barry.
»Schöne Aussichten«, brummte einer.
»Ich geh' durch die Vordertür hinaus«, prahlte Runty. »Mögen sie mich ruhig kriegen. Ich versteck mich nicht vor diesen Strolchen.«
»Ich habe Frau und Kinder zu Hause«, rief Moose. »Wenn ich ins Krankenhaus muß, haben die nichts zu essen. Ich verdrücke mich nach rückwärts.«
»Und dann renn wie der Teufel«, sagte Jimmy Sharkey.

Draußen steigerte sich das Aufstampfen der Baseballschläger auf dem Bürgersteig zu einem schauerlichen Crescendo – buum – buum – buum – buum – buum – buum. Drinnen schrien die Leute gegen den Lärm an. »Hierher, Jim. He! Los, schnell ...«
Pater Barry versuchte die Ordnung wiederherzustellen, aber er hatte die Kontrolle über die Leute verloren. Truck Amon und seine Handlanger hatten ihm das Spiel aus der Hand genommen.
»Was habe ich dir gesagt, mußt du denn unbedingt deinen Kopf hinhalten?« rief Pater Vincent zu Pater Barry hinüber. »Dies ist eine Sache für die Polizei. Die soll sich darum kümmern.«
»Diese Burschen brauchen Hilfe, Harry«, beharrte Pater Barry.
»Okay, okay«, schrie Pater Vincent zurück. »Hoffentlich bist du auch bereit, die Folgen zu tragen.«
Pater Barry lachte. »Ich gehe hinaus und werde mir diese Baseballschläger kaufen.« Als er aber aus der Kirche trat, waren Johnnys Hilfstruppen bereits im Dunkel der Nacht verschwunden. Er starrte in die Finsternis hinaus und fühlte sich wie jemand, den man aus dem Konzept gebracht hatte. Unten auf der Straße vom Park her luden rote Neonlichter die Männer zum Trinken ein, und zum Vergessen, zum Trinken und zur Resignation.

DREIZEHNTES KAPITEL

Als Pater Barry zurückkam, war der Kellerraum der Kirche leer. Während des kurzen Augenblicks, in dem er draußen stand, waren sich Katie und Terry Malloy in einem kurzen, spannungsgeladenen, fast wortlosen Zusammentreffen begegnet, das sie beide zusammengeführt und in die Nacht hinausgetrieben hatte, bevor sie sich so recht versahen, was eigentlich vor sich ging. Terry, der sie beobachtet hatte, merkte, wie sie unschlüssig am Seitenausgang stand und unter dem Dröhnen der Baseballschläger viel zu erschreckt war, um Moose und Jimmy ins Freie

zu folgen. In diesem Augenblick des Zögerns hatte Terry sie am Arm gepackt. »Nicht dorthin. Kommen Sie, ich bring' Sie hinaus.« Dem rauhen Griff seiner Hand gehorchend, war sie fast automatisch mit ihm gelaufen, aus der Hintertür hinaus und die Treppe hinauf bis zur ebenen Erde, dann durch einen Notausgang bis in eine Seitenstraße.
Sie hasteten über die Straße in den Pulaski-Park. Nebelschwaden schwammen über den leeren Bänken und ringelten sich um die verlassene, von Tauben bewohnte Statue des alten Generals, die von der Polnischen Gesellschaft kurz nach dem Ersten Weltkriege errichtet worden war. In der Dunkelheit glitten die Lichter von Schiffen auf dem Strom wie unbestimmbare gelbe Flekken vorüber.
Erst als sie den Park betraten, wurde Katie des festen Griffs an ihrem Arm gewahr und machte sich los.
»Danke«, sagte sie. »Warum haben Sie das getan?«
Er zuckte die Achseln. »Warum nicht?«
Sie schaute sich nach den dunklen Umrissen der Kirche um. »Baseballspieler!« Sie schauderte.
»Tja, die spielen ziemlich hart«, sagte Terry.
Sie folgten dem Mittelweg durch den Park, der sich zur River Street hin öffnete. Sie sah Terry fassungslos an. Er war dunkel, mit hohen Backenknochen und einer merkwürdigen Schwellung am linken Auge. Er hätte eine hübsche, römische Nase gehabt, wenn sie nicht auf dem Sattel eingebeult gewesen wäre. Er sah absichtlich verrucht aus. Er hatte eine auffallende, rollende und trotzdem irgendwie graziöse Art zu gehen. Sein Benehmen war unbekümmert, arrogant, scheinbar gleichgültig. Oh, sie kannte diesen Typ, haßte diesen Typ.
»Zu welcher Seite gehören Sie?« fragte sie plötzlich.
Er zog die Schultern hoch und schlug sich auf die Brust.
»Ich? Ich gehöre zu mir – zu Terry.«
Sie wandte sich von ihm ab. Was machte sie hier draußen, in einem Park, allein, mit einem – Strolch, wie Moose ihn genannt hatte. »Ich finde jetzt den Weg allein nach Hause«, sagte sie.

Sie ging den Weg entlang, der mitten durch den Park hindurchführte, an dem vergessenen polnischen General vorbei, der mit traurigen, metallischen Augen über die leeren Bänke hingrübelte. Terry folgte ihr. Wie beiläufig, mit den Händen tief in den Taschen, ging er hinter ihr her. Sie warf einen Blick zurück und beschleunigte die Schritte. Was hatte er im Sinn, wollte er sie schützen oder verfolgen? Lauf nach Einbruch der Dunkelheit nicht in Parks herum, hatte ihr Vater immer gemahnt.
In der Nähe der River Street tauchte von einer Steinbank eine schäbige Gestalt aus der Dunkelheit auf. Sie stieß einen schrillen Schrei aus und rannte ein paar Schritte zurück, beinahe in Terrys Arme.
»Einen Groschen. Haben Sie nich' 'n Groschen? 'n Groschen für 'ne Tasse Kaffee?«
Die Gestalt hatte nur einen Arm und verbreitete einen faulen Geruch nach Whisky. Es schien, als ob nicht nur sein Atem, sondern der ganze in Lumpen gehüllte, liederliche Mann mit billigem Whisky getränkt wäre, als ob er in Alkohol geschlafen und sich gewälzt hätte. Jetzt erkannte sie ihn wieder, Mutt Murphy, das menschliche Wrack, das zu der Leichenfeier hereingetaumelt war.
»Kaffee ...« krächzte Mutt und hielt die zittrige Hand ausgestreckt. »Einen kleinen Groschen, den Sie nicht brauchen ...«
»Kaffee«, lachte Terry und machte mit der Hand vor, wie man ein Whiskyglas hinunterschüttet. Er hob die Hand, als ob er Mutt einen Schlag versetzen wollte. »Los, hau ab, du Halunke.«
Ohne auf ihn zu achten, bewegte sich Mutt ein paar Schritte auf Katie zu, bis sein Trinkergesicht ganz dicht an dem ihren war. Sein Anblick und der Gestank waren entsetzlich, doch brachte es Katie nicht über sich, vor ihm zurückzutreten. Er kniff die Augen zusammen, als ob er den Versuch machte, sie durch den Nebel hindurch klarer zu sehen.
»Ich kennen Sie ... Sie sind Katie Doyle ...« er bekreuzigte sich rasch. »Ihr Bruder ist ein Heiliger. Der einzige, der je versucht hat, mir meine Entschädigung ...«

»Los«, sagte Terry und stieß ihn beiseite. »Wir müssen hier weg.«
Gestoßen zu werden, war für Mutt Murphy eine so vertraute Erscheinung, daß er das Würdelose daran schon gar nicht mehr merkte. Er richtete einen zitternden, anklagenden Finger auf Terry und begann zu sagen: »Du weißt doch noch, Terry. Du warst doch da an dem Abend als Joey . . .«
»Äh, zum Teufel noch mal, hör mit dem Gequatsche auf«, sagte Terry. »Verschwinde! Du belästigst die Dame hier.«
»Du weißt doch noch«, fing Mutt wieder an. »Du stießt mit mir zusammen, als du . . .«
»Ja, ja«, sagte Terry schnell. Er zog aus der Tasche eine Handvoll Kleingeld heraus. »Hier . . . sauf weiter, bis du umkippst.«
Mutt verstummte und betrachtete voller Bewunderung die Münzen in seiner Hand. Terry hatte sie aus der Tasche geholt, ohne sich die Mühe zu nehmen, sie zu zählen – Fünf-, Zehn- und Fünfundzwanzigcentstücke. Mutt starrte sie ungläubig an. »Ich kann's nicht glauben. Ein kleines Vermögen.« Er zog aus seiner zerschlissenen Jacke einen kleinen Tabaksbeutel heraus, in den er die Münzen eine nach der anderen hineinlegte. Dann trat er ein paar Schritte zurück und nahm mit komisch wirkender Grandezza die Mütze vor Katie ab.
»Viel Glück, Katie. Der Herr sei Joey gnädig.«
Dann verzog er das Gesicht zu einer häßlichen Grimasse und rief zum erstenmal mit voller, zorniger Stimme: »Mich kaufst du nicht.« Er funkelte Terry an. »Ich kenne dich, du Lumpenhund!«
Schwankend verschwand er auf dem Weg, den sie gekommen waren, steifbeinig und mit erhobenem Kinn, was ihm einen letzten Anflug von Würde zu verleihen schien.
Terry sah ihm nach und war erleichtert, daß Mutt die Taube nicht erwähnt hatte. Gott sei Dank, daß der einzige Zeuge, der eine Ahnung von Terrys Rolle in der Sache mit Joey haben konnte, ein Trunkenbold war, den niemand ernst nehmen würde. Mit der unbekümmertsten Miene der Welt wandte er sich

Katie zu. »Schauen Sie sich nur einmal an, was das für ein Gesindel ist, das mich einen Lumpen heißt.«
Katie beobachtete die zerlumpte Gestalt, die sich im Nebel verlor. Bei dem Denkmal in der Mitte des Parks schien er mit General Pulaski ein Gespräch anknüpfen zu wollen.
»Alle hatten Joey gern«, sagte Katie halb zu sich selbst. »Von den kleinen Kindern bis zu den alten Bettlern.«
Terry stand da und wunderte sich über sich selbst. Wer hat mich bloß hier hereingezogen? Warum muß ich ausgerechnet hinter Joeys Schwester herlaufen? Das letzte Frauenzimmer auf der Welt, mit der ich mich sehen lassen möchte. »Tja«, sagte Terry.
Sie wandte den Kopf und sah ihn, bevor sie fragte, einen Augenblick an. »Haben Sie ihn sehr gut gekannt?«
Terry versuchte, seinen beiläufigen Tonfall beizubehalten. »Hm«, sagte er achselzuckend, »Sie wissen wie das ist. Er kam viel herum.«
Katie runzelte die Stirn. Sie blickte den Weg hinunter, der Mutt verschluckt zu haben schien. »Was hat dieser arme Mann da bloß gemeint, als er sagte ...«
»Ach, machen Sie sich nichts draus«, sagte Terry mit einer wegwerfenden Handbewegung. »Der betrinkt sich doch nur von morgens bis abends. Ist halb verrückt. Redet immer mit sich selbst. Machen Sie sich nichts draus.«
Sie fröstelte und zog den Stoffmantel enger um den Leib. »Es ist kalt. Ich gehe jetzt besser nach Hause.«
Sie setzte sich mit schnellen Schritten in Bewegung und wollte ihn in keinem Zweifel darüber lassen, daß sie allein zu gehen beabsichtigte. Aber er blieb auf gleicher Höhe mit ihr. Sie wich vor ihm aus.
Ein anständiges Mädchen, dachte Terry. Wie lange war es her, seit er neben einem anständigen Mädchen gegangen war? Und zehn zu eins sogar eine Jungfrau. Melva hätte die Gelegenheit bestimmt längst ausgenutzt. Der Park war das reinste Boudoir für Melva. Was sagte man zu einem anständigen Mädchen? Womit ließ sich das Eis brechen? Wie mußte man es anstellen, um ein anständiges Mädchen berühren zu können?

»Sie brauchen vor mir keine Angst zu haben«, sagte er ihr. »Ich werde Sie nicht beißen.« Er hatte den Abstand zwischen ihnen auf etwa einen halben Meter verringert. Sie blickte unverwandt geradeaus. »Was ist denn los mit Ihnen?« wollte er wissen. »Sie sind wohl noch nicht oft mit jungen Burschen herumgegangen?«

Sie warf den Kopf leicht zurück. Sie wollte nicht als prüde gelten. Er war zwar ein ungehobelter Bursche, aber etwas Böses hatte er ihr eigentlich nicht getan.

»Sie wissen doch, wie die Schwestern sind«, sagte sie.

Sie hatte eine glatte, schöne Haut, wie ein – bei seiner Unbeholfenheit wollte ihm kein Vergleich einfallen – wie eine Rose. Er hatte bemerkt, wie ihre Haut in dem Keller der Kirche beim Lampenlicht leuchtete. Quatsch, Rose, sie war wie ein reifer, frischer Pfirsich, morgens um vier Uhr dreißig auf dem Markt. Manchmal blieb er auf dem Heimweg von der Bar an einem Stand stehen, suchte sich die reifste Frucht aus, die er finden konnte und brachte sie mit in sein Zimmer unter dem Dach. Frühstück – unter freundlicher Mitwirkung der Boheganer Marktweiber.

»Wollen Sie eine Nonne oder so etwas werden?« fragte er plötzlich.

»Nein«, sagte sie ernsthaft, »ich bin in einem Mädchenpensionat.«

Sie kamen jetzt bei der River Street zu einer Stelle, wo man einen Spielplatz für Kinder eingerichtet hatte. Impulsiv setzte sich Terry auf eine der Schaukeln.

»Haben Sie Lust, mit mir zu schaukeln?« Er sprach halb höflich, halb neckend.

»Nein, danke sehr«, sagte sie voller Ernst. »Es ist schon sehr spät.« Aber sie blieb unschlüssig stehen.

Er schwang ein paar Meter hin und her. »Ein Mädchenpensionat. Komisch, ich dachte, es wäre so 'ne Art Nonnenkloster.«

Sie lächelte. »Es wird bloß von Nonnen geleitet. Von den St.-Annen-Schwestern.«

»Ja? Wo ist denn das? Wo wohnen Sie denn?«

»In Tarrytown.«
»Tarrytown?« Er rümpfte die Nase. »Ich wette, das ist irgendwo am Ende der Welt. Wie weit ist es denn von hier?«
»Ungefähr fünfzig Kilometer flußaufwärts. Auf dem Lande.«
Er schnitt wieder ein Gesicht. »Ich hab' für das Landleben nichts übrig. Ich war dort einmal in einem Erziehungslager. Die Grillen haben mich nervös gemacht.«
Sie lachte zum erstenmal. Sie war noch hübscher, als er gedacht hatte. Sein erster Eindruck war ein nett aussehendes, ziemlich unscheinbares Mädchen gewesen. »Wissen Sie, Sie können wirklich reizend lachen«, sagte er, »wirklich reizend.«
Die alte Tour, dachte sie. Der Wolf im Schafspelz. Aber es war irgend etwas Bestimmtes an ihm. Oder lag es einfach nur daran, daß sie noch nicht sehr oft mit jungen Männern ausgegangen war? Mit unerlaubten jungen Männern? So hießen sie nämlich bei der Oberin in Marygrove. Unerlaubte junge Männer. Sie fühlte sich etwas ängstlich und erregt. Sie hatte sich einfach ansprechen lassen.
Er schwang auf der Schaukel langsam vor und zurück und schien ein wenig zu selbstsicher. »Kommen Sie oft hierher?«
»In den Ferien«, sagte sie. »Ich bin seit Ostern nicht mehr hier gewesen. Im Sommer war ich Sprecherin meiner Klasse.«
»Das ist nett«, sagte er. »Und Sie vertreiben sich dort Ihre ganze Zeit bloß so mit Lernen?«
Sie nickte mit einem kleinen Lächeln. »Es gibt eine ganze Menge zu lernen. Ich möchte Lehrerin werden.«
»Lehrerin?« sagte er. »Donnerwetter. Wissen Sie, ich bewundere es immer, wenn jemand geistig was los hat. Mein Bruder Charley ist zum Beispiel so einer. Er ist sogar ein paar Jahre auf der Universität gewesen. Er kann reden wie ein richtiger Jurist.«
»Auf den Verstand allein kommt es nicht an«, sagte Katie, »man muß ihn auch richtig gebrauchen können.«
Terry sah sie an und nickte beeindruckt. Charley hatte zwar auch Verstand, bestimmt, aber so hatte er nie gesprochen.
»Ja, ja«, sagte er, »ich verstehe, was Sie meinen.«

Sie mußte lächeln, als er sich Mühe gab, wie ein Denker auszusehen. »Jetzt muß ich aber wirklich gehen«, sagte sie. »Pop wird schon kopfstehen. Von hier aus kann ich schon allein gehen.«
Sie ging in Richtung auf die River Street weiter. Zu beiden Seiten des Weges lief ein hohes Eisengeländer. Drüben waren die Löscharbeiten auf dem Bananendampfer noch immer im Gange. Das Geräusch ächzender Winden drang bis zu ihnen. Nebelhörner dröhnten auf dem Strom.
Terry war von der Schaukel herabgesprungen, um ihr zu folgen. Er wußte, daß Charley ihm übel zusetzen würde, aber er konnte einfach nicht anders.
»Wissen Sie, ich habe Sie früher schon oft gesehen«, sagte er. »Erinnern Sie sich noch an die Volksschule hier auf der Pulaski Street? Vor sieben, acht Jahren. Sie hatten die Haare damals in...«
»Zöpfen?«
Terry nickte. »Sahen aus wie zwei Taue. Sie hatten Drahtgestelle an den Zähnen und...«
»Ich dachte, ich würde die nie loswerden.«
»... und eine Brille, und Pickel...«. Er brach plötzlich in Lachen aus. »Mensch, Sie haben wirklich toll ausgesehen.«
Katie ging weiter. »Ich komme jetzt schon richtig nach Hause.«
»Werden Sie nicht böse, werden Sie bloß jetzt nicht böse!«
Terry trabte hinter ihr her. »Ich hab' ja bloß Spaß gemacht. Ich wollte Ihnen eigentlich nur sagen – hm, Sie sind ein sehr hübsches Mädchen geworden.«
»Danke sehr.«
Sie versuchte, vor ihm herzugehen, aber er blieb immer auf gleicher Höhe. Sie war so ruhig und anständig. Das Wort »anständig« ging ihm nicht aus dem Kopf.
»Sie können sich an mich nicht erinnern, nicht wahr?«
»Zuerst nicht«, sagte sie, »heute abend aber bin ich...«
Er wies voller Stolz auf seine eingedrückte Nase. »An der Nase haben Sie mich erkannt?« Er warf sich ein wenig in die Brust. »Manche Leute haben Gesichter, die sich einprägen.«

»Ich erinnere mich, daß Sie dauernd etwas ausgefressen hatten und in Schwierigkeiten waren«, sagte Katie.
Terry fühlte sich geschmeichelt. »Jetzt haben Sie's. Mensch, wie die Schwestern auf mir herumgehackt haben! Es ist ein Wunder, daß ich mit zwölf Jahren überhaupt noch am Leben war.« Er lachte. »Sie haben geglaubt, sie müßten die Aufgaben in mich hineinprügeln, aber ich habe ihnen einen Strich durch die Rechnung gemacht!«
Wenn Katie ihn jetzt ansah, so glaubte sie, nicht nur den kleinen Straßenjungen, sondern die ganze Bande fluchender, sich an den Straßenecken herumtreibender Gassenbuben zu verstehen, die sie von zerlumpten kleinen Kindern zu Halbstarken hatte aufwachsen sehen. »Vielleicht wußten sie bloß nicht, wie sie Sie behandeln sollten.«
Terry freute sich über die Wendung, die das Gespräch genommen hatte. Er wollte sie weiter herauslocken und fragte: »Wie hätten Sie es denn gemacht?«
»Mit etwas mehr Geduld und Freundlichkeit«, sagte Katie. »Wissen Sie, wodurch die Menschen gemein werden und schwer zu behandeln sind? Wenn sich die anderen Leute nicht genug um sie kümmern.«
Während sie sprach, hatte Terry eine eingebildete Violine an das Kinn gehoben und begann mit nasaler Stimme eine Parodie auf den Schlager »Herzen und Blumen« zu summen.
»Lachen Sie ruhig«, sagte sie fest.
»Geduld und Freundlichkeit«, sagte er. »Jetzt weiß ich alles.«
»Und was ist so verkehrt an Geduld und Freundlichkeit?« fragte sie verärgert.
»Was – wollen Sie mich verulken?« fragte Terry.
»Warum sollte ich denn?« fragte Katie. Sie blickte ihn direkt an, so daß Terry verwirrt die Augen abwandte.
»Kommen Sie«, sagte er. »Ich bring Sie jetzt besser nach Hause.«
Sie schritten an dem hohen Eisengeländer auf der Ostseite des Parks entlang. Man konnte hören, wie der Fluß in der Dunkelheit an das Ufer schlug. Terry hatte ein gutes Gefühl, wie er

so neben ihr herging. Es war ihm jetzt vollkommen gleichgültig, was Charley dachte.
»Sehen Sie, ich werde Sie nicht allein nach Hause gehen lassen«, erklärte er. »Es gibt hier in dieser Gegend zu viele Kerle, die nur eines im Sinn haben.«
Sie schwiegen jetzt beide, und Katie folgte ihm mit ruhiger Anmut. Er blieb plötzlich stehen. »Werde ich Sie mal wiedersehen?«
Katie sah ihn ohne Arg mit ihren blauen Augen an. »Wozu?« fragte sie einfach.
Terry hielt inne, er war durch ihre Offenheit verwirrt, und durch ihre – er fand nicht gleich das richtige Wort –, durch ihre Reinheit. Er hob die Schultern in seiner charakteristischen Bewegung. »Ich weiß nicht«, gab er zu. »Werden wir uns sehen?«
Im selben sanften wie selbstverständlich wirkenden Tonfall sagte Katie: »Ich weiß wirklich nicht.«
Dies war wirklich ein ganz besonderes Mädchen, zurückhaltend und von einer gewissen, feineren Art, trotzdem aber auf der Höhe und warmherzig. Er ging vor ihr her und wandte sich um, ob sie ihm auch folgte. »Kommen Sie.«
Sie zögerte und ließ ein kleines, geheimnisvolles Lächeln erkennen, das er nicht zu deuten wußte. »Kommen Sie.« Er winkte ihr zu. Diesmal nicht so brüsk, sondern fast schon bittend. Als sie langsam näherkam, schien es ihm, als schwebe sie auf ihn zu.
Sie gingen schweigend nebeneinander her, mit ihren eigenen Gedanken beschäftigt, und hörten dem Rauschen des Flusses zu. Am Ende des nächsten Häuserblockes sagte Katie: »Ich danke Ihnen. Es ist jetzt nur noch um die Ecke. Gute Nacht.«
»Es ist – schön gewesen, mit Ihnen zu reden.« Höfliche Konversation war in Terrys Mund wie ein unbequemer, klebriger Wattepfropfen.
Sie lächelte ihn wieder an, ganz leicht nur, und ein kaum wahrnehmbarer Schauer rann durch ihn hindurch. Es schien kaum möglich, daß die bloße Andeutung eines Lächelns so viel besagen

konnte, Geduld und Freundlichkeit und das ferne Echo körperlicher Liebe. Oder waren das bloße Gedanken und Wünsche, die ihn überkamen, während sie davoneilte? Mit einem schiefen, schmerzlichen Ausdruck im Gesicht sah er zu, wie sie vor seinen Augen entschwand. Dann hieb er sich die rechte Faust so hart in die linke Handfläche, daß es weh tat. »Verdammt noch mal.«
In dem Augenblick, als Pop Katies Schritte auf dem Hausflur hörte, ergriff er von innen die Klinke und riß die Tür auf. Er kochte vor Wut. Katie draußen in Marygrove zu wissen, war für ihn immer ein starker Rückhalt gewesen. Das rechtfertigte all die unendlich schwere Arbeit, die Angst, morgens keine Arbeit zu bekommen, und all die Unbilden, die er von Big Mac hatte hinnehmen müssen.
»Komm her«, sagte er zu Katie. Die Hosenträger hingen ihm über die Hosen herunter, und der Oberkörper steckte in dem schmutzigen, weißen, langen Unterhemd, während er aus der Küche in den zellenähnlichen Schlafraum vorausging. Auf dem Bett lag neben Toesie, Katies zugelaufener Katze, ein kleiner Koffer, den er in wütender Hast gepackt hatte.
»Gepackt ist schon«, schrie Pop. »Und hier ist deine Fahrkarte. Du fährst jetzt gleich zurück zu den Nonnen.«
»Pop, ich bin noch nicht fertig, um schon zurückzufahren.«
Pop fluchte leise vor sich hin. »Katie, die ganzen Jahre hindurch haben wir Groschen um Groschen in die Keksbüchse gesteckt, damit du draußen bei den Schwestern sein kannst, damit du ferngehalten wirst von dem, was ich da eben durch das Fenster gesehen habe. Meine eigene Tochter Arm in Arm mit Terry Malloy.«
»Er hat nur versucht, mir zu helfen, Pop. Es gab – es gab da eine kleine Aufregung in der Kirche...«
»Das hätte ich dir sagen können«, sagte Pop.
»... und er war so nett, mich nach Hause zu bringen.«
»So nett!« rief Pop. »Jesus, Maria und Joseph. Und du weißt, wer dieser Terry ist?«
»Eigentlich nicht. Wer ist er, Pop?«

»Wer er ist?« äffte Pop sie in zornigem Fisteltone nach. »Der jüngere Bruder von Charley dem Gent, genau das ist er. Nun los, jetzt frag mich noch, wer Charley der Gent ist. Die rechte Hand von Johnny dem Freundlichen und ein Schlächter im Kamelhaarmantel.«
Katie streichelte die häßliche, hochschwangere Toesie. »Willst du damit sagen, daß Terry auch so einer ist?«
»Jedenfalls will ich dir nicht einreden, daß er ein little Lord soundso ist.«
»Klar, er versuchte den starken Mann zu spielen«, sagte Katie, »so wie sie es alle tun. Aber da ist etwas in seinen Augen...«
»Etwas in seinen Augen.« Pops Stimme war in allen vier Stockwerken des Mietshauses zu hören. »Das ist ja um die Wände hinaufzulaufen! Du glaubst wohl, er ist einer von den armen Wesen, die du auf der Straße aufsammelst und die dir so unendlich leid tun. Wie der Wurf Katzen. Die einzige, die du behalten willst, hat sechs Zehen und schielt um drei Ecken. Schau sie dir nur an – die faule Kreatur!«
»Unsere Wohnung würde vor Ratten wimmeln, wenn wir Toesie nicht hätten«, wandte Katie ein.
In ruhigeren Augenblicken hatte Pop oft große Reden über die Jagdqualitäten ihres merkwürdig aussehenden Haustieres geführt, aber das war jetzt alles vergessen. »Wenn ich nur wüßte, was dich immer wieder zu diesen gottverdammten Lumpenhunden hinzieht«, rief er aus.
»Pop«, versuchte Katie ihn zu unterbrechen.
»Schielende Katzen mit sechs Zehen! Glaube bloß nicht, daß dieser Terry Malloy ein schielendes Kätzchen mit sechs Zehen ist! Er ist ein Strolch! Johnny der Freundliche hielt ihn aus, als er Boxer war. Und wenn Johnny mit der Glocke läutet, dann tritt er auch heute noch in Aktion; daß du mir das nicht vergißt.«
»Er fragte, ob er mich wiedersehen könnte«, sagte Katie, als ob sie ihren eigenen Gedanken nachhinge.
Pops Zorn trieb ihn vorwärts, er konnte sich nicht mehr beherrschen. »Sieh dir diesen Arm an...« Er streckte seinen dün-

nen, muskulösen Arm Katie vors Gesicht. Vor Wut begann ihm Stimme und Arm zu zittern. »Dieser Arm ist fünf Zentimeter länger als der andere, das kommt von der jahrelangen Schufterei, vom Tragen und Heben und vom Hakenschwingen. Und jedesmal, wenn ich einen Sack Kaffee schleppe oder eine Kiste hochwinde, dann sage ich mir – das ist für Katie, damit sie Lehrerin wird und es besser hat...«
Katie legte, um ihn zu beruhigen, die Hand auf seine Schulter. »Pop...« Aber er stieß sie weg. »Ich hab' es deiner Mutter versprochen, Katie.«
Der plötzlich aufwallende Zorn hatte ihn verlassen, er war nur noch ein alter, müder Mann voller Schmerzen und Kummer und Enttäuschungen. Katie dachte an all die Tage, da er morgens dieselben abgetragenen Arbeitskleider angezogen und zum Hafen hinuntergegangen war, bei beißendem Frost und stickiger Sommerhitze, und dann auch die niedrigste Arbeit angenommen hatte, wenn die Günstlinge des Heuerchefs die leichteren Arbeiten verrichteten. Er hatte Maschinenteile geschleppt und Bananen, Hanf und Kaffeesäcke, Kakao, Zement... Er hatte geschleppt und gewartet, und Ge'd geborgt und seine Tabakrationen gekürzt, nur damit Katie es besser haben sollte. Katie konnte sehen, wie die Jahre sich in sein Antlitz, in seine magere Brust und die gebeugten Schultern eingegraben hatten.
Sie legte ihm die Arme um die Schultern, küßte ihn auf die stoppelige Wange und sagte weich: »Pop, denk nicht, ich sei nicht dankbar für alles, was du für mich getan hast, daß du mir die Chance gegeben und mich von all dem ferngehalten hast.«
Sie küßte ihn noch einmal, aber nur flüchtig, als ob sie ihn auf das vorbereiten wolle, was sie noch zu sagen hatte.
Sie trat von ihm zurück, denn sie wußte, daß seine Zornausbrüche rasch und heftig auftraten, besonders wenn es sich um seine Vorstellungen von Recht und Unrecht handelte. »Ich werde bleiben, Pop. Ich will herausfinden, wer Joey...«
»Du wirst nicht mehr zu diesen verrückten Versammlungen gehen«, Pop erhob wieder seine Stimme. »Dieser Pater Barry sollte sich von einem Nervenarzt untersuchen lassen. Dich auf

solche Gedanken zu bringen und alle Welt derartig in Aufregung zu versetzen. Wofür denn – damit Moose oder Jimmy oder irgendein anderer sich mit einem Paar Zementschuhen an den Füßen im Wasser wiederfindet?«
Er war wieder laut geworden, die Erregung schüttelte ihn. Er sah, daß alle seine Bemühungen vergeblich gewesen waren. Der Kummer übermannte ihn. Aus Angst, daß ihm die Tränen in die Augen treten könnten, stampfte er zum Eisschrank hinüber, um eine Flasche Bier zu holen.
»Sei ein braves Mädchen, Katie«, bat er, »bei dem Andenken deiner Mutter, Gott hab' sie selig, höre auf deinen alten Vater. Ich weiß genauso viel vom Hafen wie jeder andere. Und ich weiß, daß man so etwas nicht auf die leichte Schulter nimmt – wenn man am Leben bleiben will.«

VIERZEHNTES KAPITEL

Als die Versammlung im Kirchenkeller auseinanderbrach, rannte Runty die River Street hinunter zur Longdock-Bar. Nach ein paar Minuten stießen auch Moose und Jimmy, die einen Umweg gewählt hatten, zu ihm. Von den Gästen war niemand in der Versammlung gewesen, doch beschäftigte das Ereignis alle Gemüter. Jedermann war für sich selbst zu einem Entschluß gekommen, wie er sich zu der Sache einstellen sollte. Der alte Gallagher zum Beispiel, der Moose gern hatte, brummte nur einen kurzen Gruß und rückte etwas weiter weg, damit er nicht mit in die Unterhaltung hineingezogen würde. Er wohnte im selben Haus wie die Doyles und hatte sie recht gern; seine herzensgute Frau, Mary, würde alles für sie tun; um so mehr Grund für Marty Gallagher, vorsichtig zu sein.
Runty, Moose und Jimmy kamen sich wie eine dreieckige Insel vor, die mit den anderen Inseln durch Unterwasserriffs von Erfahrung und sogar Sympathie verbunden, aber durch Fahrrinnen der Vorsicht und Selbsterhaltung getrennt war. Während die drei ihren Schnaps tranken und sich dabei miteinander

unterhielten, wußten sie, daß man ihnen sowohl Achtung als auch Ablehnung entgegenbrachte, so wie jeder, der Mut genug hat, um am Hafen für seine Meinung einzustehen, geachtet – aber auch jeder der sich anmaßt, den hochempfindlichen Status quo anzutasten, ebenso heftig abgelehnt wird.

Wenn ein Dutzend Hafenarbeiter mit einem streitbaren Priester eine Versammlung abhält, dann ist das wie ein Steinchen, das man in den Fluß geworfen hat. Aber auch ein kleiner Stein kann einen immer größer werdenden Kreis von Wellenringen hervorrufen. Es war mittlerweile Stadtgespräch in Bohegan geworden, daß Pater Barry die Leute dahin bringen wollte, mit der Kriminalpolizei zusammenzuarbeiten, weil dies der einzige Weg für sie sei, an Stelle der korrupten Gewerkschaft eine neue saubere Organisation in den Hafen zu bekommen. Binnen weniger Stunden war Pater Barrys Name zu einem Schimpfwort unter den Gewerkschaftsführern geworden, und sogar bei den einfachen Arbeitern konnte man hier und da Stimmen hören, wie denn ein Priester überhaupt dazu käme, seine Nase in ihre Angelegenheiten zu stecken.

Nachdem Truck Amon und Gilly Conners den Takt zu dem Schlägerkonzert außerhalb der Kirche geschlagen hatten, waren sie Runty in die Longdock-Bar gefolgt. Sie bezogen an der kurzen Seite der Bar einen Beobachtungsposten, von dem aus sie Runty, Moose und Jimmy im Auge behalten konnten. Gewöhnlich hielten sie sich abends in Johnnys Bar auf. In die Longdock-Bar kamen sie nur dann, wenn sie irgendwelchen Missetätern nachspürten. Runty, dem ihre Anwesenheit nicht entgangen war, ließ sich nicht stören, sondern fuhr fort, seine Späße und Witze zu machen und zwischendurch sein dröhnendes Gelächter anzustimmen. Er war ganz der aufsässige Ire, und das Blut rann ihm schneller durch die Adern und verlieh ihm bei der Aussicht auf eine ungleiche Schlägerei das Gefühl verzweifelter Lebenslust.

Moose war anders. Er hatte eine Familie und hinter seinem Zwei-Zentner-Gewicht verbarg sich eine unerwartete Nervosität. Sein Stimmungsbarometer reichte vom Hurrikan bis zur äußersten Niedergeschlagenheit. Es gab Nächte, in denen er in einem Anfall von Löwenmut seinen Peinigern ihre Schandtaten ins Gesicht schrie, die Treppe hinunter auf die Straße flog, wieder aufstand und sich kämpfend den Weg in den Saal zurückzuerobern versuchte. Am nächsten Morgen hatte ihn dann der Mut vollkommen verlassen, er bestand nur noch aus Angst und lebte in panischem Schrecken vor den möglichen Folgen seines Widerstandes. Auch hielt dann Fran, seine Ehefrau, nicht mit ihrer Meinung hinter dem Berge, sondern schalt ihn heftig, warum er sich denn in die »Politik« einmischen müsse, wenn fünf hungrige Mäuler zu füttern seien, gleichgültig, wer nun am Hafen etwas zu sagen habe und wer nicht. Dann war Moose McGonigle wieder ein braver Junge – bis zum nächsten Mal, wenn ihm wieder eine Laus über die Leber lief.

Jimmy Sharkey war noch ein anderer Typ. Er war geradeheraus, hart, ruhig, direkt. Er forderte Schlägereien nie heraus wie Runty und explodierte nie, wie Moose es gelegentlich tat. Er nahm diese Auseinandersetzungen einfach hin, wie sie gerade kamen, als harte, unvermeidliche Erscheinungsformen des Lebens am Hafen.

Die beiden Gruppen, die Ganoven und die Rebellen, standen jetzt wie Schauspieler auf einer Theaterbühne, sie lachten und tranken und warfen sich ab und zu flüchtige Blicke zu, während die übrigen Anwesenden das Publikum abgaben und das Schauspiel aufmerksam beobachteten, wenn sie auch so taten, als merkten sie nichts. Das Trio aus der Kirche trank noch drei oder vier Schnäpse und machte allerlei Witze mit Shorty, dem Barmixer, als handle es ich um einen gemütlichen Abend wie sonst auch. Dann wünschten sie eine gute Nacht und schlenderten hinaus. Truck und Gilly leerten die Gläser, hinterließen ein dickes Trinkgeld auf dem Bartisch und folgten ihnen ins Freie.

Runty, Moose und Jimmy machten sich die River Street hinunter auf den Heimweg. Runty ging mit, obwohl er ein möbliertes Zimmer in unmittelbarer Nähe der Longdock-Bar bewohnte. Runty blies eine kleine Wolke warmen Atems in die Luft. Plötzlich blieb er stehen, drehte sich herum und wartete wie in seinen besten Tagen auf die herannahenden Truck und Gilly.

»Was ist denn mit euch los, Leute?« sagte Truck, während sich die runzelige Haut um seine Augen zu einem schlitzäugigen Lächeln verzerrte. Seine Stimme klang wie ein gurgelnder Baß, war aber freundlich gemeint.

»He, Truck, Gilly«, murmelten die drei.

»Paßt auf, wir möchten kurz mit euch reden«, sagte Truck.

»Du redest ja schon mit uns, oder nicht?« sagte Runty.

»Unverschämter Kerl«, brummte Gilly.

Runty wirkte wie ein Zwerg neben Gillys ein Meter achtzig. Gilly sah wütend auf seinen winzigen Widersacher und wandte sich zu Truck:

»Was will eigentlich dieser kleine Halunke? Muß immer klug daherreden.«

»Wozu machst du uns eigentlich immer solche Schwierigkeiten?« fragte Truck ernsthaft. Jedweder Widerstand gegen die Gewalt beunruhigte ihn. »Spaß beiseite, Runty, halt dich lieber etwas mehr zurück.« Truck sprach meistens in bittendem Tone mit ihm. »Du könntest drei, vier Tage Arbeit haben, wenn du nur lernen würdest, deine große Klappe zu halten.«

»Daran sind die Nonnen schuld«, sagte Runty lachend.

»Die Nonnen?« brummte Truck. »Was haben denn, verdammt noch mal, die Nonnen damit zu tun?«

»Als ich ein Dreikäsehoch war«, fuhr Runty fort und freute sich diebisch über dieses Balancieren hart am Abgrund, »da haben die Nonnen immer zu mir gesagt, ›Runty, wir können kein Wort verstehen, was du sagst. Du redest durch die Zähne, als ob du den ganzen Mund voll Kuchen hättest. Wenn du sprichst, Runty, mein Junge‹, sagten sie, ›dann sprich mit weit offenem Mund.‹ So tue ich also jetzt nichts anderes, als dem Rat der Nonnen zu folgen und rede mit weit offenem Mund.«

Runty blinzelte seinen Freunden zu und alle drei lachten.

»Du redest besser nicht so laut, daß der Boß dich hören kann«, sagte Truck, ein wenig konfus angesichts von soviel Beredsamkeit. »Du weißt, wie Johnny ist.«

Moose sah Runty mit warnenden Augen an. Fran und die Kleinen warteten zu Hause auf Geld, und das würde er von den Wucherern borgen müssen. Johnnys Wucherern. Es gab kein Gesetz, das dir befahl, Johnny gern zu haben, aber es machte zweifellos das Leben leichter, wenn er dich gern hatte.
»Komm, Runty, laß uns heimgehen«, sagte Moose.
»Gute Idee«, sagte Truck. »Geht nach Hause und bleibt dort. Und wenn dieser Priester das nächste Mal wieder so 'ne Gebetsstunde veranstaltet, dann bleibt ihr zu Hause, wenn ihr nicht Pflastersteine fressen wollt.«
»Unbedingt«, sekundierte Gilly.
Runty haßte Gilly. Er konnte diesen Haß fast körperlich spüren, und er genoß ihn geradezu. Er haßte diesen Haufen von Lumpen bis hinauf zu Big Tom McGovern.
»Du weißt doch, warum du so groß bist«, rief Runty seinem riesenhaften Gegner zu. »Deine Mutter hatte in der Nacht, als sie dich bekam, Verstopfung, und du bist deshalb herausgekommen wie...«
Gilly führte einen scharfen Hieb gegen Runty. Runty war schwer zu treffen, weil er so klein war. Er war allmählich zu einem Experten in der Kunst geworden, wie man gegen Männer etwas ausrichtet, die gute dreißig Zentimeter größer und über hundert Pfund schwerer sind. Er schlug einen kurzen gezielten Aufwärtshaken gegen Gillys Leistengegend. Gilly taumelte zurück und hielt sich die Hände vor den Leib.
»Du Lump, du willst dir wohl den Schädel einschlagen lassen«, sagte Truck und kam schwerfällig auf ihn zu, breitbeinig, um alle seine zweihundertfünfzig Pfund im Schlag zum Tragen zu bringen. Runty hob das Knie und erwischte Truck. Truck brüllte auf, ballte die Faust und schwang sie gegen Runtys Kopf. Von hinten kamen Verstärkungen heran. Sonny und Barney trafen ein, um auf Jimmy und Moose einzuhauen. »Rennt!« schrie Runty, als er sah, daß die anderen in der Überzahl waren.
Sie rannten die Straße hinunter und um die Ecke. Runty verlor die anderen aus den Augen, als er wie ein Präriehund in den Park stürmte. In der Jugend war er einmal Kurzstreckenläufer

in seinem Sportklub gewesen, und mit fünfundfünfzig nahm er es noch mit manchem Jungen auf. Aber Gilly war bekannt für die Treffsicherheit, mit der er einen Totschläger als Wurfgeschoß zu handhaben verstand. Auch dieses Mal traf er. Runty stolperte und rutschte aus. Nach ein paar Sekunden rollte er sich wie ein schwer angeschlagener Boxer auf die Seite und stützte sich auf ein Knie. Aber noch bevor er wieder auf den Beinen stand, waren Sonny und Gilly schon über ihm und hielten ihn für den langsameren Truck fest, der solche Sachen mit methodischer Brutalität zu erledigen pflegte und Runty mit seinen knüppelharten Fäusten bearbeitete, während Sonny und Gilly ihn in der richtigen Stellung hielten.

Runty stieß ein Geheul aus, trat gegen Trucks Schienbein und versuchte, Truck in die Hand zu beißen, die von Runtys Blut ganz schlüpfrig geworden war. Dann lag der kleine Mann auf dem Boden, kämpfte wie ein verwundetes Tier, schnappte und biß nach Beinen und Armen, trat um sich, kratzte, während die Stiefelabsätze von Johnnys Leuten krachend auf ihn niederfuhren. »Klugscheißer ... Hund verdammter ...«

Der Park schloß sich über ihm wie eine Äthermaske. Dann sagte eine scharfe, nasale Stimme: »Hier, nehmen Sie das.« Er blickte auf und sah ein weißes Taschentuch. »Wo kommen Sie denn her, zum Teufel auch?« Das auf ihn niederblickende Gesicht sagte: »Ich hörte Geschrei in meinem Zimmer. Ich hab' mir schon denken können, was los ist.«

»Die verfluchten Schweinehunde«, sagte Runty. »Entschuldigung, Pater.«

»Bin ganz Ihrer Meinung«, lächelte Pater Barry. »Machen Sie mal den Mund auf.«

Runty tat, wie ihm befohlen, und der Priester sah sich die blutige Masse an. »Nicht allzu schlimm«, sagte er. Er wischte das Blut von einer weiteren Öffnung, die in Runtys Stirn hineingeschlagen war, und preßte wie der Sekundant eines Boxers die Wundenden zusammen. »Wie steht's sonst mit Ihnen? Die Rippen?«

Runty versuchte zu lachen. »Könnte schlimmer sein. Wenn man

bedenkt, daß sie mich als Fußball benutzt haben.« Er spie in das blutbesudelte Taschentuch des Geistlichen und kicherte, »eigentlich toll, was einem anständigen Menschen so alles passieren kann.«
»Und Sie sind immer noch T. 'nd S.?« sagte Pater Barry. »Sie nennen das immer noch Spitzeldienste leisten?«
Runty hatte sich aufgesetzt und blickte den zornigen Priester vielleicht fünf Sekunden an, ohne irgend etwas zu sagen. Dann sprach er langsam: »Sind Sie echt, Pater?«
»Was denken Sie denn?« stieß ihm Pater Barry die Frage wieder zurück.
Runty zuckte die Achseln. »Regen Sie sich nicht auf, Pater. Wir haben hier am Hafen schon eine ganze Menge schräger Vögel erlebt: Politiker, Bürgermeister, Polizeikommissare, Staatsanwälte. Sogar ein paar Priester.«
»Ich weiß«, sagte Pater Barry.
Runty wischte sich das warme Blut vom Mund weg. Das Taschentuch war jetzt ein blutiger, roter Klumpen geworden.
»Wenn ich den Kopf hinhalte und die hauen ihn mir ab, wäre damit alles zu Ende?« Runty wollte es jetzt genau wissen. »Oder hören Sie wirklich nicht eher auf, als bis erreicht ist, was wir wollen?«
»Ich gehe bis zum Ende«, sagte Pater Barry ungeduldig.
»Komisch«, sagte Runty. Vierzig Jahre am Hafen hatte er eine Menge guter Leute ihrer Überzeugung untreu werden sehen. Aus diesem Grund glaubte Runty auch an niemand anderen mehr als an Runty – und dabei nur an Runtys Fähigkeit, für eine verlorene Sache bis zum bitteren Ende zu kämpfen. »Man wird auch mit Ihnen nicht viel Federlesens machen, Talar hin oder her.«
»Kommen Sie mit ins Haus hinüber«, sagte Pater Barry. »Machen Sie sich sauber.« Als er der zusammengeschlagenen, gnomenhaften Gestalt auf die Beine half, sagte der Priester: »Sie werden aufstehen und reden und ich werde bei Ihnen stehen!«
»Werden Sie durchhalten bis zum Ende?« fragte Runty. Er war ein Mann, der sich nicht leicht überzeugen ließ.

»So wahr mir Gott helfe«, sagte Pater Barry.
Runty stand jetzt auf den Beinen, noch ein bißchen unsicher, und das Blut sickerte ihm noch aus dem Mund über das Kinn herunter. Er nickte in Richtung auf den Pfarrhof hinter dem Westeingang des Parks.
»Haben Sie 'ne Flasche Bier dort?«
Pater Barry nickte. Er hatte immer ein paar Flaschen zur Verfügung, weil er gerne abends vor dem Schlafengehen ein Glas Bier trank. »Ich glaube, ich werd' schon ein oder zwei Flaschen finden«, sagte er.
Runtys Grinsen war eine blutverschmierte Angelegenheit, doch der Gedanke an kaltes Bier wirkte belebend. »Worauf warten wir eigentlich noch?«
Der hochgewachsene wortgewandte Priester und der schwer angeschlagene kleine Dockarbeiter erfüllten den engen schmucklosen Schlafraum des Geistlichen mit lebhaften Gesprächen bis zwei Uhr morgens. Zunächst saugte Runty lediglich an seiner Flasche und hörte zu. Der Priester hatte zwar einen guten Anfang gemacht, doch wollte Runty sehen, was für andere Trümpfe er noch in der Hand hielt. Runty hatte zu lange auf einsamen Posten gestanden, um sich irgend jemandem anzuvertrauen, bloß weil der Betreffende es gut meinte oder irgendwie echt klang. Er wollte sehen, was alles in diesem Priester steckte. Denn schließlich legte er, wenn er tat, was der Priester im Sinne hatte, sein Leben in dessen Hand. Natürlich hatte er sich immer gebrüstet damit, nur ein Gast auf dieser Welt zu sein, wenn er aber schon mitgehen sollte, dann wollte er auch über das Wie und Wann ein Wörtchen mitzureden haben. In all diesen Jahren hatte er mit voller Absicht sein Spiel mit Johnny dem Freundlichen gespielt. Er war noch am Leben, weil er erfinderisch und auf beinahe wunderbare Art ausdauernd war und Glück gehabt hatte. Es hatte keinen Sinn, sich jetzt von einem wohlmeinenden Amateur das Spiel verderben zu lassen.
Die beiden Männer tasteten sich wie Boxer in den Anfangsrunden ab. Der Priester versuchte hinter die Gründe zu kommen, auf denen die Mauer des Schweigens am Hafen beruhte. Runty

erzählte ihm, daß dies tiefere Gründe habe als bloß Furcht. Jedermann am Hafen hatte irgendwie ein inneres Gefühl der Schuld; es reichte von Mord und Plünderung en gros bis zum kleinen, gewohnheitsmäßigen Auf-die-Seite-Bringen von Whisky Parfüm, Kaffee, Fleisch, Windjacken. Runty gab zu, daß sein möbliertes Zimmer voller Beutegut sei, das er sich die Jahre hindurch angeeignet habe ... Es sah gar nicht wie Stehlen aus, wenn man bedachte, wieviel von alledem lastwagenweise den Leuten an der Spitze zugeschoben wurde. Das Zeug lag herum und verlangte geradezu danach, mitgenommen zu werden. Wie zum Beispiel die Bananen, die über dem Schiffsdeck verstreut lagen. Ist das Stehlen, sich die Taschen damit vollzustopfen, wenn sie beim Saubermachen sonst sowieso zusammengefegt worden wären? Im Laderaum der Schiffe, auf dem Pier, in den Lagerschuppen lebte man im Überfluß, da waren Berge von Öl, Sardinen, eingeführten Schokoladen, Kofferradios, Handschuhen, Kisten von Havannazigarren. Der Pier war ein riesiges Diebeslager, sagte Runty, und man war entweder ein Räuber großen Stils wie Johnny oder Charley der Gent, oder aber ein kleiner Gelegenheitsdieb wie Runty. »Aber so wahr ich hier sitze, und Gott ist mein Zeuge, ich habe nie in meinem Leben irgend etwas mitgehen lassen, um es hinterher zu verkaufen«, sagte Runty. »So etwas nennen wir hier unten Diebstahl. Das Zeug, was man selbst zu Hause braucht, das hat mit Stehlen nichts zu tun. Das ist eigentlich wie eine kleine Extraprämie, die uns zusteht.«
Aber, erklärte Runty, das trage alles dazu bei, daß sie diese Dinge für sich behielten, daß sie das Gefühl hätten – mochten sie auch die Ungerechtigkeiten am Hafen so hassen, wie sie nur wollten –, daß ihr Schicksal, ihre unendlich kleine Einzelschuld, irgendwie mit der größeren, schwärzeren Schuld der Großen verknüpft sei. Das gehöre genausogut zu den Lebensregeln am Hafen wie die Angst ums eigene Dasein. Man nehme nur Runtys eigenen Fall. Niemand haßte die »Großkopfeten« – wie er sie nannte – mehr als er. »Tom McGovern, Willie Givens, Johnny der Freundliche, die ganzen stinkenden Großkopfeten, ich hasse sie Winter und Sommer, Tag und Nacht. Jeder Tag, an denen

ich ihnen nicht irgendeinen Stich versetzen kann, ist für mich ein verlorener Tag. Aber, Pater, wenn Sie schon die Wahrheit wissen wollen, ich bin auch einmal eingesperrt gewesen, als ich noch ein halbes Kind und dümmer war, als ich jetzt bin. Auch Moose, für den gilt dasselbe. Lassen Sie sich das mal von ihm erzählen. Deshalb haben wir alle so ein komisches Gefühl, wenn wir mit unseren Sorgen zur Kriminalpolizei rennen sollen. Wir würden das lieber unter uns ausfechten.«
Pater Barry machte für Runty noch eine Flasche Bier auf und erzählte ihm eine Geschichte. Sie spielte vor vielen Jahren, in den Zeiten des Hungers, als der Priester zwölf Jahre alt und sein Vater ein oder zwei Jahre tot war. Seine Mutter war damals für ein paar Dollar in der Woche als Reinmachefrau in der Polizeistation beschäftigt und war kaum in der Lage, mit der kleinen Pension und der geringen Hilfe von der Wohlfahrt zu leben. Weihnachten stand vor der Tür, und sein kleinerer Bruder Connie schrieb an das Christkind um ein großes rotes Feuerwehrauto. Seine Mutter las den Brief und weinte. Der Dezember war ein schwerer Monat, weil die Kinder Wintersachen brauchten, aus denen sie jedes Jahr wieder herausgewachsen waren. Und sie brauchten gutes nahrhaftes Essen, Fleisch und Gemüse, damit sie sich nicht ewig erkälteten. Deshalb war ein großes Feuerwehrauto oder irgendein anderes Spielzeug, das mehr als ein paar Groschen kostete, außer jeder Frage. Connies Wunsch konnte nicht in Erfüllung gehen.
Aber der kleine Connie fragte immer wieder wegen seines Feuerwehrautos. Und jedesmal, wenn er davon sprach, versetzte es Pete einen Stich. Sooft Pete daran dachte, hatte er ein bitteres Gefühl. Weihnachten war ursprünglich eine der fröhlichsten Geburtstagsfeiern gewesen, aber in Bohegan sah es mehr wie ein böser Scherz aus, den man mit den Kindern in den Elendsvierteln spielte. Pater Barrry konnte sich noch genau daran erinnern, wie er immer mehr darüber nachgegrübelt hatte, je näher der Tag heranrückte. In dieser Verfassung reifte in ihm ein Plan. Bei Gott, Connie sollte sein Feuerwehrauto haben.
Zwei Tage vor Weihnachten ging er in die Spielzeugabteilung

des größten Warenhauses der Stadt. »Ich dachte mir, die könnten es dort eher verschmerzen, als in irgendeinem kleinen Laden«, erklärte er Runty mit einer raschen Nebenbemerkung. »Ich sah mich um, bis ich genau das hatte, wonach ich suchte. Ein leuchtend rotes Feuerwehrauto, einen Meter lang, mit einer Leiter, die man hinaufkurbeln konnte – ein Prachtstück! Ich ging zu der Verkäuferin und ließ mir den Preis sagen. Drei Dollar. O weh! Meine Mutter gab mir zehn Cents Taschengeld in der Woche und außerdem verdiente ich ein paar Cents dafür, daß ich Mr. Smith in seinem Gemüseladen half. Drei Dollar! Also gut, ich ging auf die Toilette und wartete, bis das Warenhaus am Abend geschlossen wurde. Dann kam ich heraus und ging zur Kasse hinüber. Ich rüttelte heftig von beiden Seiten, wie es mir der kleine Frenchy beigebracht hatte. Er sitzt jetzt in Sing-Sing, dreimal lebenslänglich. Wir waren Nachbarskinder. Ich habe ihn immer gern gehabt. Also, beim dritten Mal funktionierte es, und bumm! kommt die Schublade herausgeschossen. Es sieht aus, als läge das ganze Geld der Welt vor mir. Eine Sekunde lang, ich muß es gestehen, kam mir der Gedanke, die ganze Schublade leerzumachen. Mensch, was hätten wir mit dem Geld alles anfangen können! Das meine ich, wenn ich sage, daß die meisten von uns die Wahl hatten, den einen oder den anderen Weg zu gehen. Deshalb habe ich ein Mitgefühl mit den Leuten, die deswegen im Gefängnis sitzen. Ja, sogar mit Johnny dem Freundlichen. Ich weiß, was es heißt, etwas so stark zu wollen, daß man es schon beinahe schmecken kann. Deshalb fängt man an, mit den eigenen Händen alles, was man kriegen kann, zusammenzuraffen, und der Teufel soll die ganze Welt holen. Ist das nicht Johnny der Freundliche?
Aber ich komme von meiner Geschichte ab. Die Ladenkasse. Die Schublade offen vor mir, mit all dem vielen Geld drin. Ich entschließe mich endlich für drei einzelne Dollarnoten. Dann versuche ich, aus dem Warenhaus herauszukommen, aber die Türen sind alle verschlossen, und zwar auf irgendeine komische Art, daß ich sie auch von innen nicht öffnen kann. Ich bin zu Tode erschrocken. Ich finde einen Telefonapparat und rufe den Ge-

müsehändler an, daß er meine Mutter benachrichtigt. Ich sei gesund und munter und bliebe bei einem Freund über Nacht. Dann verstecke ich mich für den Rest der Nacht in der Toilette. Ich höre Schritte. Der Nachtwächter. Ich gehe in das Toilettenkabinett und stelle mich auf den Sitz, gebückt, damit er meine Beine nicht sieht, falls er unten durchschaut. Wenn er aber hereinkommt, ist's mit mir geschehen. Mein Herz schlägt wie ein Preßlufthammer. Bamm, bamm, bamm. Aber der Nachtwächter verrichtet nur seine Notdurft und geht wieder hinaus, um die Runde zu machen. Am Morgen, als das Warenhaus geöffnet war, kaufte ich das Feuerwehrauto. Dann bat ich den Pförtner, es im Keller bis Weihnachten für mich aufzuheben. Ich fürchtete, meine Mutter würde erraten, was passiert war, und würde mich zwingen, es zurückzubringen.
Am Weihnachtsmorgen erhielt ich meine Belohnung. Connie war so glücklich, daß er vor Freude fast geplatzt wäre. Ich merkte, wie meine Mutter mich ansah. Ich blickte zur Seite. Schließlich aber ging sie mit mir in die Küche und fragte ohne Umschweife: ›Wo hast du das Geld für solch ein Spielzeug her?‹ Ich konnte es ihr nicht sagen. ›Gut‹, sagte sie, ›wenn du es Pater Meehan sagst. Ich glaube, du legst eine anständige Beichte ab.‹
Die Minuten, die ich auf Pater Meehan warten mußte – das ist für mich noch heute mein erster Besuch im Fegefeuer. Was ist, wenn er mir sagt, ich solle das Auto zurückbringen? Es gehörte doch jetzt Connie. Das schönste Weihnachtsgeschenk, das er je bekommen hat. Als ich da in der langen Reihe wartete, faßte ich den Entschluß – ich werde das nie vergessen –, falls der Priester mich schwer heruntermacht, dann bin ich mit der Kirche fertig. Ich konnte mir nicht vorstellen, daß es so eine schwere Sünde sei, wo es doch Connie so glücklich gemacht hatte.
Also, Meehan war in Ordnung. Oh, natürlich, er warnte mich, so etwas nicht wieder zu tun und schleuderte mir das siebente Gebot ziemlich hart ins Gesicht, aber er sagte kein Wort von zurückbringen und so. Bloß sechs Gegrüßet-seist-du-Maria und

drei Vaterunser. Verdammt noch mal! Ich kam heraus wie auf Wolken.« Pater Barry lachte sein plötzliches, herzliches Lachen.
»Also, Runty, es steht mir nicht an, über Sie zu Gericht zu sitzen, wenn Sie etwas mit nach Hause genommen haben, das Ihnen nicht gehört. Ich kenne die Versuchungen zur Genüge. Ich weiß, wie es sich anfühlt, wenn man in die Ecke gedrängt ist und man nicht mehr aus noch ein weiß, so daß man glaubt, man muß mit dem Kopf durch die Wand. Das Gefühl haben eine Menge hier in der Gegend. Ich finde, unsere Aufgabe ist es, nicht sie zu richten und uns aufs hohe Roß zu setzen, sondern ihnen zu helfen. Ich kann nicht an Ihrer Statt handeln – aber vielleicht kann ich das Vakuum ausfüllen, das eigentlich Ihre Gewerkschaftler ausfüllen sollten, wenn sie rechtliche Leute wären. Ich habe keine Lust, Sie in Versuchung zu führen, und vor Ihnen herzugehen, aber vielleicht kann ich Ihnen ein wenig mehr Selbstvertrauen einflößen, damit Sie sich selber helfen.«
Runty konnte fühlen, wie der Priester ihn langsam zu sich herüberzog. Der erste, mit dem er je von Mann zu Mann gesprochen hatte. Pater Barry saß in Hemdsärmeln und ohne Kragen auf dem Bett, er trug die Hosenträger über dem Unterhemd und die Kopfhaut unter dem schütteren Haar glänzte vor Schweiß, da ihn das Gespräch so sehr erregt hatte. Runty erzählte ihm davon, wie er als Einzelgänger immer wieder versucht habe, der Gewerkschaftsführung eins auszuwischen. Wie zum Beispiel damals, als Willie Givens zur Ortsgruppe kam, um an einer der seltsamen Versammlungen von 447 teilzunehmen. Als der Punkt der Tagesordnung »Wohlfahrt und Unterstützung« zur Debatte stand, zeigte Willie, der Präsident, seine Meisterschaft darin, die Zeit mit langatmigen Versicherungen hinzuziehen, wie innig er die Männer liebe und wie sehr er um ihr Wohlergehen besorgt sei. Die Männer begannen zu gähnen und wurden immer durstiger. Als Willie schließlich die Stimme zu einem kunstvoll gedrechselten Schlußsatz erhob, waren die meisten Zuhörer schon in der Bar an der Ecke und hoben ihre Whiskygläser. Johnny der Freundliche schlug dann mit dem Hammer auf den Tisch, vertagte die Versammlung, und alle Gedanken an Pensionen,

Urlaub und Überstundenbezahlung waren für ein weiteres Jahr auf Eis gelegt. Kein Wunder, daß die Transportfirmen sich mit dem »Weinenden Willie« so gut verstanden.

Also, sagte Runty, dieses besondere Mal habe er Willie bis zu der letzten, blumenreichen, von Whisky beflügelten Phrase zugehört. Worauf Runty aufstand, ums Wort bat und erklärte, er wolle in Form eines regulären Antrags eine kurze Dankadresse an den Präsidenten Givens einbringen. Johnny der Freundliche warf Charley einen verstohlenen Blick zu. So hatte also dieser kleine Unruhestifter dort endlich gelernt, wie er sich zu verhalten hatte!

»Herr Vorsitzender«, begann Runty. »Unser geschätzter Präsident der International hat nur einen Fehler. Er gibt zu viel von sich selber her. Er ist dermaßen unseren Interessen ergeben, daß er nicht zögert, bis zur Erschöpfung, und zwar unserer ebenso wie seiner, auf den Beinen zu stehen, um uns davon zu erzählen. Deshalb möchte ich den Antrag einbringen, zum Schutze der Stimme und der Kräfte unseres verehrten Präsidenten, daß ihm in Zukunft nicht gestattet werde, bei einer Versammlung der 447 mehr als fünf Minuten zu sprechen.«

Die Großkopfeten vorn auf der Empore trauten ihren Ohren nicht. Die sonst noch anwesenden etwa fünfzig Männer konnten nicht anders als lachen und einige riefen spontan »Ich bin dafür.« Charley der Gent, immer Diplomat, versuchte den Antrag irgendwie auszumanövrieren. Aber Runty versteifte sich auf die Satzungen. Ordnungsgemäß verlangte er eine Abstimmung. So geschah es dann und der Antrag wurde mit großer Mehrheit angenommen. »Es hätte nicht glatter gehen können, auch wenn das Ganze von einer kommunistischen Fraktion vorher eingeübt worden wäre«, kicherte Runty. Wie Runty wußte, war Willie Givens in der 447 besonders unbeliebt, sogar unter Johnnys Anhängern, weil er in dieser Ortsgruppe selber angefangen hatte. Die alte Garde, zu der auch Runty gehörte, wußte, was für ein Windei der Mann in Wirklichkeit war. Viele von ihnen respektierten Johnny den Freundlichen, weil er sich durchsetzte und etwas von der Arbeit verstand. Willie aber, der Präsident der International, war nichts weiter als ein heulender Knabe,

ein Speichellecker, der lediglich verstand, schöne Reden zu halten und sein Mäntelchen nach dem Winde zu drehen. Er brauchte die Macht eines Tom McGovern über sich und die nackte Kraft eines Johnny unter sich, um seine Stellung als nominelles Haupt aller Dockarbeiter von Bangor bis New Orleans zu halten.
Runty erzählte diese Geschichte mit sichtlichem Vergnügen. »Es steht also bis auf den heutigen Tag in den Büchern der 447, daß Willie Givens nur eine Redezeit von fünf Minuten hat. Jedesmal, wenn er spricht, setze ich mich in die vorderste Reihe und halte die größte Ausgabe unserer Satzungen hoch, die ich gerade finden kann. Ho, ho, ho. Jedesmal, wenn Willie herunterschaut, läuft er puterrot an. Wenn es vorbei ist, folgen mir seine Leute gewöhnlich auf die Straße und verprügeln mich gottsjämmerlich. Ich sage ihnen dann immer, daß es sich schon allein deshalb lohnt, weil man das puterrote Gesicht vom ›Weinenden Willie‹ sieht.« Runty lachte wieder und befühlte das geronnene Blut auf der Stirn.
Pater Barry mußte auch herzlich lachen, als er hörte, auf welche Weise sich Runty wie ein Floh unter Willie Givens' Rednerrüstung eingeschlichen hatte. Die Art, wie Runty mühsam wieder auf die Beine kam und die Schlägertypen bat, ihn ruhig noch einmal niederzuschlagen, das war eine wirkliche Komödie von der blutig-bizarren Art, für die die Iren Verständnis haben.
»Aber, Runty«, fragte Barry, »wenn das dann vorüber ist, was haben Sie denn dann eigentlich Johnny dem Freundlichen oder Willie oder Big Tom angetan? Wird nicht weiter im stillen gemordet und wird sich nicht McGovern weiter seine Million Dollar wie den Rahm von der Milch abschöpfen? Deshalb glaubte ich, daß Sie viel besser dran täten, endlich Ihr Schweigen zu brechen und vor Gericht auszusagen. Die Kriminalkommission ist bereit, Sie anzuhören. Was hat es aber für einen Sinn, einem die Tür zu öffnen, wenn man dann auch nicht hineingeht?«
»Wenn Sie aussagen, dann könnten Sie genausogut selbst den Kopf in die Schlinge stecken und den Leuten da die Mühe sparen«, sagte Runty. »Sie hätten kaum eine größere Chance als ein Schneeball im Hochofen.«

Aber, argumentierte Pater Barry, wenn Runty schon die Mächte am Hafen sein ganzes Leben lang bekämpft habe, wenn er bloß ein Gast auf dieser Welt sei, wie er immer behaupte, warum dann nicht einmal einen wirklich wirkungsvollen Schlag führen, bei dem mehr herauskommen würde, als bei all den Husarenstückchen zusammengenommen? »Wenn Sie diese Burschen wirklich hassen, dann haben Sie hier eine Gelegenheit, sie in der Presse tatsächlich unmöglich zu machen, wo es ihnen nämlich wirklich unangenehm ist«, sagte Pater Barry. »Sie in einer Kneipe herauszufordern und sich den Schädel einschlagen zu lassen, wozu ist das nütze?«
»Das befriedigt mich selbst in meinem innersten Herzen«, lachte Runty. Diesem Priester war wirklich schwer zu antworten. »Warum sind Sie so erpicht auf diese Untersuchung?« fragte er.
»Weil ich sehen kann, daß die Sache mit Joey Doyle sonst wie üblich vertuscht wird. Der ganze Saustall hier unten wird zum Schweigen gebracht und erstickt wie ein – ein Kissen, das man dem Hafen auf den Mund drückt. Und auf der anderen Seite steht hier der Staat, setzt seinen Apparat ein und bittet dich, aus der Reserve herauszutreten. Wenn das funktioniere, wenn genügend viele von Ihnen ein Bild der ganzen Situation aus lauter kleinen Steinchen zusammensetzen würden, dann könnte dies die gesamten Verhältnisse am Hafen grundlegend ändern. Die Gangster wären vor aller Öffentlichkeit bloßgestellt – statt sich hinter einer sogenannten Gewerkschaftsautorität verstecken zu können.«
»Ich weiß genug, um Tom McGovern und Willie Givens für Jahre ins Kittchen zu bringen«, prahlte Runty. »Ich brauche nur zurückzugehen bis zu der Zeit, als Tom mit eigenen Händen die Fleischtransporte beraubte. Ja, und mit denselben Händen hat er andere Leute umgebracht. Und jetzt kommt ständig jemand zu ihm in die Wohnung, um ihm die Fingernägel zu maniküren, und außerdem ist er Vorsitzender der Gesellschaft zur Förderung und Besserung der Verhältnisse im Hafen, so wahr mir Gott helfe. Ich habe gesehen, wie er das zuwege gebracht hat.«
»Runty, schreiben Sie diese Geschichte nieder«, sagte Pater Barry

voller Erregung. »Ich glaube, Sie haben jetzt eine großartige Gelegenheit, Johnny den Freundlichen zur Strecke zu bringen. Und vielleicht auch Willie und McGovern und Donnelly und den Bürgermeister dazu. Diese Untersuchung ist wie ein Stück Sprengstoff. Und ihr Kerle seid zu dumm, um die Zündschnur anzuzünden.«

»Gott der Allmächtige, Pater«, sagte Runty, schon halb beeindruckt. »Wenn Sie so reden, klingt es, als sei das Jüngste Gericht im Anmarsch.«

»Sehen Sie, warum tun wir es denn nicht?« sagte Pater Barry, und seine Worte überstürzten sich fast. »Ich werde in Verbindung mit der Kommission treten. Werde eine Sitzung für Sie einberufen lassen. Sie können Ihre Aussagen unter Ausschluß der Öffentlichkeit machen. Die Kommission will sowieso nicht eher damit herauskommen, bis sie sicher ist, ausreichendes Material zu besitzen. Bis dahin läuft dann alles wie am Schnürchen. Ich werde auch einen Anwalt mit heranziehen. Ich kann dafür sorgen, daß das Gericht eine Urwahl in der Gewerkschaft durchführen läßt. Alles Weitere ist dann Ihre Sache. Bloß machen Sie eines nicht: machen Sie keinen Rückzieher und kommen Sie heulend zu mir gerannt und bitten um Hilfe. Ich werde schon sowieso genug auszubaden haben. Ich werfe Ihnen den Ball zu, Runty, ob Sie ihn auffangen oder nicht, das ist Ihre Sache.«

Runty sagte: »Zum Teufel, ich glaube, ich bin reif für den Nervenarzt.«

Pater Barry ließ nicht locker. »Hören Sie zu. Ich treffe für Sie alle Vorbereitungen für morgen früh. Ich liebe die Behörden genausowenig wie Sie. Aber hierbei sehe ich keinen anderen Weg. Ohne Einschaltung der Regierung haben Sie und Ihre Freunde überhaupt keine Aussicht.«

»Einschaltung der Regierung – oder so«, sagte Runty. »Bleiben Sie mir bloß mit diesen Phrasen à la Willie Givens vom Leibe. Aber den Rest nehme ich Ihnen ab.«

»Amen«, sagte Pater Barry mit einem Lächeln. Er sah sich Runtys Verletzungen noch einmal genau an. »Sind Sie sich sicher, daß Sie wieder weitermachen können?«

»Verdammt, lassen Sie mich jetzt 'raus«, sagte Runty. »Es ist jetzt Viertel nach zwei. Ich will noch in die Longdock-Bar, bevor sie dort zumachen.«

Pater Barry mußte gewaltsam die Warnung unterdrücken – wie können Sie bloß wieder auf die Straße gehen und die Leute geradezu herausfordern, Sie noch einmal zusammenzuschlagen? Er schluckte die Worte hinunter, weil er wußte, daß der Mann doch wieder in die River Street zurückgehen würde, nicht weil er besonders mutig war, sondern weil er seinen Whisky brauchte, und er wußte ebenso, daß derselbe Mann – mit Pater Barrys Hilfe – jetzt nicht mehr davor zurückschrecken würde, am Hafen der Anständigkeit zum Siege zu verhelfen.

»Seien Sie vorsichtig«, sagte Pater Barry, als er Runty zur Tür begleitete. »Sie sind jetzt zu einer wertvollen Ware geworden.«

Runty blickte in die kühle, mondlose Nacht hinaus. Ein paar Schneeflocken tanzten in der Luft. General Pulaski stand wie ein schemenhafter Eisenkoloß im Park.

»Machen Sie sich keine Sorgen, Pater. Ich glaube nicht, daß die mich heute abend noch einmal behelligen werden.« Er faßte sich humorvoll an den verletzten Schädel. »Sie haben ihren Spaß gehabt.«

»Morgen sind wir am Schlag«, sagte der Priester. »Nehmen Sie sich in acht. Bleiben Sie den Kneipen fern.«

»Ich hab' in Bohegan keine Angst«, prahlte Runty.

»Das weiß ich«, sagte Pater Barry. »Wenn Sie aber nichts dagegen haben, so würde ich es gerne sehen, wenn Sie vorläufig noch heil blieben, jedenfalls so lange, bis wir die Sache unter Dach und Fach haben.«

Runty schritt unbekümmert in die Nacht hinaus, die Hände tief in den Taschen seiner Windjacke und seine harte, dünne Brust voll Trotz und Zorn nach vorn gewölbt.

Ein tapferer, kleiner Kerl, dachte Pater Barry bei sich, während er ihm nachsah.

Pater Barry war mit sich selbst zufrieden, als er die Treppe hinaufstieg und in das Badezimmer ging, das er mit Pater Vincent teilte. Es war ein ziemlich primitives Badezimmer, mit einer altmodischen Wanne. Pater Barry hatte versucht, eine kleine

Duschanlage einzurichten. Er hatte ein morgendliches kaltes Duschbad gern. Als der Pfarrer diesen Antrag als unnötigen Luxus abgelehnt hatte, war er sogar so weit gegangen, St. Judas um Hilfe zu bitten. Nur der Heilige des Unmöglichen, meinte Pater Barry, hätte solch eine Neuerung in dem von Pater Donoghue nach alter Sitte geführten Pfarrhaus bewirken können. Der Pfarrer hatte seine Jugend auf dem Lande verlebt und war sich keineswegs sicher, ob heißes Wasser, Duschbäder und dergleichen für die Rettung der Seele erforderlich seien. Ja, er huldigte sogar der Auffassung, daß die Amerikaner zu reinlich seien. »Sie reiben sich alle natürlichen Schutzstoffe von der Haut.«

Pater Barry lehnte sich über das Waschbecken und starrte in dem kleinen Spiegel auf seine Haare, wobei er sich ernsthaft die Frage vorlegte, ob der Haarausfall bei ihm tatsächlich schon alarmierende Formen angenommen hatte – als Pater Vincent im Bademantel, verschlafen und ungekämmt, hereinkam.

»Pete, ist es nicht schon schlimm genug, die Kirche in diese Angelegenheit hineinzuziehen?« begann Pater Vincent. »Willst du etwa diese Säufer noch die ganzen Nächte zu dir hereinholen?«

»Das ist keine Art, von unseren Gemeindemitgliedern zu reden«, versuchte Pater Barry zu scherzen.

»Wir sehen genug von den Gemeindemitgliedern in der Messe und bei der Beichte«, sagte Pater Vincent.

»Ich bin mir dessen nicht so sicher«, sagte Pater Barry.

»Pete, es gefällt mir gar nicht, daß du dich selbst derartig engagierst«, sagte Pater Vincent. »Du hast eine Zukunft vor dir. Du wirst noch deinen Weg machen. Aber nicht auf diese Art und Weise. Du bringst dich selbst ins Grab.«

Pater Barry schüttelte den Kopf. »Ich versuche bloß, ein paar andere vor dem Begrabenwerden zu bewahren.«

Pater Vincent zuckte die Achseln. »Das ist ein Problem für die Laienwelt. Ich finde nicht, daß ein Priester das Recht hat, sich in so etwas einzumischen. Alles, was du erreichen wirst, ist, daß der Monsignore dich mit sichtlichem Vergnügen in die Wüste schicken wird«, sagte Pater Vincent. »Mach nur so weiter, wenn du unbedingt dein ganzes Leben Vikar bleiben willst.«

»Verdammt noch mal, da draußen sind Leute, die man auf brutale Weise terrorisiert«, sagte Pater Barry. Der lange, anstrengende Tag verlangte jetzt sein Recht. Für Geduld war jetzt keine Zeit.
Als er zum Nachtgebet niederkniete, bat Pater Barry Gott, er möge ihm helfen, seine Schwächen zu überwinden, damit er die Kraft habe, den selbstgewählten Weg zu Ende gehen zu können. »Herr, gib mir die Kraft, diese Sache zu Ende zu führen«, betete er, »und ich bitte Dich, Gott, versuche den Monsignore davon abzuhalten, zum Bischof zu gehen und mich in die Wüste zu schicken.« Er bekräftigte diese Bitte mit fünfzehn Vaterunser.

FÜNFZEHNTES KAPITEL

Es war Nachmittag. Terrys Tauben waren wieder in der Luft und bildeten eine schwirrende, dahinhuschende Wolke gegen den sonnenhellen Himmel.
»Nun sieh dir bloß diese Prachtkerle von Tauben an!« sagte Terry.
»Die, die du der Armee aus der Nase gezogen hast, haben den Schwarm fein vervollständigt«, sagte Billy.
»Wart nur, bis wir im nächsten Frühjahr die Jungen von diesen Armeetauben und unseren blauen Belgiern haben werden«, sagte Terry. »Die werden alle anderen in Grund und Boden fliegen.«
Billy lachte. Dann verdüsterte sich sein Gesicht, als er Katie Doyle auf dem Dach zwischen dem Wald von Fernsehantennen und Wäscheleinen hindurch auf sie zukommen sah.
»Wer hat denn das Frauenzimmer hierhergerufen?« sagte Billy.
Der Anblick des Mädchens, das sich über das Nachbardach auf sie zu bewegte, versetzte Terry in eine eigenartige Spannung. Er wollte sie wiedersehen, aber er wußte auch, daß es eigentlich gar keinen Sinn hatte.
»Okay, ich finde, sie haben jetzt genug Übung gehabt«, sagte er,

und hatte auf einmal keine Lust mehr, den fliegenden Tauben zuzuschauen. »Laß sie 'reinkommen.«
Er übergab Billy die Stange und wartete auf Katie. Sie hatte einen anmutigen, damenhaften Gang, fand er; es sah fast so aus, als schwebe sie auf ihn zu. Sein zufälliges Zusammentreffen mit ihr und ihr gemeinsamer Spaziergang durch den Park in der vergangenen Nacht, ihre sanfte Redeweise und die für ihn so ungewohnt freundlichen Worte, die sie gefunden hatte, gehörten mehr in die Welt der Wachträume, als in die harte Wirklichkeit des Boheganer Hafenviertels.
»Was machen Sie denn hier auf dem Dach?« fragte Terry kurz.
»Ich seh' mich nur ein bißchen um«, sagte Katie.
Sie war verwirrt. Sie fühlte sich etwas fehl am Platze, obwohl sie schon ein paarmal mit Joey hier oben gewesen war, als er seine Tauben trainierte. Sie stand ein paar Augenblicke unschlüssig herum und blickte nach Joeys Schlag drei Dächer weiter hinüber. Die Tauben waren noch da und fraßen unbekümmert aus ihrer selbsttätigen Futteranlage. Ihr Anblick, ihr lebhaftes Gehabe, mit dem sie auf Joey zu warten schienen, brachte ihr die Abwesenheit des Bruders auf eine unerträgliche Art erneut zum Bewußtsein. Dann eilte sie auf Terry zu – sie wußte selbst nicht genau warum – vielleicht, weil auch er ein Taubenliebhaber war.
Als Billy die Stange gesenkt hatte, kreisten die Vögel enger um ihren Schlag herum. Terry begrüßte sie mit einer kreisförmigen Armbewegung. »Hier sehen Sie den Meisterschwarm der ganzen Gegend vor sich. Jeder einzelne Vogel von mir selbst gezüchtet und trainiert.«
»Ich sehe so gern zu, wenn sie über den Fluß hinausfliegen«, sagte sie.
»Sie fliegen überall hin«, sagte Terry. »Über das offene Meer. Bis zu zweitausend Kilometer. Sie lassen sich durch nichts beirren. Nicht einmal durch Hunger oder Durst. Sie fliegen so lange, bis sie wieder in ihren Schlag zurückgekehrt sind.«
Sie landeten jetzt eine nach der anderen und drängten sich durch die beweglichen Gitterstäbe in den Schlag hinein.

»Joey züchtete Tauben«, sagte Katie.
Terry runzelte die Stirn. »Ja. Er hatte ein paar Vögel.« Er blickte sie kurz an und schien dann den Teerpappenbelag des Daches zu studieren. »Ich bin heute morgen hinübergegangen, um sie zu füttern.«
»Ich hätte gar nicht gedacht, daß Sie sich so für Tauben interessieren«, sagte Katie.
Terry zuckte die Achseln. »Ich habe sie gern. Schon seit ich ein kleiner Junge war. Ich liebe das Gefühl, das man hat, wenn man sie hoch oben am Himmel aus Wilmington oder sonst woher heimkommen sieht. Das gibt einem so ein Gefühl der Größe« – er lächelte – »als ob man es selbst getan hätte.«
»Fliegen sie immer nach Hause?« fragte Katie.
»Ja, manchmal verirren sie sich auch oder rennen gegen einen Draht oder so etwas«, gab Terry zu. »Und dann werden sie natürlich auch vom Habicht erwischt.«
»Oh!« Katie schauderte.
»Wissen Sie, der Hafen ist nämlich voller Habichte«, sagte Terry. »Das ist nun mal so. Sie lauern dauernd oben auf den Dächern der großen Hotels. Das Hotel Plaza drüben über dem Fluß ist voll von ihnen. Wenn sie eine Taube im Park entdecken, dann stoßen sie wie ein Pfeil auf sie herab. Sie können einer Taube die Kehle im Nu aufreißen, mitten in der Luft.«
»Was alles passiert«, sagte Katie und schloß die Augen einen Augenblick.
»Ja, das kann man wohl sagen«, sagte Terry. »Der Habicht ist ein Räuber im ...« er hielt plötzlich inne. »Wozu ist ein Habicht gut?« schloß er.
Katie bemerkte auf der Landefläche eine Taube mit einem langen Stoffetzen am Ständer. Als sie fragte, was dies für einen Sinn habe, sah Terry zu Billy hinüber, der sich mißbilligend abgewandt hatte.
»Tja, das ist eine ganz merkwürdige Sache«, begann Terry. »Sehen Sie, eine Taube von irgendeinem anderen Schwarm oder eine verirrte Brieftaube sieht den Stoffetzen und – das ist eine Eigenart der Tauben – dann will sie gerne feststellen was das

eigentlich ist. So fliegt sie heran, schließt sich dem Schwarm an und ohne es eigentlich zu wollen, fliegt sie direkt mit in den Schlag hinein. 's ist eigentlich eine Art Hypnose.«
»Ist das nicht Diebstahl?« fragte Katie in ihrer entwaffnend nüchternen Art, mit der sie schwierige Fragen mit sanften Stimmen zu stellen pflegte.
»Nun – 's ist eigentlich eher ein Sport. Verstehen Sie?« sagte Terry entschuldigend. »Alle tun das.«
»Und dadurch ist es kein Unrecht mehr?«
»Ja – ja«, murmelte Terry und fühlte sich unbehaglich. Dann rief er Billy zu: »Sieh nach, ob sie genug Wasser haben, Junge. 's sieht so aus, als ob der Napf leer ist. Los, beeil dich.«
Billy warf beiden einen abweisenden Blick zu und schluckte einen Fluch hinunter, als er in den Schlag kroch.
»Die ›Golden Warriors‹?« las Katie die Inschrift auf Billys Rücken.
»Ja. Die ›Golden Warriors‹ sind mein Werk.« Terry gab ein bißchen an. »Man könnte sagen, daß ich der erste ›Golden Warrior‹ gewesen bin. Dieser kleine Halunke hier« – er wies mit dem Daumen auf Billy –, »der ist mein Schatten. Er glaubt, ich hätte hier viel zu sagen, weil ich mal eine Weile Berufsboxer gewesen bin.«
»Na, ich hätte dir eine kleben können, daß du ausgezählt worden wärst«, sagte Billy.
»Ha, ha. Du hättest nicht einmal eine Briefmarke auf'n Umschlag kleben können«, sagte Terry und schlug ein paar linke Haken in die Luft.
Eine große, blaugescheckte Taube mit einem dicken weißen Ring um die Augen flog durch die Gitterstäbe hindurch und nahm von der obersten Stange Besitz, wo sie sich zu schaffen machte und ein herrisches Gurren ertönen ließ.
»Sehen Sie mal dorthin«, sagte Terry. »Na, was meinen Sie?«
»Oh, die ist wirklich wunderschön«, sagte Katie.
Billy hatte die selbsttätige Tränke wiederaufgefüllt und sie geschickt etwas auf die rechte Kante gekippt.
»Sie ist ein Er«, sagte der Bursche wild. »Er heißt Swifty.«

»Er ist meine Leittaube«, erläuterte Terry. »Er sitzt immer auf der obersten Stange.«
»Er macht einen stolzen Eindruck«, sagte Katie.
»Er ist der Boß«, sagte Terry. »Wenn ein anderer ihm diesen Platz streitig machen will, dann sollen Sie mal sehen, wie er den fertig macht.«
Katie seufzte. »Sogar die Tauben...«
»Sie haben noch etwas Besonderes an sich«, sagte Terry ernsthafter als gewöhnlich. »Sie sind treu. Sie heiraten genau wie Menschen.«
»Besser«, sagte Billy aus dem Mundwinkel heraus.
»Sie sind sehr treu«, fuhr Terry, Billys Einwurf übergehend, fort. »Wenn sie sich einmal verheiratet haben, dann bleiben sie das ganze Leben bis zu ihrem Tode beisammen.«
Katie senkte den Kopf. »Das ist nett«, sagte sie.
Er streckte die Hand aus, um sie zu berühren, doch dann, aus Furcht oder Scheu vor ihr, zog er sie wieder zurück. Terry merkte, wie Billy mit einem böswilligen Grinsen aus dem Taubenschlag zu ihnen herübersah. »Okay, okay, komm jetzt 'raus und bring das Dach in Ordnung. Und verschwinde dann«, befahl Terry.
Billy pfiff einen obszönen Fluch durch die Zähne, tat aber, wie ihm befohlen war. Katie hielt noch immer den Kopf gesenkt.
»Trinken Sie gern Bier?« fragte Terry nebenbei.
Katie sah ihn an. »Ich weiß nicht.«
Er wollte sie berühren, nur ganz leise. Er hatte nie in seinem ganzen Leben irgend jemand gegenüber zarte Gefühle gehegt und suchte jetzt nach Worten oder Gesten. »Ich wette, Sie haben noch nie ein Glas Bier getrunken«, sagte er. »Ich wette zehn gegen eins – Sie haben noch nie ein Glas Bier getrunken.«
»Einmal, als mein Vater...« begann sie.
»Wie wäre es, wenn Sie mit mir zusammen eines trinken würden?«
»In einem Lokal?«
»Ja, klar. Das heißt, ich kenne eine kleine Kneipe – ein Lokal, wo es sehr nett ist, mit einem Seiteneingang für Damen und so weiter.«

»Ich sollte wirklich nicht«, sagte Katie.
»Kommen Sie, es wird Ihnen nicht weh tun«, bat Terry. »Kommen Sie . . . okay?«
Er nahm sie bei der Hand und zog sie mit. Sie sagte sich, daß ihr eine bessere Bekanntschaft mit Terry vielleicht tiefere Einblicke in die schrecklichen Mordfälle am Hafen vermitteln würde. Aber in Wirklichkeit war es ein gewisses Etwas an Terry Malloy, die ständige Abwehrbereitschaft und vielleicht auch die Narbe über den Augen, die sie mitgehen ließen.
Terry führte Katie zu der Damenbar im Bellevue, das das zweitbeste Hotel in der Stadt war und in dem Rufe stand, für die Prostituierten der Gegend verboten zu sein. Eine schon etwas ältliche Irin, Mrs. Higgins, die in der Nachbarschaft wegen ihrer chronischen, geräuschvollen Trunkenheit wohlbekannt war, wurde gerade von dem Barmixer hinausbefördert, als Terry und Katie ankamen.
»Lassen Sie mich los. Ich will nur noch ein Gläschen . . .« protestierte Mrs. Higgins.
»Sie und Ihr Nur-noch-ein-Gläschen«, sagte der Barmixer und schob sie hinaus. »Gehen Sie nach Hause.«
Katie war zurückgeblieben und Terry nahm sie bei der Hand.
»Kommen Sie – Sie brauchen keine Angst zu haben. Habe ich es Ihnen nicht gesagt? Dies ist ein nettes, ruhiges Lokal. Das heißt, Betrunkene wirft man hier hinaus.«
Drinnen verbreitete die Bellevue-Bar mit ihrer alten Mahagonitheke und den kunstvoll hergestellten Beleuchtungskörpern eine Atmosphäre des neunzehnten Jahrhunderts. Ein Matrose von der Handelsmarine, der dem Ende einer längeren Sauftour zustrebte, sang einen Schlager einer älteren Frau ins Ohr, die zum Mittagessen hergekommen war und das Gefühl für Zeit verloren hatte. Terry ärgerte sich, daß ein plumpes, grellgeschminktes junges Mädchen an einer Ecke des Bartisches mit Terrys Freund Jackie zusammenhockte. Terry versuchte wegzuschauen, denn es handelte sich um Melva; doch sie hatte ihn bereits erkannt und rief herüber: »He, Terry!«
Terry nickte bloß.

»Eine Freundin von Ihnen?« fragte Katie.
Terry zuckte zusammen. »Bloß eine – flüchtige Bekannte«, suchte er nach einer Phrase, die er irgendwo einmal gehört hatte. »Was wollen Sie trinken?«
Während Katie zögerte, brach der Seemann seinen Schlager ab und sagte zum Barmixer: »Geben Sie mir noch eine Flasche Gluckenheimer.«
»Ich will auch einen – einen Gluckenheimer probieren«, sagte Katie. »Zwei Gluckenheimer«, rief Terry. »Und zweimal Brandy.«
Katie blickte erschreckt drein. »Na, lächeln Sie doch ein bißchen. Sie fangen ja grade erst an, ein bißchen zu leben«, versuchte Terry sie zu beruhigen.
»Wirklich?«
»He, Terry«, rief ihm der Barmixer zu. »Hast du gestern abend den Boxkampf gesehen? Mit dem Neuen, dem Ryff. Beidarmig. So etwa dein Stil.«
»Ha, ha«, sagte Terry. »Hoffentlich ergeht's ihm besser als mir.« Und zu Katie gewandt, schob er des Barmixers Kompliment mit einer Handbewegung beiseite. »Komödiant.«
»Sind Sie wirklich ein Preisboxer gewesen?« fragte Katie.
»Ja, das war ich mal. Ich war eine Zeitlang sogar ganz gut. Aber – ich bin nicht in Form geblieben, ich mußte ein paar Kopfsprünge machen.«
»Kopfsprünge? Sie meinen ins Wasser?«
Terry lachte. »Ja. Ins Wasser.« Er lachte noch mal.
»Worüber lachen Sie?«
Er wies mit dem Finger auf sie. »Über Sie. Das Fräulein aus dem Wolkenkuckucksheim.«
Sie errötete leicht, aber ließ nicht locker. »Woher stammte denn Ihr Interesse am – am Boxen?«
Terry hob wieder verächtlich die Schultern. »Ach, ich weiß nicht. Ich hab's das ganze Leben schwer gehabt. Ich dachte, es würde sich vielleicht lohnen. Als ich ein Kind war, wurde mein Vater abgebaut« – er sah die Frage in ihren Augen und fügte hinzu – »machen Sie sich nichts draus. Dann haben sie Charley und mich in ein Loch gesteckt, das Kinderheim hieß.« In Erinnerung an

jene Zeiten rümpfte er die Nase. »Mensch, war das ein Heim. Na, jedenfalls, ich lief dort weg und verkaufte Zeitungen und stahl hier und da ein bißchen und boxte und dann schloß sich Charley Johnny dem Freundlichen an und Johnny kaufte ein Stück von mir...«
»Ein – Stück von Ihnen?«
»Ja, das stimmt«, sagte Terry ohne weitere Erläuterungen. »Er war ein Stück-Mann. Zusammen mit Mr. T.«
»Wer ist denn das?« fragte Katie.
»Vergessen Sie, daß ich ihn erwähnt habe«, sagte Terry rasch. »Also, jedenfalls, ich gewann zwölfmal und dann ...«
Er brach ab und sah sie lange an. Was war eigentlich mit ihm los, war er verrückt geworden? Dieser kleinen Doyle alles das zu erzählen. Es sprach sonst nie über Kopfsprünge, oder Mr. T., oder die Verbindung mit Johnny dem Freundlichen, was machte er eigentlich – war er plötzlich ein Weichling geworden?
»Ja, und dann?« sagte Katie und lehnte sich etwas vor, um ihm in die Augen sehen zu können.
»Ach, warum erzähle ich Ihnen eigentlich das alles?« sagte Terry. »Bedeutet Ihnen denn das überhaupt etwas?«
»Sollte es denn nicht jedem...« Katie zögerte.
»Wie meinen Sie?« fragte Terry.
»Ich meine, sollte es denn nicht jedem Menschen etwas bedeuten...«
Terry schüttelte ungläubig den Kopf. »Menschenskind, leben Sie denn auf dem Mond?«
»Hm, ich meine ... der mystische Leib ... Bruderschaft ... ich dachte...« Katie suchte nach Worten.
»Ha, Gedanken«, sagte Terry, sie nachahmend, aber doch beeindruckt. »Die ganze Zeit, immer bloß Gedanken. Und das Komische daran ist, daß Sie diesen Unsinn wirklich glauben.«
»Ja, das tue ich«, sagte sie still.
Der Barmixer hatte ihnen die Getränke auf den Tisch gestellt. Terry war erleichtert, daß er etwas zu tun hatte. Er hatte immer ein so merkwürdiges Gefühl, wenn dieses Mädchen ihn ansah, beinahe durch ihn hindurch, und dann lauter verrückte Dinge

sagte, Dinge, an die sie zu glauben schien, Dinge, die einen entwaffnen und wehrlos machen.

»Also, jetzt sind wir soweit«, sagte er, ergriff das dicke Glas mit dem üblichen falschen Boden, reichte es ihr hinüber und erhob dann das seinige mit feierlicher Miene. »Auf die Dame und auf den Herrn. Den ersten Schluck auf die Dame, hoffentlich ist es nicht der letzte.« Er stieß zeremoniell mit ihr an und wartete dann amüsiert, als sie argwöhnisch den Rand des Glases beschnupperte und sich mit der stark riechenden Flüssigkeit die Lippen benetzte.

»Mmmmmmm«, murmelte sie unentschieden.

»Nicht so«, sagte Terry. »Einen Schluck. Hinunter damit. Schauen Sie her.« Mit einer oft geübten Bewegung goß er sich den Schnaps die Kehle hinunter.

»Wumm!« sagte er.

Auf diese Herausforderung hin hob Katie das furchterregende Whiskyglas an die Lippen und goß es hinunter. Sie riß weit die Augen auf und hustete, als der Schnaps ihr brennend durch die Kehle rann. »Wumm...« flüsterte sie verdutzt.

»Gar nicht schlecht, wie?« Terry sah sie grinsend an. Er fühlte sich besser, seit er sie auf vertrautem Boden wußte.

»Es ist... ganz...« war alles, was Katie herausbringen konnte.

»Wie wär's mit einem Nachläufer?«

»Einem was?«

»Noch eine Runde.«

»Nein, ich danke wirklich.«

»Haben Sie etwas dagegen, wenn ich noch einen trinke?«

»Natürlich nicht«, sagte Katie. »Sie können tun, was Sie wollen.«

»Noch einen, Mac«, rief Terry und empfand nach dem ersten Schnaps ein größeres Selbstvertrauen. Er trank sein Bier halb aus und beugte sich über den Tisch näher zu ihr hinüber.

»Wollen Sie meine Lebensphilosophie hören?« sagte Terry, noch immer in Unruhe über ihre »Bruderschaft«. »Schlag ihn, bevor er dich schlägt.«

Sie sah ihn einen Augenblick an, bevor sie sagte: »Ich habe das, was unser Herr sagt, lieber.«
»Vielleicht«, sagte Terry. »Aber ich habe keine Lust, mich kreuzigen zu lassen. Ich möchte lieber heil bleiben.«
»Ich muß verrückt gewesen sein, daß ich überhaupt mit Ihnen hierhergekommen bin«, entgegnete Katie.
Er legte ihr die Hand auf den Arm, um sie festzuhalten. »Bleiben Sie noch einen Augenblick. Geben Sie mir noch fünf Minuten. Ich habe nicht jeden Tag Gelegenheit, mit einem Mädchen wie Ihnen zu sprechen.«
Sie schüttelte ärgerlich den Kopf und stieß seine Hand weg. »Ich habe noch nie solch einen Menschen kennengelernt. Keinen Funken von Gefühl – oder Menschlichkeit im ganzen Leib.«
»Das sind für mich alles unbekannte Dinge. Was haben Sie schon davon, außer daß es Ihnen im Wege steht?«
»Und wenn Ihnen etwas im Wege steht« – sagte Katie mit erhobener Stimme – »oder Menschen, dann wollen Sie sie nur aus dem Wege räumen. Das meinen Sie doch?«
»Hören Sie mal zu«, sagte Terry, plötzlich voller Spannung und plötzlich hart und nüchtern, »sehen Sie mich nicht so an, wenn Sie so was sagen. Es war nicht meine Schuld, was mit Joey passiert ist. Ihn umzubringen, das hab' ich nicht gewollt.«
»Warum, wer hat denn das behauptet?«
Verdammt noch mal, man hatte ihm bei der Polizei schon oft harte Fragen vorgelegt und ihn hin und her gestoßen, das hier aber war noch viel schlimmer, diese verfluchte, unschuldig klingende sanfte Ausfragerei.
»Also«, begann er lahm, »ich mag die Art nicht, wie sie mir alle zusetzen und mit dem Finger auf mich zeigen. Sie und die Leute in der Kirche. Und dieser Pater Barry. Ich mag nicht, wie der mich immer ansieht.«
»Er hat jeden genau gleich angesehen, einen wie den anderen«, sagte sie.
»So? Ich dachte, er habe es auf mich abgesehen. Jedenfalls, was ist denn eigentlich mit diesem Pater Barry los. Was ist seine Tour?«

»Seine Tour?«
»Ja, ja, seine Tour. Sie haben wohl im Paradies gelebt. Hier macht es jeder auf eine besondere Tour.«
»Er ist doch aber ein Priester.«
»Sie wollen mich wohl für dumm verkaufen! Der schwarze Anzug spielt dabei überhaupt keine Rolle. Alle sind darauf aus, ihr Schäfchen ins Trockene zu bringen.«
»Sie glauben wohl gar nichts, nicht wahr? Sie haben zu niemandem Vertrauen?«
Er faßte hinüber und versuchte, ihre Hand zu erreichen, aber sie entzog sich ihm wieder. »Katie, hören Sie zu. Hier in dieser Gegend muß sich jeder um sich selber kümmern. Jeder muß dafür sorgen, daß er überhaupt am Leben bleibt. Man muß sich mit den richtigen Leuten gut stellen, damit man etwas Kleingeld in der Tasche hat.«
»Und wenn man es nicht tut?«
»Wenn man es nicht tut?« Er blickte sie besserwissend und etwas arrogant, doch auch mit einem gewissen hintergründigen Ausdruck der Trauer an. »Wenn Sie es nicht tun, peng! – weg sind Sie.« Er deutete in einer wilden Bewegung mit dem Daumen auf den Fußboden.
Katie erschauerte. »Als ob man ein Straßenköter wäre.«
Terry trank sein Bier aus und wischte sich mit dem Handrücken über den Mund. »Immerhin, ich ziehe es vor, wie ein Straßenköter zu leben, statt –«
Er unterbrach sich plötzlich. Wer hatte ihn in diese Falle gelockt? Er wurde ausgenutzt, und er wußte es. Es war etwas an diesem redegewandten, sommersprossigen, kühlen, jungen Mädchen.
»Wie Joey zu enden?« sagte sie. »Fürchten Sie sich, seinen Namen zu nennen?«
»Nein«, sagte Terry ablehnend, doch es klang mehr wie ein Schmerzensruf. »Nur, warum bohren Sie immer hierin herum? Kommen Sie, trinken Sie aus. Sie sollen auch etwas Spaß am Leben haben. Kommen Sie, ich werde mal die Musik anstellen.«
Sie schüttelte den Kopf, ohne ihn anzusehen. Was sie innerlich

fühlte, breitete sich um ihn aus und umschlang ihn wie eine Meereswelle, bevor sie bricht, wenn man weiß, daß sie jeden Augenblick aus einer glatten Woge zu einem alles verschlingenden Schaum werden kann. Er war wie ein Schwimmer, der oben auf der Woge bleiben will, oben, wo man ruhig auf dem Kamm dahinreiten kann. Aber es war nicht leicht. Er hatte sich schon überschlagen. Und dennoch, wie beim Ertrinken, war etwas Hypnotisches dabei, etwas, das seinen Willen lähmte, um sich zu schlagen und sein Leben zu retten.
»Was ist mit Ihnen los?« seufzte er. »Was ist denn los?«
Er war aufgetanden, um ein Geldstück in den Musikapparat zu stecken. »Was für eine Nummer wollen Sie? Mögen Sie Georgia Gibbs gern?«
Sie hob den Kopf, um ihn anzuschauen, und genau wie er gefürchtet hatte, brach sich die Woge in ihr und traf sie unvorbereiteter als ihn. Die Worte stiegen aus ihrem Inneren und brachen über den Damm, bevor sie wußte, was sie sagte. »Helfen Sie mir.«
Es traf Terry zwischen Tisch und Musikapparat, während er noch die kalte, feuchte Münze in der Hand hielt. Bei ihr klang es so leicht. Wenn es doch so leicht wäre! Aber da war ja noch Charley und die Arbeit am Hafen und der Respekt vor Johnny und dessen Vertrauen. Für was für einen Verräter würden die ihn halten, wenn er sich in so etwas einließe? Johnnys und Charleys Welt war auf Leuten wie ihresgleichen gebaut. Man konnte einem Mann wie Johnny, einem geborenen Führer wie Johnny, nicht so einfach in den Rücken fallen. Und hier saß dieses anständige Mädchen, dieser Flüchtling aus einem Wolkenkuckucksheim, und bat ausgerechnet ihn um Hilfe, ihn – Terry! der sonst mit so einem Mädchen nichts anderes im Sinn gehabt hätte, als sie in einem dunklen Hausflur gegen die Wand zu drücken.
Er wandte sich von dem Musikapparat ab und stemmte die Arme lose in die Seiten.
»Ich möchte gerne – Katie – aber – ich weiß von nichts. Ich kann wirklich nichts tun.«
Katie stand auf. Sie fühlte sich teilnahmslos und müde. Die

Wirkung des Alkohols umfing sie tiefer und machte sie ratlos.
»Gut ... Gut ... Ich hätte Sie gar nicht darum bitten sollen.«
Sie nahm den Mantel vom Stuhl.
»Sie haben ja Ihr Bier noch gar nicht angerührt«, sagte er. »Kommen Sie, trinken Sie doch. Es wird Ihnen guttun.«
»Ich mag es nicht. Aber warum bleiben Sie nicht noch hier? Bleiben Sie doch und trinken Sie noch einen.
Ich habe noch mein ganzes Leben zum Trinken vor mir«, sagte Terry.
Sie warf ihm solch einen Blick voller Verstehen, Mitgefühl, innerer Ablehnung zu, daß er nicht umhin konnte, herauszuplatzen: »Sie sind nicht böse auf mich?«
»Warum denn?«
Und wiederum war die Unschuld, das an falscher Stelle angebrachte Vertrauen schwerer zu nehmen als ein Hieb mit der Faust.
»Weil – weil ich Ihnen nicht helfen kann?«
»Aber woher denn«, sagte Katie leise. »Ich weiß, Sie würden mir helfen, wenn Sie könnten.«
Es hatte mal einen Kampf gegeben, in dem Tony Falcone, der sehr gut Körperhaken schlagen konnte, Terry unter dem Herzen traf. Terry siegte zwar noch nach Punkten, doch konnte er diesen Schlag noch nach Wochen im Leib spüren. Er trug diese Erinnerung noch immer mit sich herum. Die Leute sagten: ein einziger solcher Schlag, und man ist nicht mehr derselbe Mensch, nicht mehr ganz derselbe. Katies »Sie würden, wenn Sie könnten« war solch ein Hieb.
Als Katie sich vom Tisch dem Ausgang zuwandte, fand sie den Weg durch zwei kräftige Männer in geliehenen Smokings versperrt, die sich gegenseitig beschimpften. »Erzählen Sie mir bloß nicht, ich hätte Sie nicht gesehen, ich hab' Sie gesehen« – »Der Teufel soll Sie holen, wenn Sie mich gesehen haben« – »Verdammt, ich hab' Sie nicht gesehen, Sie dreckiger ...« Dann fingen sie an, sich zu schlagen. Katie wich entsetzt zurück, während der Barmixer mit Entschuldigungen herbeieilte.
»Es ist eine Hochzeitsgesellschaft drinnen im Extrazimmer. In

zwei Minuten werden sie sich wieder umarmen und sich abküssen. Kommen Sie mit, ich bringe Sie durch die Hotelhalle hinaus.«

Er führte sie einen schmalen, getäfelten Korridor hinunter, der an dem für geschlossene Gesellschaften reservierten kleinen Ballsaal vorbeiführte. Ein aus fünf Mann bestehendes Orchester spielte mehr schlecht als recht das alte irische Lied »The Washer Woman«. Der Raum war abgedunkelt, und wechselnde Strahlen aus roten, grünen und lila Scheinwerfern huschten von einem billig dekorierten Balkon aus über die Körper der Tanzenden. Als Terry und Katie stehenblieben, um hineinzuschauen, eilte das Brautpaar an ihnen vorbei, um ihren Gästen in dem Halbdunkel zu entrinnen. Die Braut war klein und nicht sehr hübsch. Terry erkannte in ihr die älteste Tochter von Joe Finley, einem der kleineren bestechlichen Beamten aus dem Rathaus, der Gelder aus den Löscharbeiten am Pier B bezog. Der Bräutigam war Freddie Burns, ein Vorarbeiter, der gute Aussicht hatte, noch etwas zu werden. Das Brautkleid war aus weißen Spitzen und sehr schön, und Katie, die vom Alkohol, der ganzen Aufregung, der Musik und dem Regenbogeneffekt der wechselnden Lichter leicht benommen war, fühlte sich von dieser gemieteten Romantik seltsam angesprochen. Im Gegensatz zu Terry hatte sie keine Ahnung davon, daß der Bräutigam ein schlauer Fuchs war, der in das Rathaus hineinheiratete, um sich den Lohn von acht Arbeitsstunden je Tag zu sichern. »Ich liebe Hochzeiten«, sagte Katie.

»Der Wagen steht in der Seitenstraße«, sagte der Bräutigam gerade.

»Gib mir eine Zigarette«, sagte die Braut, als sie davoneilten.

»Später, du rauchst sowieso zu viel«, sagte der Bräutigam, als das Paar durch den Korridor verschwand.

Die fünfköpfige Kapelle war zu einem altmodischen Schlager übergegangen: »Avalon«; das Geräusch der über den Holzboden hinschleifenden Schritte war hypnotisch. Die Männer waren meist muskulös gebaute, kleine städtische Beamte, die nicht recht in ihre Smokings hineinzupassen schienen. Die meisten Frauen

waren bereits zu dick geworden. Viele trugen gelbes, im Schönheitssalon gelacktes Haar. Dies war eine Gesellschaft unterer Politiker und Häuptlinge aus Bohegan, vermischt mit ein paar Gangstern aus dem Viertel, nicht den Schlägern, sondern den Wucherern, Angestellten und Abgeordneten, die den örtlichen Politikern Nahrung gaben und gleichzeitig von ihnen lebten.
Katie stand in der Tür und hörte traumverloren der Musik zu. Terry hätte gern gewußt, woran sie wohl denken mochte. »Ich traf mein Lieb in Avalon – dort – an der Bucht: Ich verließ mein Lieb in Avalon – und fuhr davon ...« ging der Text des Liedes in seiner einfachen, herzzerbrechenden Logik.
»Die haben sicher vergessen, uns gedruckte Einladungskarten zu schicken, wie?« Terry versuchte, einen Funken in ihr zu entzünden.
Sie lächelte matt, und er fühlte sich ermutigt. In seiner großspurigen Art wies er auf seine braunen Cordhosen und das rot und schwarz karierte Wollhemd. »Bin froh, daß ich einen Smoking anhabe. Ich hasse es, falsch angezogen zu sein.« Sie lächelte ihn an und er legte den Arm um sie, bedacht, ihr nicht zu nahe zu kommen.
»Kommen Sie doch – wollen Sie nicht –, wollen Sie sich nicht ein bißchen drehen?« Er machte aus Zeige- und Mittelfinger ein Tanzpaar und drehte sie vor ihrem Gesicht herum, immer näher und näher, bis sie ihr auf der Nase herumtanzten. Sie lachte, und bevor sie noch nein sagen konnte, tanzte er schon mit ihr im Korridor. Er drehte sie fachmännisch im Kreise; sie folgte ihm leicht, instinktiv.
»Ah, Sie tanzen herrlich«, sagte er mit gewollter Courtoisie, und sie lachte wieder. Mit gesteigertem Zutrauen führte er sie jetzt an den Rand des verdunkelten Ballsaales, wo sie sich unter die übrigen Tänzer zu mischen begannen.
»He, wir sind ganz prima!« sagte er. »Mr. und Mrs. Arthur Murray.«
Sie duldete, daß er sie fester umfaßte. Die Musik mit ihrer süßen Melodie und dem einschmeichelnden Saxophon wirkte beruhigend. »Die Schwestern sollten Sie jetzt sehen«, sagte er,

den Mund dicht an ihrem Ohr. Als sie die Augen schloß, berührte er mit den Lippen ihr Haar und küßte ganz leicht ihre Wange.
»Oh, ich schwebe nur noch, schwebe«, murmelte sie. »Nichts als schweben ...«
Der Saxophonspieler hatte das Instrument abgestellt, er war aufgestanden, um mit dünner Stimme den Text zu singen. Terry stimmte leise mit ein:
>>Und so bin auf dem Weg ich schon –
nach Av – a – lon ...«
Die Kapelle spielte einen konventionellen Schlußakkord und die Oberlichter verbreiteten wieder ihre aufdringliche Helligkeit. Terry und Katie hielten sich noch umschlungen. Sie waren noch ganz in der süßen, wehklagenden Melodie gefangen. Da kam Truck auf sie zu. Gilly war bei ihm. Truck und Gilly waren nicht der Hochzeit wegen da. Das merkte Terry. Sie sagten nicht »'n Abend, Kleiner« oder irgendwas Derartiges. Kein freundlicher Klaps auf den Rücken und kein Scheinboxen. Sie waren »im Dienst«, ganz eindeutig und offenkundig im Dienst.
»Ich habe dich schon die ganze Zeit gesucht, Terry«, sagte Truck.
Etwas stand fest in Bohegan: verstecken konnte man sich nicht. Die Stadt war eine Meile lang und eine Meile breit, und jeder beobachtete jeden.
»Also, was denn?« sagte Terry.
»Der Chef will dich sprechen«, sagte Truck.
»Jetzt sofort?«
»Unbedingt«, sagte Gilly.
Truck beugte seinen Bullennacken an Terrys Ohr. »Er hat gerade einen Anruf von oben bekommen. Irgend etwas ist schiefgegangen. Er kocht wie ein Dampfkessel.«
»Gut, ich muß aber erst noch diese – diese junge Dame nach Hause bringen«, sagte Terry.
»Ich würde gleich hingehen, Terry«, sagte Truck. »Wenn ich du wäre, würde ich jetzt keine Zeit verlieren. Gilly kann das kleine Fräulein nach Hause bringen.«

»Unbedingt.«
»Schau, du kannst ihm sagen – sag ihm, ich bin gleich da«, sagte Terry.
Truck blickte Gilly mit dem Ausdruck höchster Empörung an.
»O-kay«, sagte er, wobei die besondere Betonung der letzten Silbe unmißverständlich zum Ausdruck brachte, was er sich dachte. »O-kay...«
Die beiden Ganoven warfen sich achselzuckend einen Blick zu und ließen Terry stehen.
Katie trat auf den Korridor und sah ihnen nach, wie sie sich rasch in Richtung auf die Hotelhalle entfernten. Terry kam nach und trat unschlüssig von einem Bein auf das andere.
»Wer sind diese...« begann sie.
»Ach, bloß zwei – Bekannte von mir«, sagte Terry mit Unruhe im Herzen.
»Was hat dir denn der kleine Dicke ins Ohr geflüstert?« fragte Katie. »Warum muß er denn flüstern?«
»Hör zu Katie, zu deinem eigenen Besten«, Terry wollte ihr alle weiteren Fragen abschneiden. »Du mußt endlich aufhören, lauter Fragen zu stellen. Hör auf mit der ewigen Fragerei. Hör auf damit, hör auf.«
»Wer waren die beiden?« sagte Katie.
»Es ist ungesund«, fuhr Terry fort. »Ich sage dir das jetzt zu deinem eigenen Besten. Es ist ungesund. Ich sage dir, hör auf damit.«
»Warum machst du dir über mich Sorgen?« sagte Katie. »Du hast doch gerade erst gesagt, daß du dich nur um dich selbst kümmerst.«
»Okay, okay«, sagte Terry mit rauher Stimme und empfand einige Erleichterung in dem Gedanken, daß er sein Schuldgefühl und ihre sinnwidrige Zuneigung überwinden könnte, wenn er sie anfuhr. »Mach nur so weiter, verbrenn dir ruhig die Finger. Aber komm dann bloß nicht heulend zu mir, wenn du dich verbrannt hast.«
»Warum soll ich denn überhaupt heulend zu dir kommen?« fragte Katie.

»Weil ...« sagte Terry beleidigt, »weil ... ich glaube, daß du und ich, wir beide ...«
Er sah sie an, zornig und schuldbewußt, und ließ den Kopf hängen.
»Mich kriegst du nicht«, warnte ihn Katie. »Mich nicht!«
»Das gilt für mich doppelt«, sagte Terry. Drinnen im Saal gingen die Oberlichter wieder aus. Die Kapelle begann, einen Walzer zu spielen.
»Ich gehe«, sagte Katie.
»Ja, laß uns von hier verschwinden«, sagte Terry. »Ich bringe dich nach Hause.«
Es war kühler geworden, seit die Sonne sich hinter der massiven Fabrikkulisse verkrochen hatte, die den westlichen Rand der Stadt bezeichnete. Sie hatten sich nichts weiter zu sagen. Sie gingen schnell die Dock Street hinunter. Als sie sich Terrys Wohnung näherten, die sechs Türen von der Doyleschen Wohnung entfernt lag, wollte Katie ihm gerade sagen, es sei wirklich nicht nötig, daß er sie weiter begleite, als ein Mann im braunen Tweedmantel und dunkelbraunen Hut mit raschen Schritten aus der Toreinfahrt heraustrat, in der er gewartet hatte. »Mr. Malloy?«
Bei der Anrede »Mister« drehte sich Terry überrascht um. Er runzelte die Stirn, als er den Spaßvogel von der Kriminalpolizei erkannte, den großen, breitschultrigen, der ihm zu viele Fragen in der Longdock gestellt hatte.
»Ja?« sagte Terry.
Glover trat näher, ein freundliches Lächeln auf dem Gesicht.
»Ich habe auf Sie gewartet, Mr. Malloy. Ich bringe Ihnen eine Vorladung vor Gericht, Mr. Malloy.«
Er übergab Terry das unscheinbar aussehende Blatt Papier. Terry sah es nicht an. Er zerknüllte es in der Hand zu einem Ball.
»Im Gerichtsgebäude. Zimmer neun, um zehn Uhr, Montag morgen«, sagte Glover.
Das war zuviel für Terry. »Hören Sie mal zu, ich habe es Ihnen doch schon gesagt. Ich weiß von nichts. Ich weiß von der Geschichte überhaupt nichts.«

»Sie sind berechtigt, einen Anwalt mitzubringen«, fuhr Glover fort. »Und Sie genießen nach der Verfassung das Recht, sich gegen alle Fragen zu verwahren, die Sie belasten könnten.«
»Sind Sie eigentlich verrückt?« sagte Terry und hatte das Gefühl, als hinge er mitten zwischen Angst und Zorn. »Wissen Sie eigentlich, was Sie von mir verlangen?«
»Mr. Malloy«, sagte Glover in einem Ton, als hätte er früher schon tausendmal dasselbe gesagt, »alles, worum wir Sie bitten, ist, uns die Wahrheit zu sagen.«
»Auf Montag früh also«, sagte Glover. »Und natürlich – wenn Sie nicht erscheinen, werden Sie vorgeführt und haben Strafe zu zahlen. Guten Tag, Malloy.«
»*Mr.* Malloy, wenn ich bitten darf«, sagte Terry, die Arme in die Hüften gestemmt, während er Glover nachsah. »Polente!«
»Was wirst du nun tun?« sagte Katie.
Terry hatte ganz vergessen, daß sie noch da war. »Ich sage dir nur das eine«, erklärte er in sarkastischem Ton. »Ich setze mir wegen der Polizei keine Laus in den Pelz, das ist mal sicher.«
Das war die Sprache der Ganoven reinsten Wassers, und sie führte bei Katie zu einer scharfen, klaren Reaktion. »Es war doch Johnny der Freundliche, der Joey umgebracht hat, nicht wahr?« sagte sie.
Terry krampfte die Finger um die Vorladung. Er sah sich auf die Füße hinunter. Es kam ihm vor, als renne er, als habe er gerade irgend etwas von einem Handkarren heruntergestohlen und mache sich jetzt so schnell er könne aus dem Staube.
»Katie...« fing er zu sprechen an.
Aber jetzt ließ Katie nicht locker. »Er hat ihn töten lassen, oder hatte etwas damit zu tun, nicht wahr? Er und dein Bruder Charley, ist das wahr?«
»Katie, hör zu...«
»Du kannst es mir nicht sagen, nicht wahr? Weil du selbst darin verwickelt bist. Und ebenso schlecht wie alle anderen bist. Genauso schlecht. Nicht wahr? Sag mir die Wahrheit, Terry. Bist du ebenso schlecht?«

Sie hatte mit erhobener Stimme gesprochen; Tränen traten ihr in die Augen, und Terry machte einen Schritt zurück und streckte eine Hand aus, wie um sie zu beruhigen.
»Pst, nicht so laut. Du gehst besser zurück in deine Schule da draußen über den Wolken. Du bringst dich noch ins Irrenhaus. Du bringst mich auch noch ins Irrenhaus. Du machst die ganze Welt verrückt. Hör doch endlich auf, dauernd die Wahrheit wissen zu wollen. Kümmer dich doch erst einmal um dich selbst.«
Katie senkte die Stimme, um ihn nicht anzuschreien. »Ich hätte es wissen müssen, daß du mir nichts sagen würdest. Pop hat gesagt, daß du mal Johnnys Eigentum warst. Ich glaube, du bist es jetzt noch.«
»Bitte. Bitte, Katie, sag das nicht zu mir ...«
Katie sah ihn an und hätte am liebsten losgeheult. Dann sagte sie so sanft, wie sie konnte: »Kein Wunder, daß alle dich einen Strolch nennen.«
»Sag das nicht, Katie, sprich nicht so mit mir!«
»Kein Wunder ... kein Wunder ...« wiederholte Katie leise immer wieder.
»Ich – ich versuche nur, dich vor Schaden zu bewahren. Siehst du denn das nicht ein? Was willst du denn noch mehr?«
»Noch viel mehr, Terry«, sagte Katie. »Viel, viel, viel mehr.«
Sie drehte sich abrupt um und rannte die Straße zu ihrer Wohnung hinauf, damit er nicht sehen sollte, daß sie weinte.
Terry sah, wie sie die Stufen zu ihrer Eingangstür hinaufeilte.
Dann blickte er auf das zerknüllte Papier in seiner Hand. »Hund, verdammter«, sagte er wütend, »elender Hund, elender. Verdammter elender Hund, elender, verdammter.«
Dann fiel ihm Johnny der Freundliche ein. Er mußte wohl ganz den Verstand verloren haben, hinter einem Frauenzimmer herzulaufen und einen direkten Befehl von Johnny dem Freundlichen in den Wind zu schlagen. Mit gesenktem Kopf und bemüht, sich zu konzentrieren, schritt er, während die Vorladung ihm ein Loch in die Tasche zu brennen schien, um die Ecke auf

die Dockanlagen zu und betrat den hinteren Raum in Johnnys Bar auf der River Street, wo Gewerkschaftsbruder Johnny der Freundliche bereits auf ihn wartete.

SECHZEHNTES KAPITEL

Big Mac und Gilly und Truck und Sonny und Specs und »J. P.« und alle übrigen starrten Terry an, als er das Hinterzimmer betrat. Sie betrachteten ihn, als ob sie ihn nie vorher gesehen hätten. Sogar Charley murmelte lediglich »'n Abend Kleiner«. Sie warteten darauf, daß Johnny der Freundliche den Anfang machte.
»Es ist nett von dir, daß du mal vorbeischaust«, sagte Johnny, als Terry nähertrat. Man fürchtete Johnnys Augen wegen ihrer kaltblauen, tödlichen Starre, wenn er verärgert war. Seine Lippen bewegten sich kaum, wenn er sprach. Es war mehr als bloßer Ärger in ihm. Es war eine einstudierte Reserve, die diejenigen, die sich seine Feindschaft zugezogen hatten, dem Zusammenbruch nahebrachte.
Terry war auf der Hut, weil er alle Augen auf sich gerichtet sah und merkte, daß man bei ihm nach einem Zeichen von Unsicherheit suchte. Wie hart würde der harte Junge jetzt sein? schienen diese Augen zu fragen.
»Ich bin hergekommen«, sagte Terry vorsichtig. Er warf Charley, der neben Johnny stand, einen Blick zu. Charley stand auf seiner Seite, doch trug er eine unbewegte Miene zur Schau, um seine Stellung bei Johnny nicht zu gefährden. Es gab in diesem Kreise Augenblicke, wo es auf Sein oder Nichtsein ankam. Johnnys Autorität war fürchterlich, sie duldete keinen Widerspruch. Vor ihm gab es nichts zu verbergen, er ließ keine Unsicherheit durchgehen. Gnade oder Strafe wurde von oben herunter zugeteilt, auf den Tisch gehauen, so daß alle es sehen konnten, unwiderruflich.
»Wieso, du bist hergekommen«, sagte Johnny geziert. Dann schlug er einen rauheren und lauteren Ton an. »Wie denn? Über Chikago?«

Big Mac und zwei oder drei andere lachten pflichtschuldigst. Terry sah sie mit verkniffenem Munde an und versuchte Johnny davon abzuhalten, ihn mit Worten verrückt zu machen.
»Spaß beiseite, Johnny, ich war...«
»Halt den Mund, Shlagoom«, sagte Johnny. Die Fünfundsiebzig-Cent-Zigarre, die er zwischen den Zähnen hielt, sah wie eine Revolvermündung aus, die Terry entgegendrohte. »Wie oft bist du ausgezählt worden, Terry?«
Wieder trat vereinzeltes Gelächter auf, aber dieses Mal wandte Terry nicht den Blick von Johnnys eisblauen Augen.
»Ausgezählt? Hm...« Terry dachte zurück an die guten und die schweren Kämpfe im Ring. »Nur zweimal. Und das eine Mal davon in der Nacht, als...«
»Halt's Maul«, sagte Johnny. »Zweimal. Das muß schon einmal zuviel gewesen sein. Dein Verstand muß dich verlassen haben. Was hast du denn da oben im Kopf, chinesische Glockenblumen? He? Hast du einen Strauß chinesische Glockenblumen da oben, wo eigentlich dein Gehirn sein sollte?«
Wieder war ein unterdrücktes Lachen zu hören, das wie bestellt klang, und Johnny sagte über die Schulter: »Gut, laßt es sein. Jetzt ist keine Zeit zum Witzemachen. Wegen dieses – Genies hier sitzen wir in der Klemme.«
»Was ist los?« sagte Terry. »Was habe ich denn falsch gemacht?«
Johnny wandte sich Charley dem Gent zu, der versuchte, den Unbeteiligten zu spielen. »Ich dachte, er sollte ein Auge auf die Kirchenversammlung halten? Ich dachte, du sagtest, er sei dafür geeignet?«
Charley sagte nichts.
»Johnny, ich bin dagewesen«, sagte Terry. »Ich habe alles mitgekriegt. Es ist gar nichts passiert.«
Johnny drehte sich wieder zu Charley um. Charley gelang es, einen Gesichtsausdruck zuwege zu bringen, der eigentlich gar kein Gesichtsausdruck war. Johnny der Freundliche stieß die Nadel noch tiefer hinein. »Nichts passiert, sagt der Kleine. Das

ist ja ein feiner Mitarbeiter, den du da hast, Charley. Noch einer von der Sorte, und wir tragen alle gestreifte Pyjamas.«
Diesmal lachte niemand. Das Schweigen in dem Raum war wie ein plötzlich eintretender Mangel an Sauerstoff. Hinter sich im Vorzimmer konnte Terry Stimmen an der Bar und das sinnlose Gelächter aus dem Fernsehen hören. Er wünschte, er wäre dort draußen, könnte ein Glas Bier trinken und sich unterhalten. Er griff sich mit der Hand an die Stirn; die Haut war kalt und feucht. Er haßte es, sich vor diesen Burschen hier gehen zu lassen. Man konnte sich innerlich noch so zusammennehmen, aber diese Schweißdrüsen pumpten die Angst einem geradezu ins Gesicht.
Terry wandte sich zu Charley in der Hoffnung auf Trost und Hilfe. »Ich habe dir doch gesagt, Charley, es war rein nichts. Der Pater war der einzige, der redete.«
Johnny blickte von einem zum anderen; der Ausdruck von Empörung auf den Gesichtern war ein genaues Spiegelbild seiner eigenen. »Gut, Leute, haut ab«, sagte er. »Alle außer Charley. Ich will mit diesem Shlagoom alleine sprechen.«
Sie schlichen gehorsam hinaus. Johnny kaute gewaltsam am Ende seiner Zigarre herum.
»Der Pater war der einzige, der redete«, nahm Johnny Terrys Worte wieder auf, formte sie um in kleine harte Geschosse und schleuderte sie Terry ins Gesicht. »Also, heute nachmittag hat dein verdammter Priester einen gewissen Timothy J. Nolan zu einer Geheimsitzung der Kriminalpolizei mitgenommen, und Nolan war der einzige, der redete. Was hältst du nun davon?«
»Du meinst der kleine Runty Nolan? Der Alte? Der dauernd im Tran ist?« Terry zuckte die Achseln. »Der weiß nicht viel.«
»Der weiß nicht viel, wie?« sagte Johnny. Er griff in seine Rocktasche und zog ein längs zusammengefaltetes, dickes Manuskript heraus, das er mit der flachen Hand auf den Tisch schlug.
»Weißt du, was dies ist?«
Terry schüttelte den Kopf.
»Bloß neununddreißig Seiten darüber, wie wir arbeiten, weiter nichts.«

»Wie bist du denn daran gekommen?« Terry war beeindruckt.
Johnny machte mit dem Daumen eine Bewegung, die auf eine höhere Verbindung hinwies. »Das geht dich überhaupt nichts an. Ich habe es bekommen.«
»Das geht dich nichts an, er hat es jedenfalls«, sekundierte Charley. »Die gesammelten Werke von Timothy J. Nolan. Direkt aus der Druckerei. Gott sei Dank, war es eine Geheimsitzung; man kann dieses Zeug deshalb nicht gegen uns verwenden, solange er nicht öffentlich ausgesagt hat.«
»Charley«, sagte Johnny, »du hast Köpfchen genug, um zu reden, aber manchmal hast du nicht Köpfchen genug, um nicht zu reden. Du verstehst, was ich meine?«
Charley wußte, was er meinte. Wenn sich Johnnys Pupillen zur Größe und Härte von Schrotkörnern verengten, dann verließ auch seine intimen Freunde der Mut.
»Nolan!« Terry konnte nicht darüber hinwegkommen. »Ich wußte, daß er sich eine Menge zutraut, aber...«
»Zutraut!« Johnny stand auf und schüttelte die Fäuste. Charley hatte ihn schon vielleicht ein Dutzend Mal in dieser Form gesehen, und jedesmal hatte sich eine Hinrichtung angekündigt. »Ein übler Verräter, der sich damit selbst den Hals umgedreht hat.«
Er kehrte Terry den Rücken zu. Terrys Gesicht spiegelte eine Mischung von Furcht, Widerspruch und Resignation wider.
»Charley, du hättest es eigentlich wissen müssen, daß diesem albernen Bruder von dir nicht zu trauen ist. Er war in Ordnung, solange er hier den Spaßmacher spielte. Aber hier dreht es sich um das Geschäft, um wichtiges Geschäft. Wir machen zehntausend Dollar die Woche. Ich kann es mir nicht leisten, daß mir solche dahergelaufenen Idioten das Geschäft ruinieren.«
»Hör mal zu, Johnny, wie konnte ich denn...« versuchte Terry einzuwerfen.
»Ich habe dir schon mal befohlen, das Maul zu halten. Es ist jetzt zu spät. Du hättest ein Auge auf sie halten sollen. Auf jeden einzelnen von diesen Wiederkäuern. Du hättest Verstärkung anfordern müssen, wenn du Hilfe gebraucht hättest.«

Er wandte sich wieder Charley zu. »Charley, ist dir klar, was das bedeutet?« Er blätterte in den Seiten des Manuskripts. »Das Zeug, das Nolan hier hereingebracht hat, ist Dynamit. Er war dabei, als Willie Givens und Big Tom anfingen. Er weiß, wo einige von den Leichen begraben sind.«
»Bei Mr. Big liegt es schon vierzig Jahre zurück«, sagte Charley. »Gesetzliche Verjährung.«
»Sicher, sicher«, sagte Johnny. »Aber es wird in allen Zeitungen stehen. Und wenn sie ihn auch nicht anklagen können, so wird es Willie Givens bestimmt nicht guttun und der Kerl wird uns das Leben zur Hölle machen, weil wir diesen Nolan nicht rechtzeitig zum Schweigen gebracht haben. Und der Haufen da drüben im Rathaus ist reichlich unzuverlässig. Ein großer Skandal könnte jetzt die ganze Sache zum Platzen bringen.«
»Vorläufig ist es ja nur dieser eine Bursche«, sagte Charley. »Und man hat ja schon oft Untersuchungen geführt!«
»Klar«, sagte Johnny. »Und wir haben sie prima überstanden, und wir werden es auch wieder tun. Sie werden mich nicht zu fassen kriegen, bloß weil sie mir jetzt etwas härter zusetzen. Dazu habe ich zu schwer gearbeitet. Das letztemal, weißt du noch, als wir eine Untersuchung hatten, da ging die von der Stadtverwaltung aus, und sie nahmen es nicht so genau. Deshalb war das einzige, was dabei herauskam, ein paar Schlagzeilen in der Presse und Empfehlungen, und als alles vorbei war, da saßen wir genauso fest im Sattel wie vorher.« Er kicherte in sich hinein. »War das komisch! In Brooklyn stellte die Untersuchung fest, daß die Familie Genotta die führenden Angestellten in allen Ortsgruppen stellte. Deshalb empfahlen sie, daß neue Wahlen abgehalten werden sollten. Und die Genottas saßen nach der Wahl wieder alle auf ihren alten Posten. Und die Stadtverwaltung bescheinigt, daß alles in Ordnung sei, weil eine neue Wahl entsprechend ihrer Empfehung abgehalten worden ist.«
Charley fiel vorsichtig in das Lachen über die Unsinnigkeit von Reformversuchen ein. »Ja, es ist reichlich schwierig für eine Stadtverwaltung, eine Untersuchung gegen sich selbst anzustrengen.«
»Aber jetzt geht's vom Staat aus, Charley, von zwei Staaten.

Es hat schon etwas in den Zeitungen gestanden, und die Gouverneure und Bürgermeister sind sich nicht sehr gewogen. Ich sage dir, Charley, ich mag diese Untersuchung nicht. Und ich mag diesen Pater Buttinsky nicht. Ich glaube, es ist Zeit, daß Willie Givens den Monsignore dazu bewegt, dem Priester ein Handtuch ins Maul zu stopfen. Ihn in die Kirche zu scheuchen und zu zwingen, das Maul zu halten, verflucht noch mal. Ich wäre bereit, der Kirche eine nette Stiftung zu machen, wenn nur dieser Barry verschwinden würde.«
»Aber, Johnny, ich hab' gedacht, ich hätte getan, was ...«
Terry versuchte mit halbem Herzen einen letzten Vorstoß. Dieses Mal war es Charley, der ihm das Wort abschnitt.
»Warum rennst du um alles in der Welt mit seiner Schwester herum?«
»Das stimmt nicht, stimmt nicht. Ich habe nur ...«
»Johnny, es ist das Mädchen«, unterbrach ihn Charley. »Er trifft die kleine Doyle, dieses Frauenzimmer, in der Kirche und wupps – findet er den Weg in die eigene Ecke nicht mehr.«
Er wandte sich um und sagte mit erhobener Stimme zu Terry: »Das sind ungesunde Beziehungen.«
»Halt dich von ihr fern, bleib ihr fern«, befahl Johnny. »Es sei denn, ihr seid beide lebensüberdrüssig.«
»Verrückter Kerl«, sagte Charley.
Johnny sagte: »Charley, die nächsten ein oder zwei Wochen wird es darauf ankommen. Wir berufen deshalb für heute abend noch eine Versammlung mit Willie Givens, unserem Rechtsberater und ein paar von den anderen – Beamten ein. Wir müssen uns enger zusammenschließen.«
»Wir müssen den Eindruck erwecken, als ob diese Untersuchung kein anderes Ziel verfolgt, als die Gewerkschaften zu sprengen«, sagte Charley. »Es schafft für den Staat einen gefährlichen Präzedenzfall, wenn er versuchen sollte, eine ehrliche Gewerkschaftsführung zu untersuchen oder unter seine Kontrolle zu bringen.«
»Richtig«, sagte Johnny. »Nimm dir diesen Gedanken als Leitsatz, sprich mit den Reportern, die gut mit den Transportge-

sellschaften stehen. Wir wollen das in die besten Zeitungen bringen. Und was diesen Nolan anlangt – diesen dreckigen Verräter, so werden wir Mittel und Wege finden, ihn zum Schweigen zu bringen oder er kann –, wie nennt man das, wenn es immer schneller und schneller geht?«
»Eine Lawine«, sagte Charley.
»Ja«, sagte Johnny, »ein Stein kommt ins Rollen und dann noch ein paar Steine und dann wummmm, kommt uns der ganze verdammte Berg auf den Hals.«
»Mach dir keine Sorgen, wir werden das aussitzen«, sagte Charley. »Wir haben zuviel Geld auf unserer Seite. Zu viele Beziehungen.«
»Und Gott sei Dank haben wir auch die besten Muskeln im ganzen Hafen«, sagte Johnny. »Und es ist höchste Zeit, sie zur Anwendung zu bringen, und zwar rasch, bevor dieser sogenannte Priester noch weitere Hunde wie Nolan dazu bringt, uns zu verpfeifen.«
»Wie kann so eine kleine Schmeißfliege wie Runty ...« begann Terry zu sagen.
Johnny der Freundliche ging auf ihn zu, bis sein Mund Terry unmittelbar ins Gesicht schrie. »Von jetzt ab machst du nur den Mund auf, wenn du gefragt wirst. Und weißt du, wohin du gehst? Hinunter in den Laderaum. Keine Druckposten mehr auf dem Boden. Und du bleibst so lange unten im Laderaum, bis du weißt, was sich gehört.«
»Es ist nett von ihm, daß er dir überhaupt noch Arbeit gibt«, sagte Charley.
»Ja ... das stimmt«, sagte Terry kläglich.
»Wenn du hinausgehst, sag Specs Flavin, er soll hereinkommen.« Damit war er entlassen. Terry versuchte das Kinn hochzuhalten, als er den Raum verließ. Charley machte ein besorgtes Gesicht und Johnny meinte: »Wer einmal ein Ganove war, der bleibt immer einer. Das ist der Grund, daß er nie ein großer Boxer wurde.«
Als Terry durch den vorderen Raum ging, lud ihn niemand auf einen Schnaps ein. Er blieb nicht stehen, er ging weiter bis

an den Anfang der Dock Street und dann den Fluß entlang bis zu einem ausgebrannten Pier. Die geschwärzten, vom Feuer angefressenen Pfahlrahmen ragten halb aus dem Wasser, einige nur gerade eben über die Oberfläche, andere fast so weit, wie sie ursprünglich gestanden hatten. Terry setzte sich auf einen verkohlten Stumpf am Ufer und starrte auf die modrige, von Abfällen übersäte Oberfläche des Hudson. In der Nähe fischten ein plumpes Mädchen von etwa elf Jahren in einem schmutzigen Kleid und ihr jüngerer Bruder in einem viel zu großen, zerrissenen Pullover nach Geldstücken, so wie Terry es in seiner Kindheit zu tun pflegte. Er benutzte dazu einen langen Stock, ein Stück Bindfaden und einen Stein mit Kaugummi auf der Unterseite.

In der Mitte des Stroms zog ein Schlepper einen Leichter mit drei Güterwagen darauf hinter sich her. Wie oft hatte sich Terry als blinder Passagier in diese Wagen geschmuggelt, um den Fährmann um seine zwanzig Cents zu betrügen. Terry starrte hinab auf sein eigenes dunkles, nachdenkliches Spiegelbild in dem schmutzigen Wasser.

Das Fräulein aus dem Wolkenkuckucksheim, dachte er. Zum Teufel, wenn er so weitermachte, dann waren sie ein Paar aus dem Wolkenkuckucksheim.

SIEBZEHNTES KAPITEL

Runty Nolan lehnte in der Longdock an der Bar und unterhielt sich mit seinen Freunden Moose McGonigle und Pop Doyle. Er war sich noch nicht im klaren darüber, ob er zur Nachtschicht im Laderaum, zu der er heute morgen eingeteilt worden war, erscheinen sollte, oder nicht. Nachdem er Charleys Bruder in der Kirchenversammlung gesehen hatte, war er ziemlich überrascht gewesen, daß Big Mac ihm überhaupt eine Arbeit zugewiesen hatte, und sei es auch unten im Laderaum. Dieser Platz war eine Art von Slum, der normalerweise für Neuankömmlinge, Ausländer, entsprungene Seeleute, Neger und solche Leute reserviert war, die sich erst spät auf Johnnys Seite geschlagen hatten und keinen Einfluß im Hafen besaßen. Es war eine absichtliche Beleidigung, einem Hafenarbeiterveteranen diesen Arbeitsplatz dort unten anzubieten. Die meisten Amerika-Iren auf Big Macs Pier würden dem Heuerchef ins Gesicht gespuckt haben, hätte er ihnen zugemutet, die Lukendeckel hochzuheben, bei der obersten Lage anzufangen und sich dann allmählich in den Schiffsbauch hinunterzuarbeiten.

Runty machte sich seine Gedanken darüber, was wohl Big Mac dazu bewogen haben mochte, ihm den Platz im Schiffsbauch zuzuweisen. Er hatte sich dem Büro der Kriminalpolizei nur auf langen Umwegen genähert und war ziemlich sicher, daß er nicht verfolgt worden war. Immerhin, es gab zehntausend Augen am Hafen, und man war sich seiner Sache nie ganz sicher.

Jedenfalls würde das kein Grund für ihn sein, der Arbeit im Laderaum fernzubleiben. Er war nur ein Gast auf dieser Welt, sagte er immer, und wenn sie es auf ihn abgesehen hatten, dann konnten sie ihn schließlich überall finden. Zum Teufel mit ihnen! Er konnte die fünfunddreißig Dollar für die schwere, zehn Stunden dauernde Nachtschicht gut brauchen; Geld für Brot und Bier, das er verdammt nötig haben würde, wenn er wirklich den Kopf in die Schlinge stecken und vor der Öffentlichkeit seine Aussagen machen würde. Es gab aber heute abend noch einen anderen Anreiz für ihn, der für jeden Iren absolut unwiderstehlich war: Whisky, und dazu noch ein Whisky, für den er nicht zu zahlen haben würde! Das Schiff, das gelöscht werden sollte, war die *Elm*, aus Cobh in Irland, und ihre Ladung bestand aus irischem Leinen und Spitzen und Hanf und einem Lukenraum voller Kisten mit Jamesons Whisky.

Lachend sprach Runty mit Moose von der Zeit, da die *Ash* mit zehn Jahre altem Whisky in Vierhundert-Liter-Fässern, die hier in Flaschen gefüllt werden sollten, hereingekommen war. Runty hatte ein Faß angestochen und darauf laut »Feuer« geschrien. Daraufhin waren die Vorarbeiter und noch ein paar andere um Wassereimer gerannt. Zwei Stunden später hatte man Runty und die meisten anderen ausgestreckt auf dem Boden liegend gefunden,

wo sie ihren Rausch ausschliefen. »Was ist mit diesen Leuten los?« hatte Barney Backus, der Vorarbeiter gefragt. Runty war wieder so weit zum Bewußtsein gekommen, daß er murmeln konnte: »Es ist das Wasser. Es muß etwas in dem Wasser gewesen sein, das uns alle auf einmal wie die Fliegen hingehauen hat.«
Neben Runty stand ein Eimer. Barney trat heran und blickte hinein. Der Alkoholdunst hätte einen schwächeren Mann glatt umgeblasen. Barney hatte den Vorarbeiterposten bekommen, weil er einer von Johnnys »verlängerten Armen« war, aber er war ein gutmütiger Bursche und kam mit den übrigen Arbeitern gut aus, sogar mit den »aufsässigen«, wie Runty, obwohl er ihnen gelegentlich auf Johnnys Befehl eins über den Schädel schlagen mußte.
Der Ton der Trillerpfeife drang von der Straße her zu ihnen herein, und Runty schob sich die alte Mütze noch etwas mehr auf die Seite, als ob es eine runde schottische Wollmütze wäre.
»Los, 's ist Zeit. Die gute alte *Elm*, bis zu den Schornsteinen mit süßem, irischem Whisky zu beladen.«
»Runty, du wirst diesmal nichts davon klauen«, sagte Pop streng. »Du willst doch jetzt nicht etwa mit dem Gesetz in Konflikt kommen?«
»Natürlich nicht«, sagte Runty mit besonderer Betonung. »Wenn aber eine Kiste zufällig herunterfällt und kaputtgeht und ein paar Flaschen auf das Deck purzeln, dann wäre es doch eine Schande mit anzusehen, daß das gute alte Zeug verlorengeht, hab' ich nicht recht?«
Runty goß schnell noch den letzten Schnaps hinunter. Er warf einen Dollar auf die Bar für die letzten drei Whisky, rief seinen Freunden ein »bis morgen« zu und machte sich mit schnellen Schritten auf den Weg zu den »Jamesons«.
Luke war mit ein paar anderen Negern an den Luken tätig. Außerdem waren dort mehrere Italiener eingeteilt, die kein Englisch verstanden und wahrscheinlich gerade erst durch eine von Johnnys Operationen herübergeholt worden waren. Sie erhielten sofort Gewerkschaftskarten, was zur Folge hatte, daß der größere Teil ihres Lohnes wieder in Johnnys Taschen floß. Diese

Männer waren praktisch in Johnnys Hand, denn wenn sie nicht taten, was Johnny wollte, dann würde er sie sofort den Einwanderungsbehörden übergeben. Darüber hinaus waren auch zwei alte Iren eingeteilt, denen man etwas zu verdienen geben mußte, damit sie dem Geldverleiher die fünfundfünfzig Dollar zurückzahlen konnten, die sie ihm für fünfzig Dollar der letzten Wochen schuldeten. Derjenige aber, den Runty am meisten überrascht war, zu sehen, war Terry Malloy.

»Na, na, sag mir bloß nicht, daß einer von den Großkopfeten hier heruntersteigt, um sich die Hände schmutzig zu machen«, begrüßte ihn Runty. Terry starrte ihn mürrisch an. Der alte Runty hatte anscheinend keine Ahnung, daß er schon mit einem Fuß in der Schlinge saß. Terry hatte sich den Kopf zerbrochen, ob er ihn warnen sollte oder nicht. Ein falscher Schritt und er, Terry, wäre bei Johnny endgültig erledigt. Aber er hatte Runty gern. Sie hatten viel Spaß zusammen gehabt. Er bewunderte die Art, wie der kleine Kerl immer wieder hochkam. Einmal, als sie ihn für tot in den Fluß geworfen hatten, war er wieder an Land geschwommen. Er war wie ein räudiger kleiner Kater, nach dem die Leute dauernd Steine werfen, den aber keiner umbringen kann. Ach was, dachte Terry. Wenn er sich unbedingt selber ans Messer liefern will, so ist das seine Angelegenheit. Ich habe ihn nicht gebeten, diesen elenden Polizisten etwas vorzusingen. Das muß er mit sich selber abmachen. Mir kommt es darauf an, daß ich selbst am Leben bleibe.

Die Temperatur war den Abend über gesunken, und die feuchte Kälte schlug den Arbeitern ins Gesicht, als sie sich den Weg durch die oberste Lage von Leinen-Ballen nach unten bahnten. Das große Netz, das von den Winden am Pier heruntergelassen wurde, wurde von den Männern mit Hilfe ihrer gebogenen, spitzen Ladehaken beladen. Hin und wieder summte Luke während der Arbeit ein Lied vor sich hin.

»Mississippiwasser schmeckt wie Cherrywein.
Ja, Mississippiwasser schmeckt wie ...«
sang er zur Belustigung der übrigen.
»Hudsonwasser schmeckt wie Terpentin ...«

Runty lachte. »Zum Teufel mit dem Cherrywein. Gehen wir lieber 'runter zu dem Jamesons Whisky.«
Der alte Gallagher befestigte den Haken an der Oberseite der dritten Lage und als auch diese hochgehoben wurde und in gefährlichem Schwung bei der völlig unzureichenden Beleuchtung über das Deck schwebte, da lagen auch schon die Whiskykisten da, eine Aufforderung zum Beutemachen, wie sie Runty schöner und einladender schon lange nicht mehr gesehen hatte. Big Mac aber lungerte in der Nähe der Luke herum, so daß die Männer sich noch Zeit lassen mußten. Mit Ausnahme einer Kiste, die zufällig aus dem Netz rutschte und aufbrach, wobei jeder der Leute eine einzelne Flasche bezog, waren sie umsichtig genug, zu warten, bis sie sich auf die dritte Lage vorgearbeitet hatten. Dort konnten sie sich unter Deck mit den Kisten beschäftigen, ohne daß die Spüraugen von Big Mac durch die Lukenöffnung etwas bemerken konnten.
»Ihr seht, Leute, Gott der Herr wacht über uns«, sagte Runty und grinste seine Kameraden an, während er sich mit fachkundigem Griff an einer Whiskykiste zu schaffen machte. Der Trick war, die Kiste von unten zu öffnen, den Inhalt herauszunehmen, die leere Kiste dann wieder zu verschließen, sie in dem Netz zu verstauen und dann die unversehrt aussehende Kiste ins Freie befördern zu lassen.
»Ist dies nicht genug Anlaß für ein Fest?« sagte Runty glückstrahlend. »Wir wollen auf Gott und Irland trinken, auf den Whisky und die Frauen, auf Joey und Andy Collins und auf alle die guten Kerls, die dahingegangen sind. Und Tod den Tyrannen!« Er hielt einen Augenblick die Flasche an die Lippen, nahm sie aber mit einem kurzen Lachen wieder ab. »Lassen wir ruhig auch all die Gauner auf Irland und Old Jameson trinken. So prima fühle ich mich heute abend.«
Er begann sich die tiefen Taschen seiner Windjacke mit Flaschen vollzustopfen. »Jetzt könnt ihr sehen, wie hübsch ein kleiner Mann in einem großen Mantel aussieht.«
»Das ist wirklich eine prima Jacke«, sagte Luke bewundernd.

Runty warf einen Blick zu Terry hinüber, der verdrossen vor sich hin arbeitete und die Kisten in dem Netz verstaute.
»He, Terry, was machst du eigentlich hier unten?« rief er, während ihm der Alkohol den Kamm schwellen ließ. »Hältst wohl ein Auge auf uns, damit wir uns nicht mit Johnnys kostbarer Ladung aus dem Staube machen?«
»Mach nur weiter, besauf dich soviel du willst, mir ist das gleich«, sagte Terry.
Runty lachte und hob die Flasche zu einem allgemeinen Toast. »Es lebe Carry! Wo meine Mutter zum erstenmal meinem Vater in die leuchtenden Augen sah!« Er sprach meist in der schwerfälligen Bohegoner Mundart, doch je mehr er trank, desto stärker kam der irische Dialekt wieder zum Vorschein. »Ich bin gespannt, ob ich mit den Flaschen in der Hose überhaupt noch gehen kann«, sagte er.
»Runty, du bist eine wandelnde Schnapsbrennerei«, lachte Luke.
»Gott segne die *Elm*«, sagte Runty. »Und Gott segne Mr. Jameson. Und Gott segne die Iren. Und Gott verzeih uns, daß wir Leute wie Willie Givens und Tom McGovern und McGown hervorgebracht haben und ...«
Es sah fast so aus, als hätte Big Mac die improvisierte Lustbarkeit unten im Laderaum belauscht, denn er rief plötzlich herunter: »Versucht bloß nicht, etwas von der Ladung auf die Seite zu bringen. Ihr wißt, wie der Chef darüber denkt.«
»Aber, Bruder McGown«, rief Runty zu ihm hinauf, »du wirst uns doch nicht des Diebstahls bezichtigen. Ich habe im ganzen Leben noch nie etwas gestohlen.« Dann flüsterte er Luke zu: »Außer irischem Whisky ...«
»Ich wünsche, jede einzelne dieser Kisten hier auf dem Pier zu sehen – und zwar schnell«, brüllte Mac in die Luke hinunter.
Runty tat so, als reinige er sich die Ohren. »Sprich lauter. Ich kann dich nicht hören.«
Mac rief hinunter: »Wenn du ab und zu die Ohren aufmachst, statt dein großes Maul ...«
»Mein Mund ist gar nicht so groß«, grinste Runty zu ihm hin-

auf. »Das kommt nur daher, daß mein übriger Körper so klein ist.«

Die ganze Gruppe hörte mit der Arbeit auf und platzte fast vor Lachen.

»Okay, okay, arbeite lieber und red' nicht so viel«, rief Big Mac; er wußte, daß es keinen Sinn hatte, sich mit diesem schlagfertigen kleinen Kerl in ein Wortgefecht einzulassen. »Dieses Schiff muß morgen abend schon wieder auslaufen. Seht zu, daß ihr da unten bald fertig werdet, ihr besoffenen Halunken.«

»Dieser besoffene Halunke da oben soll sich hüten, mit uns besoffenen Halunken hier unten so zu reden«, sagte Runty, setzte sich hin und widmete sich, gegen die Wand gelehnt, seiner Flasche.

Mein Gott, wenn er sich bloß nicht so besäuft, dachte Terry. Ein kleiner Stoß, ein Aufklatschen, und Runty Nolan liegt sechs Meter tief unten. Sie müssen gewußt haben, daß diese Gelegenheit mit dem Whisky ihn fertigmachen wird. Sie sind gar nicht so dumm. Was sie machen, das machen sie raffiniert. Er versuchte noch einmal, sich Runty zu nähern, ihn zu warnen und zu sagen, er solle vorsichtiger sein, aber Runty war bereits volltrunken und hörte auf niemanden mehr.

»Mir machst du nichts vor«, wies Runty ihn ab.

»Erst schicken sie dich in die Kirche und dann hierher, um uns zu bespitzeln. Du kannst von Glück reden, daß wir dir nicht diesen Haken quer durch den Körper rennen.«

»Runty, ich würde mich in acht nehmen, wenn ich in deiner Haut steckte«, versuchte Terry erneut, ihn zu warnen.

»Schön, aber du steckst nicht in meiner Haut«, sagte Runty, der sich in eine rosige Stimmung hineinsteigerte. »Du gehörst da oben zu Charley und Mac. Ich gehöre hier unten zu Joey und den anderen, die sich nicht alles gefallen lassen.«

»Menschenskind, wenn du noch einen Schluck aus dieser Flasche nimmst, dann werden wir dich aufbahren können«, sagte Luke gutmütig.

»Ich stehe immer wieder auf«, sagte Runty. »Denn ich spüre den Gesang der Grünen über die Roten in mir. Und ihr werdet

keinen Iren finden, der auch nur einen roten Heller wert ist, der nicht für die Grünen gegen die Roten eintritt.«
Terry zuckte die Achseln und ging auf die andere Seite des Laderaumes zurück. Luke half Runty auf die Beine und sang mit ihm in schwankendem, gefühlvollem Tonfall alle drei Verse des guten alten Liedes.

> »... so heben stolz wir unser Haupt
> und setzen unser Leben ein,
> daß ewig obsiegt immerdar
> das Grün und nicht das Rot...«

Gegen zwei Uhr morgens versuchte er, den verblüfften italienischen Einwanderern den Text beizubringen. In den folgenden Stunden gab Runty sein gesamtes Repertoire von dem Kartoffellied bis zu Galway Bay zum besten. Um vier Uhr war er bereits über das Gesangsstadium hinaus. Von Kiste zu Kiste taumelnd, tastete er sich zu der Lukenleiter vor, wobei ihm der Whisky im Blut genauso hinderlich war wie der in den Taschen. Trotz des Gewichtes von einem halben Dutzend Flaschen gelang es ihm irgendwie, die lange, schmale Leiter hinaufzuklettern und auf das Deck zu steigen. Dabei war er ängstlich bemüht, seine Ladung an Jamesons vor Verlust zu schützen.
Die Nachtschicht war vorüber, und er war stolz darauf, Lukes wiederholte Angebote, ihn nach Hause zu bringen, abgelehnt zu haben. Verdammt, noch nie hatte jemand Runty Nolan nach Hause bringen müssen. Er trat von der Laufplanke auf das Hiev, balancierte mit der Grazie eines Seiltänzers – jedenfalls kam es ihm so vor – auf den Pier hinüber und verschwand in einem Schuppen. Er sah schon nicht mehr den Rücken des letzten Ladearbeiters, der langsam vom Pier in die Straße hinausschritt.
»So heben stolz wir ...« versuchte er zu singen, gab es aber auf und legte sich auf einem zufällig in der Nähe stehenden Handwagen zur Ruhe nieder. Er suchte in der Tasche nach der Flasche, aus der er getrunken hatte, aber als er sie an die Lippen führte, rutschte sie ihm aus der Hand und zerbrach auf dem Boden. Am Eingang zum Pier hörten Specs Flavin und Sonny

Rodell das Geräusch des zerspringenden Glases. Sie sahen sich an und gingen vorwärts. »Er wird blind sein«, sagte Specs. »Gib es ihm schnell mit dem Brecheisen. Aber schlag nicht daneben, verdammt noch mal.«
Specs war die ganze Nacht in Johnnys Bar gewesen, um sich hierauf vorzubereiten. Jeder Schluck, jedes Glas hatten sein Selbstvertrauen gehoben. Er war nur ein kleiner, nervöser, bleichgesichtiger Mann, aber um vier Uhr morgens kam er sich wie ein Riese vor. Truck und Gilly und die übrigen, die galten zwar auch als zähe Burschen, aber ein Ding wie das mit Joey Doyle oder dieses hier war zuviel für sie. Dazu brauchte man Specs Flavin. Einen ganzen Mann. Specs trug eine dicke Brille, und manchmal neckten sie ihn wegen seiner schlechten Augen, er habe es wohl nötig gehabt, sich äußerlich etwas zu verschönern. Nun, er würde es ihnen zeigen, er würde es ihnen allen zeigen. Der Trieb zum Verbrechen stieg in ihm höher und höher, bis er ihn ganz und gar berauschte. Sonny war zwar nicht mit der eigentlichen Ausführung beauftragt, doch hatte er auch ein Dutzend Schnäpse getrunken, um sich zu beruhigen. Er war von Natur aus kein Killer oder Lustmörder oder so etwas, und er machte nur auf Grund einer gewissen Hochachtung für Specs mit, und um zu beweisen, daß mehr in ihm steckte, als Truck und Gilly vermuteten.
Als sie Runty erreichten, lag er in tiefer Bewußtlosigkeit auf dem Handwagen. Er lag ausgestreckt auf dem Rücken und schnarchte unregelmäßig durch die gebrochene Nase.
»Mein Gott, das klingt ja, als ob die Winde noch in Betrieb wäre«, sagte Sonny.
»Himmel, der ist aber ein gemütlicher kleiner Kerl«, sagte Specs.
»Wie kann uns so ein einzelner, kleiner Hund so viel Schwierigkeiten machen?« sagte Sonny.
»Der wird uns keine mehr machen«, sagte Specs. »Was für ein kleines besoffenes Luder er gewesen ist!«
»Der vertrug schon eine gehörige Tracht Prügel«, sagte Sonny anerkennend.

»Vielleicht gibst du ihm einen über den Kopf mit dem Brecheisen«, sagte Specs. »Ich traue dem Hund nicht, vielleicht wacht er plötzlich auf.«
Sonny tat, wie ihm befohlen war.
Man muß schon ein großer Mann sein, um so etwas zu tun, dachte sich Specs. Es ist, als wäre man Gott oder so. Er ist tot und weiß es nicht, aber ich weiß es, weil ich die Macht in mir habe.
»Siehst du dort den Ballendraht?« sagte er zu Sonny. »Wickel ihn 'rum und unter dem Wagen hindurch.«
Sonny tat, wie ihm befohlen, aber er tat es hastig. Er wollte so schnell wie möglich damit fertig werden.
»Jetzt nimm die Griffe und schieb das verfluchte Ding hinaus auf das Hiev.«
Einen Augenblick standen sie zusammen auf dem Hiev, drei Meter über dem Wasserspiegel. Es war noch dunkle Nacht, doch zeigte sich am östlichen Himmel bereits der erste Vorbote des Morgens. Unter sich konnten sie das Wasser gegen die Pfosten spülen hören.
»Versetz ihm einen anständigen Stoß«, sagte Specs.
Es war fast wie bei einer formellen Beerdigung auf hoher See, wie die beiden mit gesenkten Köpfen da oben standen. Der Handwagen rollte bis an das Ende des Piers und kippte Runty Nolan in die Tiefe des schwarzen Wassers. Jetzt war Runty nicht mehr ein Gast auf dieser Welt. Der gute alte North River, Johnny des Freundlichen stiller Teilhaber, hatte es wieder einmal getan.
»Ich wette, es ist heute nacht ganz schön kalt da unten«, sagte Sonny.
»Aber nicht da, wo er jetzt hinfährt«, sagte Specs mit häßlichem Lachen.
Specs Flavin kehrte dem Hiev den Rücken, und Sonny folgte ihm auf den Pier zurück. Die Spannung hatte nachgelassen und Specs schrumpfte widerwillig zu seiner eigenen, sich selbst verachtenden, unscheinbaren Größe zusammen.

ACHTZEHNTES KAPITEL

Nur ein paar Häuserblocks entfernt brannte in Pater Barrys Zimmer noch immer Licht. Er war die ganze Nacht aufgewesen und hatte an einem Bericht für die Kriminalpolizei gearbeitet. Es war ihm in diesen wenigen Tagen immer klarer geworden, daß die Arbeitsausgabe, basierend auf dem Überangebot an Arbeitskräften, der Infektionsherd war, der die Arbeitsverhältnisse im Hafen vergiftete. Man hatte diese Form der Arbeitsverteilung in Liverpool und London, in Seattle und Portland schon seit Jahren abgeschafft.
Warum vergiftete sie noch immer den größten Hafen der Welt? Daß die Gangsterbanden am Hafen deswegen an ihr festhielten, weil sie ihnen Macht verlieh, war verständlich. Aber jetzt hatte Pater Barry Berichte gelesen, aus denen einwandfrei hervorging, daß auch die Vereinigung der Transportgesellschaften und die führenden Ladegesellschaften für diese Form der Arbeitsverteilung waren, und zwar nicht nur das, sondern daß sie auch durch ein tiefeingewurzeltes System persönlicher Bestechungen mit der Unterwelt im Hafen gemeinsame Sache machten.
Als er Runty zur Geheimsitzung der Kriminalpolizei begleitete, hatte er die Tabellen gesehen. Die ehrenwertesten Transport- und Ladegesellschaften im Hafen hatten regelmäßig monatliche Bestechungssummen viele Jahre hindurch an allgemein bekannte Gangster wie Johnny den Freundlichen und Charley Malloy, an die Unterwelt auf den übrigen Piers am Hafen, an die Benasios in Brooklyn, an Danny D., Sliker McGhee auf der Lower West Side und an alle möglichen anderen Elemente gezahlt. An den Wänden des Sitzungssaales hatte Pater Barry die Wahrheit gesehen: zweihundert der abgefeimtesten »Gewerkschaftsführer« im Hafen standen auf der Gehaltsliste der großen Passagier- und Frachtschiffslinien und ihrer Zweiggesellschaften. Als er diese Tabellen betrachtete und daran dachte, daß die überwältigende Mehrheit der führenden Arbeiter und Angestellten dieser Firmen Katholiken waren, mußte Pater Barry unwillkürlich wieder an Xavier und seine Probleme vor vierhundert Jahren

in Indien denken – an seinen Hilferuf an den König, ehrliche Beamte zu entsenden. Diejenigen, die die christliche Herrschaft in Indien ausübten, schrieb er, seien Wölfe und Schakale, die Mohammedanern und Christen gleichermaßen nach Leib und Gut trachteten; sie seien so verkommen, so gierig, so egoistisch, so bar jeder christlichen Tugend, daß sie Xaviers unermüdliche Bekehrungsversuche zum Gespött der Straße machten.

Der Hafen schrie nicht nur nach einer gründlichen Reinigung der korrupten Gewerkschaften, nicht nur nach einer neuen, modernen, menschlichen, wirksamen Methode der Arbeitsvermittlung, sondern vielmehr nach einer sittlichen Revolution, die verhindern würde, daß prominente katholische Laien, wie Präsident Willie Givens und Tom McGovern, fromme Reden bei festlichen Anlässen hielten, während sie gleichzeitig duldeten, daß entlassene Zuchthäusler als Gewerkschaftsdelegierte, Abteilungsleiter und Heuerchefs eingesetzt wurden.

Es stärkte Pater Barrys Entschluß, daß er wußte, daß er nicht der erste Priester im Hafen war, der seine Stimme gegen den sittlichen Niedergang erhob, der sich öffentlich dagegen wandte, daß die Unterwelt mit den Wirtschaftsmagnaten und Politikern am selben Tische saß. Der alte Pater Mahoney auf Staten Island – wo Vince Donato die Docks unter sich hatte – hatte seit vielen Jahren mit wildem Eifer gegen dieses Dschungel gepredigt. Sollte Pater Barry aufgerufen werden, um bei der Untersuchung als Zeuge auszusagen, so wollte er die Warnung des alten Priesters zitieren: »Wenn die Kirche und die Gemeinde aufhört, sich für die arbeitende Menschheit zu interessieren, dann stirbt sowohl die Kirche als auch die Gemeinde.«

Aber Pater Mahoney war Pfarrer und hatte sich durch zwei Generationen hindurch das Recht erworben, seine Meinung zu sagen. Er hatte die Enkel derjenigen getauft, die er einstmals getraut hatte. Er konnte gegen Donato auftreten, obwohl dieser ein großer Mann und einflußreicher Politiker auf Staten Island war, der die Docks in der Tasche hatte. Hier in Bohegan war Pater Barry nur ein junger Vikar. Pater Donoghue wollte seinem Vikar nicht den Mut nehmen, sich um das Elend der Dock-

arbeiter in seiner Gemeinde zu kümmern, keineswegs. Aber manchmal war es besser, vorsichtig vorzugehen, als vorzuprellen und dann zu stolpern. »Nur langsam, Junge«, riet der alternde Pfarrer. »Langsam, langsam. Wie beim Bergsteigen. Vergewisser' dich erst, daß du mit deinem Fuß festen Halt gewonnen hast, bevor du den anderen einen Schritt vorsetzt.«
Pater Donoghue war ein guter, sanfter Mann, und Pater Barry nahm seine Bemerkungen als leisen Vorwurf und zugleich als leise Ermutigung auf. Beim Morgengebet versprach der Vikar, umsichtig zu sein und den Leuten soviel Hilfe zu gewähren, wie er konnte, ohne seinen Pfarrer in Schwierigkeiten zu bringen oder sich selbst unnütz zu exponieren.
Er hatte gerade von elf bis zwölf Uhr die Beichte gehört und befand sich auf dem Wege zum Mittagessen im Pfarrhaus, gespannt, ob Mrs. Harries, die Haushälterin, wieder ihren falschen Hasen servieren würde, als Moose, völlig außer Atem und das Gesicht voll bleichen Entsetzens, angelaufen kam.
»Pater, Runty . . . Runty Nolan . . .« stieß er hervor.
»Ja, ja, was ist denn geschehen?«
»Seine Leiche wurde gerade bei Pier B angeschwemmt. Die Schrauben der *Elm* haben ihn hochgespült. Die elenden Hunde, Pater.«
»Okay, ich komme mit«, sagte Pater Barry. Die beiden Männer eilten hinunter zu den Docks.
Runty Nolan lag unter einer Zeltbahn auf dem Hiev. Die Kunde hatte sich rasch in den Bars und den Mietskasernen verbreitet, und es hatten sich bereits vier- bis fünfhundert Menschen versammelt. Pop und Jimmy Sharkey und Fred, der Barmixer aus der Longdock, und Katie mit Mrs. Collins und Mrs. Gallagher und Luke und Billy und Jo-Jo und einige weitere »Golden Warriors«, und auch der eine oder andere von der Unterwelt, Big Mac und Truck und Gilly und »J. P.« Morgan und die Polizei, die auf den Amtsarzt wartete, und Kapitän Schlegel und einige Gewerkschaftsbeamte und Mutt Murphy, der mit sich selbst sprach, und wohl zweihundert Arbeiter der Tagesschicht, die mit verkniffenen Lippen herumstanden.

Terry Malloy, der sich mitten unter der Menge befand, versuchte, nicht aufzufallen. Er entdeckte Katie, bemerkte, daß sie bleich und verängstigt aussah, und mied absichtlich ihren Blick. Er hatte hiermit nichts zu tun. Hatte er nicht sogar versucht, den kleinen Kerl zu warnen? Und der freche kleine Bursche wollte sich von ihm nichts sagen lassen. Er hatte nichts damit zu tun.
Pater Barry bahnte sich voller Zorn einen Weg durch die Menge und rief in kurzem, befehlendem Ton: »Beiseite, weg da, laßt mich durch.« Als er die unter der Zeltbahn liegende Gestalt erreicht hatte, spendete er schnell die Sterbesakramente. Dann begann er laut und in schnellen Sätzen zu reden. Er sprach mehr wie ein Mann, der sich in einer wilden Auseinandersetzung befand, als wie ein Priester, der eine Totenrede hielt.
»Ich bin hergekommen, um ein Versprechen einzulösen«, begann er. »Ich habe Runty Nolan mein Wort gegeben, daß, wenn er gegen den Mob aufstehen würde, ich mit ihm aufstehen würde. Und zwar bis zum Ende. Jetzt ist Runty Nolan tot. Er war einer der Leute, der die Gabe hatte, immer wieder hochzukommen. Aber dieses Mal haben sie ihn erledigt. Sie haben ihn diesmal endgültig erledigt. Falls es nicht ein Unfall war, wie sie vermutlich sagen werden. Ja, und ich gebe euch mein Wort, daß die Polizei mitmachen wird. Wieder ein Unglücksfall im Hafen von Bohegan.«
Seine Stimme war voller Zorn. Ein Fährboot stieß mitten auf dem Strom einen Warnton aus, aber niemand sah sich um. Kalter Wind peitschte vom Wasser her, und der Talar, den der Priester in der Eile nicht mehr hatte ausziehen können, blähte sich wie ein Segel und schlang sich ihm um die Beine.
»Einige Leute glauben, daß die Kreuzigung nur auf Golgatha stattgefunden habe«, fuhr Pater Barry fort. »Sie sollten es eigentlich besser wissen. Nehmt Andy Collins. Vor ein paar Jahren, gerade als er im Begriffe stand, seinen Dienst als Heuerchef auf Pier D anzutreten, das war auch eine Kreuzigung. Nehmt Joey Doyle, den man daran hindern wollte, eine ehrliche Opposition zu organisieren und vor Gericht auszusagen, das ist auch eine Kreuzigung. Und wenn sie jetzt Runty Nolan

im Fluß ertränkten, weil er bereit war, am nächsten Montag vor der Kriminalpolizei seine Aussage zu machen, dann ist das auch eine Kreuzigung. Jedesmal, wenn der Mob einen guten Mann in die Zange nimmt und versucht, ihn daran zu hindern, seine Pflicht als Gewerkschaftler und als Bürger zu erfüllen, dann ist das eine Kreuzigung.«
Das zornige Wort »Kreuzigung« hing knisternd in der Luft und schwebte einen Augenblick lang über ihnen wie ein gefährlich naher Blitz. Pater Barry blickte die Menge funkelnd an, als ob er jedem einzelnen die Schuld geben wollte.
»Und jeder einzelne, der dies zuläßt« – er wies mit heftiger Gebärde auf die Zeltbahn – »und ich sage es noch einmal, jeder einzelne, von den hochmütigen Transportgesellschaften, den Polizeikommissar und Staatsanwalt, herunter bis zu dem ärmsten Arbeiter im Laderaum – jeder einzelne, der nicht den Mund aufmacht, wenn er weiß, daß etwas geschehen ist – oder gute Gründe zu der Annahme hat, daß etwas geschehen ist –, der trägt genausogut seinen Teil an der Schuld, wie der römische Soldat, der unserem Heiland in die Seite stach, um zu sehen, ob er tot war.«
Mitten in der Menge dachte Terry: »Er sieht mich dauernd an«, und senkte den Kopf, um sich hinter der Anonymität der dicht gedrängt stehenden Hafenarbeiter zu verbergen. *Warum sieht er eigentlich dauernd mich an?*
Von weiter hinten in der Menge ertönte Trucks knarrende Stimme: »Gehen Sie zurück in Ihre Kirche, Pater.«
Pater Barry fuhr, fast wie ein Boxer, in Richtung auf den Zwischenrufer herum. »Menschenskinder, das hier ist meine Kirche. Ich habe Christus gelobt, ihm zu folgen, wohin er mich führen würde. Und wenn ihr nicht glaubt, daß Christus jetzt hier am Hafen ist, so seid ihr alle miteinander auf dem Holzwege.«
Er brüllte diese Worte mit einer Lautstärke, die auch dem Hafenmob verständlich war. Dann senkte er die Stimme, um zu den übrigen zu sprechen.
»Jeden Morgen, wenn der Heuerchef seine Pfeife zieht, dann

steht Christus neben euch bei der Arbeitsausgabe. Okay, ich weiß, einige von euch werden jetzt ein hämisches Lächeln im Gesicht haben. Machen Sie uns nichts vor, Pater, spricht aus einigen dieser Gesichter. Spiegelfechterei aber ist es nur für diejenigen, die Christus selbst mit den Worten beschreibt ›Sie haben Augen und sehen nicht. Und sie haben Ohren und hören nicht.‹ Das trifft für die meisten von euch zu. Klar, ihr habt Augen und Ohren, aber ihr stopft euch lieber die Ohren zu und tut so, als könnt ihr nicht sehen.

Aber so wahr ich hier stehe, Christus ist neben euch bei der Arbeit. Er sieht, warum ihr manchmal Arbeit bekommt und manchmal übergangen werdet. Es ist sogar möglich, daß er selbst übergangen wird, weil er keine Bestechungsgelder zahlen und nicht mit den Leuten gemeinsame Sache machen will, die nicht zu arbeiten brauchen, weil sie lieber euch für sich arbeiten lassen wollen.

So steht Christus auf der Straße mit den anderen Abgewiesenen. Er sieht den sorgenvollen Ausdruck in den Augen der Familienväter, die nicht wissen, wie sie die Miete aufbringen und Frau und Kinder ernähren sollen. Er sieht, wie sie zu dem Geldverleiher geradezu hingetrieben werden und er sieht, wie die Wucherer nur allzu froh sind, ihnen auszuhelfen – zu zehn Prozent und mehr. Er trieb die Geldwechsler aus dem Tempel – und wo sind sie schließlich gelandet? – hier auf den Docks!

Was glaubt ihr, mag Er empfinden, wenn Er sieht, wie Seine Arbeitskameraden für den Lohn eines Tages ihre Seelen an den Mob verkaufen? Was, glaubt ihr empfindet Er, wenn Er zu einer Arbeiterfamilie in die Küche kommt und mit Mrs. Joe Docks spricht, die sich die Augen ausweint, weil ihr Mann keine ständige Arbeit hat? Sie kann sich nicht vorstellen, wovon sie am nächsten Tag leben soll. Jetzt hat sie keine fünf Dollar für Lebensmittel, weil ihr Mann für sein Recht eingetreten ist und deshalb am Hafen keine Arbeit mehr bekommt.

Wie ist Ihm zumute, wenn Er zu einer Gewerkschaftsversammlung geht – zu einer dieser ganz seltenen Gewerkschaftsversammlungen – und mit ansieht, wie sie abläuft? Wenn Er sieht, wie wenige überhaupt hingehen, und wie noch weniger um das Wort bitten, es sei denn, es handle sich um einen Antrag, der von den Leuten da oben ausgeht. Wenn Er sieht, was mit dem einen oder anderen aufrechten Mann geschieht, dem man den letzten Rest von Menschenwürde – ja, Würde in Christo – aus dem Leibe prügelt.

Was mag Er empfinden, wenn er in unserem Viertel herumgeht und die Bars und Spielhöllen und Geldverleiher zählt und vergeblich nach einem Spielplatz oder einem Gemeinschaftshaus Ausschau hält? Was mag Er empfinden, wenn Er die Kinder anständiger Hafenarbeiter in zerlumpten Kleidern herumlaufen und in engen, schmutzigen Straßen Ball spielen und unter dahinrasenden Lastwagen hervorspringen sieht?

Was mag Er empfinden, wenn Er feststellt, was diese Kinder sagen und tun, was sie im Alter von elf Jahren schon alles im Sinn haben? Bereit, mit elf den Kampf gegen die ganze Welt aufzunehmen. Er, der da gesagt hat: ›Wer immer die Kleinen zur Sünde verleitet, es wäre besser für ihn, einen Mühlstein um den Hals zu haben und in den Tiefen des Meeres zu ertrinken.‹

Was denkt Christus von den Leuten, die leichtes Geld verdienen und sich als eure Gewerkschaftsführer gebärden, euch jeden Tag in der Woche und zweimal am Sonntag verkaufen und Zweihundert-Dollar-Anzüge tragen und mit euren Beiträgen und Fonds und eurem Bestechungsgeld sich in den elegantesten Restaurants die Bäuche vollschlagen? Ja, und was denkt Er von Seinen ehrbaren Anhängern, den Direktoren der Transportgesellschaften und den Magistratsbeamten, die während der Messe einen Cent für die Sammlung geben und dann den Verbrechern und Dockaufsehern durch die Finger sehen, die ihre Methoden in Sing-Sing und Dannemora gelernt haben?

Was muß Er, der die Würde der Arbeit nicht mit Worten sondern mit seinen eigenen Händen aufgerichtet hat, von Verhältnissen wie diesen denken? Und was mag sich Er, der ohne Furcht gegen alles Böse in der Welt aufstand, von eurem Schweigen halten?«

Wieder schien er durch die anderen Zuhörer hindurch unmittelbar in Terrys gesenkte Augen zu blicken. Terry drückte sich, so eng er konnte, gegen den breiten Rücken des vor ihm stehenden Mannes. Zum Teufel mit dem Priester und seinem großen Mund. Zum Teufel mit Charley und seinen großen Ideen. Zum Teufel mit allem und jedem, das ihn in diese Sache hineingezogen hat. Der langgezogene Baßton eines auslaufenden Frachters wetteiferte einen Augenblick mit Pater Barrys Zornausbruch. Vielleicht sollte Terry lieber wegfahren, solange es noch ging. Vielleicht hatte Charley Beziehungen, um ihm als Seemann irgendwo eine Heuer zu verschaffen.
»Ihr wollt wissen, was in unserem Hafen faul ist?« begann der Priester langsam, als der Ton der Schiffssirene verebbt war. »Es ist die Liebe zum Dollar. Es ist die Profitgier – das Stehlen en gros – die Leisetreterei –, alles Dinge, die für wichtiger gehalten werden, als Liebe zum Menschen. Man hat vergessen, daß jeder einzelne hier unten euer Bruder ist, ja euer Bruder in Christo.«
Das Wort *Christo* wurde nicht sanft wie Balsam über ihnen ausgegossen. Es wurde ihnen wie ein Fehdehandschuh, wie eine wütende Herausforderung vor die Füße geschleudert. Auf diese Art und Weise mochten die Umstürzler des ersten Jahrhunderts ihren gefährlichen Glauben auf die Marktplätze und die Tempel von Antiochia und Philippia getragen haben. Die meisten der Leute, die jetzt um Pater Barry herumstanden, waren gewohnt, an Christus nicht anders als an eine fromme Abstraktion zu denken, eine graue Gestalt in ihren Gebetbüchern. Es wirkte auf sie wie ein Schock, daß man ihnen jetzt zumutete, einem lebendigen Christus Platz zu machen, der, mit einer Windjacke angetan, mitten unter ihnen stand und einen Ladehaken in der Hand hielt, einem Christus, der nicht wußte, wie Er seine Miete und seine Gemüserechnung bezahlen sollte, ein von Geldverleihern und Schlägern gekreuzigter Christus, Christus an einem Hudsonkreuz, weggeworfen wie Abfall, oder wie Runty Nolan, der, mit Bindedraht umwickelt, in das Brackwasser des Flusses gestoßen worden war.

»Brüder«, Pater Barry schien zu jedem einzelnen von ihnen persönlich zu sprechen, »ganz gleich, wie hart es noch zugehen mag und es scheint mir, als ob es noch härter wird, bevor es besser wird – denkt daran, Christus ist immer bei euch! Er steht jeden morgen bei euch während der Arbeitsverteilung, im Winter oder bei dreißig Grad Hitze. Er ist im Laderaum der Schiffe. Er ist in den Gewerkschaften. Er ist in den Bars. Er kniet hier neben Nolan. Und Er sagt zu euch allen: ›Was ihr dem geringsten unter meinen Brüdern tut, das tut ihr mir.‹ Was für ein besseres Schlagwort könnte eine anständige Gewerkschaft überhaupt haben? Was sie Andy Collins, was sie Joey Doyle und jetzt Runty Nolan angetan haben, das haben sie dir angetan und dir und dir. Euch allen! Und ihr allein, mit Gottes Hilfe, habt die Macht, sie für immer unschädlich zu machen!«

Dann sprach er ein Vaterunser und verkündete: »Die Totenmesse für Timothy J. Nolan findet am Samstag um zehn Uhr statt.« Er wandte sich der Gestalt zu, die unter die Zeltplane endlich zum Schweigen gebracht war. »Okay, Runty?« Er machte das Zeichen des Kreuzes, blickte in die Runde und sagte mit noch immer zorniger und rauher Stimme laut »Amen«.

Pop Doyle eilte herbei, um ihm die Hand zu drücken. Katie folgte ihrem Vater schweigend. Alles Blut war ihr aus dem Gesicht gewichen. Dieser zweite Mord so dicht nach Joeys Tod schien ihr alle Energie, die sie noch vor ein paar Tagen gehabt hatte, genommen zu haben. Aber Runtys Tod hatte eine entgegengesetzte Wirkung auf Pop. Joey war ein geborener Märtyrer. Er hatte gewußt, was er tat; er kannte das Risiko, das er einging, und Pop hatte ihn gewarnt und für ihn gefürchtet und hatte sich unbewußt auf das Schlimmste eingestellt. Runty aber war ein armer Narr, ein sein ganzes Leben lang trinkender und plappernder Tor gewesen, und Pop fand es auf eine schmerzliche Art unmöglich zu glauben, daß Runty in ein paar Minuten nicht mehr drüben in der Longdock-Bar sein und seinen ewig fröhlichen und spöttischen Toast ausbringen würde »auf das Wohl unseres hochmögenden Herrn Willie Givens...«

»Pater, ich stehe zu Ihnen«, sagte Pop. »Mir ist es jetzt gleich, was sie mit mir machen. Ich gehe mit Ihnen durch dick und dünn.«

»Guter Kerl«, sagte Pater Barry. »Ich denke, wir halten heute abend noch eine Versammlung ab, um voranzukommen. Das Hafenarbeiterkomitee zu St. Timotheus. Ich habe eine Idee, wie man ein Flugblatt über Joey und Runty herausbringen könnte. Wir können den Vervielfältiger im Pfarrhaus verwenden. Vielleicht können wir so viel Druck auf Donnelly ausüben, daß er diesen Fall nicht so einfach als Unglücksfall abtun kann. Vielleicht können wir sogar einen offiziellen Protest einlegen.«

Er sah Katie scharf an. »Okay, Katie?«

»Pater, ich habe Angst«, sagte sie.

»Mein Vater pflegte einen alten irischen Trinkspruch auszubringen«, sagte Pater Barry. ›Möge der Teufel die Zehen all unserer Feinde auffressen, damit wir sie am Humpeln erkennen.‹ Wenn unsere Bewegung wirklich durchdringt, dann werden wir hier eine Menge starke Männer humpeln sehen, noch ehe alles vorüber ist.«

Moose und Jimmy und Luke und Andy Collins Witwe und ein halbes Dutzend andere, die dabeistanden, lachten oder lächelten verständnisinnig.

»Haben Sie 'ne Zigarette bei sich?« sagte der Priester.

Pop bot ihm eine an. »Pater, Sie und Mutt Murphy gehören zusammen – Sie sind beide Künstler im Schnorren«, sagte er.

»Der Herr nimmt sich ihrer an«, sagte der Priester leichthin. Dann nickte er in Richtung auf die Zeltbahn, die man gerade zu dem Unfallwagen trug. »Ich hoffe, das gilt auch für Runty.« Er fühlte sich ganz elend angesichts dessen, was man Runty angetan hatte, und trotzdem auf eine seltsame Art und Weise erregt. Männer haben wohl dieses Gefühl auf dem Schlachtfeld gehabt, wenn es den Kameraden getroffen hatte und sie selbst weiter vorgehen mußten. »Bis nachher«, grüßte er sie kurz, drehte sich um und setzte sich mit seinen schnellen Schritten zur Stadt hin in Marsch.

»Mensch, noch ein paar solche, und ich lasse die Baptisten Baptisten sein«, verkündete Luke.

»Wie Runty sagen würde, ein Draufgänger«, rief Moose.
»Mein Gott, ich habe in dreißig Jahren hier unten noch keine solche Aufregung erlebt«, sagte Pop.
»Der Hafen ist ein merkwürdiger Ort«, stimmte Jimmy bei.
»Erst ist alles jahrelang ruhig und dann, plötzlich, geht alles in die Luft wie eine Bombe.«
Eine halbe Stunde später saß Terry in Hildegardes Bar.
»Was ist denn los mit dir, bist ja so ruhig, ziehst mich ja gar nicht mehr auf«, versuchte die über die Maßen fette Wirtin ihn aufzuheitern.
»Noch einen«, sagte Terry und tippte an sein leeres Schnapsglas. »Diesmal einen Doppelten.«
»Soll ich dir eine Platte vorspielen, eine ganz scharfe?« bot Hildegarde an.
»Laß mich in Frieden«, sagte Terry.
»Ich weiß, der kleine Runty hat sich dir auf den Magen geschlagen. War ein toller Bursche. Er kam immer her und neckte mich, warum wir eigentlich nicht heirateten. ›Ha, dich kann man ja im Bett gar nicht finden‹, habe ich ihm immer gesagt.«
»Okay, okay, leg die verdammte Platte auf«, sagte Terry und als sie es tat, spielte ihm sein Verstand einen üblen Streich und er hörte Katie und ihre um Vertrauen bittende, ruhige Stimme, aus der die Verzweiflung sprach und die in Gestalt der schmalzigen Grammophonsängerin schrie »Hilf mir, hilf mir, wenn du kannst, um Gottes Willen, hilf mir«.
»Hier Kleiner, trink einen auf Hildegarde«, sagte die Wirtin.
Er nickte. Aber er hörte, wie er Katie antwortete: »Ich kann noch mein ganzes Leben lang trinken ...«

NEUNZEHNTES KAPITEL

Pater Barry begann sein Tagewerk mit der Sechs-Uhr-Messe. Der Besuch war besser als sonst, weil der Priester neue Bundesgenossen gewonnen hatte, als er nach seiner Abschiedsrede auf Runty ungeschoren geblieben war. Die meisten hatten darauf verzichtet, sich Pater Barry öffentlich anzuschließen, standen aber eine Stunde früher auf und gingen in die Frühmesse, um damit stillschweigend zu zeigen, daß sie Pater Barrys Mut anerkannten. »Er läßt sich nichts gefallen«, sagten sie zueinander, als sie in kleinen Gruppen von den verschiedenen Mietskasernen durch die eisige Finsternis zu der alten Backsteinkirche gingen. »Sich nichts gefallen lassen« war das höchste Lob, das man jemandem am Hafen spenden konnte.

Pater Barry spürte noch immer die starke Erregung und den bitteren Zorn, der auf dem Dock in ihm aufgestiegen war. Als er die Geste des Händewaschens nach dem Meßopfer machte, sprach er die lateinischen Worte so unwirsch, daß viele unter den Hafenarbeitern, die gewöhnlich den unverständlichen Gesang bloß so über sich ergehen ließen, sich jetzt auf einmal die Mühe nahmen, den englischen Text in ihren Gebetbüchern aufzuschlagen.

»O Herr, ich liebe die Schönheit Deines Hauses und den Ort, da Dein Ruhm wohnt. Zerstöre nicht meine Seele mit den Gottlosen, o Herr, noch mein Leben mit Männern des Blutes. In wessen Händen da Feindseligkeit ist, dessen rechte Hand ist voller Arg. Aber ich, ich will hingehen in Unschuld; rette mich und sei mir gnädig.«

Die Worte trafen alle Männer, die an diesem Morgen dem Meßopfer beiwohnten, mit einer ganz neuen Bedeutung. Die meisten hatten Jahre hindurch ihre Bestechungssummen an den Heuerchef entrichtet oder sich den sogenannten Streiks angeschlossen, wenn der Mob eine Schiffsladung Tulpenzwiebeln oder eine Ladung Pelze für seine Zwecke ausnutzen wollte. Wieder einmal gelang es Pater Barry, ohne eine Predigt zu halten, die Messe nicht zu einem trockenen Ritus, sondern zu einem lebendigen Erlebnis zu machen, das tief in dem Boden ihres täglichen Lebens verwurzelt war. Und Bekehrte noch einmal bekehren, dachte Pater Barry im Innern. Als er sich von dem Altar, der Golgatha war, abwandte und in die aufmerksamen Gesichter der Männer blickte, die ihren Frieden mit der Verderbnis geschlossen hatten, da fragte er sich, ob das Predigertum der Stärke endlich Früchte trug. Wieder hat Christus sich den scharfen Nägeln und dem harten Kreuze dargeboten, und durch die Lippen Pater Barrys hatte er sein entscheidendes Versprechen erneuert, sie alle mit seinem Blute zu erlösen.

Die Männer gingen in den bleichen Wintermorgen hinaus, um vor der Arbeit noch irgendwo zu frühstücken. Hier und da wurde von einem wilden Streik als Protest gegen die Ermordung Runty's gesprochen. Runty war so lange unter ihnen gewesen, daß ihn sogar solche, die ihn nie recht leiden konnten, jetzt vermißten.

Pater Barry zog sich in der Sakristei um, als ihm Pater Vincent die neueste Nummer des Boheganer »Graphic« überreichte. »Du lieferst die Schlagzeile auf der ersten Seite«, sagte der Priester zu seinem Amtsbruder.

Ein Reporter des Blattes hatte sich in der Menschenmenge befunden, als Runtys Leiche geborgen wurde. Pater Barrys Attacke gegen das »böse Triumvirat« von Transportgesellschaften, Magistratsbeamten und Gewerkschaftsgangstern erschien in einem zwei Spalten langen Artikel. »Ich habe die Zeitungen von Manhattan noch nicht gesehen, aber ich hörte, daß sie es auch bringen«, sagte Pater Vincent. »Du hast es ja so gewollt, mein Lieber. Jetzt bist du eine Berühmtheit.«

Pater Barry zuckte die Achseln. »Ich habe die Dinge beim richtigen Namen genannt. Sie können mich dafür nicht aufhängen.«

»Nicht mit dem Strick, nein«, stimmte Pater Vincent zu. »Aber wo ist Pater Coughlin jetzt? Noch etwas mehr von dieser Sorte« – er schwenkte den »Graphic« – »und du bist ein linksradikaler Coughlin.«

»Was ist linksradikal?« sagte Pater Barry. »Nennst du das Meßbuch linksradikal? Du nennst die Würde des Menschen linksradikal? Du nennst die Enzykliken linksradikal?«

»Vergeude deine Munition nicht auf mich«, sagte Pater Vincent, indem er sich das ärmellose weiße Meßgewand über den Kopf zog. Er hatte die nächste Messe zu zelebrieren. »Spar dir lieber deine Kräfte für den Generalvikar.«

»Was willst du wetten, daß der Pfarrer hinter mir steht?« sagte Pater Barry.
»Und was willst du wetten, daß der Monsignore binnen einer Stunde den Bischof gegen dich aufbringt?« entgegnete Pater Vincent. »Wenn du dem Polizeikommissar, dem Magistrat und der Hafenarbeitergewerkschaft auf die Zehen trittst, dann trampelst du auf einigen sehr mächtigen Füßen herum.«
»Je größer sie sind ...« zuckte Pater Barry die Achseln.
»Desto härter fällst du«, warnte ihn Pater Vincent, ein Gebet murmelnd.
Als Pater Barry in das Pfarrhaus zurückkehrte, war der Teufel los. Zeitungsreporter aus New York wollten Interviews haben. Eine Hafenarbeiterdelegation von der West Side, jenseits des Flusses, war erschienen, um sich Rat zu holen, wie man eine Opposition gegen die Verbrecherclique bilden könne, die sich in ihrer Ortsgruppe eingenistet habe. Es waren sogar ein paar Besucher aus dem Brooklyner Reservat des Jerry Benasio da. Ein stellvertretender Heuerchef vom East River war gekommen, der jahrelang mit der Unterwelt gemeinsame Sache gemacht hatte, den aber jetzt sein Gewissen plagte. Um neun Uhr dreißig kam ein Beamter der Kriminalpolizei, um eine Verabredung zu treffen. Er wollte die Möglichkeit erörtern, unter welchen Umständen Pater Barry als Zeuge im Ermittlungsverfahren auftreten könne. Der Priester solle über die Punkte aussagen, die ihm der verstorbene Nolan bezüglich der Korruption und Gewalttaten in Bohegan eröffnet hatte. Auch habe die Kriminalpolizei erfahren, daß Pater Barry an einem Plan zur Reform der Verhältnisse im Hafen arbeite.
Pater Barry verabredete sich mit der Presse und der Polizei und besprach sich mit Jimmy Sharkey, Moose und Dino Lorenzo, einem Mann aus Jersey City, über den Plan zur Herausgabe einer Flugschrift, als die Nachricht kam, der Pfarrer wünsche ihn zu sehen.
Pater Donoghue saß in seinem altmodischen Arbeitszimmer bei einer Tasse Tee, als Pater Barry eintrat.
»Pete, ich mache mir Sorgen über diese Schlagzeilen in der Pres-

se«, sagte der Pfarrer. »Ich finde, du hast zwar nicht direkt meinen Weisungen zuwidergehandelt, doch du hast es für richtig gehalten, meinen Rat zu ignorieren. Wie du weißt, bin ich keineswegs gegen dein Vorgehen als solches. Ich bin auch der Ansicht, daß die Hafenarbeiter unserer Gemeinde unsere Hilfe brauchen. Aber es kommt darauf an, auf welche Weise wir ihnen diese Hilfe gewähren. Diskretion ist oft der bessere Teil der Tapferkeit. Und ich kann eigentlich nicht behaupten, daß du mit diesen deinen Bemerkungen auf den Docks diskret gewesen bist.« Er wies mit einer Kopfbewegung auf den »Graphic« und die schwarzen Schlagzeilen auf dem Teetisch hin. »Bevor du so weit gingst, den Charakter unserer örtlichen Beamten anzugreifen, hätte ich es gern gesehen, wenn wir bei dem Bischof den Boden ein wenig hätten vorbereiten können. Wir sind nur ein kleiner Kirchensprengel, einer der ärmsten in der Diözese. Aber der Bischof hat mich immer sehr anständig behandelt, das muß ich sagen. Jetzt fürchte ich, daß Monsignore O'Hare, dessen Einstellung der deinigen offensichtlich entgegengesetzt ist, zweifellos Gelegenheit haben wird, den Bischof gegen dich zu beeinflussen. Und ich möchte sogar sagen, gegen uns – bevor wir überhaupt die Möglichkeit haben, unser Vorgehen zu erklären.«

»Pater, glauben Sie mir, es hat nie in meiner Absicht gelegen, Ihre Autorität oder Ihren gutgemeinten Rat in den Wind zu schlagen«, sagte Pater Barry rasch. »Es war nur so, daß die Ereignisse mir über den Hals gekommen sind und mich immer schneller und schneller vorwärtsgetrieben haben. Ich hatte keine Ahnung, daß sie Runty umbringen würden, als ich gestern morgen versprach, meine Arbeit von der Kirche aus zu tun. Und als ich dort hinunterging, Pater, und mir vorstellte, welche Abgründe sich da vor mir auftaten, was das für Menschen waren, die sich von Gott abgewandt hatten und mit Menschenleben umgingen, als sei das alles gar nichts – als ich an die sogenannten Führer unserer Gemeinde dachte, die noch schlimmer sind als die Gangster, weil sie es eigentlich besser wissen müßten, ja, ich glaube, da hat es mich plötzlich überkommen, und ich habe sie mit Christi Gegenwart bei der Arbeitsverteilung überfahren.«

»Es war auch sehr eindrucksvoll«, stimmte Pater Donoghue zu, während er den Tee schlürfte. »Ich glaube, es hätte eine ausgezeichnete Predigt abgegeben, zum Beispiel in der Messe zum Tag der Arbeit. Ich bin mir einfach nicht darüber im klaren, ob es unseres Amtes ist, uns so unmittelbar in die weltlichen Geschehnisse des Hafens einzumischen.«

»Pater, vor fünf oder sechs Jahren erzählten mir die Leute von einem wilden Streik, den sich die Kommunisten zunutze machen wollten«, wandte Pater Barry ein. »Fast alle diese Leute sind Katholiken. Wie konnten die Moskowiter von ihnen Besitz ergreifen? Ja, jetzt beginne ich einzusehen, warum. Diese Männer haben Sorgen, wirtschaftliche Unsicherheit, Angst um Leib und Gut. Der Durchschnittsamerikaner ist seit Generationen gewohnt, schwer zu arbeiten. Aber seine Führer sind fast alles Angehörige der Unterwelt, die von den Transportgesellschaften nehmen.«

»Nehmen?« fragte Pater Donoghue.

»Bestechungen annehmen«, erläuterte Pater Barry. »Gemeinsame Geschäfte mit den Gewerkschaftsführern machen.«

»Ich verstehe durchaus«, sagte Pater Donoghue.

»Die Kommunisten brauchten also nur in das Vakuum auf der Führerebene einzutreten«, fuhr Pater Barry fort. »Es gibt Tausende ehrlicher, anständiger Arbeiter auf den Docks, unsere Leute. Es liegt einfach nur daran, daß sie gespalten sind, führerlos, hilflos – terrorisiert. Ihr Schicksal mit einem Achselzucken und einem Schluck Whisky hinzunehmen, ist für sie schon zur Gewohnheit geworden. Der beste Weg, die Kommunisten draußen zu halten und diesen Männern ihre gottgegebene Menschenwürde zurückzugeben, ist, sich der wirklichen Lebensfragen und Interessen des Mannes auf der Straße anzunehmen. Mord und Totschlag, der straffrei ausgeht – und zwar nicht nur gelegentlich, sondern jahrein, jahraus! – Ist es jetzt nicht an der Zeit, daß wir vor aller Öffentlichkeit dagegen aufstehen? Und es berührt die Familie, das Leben jedes einzelnen zu Hause. Entsittlichte Hafenarbeiter betrinken sich, versinken in Schulden, streiten sich mit ihren Frauen, die Kinder leiden Hunger, sie hören auf, in die Kirche zu gehen. Ja, Pater, sie glauben nicht mehr

an uns, weil sie mit ansehen müssen, daß Monsignore O'Hare sich mit ihren Todfeinden an einen Tisch setzt. Gewiß, der Monsignore sammelt viel Geld für seine Kirche, und ich nehme an, daß er früher oder später Bischof werden wird. Aber ich teile nicht seine Vorstellung von der einen, wahren, allgemeinen Kirche. Ich sehe nicht, daß er, ›ohne Makel einhergeht und Gerechtigkeit übt‹.«
»Ich verstehe, was du meinst – ja, im tiefsten Herzen«, sagte Pater Donoghue. »Und trotzdem mache ich mir Sorgen um dich. Ich möchte, daß du diese Arbeit weiterführst. Ich glaube, daß du uns dabei helfen kannst, eine stärkere, gläubigere Kirchengemeinde aufzubauen, die Gott näher steht. Aber, Pete, ich sorge mich. Ich muß dir wieder sagen, daß ich genau doppelt so alt bin wie du. Ich habe nie einen besonderen Ehrgeiz gehabt, es in der Kirche ›zu etwas zu bringen‹. Ich habe mich nicht für eine wohlhabende Gemeinde interessiert und habe meine Aufgabe nicht darin gesehen, möglichst viel Geld herbeizuschaffen. Ich weiß, es gibt solche unter uns. Es ist gerade unsere Stärke, daß wir alle Arten von Menschen in uns vereinigen, von den selbstlosesten Priestern, den wahren Heiligen, denen der Fuß schmerzt, sobald ihr Nächster sich den Zeh anstößt – bis zu den Schlauen, den politisch Versierten, den –«
»Pater, ich habe das Gehorsamsgelöbnis abgelegt, und ich beabsichtige nicht, es zu brechen«, fiel Pater Barry ein. »Aber ich glaube, ich kann offen mit Ihnen sprechen. Ich folge dieser Berufung nicht, um es den O'Hares gleichzutun. Ich kann nicht gemeinsame Sache machen mit diesen kirchlichen Ehrgeizlingen, die dahin gehen, wo das Geld ist. Wir haben sie als Päpste gehabt, und wir kennen die Schande. Es gereicht uns zur Ehre, daß wir irgendwie die Medici-Päpste überlebt haben, daß wir kämpfend den Weg zu Leo XIII. und Pius XI. zurückgefunden haben. In dieser vergangenen Woche habe ich begonnen, die sittliche Auseinandersetzung zu erkennen, die wir hier in Bohegan zu bestehen haben. Ich möchte sie gerne ausfechten, so oder so, innerhalb des durch Ihre Autorität gezogenen Rahmens – das versteht sich von selbst.«

»Was ich gern möchte«, sagte Pater Donoghue, »das ist, deinen heiligen Eifer in Grenzen zu halten, die durch die praktische Durchführbarkeit gegeben sind.«
»Sie wollen nicht zusehen müssen, wie ich mir die Torchancen durch einen Alleingang versaue«, grinste Pater Barry.
»Ich glaube, das trifft es so ungefähr«, lächelte Pater Donoghue. »Wenn ich auch immer noch glaube, daß Fußball als Nationalsport keine Zukunft hat.«
»Ihr Ausländer habt doch komische Ideen.« Pater Barry schmunzelte.
»Laß uns zur Sache kommen«, sagte der Pfarrer, wischte sich den Mund ab und schob das Tablett mit der Teetasse beiseite. »Ich fürchte, daß ich dir die Bildung eines Hafenarbeiterkomitees von St. Timotheus untersagen muß. Wie ich höre, sollte es wohl so heißen. Ich habe das Gefühl, daß wir uns dadurch zu unmittelbar in die gewerkschaftlichen Auseinandersetzungen am Hafen einmischen würden.«
»Einverstanden«, sagte Pater Barry. »Wie steht es aber nun mit dem Keller unter der Kirche? Können wir ihn noch benutzen, um Sonntagabend die Protestversammlung für Runty Nolan abzuhalten? Es ist der Vorabend vor dem Beginn der Zeugenvernehmungen durch die Kommission. Runty war zwar nicht der eifrigste Kirchgänger, den wir hatten, aber er erschien doch hin und wieder zur Messe, wenn er nüchtern genug war, den Weg in die Kirche zu finden.«
»Wenn du mir den Beweis dafür, den stichhaltigen Beweis erbringen kannst – falls der Bischof es verlangen sollte –, daß eine derartige Versammlung an keiner anderen Stelle in Bohegan auch nur annähernd so sicher abgehalten werden kann. In diesem Falle habe ich nichts dagegen.«
»Und unser Vervielfältigungsapparat? Die Leute wollen ein Flugblatt über Runty verteilen. Er hatte eine Menge Freunde auf der Straße. Sie wollen abdrucken, was ich gestern auf den Docks gesagt habe – und es verbreiten.«
Pater Donoghue seufzte. »Da du es nun einmal gesagt hast, glaube ich, daß du auch ein Recht darauf hast, deine Worte

zu verbreiten. Was dich selbst betrifft, so mußt du dir über das Risiko im klaren sein. Du wirst es erleben, daß die Hafenarbeiter und die Geschäftswelt und die politischen Interessengruppen sich teilen in zwei Parteien für und gegen den – hm, Barryismus. Ich glaube, es wäre gut, wenn unsere Kirche in diese Sache nicht mit hineingezogen würde. Mit anderen Worten, ich möchte keinen Zweifel darüber lassen, was du zu unterlassen hast und was du mit meiner Rückendeckung und auf Grund meiner Autorität tun darfst und was du in freier Meinungsäußerung als amerikanischer Bürger auf eigene Verantwortung tun und lassen kannst.«

»Ich danke Ihnen für diese klare Richtlinie«, sagte Pater Barry.

Das von Sorgen zerfurchte, aber seltsam jungenhafte Antlitz des Geistlichen erhellte sich zu einem matten Lächeln. »Wenn einige unserer Gemeindemitglieder sich die Vervielfältigungsmaschine ausborgen wollen, um für sich selbst etwas abzuziehen, so glaube ich nicht, daß ich dagegen etwas einzuwenden hätte.«

»Pater, mehr kann ich gar nicht verlangen«, sagte Pater Barry. »Sie sind ein fabelhafter Mann.«

»Ich bin ein schwankendes Rohr, daß auf die Gnade unseres Herrn baut«, sagte Pater Donoghue. »Aber ich bin ein altes Rohr, ich habe einige Stürme überdauert.«

»Und Sie sind ein wahrer Schirmherr für dieses Haus«, sagte Pater Barry.

»Dabei fällt mir ein«, sagte der Pfarrer. »Paß auf, daß du in Erfüllung deiner Amtspflichten nicht nachläßt. Du darfst dir jetzt keine Blöße geben. Wappne dich gegen den Vorwurf, daß du, statt dich um deine eigentlichen Pflichten zu kümmern, in die innergewerkschaftlichen Auseinandersetzungen eingreifst.«

»Apropos eigentliche Pflichten«, sagte Pater Barry. »Ich habe nur noch fünf Minuten, um mich auf die Beichte vorzubereiten.«

Er verabschiedete sich von dem alten Pfarrer, der nie mehr sein würde, als ein einfacher Stadtpfarrer, und zwar aus Gründen, die Pater Barry anzuerkennen begann.

»Laß dir mit den reuigen Sündern Zeit.« Pater Donoghues warnende, von leichtem Humor gefärbten Worte folgten Pater Barry in die Vorhalle. »Fertige sie nicht mit einem kurzen Urteilsspruch ab, bloß weil du in Eile bist, dich um andere Dinge zu kümmern. Die Beichte zu hören, kann eine Kunst sein, oder zur Routine werden.«
In dem stickigen Beichtstuhl versuchte Pater Barry, sich in die Missetaten der armen Sünder zu versenken, die ihm durch den dunklen Vorhang hindurch ihre Sünden und bösen Gedanken, ihre menschlichen Fehltritte und Unterlassungssünden zuflüsterten. Ein alter Mann hatte einer plumpen mittelalterlichen Frau auf der Treppe in das Gesäß gezwickt. »Es war genau vor mir, Pater. Gott helfe mir. Ich konnte einfach nicht widerstehen, Pater.« Drei Gelobt-seist-du-Maria und ein Vaterunser. Ein Fuhrmann hatte eine Rindskeule gestohlen. Pater Barry versuchte, sich selbst zu einer Waage für diese Sünden zu machen. »Sechs Gegrüßt-seist-du-Maria und drei Vaterunser und tue aus Reue eine wirklich gute Tat.« Ehebruch. Nicht zur Messe gegangen, drei Sonntage hintereinander. Die Ehefrau mit einem Schimpfwort bedacht. Diebstahl in einem jüdischen Warenhaus. Und ein Mädchen von elf Jahren, das einen kleinen Nachbarjungen dazu überredet hatte, die Hosen herunterzulassen, damit sie den Unterschied sehen konnte.
Während Pater Barry die Bußen auferlegte und mit den Reuigen für die Reinigung ihrer unsterblichen Seelen betete, fühlte er sich einer kleinen eigenen Sünde schuldig. Statt sich ganz dem Anhören der Beichte hinzugeben, wie ihm der Pfarrer aufgetragen hatte, stellte er fest, daß seine Gedanken zu den Sünden des Hafens zurückwanderten, die ihm ein viel schwereres Vergehen gegen den Plan Gottes zu sein schienen, denn sie umfaßten mehr als nur die Sünden, die man gegen sich selbst begeht. Die gegen die Menschlichkeit verübten Sünden auf den Docks waren Kettenreaktionen, Trägheit des Herzens im großen, in einem Ausmaß, das nicht nur den Hafen, sondern das ganze Volk umfaßte. Wenn auch das verängstigte Kind mit seiner natürlichen, jeder Eva anhaftenden Neugier die Wunder des Geschlechts auf

eine tiefere Art später kennenlernen mußte, so schien doch Pater Barry ihr Vergehen winzig im Verhältnis zu der kaltblütigen Verleugnung christlicher Nächstenliebe, die auf den Docks herrschte. Johnny der Freundliche war stolz darauf, daß er zu Monsignore O'Hares Kirche von Sacre Cœur gehörte. Er und seine Mutter waren dort jeden Sonntag bei der Messe zu sehen. Wieviel gab Johnny der Freundliche von seinem Inneren preis, wenn er beichtete? Wieviel allzu Menschliches sickerte durch den Vorhang des Beichtstuhles? Bis zu welchem Grade vermochten die unter O'Hare drüben in der Sacre Cœur-Kirche amtierenden Priester Leute wie Johnny dazu zu bringen, ihre Verbrechen der Erpressung, Plünderung und Einschüchterung zu gestehen? Einen Menschen seiner Würde zu berauben heißt, ihn seiner Menschenrechte zu berauben, gewiß keine kleinere Sünde als die, einem Mädchen seine Unschuld zu rauben. Das waren Pater Barrys Gedanken, als er den jungen und den alten Stimmen lauschte, die ihm ihre uralten Unvollkommenheiten hersagten.

Er hatte vor dem Mittagessen noch eine Menge Dinge zu erledigen, einschließlich eines Besuches bei Mrs. Glennon, um festzustellen, ob ihr auf Abwege geratener Ehemann die Lohntüte mit nach Hause bringt. Sonst würde Pater Barry ihm nachlaufen und das Geld abnehmen müssen, bevor er es in den Bars verjubelt. Um mit der Zeit ins reine zu kommen, verließ Pater Barry einen Augenblick den Beichtstuhl, damit er sehen konnte, ob sich die Reihe der Bußfertigen dem Ende zuneigte.

In einem leeren Kirchenstuhl saß der junge Bursche, der zu der Versammlung im Keller der Kirche erschienen war – Terry Malloy. Er war zusammengesunken, hielt den Kopf gesenkt und preßte sich die Hände an den Kopf. Er schien nervös und stand schnell auf, als er des Priesters ansichtig wurde. »He, ich möchte mit Ihnen sprechen«, sagte er rauh.

»Das heißt, Sie warten darauf, dort drin die Beichte ablegen zu können?« sagte Pater Barry und wies mit dem Daumen auf den Beichtstuhl.

»Ja, ja. Ich glaube schon«, sagte Terry, und man merkte, daß ihm nicht ganz wohl zumute war.

»Warten Sie ein paar Minuten«, sagte Pater Barry. »Die alte Dame dort kommt noch vor Ihnen.«
Er neigte den Kopf, um durch den schwarzen Vorhang in den Beichtstuhl zurückzutreten. Mit dem Ohr gegen den Trennvorhang lauschte er der schwachen Stimme, die um Absolution für ihre Sünden bat. »Segnen Sie mich Pater, denn ich habe gesündigt«, murmelte sie. »Ich habe unserem Hausmeister harte Worte gegeben, als er nicht heraufkam, die Toilette zu reparieren. Ich habe ihm ein schreckliches Schimpfwort gesagt.«
Pater Barry wies sie darauf hin, daß der Hausmeister in den Miethäusern während der Winterszeit ein sehr beschäftigter Mann sein könne und daß sich der fehlerhafte Abfluß mit ein klein wenig christlicher Nächstenliebe und Verständnis für seine tägliche Anfechtung viel schneller wieder in Ordnung bringen ließe, als mit zornigen Worten. Er trug ihr ein »Gegrüßt-seist-du-Maria« auf und erteilte ihr im Namen Gottes die Absolution und entließ sie mit einem »Gott segne Sie und beten Sie für mich«.
Dann trat er schnell aus dem Beichtstuhl heraus, dessen verbrauchte Luft ihm den Schweiß auf die Stirn getrieben hatte und eilte zurück zu Terry.
»Hören Sie, ich möchte mit Ihnen reden«, sagte Terry ungeduldig.
Pater Barry blickte ihn an. Der Bursche sah schmutzig aus, als ob er sich nicht rasiert hätte. Die arrogante Haltung, das bekannte selbstsichere Auftreten, das diese Eckensteher sonst an sich hatten und das er auch an jenem Abend während der Versammlung im Kirchenkeller an den Tag gelegt hatte, waren ihm vergangen.
»Das ist keine Art, mit einem Priester zu sprechen«, sagte Pater Barry. »Mir selbst ist es gleich, aber ...« Er wies auf sein Priestergewand.
»Okay, okay, aber ich muß mit jemandem sprechen. Ich brauche einen – können Sie nicht Ihren Kopf noch mal dort hineinstecken« – Terry wies mit einer Kopfbewegung auf den Beichtstuhl – »und mir eine Minute zuhören.«

»Wie lange ist es her, seit Sie in dieser Kirche waren – oder in irgendeiner anderen?« fragte Pater Barry.
Terry zuckte die Achseln. »Ich weiß nicht. Letzte Ostern bin ich, glaube ich, mit Charley hiergewesen.«
»Sie haben sich recht weit von uns entfernt«, sagte Pater Barry. »Ich glaube nicht, daß Sie bereit sind, die Beichte abzulegen. Warum fangen Sie nicht zunächst einmal an, Ihr Gewissen zu erforschen?«
»Hören Sie Pater, müssen Sie denn eigentlich so viel Aufhebens davon machen? Ich habe etwas, das ich Ihnen sagen möchte.«
»Was hat Sie hierhergeführt, Terry? Können Sie mir das zuerst sagen?«
»Ich bin hier, ist das nicht genug? Das, was Sie da gestern auf dem Dock über Runty gesagt haben. Gewiß, ich weiß, daß Runty drauf und dran war, uns zu verraten, aber« – er zog wieder mit einer hilflosen Gebärde die Schultern hoch – »aber er hatte Mut in den Knochen. Er ist im Leben schwer hin und her gestoßen worden. Und dann dieses Mädchen, die kleine Doyle. Und die gottverdammten Tauben, Joeys Tauben.« Er wischte sich mit dem Handrücken über Mund und Nase, wie ein Boxer, der sich das Blut aus dem Gesicht reibt. »Ich sage Ihnen, Pater, es hat mich erwischt, so daß ich einfach herkommen mußte, um mir darüber klar zu werden, was eigentlich mit mir los ist.«
»Junge, ich muß mich umziehen und einen Besuch machen«, sagte Pater Barry. »Gewiß, etwas frißt innerlich an Ihnen. Das ist Ihr Gewissen. Sie haben es reichlich tief in sich vergraben. Es ist wie ein reiner, weißer Zahn, der von grünem Schlamm und Dreck überzogen ist. Das läßt sich nicht in fünf Minuten wegbürsten.«
»Wollen Sie damit sagen, daß Sie mich da drin nicht anhören wollen, wie?«
Pater Barry schüttelte den Kopf. »Noch nicht. Ich muß jetzt laufen. Warum wollen Sie nicht hierbleiben und beten? Versuchen Sie es mit St. Judas. Er ist eine Art Spezialist für Leute, denen das Böse tief im Herzen sitzt. Er hat eine Menge Barbaren bekehrt.«
»Ja? Und wo ist er gelandet?«

»Wurde mit der Axt erschlagen«, sagte Pater Barry. »Bleiben Sie hier sitzen und denken Sie über ihn nach. Beten Sie zu ihm. Er ist ein Heiliger für verzweifelte Fälle. Bitten Sie ihn um seine Fürbitte. Vielleicht geschieht dann etwas.« Er ging rasch auf die Sakristei zu. »Wir sehen uns später.«
»He«, rief Terry ihm nach, aber Pater Barry hastete bereits den Seitengang hinunter.
Als Pater Barry nach zwei Minuten die Kirchenstufen herunterkam, immer zwei auf einmal nehmend, wartete Terry draußen auf ihn.
»Was soll das nun, weisen Sie mich ab?« sagte Terry.
»Sie haben es sich mit dem Gebet aber leicht gemacht«, sagte Pater Barry und überquerte die Straße, um in den Park zu gelangen. Eine Taube saß auf General Pulaskis Kopf, der bereits zu einem scheckigen Grün oxydiert war. Pater Barry hatte lange Beine und machte derartig schnelle, lange Schritte, daß Terry ab und zu laufen mußte, um mit ihm Schritt zu halten.
»Hören Sie doch zu, Pater, ich will nicht beten; warum soll ich Ihnen denn was vormachen und so tun, als ob ich betete? Aber ich habe etwas in mir, das sich anfühlt, als ob es mich zerreißen wollte, 's ist wie eine Faust, die mich von innen dauernd unter die Gürtellinie schlägt...«
Pater Barry ging weiter.
»Hören Sie mir zu, verdammt noch mal, und setzen Sie sich nicht aufs hohe Roß«, sagte Terry halb bittend, halb fordernd. »Herrgott, gestern abend haben Sie nach jemandem gesucht, der Ihnen einen Fingerzeig über Joey Doyle geben könnte.«
Pater Barry blieb stehen und sah ihn aufmerksam an.
»Oh? Sie haben einen Fingerzeig?«
»Einen Fingerzeig? Verflucht noch mal«, schrie Terry fast. »Ich bin es gewesen, verstehen Sie doch, ich bin es gewesen!« Er griff so wild nach des Priesters Arm, daß Pater Barry einen Augenblick glaubte, er wolle ihn überfallen. Pater Barry machte seinen Arm frei.
»Sind Sie die ganze Nacht aufgewesen, haben Sie die ganze Nacht getrunken?«

»Kommt es denn darauf an?« sagte Terry in höchster Erregung. Ihm war, als drückte er sich selbst das Messer in ein Geschwür. Man schiebt es immer wieder auf, aber dann ist es ein gutes Gefühl, wenn der Eiter hinausfließt. Es tat weh und war doch gut, den Infektionsherd aus der Wunde herauszudrücken. »Ich sage Ihnen, ich war es, Pater. Ich bin derjenige gewesen, der Joey Doyle in die Falle gelockt hat.«
»Verdammt noch mal, ja«, sagte Pater Barry.
»Aber das muß unbedingt eine Sache zwischen uns beiden bleiben«, sagte Terry.
»Das will ich aber nicht«, sagte Pater Barry. »Wenn Sie bereit sind, kann Pater Vincent Ihnen die Beichte abnehmen. Ich will frei bleiben, um verwenden zu können, was Sie mir sagen.«
»Aber verstehen Sie doch, ich möchte das wirklich nur Ihnen sagen. Ich habe irgendwie das Gefühl, daß Sie mich nicht verpfeifen werden.«
»Ich lasse nicht mit mir handeln, Terry. Ich werde Sie nicht verpfeifen, wie Sie das ausgedrückt haben. Aber Sie müssen mit mir den Weg zu Ende gehen, den ich für richtig halte.«
»Warum kann ich es Ihnen denn nicht in der Beichte sagen?« beharrte Terry. »Was ist es denn für ein Unterschied, ob wir in der Telefonzelle hocken oder hier draußen bei dem alten Pulaski stehen?«
»Weil Sie auch B sagen müssen, wenn Sie A sagen«, sagte Pater Barry. »Kommen Sie mit. Wir wollen weitergehen. Schenken Sie mir reinen Wein ein. Keine Umschweife. Heraus mit der Sprache. Nur zu, ich höre.«
»Also, es fing mit einem kleinen Gefallen an«, begann Terry und dann drückte der Daumen der Wahrheit gegen die Seiten der entzündeten Lüge und der Eiter floß in einem erleichternden Strome hinaus:
»Gefallen? Was mache ich Ihnen denn da vor? Die nennen es da einen Gefallen, aber Sie wissen, was das heißt – entweder Sie machen mit, oder –. Dieses Mal also bestand der Gefallen darin, ihnen bei Joey Hilfestellung zu leisten. Aber, Pater, ich habe das nicht gewußt. Ich habe gedacht, sie wollten ihm nur

ein bißchen die Zähne zeigen. Gott ist mein Zeuge, Pater, ich habe nicht gewußt, daß sie ihn umbringen wollten.«
»Sie haben sich gedacht, sie wollten ihn nur einmal anständig fertigmachen, und das war Ihnen gleich«, sagte Pater Barry.
»Ja, ja, ich dachte, sie würden mit ihm reden, würden versuchen, ihn zurechtzubiegen, ihn vielleicht ein bißchen hart anfassen, aber mehr nicht.«
»Und was ich gestern auf dem Dock über das Schweigen gesagt habe, hat Sie das hergeführt?«
»Ja, gewissermaßen. Ich will Ihnen die Wahrheit sagen, Pater. 's ist dieses Mädchen. Die kleine Doyle. Sie hat so eine Art mich anzusehen. Ich möchte die ganze gottverdammte Wahrheit herausschreien. Alle Mädchen, die ich kenne, sind wie die ›Golden Warriorettes‹, alles tolle Weiber. Aber diese Katie, die ist, ja, ich weiß nicht, wieso die eigentlich ganz anders ist. Sie ist so gradeheraus, ganz komisch. Ich gehe die Straße mit ihr hinunter, und mir ist, als ob – tja, als ob ich wieder trainiere und grade eben aus dem Duschraum komme. Als ob ich frisch gewaschen nach Hause komme und mich eine Weile wieder sauber fühle.«
»Was wollen Sie nun in dieser Sache tun?« unterbrach ihn der Pater brüsk.
»Was meinen Sie, tun? Was meinen Sie damit?«
»Finden Sie, Sie dürften, wenn Sie so etwas wissen, es einfach bei sich behalten?«
»Ich habe Ihnen doch gesagt, daß dies unbedingt zwischen uns beiden bleiben muß«, sagte Terry rasch.
»Mit anderen Worten, Sie suchen nach einem bequemen Ausweg«, sagte Pater Barry. »Sie erzählen mir davon, damit ich Ihnen die Last tragen helfen kann. Aber damit bleibt es immer noch ein offenes Loch, in das andere Leute hineinfallen – und ertrinken können. Wie Runty Nolan. Stimmt's?«
»Sie sind ein harter Mann«, sagte Terry.
»Das muß ich schon sein«, sagte Pater Barry. »Ich habe einen harten Tag hinter mir.«
»So reden Sie doch«, sagte Terry. »Vor einer Woche ging es

mir prima. Jetzt bin ich schlimmer dran als ein einarmiger Geiger.«
»Was wollen Sie nun in dieser Sache tun?«
»Was? Was? Worin?«
»Die Kommission? Ihre Vorladung?«
»Woher wissen Sie denn das?« sagte Terry abweisend.
»Sie kennen doch die Western Union«, sagte Pater Barry. »Ich erfuhr, daß sie nach Ihnen suchten. Also? Was wollen Sie in dieser Sache tun?«
»Ich weiß nicht. Ich weiß nicht. Es ist, als ob man einen Affen auf dem Rücken mit sich herumschleppt.«
Pater Barry nickte. »Wobei die Frage entsteht, wer auf wem reitet.«
Sie hatten das hintere, eingezäunte Ende des Parks erreicht. Am Flußufer begann eine riesenhafte Pfahlramme in ohrenzerreißendem Rhythmus zu hämmern. Ein neuer Pier war im Bau.
»Ich bin kein Verräter«, sagte Terry. »Und wenn ich singe, dann ist mein Leben keinen Pfifferling mehr wert.«
Pater Barry blieb stehen und setzte ihm hart zu. »Und wieviel ist Ihre Seele wert, wenn Sie den Mund halten? Wem halten Sie die Treue. Mördern? Totschlägern? Verbrechern? Sie haben die Stirn, von mir Absolution zu verlangen, und paktieren gleichzeitig mit diesem Abschaum, den Sie Menschen nennen?«
»Sagen Sie, was verlangen Sie eigentlich von mir? Ich soll meinen eigenen Bruder anzeigen? Und Johnny den Freundlichen! Es ist mir ganz gleich, was er getan hat, er ist immer hundertprozentig für mich dagewesen. Als ich ein rotznäsiger Junge war und alle auf mir herumgehackt haben, da hat Johnny der Freundliche mich manchmal mit zum Fußball genommen. Er hat das für eine ganze Reihe von uns getan. Hat uns einfach von der Straße mit zum Fußballplatz genommen. Ich habe Gehrig gesehen und Lazzeri. Und Hubble und Terry auf den Polo Grounds.«
»Fußball!« fuhr Pater Barry auf. »Brechen Sie mir nicht das Herz. Es wäre mir auch ganz gleich, wenn Johnny der Freundliche Ihnen eine Dauerkarte auf Lebenszeit für die Polo Grounds gäbe.«

Pater Barry faßte Terry hart am Arm. »Hören Sie zu, ich glaube Sie müssen Katie Doyle alles sagen. Ich finde, das sind Sie ihr schuldig. Ich weiß, es ist sehr viel verlangt, aber ich glaube, Sie müssen mit ihr sprechen.«
Terry zog ärgerlich den Arm zurück. »Ha, mehr verlangen Sie wohl nicht?« Terry wühlte sich mit den Fingern der rechten Hand im Haar. »Wissen Sie eigentlich, was Sie da verlangen?«
»Machen Sie sich nichts draus, ich habe nichts gesagt.« Pater Barry war kurz angebunden. »Ich verlange von Ihnen überhaupt nichts. Wenn jemand etwas von Ihnen verlangt, dann ist es Ihr eigenes Gewissen.«
»Gewissen . . .« murmelte Terry, als ob er versuchte, ein Fremdwort zu übersetzen. »Meinen Sie etwa das Zeug, das ihr Priester dauernd an den Mann bringen wollt? Gewissen und Seele und all den Humbug? Der Blödsinn macht einen noch völlig wahnsinnig.«
»Sie halten mich auf, und ich komme zu spät zu Mrs. Glennon.« sagte Pater Barry, während er Terry stehen ließ und aus dem Park hinausschritt. »Viel Glück«, sagte er kühl über die Schulter.
»Ist das alles, was Sie mir zu sagen haben?« rief ihm Terry nach. Er haßte diesen smarten Priester, aber er wollte nicht, daß er wegging. Er wollte nicht alleingelassen werden.
»Sie wollten auf beiden Sätteln reiten, mein Lieber«, rief Pater Barry zurück. »Bitte sehr.«
Er nahm drei Stufen auf einmal, während er über die kleine Treppe aus dem Park auf den Bürgersteig heruntereilte.
»Der elende Pfaffe läßt mich hier einfach stehen, als ob ich ein Haufen Dreck wäre«, murmelte Terry in einem wilden Anfall grenzenloser Verwirrung.
Die Pfahlramme war einige Augenblicke still gewesen, jetzt trat sie aber wieder in Tätigkeit und hämmerte, hämmerte, hämmerte ihre Stahlpfosten durch den weichen Schlick tief in das Flußbett hinein. Wumm! Wumm! Wumm! Wumm! Es hallte in ganz Bohegan wider.
»Dieser elende verdammte Krach«, sagte Terry und hielt sich

die Hände an die Ohren. Ein Täuberich plusterte sein Gefieder auf dem Rasen vor einer schlanken, blaugezeichneten Taube auf. Er wölbte die Brust und spreizte die Schwanzfedern, gurrte wichtigtuerisch und stolzierte um sie herum. Terry beobachtete den Vorgang und dachte an seine eigenen Vögel. An Swifty mit seinen kräftigen Schwingen, seinem glänzenden, blauvioletten Nacken und seinem hübschen, dunkelblauen Kopf. Er wünschte, er wäre wieder ein sorgloser Junge, der vor der Polizei davonrennt, in dem Strom herumschwimmt und den Tauben zusieht, wenn sie über den Himmel ziehen.

ZWANZIGSTES KAPITEL

Wieder auf dem Dach und mit seinen Tauben beschäftigt, konnte Terry für eine Weile seine Sorgen vergessen. Er ging in den Schlag und machte sich mit den einzelnen Nestern zu schaffen. Die eine Wand des Taubenschlages war mit kleinen Holzkästen ausgestattet, so daß jedes Vogelpaar einen eigenen Raum bewohnte. Terry sah gerne zu, wenn die Tiere aus sauberem Stroh ihre Nester bauten und abwechselnd, die Männchen bei Tag und die Weibchen bei Nacht, die beiden kleinen weißen Eier bebrüteten. Er beobachtete voller Freude, wie aus dem grotesk anmutenden, federlosen, einen Tag alten Jungen unbeholfene, flatternde Jungvögel wurden, die zum erstenmal das Nest verließen. Aber wie sie es verabscheuten, zum ersten Male auszufliegen! Sie fürchteten sich mit ängstlichem Geschrei vor der großen weiten Welt jenseits ihres Nestkastens und klammerten sich wie um ihr Leben an den Rand ihrer Behausung, wenn ihre Eltern versuchten, sie über die Brüstung zu stoßen. Terry mußte dann immer lachen, und hatte gleichzeitig fast ein trauriges Gefühl – bei all dem Flügelschlagen und ängstlichem Gezeter. Dann hopsten die ausgewachsenen Jungvögel, die schon groß genug waren, um zu fliegen, aber noch nicht recht wußten, daß sie es konnten, unbeholfen auf den Boden des Taubenschlages.

In einem der Nester saß gerade ein wolliger, kleiner Jungvogel,

der fast soweit war, sich dieser ersten schweren Prüfung zu unterziehen. Er war dick und viel zu groß für sein Alter, weil sein Zwillingsbruder nach wenigen Tagen gestorben war und er deshalb von den Eltern die doppelte Nahrung erhalten hatte. Terry hielt ihm den Finger hin, und das Junge schlug mit den noch nicht voll entwickelten Schwingen und versuchte ihn mit seinem lächerlich großen braunen Schnabel zu packen. Eine Taube braucht mindestens zwei Monate, bis sie voll ausgewachsen ist. Zunächst glaubt man, sie bestünde bloß aus Schnabel, wie der Zwerg in den alten Märchenbüchern. Terry lachte über den Zorn, mit dem der Kleine nach ihm hackte. Dann legte er sorgsam die Hände auf die Flügel der jungen Taube und hob sie auf. Sie sah ihn mit angsterfüllten Augen an.
»Na, du Kleiner, noch ein oder zwei Tage und du bist draußen. Mehr nicht...«
Mensch, dachte er plötzlich, das klingt ja genauso wie Johnny der Freundliche: »Es ist aus mit dem Druckposten auf dem Boden.«
Sanft setzte er das Junge ins Nest zurück, das aus schmutzigem, mit Taubenmist zusammengeklebtem Stroh bestand.
Der junge Billy Conley kam die Treppe herauf, sprang auf das Dach und hielt nach Terry Ausschau.
»He, Terry, rate mal, wer hier ist.«
»Habe keine Zeit. Bin grade beschäftigt«, sagte Terry durch den Maschendraht hindurch.
»Hör zu, Terry«, sagte der Junge. »Es ist der Witzbold von der Kriminalpolizei. Er kommt gerade die Treppe herauf.«
Terry schüttelte wie benommen den Kopf. »Was? Will er zu mir?«
Billy nickte. »Ich habe gehört, wie er sich im Parterre nach dir erkundigte. Er hat doch tatsächlich die Stirn, hier herumzuschnüffeln. Ich habe gehört, wie du ihn in der Longdock-Bar hast abfahren lassen.«
»Ja, ja...« sagte Terry geistesabwesend. Er kroch aus dem Taubenschlag und wischte sich die Hände an seinen dunklen Cordhosen ab. Plötzlich faßte er seinen jungen Freund bei den Schul-

tern. »Billy, hör mal zu. Stell dir vor, du weißt etwas, zum Beispiel eine Sache, die irgend jemand einem anderen angetan hast. Du glaubst doch auch nicht, daß man den dann anzeigen sollte?«
Der Junge sah ihn verdutzt an. »Du meinst, ihn bei der Polizei verpfeifen? Bist du verrückt?«
Billy starrte ihn an. Er preßte die Lippen zusammen, so wie es die jungen Strolche in diesem Viertel zu tun pflegten. »Hast du nicht mehr alle deine fünf Sinne beisammen?«
Terry spürte den Haken. Der Ehrenkodex galt für die Halbstarken genauso wie für den Verein auf den Docks. Er versetzte Billy liebevoll einen Klaps auf die Wange. »Bist ein braver Kerl, Billy. Ein guter Junge.« Er nahm den Kopf seines Freundes ungestüm zwischen beide Hände. »Wir ›Golden Warriors‹, wir müssen zusammenhalten, nicht wahr, Kleiner?«
»Du bist immer unser Chef gewesen«, sagte Billy. »Bist du irgendwie im Druck?«
»Ich komme mir vor wie ein Torwart, der einen Elfmeter halten soll«, sagte Terry.
»Er ist gleich oben«, sagte Billy und nickte in Richtung auf die zum Dach heraufführende Treppe. »Duck dich hinter den Taubenschlag und ich werde ihm sagen, daß du fort bist.«
»Ich bin aber nicht fort!« sagte Terry laut. »Ich bin hier, ich bin hier. Warum soll ich ihm denn etwas vormachen?«
Der große breitschultrige Ermittlungsbeamte trat, in einen Tweedmantel gekleidet, auf das Dach heraus, in der Hand eine Aktentasche. »Mr. Malloy?«
»Bis später«, sagte Terry zu seinem jungen Gefolgsmann, der damit entlassen war. Dann schritt er quer über das Dach auf Glover zu, der dort auf einer niedrigen Trennungswand Platz genommen hatte und sich die Füße rieb. »Suchen Sie mich?« fragte Terry. Seine Stimme klang betont harmlos.
»Oh, eigentlich nicht«, sagte Glover und rieb sich die Fußgelenke. »Ich ruhe mir nur gerade die Gehwerkzeuge ein wenig aus.« Er nahm den Hut ab und wischte sich über die rote Drucklinie, die das Hutband hinterlassen hatte. »Hoffentlich habe ich

es bei der nächsten Ermittlung mit Häusern zu tun, in denen es Fahrstühle gibt. In diesem Falle habe ich bis jetzt bloß Treppen hinauflaufen können.«
»Wofür laufen Sie denn die Treppen hinauf?«
Glover lächelte. »Ich bin das, was man einen Angestellten in öffentlichen Diensten nennt. Mir wurde gesagt, daß die Steuerzahler ein Recht darauf haben, zu erfahren, was hier unten los ist.«
»Politik«, tat Terry diese Worte mit einem Achselzucken ab.
Gene Glover wußte, daß man in seinem Beruf nicht mit der Tür ins Haus fallen durfte. Er war als Beamter der Steuerfahndung ausgebildet und wußte, daß man bei solchen Interviews nach ganz bestimmten Regeln vorgehen müsse. Er hatte Terrys Personalpapiere eingehend studiert und mit seinem Kollegen, Ray Gillette, besprochen, wie man am besten vorging. Terry würde sich abkapseln. Jede Frage über die Verhältnisse im Hafen würde ihn äußerst mißtrauisch machen. In der vergangenen Nacht hatten sie in Glovers Küche bei einem Glas Bier den Fall genau durchgesprochen. Terry war früher einmal Boxer gewesen. Ex-Boxer redeten gern von ihren Kämpfen im Ring. Für viele von ihnen waren das überhaupt die größten Ereignisse in ihrem Leben. Schlagzeilen. Geld. Das Gefühl eigener Leistung. Erschien er nicht mehr auf der ersten Seite, so wußte jeder Boxer, daß er am Ende war.
Glover bemühte sich deshalb jetzt, seine Fragen spontan klingen zu lassen, obwohl sie in Wirklichkeit vorher eingeübt waren:
»Habe ich Sie nicht vor drei, vier Jahren in Madison Square Garden mit einem Burschen namens Wilson gesehen?«
»Wilson? Ja. Ich hab' gegen Wilson geboxt.«
Terry trat ein paar Schritte zurück. Mit einem Seitenblick hatte er Swifty in den Schlag fliegen sehen und wollte seinen Schnabel überprüfen. Ihm waren ein paar feuchte Flecken um seine Nasenlöcher aufgefallen. Es konnte sich um eine leichte Erkältung handeln.
Glover folgte Terry. Er wirkte ganz unbefangen. Glover verstand sein Geschäft. Er stand außerhalb des Schlages und schaute

hinein, während Terry nach Swifty griff und dessen Schnabel befühlte.

Glover hatte den Kampf Malloy gegen Wilson nicht gesehen, aber er hatte sich der Mühe unterzogen, bei einem Sportjournalisten, den er kannte, eingehende Erkundigungen über ihn einzuziehen.

»Ich hatte geglaubt, Sie würden damals den Kampf gewinnen«, sagte Glover. »In den ersten beiden Runden lagen Sie ganz klar in Führung. Aber dann holte er auf. Mensch, dann hat er Sie geradezu in die Tasche gesteckt.«

Terry ließ Swifty wieder auf die Stange zurückfliegen und kam näher an den Maschendraht heran.

»Er und mich in die Tasche stecken, wie? Wenn ich Ihnen aber sage, daß ich der Kerl eine halbe Runde hindurch geradezu auf den Beinen halten mußte?«

»Aha, ich verstehe schon. Sie wollen sagen, er war schwer angeschlagen?«

»Was meinen Sie wohl, was ich mit meinen Rechts-Links-Kombinationen gemacht habe, ihn gestreichelt?«

»Sie haben ihn also schon sicher gehabt, Sie konnten ihn bloß nicht endgültig zur Strecke bringen, wollen Sie das damit sagen?« sagte Glover.

»Zur Strecke bringen«, sagte Terry verächtlich. »Verdammt noch mal, ich konnte richtig fühlen, wie er immer mehr nachließ. Ich hätte ihn zur Strecke bringen können.«

»Aus den Kampfunterlagen geht aber hervor, daß er Sie für die Zeit auf die Bretter schickte«, erinnerte ihn Glover. »Fünfte Runde, stimmt's?«

»Wen geht das was an?« sagte Terry. Die Wahrheit stieg in ihm hoch. »Ich hab' nur ein paar Leuten einen Gefallen getan ...«

»Gefallen!« sagte Glover. »Ich bin nur froh, daß ich damals nicht auf Sie gesetzt habe. So ist es also gewesen.«

»Ja. Ja, genauso war es. Und wissen Sie auch, daß ich, wenn ich damals gesiegt hätte, Anwärter auf den Titelkampf gewesen wäre? Wilson stand an dritter Stelle und ich war unmittelbar hinter ihm, und die beiden Halunken vor uns verfügten über keine Beziehungen.«

Terry schüttelte kurz den Kopf und dachte an all das Training, das Geratter des Punchingballs, an den Kampfplan. »Ich war an dem Abend prima in Form.«
»So sahen Sie auch aus, wenigstens in den ersten paar Runden. Mir schien eigentlich, daß Sie zu Anfang zu sehr aus sich herausgingen, und daß Wilsons Kontern Ihnen allmählich die Luft wegnahm.«
»Ha!« entgegnete Terry gereizt. Der Kampf gegen Wilson war ein dunkler Punkt in seinem Leben, den er immer noch nicht verwunden hatte. »Die Sportpresse sagte dasselbe, aber es kam nur wegen der verdammten Wette, daß ich verlor.«
»Was Sie nicht sagen«, meinte Glover und dehnte sich. »Hm, ich glaube, ich muß wieder gehen. Werde mich wieder mit dieser Treppe amüsieren. Es war nett, mit Ihnen zu reden. Zweimal in der Woche schaue ich mir im Fernsehen die Boxkämpfe an. Ich glaube, Sie würden leicht mit diesen kümmerlichen Mittelgewichtlern fertig, die man heute groß herausstellt.«
»Ab und zu denke ich mir auch, ich könnte eigentlich wieder anfangen«, sagte Terry. »Ich bin erst achtundzwanzig. Meine Beinarbeit ist noch gut.«
»Und Schlagkraft haben Sie sicher auch noch«, sagte Glover. »Übrigens habe ich mich erst gestern abend mit einem Freund über Ihren Kampf gegen Wilson gestritten. War es eigentlich ein Haken oder ein Bolo, mit dem Sie ihn in der dritten Runde erwischten?«
»'n Bolo«, sagte Terry verächtlich. »Ein blödsinniger Ausdruck. Irgendein Journalist hat ihn erfunden, um Gavilan besonders herauszuheben. Ein Bolo ist nichts weiter als ein kurzer Aufwärtshaken.« Er machte einen solchen Haken vor. »Ist nichts besonders dran.« Das Scheinboxen und das Gefühl längst vergangener Anerkennung erregten ihn. »Ich kämpfte ausgesprochen auf kurze Distanz«, sagte er stolz und trat aus dem Taubenschlag heraus. »Sehen Sie mal her, strecken Sie mal Ihre Linke aus, und ich werde Ihnen was zeigen.« Er manövrierte Glover in eine etwas unglücklich aussehende Boxerstellung hinein.
»Ich hatte den Kerl vollkommen durchschaut, verstehen Sie? Er

hatte eine gute Linke, klar? Okay, ich lasse ihn also ruhig ein paar Runden seine Linke gebrauchen. Damit er aus sich herausgeht, verstehen Sie? Und die ganze Zeit passe ich genau auf, wie er seine Rechte unten läßt. Und dann, als er sich einbildet, es sei soweit und er könne mich an den Seilen festnageln, wann es ihm paßt, da unterlaufe ich ihn und – zack, eine Rechte!« – er schlug einen scharfen rechten Haken – »zack, eine Linke, und dann, als er seine Deckung für einen Augenblick unterläßt, bringe ich meinen Aufwärtshaken an – zack! Er fällt mir in die Arme. Er weiß nicht mehr, ob er im Ring ist oder in irgendeinem Traumland, und von da an war es bloß noch ein Herumgetanze ... Dieser Wilson war kein Kämpfer.«
»Ich glaube Ihnen«, sagte Glover mit offensichtlichem Interesse.
»Ja, das ist eine feststehende Tatsache«, sagte Terry voller Erregung. »Mein Gott, wie gern hätte ich ihn k. o. geschlagen. Das kam aber nicht in Frage. Bloß wegen dieser verdammten Wette. Zum Teufel, mein eigener Bru ...«
Terry merkte plötzlich, was er sagen wollte und unterbrach sich.
»Ihr eigener was?« ermunterte ihn Glover.
»Ach, das sind alte Kamellen«, wich Terry aus. »Wer schert sich heute noch um mich und Wilson?«
»Ja, ich glaube, ich muß jetzt wirklich gehen«, sagte Glover. »Es ist ein Jammer, daß man Ihnen den Sieg nicht gegönnt hat. Hoffentlich haben Sie das nächste Mal mehr Glück.«
»Ha, ha«, sagte Terry bitter. »Wenn es nach meinem Glück ginge, dann könnte ich mich gleich begraben lassen.«
»Bis auf bald«, lächelte Glover. »Vielleicht erzählen Sie mir noch mal die ganze Geschichte.« Er verschwand in der Dachtreppe.
Eine Stunde später war Terry immer noch auf dem Dach und beobachtete auf einer umgestülpten Kiste sitzend, seine Tauben. Er hörte, wie jemand drei Häuser weiter, über die Dächer auf ihn zukam. Es war Katie. Sie trug ein blaues Kopftuch, um ihre Haare vor dem Wind zu schützen. Die Sonne schien matt durch eine dünne, bleifarbene Wolkenschicht hindurch. Als Katie bei Joeys Taubenschlag stehenblieb, wußte Terry nicht, ob er

sie herüberrufen solle oder nicht. Er hatte versucht, ihr am Tage vorher auf dem Dock, als die improvisierte Leichenfeier für Runty stattfand, aus dem Wege zu gehen, und er hatte sich mit der Tatsache abgefunden, daß sie wohl kaum jemals wieder mit ihm sprechen würde. Gut, er war's zufrieden. Bohegan war ein Nest und früher oder später würde Johnny doch davon erfahren. Es war alles sowieso schon schlimm genug.
»Halt dich von ihr fern«, hatte Johnny befohlen.
»Sie sind es Katie schuldig, ihr die Wahrheit zu sagen«, war Pater Barry in ihn gedrungen.
Terry fühlte sich wie ein Mann, der beim Tauziehen in der Mitte des Seiles steht: Er wurde mal nach der einen, mal nach der anderen Seite gezogen. »Verdammich«, sagte er laut.
Katie wandte sich von dem Taubenschlag auf dem anderen Dach ab und kam auf Terry zu. Als sie so nahe war, daß er ihr Gesicht deutlich sehen konnte, ergriff ihn eine unbestimmte Angst. Sie sah so verteufelt frisch aus. Wenn man sie ansah, mußte man sie gern haben, mußte man ihr vertrauen, mußte man sie irgendwie in Schutz nehmen wollen. Verdammich! Sie war die Sorte von Mädchen, mit der ein Strolch kein Recht hatte, in einem Zimmer zusammen zu sein.
»Ich hoffte, ich würde dich hier oben finden«, sagte sie.
»Ja, ich – eine meiner Tauben ist krank.«
»Ich habe über Joeys Tauben nachgedacht«, sagte sie. »Wir müssen sie irgendwie loswerden. Pop sagt, der Metzger würde sie nehmen, aber ich ...«
Sie brach ab. Er war ihr sehr nahe, und er fühlte den Drang in sich, ihre Wange zu berühren, den Arm um sie zu legen, aber wie konnte er es wagen. In seinem ganzen Leben, das sich hauptsächlich hier oben auf dem Dach, beim Glücksspiel und an den Straßenecken abgespielt hatte, war er bisher noch vor keinem Mädchen auch nur im geringsten unsicher gewesen. »Aber ich – ich dachte, vielleicht könntest du sie mit zu deinen Tauben nehmen«, fuhr sie fort. »Dann wäre wenigstens für sie gesorgt. Ich weiß, sie wären bei dir in guten Händen. Ich würde sie dir anvertrauen.«

»Sicher, sicher. Wie du willst«, murmelte Terry. Dann machte er einen kleinen Schritt vorwärts – innerlich war es ein großer Schritt. Der Teerpappenbelag des Daches vibrierte von der Lufterschütterung, die von der Pfahlramme unten am Flußufer ausging.
»Katie, hör mir zu«, sagte Terry. »Ich« – er suchte nach Pater Barrys Worten – »bin es dir schuldig, dir etwas zu sagen.«
»Wirklich?«
»Es hat mich die ganze Zeit, seit dem Abend in der Kirche verfolgt und nicht mehr losgelassen«, sagte er.
»Es tut mir leid, daß ich mich dir gegenüber gehen ließ«, sagte sie. »Es ist eine Sünde, den Menschen nicht zu verzeihen, auch wenn man sich wünscht, daß sie eigentlich besser wären.«
»Ich wünschte, du würdest nicht immer so etwas sagen«, sagte er.
»Warum denn?«
»Weil ich mir dann um so schäbiger vorkomme. Ich habe dann immer das Gefühl, als müßte ich in einem Haufen von Schlamm herumkriechen. Das ist der Grund, warum ich mit dir sprechen muß, Katie. Du wirst mich vielleicht dein ganzes Leben lang hassen, aber ich kann nicht anders – entschuldige bitte –, es ist wie wenn man sich erbrechen muß. Wenn du es erst einmal hochkommen spürst, dann mußt du es auch von dir geben.«
»Also los«, sagte Katie. »Gib es von dir.«
In äußerster Panik sah er sie einen Augenblick über den Abgrund, der sie trennte, an. Dann sprang er hinein.
»Katie, ich – ich habe gerade dem Pater erzählt, was ich getan habe – was ich Joey getan habe.«
Sie bedeckte ihr Gesicht mit den Händen und schüttelte den Kopf. »Nein ...«
»Was ich Joey angetan habe«, er sprach lauter, um das unablässige Dröhnen der Pfahlramme zu übertönen. Unwillkürlich schob Katie die Hände vom Gesicht, bis sie über ihren Ohren lagen. Terry sprach immer weiter, rief immer weiter, die Schuld ergoß sich aus ihm wie ein befreiender Strom – *hör zu – so hör doch – mein Bruder Charley – und Johnny – zu mir immer*

gut gewesen – ein Gefallen – die Taube – damit Joey aufs Dach geht – Specs und Sonny – Die Schuld und all der Unrat ergoß sich aus ihm in Katies unschuldiges, nicht mehr voller Vertrauen zugewandtes Gesicht, und sie wisperte voller Entsetzen »nein ... nein ...«
Ein großes Schiff, das in der Mitte der Fahrtrinne aus dem Hafen hinaussteuerte, ließ einen dröhnenden Sirenenton mit einer Reihe ohrenzerreißender Ss und Ns in seinem BSSSNNN ertönen ... Aber nichts konnte Terry daran hindern, ihr die Wahrheit ins Gesicht zu schreien. Es mußte alles, bis auf das Allerletzte, heraus. Er steigerte seine Lautstärke zu reiner Hysterie, um sich über dem Gedröhn der Pfahlramme und dem unbarmherzigen Sirenenton Gehör zu verschaffen. »Katie, ich rede die Wahrheit. Ich halte mit nichts zurück. Ich habe Joey in die Falle gelockt. Aber, Katie, so wahr mir Gott helfe, ich wollte nicht, daß sie ihn umbringen. Das habe ich nicht gewußt. DAS HABE ICH NICHT GEWUSST ! ...« Das Geheul der Schiffssirene brach plötzlich ab und Terrys Stimme war so laut, daß sie klang, als könne man sie in ganz Bohegan hören. Einen Augenblick später setzte auch die Pfahlramme aus, als ob ihre Dampfmaschinen Luft holen müßten. Es war plötzlich still. Terrys Stimme sank fast zu einem Flüstern herab. »Katie ... Katie ... ich habe bestimmt nicht gedacht, daß sie ...«
»Du hast dir nie etwas gedacht – außer, wie du dir den Mund oder die Taschen vollstopfen könntest«, sagte Katie mit einer Wildheit, die Terry wie ein Peitschenschlag ins Gesicht schlug. »Du hast ihn getötet oder nicht getötet. Du wolltest bloß deinen Druckposten behalten, Nummer eins, wie immer.«
Er streckte die Hand aus, wie um sie zu beruhigen, sie aber wandte sich um und lief über das Dach, wich den Luftschächten aus und duckte sich unter dem Gewirr von Fernsehantennen hindurch.
Okay, er hatte es gesagt, er hatte es gesagt, dachte er bei sich. Und jetzt? Jetzt? Er hatte eine Art unsinnige Lust verspürt, sich das alles vor Katie von der Seele zu reden. Und jetzt – nichts. Er war müde und wollte nichts sehnlicher als sich ausstrecken

und ausruhen können – wie nach einem schweren Zehnrundenkampf. Die Pfahlramme fing wieder zu hämmern an. Der Teufel sollte sie holen. Würde sie niemals aufhören? Würde er nie seinen Frieden haben? Er beneidete Runty Nolan, wo immer er auch sein mochte. Der brauchte sich jedenfalls für nichts mehr zu entscheiden. Es war gerade die Notwendigkeit, sich so oder so entscheiden zu müssen, die einem spitze Nadeln in den Schädel trieb ...
»Jesus, Maria und Joseph ...« sagte Terry. Es sollte ein Fluch sein. Aber er fühlte sich so zerschlagen und innerlich zerrissen, daß die Worte weich in seinem Munde klangen, fast wie ein Gebet.

EINUNDZWANZIGSTES KAPITEL

Die Zusammenkunft, die Johnny der Freundliche mit seinen Gewerkschaftlern in dem halbverwitterten Büro am Kai abhielt, war nur eine von einer ganzen Kette von Versammlungen, die in allen übrigen Büros der Hafenarbeitergewerkschaft am Jersey-Ufer und im ganzen Hafen von Staten Island, den West-, Süd- und Ostseiten von Manhattan bis weit nach Brooklyn hinein abgehalten wurden. Der Distriktsrat hatte Sondersitzungen einberufen. Hochgestellte Mitglieder des Syndikats, wie Jerry Benasios gefürchteter Bruder Alky, der Brooklyn und den größeren Teil von Jersey kontrollierte, und Wally »Sliker« McGhee, einer der Großen von der Lower West Side, waren mit dem Flugzeug aus ihren Verstecken in Miami und Hollywood herbeigeeilt, um an der Ausarbeitung eines gemeinsamen Schlachtplanes für die Kollegen zu helfen, die eine Vorladung bekommen hatten.
Es war mit anderen Worten der Teufel los. Die Kriminalpolizei hatte Auftrag, die Gewerkschaftsunterlagen einzuziehen und zu überprüfen. Die Bücher der Gesellschaften waren auch angefordert worden, und hinzu kam, daß den Direktoren der Transportgesellschaften unangenehme Fragen vorgelegt wurden, wieso

sie dazu kämen, »Scheinarbeiter« in ihren Lohnlisten zu führen, womit sich die Taschen der örtlichen Gewerkschaftsfunktionäre füllten und der »Friede auf den Docks« sichergestellt werden sollte. Es ging das Gerücht, daß Angestellte der Transportgesellschaften, die nach der Konfiszierung ihrer Unterlagen die Aufdeckung großer Schiebungen befürchten mußten, zu reden anfingen, um die Schuld von den »ehrbaren« Transportgesellschaften auf die breiten Schultern der Verbrechercliquen abzuwälzen, die in den gewerkschaftlichen Ortsgruppen das große Wort redeten.
Gewiß, es hatte schon vorher Untersuchungen gegeben, mindestens ein Dutzend; sie hatten eine Woche lang die Zeitungen gefüllt, aber keine ernsteren Folgen gehabt als die, daß höchstens der eine oder andere wucherische Geldverleiher oder irgendein kleinerer Gangster verurteilt wurde, den der Mob sowieso zu liquidieren bereit war.
Diesmal aber schien die Flut der Reformbestrebungen im Hafen im Steigen begriffen. Viele große Zeitungen hatten damit begonnen, in Leitartikeln gegen die Schönfärberei Stellung zu nehmen. Eine größere Gruppe oppositioneller Hafenarbeiter schien im Begriffe, öffentlich in Aktion zu treten. Es ging sogar das Gerücht, daß die Polizei auch nicht einmal vor Willie Givens halt machen würde, der in aller Stille entlassene Zuchthäusler zu führenden Gewerkschaftsfunktionären ernannt oder mit Freibriefen zur Gründung eigener Ortsgruppen ermächtigt hatte. Aber Willie war gleichzeitig auch ein hoher Beamter. Willie war Vizepräsident einer staatlichen Arbeitsorganisation. Er war eine bekannte Figur bei politischen Versammlungen in New York.
Die jährliche Festveranstaltung der Willie-Givens-Association konnte sich einer Gästeliste rühmen, der an Glanz kaum eine andere im ganzen Staate gleichkam. Und Seite an Seite mit den Bürgermeistern, Stadträten, Senatoren und Richtern konnte man die Benasios finden, und die McGhees, die ganze Stufenleiter des Rauschgifthandels und Gewaltverbrecher und alle Arten von Gangstern, die den Hafen ihr eigen nannten. Beim letztjährigen Bankett hatte Johnny der Freundliche den Tisch

Nr. 17 für sich selbst, Charley, Big Mac, McGown, Polizeikommissar Donnelly, den Boheganer Bürgermeister Bobby Burke und eine Auswahl von Stadträten, Richtern und Leibwächtern reserviert. Bobby Burke, der sich auf seine Wiederwahl einstellen mußte und von der Gunst des Mobs in Jersey City abhängig war, geriet jetzt in eine Panikstimmung. Er und Donnelly bezogen große Summen aus Bohegan und von den Docks. Das einzige, was er wollte, war, seinen Raub in Sicherheit zu bringen und um eine gerichtliche Untersuchung herumkommen.
Johnny der Freundliche war im Sektor Bohegan der bestimmende Faktor. Er wollte es ihnen jetzt zeigen, was ihn an den Platz hinaufgeführt hatte, auf dem er jetzt stand. Jetzt kam es darauf an, die Reihen zu schließen und durchzuhalten. »Aushalten« war Johnnys Motto. Nichts zugeben. Sich durchboxen.
Die Leute seiner Umgebung konnten die animalische Stärke spüren, die sich nicht so sehr in seinen Muskeln als in seinem Geist manifestierte. Er war der Überzeugung, daß er recht hatte, daß sein Vorgehen berechtigt war. Die Art, wie er auf den Docks operierte, machte sich nicht nur für ihn selbst bezahlt, sondern gewährleistete auch das rasche Beladen und Löschen der Schiffe. Er verstand es nicht nur meisterhaft, große Summen auf die Seite zu bringen, sondern war auch stolz darauf, alle technischen Tricks der Ladearbeiten genau zu kennen. Er konnte einen Fehler schneller entdecken, als der alte Kapitän Schlegel. Hier gehörte er her. Er hatte sich aus dem Laderaum emporgearbeitet. Er kannte jedermanns Arbeit. Dies war alles sein Werk, und seine Lebensaufgabe bestand darin, dafür zu sorgen, daß alles blieb wie es war.
Bei ihm saßen Charley und Truck und Gilly und »J. P.« Morgan und seine Heuerchefs, Big Mac, Socks Thomas und Karger, der soeben bedingt aus dem Zuchthaus entlassen worden war. Specs und Sonny hatten sich nach Florida in Sicherheit gebracht, als Pater Barry den Aufruhr am Hafen ausgelöst hatte. Johnny würde für sie sorgen müssen, bis sich der Sturm gelegt haben würde.
Es stand kein Richtertisch hier und es wurde niemand feierlich

vereidigt, doch alle Anwesenden wußten, daß eine Gerichtssitzung stattfand, in der Johnny als Richter, Geschworener und Staatsanwalt fungierte, Terry Malloy in absentia abgeurteilt wurde und sein Bruder Charley zum erstenmal auf einem wackligen Stuhl saß. Die Woge der Empörung gegen Terry, der sich mit der jungen Doyle eingelassen hatte, war noch weiter angestiegen, als bekannt wurde, daß er Pater Barry erneut in der Kirche aufgesucht hatte. Und von seinem Dachposten, jenseits der Straße, wo er sich zu Beobachtungszwecken eingenistet hatte, wußte »J. P.« eine Menge zu berichten.
»Ich konnte nicht verstehen, was sie sprachen, Chef, aber Terry und dieser Schuft von der Kriminalpolizei haben zehn Minuten lang Backe an Backe dagesessen. Terry hat eine ganze Menge geredet, das steht fest und dieser Schnüffler sah aus, als ob er ihm an den Lippen hinge.«
»Backe an Backe«, sagte Johnny der Freundliche und sah Charley an.
»Wie ein Liebespaar«, sagte »J. P.«
»'n schöner Bruder«, sagte Johnny und sah Charley an.
Charley schluckte und sagte nichts.
»Hm, sonst weißt du immer etwas zu sagen«, sagte Johnny.
Charley holte tief Atem und gab sich redlich Mühe, seine Bildung und Redegewandtheit unter Beweis zu stellen.
»Backe an Backe braucht noch nicht viel zu bedeuten, Johnny.« Charley versuchte seiner Stimme einen selbstsicheren Klang zu geben. »Es ist genauso gut möglich, daß er ihn hat abfahren lassen, wie er es schon einmal getan hat. Ich glaube immer noch nicht, daß er reden wird. Dafür gibt es keinen Beweis, solange er nicht öffentlich als Zeuge aufgetreten ist.«
Johnny schob sich eine Zigarre in den Mund und drehte sie beim Reden zwischen den Zähnen.
»Schönen Dank für die Rechtsauskunft, Charley. Deshalb habe ich dich auch ständig hier gehalten. Wie verhindern wir aber jetzt, daß dieser verdammte Kerl öffentlich als Zeuge aussagt? Das ist es doch, was du sonst immer so schön ›das erste Gebot der Stunde‹ genannt hast.«

Big Mac murmelte etwas hinter dem Handrücken zu dem neben ihm stehenden Truck, dessen breite Schultern vor Vergnügen bebten. Charley funkelte sie an. Lauter Dummköpfe, die ganze Bande. Und alle bezogen sie ihre Gewerkschaftshonorare und Spesen, weil Charley es so für sie eingerichtet hatte.
»Johnny, er ist nicht einer der Schlauesten, aber er ist ein guter Junge, das weißt du auch.«
»Er ist ein Strolch«, sagte Big Mac. »Keinen Funken von Dankbarkeit dafür, daß ich ihm den Druckposten auf dem Boden zugeteilt habe.«
»Du hältst den Mund«, wies Charley Big Mac mit erhobener Stimme zurecht. »Und deine Dankbarkeit mir gegenüber? Ich war es, der dir deinen Posten erhalten hat. Schlegel wollte dich schon ein halbes dutzendmal hinauswerfen.«
Johnny streckte beide Hände aus und gebot mit gespreizten Fingern Schweigen.
»Schon gut, Mac – Charley –, ich führe diese – Untersuchung.«
Einige der Umstehenden wagten ein vorsichtiges Lächeln. Aber alle hatten Angst. Charley war ein wertvolles Mitglied. Er verstand es, bei Tarifverhandlungen und vor der Presse zu reden. Und jetzt, wo sich die Situation zuspitzte, war ein ehrbar aussehender Mann wie Charley gut in der Nähe zu haben.
»Terry hat uns ein paarmal schon einen Gefallen erwiesen, Johnny. Das dürfen wir nicht vergessen«, versuchte Charley von neuem. »Es kommt alles nur daher, daß dieses Mädchen und vielleicht auch der Priester irgendeinen Einfluß auf ihn gewonnen haben, der, hm, seine geistige Grundhaltung beeinträchtigt. Verstehst, wie ich das meine?«
Derartige Redensarten mochten am Platze sein, um die hochwohllöblichen Mitglieder des Distriksrates oder einer Tarifdelegation zu benebeln. Aber Johnny hatte jetzt kein Verständnis dafür.
»Verdammt noch mal, rede deutlich, damit ich dich verstehen kann«, rief er.
»Ich meine, daß die Doyle und der Priester ihn derartig um-

garnt haben, daß er schon nicht mehr weiß, wo oben und unten ist«, sagte Charley, so wie er es von Hause aus gewohnt war.
»Der ganze Bödsinn mit geistiger Grundhaltung und so interessiert mich nicht«, sagte Johnny. »Wir stecken in einer doppelstaatlichen Untersuchung. Dies ist keine Kleinigkeit, aus der sich Willie Givens so einfach herausreden oder herauskaufen kann. Jetzt geht's auf Biegen oder Brechen. Dein kleiner Bruder kann uns alle an den Galgen bringen. Ich will nichts weiter wissen als: ist er taubstumm oder ist er ein Spitzel?«
Charley zögerte lange, bevor er antwortete. Er spürte, wie ihm der Schweiß ausbrach. Es hatte jetzt keinen Sinn mehr, Johnny den Freundlichen mit schönen Redensarten abzuspeisen. Er mußte jetzt für seine Worte gradestehen. Johnny ließ sich nichts vormachen. Auf seine eigene Art, nach seinen eigenen Gesetzen, war Johnny ein Wahrheitsfanatiker.
»Ich – wünschte – ich – wüßte ...« sagte Charley nach langer Überlegung.
»Ich auch, Charley«, sagte Johnny. »Auch deinetwegen.«
Johnny sah seinen Adjutanten mit kalten Augen durchbohrend an. Ein Schauer rieselte durch den Raum, Männer, die sich in den Bars und Seitenstraßen von Bohegan als kampferprobte Krieger erwiesen hatten, fürchteten für Charley. Sie hielten sich ganz still. Sie versuchten, weder Johnny noch Charley anzusehen, aus Angst, den geringsten Fehler zu begehen.
»Ich bin nie dafür gewesen, den Jungen eng an uns zu binden«, fuhr Johnny fort. »Das ist hier keine Spielerei. Es geht ums Ganze. In unserem Geschäft ist kein Platz für Nieten. Es ist höchste Zeit, deinen Bruder zurechtzubiegen.«
»Zurechtzubiegen – wie?« fragte Charley, diesmal mit so wenig Worten wie möglich.
»Okay, ihr da, trollt euch«, sagte Johnny zu seinen Gefolgsleuten. Er vertraute ihnen, aber es hatte keinen Sinn, unnötige Zeugen zu schaffen. Diese Sache wurde am besten zwischen ihm und Charley erledigt, damit alle übrigen mit gutem Gewissen sagen konnten, sie hätten nichts davon gewußt.
Als sie draußen waren, sagte Johnny: »Schau, es ist ganz einfach.

Fahr mit ihm hinaus zu der Stelle, die wir schon öfter benutzt haben. Versuch, ihn auf der Fahrt zurechtzubiegen. Versuch es, so gut du kannst. Wenn er aber nicht mitmacht, wenn er dir selbst an den Kragen will, dann fahr weiter und übergib ihn Danny D.«

Danny D. war ein gefürchteter Mann, der Leute auf Befehl verschwinden ließ. Er hatte ein halbes Dutzend Morde auf dem Gewissen. Nie hatte man Zeugen auftreiben können. Er war ein Vetter der Benasio und hatte für die Interstate schon ein paar Streiks gebrochen. Es gab Polizeibeamte, die Danny D. privat zwei Dutzend Morde zur Last legten. Er war ein entsprungener Seemann, der vor Jahren einmal mit den Einwanderungsgesetzen in Konflikt gekommen war. Eigentlich hätte er längst ausgewiesen werden müssen, doch verstanden es seine Anwälte immer wieder, die Deportation aufzuschieben.

Die Erwähnung des Namens Danny D. verschlug Charley fast den Atem. »Danny D. – Johnny, das kannst du doch nicht tun. Ich meine, schön, der Junge ist vielleicht auf Abwege geraten. Aber, Himmel noch einmal, Johnny, ich werde schon mit ihm fertig. Er hat bloß etwas das Gleichgewicht verloren.«

»Gleichgewicht verloren«, rief Johnny. »Hör mal, Shlagoom, erst fährt er mir öffentlich in die Parade, ohne daß ihm etwas passiert. Dann spielt er mir den nächsten üblen Streich und wenn das so weitergeht, dann ist es endgültig um mich geschehen.«

»Aber es ist eine riskante Sache, sich gerade jetzt mit einem Psychopaten wie Danny D. einzulassen. Es ist besser, gerade jetzt kein Aufsehen zu erregen.«

»Bleib mir bloß damit vom Leibe. Ich gehe immer aufs Ganze, Charley. Wenn ich ins Hintertreffen gerate, dann streiche ich nicht etwa die Segel, sondern setze erst recht alles auf eine Karte. Dann ist mir jedes Mittel recht. So bin ich groß geworden. Und, Bruder, so will ich auch vor die Hunde gehen – wenn es schon sein muß. Aber an deiner Stelle würde ich lieber nicht damit rechnen.«

»Johnny, ich liebe dich, das weißt du«, sagte Charley. »Ich weiß, was es dich gekostet hat, diese Stellung zu erringen und

sie zu dem auszubauen, was sie jetzt ist. Ich bin immer dagewesen, wenn du mich um etwas gebeten hast, das weißt du. Aber, Johnny, was du jetzt von mir verlangst, das kann ich nicht. Ich kann es einfach nicht, Johnny.«
»Dann eben nicht«, sagte Johnny.
»Aber Johnny . . .«
»Nun gut, dann eben nicht«, sagte Johnny.
Charley wußte, was das bedeutete.
»Johnny, er ist mein kleiner Bruder«, versuchte es Charley zum letztenmal.
»Wenn es mein kleiner Bruder wäre«, sagte Johnny, »und zum Teufel, wenn es meine eigene Mutter wäre, Gott segne sie, dann müßte ich es tun, wenn man mir in die Quere kommt. Ich will nicht sagen, daß ich es gern täte. Ich will damit nur sagen, was man tun muß, wenn man in diesem Geschäft wirklich seinen Mann stehen will. Die Leute laufen im Nu auseinander, wenn Gefahr im Verzuge ist.«
»Allmächtiger Gott«, sagte Charley.
»Okay, aufs Pferd«, befahl Johnny der Freundliche. »Zuviel Denken ist schädlich.«
Charley versuchte, sich beim Hinausgehen nichts anmerken zu lassen, doch alles Blut war ihm aus dem Gesicht gewichen, und das weiße Seidenhemd klebte ihm an der Haut.
Terry lag auf dem Bett, blätterte in einer Fachzeitschrift für Brieftauben und versuchte, nicht an die schwierige Lage zu denken, in der er sich befand. Er hatte die Tür verriegelt. Er wollte heute abend nicht mehr ausgehen. Wohin konnte er auch noch gehen! Mit wem konnte er überhaupt noch reden? Höchstens noch mit Billy, dem Jungen, und sogar der fing schon an, mißtrauisch zu werden. Die Masse hatte sich von ihm abgewandt und Joey Doyles Freunde wollten auch nichts mehr mit ihm zu tun haben. Truck und Billy hatten ihn einfach stehen lassen. Johnny hatte es auf ihn abgesehen; der Priester hatte ihm schwer zugesetzt, und als er schließlich tat, was dieser Barry ihm eingeredet hatte, da war das Mädchen vor ihm davongelaufen, als ob er ein Aussätziger wäre.

Er nahm die Zeitschrift wieder auf und versuchte, die Schilderung eines von Havanna ausgehenden Spezialrennens zu lesen, doch schon nach wenigen Augenblicken warf er das Blatt auf den Boden, streckte sich auf dem Rücken aus und versuchte nachzudenken. Bevor dies alles geschehen war, hatte er nie nachzudenken brauchen. Er brauchte nur so in den Tag hineinzuleben. Er war sich immer noch nicht darüber im klaren, warum man ihn eigentlich hatte so an die Wand drücken können. Ihm war wie am Morgen nach einer durchzechten Nacht, wenn er glaubte, das Herz wolle ihm bersten.

Es klopfte. Er richtete sich halb auf. Das Gefühl einer drohenden Gefahr ergriff ihn.

»Ja?«

»He, Kleiner, ich bin's, Charley«, kam es durch die Tür.

Terry sprang auf, um ihn hereinzulassen. Charley wirkte in seinem Kamelhaarmantel eindrucksvoll und wohlhabend. Das Treppensteigen hatte ihn außer Atem gebracht.

»Du bist nicht mehr in Form, Charley«, Terry versuchte einen leichten Ton anzuschlagen. »Hast zu gut gelebt.«

»Ja, ich will wieder etwas Sport treiben«, sagte Charley. »Komm, Kleiner, zieh dir die Jacke an. Wir gehen zum Boxen.«

»Mein Gott, ich habe ... ich weiß noch nicht einmal, wer heute dran ist«, sagte Terry.

»Macht nichts«, sagte Charley. »Wahrscheinlich wieder zwei Nigger, wie es heutzutage üblich ist. Ich hab' zwei gute Plätze, erste Reihe hinter der Presse.«

»Ich wollte schon die ganze Zeit mit dir reden«, sagte Terry.

»Zieh dir die Jacke an. Wir haben unterwegs Zeit zum Reden.«

Gewöhnlich gab es weit und breit kein Taxi, heute abend aber fanden sie eines an der Ecke. Es herrschte ein unfreundliches Dezemberwetter.

»Mein Gott, eine ekelhafte Nacht«, sagte Terry.

»Die Zeitungen haben Schnee vorausgesagt«, sagte Charley.

»Das Wetter ist völlig verrückt geworden. Das kommt von dieser neuen Bombe«, erläuterte Terry.

»Wohin?« sagte der Taxifahrer.

»Biegen Sie nach links in die Bedford Street«, sagte Charley.
»Ich sage Ihnen schon, wo Sie halten sollen.«
»Ich dachte, wir führen zum Boxen«, sagte Terry.
»Klar, aber – ich wollte auf dem Wege dorthin noch einen Wettschein ausfüllen«, sagte Charley. »Und außerdem haben wir so etwas mehr Zeit um uns auszusprechen.«
Terry lehnte sich bequem in das schon etwas schäbige Lederpolster zurück. »Also schieß los, Charley, ich bin ganz Ohr.«
»Ja, ich bin wohl schon von Geburt an so etwas wie ein Einzelgänger«, sagte Charley. »Aber – glaub mir, Terry, es kommt mir jetzt nicht darauf an, meine eigene Stimme zu hören. Du bist mein Bruder, Terry, und ich habe etwas Ernstes mit dir zu besprechen.«
»Mmmmmmmm-mmmmmmmm«, sagte Terry und blieb auf der Hut.
»Also – es wird behauptet, du hättest eine – eine Vorladung bekommen.«
»Stimmt«, sagte Terry in gleichgültigem Ton.
»Unsere Leute kennen dich natürlich gut genug, um zu wissen, daß du der Polizei nichts vorsingen wirst«, sagte Charley, indem er sich sacht weiter vortastete.
»Mmmmmmmmm-Mmmmmmmmm«, brummte Terry.
»Trotzdem sind sie der Meinung, daß du nicht länger so weit abseits stehen solltest«, fuhr Charley fort. »Sie wollen dich etwas näher heranziehen. Vielleicht läßt sich dir der eine oder andere Posten unten am Hafen vermitteln.«
Terry zuckte die Achseln. »Regelmäßige Arbeit. Hin und wieder einen Dollar extra. Das ist alles, was ich brauche.«
»Gewiß, das ist schon richtig, solange du jung bist«, stimmte Charley bei. »Aber die Zeit bleibt ja nicht stehen. Du bist bald dreißig. Es wird jetzt bald Zeit, daß du auch mal an deine Zukunft denkst.«
»Das schon, aber ich finde, man lebt länger, wenn man keinen allzu großen Ehrgeiz hat«, sagte Terry.
Charley sah ihn an. Dann wandte er den Kopf ab und schlug die Augen nieder. »Vielleicht«, sagte er. Dann fügte er, um

seine Gefühle zu verbergen, schnell hinzu: »Schau, Junge, du weißt, der neue Pier, den sie da bauen ...«
Terry dachte an die Pfahlramme; er spürte noch jetzt das Dröhnen in seinem Schädel.
»Wird ein großartiger Pier werden – zwei Millionen Dollar. Die Pan-American-Linie wird dort anlegen und unsere Ortsgruppe wird dort zuständig sein. Das ergibt den Posten für einen neuen Ladechef.«
»So?« sagte Terry.
»Du weißt, was das heißt«, sagte Charley. »Sechs Cent für jeden Zentner, der gelöscht und auf Lkws verladen wird. Das klingt zunächst einmal gar nicht so viel, aber es summiert sich. Und was das Angenehme ist, du brauchst keinen Finger zu krümmen. Ich finde, es ist der beste Posten im ganzen Hafen. Drei, vierhundert Dollar in der Woche sowieso. Leute wie Turkey Dooley und Dummy Ennis verdienen ihre dreißig-, vierzigtausend Dollar im Jahr und zahlen Steuern für fünf. Das ist der richtige Platz für dich, Junge. Jeden Winter einen Monat in Miami.«
»Und ich bekomme das ganze Geld für nichts und wieder nichts?« sagte Terry.
»Für nichts und wieder nichts«, sagte Charley. »Du tust überhaupt nichts. Und redest überhaupt nichts. Ist das klar, Junge?«
Terry seufzte und schüttelte den Kopf. Er stand auf einmal vor einem ganz neuen Problem. »Ja, ich verstehe schon. Aber das ist noch nicht alles, Charley, es gehört noch eine Menge mehr dazu. Laß dir das sagen. Eine Menge mehr.«
Charley sah mit Beunruhigung, wie sehr sein Bruder aus dem Gleichgewicht geraten war. »Terry, hör mir mal zu«, sagte er scharf. »Du willst mir hoffentlich damit nicht sagen, daß du gegen deinen eigenen ...« Er wies mit dem behandschuhten Finger auf seinen eigenen untadeligen Kamelhaarmantel. »Kleiner, du willst doch hoffentlich nicht sagen, daß du gegen deinen eigenen Bruder aussagen wirst.«
Terry rieb sich mit dem Handrücken über das Gesicht. »Ich weiß nicht, Charley. Ich meine, ich will damit sagen – ich

weiß nicht, Charley. Darüber wollte ich schon lange mit dir sprechen.«

»Hör zu, Terry«, sagte Charley ruhig, als müsse er noch einmal ganz von vorn anfangen. »Die Piers, die wir durch die Ortsgruppe kontrollieren, du weißt doch auch, wieviel sie uns wert sind ...«

»Ich weiß ... ich weiß ...« sagte Terry.

»Also gut«, sagte Charley. Warum mußte ihm dieser Junge nur so große Schwierigkeiten machen? »Glaubst du etwa, Johnny kann es sich leisten, diesen ganzen Apparat aufs Spiel zu setzen, bloß weil ein dahergelaufener lausiger Gernegroß es sich in den Kopf gesetzt hat, ihm ...«

»Oh, sag das nicht!« bat Terry.

»Ja, zum Teufel, so ist es!« sagte Charley.

»Ich hätte besser sein können«, sagte Terry.

»Darauf kommt's jetzt gar nicht an«, sagte Charley.

»Ich hätte sehr viel besser sein können, Charley«, sagte Terry.

»Die Sache ist die, wir haben nicht viel Zeit«, erinnerte ihn Charley.

»Ich sage dir doch, ich habe mich noch nicht entschieden«, rief Terry aus. »Wenn ich dir doch klarmachen könnte, was das heißt, Charley – dieses verdammte Sich-für-etwas-Entscheiden.«

»Entschließ dich, Junge. Ich bitte dich. Ich bitte dich!« Dann fügte er hinzu, und in seinen halbgeflüsterten Worten lag Scham und Resignation und Verzweiflung: »Bevor wir zur Bedford Street No. 2437 kommen.«

Die Adresse rief in Terrys Vorstellung eine Erinnerung wach, eine tödliche, dunkel-drohende Erinnerung. »Bevor wir wohin kommen, Charley?« fragte er ungläubig. »Bevor wir wohin kommen?«

Draußen ging ein kalter, von vereinzelten Schneeflocken untermischter Regen nieder und verlangsamte die Fahrt des Taxis. Charleys Stirn war heiß und feucht. Alle die Jahre klugen Redens und geschickten Operierens hatten ihn schließlich in diese Situation geführt, in der er wie ein Kindermädchen flehen mußte:

»Terry, zum letztenmal, nimm den Posten. Bitte, nimm den Posten.«
Terry schüttelte den Kopf.
Charley war immer stolz auf seine guten Manieren, auf seine Intelligenz und Zurückhaltung gewesen, jetzt aber brachten die Enttäuschung und das Gefühl drohender Gefahr einen Damm in ihm zum Bersten, und ohne zu wissen, was er tat, griff er in die Tasche und zog eine Pistole hervor. »Du wirst den Posten annehmen, ob du willst oder nicht. Und jetzt halt dein verdammtes Maul. Keine Widerrede. Und damit basta.«
Als Terry die Waffe in den Mantelfalten sah, fürchtete er sich nicht; das Plötzliche dieser abschließenden Geste versetzte ihn jenseits von Angst und Furcht in einen Zustand wortlosen, intuitiv empfundenen Mitgefühls, das ihm bisher unbekannt war.
»Charley ...« sagte er traurig und spürte zutiefst, wie peinlich diese Situation für sie beide war. Er streckte die Hand aus und schob mit sanfter Bewegung den Pistolenlauf beiseite.
Charley lehnte sich in den Sitz zurück und ließ die Waffe in den Schoß sinken. Er schob den Hut zurück, um seine Stirn zu kühlen. Er nahm aus der Brusttasche ein mit seinen Initialen versehenes Taschentuch und tupfte sich das Gesicht ab.
»Nimm ihn bitte an«, flüsterte Charley. »Nimm diesen Posten.«
Terry wich in die hintere Ecke seines Sitzes zurück. Er schüttelte noch immer vor fassungsloser Enttäuschung den Kopf. »Charley – oh, Charley.« Ein tiefer Seufzer stieg in ihm auf.
Charley biß sich auf die Lippen und ließ die Pistole in die Manteltasche gleiten. In dem Schweigen, das jetzt folgte, konnten sie den Regen gegen die Scheiben schlagen und die nassen Reifen auf den Pflastersteinen rutschen hören. Es war ein alter Weg, der vom Fluß aus in das flache, eintönige Hinterland von Jersey führte.
Als Charley wieder zu sprechen begann, tastete er, fast atemlos, nach Worten, die seine früheren Beziehungen zu Terry in irgendeiner Weise wiederherstellen konnten.

»Sieh mal, Junge. Ich – ich ...« Er reichte zu Terry hinüber und versuchte dessen Oberarm zu drücken, eine alte, zwischen ihnen beiden oft geübte freundschaftliche Geste. Terry entzog ihm weder seinen Arm, noch erleichterte er Charley die Bewegung.
»Wieviel wiegst du eigentlich heute, du alter Boxer?« wünschte Charley plötzlich zu wissen.
»Fünfundsiebzig, achtzig. Warum?« Terry tat die Frage mit einem mürrischen Achselzucken ab.
»Mensch, wenn du hundertachtundsechzig Pfund hättest, dann wärst du prima.« Charley fiel in die Vergangenheit zurück. »Du könntest ein neuer Billy Conn sein. Der Esel, den wir dir als Manager zugeteilt hatten, hat dich nur viel zu schnell herausgebracht.«
Terry hatte langsam den Kopf geschüttelt. Jetzt brachen die Vergangenheit und all die Demütigungen, die sie ihm bereitet hatte, in einem einzigen Schrei aus ihm heraus. »Der war es gar nicht, Charley. Du warst schuld daran.«
Terry kam aus seiner Ecke hervor und beugte sich zu Charley hin. Die alte Demütigung reizte ihn wieder wie das Blut einer Gesichtswunde, das nicht gerinnen will. »Weißt du noch, damals die Nacht im Madison Square Garden? Du kamst in die Garderobe und sagtest: ›Junge, heute ist der andere dran. Wir wollen mit Wilson verdienen.‹ Weißt du noch! Heute ist der andere dran. Der andere! Ich hätte Wilson damals in Grund und Boden schlagen können. Und was war die Folge? Er bekommt den Titelkampf, draußen unter freiem Himmel. Und was bekomme ich? Einfache Fahrt nach Bohegan. Nach jener Nacht bin ich nie wieder in Form gewesen. Das weißt du nur zu gut, Charley. Es ist, als ob man – als ob man einen Gipfel erreicht, und von dort an geht es nur noch abwärts. Das bist du gewesen, Charley. Du warst mein Bruder. Du hättest mir wenigstens ein klein bißchen weiterhelfen sollen. Du hättest dich um mich kümmern müssen. Nur ein klein wenig. Statt mich so wegen des elenden Geldes herunterzureißen.«
Charley war nicht imstande, Terry anzublicken. »Ich habe im-

mer dafür gesorgt, daß du zu deinem Geld kommst«, sagte er leise.
»Ach, du verstehst ja doch nicht«, rief Terry mit erhobener Stimme, als ob er auf diese Weise die zwischen ihnen bestehende Verständigungslücke überbrücken könnte.
»Ich habe mich immer bemüht, daß du auf gutem Fuße mit Johnny bleibst«, versuchte Charley zu erklären.
»Du verstehst mich nicht!« rief Terry wieder aus. »Ich hätte Klasse sein können. Ich hätte Titelanwärter werden können. Ich hätte etwas darstellen können. Statt der Narr zu bleiben, der ich bin. Oh, ja, der ich bin. Du warst schuld daran.«
Wieder herrschte etwa zehn Sekunden lang Schweigen, während Terry fortfuhr, Charley anzustarren und Charley voller Angst Terry ins Gesicht blickte und die Tage ihrer gemeinsamen Jugend sah, Terry wieder vor sich sah, als kleinen schmutzigen Dreikäsehoch, als zwölfjährigen Straßenjungen und dann in seinem farbenprächtigen Trainingsmantel, als er in Erwartung des Gongs in der Ecke hin und her tänzelte – und schließlich Terry als den achtundzwanzig Jahre alten Strolch, der in Johnnys Bar herumhockte, der Narr, der er nun einmal war.
»Okay, okay ...« Charley kämpfte mit sich um eine Entscheidung. Er blickte hinaus, um festzustellen, wie dicht sie schon an das einzelne, zwei Stock hohe Fachwerkhaus herangekommen waren, das von den Mitgliedern der Danny-D.-Bande gewöhnlich als das »Gashaus« bezeichnet wurde. »Ich werde ihnen sagen – ich werde ihnen sagen, ich hätte dich nicht finden können. Er wird mir zwar nicht glauben, das ist so gut wie sicher, aber ...« Er fuhr mit der Hand in die Tasche und schob Terry die Pistole zu. »Hier, vielleicht kannst du sie brauchen.« Dann beugte er sich vor und schob die Glastrennwand zwischen den Rücksitzen und dem Fahrer zurück. »He, Fahrer, halten Sie an.« Er öffnete die Tür, während der Wagen noch fuhr. »Spring 'raus, rasch und lauf!« Er versetzte Terry einen Schlag auf den Rücken. Einen halben Häuserblock weiter unten stand ein Autobus. Terry rannte über die dunkle, vor Nässe glitzernde Straße laut rufend auf ihn zu.

Charley lehnte sich erschöpft auf den Sitz zurück. »Drehen Sie um«, sagte er müde und mit geschlossenen Augen zu dem Fahrer. »Fahren Sie mich zum Sportplatz.«
Der Fahrer riß den Wagen scharf nach links herum, so daß Charley fast von seinem Sitz herunterrutschte, fuhr mit Vollgas in Danny D.'s Grundstück hinein und steuerte den Wagen unmittelbar in die Garage, wo zwei Spezialisten postiert waren, um zu erledigen, was hereinkam. Charley Malloy öffnete den Mund zum Protest, aber die Männer verstanden ihr Handwerk, und er verstummte für immer.

ZWEIUNDZWANZIGSTES KAPITEL

Als der Bus an einer Straßenecke im Zentrum von Bohegan hielt, sprang Terry ab und lief ein paar hundert Meter durch den starken, vom Wind gepeitschten Regen bis zur Doyleschen Wohnung. Er hatte die Mütze verloren, und die Haare hingen ihm naß und zerzaust herunter. Der eisige Regen tropfte ihm von der Stirn und rann ihm über das unrasierte Gesicht. Er rannte die ausgetretenen, knarrenden Stufen, immer drei auf einmal nehmend, hinauf, als ob er von einer Zwangsvorstellung getrieben würde, die ihm jedes Gefühl für die eigene Sicherheit genommen hatte. Was ihn quälte, war das Bild Katie Doyles, die sich nach seiner Beichte von ihm abgewandt hatte – ihre zornigen Worte, ihre Flucht. Diese Vorstellung war wie ein Motor, der ihn vorantrieb. Er erreichte den Treppenabsatz im dritten Stock, rannte zu der Tür und schrie: »Katie! Katie!«
Katie lag im Bett und versuchte einzuschlafen. Pop war mit Moose und Jimmy ausgegangen, und die Tür war verriegelt. »Halt die Tür gut verschlossen«, hatte Pop ihr gesagt, »und laß niemanden herein. Und wenn es Gott der Allmächtige selbst ist.«
»Katie! He, Katie!« Terry rief durch die Küchentür hindurch. Katie antwortete nicht, und Terry rief ihren Namen immer wieder, während er gegen die Tür hämmerte.

Katie lief zum Eingang, um festzustellen, ob die Tür wirklich verriegelt war. »Du kannst nicht herein. Geh weg!« rief sie zornig.
»Katie, bitte, mach auf. Ich muß mit dir sprechen.«
Er stieß mit dem Fuß gegen die Tür, und sie schrie: »Hör auf. Hör auf! Bleib mir vom Leibe.«
Sie vergewisserte sich, daß der Riegel vorgeschoben war, eilte in das kleine Schlafzimmer zurück und versuchte, ihre Eisenbettstelle vor die Tür zu schieben. Sie fürchtete sich vor Terry, der sich mit aller Gewalt gegen das splitterige Holz der Küchentür warf. Dann hörte sie, wie der Riegel nachgab. Terry stürzte auf sie zu. Sie versuchte, sich in das Bettzeug zu hüllen. Die Haare hingen ihm wild ins Gesicht und er fuchtelte mit den Armen. Seine Augen jagten ihr Angst und Schrecken ein.
»Geh hinaus – hinaus!« schrie sie mit schriller Stimme, und als er versuchte, sich ihr zu nähern und plötzlich leise sagte: »Katie, hör zu . . .«, da schüttelte sie den Kopf und sagte: »Wenn Pop dich hier findet, bringt er dich um. Du darfst mich nicht mehr sehen.«
Als er näher herankam, sprang sie aus dem Bett und warf sich gegen ihn, in dem Versuch, ihn rückwärts aus dem Zimmer zu drängen. Er griff ihre Arme und schrie ihr ins Gesicht: »Du glaubst, ich stinke, nicht wahr? Du glaubst, ich bin ein stinkender Lump, weil ich Joye . . .«
Sie riß sich los und rief in rasender Wut: »Ich will nicht davon reden, ich will bloß, daß du . . .«
»Ich weiß, was du von mir willst«, fiel er ein.
»Ich verlange von dir nichts weiter, als daß du mich in Frieden läßt und – und daß du tust, was dir dein Gewissen befiehlt.«
»Hör auf mit dem Gewissen!« Er schlug mit der rechten Faust wütend nach dem eisernen Bettpfosten, den Katie als Schranke benutzen wollte. »Warum mußt du immer wieder dieses verdammte Wort in den Mund nehmen?«
Sie wich vor ihm zurück, sich fürchtete sich noch immer vor ihm, aber sie fürchtete auch für ihn. »Terry, ich habe dieses Wort vor dir noch nie ausgesprochen. Nie.«

Er hielt inne, überrascht, und verwirrt.
»Nein?«
Sie schüttelte den Kopf. Sie empfand keine Furcht mehr vor ihm. Er war nicht mehr der Mann, der wie ein wildes Tier in den Straßen auf Beute ausging. Bis auf die Haut naß und vom Wind zerzaust, wirkte er eher wie ein kleines, gehetztes Tier, das in einer ausweglosen Lage nicht mehr weiß, wohin es sich wenden soll.
»Jetzt fängst du an, auf dich selbst zu hören«, sagte sie. »Was heißt das anders, als daß du auf dein Gewissen hörst.«
»Katie«, sagte er ruhig, »sei jetzt nicht böse. Ich, ich glaube, es ist so – es ist wie das Gefühl, wenn man jemand lieb hat.«
Wieder wollte er die Arme um sie legen, sie an sich ziehen, sie küssen und das Gesicht in der zärtlichen Wärme ihres Nackens vergraben. Aber er stand nur da und starrte sie wild an. Und so merkwürdig es klingt, Terry Malloy war für Katie wie der dunkle, böse Traum fleischlicher Sünde, den sie in ihrem Bett in Marygrove geträumt hatte – nie waren es die anständigen jungen Männer, denen sie bei den allzu streng überwachten Schulfesten begegnet war, sondern die Wildheit nackter männlicher Leidenschaft, die sich in ihr Zimmer schlich und sie zu erdrücken schien, bis sie manchmal das Licht andrehen mußte, aufstand und die Jungfrau Maria anflehte, sie vor diesem Makel zu bewahren. Sie spürte in sich den überwältigenden Drang, sich wider alle Sitte und wider besseres Wissen halbnackt und schamlos in seine Arme zu werfen.
»Terry, bitte – jetzt nicht – wir wollen – wir wollen ein andermal darüber reden«, sagte sie. »Jetzt mußt du gehen – bitte.«
»Okay, okay, vergiß, was ich gesagt habe«, murmelte Terry. »Ich habe kein Recht ...« Er wollte sich abwenden. »Verzeih mir wegen der Tür. Es ist so viel geschehen. Ich komme, glaube ich, nicht darüber weg.«
»Ich werde dich heute nacht in meine Gebete einschließen«, sagte Katie ernsthaft.

»Mein Gott, die kann ich wirklich gebrauchen«, sagte Terry.
Aus dem Hof hinter dem Wohnhaus kam ein unterdrückter Schrei. »He, Terry. He, Terry ...«
Erschreckt eilte Terry in die Küche und blickte die Feuerleiter hinunter. Er konnte in der Dunkelheit niemanden sehen, aber er hörte die Stimme, die diesmal lauter rief:
»He, Terry, dein Bruder ist hier unten. Er will mit dir sprechen.«
»Charley ...« sagte Terry.
»He, Terry«, kam der Ruf von drei Stockwerken weiter unten, »komm herunter und sprich mit deinem Bruder.«
»Terry, geh nicht hinunter«, bat Katie.
»Vielleicht ist er in Gefahr.«
»Schließ dich in deinem Zimmer ein«, sagte Katie.
»Charley?« rief Terry aus dem Fenster in den Hof hinunter.
»Komm 'runter – er wartet auf dich«, antwortete die fremde Stimme von unten.
»Ich muß hinuntergehen«, sagte Terry und kletterte auf die Feuerleiter hinaus.
»Terry, nimm dich in acht«, rief Katie.
»Ich habe die hier«, sagte Terry und griff nach der unsichtbaren Pistole.
»Terry, bitte nimm dich in acht«, rief ihm Katie nach, als er über die Feuerleiter durch den strömenden Regen nach unten kletterte.
»Hier sind wir, Terry, hier«, rief die unterdrückte Stimme in der Dunkelheit.
Katie konnte Terrys hallende Schritte auf der Feuerleiter hören. Drüben auf der anderen Seite des engen, mit Wäscheleinen überspannten Hofes öffnete sich ein Fenster. Eine Frau steckte den Kopf heraus und sah zu Katie hinauf. Es war Mrs. Collins. Katie erkannte sie zunächst gar nicht, da sie die Haare zusammengelegt in einem Netz trug.
»Haben Sie das gehört«, rief die Frau.
Katie nickte und hielt sich die Arme gegen die bittere Kälte um die Schultern.

»Genauso haben sie meinen Andy damals in der Nacht herausgerufen«, sagte Mrs. Collins.
Katie rannte zum Schrank und riß ihren Mantel heraus. Dann eilte sie, ohne auf Mrs. Collins Rufe zu achten, die Feuerleiter hinunter und schrie in die Winternacht hinaus: »Terry! Terry!« Als sie den untersten Absatz erreichte, schlüpfte eine schäbige, undeutlich erkennbare Gestalt aus dem Kohlenschuppen auf sie zu. Zu ihrer Verblüffung sang er mit heiserer, brüchiger Stimme in höchster Lautstärke einen alten Schlager, der eigentlich lustig klingen sollte, aber jetzt eher wie ein Totengesang wirkte.
»Tippi ... tippi ... tin ... tippi ... tin«
Katie erkannte den unseligen Mutt Murphy. Er hatte eine halbleere Flasche Wein in der Hand und sang zu den erleuchteten Fenstern hinauf.
»Tippi ... tippi ...«
Im Erdgeschoß öffnete sich ein Fenster und eine verärgerte Stimme rief heraus: »Halt's Maul!«
»Tan ...«
Noch ein Fenster wurde aufgemacht und eine wütende Stimme brüllte: »Scher dich zum Teufel!« Ein alter Schuh, der der schwankenden Gestalt des singenden Mutt zugedacht war, verfehlte knapp sein Ziel.
Mutt schüttelte gegen die feindseligen Fenster die Faust. »Spuckt mich ruhig an, verflucht und steinigt mich«, schrie er heiser, »aber ich leide für eure Sünden ...«
Der Mann, der den alten Schuh geworfen hatte, rief laut zurück: »Hau ab und leide woanders, du Strolch.«
Die Fenster wurden zugeschlagen. Unter der Feuerleiter hatte Katie nach irgendeiner Spur von Terry oder dem Rufer gesucht, doch die Nacht schien beide verschluckt zu haben.
»Terry-y-y-y-« das Echo ihrer kleinen, von Panik erfüllten Stimme hallte von den Häuserwänden wider. Mutt stolperte, die Weinflasche schwingend, auf sie zu. Sein triefender Mund erfüllte sie mit Abscheu.
»Ich hab' ihn gesehen. Ich hab' ihn gesehen ...«
»Wo ist er hingegangen?«

»Ich hab's gesehen, wie's passiert ist. Mit meinen eigenen Augen hab ich's gesehen.«
»Was? Was haben Sie gesehen?«
»Ich hab' gesehen, wie sie ihn umgebracht haben! Ich hab' ihn schreien hören.«
»Wen – wen haben Sie gesehen! So reden Sie doch, reden Sie!« Katie verlor völlig die Fassung.
»Seine Henker. Sie haben ihn in die Seite gestochen.«
Aus seinen geröteten Hundeaugen begannen dicke Tränen über sein zerstörtes, unrasiertes Gesicht herabzurinnen. »Oh, ich weine für sie – ich weine um sie.«
»Wer denn? Meinen Sie Terry?«
Mit der rechten Hand hob Mutt die Flasche mit großartiger, apostolischer Geste empor.
»Unser Herr Jesus, als er starb, um uns zu erlösen ...«
Katie stieß ihn angeekelt beiseite. »Oh, gehen Sie weg, Sie – Sie Ferkel.«
Mutt trank die Flasche in einem letzten Zuge aus und warf sie krachend gegen die Hauswand. »Tippi ... tippi ... tan ... tippi ... tan.« Er nahm sein unablässiges Lamento wieder auf und wanderte in den Kohlenschuppen zurück, um seine Ängste zu vergessen und sich in seinen Visionen zu begraben.
Der Zwischenraum zwischen den Rücken an Rücken gebauten Häusern verengte sich in eine schmale Gasse. Katie glaubte, aus jener Richtung einen Laut gehört zu haben und eilte, Terrys Namen rufend, darauf zu. Als sie sich dem Eingang der Gasse näherte, antwortete Terry mit mühsamer, leiser Stimme: »Hier bin ich!«
Sie lief zu ihm hin und fand ihn, wie er Charley Malloys leblose Gestalt anstarrte, die am Kragen seines Kamelhaarmantels von einem Haken, der aus der Hauswand herausragte, hing. Der sonst makellose, goldbraune Mantel war schmutzig, die Aufschläge waren blutverschmiert. Katie gab voller Entsetzen keinen Ton von sich. Terry zitterte vor Haß am ganzen Leibe.
»Ich schlage ihnen allen die Schädel ein«, sagte er.
»Terry, komm mit zurück ins Haus.«

»Ich habe gesagt, ich schlage ihnen allen den Schädel ein. Allen.«
Er hatte die Pistole in der Hand. Sein Blick war auf Charley gerichtet. Er schien Katie überhaupt nicht zu bemerken. Er ging zur Wand hinüber und hob Charley herab. Er streckte Charley aus und faltete ihm die Hände über der Brust.
»Sieh nur, wie die Hunde ihm den Mantel versaut haben«, sagte er.
»Terry, du bist von Sinnen«, sagte Katie. »Gib mir die Pistole, du redest, als ob du den Verstand verloren hättest.«
Terry steckte sich die kleine Waffe sorgfältig in die Tasche.
»Los, hol den Pater«, befahl er. »Sag ihm, er solle sich um Charley kümmern. Charley war Katholik. Er soll sich seiner annehmen. Ich will nicht, daß er in dieser verdammten Gasse lange herumliegt.«
Er machte sich in Richtung auf die Hauptstraße auf den Weg.
»Wo gehst du hin?« rief Katie schrill.
»Geht dich nichts an«, sagte Terry. »Tu, was ich dir gesagt habe.« Er ging weiter, ohne sich auch nur ein einziges Mal umzusehen, ob Katie seine Befehle ausführte und in die Kirche lief. Sie rannte jedoch schluchzend durch die stürmische Nacht und erreichte die Kirche fast zu der gleichen Zeit, als Terry in Johnnys Bar eintrat.
Ein Dutzend Stammgäste hockten an der Bar und sahen einem Boxkampf im Fernsehen zu.
»Johnny der Freundliche hier?« sagte Terry unvermittelt vom Eingang her.
Jocko, der Barmixer mit dem Pferdegesicht, der wesentlich schlauer war als er aussah, konnte die Waffe, die Terry bei sich hatte, nicht sehen, aber er spürte irgendwie, daß Terry eine hatte. In den zehn Jahren, die er hinter diesem Bartisch zugebracht hatte, war er zu einem Fachmann auf diesem Gebiet geworden.
»Er ist jetzt nicht da«, sagte er kurz. Gewöhnlich war er ein guter Freund von Terry und half ihm, wo immer er konnte. Aber jetzt wußte er, daß etwas schiefgegangen war. Das brauchte man ihm nicht erst zu sagen. Er konnte die Gefahr riechen.
»Weißt du das bestimmt?« sagte Terry und schritt langsam durch

die Länge des Barraumes bis zur Tür des Hinterzimmers. Die meisten Gäste wandten den Blick vom Fernsehschirm ab, um Terry zu beobachten. Wenn Johnny der Freundliche sich auf dem Kriegspfad befand, dann nahm der ganze Hafen von Bohegan daran Anteil. Ein paar von den Stammkunden wichen sogar von dem Bartisch zurück. Als Terry sich der Hintertür näherte, griff Jocko unter die Bar und faßte einen hölzernen Eisenhammer, den er gelegentlich als Schlagwaffe benutzte. Er hielt ihn hinter dem Rücken und wartete ab, was der aufgebrachte Junge tun würde.

Terry stieß die Tür zu dem Hinterzimmer mit dem Fuß auf, so daß er die Hände zum Schießen frei behielt und die Tür als Deckung benutzen konnte. Es war nur ein Mensch in dem Zimmer: »J. P.« Morgan, der seine Schuldscheine vor sich ausgebreitet hatte und mit großer Gewissenhaftigkeit Eintragungen in seinem kleinen schwarzen Buch vornahm.

»Johnny gesehen?« sagte Terry.

»Er ist beim Boxen«, antwortete »J. P.« ohne aufzuschauen.

Terry ging an das Ende der Theke zurück und winkte Jocko heran.

»Einen Doppelten.«

»Beruhige dich, Terry«, sagte Jocko.

»Laß mich mit deinen Ratschlägen in Frieden. Gib mir lieber den Doppelten.«

Jocko zuckte mit den Achseln und füllte zwei Schnapsgläser.

»Hör mal zu, Junge, warum gehst du nicht nach Hause, bevor der Chef herkommt?«

Terry goß den Inhalt der kleinen Gläser hinunter. »Ich habe keinen Rat bestellt, sondern Whisky«, sagte Terry.

»Langsam, mein Lieber, langsam«, sagte Jocko.

Hinter Terrys Rücken war »J. P.« auf leisen Sohlen zu der Telefonzelle gegangen, um Johnny zu warnen. Terry hörte ihn, schoß herum und schrie: »Bleib von der Telefonzelle weg!«

»J. P.« tat, wie ihm befohlen.

»An jeder Straßenecke gibt es hier mindestens zehn Bars«, sagte Jocko. »Wie wär's, wenn du woanders trinken würdest?«

»Mir gefällt es aber grade hier. Mir gefällt dein hübsches Gesicht«, sagte Terry.
Jocko schüttelte den Kopf. Er hatte lange am Hafen gelebt. Er hatte gesehen, wie Johnny der Freundliche die Führung auf den Docks an sich riß, indem er hier in diese Bar hereinkam und die Leute hinausprügelte, die damals Ende der dreißiger Jahre den Hafen in der Hand hatten. Jocko überlegte, ob Terry übergeschnappt war. Was konnte ihn sonst dazu bewegen, offenen Krieg mit einem Riesen wie Johnny anzufangen?
Pater Barry saß in der Bibliothek des kleinen Pfarrhauses und beantwortete Briefe von verschiedenen Leuten im Hafen, die von seiner freimütigen Predigt auf dem Dock gehört hatten. Er schöpfte neue Hoffnung, als er sah, daß er und seine kleine Gruppe nicht allein standen, obwohl ihre Lage in Bohegan fast hoffnungslos schien. Ein alter italienischer Hafenarbeiter, der in Jersey City unter ständiger Lebensbedrohung lebte und Angst hatte, mit seinem Namen zu unterschreiben, sagte, er bete für ihn. Eine irische Hausfrau aus Manhattan schrieb, man solle die Gangster samt und sonders hinauswerfen, auch wenn sie mit ihrem Mann und ihren zwei Kindern eine Zeitlang von der öffentlichen Wohlfahrt leben müßte. Es waren auch anonyme, in Bohegan aufgegebene Briefe von Dockarbeitern dabei, welche schrieben, sie zahlten Big Mac regelmäßige Bestechungssummen und müßten sich an all den betrügerischen Wohlfahrtssammlungen beteiligen, hätten aber Angst, Protest einzulegen. So ist es schon seit Jahren gewesen, schrieb einer von ihnen, und Sie können von Glück reden, daß Sie Ihren Kragen umgedreht tragen, sonst hätte man Sie nach Ihrer Predigt auf dem Dock bestimmt nicht ungeschoren gelassen. Und trotzdem, Pater, hoffentlich nehmen Sie sich in acht, denn diese Leute verstehen es nur zu gut, einen Unfall in Szene zu setzen.
Als Pater Barry darüber nachdachte und ein schwaches, müdes Lächeln um seine Lippen spielte, kam Katie hereingerannt. Ihre Haare waren naß, sie war atemlos und redete fast zusammenhangloses Zeug.
Als er aber hörte, daß Charley tot sei und Terry eine Waffe

bei sich habe und vor Kummer rein um den Verstand gekommen sei, da sprang Pater Barry auf und sagte, er würde hinausgehen und Terry suchen. Wenn Terry es mit dem Revolver auf Johnny abgesehen habe, dann gebe es nur ein paar Orte, wo man nach ihm suchen müsse – das Gewerkschaftsbüro, Johnnys Bar, den politischen Klub.
»Mach dir keine Sorgen, ich werde ihn schon finden«, versprach Pater Barry. »Hol Pater Vincent wegen Charley. Ruf deinen Onkel im Polizeirevier an. Sag ihm, wo Charley ist. Und bitte ihn, daß er dich nach Hause bringt.«
»Seien Sie vorsichtig, Pater«, sagte Katie.
Pater Barry zuckte die Achseln. »Wir haben jetzt keine Zeit, über uns selbst nachzudenken.«
Erst als er den Häuserblock hinunterlief und der Regen ihm als nasser Schnee ins Gesicht schlug, kam ihm der Gedanke, ob er mit diesem unerwarteten Ereignis nicht etwa gegen die Befehle des Pfarrers handle, der ihm verboten hatte, noch einmal die Kirche in Verfolgung reiner Hafenangelegenheiten zu verlassen. Aber wo hörte die vom Pfarrer genehmigte christliche Mildtätigkeit für die Familie Glennon auf und wo fing der Kampf um ein christlicheres Leben für die gesamte Hafenbevölkerung an? Terry Malloy, der sich aus dem Unrat herauszuarbeiten versuchte, war auch ein Teil dieses Kampfes. Mußte er Mrs. Glennon, jene fromme, kranke, mütterliche und duldende Frau mehr lieben als Terry Malloy, den gottabgewandten, blutbeschmierten Kerl, der sich vor Christus und dem Gewissen und sich selbst versteckte? Oh, es war viel leichter, der tränenreichen, dankbaren Mrs. Glennon Trost zu spenden. Das eigentliche Problem aber war Terry Malloy. Das Problem war die von Schmutz starrende Hafengegend. Und Pater Barrys Geist verstieg sich in der Erregung bis zu der schreckeneinflößenden Grenze des Ungehorsams. Pfarrer hin oder her – die Kirche konnte es sich nicht leisten, diesem Problem aus dem Wege zu gehen, wenn sie eine sittliche Kraft sein wollte, die die männliche Stärke besaß, Christus nachzufolgen.
Vor sich sah er die rote Lichtreklame von Johnnys Bar.

Terry hockte an den Bartisch gelehnt und hielt die rechte Hand so, daß er jederzeit die Pistole ziehen konnte, wenn sich die Tür zu öffnen begann. Alle Anwesenden sahen voller Spannung zu, als plötzlich die Tür aufgerissen wurde. Und alle waren überrascht, als ein Priester eintrat.
Pater Barry erkannte Terry sofort und ging auf ihn zu, bis er etwa die halbe Länge des Bartisches von ihm getrennt war.
»Ich muß mit Ihnen sprechen«, sagte Pater Barry.
»Sie haben ja Augen im Kopf. Ich sitze Ihnen genau gegenüber«, erwiderte Terry höhnisch.
»Machen Sie keine Dummheiten«, sagte Pater Barry nähertretend.
»Wer hat Sie hierhergeholt?« sagte Terry. »Was wollen Sie von mir?«
»Den Revolver«, sagte Pater Barry. Er war jetzt so nahe, daß er die Hand nach der Waffe ausstrecken konnte.
»Ha, ha«, lachte Terry gezwungen.
»Den Revolver.«
»Mensch, hauen Sie bloß ab.«
»Seien Sie vernünftig und geben Sie mir den Revolver. Ich gehe nicht eher wieder hinaus, als bis ich ihn habe.«
»Scheren Sie sich zum Teufel«, sagte Terry.
»Was haben Sie gesagt?« Pater Barrys Gesicht rötete sich.
»Scheren Sie sich zum Teufel.«
In seinen Jugendjahren hatte Pater Barry manchen Kampf auf der Straße bestanden, und der Schlag, den er jetzt führte, wirkte bei ihm ganz natürlich. Es war eine rechte Gerade, aus der Schulter heraus geschlagen, und sie kam für Terry so überraschend, daß er zu Boden ging.
»Warten Sie, ich helfe Ihnen auf«, sagte Pater Barry.
Terry stieß ihn fort. »Weg mit Ihnen! Rühren Sie mich nicht an!«
»Sie wollen wohl den Helden spielen?« sagte Pater Barry ärgerlich.
»Das geht Sie gar nichts an«, schrie Terry ihn an.
Und Pater Barry schrie zurück: »Sie kommen sich wohl sehr

tapfer vor, wenn Sie jemandem 'ne Kugel in den Kopf schießen. Das halten Sie wohl für sehr tapfer, wie? Wenn man das tut, ist man noch lange kein Held. Jeder Strolch kann sich im Leihhaus einen Revolver besorgen.«
»Das geht Sie gar nichts an«, sagte Terry wieder, beinahe schluchzend. »Warum kümmern Sie sich nicht um Ihren eigenen Kram? Das hier geht Sie 'nen Dreck an?«
»Sie wollen Johnny den Freundlichen treffen?« redete Pater Barry durch ihn hindurch.
»Treffen wollen Sie ihn an seiner verwundbarsten Stelle? Sie wollen ihn fertigmachen? Stimmt das?«
»Ja, verdammt noch mal«, sagte Terry.
»Für das, was er Charley angetan hat«, fuhr Pater Barry unaufhaltsam fort. »Und vielen anderen Männern, die besser waren als Charley. Dann lauern Sie ihm hier nicht auf, wie ein Ganove. Etwas Besseres kann ihm gar nicht passieren. Er schießt Ihnen eine Kugel in den Kopf und erklärt, er habe in Notwehr gehandelt. Und zieht sich aus der Affäre, wie er es schon hundertmal getan hat. Jetzt hören Sie mir zu, Terry, die einzige Möglichkeit ihn wirklich zu schlagen, liegt im Gerichtssaal. Treffen Sie ihn mit der Wahrheit, und nicht mit dieser – dieser Spielzeugkanone.«
Langsam begann Terry zuzuhören. Er runzelte die Stirn und verzog das Gesicht, als ob es weh täte.
»Warten Sie mal einen Moment. Drängen Sie mich nicht«, sagte er.
»Werfen Sie den Revolver weg«, sagte Pater Barry. »Das heißt, wenn Sie den Mut dazu haben. Wenn Sie ihn nicht haben, dann behalten Sie ihn meinetwegen.«
Terry nahm den Revolver aus der Tasche und sah ihn nachdenklich an. Pater Barrys Lippen waren trocken. Er fuhr sich mit der Hand über den Mund, sah gespannt auf die Waffe und rief Jocko zu: »Geben Sie mir ein Bier.« Er warf sein Zigarettengeld auf den Bartisch. Terry betrachtete immer noch die Waffe. »Zwei Bier«, sagte Pater Barry. Er schob Terry ein Glas hin. Er trank das seinige durstig aus. Terry trank langsam.

»Wenn Sie mir nicht diesen Revolver geben wollen, dann lassen Sie ihn hier«, sagte Pater Barry.
An der Rückwand des Barraumes hing ein in glücklicheren Tagen aufgenommenes Bild von Johnny dem Freundlichen und Charley Malloy, die ihren Vorsitzenden der International, Willie Givens in die Mitte genommen hatten. Es war in Jamaika aufgenommen worden und zeigte die drei Arm in Arm mit lächelnden Gesichtern.
»Verdammte Schweinerei«, sagte Terry laut und schleuderte den Revolver quer über den Bartisch mitten in das unter Glas eingerahmte Bild. »Sag Johnny, ich wäre hier gewesen.«
Pater Barry entrang sich ein hörbarer Seufzer der Erleichterung, als sie draußen waren.
»Ich werde Sie heute nacht bei mir unterbringen«, sagte er.
»Ich habe keine Angst«, sagte Terry.
»Habe ich etwas davon gesagt?« sagte Pater Barry. »Ich habe mir gedacht, wir könnten gemeinsam Ihre Zeugenaussagen durchgehen. Sie können diese Kerle mit Ihren Aussagen über Doyle und Nolan glatt zur Strecke bringen. Und mit Charley. Da drüben sitzen noch drei oder vier andere, die Ihnen nicht unbekannt sein dürften, und bereiten sich auf ihre Aussagen vor. Wir wollen dem Gericht ein möglichst vollständiges Bild liefern. Das wird Johnny an der Stelle treffen, wo es wirklich einen Sinn hat.«
Er nahm Terry am Arm und setzte sich durch den strömenden Regen in Richtung auf das Pfarrhaus in Bewegung.
»He, Terry, haben Sie vielleicht zufällig 'ne Zigarette bei sich?«

DREIUNDZWANZIGSTES KAPITEL

Aus dem Gerichtssaal, wo die Untersuchungen über die Zustände am Hafen geführt wurden, ergossen sich die Korruption und der Unrat und der Schlamm einer verbrecherischen, jahrzehntelangen Vergangenheit über die ganze Stadt. Die Schlagzeilen in der Presse waren dick und schwarz. In Rundfunk- und Fernsehsendungen wurde der New Yorker Hafen als ein verruchter Riese hingestellt. Die großen Illustrierten, die jetzt endlich aufzuwachen schienen, öffneten ihre Seiten der Unmenschlichkeit, wie sie in der bisher geübten Arbeitsverteilung auf den Docks zum Ausdruck kam; sie schrieben lange Artikel über die Korrumpierung der Gewerkschaften und die Schamlosigkeit, mit der die Direktoren der Transportgesellschaften und bestochene Magistratsbeamte an diesen Unternehmungen beteiligt waren. Die Schleusen schienen geöffnet, und die Abwässer ergossen sich in die Öffentlichkeit.

Die Warnung, sich nicht in die Hafenverhältnisse einzumischen, es sei denn in Ausübung kirchlicher Pflichten, mochte als ein rotes Vorsignal gegolten haben, denn jetzt folgte in letzter Minute ein Befehl des Bischofs an Pater Donoghue, in dem Pater Barry untersagt wurde, bei der Untersuchung als Zeuge auszusagen. Aber der Vikar war zu sehr in Fahrt, um sich dadurch entmutigen zu lassen. Er wußte durch seine eigenen Gewährsleute, daß Monsignore O'Hare kein Mittel unversucht lassen würde, um seine alten Freunde Willie Givens und Tom McGovern zu schützen, und er wußte ebenso, daß sein hochgestellter Rivale alles tun würde, was in seiner Macht stand, um ihm, Pater Barry, beim Bischof anzuschwärzen. Nichtsdestoweniger hatte er seinen Pfarrer bis zu einem gewissen Grade auf seiner Seite, und er fühlte sich sicher in der Überzeugung, daß das überwältigende Beweismaterial über Gangstermethoden und Gewalttätigkeiten schließlich auch die Leitung der Diözese zu seiner Auffassung bekehren würde.

Am Morgen der ersten Vernehmungen hatte er in der Messe in seine Gebete eine besondere Bitte um den erfolgreichen Ausgang dieser Untersuchung eingeschlossen, damit die Männer am Hafen anfangen können, sich der menschlichen Würde zu freuen, wie Christus sie verstand und die Gott für sie vorgesehen hatte. Oh, Gott, verjag diese Johnnys für immer und ewig, hatte er gebetet, und wenn du schon einmal dabei bist, oh, Gott, dann vergiß nicht die ehrbaren Gönner. Es sind dieselben, die Xavier 1550 seinem König zur Aburteilung empfahl.

Pater Barry tat sein Bestes, um mit seinem vollen kirchlichen Stundenplan nicht in Rückstand zu kommen, während er gleichzeitig jede neue Sonderausgabe holen ließ, die Rundfunkberichte abhörte und aufgeregte Telefonanrufe von Moose und Jimmy und einigen anderen Mitkämpfern entgegennahm, die im Gerichtssaal anwesend waren oder auf Abruf warteten. Wenn er auch selbst nicht dort sein konnte, so hatte er doch die Genugtuung zu wissen, daß einige der Hafenarbeiter, die ihn um Rat gebeten hatten, dort drinnen den Zeugeneid leisteten und die Tatsachen vor aller Öffentlichkeit ausbreiteten. Nicht, daß er irgend jemand wider besseres Wissen dazu gezwungen hätte, in den Zeugenstand zu treten. Luke, zum Beispiel, war zu ihm gekommen und hatte erklärt, er könne wahrscheinlich seine fünfköpfige Familie nicht mehr ernähren, wenn er als Zeuge auftreten und erzählen müsse, wie man die Neger auf den Docks übervorteile.

»Meine Frau hat solche Angst, daß sie die ganzen Nächte weint«, hatte Luke gesagt. Pater Barry versprach, er würde darüber mit dem Richter sprechen. Er glaubte nicht, man würde Familienvätern so etwas zumuten, ohne ihnen gleichzeitig einen gewissen körperlichen und wirtschaftlichen Schutz zu geben.

Ein Angehöriger der Wach- und Schließgesellschaft, die auch von der Hafenarbeitergewerkschaft kontrolliert wurde, erzählte Pater Barry, er habe eine Vorladung erhalten, weil auf dem Pier, den er zu bewachen hatte, so viele Güter verschoben wurden. Der Pier gehörte zufällig zu Johnnys Herrschaftsbereich. »Die erste Woche, die ich dort eingesetzt war, war ich noch so neu und unerfahren, daß mir der Diebstahl ganzer Kisten von Damenhandschuhen auffiel und ich diese Beobachtung der Polizei meldete. Am nächsten Tag kommt Truck Amon zu mir und fragt, ob ich Michael McNally heiße, und als ich sage ›ja‹, holt er aus und schlägt mir die Nase ein. ›Von jetzt an kümmer dich nicht um etwas, was dich nichts angeht‹, sagt er zu mir. ›Ich dachte, Wache halten wäre die Aufgabe eines Wachmannes‹, sagte ich ihm. ›Bewach dich lieber selber‹, gibt er mir zur Antwort. ›Mehr hast du hier nicht zu bewachen.‹«

McNally wollte nun wissen: sollte er diese Begebenheit erzählen? Es war gleichbedeutend mit dem Verlust seiner Stellung, und in seinem Alter fand man nicht mehr so leicht einen neuen Posten. Pater Barry hatte ihn nicht gedrängt, als Zeuge aufzutreten, wie er es im Falle Terry getan hatte, sondern er überließ es dem Mann lieber selber, sich zu entscheiden. Der Wachmann war dann am nächsten Tage wiedergekommen, um dem Pater zu sagen, er habe den Fall mit seiner Frau besprochen und sie seien beide zu dem Entschluß gekommen, daß er aussagen müsse. »Unser Glaube lehrt uns, was unrecht und was recht ist«, hatte er gesagt, und Pater Barry, dessen Eltern aus Verhältnissen stammten, wo Mut mehr zählte als Sicherheit, mußte lächeln. Er würde mit Pater Vincent sprechen, dessen Familie ein Warenhaus besaß; vielleicht wäre dort eine Verwendungsmöglichkeit für ihn. »Ich habe ja gewußt, daß du mich in dieses Theater mit hineinziehen würdest«, hörte er Harry Vincent sagen.
Der erste Zeuge, der aufgerufen wurde, war Wachmann Michael McNally. Und als er nach der Schilderung seiner etwas gewaltsamen Einführung in sein Arbeitsgebiet erklärte: »Wenn ich schon damals gewußt hätte, was ich jetzt weiß, hätte ich mir nie die Mühe genommen, jene Kisten mit Damenhandschuhen zu retten«, da wirkte die Ehrlichkeit dieses Eingeständnisses so entwaffnend, daß ein Lachen durch den Zuhörerraum lief. Die Wahrheit hat einen schönen Klang, wie die Messingglocke auf einem Schiff, dachte Pater Barry, als er beim Mittagessen eine Bandaufnahme von McNallys Aussagen im Radio hörte. Aber für Millionen von Menschen würde McNallys Zeugenaussage nichts weiter bedeuten als soundso viele Fragen und Antworten – Frage, Antwort – Frage, Antwort. Hinter dieser langen Reihe von Zeugen verbargen sich menschliche Wesen, Menschen, die Angst und Zweifel hatten – Menschen, die um ihr tägliches Brot bangten – Menschen, für die dieses Frage- und Antwortspiel Leben oder Tod bedeuten konnte.
Auf den Wachmann folgte ein Versicherungsdetektiv, der an Hand von graphischen Darstellungen ein Bild der systematisch durchgeführten, großrahmigen Plünderungsaktionen lieferte. »Es

ist wie ein Kampf gegen Heuschreckenschwärme«, gestand er ein, bevor er den Zeugenstand verließ.

Der pausbäckige Leiter einer Steuergesellschaft gab zu, dem Gewerkschaftsführer einer Organisation am East River 15 000 Dollar für die Ausrichtung der Hochzeit von dessen Tochter übergeben zu haben.

»Ist das nicht ein ungewöhnlich großzügiges Hochzeitsgeschenk?« fragte der Vorsitzende mit unbewegtem Gesicht.

»Wir waren persönlich befreundet und sie ist ein sehr nettes Mädchen«, beharrte der Funktionär.

»Entspricht es nicht der Wahrheit, daß die Summe von 15 000 Dollar von der McCabe Stevedore Company und nicht von Ihnen persönlich ausgezahlt wurde?«

Der Leiter der Steuergesellschaft wurde ein bißchen röter im Gesicht und fragte, ob er sich, bevor er antworte, mit seinem Anwalt beraten könne.

Ein Strolch gab zu, er sei aus Sing-Sing unmittelbar auf die Docks zurückgekehrt, sei als Abgeordneter der Gewerkschaft mit einem Wochenlohn von hundertundfünfzig Dollar plus Spesen eingestellt worden und habe sich einen regelmäßigen Anteil an den schwarzen Ladegeldern verschafft. Er drückte es nur etwas feiner aus.

Antwort: »Ich kam an diesen elenden Pier zurück, und da ich dort schon vor meiner Abwesenheit gearbeitet hatte, haben wir die Sache besprochen und uns dahingehend geeinigt, daß wir drei als Partner tätig sein würden.«

Frage: »Und Sie haben keine Druckmittel verwendet, um Ihren Willen durchzusetzen?«

Antwort: »Sie können sie ja fragen, ob ich irgend etwas Derartiges getan habe.«

Frage: »Sie wurden also ein Arbeitskollege?«

Antwort: »Wenn es etwas zu tun gab. Aber in der Regel gab es nichts zu tun.«

Frage: »Ist es nicht die volle Wahrheit, daß Sie aus Sing-Sing herauskamen, nachdem Sie dort drei Jahre wegen Raubüberfalls abgesessen hatten, sich in diesen Verladering hineindrängten und die Hälfte der Profite einsteckten, mindestens zweihundertfünfzig Dollar die Woche, und sich dabei auf Ihre Stellung in der Gewerkschaft abstützten?«

Der Zeuge bat, sich mit seinem Anwalt besprechen zu dürfen.

Ein farbiger Hafenarbeiter sagte aus, er mußte zweimal Bestechungssummen zahlen – zunächst zwei Dollar an einen Neger, der im Keller seines Hauses eine Vorauswahl unter den farbigen Arbeitern vornahm, und dann drei Dollar an den weißen Heuerchef am Pier. Der Zeuge hatte schließlich die Arbeit am Hafen aufgegeben, erklärte er, weil »man zu viele Dollar für die Erlangung eines Arbeitsplatzes zahlen müsse, und auch dann die Farbigen keine Chance hätten«.

Ein verängstigter Arbeiter aus Brooklyn sagte aus, er habe dagegen protestiert, seine Monatsbeiträge von drei Dollar zu entrichten, da nie Versammlungen abgehalten oder Finanzberechnungen vorgelegt wurden.

Frage: »Wem übermittelten Sie den Protest?«

Antwort: »Unserem Agenten, und es waren noch zwei andere Leute bei ihm.«

Frage: »Und was geschah darauf?«

Antwort: »Jemand versetzte mir einen Fußtritt. Ich weiß nicht, wer es gewesen ist.«

Frage: »Sie wurden in den Leib getreten?«

Antwort: »Ja, Herr Vorsitzender.«

Frage: »Und ins Krankenhaus eingeliefert?«

Antwort: »Ja, Herr Vorsitzender. Ich war fast fünf Wochen ohne Arbeit.«

Frage: »Und diese Körperverletzung geschah unmittelbar an dem Pier, wo Sie arbeiteten?«

Antwort: »Ja, Herr Vorsitzender, wo ich damals arbeitete.«

Mrs. Collins trat in den Zeugenstand und berichtete, wie ihr Ehemann sich als stellvertretender Heuerchef auf Pier B in Bohegan geweigert hatte, gekürzte Gruppen einzustellen, was soviel hieß, daß weniger Leute Überstunden machen mußten, um die arbeitsscheuen Gauner mit zu unterhalten. »Andy war ein guter Mann«, sagte sie und begann zu weinen. »Jedesmal, wenn

ich den Schlüssel in der Tür höre, glaube ich, er kommt nach Hause.« Sie wischte sich die Tränen von ihrem vorzeitig gealterten Gesicht. »Ich habe einen Sohn, der ist jetzt dreizehn, und etwas verspreche ich Ihnen, er wird keine Arbeit am Hafen annehmen, jedenfalls nicht, solange dort dieser Haufen von Gangstern am Werke ist.«
Der Strafauszug von Alky Benasio wurde überprüft und ein ehemaliger Staatsanwalt aus Brooklyn wurde befragt, wie es geschehen konnte, daß der Bericht über einen Mordfall, der sich in den vierziger Jahren am Hafen zugetragen hatte und in den Alky irgendwie verwickelt war, aus den Polizeiakten verschwunden war. Der ehemalige Beamte redete lange, konnte aber keine Klarheit in diese Sache bringen.
Dann wurde Alky selbst als Zeuge aufgerufen. Er war ein mittelgroßer unscheinbarer, selbstsicherer Mann, mit dessen Namen mindestens zwei Dutzend Todesopfer verknüpft waren.
Alky gab nichts zu, nicht einmal die Tatsache, daß sein Bruder Jerry Benasio jetzt die Macht auf den meisten der von Italienern bearbeiteten Docks innehatte. Nur einmal, als der kühl-reservierte Vorsitzende eine besonders peinliche Frage stellte, rief er in tief empfundener Empörung aus: »Sie haben doch die Unterlagen vor sich liegen. Sie haben die Hochschule besucht. Sie haben die Regierung auf Ihrer Seite, Sie haben überhaupt alles auf Ihrer Seite. Ich habe mich von ganz unten mühsam emporarbeiten müssen.«
»Und wo, glauben Sie, stehen Sie jetzt?« fragte der Vorsitzende, indem er ihn auf eine vielleicht nicht ganz faire Weise aus seiner Reserve herausholen wollte, denn Alky Benasio war in den Augen des Gesetzes ein freier Mann, und die Morde, bei denen er seine Hand im Spiel hatte, waren kunstgerecht durchgeführte Operationen, die sich nie beweisen lassen würden.
Sliker McGhee, der, braungebrannt und in einem eleganten Maßanzug und dezent gestreifter Krawatte soeben von Florida heraufgekommen war, hörte höflich zu, während ein Auszug aus seinen Personalunterlagen verlesen wurde: Fünf Verurteilungen, Berufung zum Organisationsleiter durch Willie Givens und Ver-

bindung zur Elite der Unterwelt. Er sah aus wie ein eleganter Geschäftsmann, und die Erwähnung der Morde, mit denen die Untersuchung ihn in Verbindung brachte, wirkte höchst unwahrscheinlich. Auf alle Fragen, einschließlich der nach Namen und Anschrift seiner Mutter, antwortete er in vollendeter Diktion, wie man sie selten am Hafen zu hören bekam: »Ich verweigere die Aussage, weil diese Frage geeignet ist, mich herabzusetzen oder zu belasten.« Er verließ den Zeugenstand mit einem glatten Lächeln, als verzeihe er den Behörden diese unnötige Zeitvergeudung, und schon wenige Stunden später flog er zu seinem, dem Vergnügen gewidmeten Leben nach Florida zurück.

Bürgermeister Bobby Burke von Bohegan behauptete nervös, er habe nicht gewußt, daß sein Polizeikommissar Donnelly früher einmal ein von Johnny dem Freundlichen angestellter Alkoholschmuggler gewesen sei. Und er bestritt, die Docks als ein Ventil der Vetternwirtschaft benutzt zu haben, obwohl ein ehemaliger Polizeiangestellter bezeugte, daß Burke ihn an Stelle einer Abfindung mit einem Brief zu Johnny dem Freundlichen geschickt habe, damit dieser ihn während der Wochenenden auf seine Gehaltsliste setze. Bürgermeister Burke bestritt ebenfalls, daß der verstorbene Charley Malloy als Bindeglied zwischen Bürgermeisteramt und der Unterwelt fungiert habe. Die Aussagen des Bürgermeisters konnten jedoch nicht sonderlich überzeugen. Oft gab er ausweichende Antworten, und als man ihn fragte, wie er sechzigtausend Dollar bei einem Jahresgehalt von fünfzehntausend auf die Bank habe legen können, suchte er Zuflucht in langen, fieberhaften Beratungen mit seinem Anwalt.

»Wenn das der Bürgermeister ist, dann möchte ich lieber gar nicht erst wissen, wie das übrige Bohegan aussieht«, sagte ein Zeitungsreporter aus Manhattan grinsend.

Kurz darauf erbrachte der Vorsitzende den dokumentarischen Beweis dafür, daß alle leitenden Funktionäre der Gewerkschaft, die für die Passagierschiffahrtspiers auf der West Side zuständig waren, allesamt Gewohnheitsverbrecher mit langen Vorstrafen waren. Diese Leute waren nicht nur die führenden Gewerkschaftler für die Luxusdampfer, sondern besaßen ihre eigene

Transportgesellschaft und kontrollierten fast den gesamten Touristenverkehr. Der Superintendant der Empire Lines wurde gefragt:
Frage: »Die Polizeiunterlagen über den Schatzmeister der Steuergesellschaft, die auf Ihren Piers arbeitet, zeigen, daß er wegen schwerem Diebstahl verurteilt wurde und aus dem Zuchthaus von New Jersey entsprungen ist. Und der Erste Vorsitzende dieser Gesellschaft wurde wegen verbotenen Waffenbesitzes angeklagt. Er ist auf den Docks allgemein unter dem Spitznamen ›Plötzlicher Tod‹ bekannt. Ist Ihnen dies bekannt?«
Antwort: »Nein, das habe ich nicht gewußt.«
Frage: »Ein weiterer Lademeister auf Ihren Piers ist Timmy Coniff, der dreimal wegen Einbruchs, Raubes und versuchten schweren Diebstahls verurteilt wurde, fünf Jahre in Sing-Sing und drei Jahre im New Yorker Staatsgefängnis zugebracht hat. Kennen Sie ihn?«
Antwort: »Ich bin dem Herrn ein- oder zweimal begegnet.«
Frage: »Stimmt es, daß zehn Tonnen Stahl von Mr. Coniffs Pier gestohlen worden sind?«
Antwort: »Ja, Herr Vorsitzender.«
Frage: »Stellt das Ihrer Meinung nach nicht einen bemerkenswerten Fall von Plünderung dar?«
Antwort: »Ja, Herr Vorsitzender.«
Frage: »Fällt es Ihnen, als leitende Persönlichkeit einer unserer größten Transportfirmen, nicht auf, daß vielleicht irgendeine Beziehung zwischen derartig umfangreichen Diebstählen und der Tatsache bestehen kann, daß zahlreiche Gewohnheitsverbrecher in führenden Stellungen auf Ihren Docks beschäftigt sind?«
Antwort: »Man könnte es wohl annehmen.«
Frage: »Könnte? Sind Sie nicht tatsächlich dieser Auffassung?«
Antwort: »Ich möchte es eigentlich nicht so ausdrücken, Herr Vorsitzender.«
Ein halbes Dutzend anderer führender Transportleute hatten zwar auch von Diebstählen, Plünderung und allgemeiner Kriminalität auf ihren Docks gehört, machten jedoch hinsichtlich der Ursachen nur sehr vage Angaben.

Ein unglückseliger Vizepräsident einer weltbekannten Schiffahrtslinie gab sogar zu, eine Bestechungssumme von fünfundzwanzigtausend Dollar angenommen zu haben, damit seine Gesellschaft in Zukunft ihre Geschäfte mit der Interstate abwickelte.
Ein Zeuge nach dem anderen – teils einfache Arbeiter, teils aussageunwillige Eckensteher, die gezwungen wurden, Fälle offener Gewalttat zu beschreiben, einige ehrlich, wenn auch abweisend, einige offen feindselig – berichteten in beinahe alltäglich klingendem Ton von Bestechung, Diebereien, Einschüchterung und Mord. Verbrechen der Erpressung und Nötigung wurden nicht nur ein- oder zweimal, sondern tagaus, tagein in monotoner Reihenfolge in Hunderten von Stunden und Tausenden von maschinengeschriebenen Zeugenaussagen bewiesen.
Pater Barry verschlang jede Zeile davon und war in seiner Hochstimmung bereit, eine Wette darauf einzugehen, daß die Unterwelt à la Johnny der Freundliche in Amerika dem Untergang geweiht sei. Was konnte denn ihn oder seine Untergebenen oder Vorgesetzten jetzt noch retten, da der Bodensatz ihrer Gemeinheit schließlich doch ans Tageslicht gebracht worden war?
Und die Vorstellung hatte gerade erst begonnen! Nicht einer, sondern acht Schatzmeister der örtlichen Gewerkschaftsorganisation erklärten mit einem unterschiedlichen Grade der Empörung, daß ihre Abrechnungsvorlagen am Vorabend der Untersuchung auf mysteriöse Art verschwunden seien.
»Merkwürdig«, sagte der Vorsitzende, »daß auf der einen Seite so viele Fälle von Diebstahl und Unterschlagung vorgekommen sind und auf der anderen Seite das einzige, was in einem Dutzend verschiedener Stadtteile gestohlen worden ist, ausgerechnet Abrechnungsunterlagen sein sollen.«
Big McGown, der für Johnny den Freundlichen gleichzeitig als Schatzmeister und Heuerchef für die Hudson American Line fungierte, fühlte sich höchst unbehaglich, als er zu diesem geheimnisvollen Verschwinden der Abrechnungsunterlagen befragt wurde.
Er sog seine Backen ein, brummte vor sich hin und sah hilfesu-

chend nach seinem Anwalt, dem aalglatten Sam Millinder hinüber, als der Vorsitzende sein Vorstrafenregister vorlas. Als Vorbereitung für seinen wichtigen Posten als Dockleiter einer der größten amerikanischen Exportlinien hatte Mac eine Bank beraubt und eine Strafe wegen Totschlags abgesessen. Interessant war die Feststellung, daß Johnny der Freundliche ihm diese Stellung als Dockleiter versprochen hatte, während Mac noch »abwesend«, das heißt, im Gefängnis war. Man kam eigentlich nicht um den Schluß herum, daß der Totschlag im Auftrage von Johnny dem Freundlichen verübt worden war und Johnny sich durch Vermittlung dieser Stellung auf dem Pier einer Verpflichtung entledigen wollte.

Frage: »Sie wollen mir erzählen, daß die Ortsgruppe, der Sie als Schatzmeister angehören, allein an Beiträgen monatlich sechstausend Dollar einnimmt, gar nicht zu reden von besonderen Einkünften und häufigen Sammlungen – das heißt mindestens fünfundsiebzigtausend Dollar im Jahr – und darüber keine Bücher führt.«

Antwort: »Doch, wir haben Bücher geführt.«

Frage: »Mr. McGown, vielleicht können Sie unseren Beamten dabei helfen, diese Bücher aufzufinden?«

Antwort: »Hm, die Sache ist die, in der letzten Woche wurde bei uns ein Einbruch verübt, und wir können die Bücher nicht mehr finden?«

Frage: »Haben Sie diesen – bedauerlichen Einbruch der Polizei gemeldet?«

Antwort: »Wir – wir ...« Big Mac verdrehte verzweifelt die Augen. Er war nicht daran gewöhnt, viel selbständig zu denken. Dies war ein noch nie dagewesenes Erlebnis für ihn. »Wir wollten erst ganz sicher sein, daß die Bücher nicht irgendwo im Büro verlegt waren, bevor wir die Polizei bemühten.« Er wandte sich Zustimmung heischend Sam Millinder zu.

Millinder fühlte sich nicht glücklich. Er war ein gescheiter und gewandter Mann, der sich nicht scheute, Willie Givens in bezug auf dessen jährliche Einnahmen von fünfundsiebzigtausend Dollar fachkundig zu beraten, aber diese Dummköpfe, die nicht einmal nachplappern konnten, was man ihnen vorher eingepaukt hatte, gingen Sam auf die Nerven. Irgendwie hatte es Sam Millinder fertiggebracht, seine Stellung als ehrbares Aushängeschild für die Longshore International zu behaupten, jetzt schien aber dieses Aushängeschild in Gefahr, allzu oft durchlöchert zu werden. Bei einem Punkt konnte Sam Millinder sich nicht einmal selbst eines Lachens erwehren, als sein Klient besonders törichte Antworten gab.

Big Mac sollte erklären, wie er es zustande gebracht habe, im Laufe der letzten vier Jahre fünfzigtausend Dollar bei einem Gehalt von neuntausendfünfhundert Dollar auf die Bank zu bringen. Handelte es sich womöglich dabei um Bestechungsgelder von Hafenarbeitern, über die Big Mac eine uneingeschränkte wirtschaftliche Kontrolle ausübte?

Antwort: »Nein, Herr Vorsitzender. Ich habe Glück beim Pferderennen gehabt. Ich habe einen Friseur, der mir recht gute Tips gibt.«

Frage: »Hat dieses Glück seinen Niederschlag in Ihren Einkommensteuererklärungen gefunden? Ich sehe hierüber keine Unterlagen?«

Ein verblüfftes Stirnrunzeln verdunkelte Big Macs Gesicht.

Antwort: »Hm, ich – ich möchte mich zu dieser Frage erst mit meinem Anwalt beraten.«

Sam Millinder trat vor das Mikrophon und gab eine Erklärung ab. »Ich möchte den Herrn Vorsitzenden und den ehrenwerten Beisitzern keinen Zweifel darüber lassen, daß ich auf hier gestellte Fragen keine Antworten erteilen werde, sondern mich hier lediglich in der Rolle eines Ratgebers bezüglich der verfassungsmäßigen Rechte der von mir vertretenen Gewerkschaftsmitglieder befinde.«

Die Spannung in dem überfüllten Gerichtssaal steigerte sich, als Willie Givens, auf Lebenszeit Erster Vorsitzender der International, den Zeugenstand betrat. Sam Millinders Verhalten war bei einigen der offenbar stark ins Kriminelle gehenden Gestalten fast von einer gewissen Schroffheit gewesen, jetzt aber umhegte er die schwammige Figur des »Weinenden Willie« wie eine liebevolle Mutter, die ganz entsetzt ist, weil ihr kleiner Liebling sich plötzlich zu einem Ungeheuer ausgewachsen hat. Millinder hatte auch zwei Gehilfen ständig bei der Hand, die wie kleinere Schlepper versuchten, den havarierten Riesen in den sicheren Hafen zu manövrieren.

Willies Gesicht sah wie ein großer Lehmklumpen aus, den ein achtloser Bildhauer zusammengehauen hatte, ohne sich die Mühe zu nehmen, ihn fertig zu formen. Gelegentlich leuchtete der mächtige, kämpferische, auf scharfes Trinken geeichte Hafenarbeiter aus der Zeit vor vierzig Jahren durch die Hülle von Fett und Wohlleben hindurch. Er hatte schwammige Hängebacken, und die zwiebelförmige, blaugeäderte Nase ragte ihm wie ein Wahrzeichen nächtelanger Trinkgelage aus dem Gesicht.

Der »Weinende Willie« hatte sich einen langen Weg von den Pferdefuhrwerken und den Fleischkarren des Jahres 1912 emporgearbeitet. Es hatte einmal eine Zeit gegeben, da er Seite an Seite mit Runty Nolan und Pop Doyle für dreißig Cents die Stunde gearbeitet hatte. Und er war keineswegs gescheiter als sie, oder tapferer, oder irgendwie besser. Aber er besaß etwas, das sich in Amerika noch immer bezahlt machte. Man nenne es wie man wolle – Habsucht oder die Gabe, eine sich bietende Chance zu ergreifen, die Kunst eigentlich nichts Besonderes zu tun, es aber dafür besonders gut zu tun, es mit Bravour zu tun, es mit theatralischer Geste zu tun, es mit einem Schwall offiziell klingender Worte zu tun, mit einem freundlichen Kopfnicken für den Bürgermeister, mit einem verständnisvollen Augenzwinkern mit den Schiffsleuten, mit herzbewegenden Gesten seiner großen roten Hände, stets bereit zum Wohle seiner vierzigtausend Hafenarbeiter, denen er sein Leben gewidmet hatte, in Tränen auszubrechen, Tag und Nacht für sie auf dem Posten zu sein, sich um nichts anderes als ihr wirtschaftliches Fortkommen und soziale Sicherheit zu kümmern. – Willie Givens, der sich von einem Hafenarbeiter mit zweieinhalb Dollar pro Tag zu einem bestimmenden Faktor der gesamten Metropole heraufgedient hatte, mußte zu folgenden Fragen Stellung nehmen:

Frage: »Mr. Givens, entspricht es nicht den Tatsachen, daß

fünf von den sieben Organisationsleitern, die Sie in den letzten zehn Jahren ernannt haben, umfangreiche Vorstrafen besaßen?«
Antwort: »Niemand hat von mir verlangt, das Vorleben dieser Leute zu überprüfen.«
Frage: »Aber als Vorsitzender großer Gewerkschaften würden Sie doch nicht wünschen, notorische Verbrecher in Ihren Arbeiterorganisationen einzusetzen, nicht wahr?«
Antwort: »Ich habe Männer ernannt, die das Vertrauen ihrer Kollegen besaßen. Ich habe die besten, gerade verfügbaren Männer eingesetzt.«
Frage: »Als Sie Mr. McGhee als Organisationsleiter mit zehntausend Dollar Jahresgehalt und Spesenersatz bestellten, waren Sie sich der Tatsache bewußt, daß er zwei Strafen in Sing-Sing abgesessen hatte und vierzehnmal verhaftet worden war, darunter zweimal wegen Mordes?«
Antwort: »Ich bin mir nicht sicher, daß ich es damals gewußt habe.«
Frage: »Als Sie aber von Mitgliedern der Ortsgruppe, zu der Sie selbst gehörten, darauf hingewiesen wurden, haben Sie dann Schritte unternommen, um Mr. McGhee zu entfernen?«
Antwort: »Ich kann keine Schritte ohne die Empfehlung meines Exekutivkomitees ergreifen.«
Frage: »Gut, hat Ihr Exekutivkomitee jemals einen solchen Schritt getan?«
Antwort: »Ja, Herr Vorsitzender. Es berief einen Unterausschuß, um das Verhalten des Kollegen McGhee zu untersuchen.«
Frage: »Aha. Und ist dieser Unterausschuß zu irgendwelchen Schlußfolgerungen gelangt?«
Antwort: »Ich bin mir dessen nicht sicher. Ich glaube, sie haben den Bericht noch nicht fertiggestellt.«
Frage: »Nun, Mr. Givens, wer war Vorsitzender dieses Unterausschusses?«
Antwort: »Oh, es war, glaube ich, Mr. Malloy.«
Frage: »Mr. Charles Malloy, auch unter dem Namen Charley der Gent bekannt?«
Antwort: »Ich kannte ihn als Charley Malloy.«

Frage: »Ist dies nicht derselbe Charles Malloy, der kürzlich in einer Seitenstraße von Bohegan ermordet aufgefunden wurde?«
Antwort: »Ich glaube, daß es sich hier um denselben Mann handelt.«
Frage: »Mr. Givens, als Sie Mr. Malloy zum Leiter eines Ausschusses ernannten, der die Eignung von Sliker McGhee als Gewerkschaftsorganisationsleiter überprüfen sollte, waren Sie sich da der Tatsache bewußt, daß Mr. Malloy für die Boheganer Ortsgruppe tätig war, die von Johnny dem Freundlichen geführt wird, demselben Mann, der bald als Zeuge hier erscheinen wird, und dessen Strafregister Eintragungen wegen Alkoholschmuggels, schweren Diebstahls und schwerer Körperverletzung aufweist? Und über den in diesem Gerichtssaal zahlreiche leitende Angestellte von Lade- und Schiffahrtsgesellschaften ausgesagt haben, daß sie ihm im Laufe der letzten fünf Jahre Bestechungssummen von mehr als fünfzigtausend Dollar übergeben haben?«
Der alte Willie Givens bat um ein Glas Wasser. Er hatte mit Bürgermeistern und Richtern und hohen Magistratsbeamten in den Ehrenlogen der Sportplätze zusammengesessen, aber jetzt begann ihm die Hand zu zittern. Seine Nase schien noch um eine Nuance blauer zu werden. Die Backen hingen ihm schlaff wie Übergabefahnen auf beiden Seiten herunter. Pop Doyle und Jimmy Sharkey saßen im Zuschauerraum; sie waren schon zwei Stunden vor Beginn der Verhandlung erschienen, um ganz sicher Einlaß zu erhalten. Als sie Willie in dieser unangenehmen Lage sahen, wußten sie, daß Runty Nolan irgendwo seine Freude daran haben mußte.
Immerhin, es gab in dieser sündigen Welt doch noch ein klein wenig Gerechtigkeit, flüsterten sie sich zu, als sie Willie bei einer seiner charakteristischen Tiraden zuhörten.
Antwort: »Sehen Sie, was Johnny den Freundlichen und auch alle anderen anbetrifft, so haben wir in unserer Organisation eine Einrichtung, die wir mit örtlicher Selbstverwaltung bezeichnen, und bevor ich in bezug auf ein Gewerkschaftsmitglied irgendwelche Schritte ergreifen kann, bin ich gezwungen, dem Exekutivkomitee vorzuschlagen, einen Unterausschuß einzusetzen,

der zu prüfen hat, ob irgend etwas für unsere Organisation oder die Wirtschaft als Ganzes Abträgliches geschehen ist, und insofern als ich ...«
Frage: »Ja, ja, ich verstehe schon durchaus, Mr. Givens. Meine Frage an Sie lautete aber: Wußten Sie, daß Mr. McGhee und Mr. Benasio und Mr. Danny Dondero und Mr. Johnny der Freundliche, lauter führende Mitglieder Ihrer Organisation, notorische, gewohnheitsmäßige und gefährliche Verbrecher waren, die die Hafenarbeitergewerkschaft lediglich als Abdeckung für ihre fortgesetzten verbrecherischen Unternehmungen benutzten? Nachdem Sie jetzt vierzig Jahre dieser Organisation angehört haben, können Sie diese Frage nicht mit einem ehrlichen Ja oder Nein beantworten?«
Antwort: »Es mag schon das eine oder andere in diesem Hafen hier vorgekommen sein; ich sehe aber nicht ein, warum es schlimmer sein sollte als in jedem anderen Hafen, oder in jedem anderen Teile der Gesellschaft – und wenn jemand hier unten die Gesetze übertritt, dann ist das nicht meine Aufgabe den Fall aufzuklären, sondern vielmehr die Aufgabe der Polizei und Staatsanwaltschaft.«
Frage: »Und Sie glauben, daß Polizei und Staatsanwaltschaft auf diesem Gebiet gute Arbeit geleistet haben?«
Antwort: »Ich glaube, sie haben ihre Sache ganz gut gemacht.«
Das war Willie Givens. Seine Vernehmung dauerte einen ganzen Tag. Wenn ein Drittel oder mehr aller Funktionäre der Hafenarbeitergewerkschaft Vorstrafen aufzuweisen hatten, so sei er darüber durchaus überrascht. Aber Willies Gesicht wurde beträchtlich länger, als er zugeben mußte, für persönliche Zwecke mehrfach einen Griff in den Rücklagenfonds seiner eigenen Gewerkschaftsorganisation getan zu haben, und zwar zum Beispiel für:
Frage: »1450 Dollar an Beiträgen für den Golfklub?«
Antwort: »Hm, ich ...«
Frage: »11 575 Dollar für zwei Cadillacs?«
Antwort: »Mmmm, das ...«
Frage: »850 Dollar für eine Schiffsreise durch die Karibische See?«

Antwort: »Ich – äh ...«
Frage: »9500 Dollar an Prämien für eine private Lebensversicherung?«
Antwort: »...«
Frage: »600 Dollar für Krawatten und Hemden von Sulka?«
Antwort: »Einen Augenbl...«
Frage: »1000 Dollar für das Begräbnis des Onkels Ihrer Frau?«
Antwort: »Dazu kann ich ...«
Als Willie endlich am Ende des Tages den Zeugenstand verließ, sich den Schweiß aus den Falten des Gesichts wischte, seinen eleganten grauen Zweireiher glattstrich und versuchte, noch einmal wie in den guten alten Tagen ein Lächeln aufzusetzen – da schien der auf Lebenszeit gewählte mächtige Präsident nicht nur das Ende des Tages, sondern vielleicht sogar das Ende seiner Laufbahn überhaupt erreicht zu haben, und Pop und Jimmy und Moose wünschten nur, daß Runty jetzt unter ihnen sein könnte. Wie die Zeitungen am nächsten Morgen verkündeten, hatte Willie Givens viele schwarze Flecken auf der Weste, mehr noch als Runty jemals geglaubt haben mochte.
Gerüchtweise verlautete, daß Big Tom McGovern auf dem Gipfel seiner Macht – oder seines Misthaufens, wie man bereits sagen hörte – Mittel und Wege finden würde, um einer Vorladung zu entgehen. Doch erschien Mr. Big – wie die Zeitungen ihn vorzugsweise nannten – schließlich doch im Zeugenstand. Pater Barry konnte sich eines gewissen schadenfrohen Lächelns nicht erwehren, denn er hatte bei der Vorladung McGoverns seine Hand im Spiele gehabt. Man hatte gemunkelt, Tom McGovern habe genügend politischen Einfluß, um die Untersuchungskommission von seiner Vernehmung abzuschrecken. Einer seiner alten Freunde, der frühere Magistratsrat Gilhooley, saß als Richter in der Kommission, und es wurde im Hafen davon gesprochen, Gilhooley würde schon dafür sorgen, daß Big Tom um eine Vorladung herumkäme. Pater Barry – bei dem Anflug von Hintergründigkeit, der seiner Persönlichkeit eine gewisse Würze verlieh – hatte einen Reporter des Boheganer *Graphic*

zu sich gebeten und gefragt, ob dies zutreffe. Der Reporter hatte gesagt, er wisse dies zwar nicht, werde sich aber bei der Kommission erkundigen. Als der Vorsitzende der Kommission erfuhr, die Presse wünsche Aufklärung über Tom McGovern, da rang er sich zu der Überzeugung durch, daß er und seine Mitarbeiter sich einer scharfen öffentlichen Kritik aussetzen würden, wenn sie den Mann, dessen Vorherrschaft auf den Docks zu einem öffentlichen Geheimnis geworden war, bei dieser Untersuchung aus dem Spiele ließen.

Genau wie Willie Givens war auch Big Tom McGovern vom einfachen Hafenarbeiter mit dreißig Cent die Stunde aufgestiegen. Er und Willie hatten als junge, ehrgeizige, rücksichtslose Draufgänger gemeinsam angefangen, doch waren sie beide von verschiedener Veranlagung. McGovern war zwar auch aufgedunsen und schwammig, doch wohnte eine Kraft in ihm, die dem Windbeutel Willie fehlte. Tom McGovern besaß die Hände und Augen eines Hafenarbeiters und war gewohnt, daß man ihm aufs Wort gehorchte. Seine Harre waren weiß, und er trug sie kurzgeschoren, so daß sein breiter Stiernacken und der eigensinnige Schnitt seines fleischigen aber harten und intelligenten Gesichts nur um so deutlicher hervortraten. Er besaß eine Luxusjacht und war als Stammgast in den elegantesten Etablissements der Hauptstadt bekannt, doch hatte seine Stimme noch nichts von ihrem harten Bohoganer Akzent verloren. Er hatte Söhne, die an der Harvard Universität studiert hatten und eine Enttäuschung für ihn bedeuteten, doch war er stolz darauf, wenigstens selbst seine Ursprünglichkeit bewahrt zu haben. Er saß in vielen Aufsichtsräten, war Mitglied zahlreicher exklusiver Klubs, enger Freund vieler führender Persönlichkeiten des staatlichen Lebens, Direktor mehrerer Wohlfahrtseinrichtungen und wurde vom Bürgermeister mit Vorliebe zur Erledigung schwieriger Gewerkschaftsprobleme am Hafen herangezogen. Er bezeichnete sich selbst gelegentlich humorvoll als »Ein-Mann-Behörde für Hafenangelegenheiten«.

Er hörte geduldig zu, während seine verschiedenen Unternehmungen, die er kontrollierte, verlesen wurden: Er war Präsident der Interstate Stevedore Company, der größten Firma im Hafen, die mit einem Dutzend verschiedener Schiffahrtslinien auf vierzehn Piers von Bohegan bis Red Hook tätig war. Er besaß ein halbes Dutzend Schlepper- und Leichter-Gesellschaften. Er besaß die Ölgesellschaft, die den örtlichen Verwaltungen am Hafen das gesamte Öl verkaufte. Seine Baustoff-Firma besaß fast eine Monopolstellung in New York. Er besaß die National Trucking Company, eine der größten am Hafen. Er besaß ein Trockendock, ein Farbunternehmen, er besaß eine Obst- und Gemüse-Export-Import-Gesellschaft.

Die Liste wuchs zu einer geradezu lächerlich wirkenden Länge, aber Big Tom McGovern lachte nicht. Das war alles sein Werk, das Werk eines Mannes, dessen Vater ohne einen Pfennig in der Tasche nach Amerika gekommen und ohne einen Pfennig gestorben war, ein armseliger Dockarbeiter, der froh war, für dreißig Cent die Stunde zu arbeiten. Der junge Tom hatte den geschlagenen Ausdruck in den Augen seines Vaters gesehen und sich geschworen, daß dieser Ausdruck nie seine eigenen Augen überschatten sollte. So saß er also jetzt fest und gewichtig auf dem Zeugenstuhl, während die Zuhörer über das Inventurverzeichnis des Hundert-Millionen-Dollar-Reiches lachten, das er sich mit seinen eigenen beiden hart zupackenden Händen aufgebaut hatte. Dies war Amerika, verdammt noch mal, und er würde seine Trümpfe ausspielen, wie sie ihm grade in die Hand kamen.

Frage: »Mr. McGovern, ein Buchprüfer hat festgestellt, daß Sie vom Konto Ihrer Interstate Stevedore Company in den letzten vier Jahren über eine Million Dollar abgehoben haben, ohne daß irgendwelche Belege dafür vorhanden wären. Wie würden Sie das erklären?«

Antwort: »Gar nicht.«

Frage: »Und Sie sind nicht einmal bereit, eine Andeutung zu machen?«

Antwort: »Es gehört nicht zu meinem Beruf, Andeutungen zu machen.«

Frage: »Würden Sie nicht als einer unserer führenden Geschäfts-

leute auch sagen, daß es einigermaßen seltsam ist, Abhebungen in dieser Größenordnung durchzuführen, ohne die entsprechenden Belege beizubringen?«
Antwort: »Ich weiß nicht. Wir geben viel für Unterhaltung in unseren Betrieben aus.«
Frage: »Diese Summen wurden aber nicht für Unterhaltung verwendet.«
Antwort: »Ich weiß nicht.«
Frage: »Die Heuerchefs und Ladeleiter auf jedem einzelnen der von der Interstate Stevedore Company kontrollierten Piers haben ein umfangreiches Vorstrafenregister. Besteht irgendwelche Verbindung zwischen den an diese Leute ausgezahlten Abschlagsgeldern und der unerklärlichen Abhebung von einer Million Dollar?«
Antwort: »Ich weiß nicht.«
Frage: »Verfolgen Sie nicht als Präsident der Interstate die Geschäftsgebarung Ihrer Gesellschaft?«
Antwort: »So genau nicht. Sie ist nur eine von vielen Unternehmungen, an denen ich interessiert bin.«
Frage: »Aber Sie haben sich die Zeit genommen, persönlich die vorzeitige Entlassung aus dem Zuchthaus für Mr. McGown und Mr. Karger zu erwirken, indem Sie dem Gnadenausschuß erklärt haben, Sie hätten Arbeitsplätze für sie, sobald sie in Freiheit seien?«
Antwort: »Mir wurde gesagt, die beiden verstünden sich auf ihre Arbeit. Das war für mich die Hauptsache.«
Dann wurde Beweismaterial darüber vorgelegt, daß einhundertfünfzig verurteilte Verbrecher auf den Gehaltslisten der Interstate geführt wurden.
Frage: »Mr. McGovern, vor vier Jahren waren Sie Vositzender eines Komitees, das vom Bürgermeister eingesetzt worden war um einen Bericht über die im Hafen herrschenden Verhältnisse abzugeben. Das Ergebnis Ihrer Untersuchungen war, daß die Verhältnisse zufriedenstellend seien. Ist das richtig?«
Antwort: »Ja, Herr Vorsitzender.«
Frage: »Haben Sie Ihre Untersuchung auch auf die Frage aus-

gedehnt, daß Ihre eigenen Ladegesellschaften von Gangstern durchsetzt waren?«

Antwort: »Nein, Herr Vorsitzender.«

Tom McGovern hatte sich unter harten Verhältnissen emporgearbeitet und er gab harte Antworten; seine »Ja, Herr Vorsitzender« und »Nein, Herr Vorsitzender« fuhren wie Axthiebe in das Galgengerüst, das der Vorsitzende für ihn zu errichten bemüht war.

Als alles vorüber war, machte sich in dem Gerichtssaal niemand mehr irgendwelche Illusionen über Big Tom McGovern. Man hatte ihm schwer zugesetzt, und seine Frau und seine Söhne waren vielleicht etwas blasser geworden, aber er war immer noch Mr. Big. Er überflog den Raum mit einem letzten ironischen Blick, als wolle er sagen »Zum Teufel mit euch allen« und verließ den Zeugenstand. Draußen wartete ein uniformierter Chauffeur in dem großen Lincoln auf ihn, um ihn in seine Luxusvilla zurückzufahren, die vierzig Jahre und fünfzig Millionen Dollar von der River Street entfernt war.

An dem Vormittag, als Johnny der Freundliche vernommen werden sollte, kam Terry Malloy unter Polizeischutz in den Saal und nahm eine Reihe hinter Johnny Platz. Terry hatte seit der Nacht, die er bei Pater Barry im Pfarrhaus zugebracht hatte, unter Polizeischutz gestanden. Er hatte dagegen protestiert, aber der Polizeichef Donnelly wollte kein Risiko eingehen. Ihm und Bürgermeister Burke wurde es von Tag zu Tag unheimlicher; wenn Terry jetzt irgend etwas zustoßen sollte, dann würden sie sich damit ihr eigenes Grab nur noch tiefer schaufeln.

In dieser fremden, unerwarteten Umgebung fühlte sich Terry wie benommen. Er drängte sich nicht danach auszusagen, aber er fürchtete sich auch nicht davor. Er wünschte sich, daß Johnny seine Strafe wegen Charley bekommen würde, aber nachdem er Zeit gehabt hatte, darüber nachzudenken, war er nicht mehr so sicher, daß diese Vernehmung Johnny dem Freundlichen tatsächlich den Rest geben würde. Pater Barry schien seiner Sache gewiß zu sein, und Terry mußte zugeben, daß Pater Barry auf seine Weise ebenso smart war wie Johnny der Freundliche auf die seinige.

Johnny der Freundliche war ein kalter, feindseliger Zeuge, der die Richter und die Vertreter der Staatsanwaltschaft anfunkelte, als ob sie auf der Anklagebank säßen und er die Staatsanwaltschaft verkörperte. So fühlte er sich auch. Diese Leute waren nichts als Schurken, Politiker, Verräter. Big Tom McGovern hatte ihn absichtlich ignoriert, als sie in dem Vorraum des Gerichtssaales zufällig aneinander vorbeigegangen waren. Aber Mr. Big hatte ihnen allen gezeigt, wie man auftreten müsse. Nichts sagen, nichts zugeben, alles ableugnen mit einem lauten »Ja, Herr Vorsitzender – nein, Herr Vorsitzender«.

Frage: »Mr. Freundlich, hat Ihre Ortsgruppe jemals ein Bankkonto geführt?«

Antwort: »Nein, Herr Vorsitzender.«

Frage: »Warum nicht?«

Antwort: »Das war Mr. Malloys Sache, er war unser Geschäftsvertreter.«

Frage: »Und Sie wissen nicht, warum Mr. Malloy die Gewerkschaftsgelder niemals auf einer Bank deponiert hat?«

Antwort: »Ich habe keine Ahnung, was er getan hat.«

Frage: »Hatten Sie als Vorsitzender daran kein Interesse?«

Antwort: »Wir hatten wohl nicht genug Geld, um es in eine Bank zu legen.«

Frage: »Mr. McGoven hat ausgesagt, daß Ihre Monatseinkünfte mindestens sechstausend Dollar betragen haben, nicht wahr?«

Antwort: »Ich habe mich nicht in diesem Raum befunden, als er seine Aussage machte.«

Frage: »Aber Sie wissen doch sicher, wie hoch sich die Einnahmen Ihrer eigenen Gewerkschaft belaufen haben?«

Antwort: »Ich kümmere mich nicht um solche Einzelheiten.«

Frage: »Gut, was tun Sie denn als Präsident?«

Antwort: »Ich laufe hierhin und dorthin, ich passe auf, daß die Leute ihre Arbeit tun, überwache den Arbeitseinsatz, leite die Gewerkschaftsversammlungen usw.«

Frage: »Sie haben in mehr als fünf Jahren keine Mitgliederversammlung abgehalten, stimmt das?«
Antwort: »Wir haben, glaube ich, ein paar gehabt.«
Frage: »Entspricht es nicht den Tatsachen, daß eine der Neuerungen, für die sich der verstorbene Mr. Joseph Doyle einsetzte, regelmäßige Mitgliederversammlungen waren, wo jeder seine Meinung frei zum Ausdruck bringen konnte? Und entspricht es nicht den Tatsachen, daß dieses einer der Gründe war, warum Sie Mr. Doyle haben umbringen lassen?«
Johnny blickte sich um, bis er Terry unter den Zuhörern entdeckte und ihn mit haßerfülltem Blick festhielt. Terry kniff die Lippen zusammen und starrte ihn ebenfalls an.
Antwort: »Von diesen Todesfällen weiß ich nichts.«
Frage: »Ich habe Sie bis jetzt nur nach einem gefragt.«
Antwort: »Sie können sich die Mühe sparen, ich weiß nichts über irgendwelche Mordfälle.«
Frage: »Sind Sie sich darüber im klaren, daß Sie unter Eid aussagen?«
Nicht weich werden, den Kerlen gerade in die Augen blicken und sich durchboxen, das war Johnnys Rezept, nach dem er als Zeuge handelte, und als er aus dem Zeugenstand entlassen wurde, konnte man hören, wie er vor sich hinmurmelte: »Ihr elenden Hunde, ihr ...«
Als nächster Zeuge wurde Terry Malloy aufgerufen. Er und Johnny begegneten sich im Mittelgang. Johnny öffnete den Mund zu einem Grinsen, und Terry blickte ihn lediglich kalt an. In seinem Inneren spürte er eine nervöse Erregung. Wie war er nur hierhergekommen? Es schien noch nicht einmal einen Tag her zu sein, daß er und Johnny und Charley im Hinterzimmer von Johnnys Bar einem Boxkampf im Fernsehen zugeschaut und sich bestens unterhalten hatten.
»Mr. Malloy«, sagte der Beamte, »schwören Sie, die Wahrheit zu sagen, die ganze Wahrheit und nichts als die Wahrheit, so wahr Ihnen Gott helfe?«
»Gemacht.«
»Ich schwöre«, korrigierte der Beamte.

»Ich schwöre«, brummte Terry.

Der Vorsitzende stellte zunächst ein paar belanglose Fragen über Terrys Tätigkeit auf den Docks und kam dann auf den entscheidenden Punkt.

»Mr. Malloy, stimmt es, daß Sie in der Nacht, als Joey Doyle tot aufgefunden wurde, der letzte waren, der ihn gesehen hat, bevor er von dem Dach heruntergestoßen wurde, oder von selbst herunterfiel?«

Antwort: »Mensch, 'runtergestoßen wurde er!«

Frage: »Ja, wir kommen gleich darauf zu sprechen; aber Sie waren der letzte, der ihn gesehen hat?«

Antwort: »Ja – ich will sagen – ja, das stimmt.«

Frage: »Und stimmt es, daß Sie dann ...«

Antwort: »Moment mal, Moment mal, das heißt, ich war der letzte, der ihn gesehen hat, außer den beiden, die ihn hinuntergestoßen haben.«

Frage: »Haben Sie jene Herren gekannt?«

Antwort: »Sie meinen die beiden Lumpen Sonny und Specs.«

Frage: »Meinen Sie damit Richard C. Flavin?«

Antwort: »Das ist Specs.«

Frage: »Und Jackson H. Rodell?«

Antwort: »Ja, das ist Sonny.«

Die Verhandlung wurde einen Moment unterbrochen. »Sind Flavin und Rodell ihren Vorladungen gefolgt?«

Der Vertreter der Staatsanwaltschaft: »Nein. Sie befinden sich angeblich im gegenwärtigen Augenblick außerhalb des Staates New York und damit außerhalb unserer Jurisdiktion.«

Die Antworten kamen Terry leichter von den Lippen, als er sich immer deutlicher klar wurde, wie sehr man ihn bei Joeys Ermordung mißbraucht hatte. Wie hatte er nur so dumm sein und nicht erkennen können, was sie vorhatten, wo er doch wußte, daß Joey in die Opposition gegangen war; und jeder, der in Opposition zu Johnny dem Freundlichen tritt, hat nur die eine Wahl: Entweder ändert er seine Tonart oder er hört überhaupt zu singen auf.

Frage: »Mr. Malloy, hat Johnny der Freundliche jemals Ihnen

gegenüber irgendwie angedeutet, daß er Joey Doyle loswerden wolle – daß er Joey Doyle nach dem Leben trachtet?«
Antwort: »Soll das ein Witz sein? Ja, natürlich!«
Frage: »Mr. Malloy, würden Sie jetzt bitte in etwas weniger schnoddriger Form erzählen, was ...«
Und die Wahrheit, die nackte, häßliche, reinigende Wahrheit strömte aus Terry heraus, nicht vorher eingeübt, nein, so wie sie war, ungehindert, seine eigenen Sünden mit den aalglatten Operationen seines Bruders Charley vermengt; und es entstand das Bild eines rücksichtslosen, brutalen Terrors, der im Namen Johnnys des Freundlichen aus den Docks von Bohegan ein Schlachthaus gemacht hatte.
Antwort: »Ja, und ich könnte Ihnen noch ...«
Der Vorsitzende machte eine Bewegung. »Mr. Malloy, es ist gut jetzt. Ich möchte Ihnen für Ihre aufrechten Aussagen danken. Man kann wohl sagen, daß sie in einem gewissen Gegensatz zu dem stehen, was andere heute nachmittag hier ausgesagt haben.«
Terry trat vom Zeugenstand herunter. Er war erregt. Das Reden über Charley und ihre letzte Taxifahrt und über Danny Dondero, der Charley als Ersatz für ihn selbst umgebracht hatte, diese heftigen Eindrücke drohten ihn innerlich schier zu verbrennen, und er war noch halb benommen und zitterte vor Aufregung, als rauhe Hände nach ihm griffen und ihn rüttelten.
Es war Johnny der Freundliche, der sich von einem Polizeibeamten losreißen wollte, um Terry ins Gesicht zu schreien:
»Du stinkender, elender Verräter du. Du hast dir gerade dein eigenes Grab gegraben. Brauchst dich bloß noch selbst hineinzulegen. Du bist ein toter Mann in diesem Hafen und in jedem anderen Hafen von Boston bis New Orleans. Nicht einmal als Kraftfahrer wird man dich mehr nehmen, keine Gepäckwagen wirst du mehr schieben, du lebst nicht einmal mehr. Du bist ein wandelnder Leichnam.«
Als der Vorsitzende seinen Hammer auf den Tisch schlug und die Wachen Johnny den Freundlichen wegzogen, spuckte er Terry ins Gesicht. Terry holte mit der Rechten aus, irgend je-

mand ergriff sie aber, bog sie ihm hinter den Rücken und zog ihn mit fort. Es entstand ein Wirrwarr von Gesichtern und Blitzlichtern und Reportern, die ihn mit Fragen bombardierten. Es war fast so, als habe er gerade einen Boxkampf gewonnen und würde jetzt eilends in die Garderobe zurückgeführt. Aber Terry wußte, hin und her gestoßen und übererregt und verwirrt wie er war, daß dieser Kampf viel, viel härter war, und er war noch nicht vorüber.

VIERUNDZWANZIGSTES KAPITEL

Noch immer Worte über Johnny den Freundlichen vor sich hinmurmelnd, wurde Terry rasch in einen Fahrstuhl gebracht und von zwei uniformierten Polizeibeamten, die zu seinem Schutze abgeordnet worden waren, aus einem Hintereingang ins Freie geführt. Er hatte sein ganzes Leben lang die Polizei gehaßt und auch jetzt noch war ihm ihr Anblick keineswegs willkommen.
Sie fuhren ihn im Polizeiauto zu seiner Wohnung. Er sprach kein Wort, sie ebenfalls nicht. Es waren Donnellys Leute, die zu ihrem Polizeichef wegen ihrer Beförderungsaussichten aufblickten. Jetzt, da das Team Burke–Donnelly–Johnny der Freundliche mitten im Feuer stand, war ihre Stellung bei der Hafenpolizei in Gefahr. Ein neuer Polizeichef könnte auf den Gedanken kommen, auch ihre eigenen wöchentlichen Nebeneinnahmen von den Buchmachern, Wucherern und Hehlern zu untersuchen, die an den Piers für Johnny den Freundlichen tätig waren.
Als Terry aus dem Wagen stieg, wollte er die Tür hinter sich zuschlagen, doch die Polizisten blieben ihm auf den Fersen.
»Was ist denn los?« sagte Terry und wollte sich von ihnen entfernen.
»Wir haben Auftrag, bei Ihnen zu bleiben«, sagte Wachtmeister Novick.
»Habe ich euch darum gebeten? Haut ab«, sagte Terry ärgerlich.
Die Polizeibeamten nahmen ihn in die Mitte. »Befehl ist Befehl,

Junge. Man ist scharf auf Sie. Sie sollten sich freuen, daß wir bei Ihnen sind.«

»Ach wo«, zischte Terry sie an. »Ich komme mir wie ein Spitzel vor.«

Die beiden sahen sich an und lächelten. »Na ...«

»Im Ernst, ihr macht mich noch völlig verrückt, wenn ihr euch an meine Rockschöße hängt. Wie kann ich euch loswerden?«

»Wir haben Auftrag, heute nacht vor Ihrer Tür zu parken«, sagte Thompson, der andere Polizeibeamte. »Wenn Sie morgen immer noch der gleichen Meinung sind, dann nehmen wir Sie mit zum Revier, und Sie können dort eine Freigabebescheinigung unterzeichnen. Wenn man Sie dann durchlöchert wie einen Schweizer Käse irgendwo findet, dann hat unser Chef wenigstens etwas in der Hand, womit er sich entlasten kann.«

»Ha, ha, sehr spaßig«, sagte Terry.

Terry verbrachte den Rest des Tages und fast den ganzen nächsten Vormittag in seinem Zimmer. Er wurde von niemanden angerufen und er erhielt keine Besuche. Er hatte das unangenehme Gefühl, als wäre er in einem Mausoleum eingemauert, als wäre er lebendig begraben. Er spielte mit den Polizeibeamten Poker zu dreien und einer von den beiden ging für einen Augenblick hinaus, um ein paar belegte Brote zu holen. Dann legte er sich aufs Bett, verdrossen und mit sich selbst uneins. Er dachte an Katie; halb hatte er gehofft, sie würde kommen und ihm für seine Tat den Rücken klopfen. Dann dachte er: wofür eigentlich? Dafür, daß ich zugegeben habe, an der Ermordung ihres Bruders beteiligt zu sein? Und daß ich eigentlich Runty hätte warnen müssen, aber einfach nicht den Mut dazu aufgebracht habe? Und daß ich Charley mit hineingerissen, selbst aber im letzten Moment das Weite gesucht habe? Mensch, ich bin wirklich ein feiner Held. Katie müßte eigentlich hereingelaufen kommen und mich von oben bis unten abküssen, ich bin solch ein verdammt vornehmer Charakter.

Gegen Mittag des nächsten Tages war er so ruhelos geworden, daß er es zu Hause einfach nicht mehr aushielt. Deshalb fuhr er mit Novick und Thompson zum Polizeirevier und unterschrieb ein Stück Papier, wodurch er die beiden loswurde. Einige der Beamten dort lachten laut, als sie ihn sahen. »Na, wie geht's denn dem großen Reformator?« sagte einer. »Hast du Informator gesagt?« fragte ein anderer spitz. Terry funkelte sie an und bedeutete ihnen, sie mögen sich zum Teufel scheren.

Trotz alledem kam er sich ganz merkwürdig vor, als er allein die Straße hinunterging. Er fühlte sich exponiert. Der Boheganer *Graphic* hatte am selben Tag sein Bild mit der inhaltsschweren Überschrift gebracht: *Das nächste Opfer der Unterwelt?* Es war ganz eigenartig, so etwas gedruckt zu sehen. Er fühlte sich eigentlich gar nicht gemeint. Irgend jemand mit demselben Namen, der so wie er aussah. Irgendwie glaubte er, er könne einfach wie immer in Johnnys Bar hineinschlendern, sein Bier trinken und mit Johnny herumalbern. Er machte aber vorsichtig einen großen Bogen um Johnnys Bar. Nicht etwa, weil er Angst gehabt hätte. Nein, es war nur besser, dachte er, eine Zeitlang die Leute dort nicht zu sehen. Es war ihm gar nicht wohl bei dem Gedanken, er müsse irgend jemandem erklären, warum er so gehandelt hatte. Er wußte, daß er recht getan hatte. Er wußte, wie recht Pater Barry gehabt hatte, als er ihm sagte, der einzig mögliche Weg, um Johnny fertigzumachen, wäre der, dem Gericht reinen Wein einzuschenken, damit in Zukunft die Arbeiter am Hafen alle die gleiche Chance hätten. Es war auch eigentlich nicht so, daß Terry das Gefühl hatte, richtig gehandelt zu haben, als vielmehr, daß er getan hatte, was er einfach tun mußte, als man ihn bis an den Rand des Abgrunds gestoßen hatte. Dennoch empfand er einen gewissen Nachgeschmack von Schuld, ein gewisses, unendliches kleines, aber höchst unbehagliches Gefühl, wie ein winziger Stein im Schuh.

Er trat in eine Bar, die er vorher nie aufgesucht hatte, und trank ein paar Glas Bier. Er merkte, wie die Leute ihn ansahen. Ein paar Gäste verließen das Lokal. Vielleicht wären sie auch ohne ihn gegangen. Aber Terry stellte sich vor, daß sie aus dem Schußfeld sein wollten, falls die Vorankündigung des *Graphic* sich bewahrheiten sollte.

Er faßte den Entschluß, bei Hildegarde vorbeizuschauen. Die

dicke Hildegarde hatte ihn immer gern gehabt. Sie würde jetzt eine Art Prüfstein sein.

Hildegarde sagte: »Hallo, mein Liebling, ich schenk dir 'nen Drink«, und schien ganz die alte zu sein. Aber Terry war jetzt viel empfindlicher für Stimmungsnuancen als jemals zuvor, und er hätte gerne gewußt, ob Hildegarde nicht etwa nur absichtlich diese Fröhlichkeit an den Tag legte, um ihm zu zeigen, daß alles noch wie früher war. Und um es noch schlimmer zu machen, waren auch zwei Freunde von Pop Doyle in der Bar; sie rückten ostentativ von ihm ab, ob aus Angst oder Feindschaft, wer konnte das sagen? Ich gehe für sie bis zum äußersten und die Leute um Pop Doyle behandeln mich immer noch wie einen Strolch, dachte Terry voller Bitterkeit. Und die andere Seite will mir an den Kragen. Feines Geschäft.

Auf dem Nachhauseweg traf er seine Freunde Chick und Jackie, mit denen er fast jeden Morgen in der Longdock-Bar zu frühstücken pflegte.

»He, Chick – he, Jackie«, rief er.

Sie blickten durch ihn hindurch und gingen weiter.

Terry empfand einen Schock. Chick und Jackie, die immer über seine Späße gelacht hatten und ihm einredeten, was für ein großer Boxer er einmal gewesen wäre. Doch dann versuchte er sich trotz aller inneren Zerrissenheit zu trösten. Was bildeten sich die beiden eigentlich ein, sie waren doch bloß zwei kleine Halunken, die einerseits nicht den Mut aufbrachten, ein anständiges Leben zu beginnen und andererseits nicht genug Verworfenheit besaßen, um sich für eine Stellung bei Johnny dem Freundlichen zu qualifizieren. Was gab diesen beiden Shlagooms das Recht, von Terry Malloy wegzuschauen?

Er blieb bei zwei zehn- oder elfjährigen Buben stehen, die auf der Straße Ball spielten und sprach mit ihnen. Er mußte mit irgend jemand reden. Er dachte an Billy und die Warriors und an seine Tauben auf dem Dach. Richtig, daran hatte er ja noch gar nicht gedacht. Er würde hinaufgehen und mit ihnen sprechen. Manchmal hatte er den Eindruck, als ob die Tauben reden könnten. Swifty blähte den Hals und brachte ein gurrendes Ge-

räusch hervor, und Terry konnte schwören, er verstünde, was der Bursche damit sagen wollte.
Er fühlte sich etwas besser, als er auf das Dach hinaustrat und Billy hinten bei dem Taubenschlag sah.
»'n Tag, Meister!« Er versuchte, seiner Stimme einen Anflug Vertraulichkeit zu geben. »Wie geht's denn den Kleinen?«
Billy antwortete nicht. Billy starrte ihn groß an. Tränen der Wut standen ihm in den Augen.
»Auge um Auge, Zahn um Zahn!« Der Junge schleuderte seine ganze Verachtung Terry ins Gesicht, und gleichzeitig warf er etwas auf Terry zu, das ihm vor den Füßen liegen blieb. Dann eilte Billy die Feuerleiter hinunter. Aber Terry sah nur den toten Vogel in seiner Hand – Swifty – seinen Leitvogel, seinen Liebling, auf den er und Billy bei den Rennen mit solcher Spannung gewartet hatten, Swifty, die stärkste und schnellste und beste Taube der ganzen Gegend. Übelkeit überkam ihn, als er den schlaffen, umgedrehten Hals des Vogels von seiner Hand herunterhängen sah, und voll dunkler Vorahnung ging er langsam zum Schlag hinüber.
»Oh, mein Gott!« stöhnte er, als er sah, was dort geschehen war. »Oh, mein Gott, oh, mein Gott, oh, mein Gott ...«
Alle Tauben lagen tot am Boden. Jeder einzelnen war der Hals umgedreht. Sie lagen dort wie ein schrecklicher Haufen, eine auf der anderen, so wie sie auf den Boden des Taubenschlages geworfen worden waren.
Terry sank auf der Schwelle seines Schlages nieder, vergrub das Gesicht in den Händen und weinte. Wann er zuletzt geweint hatte, wußte er nicht. Seit er sieben Jahre alt war, bestimmt nicht mehr.
Wie lange saß er schon hier? Es konnte eine halbe Stunde sein. Beim Aufblicken sah er Katie auf sich zukommen. Er machte keine Anstalten, sie zu begrüßen.
»Ich möchte schon lange mit dir sprechen«, sagte sie.
»Ja. Du hast dir Zeit gelassen.«
»Pop wollte nicht, daß ich dich traf. Er sagte, es sei gefährlich.«
»Damit hat er wahrscheinlich recht«, sagte Terry.

»Ich gehe morgen nach Marygrove zurück.«
»Das ist eine gute Idee«, sagte Terry.
»Aber ich mußte dir noch sagen, daß das, was du ...«
»Ach, laß sein«, fiel er ihr ins Wort. »Das ist jetzt vorbei.«
Jetzt erst blickte sie hinter sich in den Schlag und sah die Tauben.
»Oh, mein Gott!« sagte sie. »Oh, nein, oh, nein ...«
»Jede, auch die allerletzte«, sagte er. »Jede einzelne.«
»Oh, Terry, warum bloß, warum?«
Er zögerte und sagte dann mit leiser Stimme: »Wahrscheinlich wollen mir die Burschen damit zeigen, was sie von Verrätern halten. Ich glaube, das ist es.«
»Aber was wollen sie denn sonst, wollen sie weiter einen Mord nach dem anderen und ...«
»Ach, laß«, sagte er.
»Terry, du mußt jetzt weg von hier«, sagte sie. »Geh doch auf ein Schiff oder in den Westen, auf eine Farm ...«
»Farm!« sagte er voller Abscheu.
»Ach, das ist ganz gleich, irgendwohin, bloß weg von hier, weg von Johnny dem Freundlichen, weg von dieser ganzen schrecklichen ...«
»Hör mal zu«, sagte er. »Spar dir deine Worte. Es gibt ein altes Sprichwort am Hafen. Wenn sie dich erwischen, dann erwischen sie dich. Sie folgen dir auch in den Westen. Ich habe sogar gehört, daß sie einen Mann noch in Australien zur Strecke gebracht haben.«
Katie drückte sich die Faust fest gegen die Lippen, um nicht aufzuschreien.
»Mach dir um mich keine Sorgen«, sagte er. »Du gehst jetzt in deine Schule zurück. Werde Lehrerin und versuch, den Rotznasen etwas gesunden Menschenverstand beizubringen. Vielleicht heiratest du mal einen Lehrer, so daß ihr beide dann euch zu Tode hungern und glücklich miteinander leben könnt ...«
Er versuchte zu lachen, als er sah, wie sie mit den Tränen kämpfte.
»Jetzt hau lieber ab«, sagte er. »Dein Vater hat schon recht.

Ich weiß, wie ich mich zu verhalten habe. Aber du gehörst in jene andere Welt, wo man von diesen Dingen nichts weiß.«
Sie neigte sich vor, um ihn zu küssen, und streckte dann im letzten Moment die Hand aus.
»Ich werde für dich beten«, sagte sie. »Ich werde dich nicht vergessen.«
»Glaub mir, ich auch nicht«, sagte er. »Nimm es nicht so schwer, Katie.«
Sie drehte sich um und ging über das Dach davon. Sie hatte den anmutigsten Gang, den er je an einem Mädchen gesehen hatte. Was wäre, wenn er ihr nachliefe? Was wäre, wenn er sagte: »Komm, Katie, komm her!« Zehn zu eins würde sie kommen. Grade das war so seltsam an der ganzen Sache. Er hatte es in der Schule nie sehr weit gebracht, aber soviel wußte er. Worauf es ankam, das wußte er. Er hatte sie nie geküßt, er hatte sie nicht einmal angerührt, außer in dem kurzen Augenblick, als sie zusammen tanzten. Mensch, waren das anderthalb Minuten gewesen:

... Ich verließ mein Lieb in Avalon
und fuhr davon ...

Er sah ihr nach, bis ihr langes, braunes Haar im Treppeneingang drei Häuser weiter verschwunden war. Die Pfahlramme am Hafen hämmerte noch immer und baute an dem neuen Pier, auf dem Terry die Stellung des Ladechefs angeboten worden war. Aber Terry achtete nicht auf das Hämmern. Er stand da und dachte an Katie.
Ein paar Tage später ging er die Dock Street entlang und überlegte sich, ob er nicht vielleicht in Hoboken sich mit einer Anti-Givens-Gewerkschaft zusammentun sollte. Ein Auto hielt am Rinnstein und Johnny der Freundliche stieg aus, gefolgt von Truck und Gilly. In der Presse war mehrfach gefordert worden, daß Johnny der Freundliche wegen seiner Teilnahme an den zahlreichen Mordfällen am Hafen festgenommen werden müßte. Aber der zuständige Staatsanwalt, der auch zur alten Clique im Rathaus gehörte, hatte erklärt, es sei unmöglich,

Johnny vor Gericht zu stellen, solange die beiden Hauptfiguren außer Landes seien. Specs Flavin und Sonny Rodell waren angeblich in Cuba, und auch im Falle ihrer Auslieferung konnte Johnny der Freundliche kaum unter Anklage gestellt werden, es sei denn, sie bezeichneten ihn als Anstifter.

Als er Johnny den Freundlichen sah, war Terrys erste Reaktion, umzudrehen, in ein Tabakgeschäft einzutreten und zu warten, bis Johnny um die Ecke verschwunden war. Als er aber versuchte, sich bei hellem Tage auf einer öffentlichen Straße zu verstecken, da fiel ihm ein, was er Katie gesagt hatte, daß nämlich der Mob einen überall aufspüren kann. Plötzlich gewann er seine alte Sicherheit zurück. Er drehte sich in Johnnys Richtung, beschleunigte seine Schritte und rief: »Hallo, Johnny. Ich möchte mit dir sprechen.«

Johnny der Freundliche blieb stehen und wartete. Er war die Ruhe selbst. Er hatte Tag und Nacht gearbeitet, um seinen Apparat zusammenzuhalten, und war vollkommen beherrscht. Es war Terry, der sich jetzt nicht in der Hand hatte.

»Hallo, Johnny, willst du wissen, was an dir faul ist?« fuhr er auf ihn los. »Wenn du diese beiden Leibwächter nicht hättest, wenn man dir deine Maßanzüge und die Bestechungsgelder und deine Revolverhelden wegnehmen würde, was bliebe denn dann von dir übrig? Nichts! Ein Nichts bist du. Dein Mut geht nur so weit, wie deine Brieftasche und deine Pistole reichen!«

Truck und Gilly sahen Johnny an, er gab ihnen aber ein unmerkliches Zeichen stillzuhalten. Johnny hatte bereits den Exekutionsbefehl erteilt. »Er muß verschwinden.« Johnny wußte zwar nicht, wann und wo diese Sache erledigt werden würde, aber er konnte sich jetzt bequem zurücklehnen und den Dingen ihren Lauf lassen.

»Ich weiß, du glaubst, du bist der letzte von den starken Männern, aber weißt du, was du bist? Du bist ein ganz billiger, dreckiger, elender Lump, und ich bin froh, daß ich so gehandelt habe. Hörst du? Ich bin froh darüber. Ich bin froh, was ich getan habe. Und ich hoffe, daß man dich braten wird wie ein Stück Speck, das in Stücke bricht, wenn man es nur anrührt.«

»Du bist ein toter Mann«, sagte Johnny mit völlig ruhiger Stimme, »ich könnte dich hier an Ort und Stelle umlegen. Aber ich kann warten. Ich möchte dir nur eines sagen. Spiel nur nicht den starken Mann, weil du glaubst, ich wäre auf dem absteigenden Ast. Das bin ich nämlich nicht. Ich sitze immer noch im Sattel. Und ich werde auch noch im Sattel sitzen, wenn du bereits die Erde von unten ansiehst und Würmer zum Frühstück frißt.«
Er drehte sich um und ging davon. Truck und Gilly würdigten Terry keines Blickes, während sie ihrem Chef auf den Fersen folgten.
Terry sah sie um die Ecke biegen. Er zitterte am ganzen Körper. Es war ein Gefühl höchster Heiterkeit. Diese Begegnung hatte ihn noch mehr als die Stunde im Zeugenstand von Johnny dem Freundlichen endgültig freigemacht.
Pater Barry suchte ein paar Tage später Terry auf und traf ihn nicht. Er kam am nächsten Abend wieder, und Terry war immer noch nicht da. Er hinterließ eine Nachricht, daß Terry ihn anrufen möge, und als kein Anruf kam, erstattete der Priester eine Anzeige bei der Polizei. Dort machte man sich keine besonderen Sorgen. Man meinte, daß ein Einzelgänger wie Terry vielleicht auf ein Schiff gegangen oder in den Westen gefahren sei. Wenn er aber binnen einer Woche nicht zurückgekehrt sein sollte, würde man ihn als vermißt führen.
Drei Wochen später fand man die Überreste eines Menschen in einem Faß mit Ätzkalk, das auf einen der großen Schuttabladeplätze in Jersey geworfen worden war. Bei der Leichenschau wurde der Tod auf Grund von siebenundzwanzig Stichwunden, offenbar durch einen Eispickel hervorgerufen, festgestellt. Angehörige meldeten sich nicht. Die von dem Ätzkalk bis zur Unkenntlichkeit zerfressene Leiche konnte nicht mehr identifiziert werden. In der River Street aber wußten alle, Johnnys Parteigänger und seine Gegner, um welchen Leichnam es sich handelte.

FÜNFUNDZWANZIGSTES KAPITEL

Pater Barry sah sich in dem einfachen Raum um, der ihm in den letzten zwei Jahren als Wohnung, Büro und Betsaal gedient hatte. Er war gespannt, was aus der Konferenz zwischen seinem Pfarrer und dem Bischof herauskommen würde. Pater Donoghue war heute nachmittag zum Bischof gerufen worden, und es galt im Pfarrhaus als ausgemachte Sache, daß Pete Barry versetzt werden würde, vielleicht in die kleine Hafenstadt Leonardo, hundert Kilometer von Bohegan entfernt.

Pater Barry nahm sein Baseballmagazin vom Fußboden auf und sammelte die Post ein, die überall verstreut lag. Mrs. Harris hatte sich oft gutmütig darüber beklagt, daß Pete Barry der unordentlichste Insasse des Pfarrhauses sei, den sie seit langer Zeit erlebt habe, und jetzt tat der Vikar sein Bestes, um das Zimmer in Ordnung zu bringen – als ob er sich unbewußt auf seinen Abschied vorbereitete.

Es klopfte, und Pater Vincent rief herein: »Pete, kann ich etwas für dich tun?« Harry Vincent hatte Petes Handlungsweise heftig mißbilligt, jetzt aber, da man Pete zur Rechenschaft zog, war Pater Vincent selber überrascht, wie sehr er sich um seinen Kameraden Sorgen machte. Auch als Pete ihn einen »räucherfaßschwingenden Metaphysiker« genannt, hatte Pater Vincent sich darüber mehr amüsiert als aufgeregt, und war sogar bereit gewesen, den Balken im eigenen Auge zuzugeben, wenn Pete nur willens gewesen wäre, ein oder zwei kleine Splitter in seinem eigenen zuzugestehen.

»Nein, danke, Harry, ich räume nur ein bißchen auf.« Er wollte lieber mit seinen Gedanken alleine sein und sich auf den Abschied aus Bohegan und von der Arbeit, die er begonnen hatte, vorbereiten. Er sah auf die silberne Armbanduhr, die ihm seine Mutter nach Ablegung des Staatsexamens geschenkt hatte. Sie wohnte bei einer verheirateten Schwester in Yonkers. Sonntag nachmittag pflegte er sie immer zu besuchen. Sie würden beide diese wöchentlichen Gespräche vermissen, wenn er nach Jersey versetzt werden würde. Mrs. Barry schämte sich, daß sie sich die

Tränen aus den Augen wischen mußte, als sie von der möglichen Versetzung ihres Sohnes an einen fremdklingenden Ort hörte, den sie nicht einmal dem Namen nach kannte. »Wie heißt eigentlich der Ort, an den sie dich schicken wollen?« hatte sie in ihrer breiten Mundart gefragt. Als er den Namen »Leonardo« wiederholte, hatte sie mißbilligend den Kopf geschüttelt. »Leonardo? noch nie gehört.« Ihre Welt war von Carry auf der einen und Yonkers auf der anderen Seite begrenzt, und sie war bereits überzeugt, daß ihr Lieblingssohn in die Wildnis verbannt werden würde. Pete hatte versucht, sie zu beruhigen. Leonardo sei eine ganz anständige Stadt mit 2500 Einwohnern. Die Kriegsmarine habe einen Pier dort, und die Hafenarbeiter verschafften sich einen Nebenverdienst als Muschelgräber und Hummerfischer.

»Wieder ein Hafen«, hatte Mrs. Barry ausgestoßen. »Der Herr sei dir gnädig. Mußten sie dich denn ausgerechnet wieder in eine Hafenstadt versetzen!«

»Leonardo ist kein zweites Bohegan.« Pete hatte zu lächeln versucht, um die Befürchtungen seiner Muter zu zerstreuen, aber innerlich hatte er sich die ganze Woche über schwere Sorgen gemacht. Die Arbeit in Bohegan hatte gerade erst begonnen. Die Darreichung der Hostie war für ihn zu viel mehr als zu einer reinen Routine geworden; sie bedeutete für ihn eine tiefe und intensive Versinnbildlichung des Heilands, der durch die Straßen von Bohegan schritt. Christus erhob sich nicht nur vom Altar, sondern kam herunter in den Hafen und an die Docks. Christus in Cordhosen und kariertem Wollhemd, mit dem Ladehaken im Gürtel, hatte eine schwere Aufgabe an der River Street, und Pater Barry hatte sich gewappnet, um Ihm dabei zu helfen. Mein Gott, was für ein Haufen gottverlassener Katholiken, Christen, Bürger, Menschen, Tiere in Menschengestalt waren es, mit denen Er es in dieser Diözese zu tun hatte! Er mußte unwillkürlich darüber nachdenken, ob die Pharisäer hier in Bohegan Ihn nicht auch viel lieber nach Leonardo verschwinden sehen würden, wenn Er plötzlich anfinge, an der Ecke River und Pulaski Street eine Predigt zu halten und dort vor den versammelten Hafenarbeitern und Stauern und Lkw-Fahrern und Wachmännern und Gewerkschaftsfunktionären und Wucherern und Matrosen und Ladechefs diese Worte sprechen würde: »Gesegnet sind, die Verfolgung leiden um der Gerechtigkeit willen« – das würde die Leute wie ein Faustschlag zwischen die Augen treffen und den Hafen von Bohegan auf den Kopf stellen.

Er hatte versucht, diese dunklen Vorahnungen vor seiner Mutter zu verbergen. Sie hatte vor Jahren darunter gelitten, daß man ihren Ehemann wegen seiner anständigen Gesinnung strafversetzt hatte, und jetzt machte sie sich große Sorgen darüber, daß ihr Sohn sich durch seine Handlungsweise den Zorn des Bischofs zuziehen könne. Er hatte alles getan, um sie zu überzeugen, daß seine Versetzung schon lange fällig gewesen sei; denn es sei üblich, daß man als Vikar immer nach zwei oder drei Jahren einen neuen Wirkungskreis erhalte. Er erzählte ihr natürlich nicht, was er Pater Vincent gesagt hatte, als der Pfarrer zum Bischof gerufen worden war: »Na, Harry, es sieht so aus, als ob sie mich in die Wüste schicken wollen.«

Pater Barry ging ins Badezimmer, um seine schmutzigen Zelluloidkragen zu waschen. Dann band er seine Hafenbriefe mit einer Gummischnur zusammen und schob das Bündel innen in den zerlesenen Band der Briefe des heiligen Xavier. Er würde sich noch hinsetzen und jeden einzelnen dieser Briefe ausführlich beantworten, wo immer er sich auch befinden mochte. »Das Kraftwerk« – wie er und seine Kameraden den Bischofssitz zu nennen pflegten – besaß die Autorität, ihn nach Leonardo – oder Timbuktu – zu versetzen, und er war bereit, einem solchen Befehl getreu Folge zu leisten. Aber sie konnten bei Gott nicht die Verbindungslinien zu den schwerringenden Arbeitern von Bohegan zerschneiden. Was sie den Geringsten von ihnen antaten, das taten sie ihm an, ob er nun in Leonardo landete oder Gott weiß wo sonst. Trug er nicht dafür sein Priesterkleid? Schwitzte er nicht dafür unter diesen unbequemen Zelluloidkragen?

Als der Pfarrer ihn eine halbe Stunde später in sein Büro rief, trat ihm plötzlich der panische Schrecken seiner Kindheit wieder ins Bewußtsein, die Szene, als er das Geld für das rote Feuerwehrauto seinem kleinen Bruder zuliebe gestohlen und in kindlichem Trotz gesagt hatte: »Wenn der Priester mich zu sehr verdammt, dann hat mich die Kirche gesehen.« Aber jener Priester damals hatte es ihm noch einmal durchgehen lassen. Pater Donoghue war genau dieselbe Art von Mensch, ein Vater, der seinen Söhnen beistand, wo er konnte, wenn er sie auch gelegentlich nicht ganz zu begreifen vermochte.

Pater Donoghue hatte den Vikar ausreden und seine Nöte darlegen lassen. Viele Pfarrer hätten an seiner Stelle anders gehandelt, aber er, Pater Donoghue, empfand für Kämpfernaturen eine ausgesprochene Bewunderung. Seine Achtung vor Pete Barry war gewachsen, und er gedachte der oft übersehenen Mahnung des Heiligen Vaters. »Die Kirche ist ein lebendiger Organismus, und etwas würde ihr fehlen, wenn die öffentliche Meinung in ihr nicht Ausdruck finden könnte. Für einen solchen Mangel wären sowohl die Geistlichen als auch die Gläubigen verantwortlich.« Pater Donoghue dachte an Pfarrer, Monsignores, Bischöfe, Erzbischöfe, Kardinäle und sogar Päpste, die sich diese Weisheit nicht immer zu eigen gemacht hatten.

»Pete, ich habe ein langes Gespräch mit dem Bischof gehabt«, begann Pater Donoghue.

»Leonardo, du hast mich schon!« fiel ihm Pater Barry ins Wort.

»Pete, du bist schon wieder voreilig mit deinen Schlußfolgerungen«, sagte Pater Donoghue ruhig. »Der Bischof ist damit einverstanden, daß die Versetzung vorläufig ausgesetzt wird. Ich rechne es ihm hoch an, daß er mich angehört hat, als ich ihm die positiven Seiten deiner Handlungsweise in aller Breite auseinandersetzte. Aber er läßt dir eines sagen: Halte dich zurück, keine Interviews mit der Presse mehr, keinerlei Sensationen usw., wenigstens so lange nicht, bis er Gelegenheit gehabt hat, sich die ganze Sache noch einmal eingehend durch den Kopf gehen zu lassen.«

Pater Barry fühlte sich erleichtert, wenn es sich auch hier nur um einen zeitweiligen Aufschub handeln sollte. »Pater, ich bin

Ihnen sehr dankbar dafür. Sie sind ein Mordsmann. Das ist mehr, als ich von irgend jemand anderem hier sagen könnte.«
»Ich hoffe, daß du keine bitteren Gefühle dem Monsignore gegenüber hegst«, sagte der Pfarrer. »Wir sind nicht unfehlbar. Wir sind auch nur Menschen.«
»Pater, das ist wirklich wahr.«
»Ich bin schlechten Menschen auch in der Kirche begegnet«, gestand der Pfarrer. »Aber ich habe immer Trost in dem Gedanken gefunden, daß wir alle einmal vor den Richter treten müssen.«
»In der Zwischenzeit aber«, lachte Pater Barry, »können diese innerkirchlichen Auseinandersetzungen recht scharfe Formen annehmen.«
»Ja, das stimmt«, gab der Pfarrer zu. »Ich habe immer versucht, mich aus ihnen herauszuhalten. Doch leidet unsere Kirche darunter wie jede andere Institution. Wo auch immer Ehren, einflußreiche Stellungen und Macht zu erlangen sind, da wirst du Menschen finden, die mit allen nur möglichen Mitteln danach streben – Menschen, die eigentlich über diesen Dingen stehen sollten, Wissenschaftler, Chirurgen, Philosophen – sie streben in ihren Krankenhäusern, in ihren Universitäten und großen Stiftungen nach dieser äußerlichen Glorie. Und ich fürchte, das wird sich auch nicht ändern, bis Christus für uns alle wiederkehrt.«
»Ich weiß nicht, ob ich so lange warten kann.« Pater Barrys Sinn für Humor unterbrach ihn oft gerade in den sorgenschwersten Augenblicken.
»Das dürfte eine deiner Unzulänglichkeiten sein«, sagte Pater Donoghue sanft – »aber du hast, glaube ich, einen wichtigen Beitrag geleistet, indem du unseren Glauben an einer Front in die Tat umgesetzt hast, die die Religion bei unseren Glaubensbrüdern zu einer wirklichen Macht werden lassen kann. Du hast schon recht, bestimmt. Christus steht tatsächlich mit beim Arbeitsappell und weiß, wie es ist, wenn man übergangen oder gekreuzigt wird, sobald man für sein Recht eintritt. Ich habe dein kleines Flugblatt mit großem Interesse gelesen. Und ich

finde, wir sollten mit den Kellerversammlungen fortfahren. Wie ich höre, hat sich bereits eine Gruppe von mindestens hundert Leuten gebildet, die für die Fortsetzung dieser Versammlungen sind. Das nenne ich Fortschritt. Ich glaube, daß du auch mit den Enzykliken auf dem richtigen Wege bist. Sie sind nicht als Diskussionsgegenstand in höheren Sphären gedacht. Sie sollen in der River Street zur Anwendung kommen. Ja, auf Pier B. Aber, Pete, du hast auch verschiedene Fehler gemacht. Du hast mich nicht ins Bild gesetzt, damit ich den Bischof hätte aufklären können. Du hast dir gegenüber deinen Gegnern Blößen gegeben, zum Beispiel mit jenem – hm – Abenteuer in der Bar, wo du den unglückseligen Hafenarbeiter niederschlugst und dann mit ihm Bier trankst und später seine Zeugenaussagen mit ihm durchgearbeitet hast, wo ich dich doch darauf aufmerksam gemacht habe, vorsichtiger zu sein. Und dann deine Beteiligungen bei den Vernehmungen vor Gericht. Gewiß, du bist meinem Befehl gefolgt und dem Gerichtssaal ferngeblieben – aber nur körperlich. Du hast jedoch schriftlich einen detaillierten Plan über die Hafenreform vorgelegt, der ein starkes Echo in der Öffentlichkeit gefunden hat. In diesem Plan erklärst du genau dasselbe, was du ausgesagt hättest, wenn du den Zeugenstand betreten hättest. Womit ich nicht sagen will, daß ich von diesem Plan nicht tief beeindruckt gewesen wäre.«
»Ich habe nur die einzige Hoffnung, daß es mir gelingt, diesen Plan auch zu verwirklichen«, sagte Pater Barry.
»Ich auch«, sagte Pater Donoghue. »Ich finde deine Ideen sehr gut – die Einsetzung einer Kontrollkommission zur Ausschaltung der kriminellen Elemente, Abhaltung neutral beaufsichtigter, ehrlicher Wahlen und regelmäßiger, offener Versammlungen in den gewerkschaftlichen Ortsgruppen, Abschaffung der bisherigen Form der Arbeitsverteilung, Schaffung eines Kreditsystems zur Vermeidung des Wuchers und Einrichtung eines Wohlfahrts- und Unterstützungsfonds. Du siehst, Pete, ich habe deinen Plan ziemlich genau studiert. Ich finde, er ist ganz ausgezeichnet, und ich bin überzeugt, daß unsere katholischen Hafenarbeiter angespornt werden sollten, in diesem Sinne zu arbeiten. Aber,

Pete, ich muß es noch einmal wiederholen, du bist viel zu schnell vorgegangen.«

»Aber, Pater, ich mußte einfach schnell vorgehen. Es war fünf Minuten vor zwölf.«

»Pete, wenn du diesen Plan wenigstens vorher mit mir besprochen hättest, dann wäre ich in der Lage gewesen, die Rückendeckung des Bischofs zu erwirken; und ich glaube, es wäre mir gelungen, ihn zu überzeugen. Statt dessen erfuhr er plötzlich durch dicke Schlagzeilen in der Presse von dem ›Hafen-Priester‹. Siehst du denn nicht ein, was du mit deiner Voreiligkeit angerichtet hast?«

»Ich glaube, ich habe mich zur Zielscheibe der Gegner gemacht«, sagte Pater Barry. »Gut. Es war ein Glücksspiel und in gewissem Sinne habe ich verloren. Aber, Pater, wenn sich je eine Veränderung in den bisherigen elenden Verhältnissen am Hafen abzeichnen sollte, dann werde ich wenigstens die Genugtuung haben, daß das, woran wir glauben, bei einigen unserer Leute da drunten Fuß zu fassen beginnt.«

»Mein Sohn, du wirst eine Menge Genugtuungen haben. Und eine Menge Herzeleid. Du hast ein starkes Gefühl für Gerechtigkeit und ein starkes Gewissen. Das ist gut so, solange du den Oberen keinen Widerstand entgegensetzt. Viele unserer Besten, die wir in den ganzen zwanzig Jahrhunderten gehabt haben, waren verzweifelt bemüht, ihr Gewissen mit dem Gehorsam gegenüber den Oberen in Einklang zu bringen. Wir brauchen jedoch beides: einen Hunger nach Gerechtigkeit und die Bescheidung im Gehorsam.«

»Was mir besonders schwerfällt, ist, mich mit einer Reihe anderer Dinge abzufinden«, sagte Pater Barry.

»Wenn es dir Freude macht«, sagte Pater Donoghue, »so möchte ich dir sagen, daß der Bischof sich vorgenommen hat, eine lange Aussprache mit dem Monsignore herbeizuführen. Er ist der Auffassung, daß O'Hare seine Befugnisse überschritten hat, indem er gegenüber den verbrecherischen Umtrieben am Hafen zu nachsichtig gewesen ist. Denk also nicht zu schlecht über unseren Bischof. Vielleicht glaubt er, du seiest ein wenig zu keck gewesen

und will dir lediglich einen kleinen Dämpfer aufsetzen. Aber er hat sich sehr für den Gedanken erwärmt, daß wir die Zuneigung unserer Gemeindemitglieder hier am Hafen verlieren, wenn wir nicht eindeutig für ihre gottgegebenen Rechte eintreten. Glaub mir, Pete, du hast hier eine Glut angeblasen, die wir nicht wieder ausgehen lassen dürfen. Ich möchte, daß du sie weiter am Brennen hältst, wenn du gleichzeitig dabei lernst, das Feuer um dich herum – und in dir selbst – unter Kontrolle zu halten.«
Sich erhebend, legte der Pfarrer die Arme um Pater Barry. »Es ist jetzt Zeit, daß ich mich auf meine Predigt für das Hochamt am Sonntag vorbereite. Gott sei mit dir, Pete.«
»Gott segne Sie, Pater!«
Wieder in seinem Zimmer, ließ Pater Barry den Rosenkranz durch die Finger gleiten, den er seinerzeit im Gymnasium von dem Mädchen als Geschenk erhalten hatte, mit dem er damals eng befreundet war. Gelegentlich dachte er noch an sie. Sie erinnerte ihn ein wenig an Katie Doyle. Katie hatte ihn aufgesucht, bevor sie nach Marygrove zurückfuhr. Sie hatte sich verändert; sie war älter geworden; er war überrascht, als sie sich bei ihm entschuldigte, daß sie von ihm die Lösung aller Probleme über Nacht erwartet hatte. Sie besaß jetzt eine Vorstellung davon, wie komplex diese Probleme waren; eine sehr bittere Vorstellung. Jetzt wußte sie, daß man die Sünden der Habsucht, die Morde und Diebstähle in Bohegan nicht einfach ablegen könne wie ein Kleid, sondern daß sie schon tief in den Körper eingedrungen waren.
»Katie, ich hoffe, daß du nie das schöne Feuer der Empörung in dir ausgehen lassen wirst«, hatte er ihr gesagt. »Auch dann nicht, wenn du merkst, daß es auch dich selbst ein bißchen mitverbrennen wird.«
Sie hatten sich einen Augenblick angesehen, und er hatte gewußt, daß sie beide an Terry dachten und an das Böse, das sich so oft mit dem Guten verbindet.
Der Gedanke an Runty Nolan und Terry Malloy tat ihm noch immer weh. Tag für Tag quälte er sich mit der Frage ihres

Opfers ab. War ihr Leben umsonst dahingegeben worden, und war er wirklich berechtigt gewesen, diesen hohen Preis von ihnen zu verlangen, ohne sich vorher genau zu vergewissern, daß es notwendig war? Ich nahm ihr Leben in meine Hand, betete er. Ich stieß auf diese beiden Männer, die so gar nicht wie Märtyrer aussahen: auf den alten Trunkenbold und den jungen Tunichtgut. Ich nahm diese beiden und, ob recht oder unrecht, ließ sie das Schicksal herausfordern, wie es der heilige Ignatius tat, als er da sprach: »Ich bin Gottes Weizen: ich werde von den Zähnen der wilden Tiere zermahlen, auf daß ich enden möge als das reine Brot Christi.«

Pater Barry nahm den vorläufigen Schlußbericht der Untersuchungskommission, der gerade erschienen war, zur Hand und schlug eine Seite auf: »Verbrecherische Elemente, deren Vorstrafenregister es als ausgeschlossen erscheinen lassen, daß sie jemals gebessert werden könnten, haben monopolartige Schlüsselstellungen in der Hafenarbeitergewerkschaft inne; unter ihrem Regime ist es zu blühendem Rauschgifthandel, Geldwucher, Betrug, Unterschlagung und Erpressung in allen nur möglichen Formen – bis zum letzten Mittel des Mordes – gekommen, ohne daß dagegen eingeschritten worden wäre.«

Ohne daß dagegen eingeschritten worden wäre. Diese Worte ließen Pater Barry nicht los: Ohne daß dagegen eingeschritten worden wäre. Tom McGovern war kein Haar gekrümmt worden. Alle wußten, daß seine Macht im Hafen ungebrochen war. Oh, gewiß, man hatte ihn bei der Verleihung des Ordens vom heiligen Gregor übergangen, und Pater Barry empfand eine leichte Genugtuung dabei, doch war McGovern nach wie vor ein Katholik, der seine eigenen Leute schlechter bezahlte als die Verbrecher, die in seinem Auftrag den Hafen kontrollierten. Nach wie vor ein Katholik...

Hatte der Berg eine Maus geboren? Und war die Maus der arme weinende Willie Givens? Ja, es stimmte, daß Willie wegen Mißbrauchs von Gewerkschaftsgeldern unter Anklage stand. Er war von seinem Posten zurückgetreten und hatte mit Tränen in den Augen seine nicht endende Sorge um die von ihm gelieb-

ten Hafenarbeiter beteuert. Willie erhielt den Ruhestand, sein halbes Gehalt, und der neue Präsident hieß Matt Bailey. Er war fünfzehn Jahre jünger als Willie und nicht ganz so dickwanstig. Jahre hindurch war er Präsident einer Gesellschaft gewesen, die mit Willie Hand in Hand gearbeitet hatte. Und natürlich auch mit Tom McGovern. Über die ganze Reform wurde am Hafen nur gelacht, insbesondere, seit der neue Präsident unter dem Namen »Lächelnder Matt« Bailey bekannt war. Pater Barry konnte richtig hören, wie Runty gelacht haben würde. »Jetzt haben wir also einen Lächler statt des heulenden Babys – was ist da schon dabei!«
In Bohegan hatten die Untersuchungen dazu geführt, daß der Bürgermeister auf eine Wiederwahl verzichtete. Das bedeutete auch für Donnelly das Ende. Die Interstate war wegen Bestechung zu einer Geldstrafe von fünftausend Dollar verurteilt worden und hatte die Arbeitslizenz auf den Docks verloren. Aber sie war rasch unter dem Namen National Stevedore Company wiederauferstanden.
Das Seltsamste für Pater Barry war die Tatsache, daß Johnny der Freundliche lediglich wegen Meineids zu einem Jahr Zuchthaus verurteilt worden war. Er würde in sieben oder acht Monaten wieder zurück sein, hatten Moose und Pop dem Priester berichtet. In der Zwischenzeit war es auf den Docks ein offenes Geheimnis, daß Johnny vom Zuchthaus aus weiterregierte.
Der Bundesverband der Gewerkschaften hatte zwar die Hafenarbeitergewerkschaft als »hoffnungslos von verbrecherischen Elementen durchsetzt« aus ihrem Verband ausgeschlossen, aber Typen wie Johnny der Freundliche und Jerry Benasio waren mit stillschweigender Unterstützung durch Tom McGovern weiterhin auf den Docks tätig.
Dennoch war Pater Barrys kleines Häuflein zu einer Hundertschaft angewachsen. Für jeden, der zu den Versammlungen erschien, konnten leicht zehn weitere treten, wenn sie nur die Sicherheit hatten, ihren Arbeitsplatz zu behalten. Ich nenne das Fortschritt, hatte der Pfarrer gesagt. Vielleicht. Vielleicht

mußte man den Fortschritt nicht nach Kilometern messen, wie Pete versucht hatte, sondern mühsam nach Zentimetern, einen nach dem anderen.

Ruhelos ging Pater Barry in die Kirche hinunter, um zu meditieren, sein eigenes Gewissen zu erforschen und um göttliche Hilfe zu erflehen. Die kleine Kirche war leer; in dem flackernden, abgedunkelten Licht der Altarkerzen wirkte sie größer, und Pete Barry schien, wie er vor seinem Lieblingsheiligen Xavier kniete, unendlich klein zu sein. Wenn es in der ganzen großen Galerie der Heiligen einen einzigen gab, der ihn verstehen würde, dann war es der hohlwangige Baske, der den 7000 Perlenfischern von Paravas das Sakrament spendete und gleichzeitig seinem Zorn gegen die getauften Portugiesen Luft machte, die sich betrügerisch in den Besitz der Perlen gesetzt hatten, wofür jene anderen ihr Leben in den Tiefen der Austernbänke gewagt hatten.

Das war ein Heiliger von der Art, die Pete Barry liebte – er betete, Gott möge ihm den Mut geben, auch so zu werden, ein Mann, der nicht nur predigte »und die ersten werden die letzten sein«, sondern diese Worte jeden Tag, und mochte es auch noch so gefährlich sein, seinen Mitmenschen vorlebte.

Er kniete eine Stunde vor dem Altar. Sein Geist wanderte, doch blieb die Intensität seiner Gefühle auf das eine große Ziel ausgerichtet. Er betete für seine Freunde, und er betete für seine Feinde, und er betete für die Toten und er betete, daß das schleichende Übel von Bohegan genommen werden möge. Und schließlich bat er um Vergebung für den Haß, den er gegenüber Tom McGovern und Willie Givens und Johnny den Freundlichen gehegt hatte. Und er war sich gleichzeitig darüber im klaren, daß sein Xavier Johnny dem Freundlichen mehr als nur acht oder neun Monate zugedacht haben würde. Und habgierige Geldmagnaten und allzu weltliche Kirchenfürsten konnten auch einem Heiligen den Geduldsfaden reißen lassen. O Xavier, der du dich vor lauter Leben und Lieben bereits in einem Alter aufgezehrt hast, da geringere Menschen erst in die Blüte ihrer Jahre kommen, gib mir die Kraft, daß ich meinen Mitmenschen

zu der Einsicht verhelfe, daß unsere Kirche nicht für die O'Hares und McGoverns geschaffen ist, die sich ein leichtes Leben machen, sondern eine Kirche, die leidet und duldet, wie Christus gelitten und geduldet hat, wenn sie Ihn auf dem Dache einer Mietskaserne kreuzigen oder im Laderaum eines Schiffes oder auf dem Hiev oder in den stinkenden Abfallgruben von Jersey.
Es war Mitternacht. Pater Barry lauschte dem vertrauten Schlag der Kirchturmuhr. Er wußte nicht, ob er es schaffen würde, innerhalb der vom Pfarrer wohlmeinend gezogenen Grenzen seine Aufgabe zu erfüllen. Einen Augenblick lang empfand er ein leises Mitgefühl mit sich selbst. Durchhalten, Pete. Wie hieß doch der alte Kardinal, der einmal gesagt hatte: »Wenn du nichts sagst und nichts tust, entgehst du der Kritik?«
Mein Gott, er war nicht der Ketzerei beschuldigt wie Sankt Basilius vor Papst Damascus. Er war nicht als Ketzer verdammt und abgesetzt worden wie Sankt Cyrel vom Rate der vierzig Bischöfe. Man bezichtigte ihn nicht der Hexerei wie Sankt Athanasius. Man verbrannte ihn nicht wie die Heilige Johanna. Nein, und der Heilige Stuhl hatte ihn auch nicht verdammt und ausgestoßen wie den heiligen Joseph Calasanctius, der im Alter von zweiundneunzig Jahren zu Rom in Schimpf und Schande starb. Und er wurde auch nicht in ein fensterloses Verlies geworfen, von Papst Clemens verfolgt und der Tröstung der Heiligen Messe für verlustig erklärt wie der große Pater Ricci, des heiligen Xavier edler Nachfolger. Irgendwie haben die Träger dieser großen Namen all das überlebt, und die Kirche ist an ihnen nur um so reicher geworden.
Gestärkt machte er das Zeichen des Kreuzes, erhob sich und beugte das Knie. Dann trat er aus der Kirche und schritt über die Straße in den Pulaskipark. Es hatte geschneit und eine weiße Decke hüllte den Park ein. Es schien ihm für einen Augenblick, als sei aller Wirrwarr und alles Elend in Bohegan zu Ende. Sanft fiel der Schnee herab, ein reiner, weißer Mantel, unter dem sich die Häßlichkeit von Bohegan – für eine kleine Weile – verbergen konnte.
Durch das Gitter am hinteren Ende des Parks lugte Pater Barry

hinaus auf den majestätischen Hudson und weiter hinüber auf die mächtige Hafenmetropole. Aus den dunklen Fassaden der Häuser am anderen Ufer blinzelten ihn zehntausend gelbe Augen an. Sie haben Augen und sehen nicht, dachte er bei sich. Durchhalten, Pete, nicht nachgeben.
Stromabwärts ertönte die Sirene eines Dampfers, der dem offenen Meere zustrebte. Langsam wandte sich Pater Barry von dem alten North River – dem stillen Teilhaber Johnnys des Freundlichen – ab und kehrte heim, um ein paar Briefe im Pfarrhaus zu beantworten.

Zweites Buch

SCHMUTZIGER LORBEER

*Dass er gefangen, tat mir leid. Doch konnt ich
mich diesem Schauspiel nicht entziehn.*

JOHN MILTON
Samson Agonistes

Für
VICKI, AD, BEN,
für SAXE und BERNICE
und für JIMMY, PAUL und FIDEL,
die mir geholfen haben

ERSTES KAPITEL

ALS ich mit dieser Geschichte zu tun bekam, plauderte ich gemütlich über einer Flasche Old Taylor-Whisky mit meinem Freunde Charles, dem Barmann bei Mickey Walker. Heute hat Mickey die Bar an der Ecke der Fünfzigsten Strasse und der Achten Avenue, gleich gegenüber vom Hallenstadion, nicht mehr. Ich mag Charles gern, weil er einem immer eine anständige Portion Whisky einschenkt und weil er von den Boxern der guten alten Zeit erzählt. Charles muss über diese vergangenen Tage so viel wissen wie Oma Rice. Er muss schon sechzig oder siebzig Jahre alt sein, aber seine Haut ist rosig wie die eines Säuglings, und er hat kaum eine Falte im Gesicht. Das einzige, was sein Alter verrät, ist sein schütteres weisses Haar, das er hartnäckig maisgelb färbt. Er hat viele Boxer gesehen, die für mich bloss Namen sind – legendäre Namen wie Ketchel und Gans und «Mexikaner» Joe Rivers. Ehe er London verliess (man hört bei ihm immer noch einen leisen Anklang an Londoner Dialekt), hat er zuletzt noch dem berühmten Kampf zwischen Peter Jackson und Frank Slavin im National Sporting Club beigewohnt. An diesem Nachmittag, wie an so vielen anderen Nachmittagen, waren wir wieder einmal in der entscheidenden zwanzigsten Runde, und Charles, seine Hände in der klassischen Haltung des neunzehnten Jahrhunderts erhoben, ahmte den dunkelhäutigen, ruhigen, wundervoll gleichmütigen Jackson nach.

«Halten Sie dieses Bild gut fest, Sir», sagte Charles immer. «Hier ist Jackson, ein prächtiger Kerl, der erste Schwergewichtler, der sich auf die Zehen gestellt hat, schneller als Louis und jeder Zoll ein Schläger. Und hier vor ihm steht der stämmige Frank, ein grosser Felsbrocken von Mann, der alles einsteckt, was der Schwarze zu bieten hat, und ihn in den ersten Runden an den Rand des K. o. bringt. Einen Augenblick lang sind sie in einem wütenden Clinch verklammert. Jackson, der sich bemerkenswert aufgerappelt hat, ganz wunderbar aufgerappelt, Sir, reisst sich los und schlägt dem guten Frank einen Rechten hinein, der so weit reicht...» Charles zeigte es mir; er langte über die Bar und schlug mich scharf seitlich an den Kiefer... «Gerade so weit.»

An dieser Stelle des Kampfes wechselte Charles die Seiten. Er war einmal beim Variété gewesen, und in der ersten Zeit der Depression hatte er ein paar Dollar verdient, indem er in einem Broadwaytheater Kammerdiener spielte. Eigentlich müsste er der Schauspielergewerkschaft regelmässig Beiträge bezahlen, weil er immerzu Theater spielt. Jetzt war er der stolpernde Slavin, der mit verglastem Blick unter Jacksons kurzem, vernichtendem Schlag zurücktaumelte. «Halten Sie dieses Bild gut fest, Sir», wiederholte er. Sein Kinn ruhte auf seiner Brust, und sein Körper war schlaff geworden. «Seine Arme hangen herab, er kann den Kopf nicht mehr heben noch die Füsse bewegen, aber er geht nicht zu Boden. Peter Jackson trifft ihn wieder, und Frank kann sich beim besten Willen nicht verteidigen, aber zu Boden geht er nicht. Er steht einfach mit hangenden Armen da und wartet darauf, dass er wieder getroffen wird. Er hatte vor dem Kampf ziemlich laut geprahlt, wissen Sie, Sir, dass kein Nigger in der Welt gut genug ist, Frank Slavin zum Aufgeben zu zwingen. Ich selbst gebrauche das Wort ‚Nigger‘ nie, verstehen Sie, Sir, ich versuche nur, Ihnen das Bild so zu zeichnen, wie es war. In meinem Geschäft, sehen Sie, Sir, beurteile ich einen Mann nach der Farbe seiner Taten, nicht nach der Farbe seiner Haut. Zum Beispiel dieser Peter Jackson. Nie ist ein besserer Sportsmann durch die Seile geklettert als dieser dunkle Gentleman aus Australien.»

Jetzt war Charles wieder Jackson, grossartig stolz und aufrecht, während die Menge darauf wartete, dass er seinen zerschlagenen Gegner fertigmachte. «Aber in diesem Augenblick geschah etwas geradezu Denkwürdiges, Sir. Statt darauf loszustürmen und den hilflosen Slavin zu Boden zu schmettern, trat Jackson zurück, wobei er Gefahr lief, dass Slavin mit seiner Bullenstärke sich wieder zusammenrisse, und wandte sich an den Schiedsrichter. Man konnte seine ruhige, tiefe Stimme bis ganz weit hinten hören, wo ich sass, Sir. Klang mehr wie ein Prediger als wie ein Boxer. ‚Muss ich ihn erledigen, Mr. Angle?‘ sagte er. ‚Boxen Sie weiter‘, sagte Mr. Angle. Der schwarze Peter wandte sich wieder seinem Mann zu. Man konnte sehen, dass er trotz allem Hohn wegen seiner Hautfarbe keine Lust dazu hatte. Er schlug Frank aufs Kinn, einmal, zweimal, dreimal – kleine, scharfe Schläge, die ihn ausschlagen sollten, ohne ihm den Kiefer zu brechen – und beim vierten Mal ging Frank endlich zu Boden, trotz all seiner Prahlerei kalt wie der sprichwörtliche Fisch. Und alle Herren, die in den Sporting Club gekommen waren, um zu sehen, wie der weisse Mann den Schwarzen besiegte, mussten, ob sie es wollten oder nicht, aufstehen und Jackson so lange Beifall klatschen, wie man es kaum jemals im Sporting Club erlebt hatte.»

«Schenken Sie mir noch einen ein», sagte ich. «Charles, Sie sind wundervoll. Haben Sie den Jackson–Slavin-Kampf wirklich gesehen?»

«Würde ich Sie anlügen, Mr. Lewis?»

«Ja», sagte ich. «Sie haben mir erzählt, dass Sie einer der Helfer von Choynski waren, als er auf dem Frachter vor San Francisco gegen Corbett kämpfte. Nun, drüben in der Dritten Avenue habe ich ein altes Bild von Choynski und Corbett mit ihren Gehilfen kurz vor dem Kampf gesehen. Aber Sie habe ich darauf nicht finden können.»

Charles entkorkte den Old Taylor wieder und schenkte mir noch ein Glas ein. «Sie sehen, ich bin ein Mann von Wort», sagte er. «Jedesmal, wenn Sie mich bei einer Ungenauigkeit erwischen, Mr. Lewis, haben Sie einen frei.»

«Eine Ungenauigkeit ist ein zufälliger Irrtum», sagte ich. «Wobei ich Sie erwischt habe, Charles, das war eine Lüge, wie sie im Buch steht.»

«Bitte, Mr. Lewis», sagte Charles tief verletzt. «Gebrauchen Sie dieses Wort nicht. Ich kann vielleicht gelegentlich, um der dramatischen Wirkung willen, ein bisschen flunkern. Aber ich lüge nie. Eine Lüge ist ein Dieb, Sir, und wird jeden bestehlen. Eine Flunkerei borgt nur ein bisschen von jemandem, der es verschmerzen kann, und vergisst dann, zurückzuzahlen.»

«Aber diesen Jackson–Slavin-Kampf haben Sie wirklich gesehen?»

«Sagen Sie ‚Match', Sir, den Jackson–Slavin-Match. Sie werden nie hören, dass ein Herr einen Boxwettstreit einen Kampf nennt.»

«Hier in der Achten Avenue», sagte ich, « ist ein Herr jemand, der eine Frau eine miese Ziege statt was Ärgeres nennt.»

«Das ist bedauerlicherweise wahr», gab Charles zu. «Die Herren, die mit dem Faustkampf zu tun haben, fallen durch ihre Abstinenz auf.»

«Das schliesst mich ein», sagte ich. «Wieviel schulde ich Ihnen diese Woche, Charles?»

«Das sage ich Ihnen, bevor Sie gehen», sagte Charles. Er sprach nie gern von Geld. Er kritzelte den Betrag immer auf die Rückseite eines Kassenbons und schob diesen dann wie eine Geheimbotschaft unter mein Glas.

Ein schneidig angezogener, nervös aussehender kleiner Mann steckte seinen Kopf durch die Tür. «He, Charles – den Murmler gesehen?»

«Heute nicht, Mr. Miniff.»

«Himmel, ich muss ihn finden», sagte der kleine Mann.

«Wenn er kommt, sag ich ihm, dass Sie ihn suchen», sagte Charles.

«Danke», sagte Miniff. Er verschwand.

Charles schüttelte den Kopf. «Ein trauriger Tag, Mr. Lewis. Ein trauriger Tag.»

Ich blickte auf die grosse, ovale Wanduhr über der Tür. Kurz nach drei. Zeit für Charles, über die Bar hin seine Rede über Niedergang und Untergang der männlichen Kunst zu halten.

«Was für Leute hierherkommen», begann Charles. «Gauner, Betrüger, Zweigroschenspieler, grosse Spekulanten mit kleinen Gemütern, Manager, die lieber sehen wollen, dass ihre Jungen erschlagen werden als dass sie anständig leben, und Boxer, die so oft zu Boden gegangen sind, dass sie schon Scharniere in den Knien haben. In der alten Zeit, Sir, war es ein rauher Sport, aber er hatte etwas... Charakter, Würde. Nehmen Sie Choynski und Corbett, die da auf dem Lastkahn kämpfen. Choynski mit hautengen Handschuhen, Corbett mit Zweiunzern. Kampf bis zum Ende. Keine ausgeklügelten Prozentanteile, keine Kämpfe, die nicht zur Meisterschaft gerechnet werden, einfach die ganze Börse für den Sieger, und möge der Bessere gewinnen. Damals kämpfte ein Mann anständig, weil er Ehrgefühl im Leib hatte. Er war ein Sportler. Wenn er ein bisschen Geld dabei verdiente, wunderschön. Aber was haben wir heute? Meister mit Gaunern als Manager, die jahrelang ausweichen, indem sie ausserhalb ihrer Gewichtsklasse boxen, weil sie wissen – das erste Mal, dass sie mit einem guten Mann in den Ring steigen, heisst es adieu, Meistertitel.»

Charles blickte sich um, ob der Chef aufpasste, und schenkte sich ein Glas ein. Ich sah ihn nie trinken, ausser wenn wir allein waren und er seine Niedergang-und-Untergang-Rede hielt.

Er wusch sein Glas aus, wischte es sauber, um alles Beweismaterial zu vernichten, und sah mich fest an. «Mr. Lewis, was hat einen so feinen Sport in ein schmutziges Geschäft verwandelt?»

«Geld», sagte ich.

«Das Geld», fuhr er fort, als hätte er mich nicht gehört. «Geld. Zu viel Geld für die Veranstalter, zu viel Geld für die Manager, zu viel Geld für die Boxer.»

«Zu viel Geld für jedermann ausser für die Presseagenten», sagte ich. Im Augenblick tat ich mir mehr leid als der Sport. Schnaps wirkte immer so auf mich.

«Ich sag Ihnen, Mr. Lewis, es ist das Geld», sagte Charles. «Ein Kampfsport in einer Atmosphäre von Geld ist wie ein Mädchen aus gutem Hause in einem Bordell.»

Ich nahm meine goldberingte Füllfeder heraus, die Beth mir zum Geburtstag geschenkt hatte, und machte ein paar Notizen über das, was Charles sagte. Charles war für das Schauspiel, das ich schreiben wollte, nach Mass gemacht. Für das Schauspiel über den Boxsport, von dem ich schon lange sprach und von dem Beth so sicher anzunehmen schien, dass ich es nie vollenden würde. «Schwatz dir doch nicht alles davon los», sagte sie immer. Zum Teufel mit Beth und ihren intelligenten Reden. Wenn ich ein bisschen Verstand gehabt hätte, dann hätte ich mir eine nette, dumme Ziege genommen. Aber wenn ich das Stück bloss so schreiben könnte, wie ich es manchmal empfand, in all seiner schweisstriefenden Heftigkeit – kein fauler Zauber wie «Goldjunge» – keine Geiger mit spröden Händen, keine unverdaute Poesie, so feinsinnig wie ein Eisenbahnunglück, nein, die Strassenbengel wie sie wirklich sind, gemein und geldgierig, und die Raffsucht der Gauner, die den Sport verfälschen; das war das Wesentliche daran, und ich war der Bursche, der es schreiben konnte.

Eine einzige anständige Arbeit wäre die Rechtfertigung für all die lausigen Jahre, die ich als Presseagent vertan hatte, für Meister, solche, die es verdienten, und andere, für Titelanwärter und Niemande, besonders Niemande. Sehen Sie, dieses Stück würde Beth zeigen: So tief bin ich ja gar nicht gesunken wie du glaubst. Immer hat es so ausgesehen, als prostituierte ich mich, indem ich schmückende Beiwörter für den Ehrlichen Jimmy Quinn und Nick (Das Auge) Latka, die wohlbekannten Faustkampfunternehmer, zusammensuchte. In Wirklichkeit habe ich Material für mein Meisterwerk gesammelt. Gerade wie O'Neill Jahre als einfacher Seemann verbrachte und wie Jack London als Landstreicher umherlief.

Wie O'Neill und London. Ich fühlte mich immer wohler, wenn

ich diese Notizen machte. Meine Taschen waren voll Notizen. Notizzettel lagen in jeder Schublade des Schreibtisches in meinem Hotel. Diese Notizen waren eine Art Fluchtventil für all die Zeit, die ich damit vergeudete, mich zu betrinken, Charles' Erinnerungen anzuhören, mit den Jungens herumzusitzen, zu Shirley hinaufzugehen und den alten Mist zu verzapfen, dass der alte Joe Hasenfuss, der meinen Grossvater nicht hätte besiegen können und der soeben in der Arena von Trenton in zwei Runden erledigt worden war, ein vielversprechender Mann sei.

«Was tun Sie denn da, Mr. Lewis?» fragte Charles. «Schreiben Sie etwa auf, was ich sage?»

Als guter Barmann steckte Charles seine Nase nie in die Angelegenheiten seiner Kunden. Aber bei mir wich er langsam von dieser Gewohnheit ab, weil ihm die Vorstellung gefiel, dass er in meinem Stück vorkommen würde. Ich wollte, Beth hätte soviel Vertrauen zu mir wie Charles. «Weisst du, was du tun solltest? Du solltest aufhören herumzulümmeln und dich an die Arbeit machen», pflegte sie zu sagen. Aber Charles war anders. Er erzählt mir etwas, und dann sagt er: «Das sollten Sie in Ihr Stück schreiben.» Wir sprachen so lange darüber, dass mein Kunstwerk schon wirklich zu bestehen schien. «Wenn Sie mich in Ihr Stück bringen», sagte Charles gewöhnlich, «nennen Sie mich, bitte, Charles. Ich hab es gern, wenn man mich Charles nennt. Meine Mutter hat mich immer Charles genannt. Charley, das klingt nach – einer Marionette oder nach einem dicken Mann.»

Die Tür flog auf, und Miniff steckte wieder seinen Kopf herein. «He, Charley, noch immer nichts vom Murmler zu sehn?»

Charles schüttelte ernsthaft den Kopf. «Noch nichts vom Murmler zu sehn, Mr. Miniff.» Charles war ein Snob. Es machte ihm Spass, sein Nachahmungstalent auf Kosten seiner ungebildeten Gäste auszuüben. Miniff kam herein und kletterte auf den Hocker neben meinem. Seine kleinen Füsse konnten die Fussraste unten am Hocker nicht erreichen. Verzweifelt schob er seinen braunen Filzhut ins Genick. Er fuhr sich mit der Hand übers Gesicht und schüttelte ein paarmal den Kopf, wobei er die Finger über die Augen legte. Er war müde. New York ist heiss, wenn man den ganzen Tag lang herumläuft.

«Trinken Sie einen mit mir, Miniff», sagte ich. Er wehrte mich mit seiner kleinen, haarigen Hand ab.

«Bloss Kuhsaft», sagte er. «Darf mein Magengeschwür nicht reizen.» Aus der Brusttasche nahm er zwei kurze, dicke Zigarren, schob sich eine in den Mund und bot mir die andere an.

«Nein, danke», sagte ich. «Wenn ich diese Stinkadores rauchte, hätte ich auch Magengeschwüre. Wenn ich schon welche haben soll, dann will ich teure Geschwüre haben, in Originalabfüllung.»

«Hören Sie», sagte Miniff, «das kommt nicht von dem Kraut. Es kommt von meinen Kopfschmerzen. Nervöse Verdauung.» Er trank seine Milch vorsichtig und liess sie langsam durch die Kehle rinnen, um die grösste Heilwirkung zu erzielen.

«Herrgott, ich muss den Murmler finden», sagte er. Der Murmler war Solly Hyman, der die Paarungen für das St. Nicks-Stadion arrangierte. «Ich hab schon überall gesucht. In beiden Lindys. Bei Sam. Droben bei Stillman hör ich, dass Furrone am Dienstag nicht kann. Hat einen schlimmen Zahn. Himmel, ich hab einen Burschen, der für ihn einspringen kann. Mein Kerl wird dort gut aussehen.»

«Wer denn, Mr. Miniff?» fragte Charles und machte ihn immer noch nach.

«Cowboy Coombs.»

«Ach, du liebe Güte», sagte ich.

«Der geht noch», sagte Miniff. «Ich sag Ihnen, der steht noch glänzend drei, vier Runden. Vielleicht steht er sogar ganz durch.»

«Cowboy Coombs», sagte ich. «Der Grossvater aller Niemande.»

«Na, und wenn er schon kein Tuhni ist?» sagte Miniff.

«Der war schon vor fünfzehn Jahren kein Tunney», sagte ich.

Miniff schob seinen Hut wieder ein, zwei Zoll weit nach vorn. Seine Stirn glänzte von Schweiss. Dieses Ding da mit Cowboy Coombs war kein Spass. Es war eine Aussicht, schnell fünfzig Eier einzustecken. Miniff arbeitet so, dass er sich einen ganz erledigten Boxer aufsammelt oder einen neuen Jungen von den Amateuren und dann einen oder zwei Kämpfe für ihn auffischt, wenn er es kann. Er arbeitet nur mit schnellem Umsatz. Geht der Niemand zu Boden, kann Miniff ohnedies nichts mehr für ihn tun. Ist der Junge gut, dann holen ihn tüchtigere Manager mit besseren Verbindungen weg. So hat Miniff hauptsächlich ein Ersatzgeschäft, bringt einen Erledigten oder einen Neuling in letzter Minute hinein, so dass die Kasse das Eintrittsgeld nicht zurückzahlen muss, oder er steckt einen geruhsamen Hunderter ein, indem er einen seiner Fallkünstler zur gewünschten Zeit zusammenklappen lässt.

«Hören Sie, Eddie», sagte Miniff zu mir, wobei er andauernd herumzappelte. «Coombs hat eine Frau und fünf Kinder, und die müssen essen. In den letzten Jahren hat er bloss als Sparringpartner gearbeitet. Der Kerl braucht eine Chance. Vielleicht könnten Sie in einem der Blättchen was über ihn schreiben. Dass man ihn rausgeschmissen hat, weil er den Meister beim Üben niedergeschlagen hat...»

«Die Geschichte habe ich anders gehört», sagte ich.

«Schon gut, schon gut, war's also ein bisschen anders, vielleicht ist der Meister ausgerutscht. Sie schreiben wohl nie was, was nicht hundert Prozent wahr ist?»

«Mr. Miniff, Sie zweifeln meine Rechtschaffenheit an», sagte ich. Was für Zeug schreibt man nicht, um seine Miete zu zahlen und genug Whisky zu kriegen! Was tut man nicht für hundert Eier in der Woche in Amerika! Eddie Lewis, der fast zwei Jahre lang die Universität Princeton besuchte, Vorzüglich in Englisch hatte, dessen Artikel in der Tribune mit Namen erschienen und der dreiundzwanzig Seiten eines Schauspiels geschrieben hat, die systematisch von einer kleinen Buchgemeinschaft hungriger Motten verschlungen werden, weil diese nicht ein Stück Literatur von einer anständigen Mahlzeit unterscheiden können.

«Los doch, Eddie, als Freundschaftsdienst», bat Miniff. «Bloss eine kleine Zeile drüber, dass der Cowboy in hoher Form wieder da ist. Sie könnten's in eine Ihrer Spalten reinarbeiten. Ihren Dreck mögen die Leute.»

«Lassen Sie mich mit dem Cowboy Coombs in Ruhe», sagte ich. «Coombs war schon ein komischer Alter, als Sie noch durch ein kleines Loch in der Tür sprechen mussten, wenn Sie was trinken wollten. Das Beste, was Mrs. Coombs und den fünf Kindern passieren könnte, ist, dass Sie von Mr. Coombs' Buckel heruntersteigen und ihn zur Abwechslung mal zur Arbeit gehen lassen.»

«Aaaah», sagte Miniff, und das klang so verbittert, als hätten seine Magengeschwüre gesprochen. «Machen Sie mir den Coombs nicht schlecht. Der kann immer noch die Hälfte der Schwergewichtler verdreschen, die jetzt im Geschäft sind. Na, was sagen Sie jetzt?»

«Ich meine, dass die Hälfte der Schwergewichtler in diesem Geschäft ebenfalls zu ihren Lastautos zurückkehren sollte», sagte ich.

«Aaaaaah», sagte Miniff. Er trank seine Milch aus, wischte sich den Mund am Ärmel ab, zupfte einige der feuchten, losen Blätter von seinem Zigarrenstummel, steckte diesen wieder zwischen die Zähne, zog die Krempe seines alten braunen Hutes herab, sagte: «Machen Sie's gut, Eddie, Wiedersehn, Charley», und eilte hinaus.

Ich trank langsam, liess das gute, warme Gefühl langsam von meinem Magen ausstrahlen. Die Harry Miniffs dieser Welt! Nein, das nahm ein zu grosses Gebiet in Anspruch. Amerika. Harry Miniff war Amerikaner. Er hatte einen italienischen Namen oder einen irischen Namen oder einen jüdischen Namen oder einen englischen Namen, aber man würde nie einen Italiener in Italien, einen Juden in Palästina, einen Iren in Irland oder einen Engländer in England finden, der das Nervensystem und die gesellschaftliche Haltung des Amerikaners Harry Miniff hatte. Man konnte Miniffs überall finden, nicht nur im Boxsport, sondern auch beim Theater, Radio, Kino, bei organisierten Schiebungen, in Engroshäusern, im Baugewerbe, in Gummiknüppelgewerkschaften, im Anzeigengeschäft, der Politik, Grundstückhandel, Versicherungen – eine amerikanische Herzkrankheit. Erfolgreiche Harry Miniffs, die sich mit ihren Ellenbogen in die Leitung von Stahlwerken, Petroleumtrusts, Filmateliers, Boxmonopolen hinaufarbeiteten. Und erfolglose Harry Miniffs, geboren mit dem Verlangen nach dem Dollarsegen, aber nicht mit dem Geschick, ihn zu erhaschen. Und der Dollar lockt sie hinter sich her wie der mechanische Hase den Windhund, der ihn bloss einholen kann, wenn der Apparat versagt, und der ihn selbst dann nicht fressen kann.

«Der Rest der Flasche, Mr. Lewis», sagte Charles. «Der ist gratis.»

«Danke», sagte ich. «Charles, Sie sind eine Oase. Eine Oase in der Achten Avenue.»

Jemand in einer Loge hatte einen Fünfer in eine Musikbox geworfen. Es war die einzige gute Platte in dem Automaten, Bechets Version von «Summertime». Der verzaubernde Ton von Sidneys Sopransaxophon beherrschte die Bar. Ich drehte mich um, um zu sehen, ob es Shirley war. Die spielte diese Platte immer. Sie sass allein in einer Loge und hörte zu.

«He, Shirley, hab gar nicht gehört, wie du reingekommen bist.»

«Ich hab gesehen, dass du mit Miniff gesprochen hast», sagte sie.

«Wollte eine so hochwichtige Unterhaltung nicht unterbrechen.»

Sie war schon seit zehn oder zwölf Jahren in New York, aber

in ihrer Sprache steckte noch immer ein bisschen von Oklahoma. Sie war mit ihrem Mann, «Seemann» Beaumont, hergekommen – erinnern Sie sich an Billy Beaumont? – damals, als er auf dem aufsteigenden Ast war, nachdem er jedermann im Westen verdroschen hatte und gekommen war, um sich einmal ans grosse Leben heranzumachen. Er war der Bursche, der den vorsichtigen Wettern ihre Chancen zerstört hatte, als er auf der falschen Seite von Zehn zu Eins einstieg und die Weltergewichtsmeisterschaft errang. Ihm und Shirley ging es eine Zeitlang prächtig. Der «Seemann» war ein ungebesserter Reformschulabsolvent aus West Liberty, der sein meistes Moos in solch übliche Kanäle wie die Fleischtöpfe, die Pferdchen und die Nachtlokale warf. Und den Rest verputzte er für Motorräder. Er hatte ein weisses Motorrad in Stromlinienform mit einem Beiwagen, auf dem man, falls man bei hundert Stundenkilometern durch dicken Grosstadtverkehr soviel sah, die Worte «Seemann Beaumont, der Stolz von West Liberty» lesen konnte. So ein Bursche war er. Ich erinnere mich, wie Shirley oft, besonders in der ersten Zeit, als sie noch gut miteinander standen, in diesem Beiwagen fuhr und ihr dunkelrotes Haar hinter ihr herwehte. Damals sah sie noch gut aus, ehe das Bier und die Sorgen sie erledigten. Etwas konnte man immer noch davon erkennen, trotz den Falten um die Augen und dem verräterisch verzweifelten Blick, der davon kommt, dass man zu vieles zu oft tut. Sie konnte sich auch noch vom Halse abwärts sehen lassen, selbst wenn die Tage ihres Glanzes seit zehn Jahren vorüber waren. Langsam setzte sie an, gerade so ein bisschen, an Rumpf, Bauch und Brust, aber an der Art, wie sie sich hielt, war etwas dran – manchmal meinte ich, es müsste mehr ihre Einstellung zu den Männern sein als etwas Körperliches – das uns immer noch zwang, uns nach ihr umzudrehen.

«Willst du einen mit mir trinken, Shirley?» rief ich hinüber.

«Spar dein Geld, Eddie», sagte sie.

«Nicht einmal zwei Finger hoch, nur um mir Gesellschaft zu leisten?»

«Ach, ich weiss nicht, vielleicht ein Bier», sagte Shirley.

Ich gab Charles die Bestellung und ging nach der Loge hinüber. «Wartest du auf wen?»

«Auf dich, Liebling», sagte sie sarkastisch. Sie nahm sich nicht einmal die Mühe, mich anzusehen.

«Was ist denn los? Kater?»

«Ach, eigentlich nicht, ach, zum Teufel...»

Shirley war schlechter Laune. Das war sie hie und da. Meistens war sie vergnügt, lachte viel – «Was, zum Teufel, ich werde nicht reicher, und ich werde nicht jünger, aber ich amüsier mich.» Aber zuweilen, besonders wenn man sie bei Tage allein traf, war sie wie jetzt. Wenn es dunkel wurde und sie ein paar Gläser getrunken hatte, wurde es besser. Aber ich habe sie stundenlang allein in einer Loge sitzen gesehen, wobei sie einsam ein Bier nach dem anderen trank und Fünfer in die Box warf, «Summertime» spielte oder «Melancholy Baby» oder ein anderes ihrer Lieblingsstücke, «Embraceable You». Ich glaube, diese Lieder hatten etwas mit dem «Seemann» zu tun, obgleich es mir immer profan schien, die zarten Gefühle dieser ausgezeichneten Texte mit einem verdrehten Schläger wie Beaumont in Verbindung zu bringen. Der schlief mit jedem Mädchen, das nur dreissig Sekunden lang stillstand. Verlangte Shirley jemals eine Erklärung, so bekam sie sie – ins Gesicht. Er war einer der wenigen Berufsboxer, die ich je kannte, die plötzlich ganz gegen ihre Berufspflichten durch allerhand Lokale bummeln, welche Praxis ihnen in Jacobs' Beach wenig Freunde verschafft, dagegen oft und unvermeidlich die Aufmerksamkeit der örtlichen Polizei. Als ihm schliesslich an seinem tollen Motorrad ein Reifen platzte und er das bisschen Hirn, das er aus dreiundneunzig harten Kämpfen gerettet hatte, am Randstein der Sechsten Avenue nahe der Zweiundfünfzigsten Strasse in blutigem Durcheinander liegen liess, konnte man die Leute, denen das leid tat, an einem Finger einer Hand abzählen: Shirley.

Sie griff in ihre grosse rote Ledertasche, nahm einen kleinen weissen Beutel Feinschnitt heraus und klopfte ihn sorgfältig mit geübter Hand auf ein Rechteck dünnen, braunen Papiers. Sie war die einzige Frau, die ich jemals ihre Zigaretten selbst drehen sah. Das war eine der Angewohnheiten, die sie aus den Hungerjahren von West Liberty mitgebracht hatte. Während sie die flache Hülle zu einem erstaunlich symmetrischen Zylinder drehte, sah sie geistesabwesend durchs Fenster, das auf die Achte Avenue blickte. Die Strasse war voll Menschen, die rastlos wie Ameisen, aber mit weniger Zielbewusstheit, in zwei Kolonnen hin und her gingen. «Summertime» sang sie leise und gleichgültig vor sich hin, mal hier ein paar Worte, dann wieder dort ein paar.

Das Bier schien ihr gut zu tun. «Sie können mir noch eines einschenken, Charles», sagte sie und wurde ein bisschen besser gelaunt. «Mit einem Korn zum Nachspülen.»

Nach all diesen Jahren war das immer noch einer der Lieblingswitze dieser Kneipe. Shirley sah mich an und lächelte, als hätte sie mich eben entdeckt.

«Wo bist du denn die ganze Zeit gewesen, Eddie? Wieder drüben bei Bleeck mit meiner Nebenbuhlerin?»

Auch das war Jahre alt. Es war schon so alt, dass wahrscheinlich etwas dran war. Shirleys Art, wie sie mit Männern umging, gefiel mir. Sie liess einen niemals wirklich vergessen, dass es zwischen ihr und uns anatomische Unterschiede gab, aber sie machte doch keinen Konflikt daraus. Mir gefiel die Art, wie sie sich zu «Seemann» Beaumont benommen hatte, obwohl er ein übles Stück war. Es gibt so viele amerikanische Ehefrauen, die alle Energie daran wenden, ihren Mann zu einem Generaldirektor oder Chefeinkäufer oder sonstwas zu machen. Zweimal in der Woche tun sie ihm einen grossen Gefallen. Das nennt man, eine gute Frau sein. Hätte Shirley sich nicht in einen verantwortungslosen, körperlich übermässig entwickelten Bengel verliebt, der ganz ohne Deckung losstürmte, aber einen Knockoutschlag in seiner Rechten hatte, dann wäre sie jemandem in West Liberty eine ungewöhnlich gute Frau geworden, statt in der Achten Avenue eine ungewöhnliche Kupplerin zu sein.

«Beehre uns diese Woche mit deiner Gegenwart, Eddie», sagte sie. «Komm früh, und Lucille wird uns ein Hühnchen braten, und wir werden ein bisschen Rummy spielen.»

«Vielleicht Freitag abend vor dem Glenn–Lesnevich-Kampf», sagte ich.

«Der kleine Glenn! Eine Gemeinheit von Nick, ihn so schnell herauszubringen», sagte Shirley. «Diese übergrossen Buben, die dickes Geld verdienen, weil sie schlagen und einstecken können – die halten sich für den Maikönig, weil ihr Name in Leuchtschrift vorm Hallenstadion steht, und dabei haben sie doch bloss eine Karte ohne Rückfahrt nach Narrendorf. Viermal wird Glenn grosse Massen ins Stadion ziehen, weil die Kunden wissen, dass er's versuchen will. Er wird von Männern herumgeschlagen, mit denen er ganz und gar nicht im selben Ring stehen dürfte. Und dann geht er nach Los Angeles zurück und wird ein mistiger Laufbursche für einen Buchmacher oder sonstwas, und der Manager verschafft sich einen anderen Jungen. Das hat er mit Billy gemacht. Nick Latka, dieser Mistkerl!»

«Nick ist gar nicht so arg», sagte ich. «Zahlt mich jeden Freitag, schaut mir nicht zuviel über die Schulter, ist auch ein ganz interessanter Kerl.»

«So interessant ist auch eine Küchenschabe, wenn sie Nicks Geld auf der Bank hat», sagte Shirley. «Nick steht bei mir als lausig zu Buch, weil er sich nicht um seine Jungen kümmert. Wenn er einen guten hat, hat er das Geld und die Verbindungen, ihn ganz nach oben zu bringen, aber da unter der linken Brusttasche, da hat er nichts für seine Jungen. Nicht wie George Blake, Pappi Foster. Ihre alten Burschen kamen immer wieder zu ihnen um ein bisschen Geld, einen kleinen Ratschlag. Nick – wenn einer gewinnt, ist nichts zu gut für ihn. Jedes Wochenende ist er drüben in Jersey auf seinem Gut. Aber wenn einer ausgebrannt ist, dann ist's aus, Bruder. Da hat man so viel Aussicht, in sein Büro zu kommen, wie ohne einen Fünfer in ein öffentliches Klo. Ich weiss das. Ich habe das mit Billy schon alles durchgemacht. Und wieviele hat er seit Billy gehabt? Und jetzt Glenn. Und nächste Woche vielleicht einen dünnbeinigen Blitz von den Amateurmeistern. Die sind so hübsch, wenn sie anfangen, Eddie. Ich kann es nicht mitansehen, wie man sie zugrunde richtet.»

Seit Billys Tod war Shirley, glaube ich, in alle Boxer verliebt. Sie liebte sie, wenn sie voll Kraft und Feuer waren und ihre harten, gepflegten Körper sich anmutig im ersten gutgeschnittenen Massanzug bewegten, einem Zweireiher mit oben weiten und nach unten enger werdenden Hosen, einer Abwandlung der Kleidung der Jazzjünglinge. Und sie liebte sie, wenn ihre Nasen ihre Form verloren hatten, ihre Ohren Blumenkohlohren geworden waren, Narbengewebe ihre Augen zurückzog, wenn sie zu leicht lachten und Sprachstörungen hatten und sie vom Comeback redeten, das Harry Miniff oder einer seiner tausendundein Vettern für sie vorbereitete. Viele Damen haben siegreiche Boxer geliebt, die Grebs, die Baers, die Goldenen Jungen. Shirley aber nahm die Zerschlagenen, die Erniedrigten, die Erledigten, die Opfer des technischen Knockouts mit den Nähten durch Lippen und durch Lider an ihren Busen. Vielleicht war das ihre Art, Billy zurückzuholen, den «Seemann» Beaumont des letzten Jahres, als die jüngeren, schnelleren, stärkeren Burschen, die in der Achten Avenue trainierten statt in den Nachtlokalen der Zweiundfünfzigsten Strasse, ihn langsam und töricht und traurig aussehen liessen.

«Na, der erste für heute», sagte Shirley und schüttete den Whisky hinunter, wobei sie sich zum Spass übertrieben schüttelte.

Wieder griff sie in ihre Handtasche und zog eine ganz kleine Photographie heraus, eine leicht überbelichtete Amateuraufnahme eines gutgebauten Knaben unter einem riesigen Cowboyhut.

«Neues Bild von meinem Buben. Haben meine Leute mir eben geschickt!»

Während ich es pflichtbewusst ansah, sagte sie: «Er ist der Abklatsch von Billy. Ist er nicht süss?»

Er sah wie Beaumont aus – die gleiche übermässige Entwicklung von der Hüfte aufwärts, und die Beine verjüngten sich hübsch. Auf seinem Gesicht lag ein Ausdruck fröhlicher Lausbüberei.

«Nächsten Monat wird er neun», sagte Shirley. «Er ist mit den Grosseltern auf einer Farm, nicht weit von zu Hause. Er will Tierarzt werden. Mir ist es gleich, was er tut, solange er vom Ring wegbleibt. Er kann Kartenspieler werden oder ein Handlungsreisender oder ein Zuhälter, wenn er will. Aber bei Gott, wenn ich jemals höre, dass er ein Boxer wird wie sein Alter, dann fahre ich nach Hause und gebe ihm einen Tritt in sein kleines Hinterteil.»

ZWEITES KAPITEL

WENN ich in einer Kneipe sitze und man mich ans Telephon ruft, freut mich das nie allzu sehr. Das bedeutet, dass der natürliche Rhythmus meines Tagesablaufs von Unerwartetem unterbrochen wird. Shirley war nach Hause gegangen, «um es einem neuen Mädchen gemütlich zu machen», wie sie sagte, und Beth war gekommen, mich abzuholen. Sie war verärgert, weil ich leicht angesäuselt war, als sie kam. Beth war keine Blaukreuzlerin oder so was, aber sie hatte es gern, wenn ich in ihrer Gesellschaft trank. Sie meinte, ich vergeudete zu viel Zeit, indem ich mit Charles und Shirley und den anderen Typen schwatzte. Wenn meine Arbeit nicht meine ganze Zeit in Anspruch nahm, sagte sie, sollte ich mich in mein Hotelzimmer setzen und mein Stück zu Ende schreiben.

Das war der grosse Fehler, den ich bei Beth gemacht hatte. Einmal, als sie in meinem Zimmer war – in den Tagen, als ich noch bei ihr Eindruck schinden musste – zeigte ich ihr den unvollendeten ersten Akt. Beth hatte nicht viel dazu zu sagen, aber sie wollte, dass ich das Stück beendete. Das war mein Kummer mit Beth: immer wollte sie, dass ich alles beendete. Einmal, als ich betrunken war, habe ich sie um ihre Hand gebeten, und vermutlich nimmt sie mir übel, dass ich den Antrag nicht wiederholte, als ich nüchtern war. Ich glaube, sie wollte einfach, dass ich alles zu Ende führte, was ich begonnen hatte.

Als ich sie kennenlernte, war Beth gerade mit dem Smith College fertig geworden, und ihre hohen Leistungen dort brachten ihr einen Posten mit fünfundzwanzig Dollar die Woche bei Life ein. In der Ausbildungsabteilung für Archivare. Alles, was sie wusste, hatte sie aus Büchern. Ihr alter Herr las Volkswirtschaft in Amherst, und ihre alte Dame war die Tochter eines Dekans von Dartmouth. Als ich ihr vom Boxen zu erzählen begann, schien es ihr daher faszinierend. Das war das Wort, das sie für diese Angelegenheit benützte – faszinierend. Dieses Boxgerede war eine neue Sprache für Beth, und während sie dauernd erklärte, dass sie es verachtete, konnte ich doch sehen, wie es sie packte. Wenn es auch nur um seiner Neuheit willen war, es packte sie doch, und ich war der ideale

Fremdenführer durch diese neue Welt, die sie abstiess und anzog. So bin ich selbst zu Beth gekommen. Ich war gerade genug Bürger dieser neuen Welt, um sie zu erregen, und doch – denn Beth konnte sich nie ganz von ihren intellektuellen und anderen Snobismen frei machen – noch genug von der Universität geformt und noch begabt genug, das Phänomen des Boxkampfes mit ihrem akademischen Wortschatz zu verbinden, um für sie annehmbar zu sein.

Ich glaube, die Tatsache, dass ich ihr erzählt hatte, ich wollte ein Theaterstück über das Boxen schreiben, gab ihr die Berechtigung, sich für mich zu interessieren, so wie es mir die Berechtigung zu geben schien, bei diesem Sport zu bleiben.

Aber das führt uns anderthalb Jahre weit zurück. Das ist beinahe eine andere Geschichte. In der Geschichte, die ich hier erzähle, ist Beth wieder verstimmt – ihre Ungeduld mit mir war in der letzten Zeit gestiegen – und jemand verlangte mich am Telephon.

Es war Killer Menegheni. Der Killer war eine Verbindung von Leibwache, Gesellschafter, Masseur und Privatsekretär von Nick. Ich glaube nicht, dass der Killer jemals für das Begräbnis eines Mannes verantwortlich war, aber die Legende war entstanden, dass der Killer Federgewichtsmeister geworden wäre, wenn er nicht bei seinem dritten Kampf einen Mann im Ring getötet hätte. Ich habe nachgeschlagen, aber keinen Menegheni finden können, und das Boxjahrbuch gibt fast immer die richtigen Namen der Jungens in Klammern unter ihren Berufsnamen an. Nat Fleischer, der hervorragende Historiker, hat auch nie etwas von ihm gehört. So hätte ich einen hohen Betrag darauf gewettet, dass die angebliche Tat des Killers weder einer lebenden noch einer toten Person ähnelt, wie es immer in Büchern heisst.

«He, Eddie, der Chef will dich.»

«Also, gottverdammtnochmal, Killer», sagte ich. «Ich bin hier mit einer Dame. Kann ein Mann nicht in Ruhe ein gemütliches Gläschen trinken, ohne dass Nick seine Hunde auf mich hetzt?»

«Der Chef will, dass du deinen Arsch herkriegst», antwortete der Killer. Man nehme ihm diese kurzen, im wesentlichen germanischen Wörter, und Mr. Menegheni müsste mit seinen Fingern sprechen.

«Aber diese Dame und ich haben Pläne für heute abend», sagte ich. «Ich muss doch nicht immer gleich angelaufen kommen, wenn Nick einen Finger hebt. Was glaubt er denn, wer er ist?»

«Er glaubt, er ist Nick Latka», sagte der Killer. «Und ich hab den Tag noch nicht erlebt, an dem er nicht recht hatte.»

Für den Killer war das eine recht schlagfertige Antwort. «Sag mal, du bist ja heute recht klug», sagte ich.

«Warum nicht?» sagte der Killer. «Ich hab gestern nacht den Rotschädel von Chez Paris gelandet. Gerade siebzehn Jahre alt. Schööön!»

Der Killer, der in seinen dicksohligen Schuhen nur einen Meter dreiundsechzig gross war, funkte uns stets die letzten Nachrichten über seine täglichen Eroberungen.

«Du würdest einen ganz guten Materialsammler für Kraft-Ebing abgeben», sagte ich.

«Ich tausch mit niemandem Platz. Bei Nick geht's mir recht gut.»

«Nun, ich freue mich, dass du glücklich bist», sagte ich. «Vergnügtes Wochenende, Killer.»

«He, he, he, wart mal», sagte der Killer schnell. «Die Sache, wegen der der Chef dich sehen will. Die muss heiss sein. Ich sag ihm, du bist schon unterwegs.»

«Hör mal», sagte ich, «du kannst ihm ausrichten» – ach, lieber Gott, welche Angst sich wegen hundert Eier die Woche in einen Mann fressen kann! – «ich bin in fünfzehn Minuten dort.»

Ich ging nach unserer Loge zurück, um es Beth beizubringen. Sie lehnte oft Einladungen ab, um den Samstagabend für mich freizuhalten. Samstagabend besuchten wir gewöhnlich unsere Lieblingslokale. Bleeck und Tim und, wenn wir Musik wollten, Nick wegen Spanier und Russel und Brunis, oder Café Society in der Unterstadt, wenn Red Allen dort war und J. C. Higginbotham. Sonntagmorgen erwachten wir gegen zehn, liessen uns Kaffee bringen und lagen Zeitung lesend herum, bis es Zeit wurde, zum Mittagessen auszugehen. Beth meckerte über die News, den Mirror und das Journal, weil sie nicht nur ein Snob, sondern auch eine recht temperamentvolle Liberale war. Aber einige meiner besten Reklamegeschichten wurden von den Boulevardblättern aufgegriffen, und das Journal las ich gern wegen Grahams, eines der ältesten und fleissigsten Sportjournalisten der ganzen Stadt.

Ich weiss nicht, ob es bei mir Liebe war oder nicht, aber ich will das einmal so formulieren: Nie habe ich mit jemandem geschlafen, den ich am Morgen so gern ansah wie Beth Reynolds. Ich habe andere Mädchen gekannt, die schöner waren, leidenschaftlicher oder erfahrener, aber die am Morgen grässlich aussahen. Ein Glas zu trinken, einen Boxkampf anzusehen, Spanier anzuhören, zu Bett zu gehen, den Katzenjammer zu heilen, über Wolfe zu streiten und sich über die neue Dummheit eines alten Senators aufzuregen, das war bei Beth alles eins, alles gut, alles vertraut, und wenn man so langsam die Mitte der Dreissig erreicht und morgens einige Zeit braucht, um aufzuwachen, dann wiegt das mehr als diese Ekstasen, das Dutzend für einen Groschen.

Dabei war Beth auf ihre eigene Weise aufregend genug. Sie kam einem mit einer kleinen, brennenden Leidenschaft entgegen, die überraschend lüstern für ein Mädchen schien, das ein hübsch einfaches Lehrerinnengesicht hatte und ohne Brille nicht gut sehen konnte. Ich war nicht ihr «erster Mann» gewesen (das sind natürlich Beths Worte, nicht meine), denn diese Ehre war einem Amherst-Studenten aus einer vornehmen Bostoner Familie vorbehalten gewesen, der irrsinnig und ungeschickt in sie verliebt gewesen war. Er hatte offenbar alles in solche Unordnung gebracht, dass sie weiteren Intimitäten ausgewichen war, bis ich auftauchte. Ich weiss noch heute nicht, wie ich sie dazu brachte, es wieder zu versuchen. Sie hat es einfach eines Abends selbst beschlossen. Das war an dem Abend, als wir in ihre Wohnung gegangen waren, nachdem ich sie zu ihrem ersten Boxkampf geführt hatte. Ich glaube, sie misstraute mir immer ein bisschen, weil ich mitgearbeitet hatte, es zu einem Erfolg zu machen. Aber ihre akademische, puritanische Erziehung hinderte sie nicht daran, es gern zu haben. Sie hinderte sie nur daran, sich wegen dessen zu achten, was sie sich erlaubte. Darum war sie, wenn sie die Brille und die anderen Hindernisse abgelegt hatte, lüstern. Denn nur der wahre Puritaner kann das köstliche Gefühl des Verlusts der Reinheit kennen, das wir Lüsternheit nennen.

Mehr als einmal hatte ich, wenn ich betrunken war, vorgeschlagen, aus Beth wieder ein anständiges Mädchen zu machen. Sie billigte unsere Beziehung nicht, aber sie wartete dennoch lieber, um zu sehen, ob ich unter dem Einfluss der Nüchternheit ein ähnliches Angebot machen würde. Aber irgendwie konnte ich mich ohne den Ellenbogenstoss eines freundlichen Schnapses nie zu genügend Heiratslust aufraffen, um einen legitimen Antrag zu machen. Ich brachte höchstens fertig, mit scheinbarer Leichtfertigkeit zu sagen: «Beth, wenn ich jemanden heirate, musst du das sein.»

«Wenn du darauf bestehst, alle deine Anträge mit dem Konditional zu beginnen», hatte sie geantwortet, «dann wirst du als lüsterner alter Junggeselle enden, und ich werde schliesslich Herbert Ageton heiraten müssen.»

Herbert Ageton war ein Bühnenautor, der damals in den Dreissigerjahren militante proletarische Dramen für die Theatergewerkschaft geschrieben hatte. Er hatte die Universität verlassen und kaum gewusst, wie er sich über Wasser halten sollte. Sehr zu seinem Entsetzen und seiner Empörung hatte Metro-Goldwyn eines seiner radikalen Stücke angekauft und ihn geholt, damit er es adaptierte. Als er bei einem Wochengehalt von zweitausend Dollar angelangt war, wurde er von einer höchst erfolgreichen Ärztin für hundert Dollar die Stunde analysiert. Sie machte ihm klar, dass sein proletarischer Protest gegen den Kapitalismus nur ein Ersatz für seinen Hass gegen seinen Vater war. Irgendwie kam aber ein Kurzschluss zustande, und als er fertig war, hasste er seinen Vater zwar immer noch, hatte aber ein wenig freundlichere Gefühle für den Kapitalismus. Seit damals war er nur zweimal auf dem Broadway aufgeführt worden. Symbolische Dramen über die Beziehungen zwischen den Geschlechtern, die alle Kritiker verrissen, um die die Produzenten sich aber geschlagen hatten. Sie waren schliesslich sehr gute Filme für Lana Turner geworden. Aber vielleicht war ich auch nur eifersüchtig. Herbert rief Beth dauernd von Hollywood an. Und jedesmal, wenn er nach New York kam, führte er sie in den «21» Klub oder den Stork und andere Treffpunkte vergnügungssüchtiger Konterrevolutionäre und ihrer Gegenspieler.

«Baby», sagte ich, als ich in die Loge zurückkam, «das ist einfach gemein, aber ich muss weggehen und Nick eine Minute sehen.»

«Eine Minute! Nick und seine Minuten! Wahrscheinlich wirst du in seinem Landhaus in Jersey landen.»

Das war einmal vorgekommen, und Beth liess mich das nie vergessen. Ich hatte ihr bei Walker eine Nachricht hinterlassen, aber als sie sie endlich erhielt, war sie schon wütend zornig gewesen.

«Nein», sagte ich, «das ist rein geschäftlich. Wenn ich nicht in einer Stunde zurück bin...»

«Mach's nicht zu arg», sagte sie. «Wenn du in einer Stunde zurück bist, dann wäre das das erste Mal. Du weisst, ich hätte heute abend mit Herbert ausgehen können.»

«Ach, Jesus, wieder diese Geschichte!»

«Wie oft habe ich dir gesagt, dass du nicht ‚Jesus' sagen sollst. Das verletzt die Leute.»

«Ach, Je... Ich habe nicht Jesus Christus gemeint. Ich meine nur Jesus Ageton.»

«Er ist ein interessanter Bursche. Er wollte, dass ich mit ihm im ‚21' esse und dann mit ihm in sein Hotel gehe und mir sein neues Stück anhöre.»

«Welches Hotel? Sag mir's nicht. Das Waldorf?»

«Hampshire House.»

«Der arme Junge. Hast du jemals mit wem im Hampshire House geschlafen?»

«Edwin, wenn du heute nach Hause kommst, werde ich dir deinen schmutzigen Mund mit Seife auswaschen.»

«Na schön, na schön, weich der Antwort nur aus. Bleib schön hier sitzen, Schatz. Ich werde sehen, was das Grosse Hirn wieder in seinem Gaunersinn hat.»

Das Büro von Nick Latka war nicht das schäbige Büro eines Boxmanagers, das Sie vielleicht schon auf der Bühne gesehen haben und das es wirklich in der Neunundvierzigsten Strasse gibt. Es war das Büro eines höchst erfolgreichen Geschäftsmannes, der zufällig ein Interesse an Boxkämpfen hatte, aber der auch mit dem Theater zu tun haben könnte, mit Hemden, Versicherung oder dem Bundeskriminalamt. Die braunen Korkwände waren mit Bildern berühmter Boxer, Baseballspieler, Golfspieler, Jockeys und Filmstars bedeckt, die alle Inschriften trugen wie «für meinen Freund Nick», «für einen grossartigen Burschen», «für den besten Kameraden, den ich in Miami hatte». Auf dem Schreibtisch stand eine Kiste Zigarren, Nickys Marke, Belindas, und Bilder in vergoldeten Rahmen: seine Frau, als sie eine bezaubernde Brunette in einer Broadway-Tanzgruppe war, und ihre beiden Kinder, ein hübscher hochnäsiger Junge von zwölf in der Uniform der Militärschule, der seiner Mutter nachgeriet, und ein dunkelhäutiges Mädchen von zehn, das unseligerweise seinem Vater ähnlich sah. Nick hätte diesen Kindern alles gegeben, was er besass. Der Junge war in der New Yorker Militärakademie. Das Mädchen ging zu Miss Brindley, in eine der teuersten Schulen der Stadt.

Ganz gleich, wie Nick in der Trainingshalle sprach, in Gegenwart dieser Kinder gebrauchte er nie ein vulgäres Wort. Nick kam von der Strasse, war in der normalen Folge von Kinderbanden zu Banden Halbstarker aufgestiegen, vom Aufstemmen von Kaugummi- und Bonbonautomaten zur richtigen Sache. Aber seine Kinder wurden in einer schönen, reinen, geldisolierten Welt erzogen.

«Ich will nicht, dass mein Bub ein Trottel wie ich wird», pflegte Nick zu sagen. «Ich musste in der dritten Klasse die Schule verlassen und Zeitungen verkaufen, um meinem Alten zu helfen. Ich will, dass mein Bub nach West Point geht und Luftwaffenoffizier wird, oder vielleicht auf die Universität Yale und Beziehungen zu hochklassigen Leuten bekommt.»

Klasse! Das war in Nicks Wortschatz das höchste Lob. Im Munde des vierzigjährigen Kerls von der Ostseite, der in einer Wohnung ohne Warmwasser aufgewachsen war und die geflickten abgelegten Kleider seines älteren Bruders getragen hatte, wurde Klasse zum Mass eines verdrehten Snobismus und deutete eine Qualität an, die die Ostseite weder sich leisten noch verstehen konnte. Ein Boxer mochte sechs Knockoutsiege nacheinander gewinnen, und doch konnte Nicks Urteil sein: «Er siegt, aber er hat keine Klasse.» Ein Mädchen, das wir in einem Restaurant sahen, mochte nicht schön genug sein, als Tänzerin im Copacabana aufzutreten, aber Nick konnte mich mit dem Ellbogen anstossen und sagen: «Dort ist eine Puppe mit Klasse.» Nicks von Bernard Weatherill geschneiderte Anzüge hatten Klasse. Sein Büro hatte Klasse. Und ich erinnere mich, dass ich unter all den vielen Weihnachtskarten, die ich erhielt, eine herausgenommen habe. Sie war hellbraun, und der Name war geschmackvoll in konservativer Garamondschrift rechts unten geprägt. Es war Nicks Karte. Ich weiss nicht, wie er sie ausgesucht oder wer sie für ihn entworfen hatte, aber sie hatte offensichtlich Klasse.

Wenn Nick meinte, dass man Klasse hatte, konnte er ein sehr ehrerbietiger Bursche sein. Ich erinnere mich, dass er einmal Vorsitzender eines Komitees war, das einen Wohltätigkeitsboxkampf zugunsten des Kinderlähmungsfonds veranstaltete, und photographiert wurde, wie er Mrs. Roosevelt die Einnahme übergab. Dieses Bild, von Eleanor unterschrieben, hing an einem Ehrenplatz über seinem Kopf, neben dem Bild von Count Fleet. Die Jungen amüsierten sich köstlich darüber. Man kann sich die Witze vorstellen, besonders wenn man ein Republikaner oder boshaft ist oder beides.

Aber Nick duldete das nicht. Wer eine gemeine Bemerkung über Mrs. R. machte, konnte sich darauf verlassen, dass er eine von Nick bekam. Und das nicht nur, weil Nicks Teilhaber der Ehrliche Jimmy Quinn war, der die Verbindungen zum Demokratischen Hauptquartier hatte. Mrs. Roosevelt und Count Fleet gehörten gemeinsam dorthin, so wie Nick es sah, weil beide Klasse hatten.

Nick hatte gut damit verdient, die Geldkassetten von Automaten aufzustemmen, als die meisten von uns noch zu Hause sassen und Märchen lasen, und er war schon aus einer Besserungsanstalt entflohen, als wir uns noch in der ersten Gymnasialklasse mit dem Lateinischen herumschlugen. Durch gewissenhafte Vermeidung körperlicher Arbeit, eine Nase für leicht verdientes Geld und die dauernde Anwendung des Grundsatzes: Was du nicht willst, dass man dir tu, das füge jedem andern zu, hatte er sich an die Spitze eines Syndikats hinaufgearbeitet, das anonym, aber ertragreich mit Artischocken, Pferden, Glücksspielen, Frauen, Fleisch, Boxern und Hotels handelte, mit einer Reihe von Waren also, die in unserem System des zu allem freien Unternehmertums in nette Vermögen für Nick und Quinn verwandelt werden konnten, wobei noch genügend grosse Happen für die Jungens abfielen, so dass alle glücklich waren. Aber er ging immer noch auf Klasse aus, ob es sich um ein Pferd handelte, einen Menschen oder einen Weatherill-Sportanzug.

Ich glaube, er behielt mich auch bloss, weil er meinte, ich hätte Klasse. Er hatte die Verehrung und Verachtung des Emporkömmlings für alle, die ein paar Bücher gelesen hatten und wussten, wann man ‚mir' sagte und wann ‚mich'. Aber wenn wir zusammen waren, bemerkte ich, dass er seine gemeine Sprache auf die Wörter beschränkte, für die er einfach kein anständiges Gegenstück kannte. Selbst Quinn, der sich in logischer Folge vom Blockwart zu einem hochklassigen Schieber hinaufgearbeitet hatte, wurde nicht immer mit Samthandschuhen angefasst. Und wenn Nick mit Leuten zu tun hatte, die er als unterlegen ansah, also mit Boxern, anderen Managern, Buchmachern, Kassierern, Trainern, ehrlichen, aber eingeschüchterten Geschäftsleuten, dann konnte man seine Sprache nur beschreiben, indem man sie mit der niederträchtigen Art verglich, in der Fritzie Zivic boxte, besonders wenn er böse war, wie zum Beispiel in dem Rückkampf gegen den armen Bummy Davis, nachdem Bummy wegen eines Benehmens disqualifiziert worden war, das noch weniger zu einem Gentleman passte als das von Fritzie Zivic.

Wahrscheinlich der grösste Fehler, den Nick in seiner Suche nach Klasse gemacht hat, war sehr nahe seinem Heim zu finden. Es war seine Frau Ruby. Als Nick damals in der Prohibitionszeit noch im Schnapsgeschäft gewesen war, hatte er sich George Whites «Skandale» siebenundzwanzigmal hintereinander angesehen, weil Ruby darin mitwirkte. Ruby war den anderen Girls dadurch überlegen, dass ihre Schönheit von ungewöhnlich ruhiger Art war. Sie sah aus wie eine ehrbare junge Frau, die eher in einer Provinzoperette zu Hause gewesen wäre als in einer halbnackten Broadway-Revue. Auf der Bühne, haben die Jungens mir erzählt, benahm sie sich selbst in der spärlichsten Kleidung mit einer erhabenen Ehrbarkeit, die wie ein starkes Reizmittel wirkte. Die anderen Mädchen konnten halbnackt vor einem tanzen, und wenn man irgend etwas dabei dachte, dann fragte man sich höchstens, wieviel sie kosten würden. Aber wenn man Ruby sah, deren schwarze Spitzenstrümpfe einen glatten, seidenen Pfad zu ihrem Schoss bildeten, dann war es, als hätte man versehentlich die falsche Schlafzimmertüre geöffnet und die Schwester seines besten Freundes überrascht.

Diese Wirkung hatte Ruby auf Nick. Und der rein körperliche Zufall, der Ruby Latka eine strenge Schönheit verliehen hatte, wurde von einer Anpassung ihrer Persönlichkeit begleitet, die eine ruhige, überlegene Haltung entwickelte, die zu ihrem Gesicht passte. Diese Verbindung vertrieb alle anderen Frauen aus Nicks Leben. Bis dahin hatte er dem Killer Konkurrenz gemacht, aber von dem ersten Mal an, da er Ruby gehabt hatte, reihte er sich in die kleine, ausgewählte Gruppe derer ein, die an Monogamie glauben, und in die noch ausgewähltere Gruppe derer, die sich daran halten. In den ersten drei Jahren seiner Ehe hatte es Nick wirklich so gepackt, dass er sich kaum jemals bemühte, auch nur die Beine einer anderen Frau anzusehen. Selbst jetzt, in einer Umgebung, die, um es euphemistisch auszudrücken, über Ehebruch lächelte, betrog Nick Ruby nie, es sei denn, es wäre etwas ganz Besonderes und sehr weit von zu Hause weg. Aber mit dem gewöhnlichen Zeug, das immer da war, mit den Revuegirls und den Ehefrauen, die sich in den Bars herumtreiben, wenn ihre Männer auf Reisen sind, befasste Nick sich nie. Die, denen es weiter nichts ausgemacht hätte, hatten keine Chance, und die sich dazu bereitgemacht hatten, wurden von ihm zurückgewiesen. Vorwiegend schuld daran waren seine Gefühle für Ruby. Aber die Art, wie er arbeitete, machte es noch leichter. Er arbeitete immer, im Clinch, zwischen den Runden, griff immer an, schlug zu, arbeitete mit Absätzen, stiess vor, gebrauchte die Ellenbogen, genau wie Harry Miniff, aber auf dem obersten Stock eines grossen Bürohauses, und es ging nicht um Fünfer, sondern um sehr schönes Papiergeld.

Er hatte einen Geldhunger wie ein Vielfrass. Vielleicht waren es seine armselige Kindheit, der Kampf im Rinnstein, die Angst vor der Unsicherheit, die Nick zu seinem ersten Hunderttausender und dann zu seinem zweiten getrieben hatte. Und jetzt, ohne sich zu erlauben, sich auch nur für einen Moment hinzusetzen und eine Minute lang zu verschnaufen, stürmte er auf seinen dritten Hunderttausender los. Wäre es nicht um Rubys willen gewesen, dann hätte Nick niemals das Haus in Jersey erworben mit den Reitpferden und dem Schwimmbecken und der terrassenförmigen Grube, in der man im Freien Fleisch braten konnte. Ruby, die ihr ganzes Leben lang gearbeitet hatte, fühlte überhaupt keine Schwierigkeiten, sich fest in ein Leben behaglichen Genusses einzufügen. Nick schwamm nur, wenn Ruby ihn durch Meckern dazu brachte. Er hatte es gern, wenn ein paar von den Burschen zum Wochenende hinauskamen und bis Sonntag früh mit ihm Karten spielten. Aber es ist schwer, sich zu entspannen, wenn man von einem hageren, scharfgesichtigen Buben aus Henry Street beherrscht ist, der immer die Augen offen hält, ob er nicht irgendwo die Rückseite eines weiteren Automaten abstemmen kann.

Der Killer telephonierte gerade im Vorzimmer, als ich kam, und machte seine Pläne für den Abend. Sehr eindeutige Pläne. Er hatte eine Art, Frauen mit übertriebenen Koseworten anzusprechen, die einen an eine tiefeingewurzelte Verachtung glauben liess. «Gut, mein Süsses... Sehr richtig, mein Schatz... Genau das, du Schöööne...» Ein Psychiater, der die übertriebene Wahllosigkeit des Killers und seine dauernde Unfähigkeit beobachtet hätte, sich mit irgendeinem Weibchen auf lange Zeit zusammenzutun, hätte ihn wahrscheinlich einen latenten Homosexuellen genannt. Aber der Killer selbst hielt sich keineswegs zurück, seine Ansprüche auf die Männlichkeitsmeisterschaft der Achten Avenue zu stellen, und er verbarg auch nicht den Besitz körperlicher Attribute von geradezu heroischen Ausmassen. Er trug die Hosen seines knappsitzenden Anzugs fast hauteng, also konnte man das nicht übersehen. Er hatte kurze, stämmige Beine und konnte seine Brustweite um zehn Zentimeter vergrössern, und das zeigte er oft, selbst während eines normalen Gesprächs, indem er plötzlich tief einatmete und den Atem anhielt. Wenn Sie jemals gesehen haben, wie ein Bantamhahn zwischen seinen Hennen hockt, dann haben Sie ein hübsches, scharfes Bild von Killer Menegheni.

«Bleib mal am Apparat, Schöööne», sagte er ins Telephon, als er mich hereinkommen sah. «Herrje, Eddie, wie bist gekommen? Über Flatbush?»

«Ich ignoriere immer rhetorische Fragen.»

«Heiland, hör dir mal die Worte an», sagte der Killer.

So hatten wir es immer gehalten, seit wir einander kannten.

Der Killer schien meine zwei Jahre auf der Universität Princeton als persönliche Beleidigung anzusehen.

«Heb lieber deinen Arsch dorthinein», sagte der Killer und deutete aufs Büro. «Der Chef kaut sich schon die Fingernägel ab.»

Als ich hineinging, stand Nick in seinem Badezimmer und rasierte sich. Er hatte einen sehr starken Bart, den er zweimal täglich rasieren musste, wobei ein glatter, bläulicher Schimmer auf seinem Gesicht blieb. Bevor er morgens in sein Büro kam, hatte er schon eine Stunde im Friseurgeschäft von George Kochan verbracht. Er war ganz verrückt mit Friseuren. Seine Nägel waren immer gut geschnitten und poliert, sein schwarzes Kraushaar getrimmt und pomadisiert, und dauernde Höhensonnenbehandlung hatte seine Haut gesund gebräunt. Er war kein schöner Mann, aber die Gesichtsmassagen, das Haarwaschen und die tadellose Pflege verliehen ihm ein glattes, gelacktes Aussehen.

«Hallo, Eddie», sagte er, ohne sich nach mir umzuwenden, und wischte sich den Rest der Crème aus dem Gesicht, als ich hinter ihn trat. «Tut mir leid, dir den Abend zu verderben, aber mir blieb keine Wahl.»

«Ach, das macht nichts, Nick», sagte ich. «Der Abend ist noch nicht tot.»

«Aber er wird's sein», sagte Nick. «Es gibt eine grosse Arbeit für dich, mein Junge. Sie wird dir mächtigen Spass machen.»

Er nahm eine schöne Flasche in einer Lederhülle aus dem Wandschrank und drehte sich zu mir um, während er sich das Gesichtswasser auf Hals und Wangen rieb. «Grossartiges Zeug», sagte er und hielt mir die Flasche unter die Nase. «Riech!»

Wie die meisten Dinge, die Nick sagte, klang es mehr nach einem Befehl als nach einem freundlichen Vorschlag. Ich roch daran.

«Hmmmmm», sagte ich und nickte.

«Was brauchst du?» fragte Nick.

«Ach, irgendwas. Mem, manchmal Knize Ten», sagte ich.

«Hmm», sagte Nick. Er wandte sich wieder der Hausapotheke zu. «Hier», sagte er. «Das beste. Altes Leder. Gehört dir.»

Er gab mir eine verschlossene Flasche. Wenn man ihm sympathisch war, verschenkte er immer solches Zeug. «Ach, danke, Nick», sagte ich. «Aber es ist dein Wasser, du hast es...»

«Sei kein Trottel», sagte Nick und schob mir die Flasche mit einer so betonten Gebärde gegen den Bauch, dass dies unseren Streit beendete. Nick war gewohnt, sich bei einem durchzusetzen, selbst wenn er einem etwas Nettes tat. «Ich konnte dem Verwaltungsratsvorsitzenden der Firma, die dieses Zeug da herstellt, ein paar kleine Gefälligkeiten erweisen – so hat er mir neulich eine Kiste voll davon geschickt.»

Nick erhielt oder erwies immer kleine Gefälligkeiten, die er nie näher erklärte, kleine Gefälligkeiten, die für irgendeine begünstigte Person einen schnellen Umsatz in vier, fünf, vielleicht sechs Ziffern bedeutete. Ich wusste nie, was diese Gefälligkeiten waren, und obgleich ich die natürliche Neugier eines Mannes empfand, der in einer Atmosphäre des grossen, schnellen und geheimnisvollen Geldes arbeitet, erlaubte ich mir doch nicht, meine Nase gar zu eifrig in die unterirdischen Angelegenheiten des Syndikats zu stecken. Das ist schon lange her, aber ich weiss noch, was Jake Lingle in Chicago passiert ist. Erst wird man neugierig, dann will man was herausfinden, dann weiss man zuviel, dann wird man hinausgeworfen, und dann wird man umgelegt. Dergleichen kommt vor. So nahm ich einfach an, dass Nick diesem Gesichtswasserkönig einen Tip für ein Rennpferd gab, das in Bay Meadows siegen würde, oder vielleicht war es dieser Walzer im Hallenstadion am vorigen Freitag, als die Wetter überraschend auf der falschen Seite einkassierten, oder vielleicht hatte das grosse Tier Kummer mit einem Mädchen und wollte, dass Nick zum Ehrlichen Jimmy ging, damit er die Sache mit dem stellvertretenden Staatsanwalt erledigte, der einer seiner ganz vertrauten Freunde war. Es konnte irgendeine von zahllosen Möglichkeiten sein, denn Nick lebte in einer geheimnisvollen Welt von Geheimtips und besonderen Gefälligkeiten, einer Zweibahnstrasse von Intrigen mit Seidenmonogramm, die von der schäbigsten Schnapsbude nach dem elegantesten Haus auf dem Sutton Place führte.

Nick ging mit mir ins Büro zurück, nahm die dunkle Mahagonikiste voll schlanker Belindas in die Hand, bot mir eine an, knipste das Ende seiner Zigarre mit seinem silbernen Zigarrenabschneider ab und kam zur Sache.

«Ich glaube, Eddie, du weisst», sagte er, «ich habe schon verdammt lange gefunden, dass deine» – er suchte nach dem Wort – «deine Fähigkeiten – von unserer Firma nicht wirklich beachtet worden sind. Es ist so, als hätten wir einen guten, schnellen Burschen – Material für die Meisterschaft – und der kämpft die ganze Zeit nur Vierrunden-Aufmacher. Ein Kerl wie du, der hat doch was auf dem Kasten, der kann schreiben, er hat, wie nennt man's bloss? Phantasie, der braucht was, in das er sich verbeissen kann. Nun, Eddie, die mageren Jahre sind vorbei. Jetzt bist du aus der Wüste raus. Ich hab einen kleinen Plan für dich, da kannst du wirklich alles loslassen.»

«Was hast du vor, Nick? Das Latka-Stipendium für Schöpferische Schriftstellerei oder was?»

«Nur unbesorgt. Nick hat dich nie falsch gesteuert, wie? Du bist doch mein Mann, nicht? Ich geb dir eine neue Chance, Eddie. Vergiss Harry Glenn und Felix Montoya und Willi Faralla und den Rest von dem Ausschuss, den wir im Stall haben. Kümmre dich nicht mal um den alten Lennert.»

Das war Gus Lennert, der ehemalige Schwergewichtsmeister, der in der Schwergewichtlerklasse immer noch als Nummer Zwei galt, weil einfach nichts Besseres da war. Gus war gar kein wirklicher Boxer mehr. Er war einfach ein Geschäftsmann, der gelegentlich in Bademantel und Boxhandschuhen an die Arbeit ging, wenn die Preise richtig lagen. Nachdem er sieben Jahre zuvor seine Krone an einen rauhen, angriffslustigen Burschen verloren hatte, den er in seinen Kämpfertagen jederzeit hätte erledigen können, hatte Gus die Handschuhe an den Nagel gehängt. Er war ganz gut dran. Er hatte zwei Treuhandfonds und eine beliebte kleine Bar mit Grillroom in seiner Heimatstadt Trenton in New Jersey. Die Bar hiess «Gus' Ecke». Aber als wir das Fass ausgeschöpft hatten und

Mike Jacobs Riesensummen mit Schwergewichtskämpfen zwischen angeblichen Titelanwärtern verdiente, die ein Jahr zuvor noch Sparringpartner oder ganz erledigt gewesen waren, konnte Gus der Versuchung nicht widerstehen, zurückzukommen und sich ein bisschen leichtverdientes Geld zu holen. Unter Nicks Anleitung hatte Gus drei oder vier Niemande ausgeboxt, die sich als «grosse Namen» verkleidet hatten. Ich schlug die Trommel, dass der grosse Lennert zurückgekommen sei, um seinen Traum zu verwirklichen, der erste Schwergewichtler zu werden, der sich den Titel zurückholte. Und so waren wir daran, den armen alten Gus dazu zu bringen, es einmal zu versuchen.

«Vergiss Lennert», sagte Nick. «Wirf Lennert aus deinem Hirn. Ich hab was Besseres. Ich habe Toro Molina.»

«Ich habe nie was von Toro Molina gehört.»

«Niemand hat von Toro Molina gehört», sagte Nick. «Das ist eben deine Sache. Du wirst dafür sorgen, dass alle von Toro Molina gehört haben. Du wirst aus Toro Molina das grösste Ereignis in der Boxwelt machen, seit Firpo aus Argentinen oder tinien oder wie zum Teufel das heisst, hergekommen ist und Dempsey aus dem Ring geschlagen hat.»

«Aber wo hast du diesen Molina her? Wer hat ihn dir verkauft?»

«Vince Vanneman.»

«Um Christi Liebe willen, Vince Vanneman!»

Als Kid Vincent war Vanneman in den Zwanzigerjahren ein recht anständiger Mittelgewichtler gewesen, bis er eines Abends in ein falsches Bett gekrochen und mit einer kompletten Sammlung von Spirochaeta pallida wieder herausgekrochen war, die in der Welt als Syphilis und in Fachkreisen als Amors Masern bekannt ist. Damals konnten die Ärzte sie noch nicht in etwa fünfeinhalb Sekunden wegputzen wie heute. Und so entwickelte Vinces Fall sich zu dem, was die Ärzte das Tertiärstadium nennen, wenn es anfängt, ihnen ins Hirn zu gehen. Verzeihung, Vince ins Hirn zu gehen. Aber eine Kleinigkeit wie ein paar faulende Hirnzellen scheinen keine besondere Wirkung auf Vinces Fähigkeit gehabt zu haben, unanständig einen Dollar zu verdienen. So war ich ein wenig überrascht, dass Nick, dessen Gaunereien auf einem so hohen Niveau waren, dass sie sich schon der Ehrbarkeit des Finanzkapitalismus näherten, sich mit einem schäbigen kleinen Dieb eingelassen hatte.

«Vince Vanneman», sagte ich wieder. «Ein ganz alter Gauner. Weisst du, wie die Burschen ihn nennen? Den ehrlichen Bremser. Er hat noch nie einen Güterwagen gestohlen. Wenn Vince Vanneman schlafen geht, schliesst er nur ein Auge, damit er sich mit dem anderen beobachten kann.»

Wenn Nick ungeduldig war, hatte er die Gewohnheit, abwechselnd mit Daumen und Zeigefinger beider Hände in einem nervösen Staccatorhythmus zu schnippen. Ich sah ihn das tun, wenn er wollte, dass sein Mann den Kampf in die Hälfte des Gegners trug und der Bursche sich offenbar nicht dazu aufraffen konnte. «Hör mal», sagte er, «erzähl mir nichts von Vanneman. An dem Tag, an dem ich mit Vanneman nicht fertig werden kann, übergebe ich mein Geschäft dem Killer. Ich habe ein nettes Abkommen mit Vince getroffen. Wir geben ihm bloss fünf Tausender für Molina, und dann nehmen wir ihn mit fünf Prozent am Verdienst mit. Der südamerikanische Trottel, der den Jungen hergebracht hat – Vince gibt ihm fünfundzwanzighundert, und wir lassen ihn auch mit fünf Prozent mitmachen.»

«Aber wenn dieser – wie heisst er? Molina – so besonders ist, warum verkauft Vince ihn so schnell?» fragte ich. «Vince mag ja an Paralyse leiden, aber so dumm ist er doch nicht, dass er eine Futterkrippe nicht erkennt, wenn er eine sieht.»

Nick sah mich an, als wäre ich ein hochgradiger Dummkopf. Was ich in diesem Falle auch war. «Ich hatte eine kleine Unterredung mit Vince», sagte Nick.

Ich konnte mir diese kleine Unterredung vorstellen – Nick kühl, untadelig, ruhig entschlossen. Vince mit loser Krawatte, so dass er sein Hemd öffnen und seinem dicken Hals Luft verschaffen konnte. Der Schweiss strömte aus seinem fleischigen Gesicht, während er versuchte, sich von Nicks Haken loszureissen. Nur ein Gespräch zwischen zwei Geschäftsleuten über Pauschalbeträge, Anzahlungen und Anteile, nur ein ruhiges, kleines Gespräch, und dabei doch die Atmosphäre gespannt von ungehörten Geräuschen – dem dumpfen Schlag des Gummiknüppels, dem Aufschrei, der aus den verletzten Lenden gerissen wird, dem Spucken von Blut und zerbrochenen Zähnen.

«Alles, was ich tun will, ist bei Vince hundertprozentig in Ordnung», sagte Nick.

«Aber ich versteh das nicht», sagte ich. «Warum all dies Getue um Molina? Wen hat er je geschlagen? Was ist mit Molina so Besonderes los?»

«Was mit Molina so Besonderes los ist? Er ist der grösste Schweinehund, der je in einen Ring geklettert ist. Eins siebenundneunzig gross. Zweihundertfünfundachtzig Pfund.»

«Bist du ganz in Ordnung, Nick?» fragte ich. «Hast nicht ein bisschen zu viel getrunken, oder so was?»

«Zweihundertfünfundachtzig Pfund», sagte Nick. «Und kein Fett.»

«Aber er könnte ein Niemand sein», sagte ich. «Zweihundertfünfundachtzig Pfund Ausschussware.»

«Hör doch um Christi willen zu», sagte Nick. «Die Freiheitsstatue, muss die ein Adagio spielen, um jeden Tag die Menge anzuziehen?»

«Treten Sie ein, meine Damen und Herren! Nur hier herein! Besichtigen Sie den menschlichen Wolkenkratzer!» sagte ich. «In den Dschungeln von Argentinien eingefangen. Gargantua der Grosse.»

«Du lachst», sagte Nick. «Vielleicht bin ich nie auf die Universität gegangen, aber ich kann verdammt noch mal besser rechnen als du. Und nicht etwa zwei und zwei. Sondern zweihunderttausend und zweihunderttausend. Ich sag dir, was ich mit dir mache, du ganz Schlauer. Du kriegst deinen Hunderter bar in der Woche, und dazu nehme ich dich noch mit fünf Prozent hinein. Wenn wir im ersten Jahr zweihunderttausend einnehmen, dann hast du auch ein bisschen was verdient.»

«Zweihunderttausend!» Hunderttausend war eine gute Jahreseinnahme für einen Namen, der das Hallenstadion füllt. Alles darüber waren berühmte Schwergewichtler mit Veranstaltungen im Freien. «Reich die Opiumpfeife herum, wir wollen alle faulenzen.»

«Hör zu, Eddie», sagte Nick, und seine Stimme war voller Selbstzufriedenheit, wie immer, wenn er sich ernst nahm wie ein emporgekommenes Kiwanimitglied, das seinen Logenbrüdern von seinem Erfolg erzählt. «Ich habe eines gelernt, als ich ein Bub war – man muss gross denken. Als wir diese Automaten aufstemmten, zum Beispiel, weisst du, mit Erdnüssen, Kaugummi, zum Teufel, da wurden wir immer geschnappt. Dann kam ich auf den Einfall, den Kassierer niederzuschlagen, wenn er am Freitag von einem Automaten zum andern ging und die Geldkästen leerte. Es war sicherer, ihn abends auf dem Weg nach seinem Büro zu erwischen und den Haupttreffer zu machen, als im hellen Tageslicht an den Automaten zu arbeiten und nur ein paar Cents zu bekommen. Das meine ich. Wenn du denken musst, denke gross. Was zum Teufel, es kostet doch nichts, wenn man denkt. Warum soll ich dann fünfzigtausend denken, wenn ich auch hundertfünfzigtausend denken kann? Also, morgen kommt dieser Molina mit seinem Halbaffen von Manager zu mir aufs Land. Du kommst auch. Bring deine Ziege mit, wenn du willst. Nimm Acosta beiseite und lass dir die Geschichte geben – du weisst, wie der grosse Bursche entdeckt wurde und all den Mist. Dann setzen wir uns zusammen und arbeiten aus, wie wir's aufziehen. Mittwoch früh will ich in allen Zeitungen sein. Die Trottel öffnen ihre Zeitung, und sieh mal (hier schnippte er mit den Fingern), da haben wir einen neuen Anwärter auf die Meisterschaft.»

Nick stand auf und legte mir die Hand auf den Arm. Er war erregt. Er dachte gross. «Eddie», sagte er, «du musst wie der Teufel an dieser Sache arbeiten. Du arbeitest an den Worten, ich ziehe die Sache auf, und wenn der grosse argentinische Schweinekerl uns überhaupt was gibt, dann werden wir alle einen Haufen Moos verdienen.»

Wenn ich jemals fünftausend Dollar hätte, dachte ich immer, dann würde ich meine Arbeit hinwerfen, mir irgendwo in den Bergen eine Hütte verschaffen, mir ein Jahr frei nehmen und schreiben. Manchmal wollte ich eine vergnügte, spritzige, witzige Komödie schreiben, so in der Art wie George Abbott, und einen Hutvoll Pinkepinke einkassieren. Und manchmal wollte ich alles herausbringen, was ich gesehen und erfahren und von mir und Amerika empfunden hatte, einen mächtigen, quellenden Strom von Schauspiel, mit dem ich den Pulitzerpreis gewinnen würde. Nach der Première würden Beth und ich eine Hochzeitsreise um die Erde machen, während ich schon die Skizze meines nächsten...

«Was hältst du von einem Glas?» sagte Nick. Er stand auf, drückte auf einen Knopf in der Wand neben seinem Schreibtisch, und ein Wandbrett rollte zur Seite und enthüllte seine kleine, wohleingerichtete Bar. Er nahm eine Flasche Ballantine-Whisky heraus, von der zwanzigjährigen Sorte.

«Auf Señor Molina», sagte ich.

«Und auf uns», sagte Nick.

Er füllte die beiden Gläser wieder. «Dein Mädchen, die schreibt doch auch, nicht wahr?» sagte er. Die einzige ernsthafte Lektüre Nicks waren der Morning Telegraph und die Rennzeitung, aber seine Stimme klang immer ernst und achtungsvoll, wenn er von Schriftstellern sprach. «Ein tüchtiges Mädchen wie die, die muss doch allerhand verdienen», sagte er. «Wieviel kriegt sie bei Life? Achtzig, neunzig in der Woche?»

«Du rätst zu hoch», sagte ich. «Hat drei Jahre gebraucht, um auf fünfzig zu kommen.»

«Fünfzig», sagte Nick. «Herrje, ein Aufmacher im Hallenstadion kriegt hundertfünfzig.»

«Beth meint, sie wird länger aushalten», sagte ich.

«So ein Madamchen solltest du heiraten», sagte Nick. Wenn Nick gerade in weicher Stimmung war, beschäftigte er sich gern mit Heiraten und legitimer Zeugung. «Kein Witz, du solltest dich binden. Zum Teufel, ich war jede Nacht mit einer anderen Puppe im Bett, bis ich mich gebunden hab. Du solltest dich ruhig niederlassen und ein paar Kinder kriegen, Eddie. Die Kinder, für die will man arbeiten wie ein Narr.»

Aus seiner Brusttasche zog Nick eine hübsche Lederbrieftasche heraus. Sie trug in Gold die Initialen «N. L. Jr.». «Da, das gebe ich meinem Buben zur Abschlussprüfung – er wird nächste Woche mit der Unterklasse in der Militärakademie fertig.»

Ich nahm die Brieftasche und drehte sie um. Sie war von Mark Cross, das Beste. Darin lag ein nagelneuer Hundertdollarschein.

«Er ist ein tüchtiger Bub», sagte Nick. «Hat zweimal übersprungen. Er ist die Ordonnanz oder der Adjutant des Kompaniekommandeurs, oder was zum Teufel er sein mag. Auch ein recht guter Sportler. Spielt in der Tennismannschaft.»

Manchmal musste man Nick wegen der Art gern haben, wie er etwas sagte. Dieses Tennis, zum Beispiel. Die Ehrfurcht und das Staunen in seiner Stimme. Nick, der in Henry Street Schlagball gegen Hausmauern gespielt hatte, die mit kindischen Kreidekritzeleien von erwachsenen Schweinereien geschmückt waren. Der Ball war in die belebte Strasse zurückgesprungen, über Karren, unter Lastautos. Hupende Fahrer hatten angewidert gerufen: «Mach, dass du da raus kommst, du kleiner Hurenbankert!» Und sein Bub, weiss wie die Heiligen in seinen Flanellhosen und seinem Sporthemd mit dem Schulwappen über dem Herzen. Das warme Schweigen wird nur von dem scharfen Schlag unterbrochen, wenn der Schläger den Ball trifft, und durch die vornehm-gedämpften Rufe des Schiedsrichters auf seinem hohen, kühlen Sitz. «Spiel für Mr. Latka. Er führt im ersten Satz mit fünf zu zwei.» Der alte Nick und der junge Nick, Henry Street und Green Acres, die Militärschule am Hudson und die Volksschule Nummer Eins an der Ecke von Henry Street und Catherine Street, das Schlachtfeld von Makkaronis und Jidden, von anstürmenden Polacken und kreuzfahrenden Iren, energischen jungen Christen, die steingefüllte Strümpfe schwingen und sie auf die Köpfe ungetaufter Kinder schlagen, die ungerecht eines Mordes angeklagt werden, der vor neunzehnhundert Jahren begangen wurde. «Ihr Aufschlag. Pardon, nochmals. Noch zweimal, bitte.»

«Killer», rief Nick ins Vorzimmer, «hör auf, mit der Ziege zu sprechen, und hol Ruby ans Telephon. Sag ihr, sie soll mit dem Steak auf mich warten. Ich bin in einer Stunde draussen.»

Er schlug mich leicht mit den Knöcheln an den Kiefer. Das war eine seiner liebsten Sympathiebezeigungen.

«Also auf morgen, Shakespeare.»

Als Nick gegangen war, setzte ich mich an seinen Schreibtisch, um Beth anzurufen. Neben dem Telephon lag ein kleiner Notizblock mit Nicks Namen in der Ecke links oben. Etwas in Nick verlangte dauernde Bestätigung seiner Identität. Hemden, Manchettenknöpfe, Feuerzeuge, Brieftaschen, Hutbänder, alle trugen sein elegantes Monogramm. Die flachen Zündhölzer, die er verschenkte, trugen die Inschrift «Empfehlungen von Nick Latka».

Nick hatte müssig mit dem Bleistift gespielt. Das oberste Blatt des Blocks war voll von grossen und kleinen Ovalen, die Punchingbälle und Sandsäcke darstellten. Die langen, sandgefüllten schweren Säcke und die kleineren, luftgefüllten Bälle. Alle waren mit kleinen Bleistiftflecken bedeckt, die wie winzig kleine Buchstaben «s» aussahen. Ich schaute sie genauer an und sah, dass zwei dünne senkrechte Linien durch sie liefen. Alle Ovale waren von einem Ausschlag von Dollarzeichen bedeckt.

Als ich ging, zog der Killer eben seinen Mantel an, einen engen Mantel mit Fischgrätenmuster und übertriebenen Schultern. «Herrje, hab ich mir für heut nacht was aufgerissen», sagte er. «Das neue Zigarettenmädchen im Horseshoe. Solche Titten! Und tut's so gern wie ein Kaninchen.»

«Killer», sagte ich, «hast du je daran gedacht, deine Memoiren zu schreiben?»

Als ich die Achte Avenue hinuntereilte, vorüber an den Würstchenbuden, den kleinen Schneiderwerkstätten, den Altwarenhandlungen, *Ehrliche Preise für Gold,* vorüber an den Halbdollarfriseuren, den Vierteldollarhotels, den chinesischen Wäschereien, den Zehncentkinos, dachte ich an Nick und an Charles und seinen Jackson–Slavin-Kampf, die grossartige Ebenholzgestalt Peter Jacksons mit seinem grossen, klassischen Kopf, seiner angeborenen Würde, voll Haltung und grosszügig im Augenblick seines Triumphes. An Jackson, den schwarzen Athleten aus Australien, einen Faustkämpfer nach der grossen Tradition, einen würdigen Abkommen der alten Sumerer, deren Boxkämpfe auf Fresken dargestellt wurden, die über sechstausend Jahre zu uns gekommen sind. Und an Theagenes von Thaos, den Olympiasieger, der vierhundertfünfzig Jahre vor Christus seine Ehre und sein Leben in vierzehnhundert Kämpfen mit stahlbewehrten Fäusten verteidigte. An die grossen britischen Vorväter, die mit blossen Fäusten die männliche Kunst der Selbstverteidigung entwickelt hatten. An John Broughton, der als erster dem Ring ein geschriebenes Gesetz gegeben und dem ungeduldigen Herzog von Cumberland, der auf ihn wettete, gesagt hatte, als ein mächtiger Herausforderer ihn blind schlug: «Sagen Sie mir, wo mein Mann ist, und ich werde ihn treffen, Sir.» An Mendoza den Juden, den Meister von England, den winzigen Riesentöter, der gegen die grössten und besten Boxer auf seiner Insel gekämpft und eine neue Technik der Bewegung in den langsamen, wilden Sport gebracht hatte. An den mächtigen Cribb und den unbezähmbaren Meister Tom Molineaux, den befreiten Sklaven, der sich durch vierzig mörderische Runden gegen Cribb hielt und Sieger geworden wäre, wenn Cribb nicht eine List gebraucht hätte. An Engländer, Neger, Iren und in unserer Zeit Amerikaner mit italienischen Namen: Canzoneri; La Barba, Genaro; Filipinos: Sarmiento, Garcia; Mexikaner: Ortiz, Arizmendi – alle kämpferischen Rassen entstammend, übten sie einen ehrwürdigen Sport aus, der schon in den Tagen der Römer alt war, eine grausame, vernichtende Arbeit, die tief im Herzen des Mannes verwurzelt ist, mit den ersten vorgeschichtlichen Kämpfen begann und durch die Eisenzeit, die Bronzezeit, die Morgendämmerung des Christentums, das Mittelalter und die Renaissance des Faustkampfes im achtzehnten und neunzehnten Jahrhundert zu uns kam, bis New York, der Erbe von Athen, Rom und London, sich den Sport aneignete und ihn einem seiner erfolgreicheren Söhne anvertraute, Onkel Mike Jacobs, dem unbestrittenen König von Jacob's Beach, vielleicht dem einzigen Selbstherrscher, der seinen Laden noch nicht geschlossen hat. Und der durch eine Kreuzung von Boxschiebungen mit Kartenspekulation eine Industrie mit einem Jahresumsatz von hundert Millionen Dollar geschaffen hatte, in der Daniel Mendoza oder der arme alte Peter Jackson niemals ihren guten, alten Sport erkennen würden, in dem der Sieger die ganze Börse erhielt.

DRITTES KAPITEL

BETH fuhr mit mir nach Nicks Gut hinüber. Es lag in der Nähe von Red Bank, etwa fünfundvierzig Minuten von New York, nicht sehr weit von Mike Jacobs' kleinem Privat-Versailles. Übrigens, wenn ich mich recht erinnere, hatte Nick durch Mike von Green Acres gehört, als er vor fünf oder sechs Jahren einmal übers Wochenende dort war. Es hatte einem millionenschweren Wall Street-Makler gehört, dessen Ehe Schiffbruch erlitten und der beschlossen hatte, das Gut so schnell wie möglich loszuwerden. Nick hatte es für etwa fünfzigtausend bekommen. Aber man musste gute hunderttausend darin angelegt haben. Das Haus hatte dreiundzwanzig Zimmer, sechzig Hektar Grund, ein Schwimmbecken, einen Tennisplatz, ein Treibhaus, einen umzäunten Fleischrost im Freien, eine Garage für vier Autos und einen Stall für zwanzig Pferde.

Man konnte nur schwer begreifen, was der Makler sich eigentlich gedacht hatte, als er das Haus baute. Es war neugotisch, wenn man es überhaupt etwas nennen konnte, ein minderwertiger Entwurf, der zwischen Mittelalter und Neuzeit schwankte, eine formelle, städtische Behausung, die gar nicht aufs Land passte und dennoch in der Stadt ebenso widersinnig ausgesehen hätte. Der Garten war wundervoll angelegt. Gut geschnittene Hecken grenzten die gepflegten Rasenflächen ab, die mit runden Blumenbeeten geschmückt waren. Wir fuhren ums Haus nach der Garage, wo Nicks Fahrer das grosse, schwarze, viertürige Cadillac-Kabriolett wusch. Er war von den Hüften aufwärts nackt, und obgleich ein Wulst Fett um seine Mitte lief, waren seine Brust, Rücken, Schultern und die übermässig entwickelten Bizepse eindrucksvoll. Er blickte auf, als er mich sah, und sein aufrichtiges, flaches Gesicht erstrahlte in einem Lächeln, das sein ganzes Zahnfleisch sehen liess.

«Wie steht's, Mr. Lewis?»

«Hallo, Jock. Wie geht's denn?»

«Nicht so schlecht. Meine Frau ist mit dem neuen Baby wieder zu Hause.»

«Ja? Fein. Wie viele sind's jetzt?»

«Acht. Fünf Buben und drei Mädel.»

«Also jetzt schön langsam, Jock», sagte ich. «Du hast nie gewusst, wie stark du bist.»

Der Fahrer grinste stolz, bis seine Augen, die von Narbengewebe geschwollen waren, sich zur Grimasse eines vergnügten Wasserspeiers zusammenpressten.

«Der Chef da?»

«Der reitet mit Whitey.»

Whitey Williams war der kleine ehemalige Jockey, der in einer Saison in Tropical Park einen hübschen Haufen Geld für Nick gewonnen hatte, als er fünfundvierzig Sieger ins Ziel ritt. Jetzt sorgte er für Nicks Pferde und brachte ihm das Reiten bei. Sie ritten fast jeden Sonntag.

«Was ist mit der Herzogin?»

Das war Ruby. Wer einige Zeit auf dem Gut verbracht hatte, wusste, wen man damit meinte.

«Ich hab sie gerade zur Zehn-Uhr-Messe gefahren. Sie und den grossen Kerl aus Argentinien.»

«Ach, ist der auch gegangen? Wie sieht er aus?»

«Wenn man ihn niederschlägt, dann muss der ziemlich weit fallen.»

«Auf später, Jock.»

«Bestimmt, Mr. Lewis.»

«Das ist Jock Mahoney», sagte ich Beth, als wir auf den grossen Rasen zugingen, der sich zwischen dem Haus und der Garage erstreckte, über der Jock, seine Frau und die acht Kinder in fünf kleinen Zimmern wohnten. «Ein gutes zweitklassiges Halbschwergewicht in den Tagen, als Delaney, Slattery, Berlenbach, Loughran und Greb erste Klasse waren. Sehr hart. Konnte unglaubliche Hiebe einstecken.»

«Der spricht aber gar nicht, als hätte er das Hirn voll Rührei», sagte Beth.

«Die werden nicht alle halbidiotisch», sagte ich. «Zum Beispiel McLarnin, der hat mit den härtesten Burschen geboxt – Barney Ross, Petrolle, Canzoneri – und sein Kopf ist so klar wie meiner.»

«Heute früh wahrscheinlich klarer», sagte Beth.

Ich dachte noch über Mahoney nach. Alte Boxer packten mich immer. Es gibt nichts Langweiligeres als einen alten Baseballspieler oder einen alten Tennisstar, aber ein alter Boxer, der herumgeschlagen worden ist, sein Blut zur Belustigung der Sportbegeisterten freigebig vergossen hat und schliesslich arm wie eine Kirchenmaus, zerschlagen und vergessen endet – in dem steckt, meiner Meinung nach, genug Stoff für eine Tragödie.

«Das einzige, was an Mahoney nicht stimmt, ist die Art, wie er lacht», sagte ich. «Du brauchst ihn nur anzusehen, und schon lacht er. Das ist gewöhnlich ein Zeichen, dass bei einem eine Schraube los ist. Damals, als Berlenbach ihn mit dem ersten Geraden in der dritten Runde ausschlug, war Jock so vollständig fertig, dass er in Berlenbachs Ecke hinüberlief und sich dort hinlegte. Aber nach seinem Grinsen und Lachen hätte man meinen können, er sässe zu Hause in einem Lehnstuhl und läse die Witzecke seiner Zeitung.»

«Das mag ich daran nicht», sagte Beth. «Die Art, wie sie lachen.»

«Wenn sie lachen, Beth, dann heisst es gewöhnlich, dass sie verletzt sind», sagte ich. «Die wollen dem anderen bloss zeigen, dass sie nicht verletzt sind, dass alles in Ordnung ist.»

«Ich habe einmal etwas über das Lachen gelesen», sagte Beth. «Die Theorie war, dass das Lachen eine Demonstration der Überlegenheit ist. Wenn man zum Beispiel lacht, wenn jemand auf einer Bananenschale ausrutscht oder eine Torte ins Gesicht bekommt. Oder nimm einmal all diese Witze über Schotten und Neger. Was die Leute darüber lachen macht, ist das angenehme Gefühl, dass sie nicht so geizig sind wie die Schotten, nicht so unterdrückt wie die Neger und so weiter.»

«Aber wenn wir dieser Theorie folgen», sagte ich, «sollte dann der Lacher nicht der Mann sein, der zuschlägt, anstatt der Mann, der den Schlag einsteckt?»

«So einfach ist das nicht», sagte Beth beharrlich. «Vielleicht lacht der Bursche, der verletzt wird, weiter, um an seiner Überlegenheit festzuhalten – oder hast du das schon gesagt?»

«Das ist das Arge mit euch Psychologen», sagte ich. «Ihr könnt beide Standpunkte einnehmen und genau so wissenschaftlich wirken.»

Wir waren an den Rasen unmittelbar am Haus gekommen, wo eine Reihe runder Metalltische mit hellfarbigen Gartenschirmen aufgestellt war. Auf dem Gras im Schatten dieser Schirme lag ein schlanker Mann mittleren Alters mit grauem Haar und einem krankhaft weissen Gesicht, die Augen in der schweren Betäubung alkoholischen Schlafes geschlossen. Eine zusammengefaltete Rennzeitung, die er als Augenschirm benützt hatte, war von seiner Stirn herabgeglitten. Er schnarchte mühselig durch eine vielfach gebrochene Nase, die der einzige zerschlagene Teil seines sonst narbenlosen Gesichtes war.

«Das ist Danny McKeogh», sagte ich. In Stillmans Sporthalle spricht man das «McCuff» aus.

«Ist der lebendig?» fragte Beth.

«Halbwegs», sagte ich.

«Er hat ein trauriges Gesicht», sagte Beth.

«Er ist einer der wenigen anständigen Burschen in diesem Geschäft», sagte ich. «Er würde einem sein Hemd geben, wenn man es brauchte, sogar wenn er kein Hemd hätte und erst eines von jemand anderem leihen müsste. Was schon vorgekommen ist.»

«Ein Edelmütiger in diesem Betrieb? Ich wusste gar nicht, dass es solche Tiere gibt.»

Während wir weitergingen, ging mir die vulkanische Laufbahn Danny McKeoghs mit ihren Gipfeln und Tälern durch den Kopf.

Er hatte nie vor jenem Abend getrunken, an dem er gegen Leonard gekämpft hatte. Danny war ein schöner Sporthallenboxer, ein wirklicher Prachtkerl aus der guten alten Zeit. In der Halle machte er nie eine falsche Bewegung. Er war gewöhnlich kein frecher Bursche, aber er war sicher, dass er gegen Leonard stehen könnte. Niemand hatte das bis dahin gekonnt, nicht einmal Lew Tendler, aber Danny fühlte sich sicher. Er studierte Leonard in all seinen Kämpfen und ging sogar ins Kino, um ihn zu sehen. Er war irgendwie versessen auf Leonard wie Tunney auf Dempsey, nur war das Ende anders. Nach all den grossen Vorbereitungen schlug Leonard ihn nach einer Minute und dreiundzwanzig Sekunden in der ersten Runde kalt aus. Dazu wurde ihm noch die Nase zerschlagen. Damit war Danny als Boxer erledigt. Er war auch in anderer Hinsicht fast erledigt. Während der nächsten zwei Jahre malte er uns ein überzeugendes Bild von einem Manne, der versuchte, allen Schnaps auszutrinken, den es in New York gab.

Dann lungerte er eines Tages mit übelriechendem Atem und dreitagealten Bartstoppeln in der Sporthalle herum und sah zufällig einen mageren, kleinen Jungen von der East Side, der mit einem anderen Burschen trainierte. Der Junge war Izzy Greenberg, damals bloss ein schäbiger, knochiger Sechzehnjähriger, der für das Zeitungsjungenturnier übte. Danny muss sich selbst in dem Burschen wiedergesehen haben. Jedenfalls hörte er auf zu trinken. Ein Jahr lang oder noch mehr arbeitete er täglich mit Izzy, boxte mit ihm, zeigte ihm sehr geduldig, was er tun sollte, zeigte es ihm immer wieder – und es gibt in der ganzen Welt keinen besseren Lehrer als Danny, wenn er nüchtern ist. Selbst betrunken hat er noch mehr Verstand als fast alle anderen in diesem Betrieb.

Danny brachte Izzy ganz an die Spitze. Er sah wie ein zweiter Leonard aus, einer jener Leichtgewichtler von Klasse, wie sie immer wieder aus der East Side kommen. Drei Jahre dauernder Siege, und dann hat Izzy die Meisterschaft. Sie reisen um die Welt, verdienen ihr Geld leicht, kämpfen gegen den australischen Meister, den englischen Meister, den Europameister, der Izzy nicht mehr Mühe macht, als wenn er Butter mit heissem Messer schnitte. Dann kommen sie in die grosse Stadt zurück, und Izzy verteidigt im guten alten Hallenstadion seinen Titel gegen Art Hudson, einen Schläger aus dem fernen Westen. Danny, der immer viel auf seine Boxer setzt – in der Hinsicht ist er altmodisch – liess seine Freunde alles Geld gegen Hudson setzen, das sie unterbringen konnten. Sie konnten bloss zehntausend Dollar placieren. Falls Danny verlor, würde es ihn sechzigtausend kosten. Aber Danny gefiel die Wette, er sprach von leichtverdientem Geld.

In der ersten Runde schien es, als würde der Vorhang für Hudson fallen. Izzys Linke traf ihn mörderisch, und sein Haken sammelte nicht nur Punkte, der konnte einen zerschneiden wie ein Beefsteakmesser. Dreissig Sekunden vor Schluss der Runde ging Hudson zu Boden. Izzy tanzte in seine Ecke zurück, blinzelte Danny zu, nickte Freunden rings um den Ring zu, winkte mit dem Handschuh seinem grossen Gefolge, das sich richtig gehen liess. Und Danny dachte schon darüber nach, was er mit den zehntausend anfangen würde. Aber irgendwie war Hudson bei neun wieder auf den Füssen und stürmte durch den Ring. Er war wirklich ein Rückfall zu Ketchell und Papke. Vom Boxen verstand er nur, dass man aufstehen und drauflos schlagen musste. Izzy wandte sich ihm kühl zu, zeigte ein bisschen elegante Fussarbeit und liess seine schnelle Linke vorschiessen, um Hudson von sich fernzuhalten. Aber Hudson schlug sie zur Seite und schlug einen wilden Geraden gegen Izzys Körper und einen harten Schwinger genau auf den Kiefer.

Izzy war zwanzig Minuten lang bewusstlos. Sein Kiefer war an zwei Stellen gebrochen. Ein Reporter, der in der Garderobe war, erzählte mir, Danny hätte geweint wie ein kleines Kind. Er fuhr mit Izzy nach dem Krankenhaus, und dann ging er aus und genehmigte sich einen. Damals blieb er drei Jahre lang betrunken.

Dann sieht er eines Tages in der Sporthalle der Main Street in Los Angeles – Danny sieht damals genau so aus wie jeder andere flohzerbissene Stromer – einen anderen kleinen Bengel, Speedy Sencio. Alles geht wieder von vorn los. Er trinkt nicht mehr. Füllt den kleinen Filipino mit allem Wissen, das er hat. Stibitzt die Bantamgewichtskrone, und alles ist wunderbar, bis Speedy den Gipfel überschreitet und abzusinken beginnt. Danny lässt sich wieder fallen.

Um diese Zeit hat Danny schon zweihunderttausend verdient, aber die waren zum grössten Teil zu den Pferden gegangen. Auch legt er grossen Wert darauf, in Restaurants die Rechnungen für die ganze Gesellschaft zu bezahlen, und er ist stets ein Opfer jedes Pumpversuchs, besonders, wenn er von einem der Boxer kommt, die für ihn gesiegt haben. Wie Izzy Greenberg. Danny steckte fünfzehntausend in ein Kurzwarengeschäft, das Izzy aufmachte, und sechs Monate später ging das Geschäft den Weg aller Greenbergunternehmen. Im Geschäftsleben ist Izzy längst keine solche Leuchte wie im Ring. Aber Danny gab ihm nochmals zehntausend, und Izzy ging in ein Damenmodengeschäft auf der Vierzehnten Strasse.

Die Depression machte Danny fertig. Die einzige Aussicht, sein Geld schnell wiederzuverdienen, schienen ihm die Pferde zu sein. Um genug Geld für die Pferde zu bekommen, musste er einen Freund finden, der ihm was pumpte. Nick Latka war dieser Freund, und für Danny schien er ganz aus Kredit zu bestehen. Danny wusste erst, dass die Sache einen Haken hatte, als er Nick etwa zwanzigtausend schuldete. «Wer macht sich deshalb Sorgen?» hatte Nick jedesmal gesagt, wenn Danny erwähnt hatte, er würde bald genug verdienen, um einen Teil zurückzuzahlen. Dann lässt er Danny eines Tages holen und verlangt plötzlich sein Geld zurück. Danny ist gerade von Belmont zurückgekommen, wo seine Tips noch schlechter waren als seine eigenen Ideen. Da sagt Nick: «Ich sag dir, was ich mit dir mache, Kleiner. Du arbeitest für mich für zweihundertfünfzig die Woche. Du baust einen Stall von Boxern auf und behandelst die Jungen. Hundert behältst du für dich, und die hundertfünfzig gehen an mich zurück, bis wir glatt stehen. Und bloss um dir zu zeigen, wie ich zu dir stehe, bekommst du eine Gratifikation von zehn Prozent von allem, was wir über fünfzigtausend im Jahr verdienen.»

Und dabei ist es für Danny seither geblieben. Selbst wenn er wieder einen Greenberg oder einen Sencio entwickelte, würde der ihm nicht mehr gehören. So hat er praktisch gar keinen Anreiz, dem Schnaps «nein» zu sagen. Jetzt ist es bei ihm eine Reflexhandlung, am Morgen nach einer Flasche zu greifen, und mit schnellen, nervösen Bewegungen kippt er einen nach dem anderen, bis jemand ihn zu Bett bringt. Aber am Abend eines Kampfes, wenn er in der Ecke arbeiten muss, ist er noch nie blau gesehen worden. Doch wenn er nüchtern ist, wünscht jeder, er möge einen heben, damit er sich entspanne. Er ist so nüchtern, dass er anfängt zu zittern. Es ist wirklich eine heroische und schreckliche Anstrengung für Danny, nüchtern zu sein, aber er ist es, denn trotz allen seinen Enttäuschungen hängt sein Herz noch an diesem Sport. Niemand springt am Schluss einer Runde schneller in den Ring als Danny, und es ist geradezu wundervoll, wie er sich liebevoll über seine Boxer beugt, rhythmisch ihren Hals massiert und ihr Kreuz, seine schmalen Lippen dem Ohr des Burschen nähert und ruhig und andauernd mit ihm spricht, neue Taktiken für die Verteidigung des Burschen entwickelt und Löcher in der Abwehr des Gegners entdeckt.

Ein grosser Manager, dieser Danny McKeogh, in der grossen Tradition der grossen Manager. Johnston, Kearns, Mead. Zumindest war er ein grosser Manager, ehe Nick Latka ihn versklavte.

Als ich so dastand, ihn anschaute und über ihn nachdachte, landete eine Fliege auf seiner Nase, wurde verscheucht und setzte sich sofort auf seine Stirn. Danny schüttelte den Kopf, liess das Licht einen Spalt weit in seine Augen dringen und sah mich dort stehen. Er setzte sich langsam auf und rieb sich die Augen.

«Hallo, Bürschchen.»

Wen er gern hatte, nannte er Bürschchen. Leute, die er nicht mochte, hiessen Mister.

«Hallo, Danny. Wie geht's uns heute?»

Danny schüttelte den Kopf. «Recht böse», sagte er. «Recht arg.»

«Übrigens, Miss Reynolds, Mr. McKeogh.»

Danny zog langsam einen Fuss unter den Körper, als wollte er aufstehen. Beth streckte die Hand vor, um ihn davon abzuhalten.

«Sie sind in einer viel zu behaglichen Stellung», sagte sie. «Ich bin solche Höflichkeit gar nicht gewohnt.»

Diese Höflichkeit war ein Teil von Danny, ob er betrunken war oder nüchtern. Er hatte diese wunderbare irische Art, mit Frauen umzugehen, war ehrerbietig, wenn er seine Mutter erwähnte, böse auf die Jungens, die in Gegenwart von Damen fluchten, und bei Danny waren alle Mitglieder des anderen Geschlechts Damen, ganz ohne Rücksicht auf Ruf oder Erscheinung. Aber Danny hatte nicht jene andere irische Eigenschaft, nach drei Gläsern händelsüchtig zu werden. Wenn er sich in Bewusstlosigkeit hineintrank, dann tat er es ruhig und schrittweise, so wie Galsworthys Patriarch im «Nachsommer eines Forsythe» starb. Er machte keinen Krach und raufte nie, nicht einmal, wenn er von einem Meister wie Vince Vanneman provoziert wurde. Er war einer der wenigen Menschen, die ich je kannte, die das Bewusstsein verlieren konnten, ohne ihren Verstand oder ihre Würde zu verlieren.

«Hast du schon deinen neuen Schwergewichtler gesehen?» fragte ich.

«Nein», sagte er. «Ich hab geschlafen. Hast du ihn gesehen?»

Ich schüttelte den Kopf. «Er ist mit der Herzogin zur Messe gegangen.»

«Nun, wir werden ihn morgen in der Halle sehen.»

«Nick ist ganz aufgeregt», sagte ich.

«Jaa», sagte Danny.

Er gähnte laut. «Entschuldigung.»

«Wer war der grösste Bursche, mit dem du zu tun hattest, Danny?»

Danny dachte einen Augenblick lang nach. «Big Boy Lemson, glaube ich. Wog etwa zweihundertdreissig. Sah wild aus, hatte aber zu viel Muskeln und einen Kiefer aus Glas. Ich sag dir, Eddie, mich regen diese Schwergewichtsriesen nicht auf. Hundertachtzig, fünfundachtzig, mehr brauchst du nicht, um alle auszuschlagen, wenn du nur schlagen kannst. Dempsey wog in Toledo nur hundertneunzig. Corbetts bestes Gewicht lag um hundertachtzig.»

«Nick erwartet einen sensationellen Kassenerfolg von diesem Molina», sagte ich.

«Jaa», sagte Danny.

Dieses «Jaa» war ungefähr der Gipfel von Dannys Angriffslust. Es wäre schwer, im ganzen Boxbetrieb zwei Leute zu finden, die weiter voneinander entfernt waren als Danny und Nick. Nick war ganz Geschäftsmann. Ihm war der Schwindel zur zweiten Natur geworden. Auch für Danny war es kein Sport mehr. Es war ein Handwerk. Er war ein ehrlicher Handwerker. Seine Art war, von unten anzufangen, sein Hirn und die natürliche Begabung des Jungen gegen alle anderen einzusetzen. Das war Nick zu riskant. Ob es sich um Pferde handelte oder um Boxer, er setzte gern auf sichere Sieger.

«Du könntest noch ein bisschen Schlaf brauchen, Danny», sagte ich. «Wir sehen dich später.»

«Schön, Bürschchen», sagte Danny. Man hört immer noch ein bisschen seinen irischen Akzent. Er streckte sich wieder aufs Gras. Beth nahm meinen Arm, und wir gingen weiter.

Unter dem nächsten Schirm sassen zwei Spieler. Es klingt nach einer einfachen Verallgemeinerung, zwei Kerle, die man nie zuvor gesehen hat, anzuschauen und dann im Geiste eine Kartei schnell bis «S» zu durchblättern und zu sagen «Spieler». Aber ich hätte fünf zu eins gewettet, dass es Spieler waren, wenn ich nicht schon längst gelernt hätte, niemals gegen einen Berufsspieler zu setzen. Einem der Spieler war es zu lange gut gegangen, und sein Gesicht und sein Bauch verrieten das. Der andere hatte mit einem sehr ordentlichen Körper begonnen und hielt noch immer ein bisschen darauf. Wahrscheinlich bekam er zuweilen, wenn er in einem Badeanzug stak, Gewissensbisse wegen seines überschüssigen Fetts und überliess seinen Körper den harten, mechanischen Händen eines Dampfbadmasseurs. Sie trugen beide einfache, bequeme Kleidungsstücke, die zusammen jene ländlichen Anzüge ergaben, die für sehr viel Geld billig aussehen. Der Dicke trug ein gelbes Flanellsporthemd, das bei Abercrombie & Fitch sechzehn Dollar gekostet haben musste. Aber die kurzen, haarigen Arme hatten nichts mit Abercrombie & Fitch zu tun, und auch nicht der dicke Hals oder der Schweiss, der selbst im Schatten Flecken auf die Hemdbrust machte. Man hätte denken sollen, dass die Schotten oder die Engländer oder wer immer seine Socken gestrickt hatte, so viel Verstand hätten haben können, reine Wolle nicht für so kitschige Muster zu verschwenden.

«Rummy», sagte der Schlankere und stiess einen teuren Panamahut aus der Stirn, die vom dauernden Lesen der Rennzeitung in der Sonne gebräunt war.

Der dicke Mann warf seine Karten angewidert auf den Tisch. «Rummy», sagte er, nickte trübselig ergeben und wandte sich an uns, als wären wir die ganze Zeit dort gewesen, als appellierte er an uns als mitleidige Zuschauer, die einer Katastrophe beiwohnten. «Rummy. Alle fünf Minuten Rummy. Den ganzen Weg von Miami her höre ich bloss Rummy, Rummy, Rummy. Hat mir dreihundertzwei Dollar abgenommen, ehe wir noch in Baltimore waren. Bei den Karten, die er mir gibt, hätte ich in Jacksonville aussteigen sollen.»

«Du brichst mir das Herz», sagte der Mann mit dem Panamahut. «Wieviel hast du?»

«Achtundzwanzig», sagte der fette Mann jammernd und drehte die Karten sorgenvoll um.

«Moment, Moment, lass mich mal zählen», sagte der andere. Seine Augen überflogen schnell die Karten des Dicken. «Neunundzwanzig», verkündete er triumphierend. «Neunundzwanzig, du Trottel.»

«Also neunundzwanzig», sagte der Dicke achselzuckend. «Er schneidet mir den Hals zollweise durch und jammert über einen kleinen Kniff in den Hintern.»

Für den Dicken, Barney Winch, war Spielen ein Beruf, aber auch eine Erholung. Sein Erfolg war der Tatsache zu verdanken, dass er nie zuliess, dass Beruf und Ausspannung sich überschnitten. Genau genommen war Barney im Spiel wie ein Kneipenwirt im Trinken. Der erlaubt sich auch kein Glas, ehe die Stühle nicht auf dem Tisch stehen und die Tür für die Nacht verriegelt ist. Wenn Barney auf ein Fussballspiel wettete, dann setzte er so auf beide Mannschaften, dass er nicht verlieren konnte, aber doch eine Chance hatte, zu gewinnen. Vor ein paar Jahren soll er so bei dem Spiel von Südkalifornien gegen Notre Dame gewonnen haben: Erst setzte er zweieinhalb zu vier darauf, dass die Iren von der Notre-Dame-Universität gewinnen würden. Dann wandte er sich nach der anderen Seite und setzte darauf, dass die Universität Südkalifornien sieben Punkte erzielen würde. Notre Dame siegte mit einem einzigen Punkt mehr, und Barney verdiente an beiden Wetten. Bei seinen Boxwetten verschanzte Barney sich ebenso, und setzte nie auf ein Würfelspiel, wenn der Prozentsatz nicht für ihn lief. Wenn man Barney jemals dabei überraschte, dass er bei einem Boxkampf nur auf eine Seite setzte oder einen Haufen Geld auf die

Nase eines Pferdes legte, dann konnte man mit Sicherheit annehmen, dass das Element des Zufalls aus diesen Veranstaltungen verschwunden war.

Bei seiner Erholung aber war Barney ganz anders. Seine Hände fühlten sich leer, wenn sie keine Karten hielten. Aber er war weder ein besonders erfahrener Pokerspieler, noch war er im Rummy unbesiegbar. Beim Kartenspiel betrog er nie, weil er nur mit Freunden spielte, und ein Mann wie Barney Winch würde bei Freunden nie «das Geschäft anwenden». Wenn «das Geschäft» in dieser Redensart Slang war, dann war es höchst buchstäblicher Slang, denn es war für Barney genau das gleiche wie für das Wörterbuch, etwas, das einen geschäftig macht, eines Mannes Zeit, Aufmerksamkeit oder Mühe beschäftigt, und zwar als ernsthafte Hauptbeschäftigung. Wenn etwas mit Barneys «ernsthafter Hauptbeschäftigung» schiefging, dann hörte man von ihm nicht einmal einen Seufzer. Einmal hatte Barney auf einen Schlag vierzigtausend verloren, weil einer von Nicks Mittelgewichtlern, der gegen Belohnung hätte umfallen sollen, seine Manager und die oberschlauen Wetter betrogen, durchgehalten und die Entscheidung für sich gebucht hatte. Barney nahm es philosophisch hin. Er zuckte die Achseln und bezahlte. Betrug war eines der Risiken des Geschäfts, wie Regen zur falschen Zeit für einen Farmer. Nur als kleine ethische Mahnung für den ungehorsamen Faustkämpfer warteten zwei Schläger vor seiner Wohnung in Washington Heights, als er nach dem Kampf nach Hause kam. Sie waren eifrig bemüht, ihn davon zu überzeugen, dass er einen Fehler gemacht hatte. Sie liessen ihn mit einer überzeugenden Gummiknüppelwunde von zwei Zoll Länge bewusstlos im Korridor liegen.

Wenn es Geschäft war, jammerte Barney nie. An dem Tage, an dem er so viel gewann, dass er in die höchste Einkommensklasse aufgestiegen wäre, wenn solche Gewinne jemals versteuert würden, konnte er weinen, weil er beim Rummy einundsechzig Dollar verloren hatte.

Barney ordnete seine neuen Karten, sah sie an, schüttelte den Kopf und schnalzte vor Mitleid mit sich mit der Zunge. «Jacksonville», sagte er. «In Jacksonville hätt ich aussteigen sollen.»

Es war einfach ein heisser, ruhiger Sonntagmorgen in Green Acres. Nick war ausgeritten, Ruby in der Kirche, und keiner der üblichen Sonntagmittaggäste war schon aufgestanden. Wir gingen nach dem Tennisplatz hinüber, wo der junge Latka, schlank und anmutig und eingebildet in seinen weissen Flanellhosen und seinem weissen Sweater mit dem Schulwappen über dem Herzen, einen langen, gutgespielten Match mit einem Freund ausfocht, der beinahe aussah wie er. Der Junge schlug einen scharfen, flachen Vorhandschlag, den sein Gegner übers Netz heben musste, worauf der Junge ihn mit einem hohen Schmetterball erledigte. Der andere Bursche lief zurück und versuchte vergebens, den Ball zu erreichen, der hoch über seinen Kopf wegsprang.

Hinter dem Tennisplatz war ein sorgfältig gepflegter Blumengarten, wo ein verwitterter, kleiner, alter Mann ruhig auf seinen Knien arbeitete. Er sah auf, als wir vorübergingen, und wartete darauf, dass wir seine Blumen bewunderten. Er hatte ein Kindergesicht mit grossen Ohren und kleinen, lachenden Augen.

«Die Blumen sehen dieses Jahr aber schön aus, Petey», sagte ich.

«Danke, Mr. Lewis», sagte er. «Ich hab dieses Jahr früher damit angefangen. Diese weissen Rosen kommen schöner heraus, als ich dachte.»

Er jätete weiter, als wir weggingen.

«Was glaubst du, wie alt der ist?» fragte ich.

«Ach, so achtundvierzig, fünfzig», riet Beth.

«Der ist zwanzig Runden lang gegen Terry McGovern gestanden, als wir noch nicht geboren waren», sagte ich. «Der muss gegen siebzig sein. Petey Odell, ein grosser Federgewichtler aus der alten Zeit.»

«Ich glaube, der ist besser davongekommen als die meisten», sagte Beth. «Wenigstens ist er hier in Nicks Heim für alte Boxer.»

«Die kommen immer zu Nick, um ihn anzupumpen. Ich glaube, es ist für Nick ein angenehmes Gefühl, für ein paar davon zu sorgen. Natürlich lohnt es sich. Nicks Wohltätigkeiten lohnen sich immer. Das sind dankbare Trottel, diese alten Boxer. Gutmütig, treu wie die Hölle und dabei arbeiten sie wie die Irren. Besonders, wenn man sich für ihre Arbeit interessiert. Dieser Jock Mahoney, zum Beispiel. Ich glaube, er liebt seinen Cadillac mehr als seine Frau. Wenn man ihn glücklich machen will, braucht man ihn bloss danach zu fragen, wie er diesen Hochglanz auf seine Stosstangen bringt. Der alte Petey ist genau so mit seinem Garten. Wären wir an ihm vorübergegangen, ohne etwas über den Garten zu sagen, wäre er den ganzen Tag schlechter Laune gewesen.»

«Was für ein Betrieb», sagte Beth. Je mehr sie davon sah, desto weniger «faszinierend» fand sie ihn.

«Mahoney oder Odell, die sind nicht so schlecht dran. Sie wissen wenigstens, welcher Wochentag es ist. Gib ihnen etwas Bestimmtes zu tun, dann stürzen sie sich auf die Arbeit. Aber wenn man mit ihnen über etwas anderes spricht als über ihre Arbeit oder vielleicht ihre Familie, dann trifft man auf etwas Wirres, als hätten sie eine Lage Watte ums Hirn.»

«Es ist ein dreckiges Geschäft», sagte Beth plötzlich. «Und tief in deinem Herzen weisst du, dass es ein dreckiges Geschäft ist.»

«Aber am letzten Freitagabend hast du gebrüllt wie eine Wilde», erinnerte ich sie.

«Das ist wahr», gab sie zu. «Ich feuerte den farbigen Jungen an. Er sah neben dem anderen so mager und schwach aus. Aber als er sich dann zusammenriss, als er diesen grossen Italiener wirklich groggy geschlagen hatte, da» – sie musste lächeln – «nun, da war ich wohl aufgeregt.»

«Das hat die Leute schon verdammt lange aufgeregt. Schau dir die griechische Mythologie an – die ist voll von Boxern. War das nicht der Herkules, der gegen diesen ganz harten Burschen gekämpft hat, der jedesmal stärker wurde, wenn man ihn niederschlug, weil die Erde seine Mutter war? Wie hiess der doch?»

«Antaeus», sagte Beth.

«Da siehst du, dass es sich lohnt, einer Archivarin von Life den Hof zu machen», sagte ich. «Antaeus. Homer hat einen verflucht guten Artikel darüber geschrieben. Und Virgil hat über eine Rückkehr eines abgedankten Meisters in den Ring berichtet, einen der ersten grossen Come-backs. Erinnerst du dich, wie der alte Meister die Herausforderung des jungen Anwärters aus Troja nicht annehmen will? Wie er sagt, dass er gar nicht in Form und ganz erledigt ist, sozusagen ein altgriechischer Toni Galento? Aber als man ihn schliesslich dazu bringt zu kämpfen, da liefert er einen mächtigen Kampf, hat seinen Gegner am Rande eines K. o., bis schliesslich der König wie Arthur Donovan dazwischen tritt und den alten Meister auf Grund eines technischen Knockouts zum Sieger erklärt. Natürlich klingt das bei Virgil ein bisschen poetischer, aber im Grunde war es doch so.»

Beth lächelte. «Du solltest nicht für einen Stall von Boxern Lügengeschichten schreiben. Du solltest Essais für die Yale Review verfassen.»

«Nick zahlt mich für die Lügengeschichten», sagte ich. «Dieses Zeug muss ich gratis von mir geben.»

Wir waren fast ans Haus gekommen. Nick und Whitey Williams kamen eben in langsamem Trab die Auffahrt herauf. Im Gegensatz zu Whitey, der auf seinem Pferd sass, als wäre es ein wohlgepolsterter Lehnstuhl, sass Nick sehr aufrecht, ein wenig unbehaglich, und als er die Zügel anzog, merkte man, dass er es bewusst in vollendeter Form tat. Das Ergebnis beim Sport ist dann immer etwas, das nicht ganz so vollkommen ist.

Er schwang sich von seinem Pferd, einem grossen breitbrüstigen Braunen, und gab Whitey die Zügel. Whitey führte beide Pferde in den Stall zurück. Nick trug irische Reitstiefel, Hirschlederhosen und ein braunes Polohemd.

«Seit wann seid ihr beide hier?» fragte er freundlich.

«Etwa eine halbe Stunde, Nick», sagte ich. «Herrlicher Tag.»

«In der Stadt muss es wie im Schwitzkasten sein», sagte Nick schmunzelnd. «Wir haben immer vom Hydranten den Deckel runtergeschlagen und auf der Strasse geduscht.» Er lachte kurz auf, als er daran dachte, wie weit er es gebracht hatte. «Hat Eddie Ihnen schon den Saftladen hier gezeigt?»

«Hier ist es vollendet schön», sagte Beth.

«Hast ihr den Gemüsegarten gezeigt?» fragte Nick. «Wir haben tausend Tomatenstöcke. Ziehen hier alles selbst. Mögen Sie Mais, Fräulein? Ich wette, so guten Mais haben Sie nie gegessen. So einen Mais, den kriegen Sie nie im Geschäft. Wenn Sie nach Hause gehen, nehmen Sie welchen mit, so viel Sie wollen.»

«Vielen Dank», sagte Beth.

«Ach, ich bitte Sie.» Nick machte eine abwehrende Geste. «Hier ist viel zuviel Zeug. Nehmen Sie's nicht, so futtern meine Halunken es mir ohnedies weg. Der Jock Mahoney, wenn der sich zum Maisessen hinsetzt, steht er nicht eher auf, als bis er dreizehn, vierzehn Kolben verschlungen hat. Der isst noch lieber als dass er...» Er sah Beth an und unterbrach sich. «Selbst als er im Training sein sollte, war er so ein Vielfrass.»

Wir waren wieder auf der Terrasse. Danny McKeogh schlief noch immer. Er hatte die Beine gespreizt und die Arme ausgestreckt wie ein Mann, der überfahren worden war. Die Spieler hockten immer noch über ihren Karten.

«Na, wie geht's, Barney?» fragte Nick.

Der Körper des Dicken hob sich und sank in einem übertriebenen Seufzer wieder zusammen. «Frag nicht. Er bringt mich um. Es sollte ein Gesetz geben gegen das, was er mir antut.»

Nick lachte. «Nicht erstaunlich, dass Runyon ihn den Plärrer nannte», sagte er. «Selbst wenn er gewinnt, plärrt er, weil er nicht mehr gewonnen hat.»

Er legte mir die Hand auf die Schulter. «Dieser Acosta ist drinnen in der Veranda. Jetzt wär die richtige Zeit, mit ihm zu sprechen. Komm rein.» Dann erinnerte er sich an Beth. «Tut mir leid, Ihnen den Freund wegzuholen», sagte er mit einer Geste, die für Nick sehr höflich war. «Ruby muss in zwei Minuten hier sein. Wenn Sie lesen wollen, auf der Terrasse sind viele Zeitungen. Und wenn Sie trinken wollen, rufen Sie nur den Diener, den Burschen mit der kleinen schwarzen Schleife.»

«Wer ist er? Gene Tunney?» fragte Beth.

«Tuhni», sagte Nick. «Tuhni, der kann mich ... Entschuldigen Sie, Fräulein, aber den Tuhni, den würd ich verdammt schnell hier rausschmeissen.»

Er schob mich nach der Tür. «Tun Sie, was Sie wollen, nehmen Sie, was Sie wollen. Fühlen Sie sich ganz zu Hause.»

«Gehen Sie nur», sagte Beth. «Ich werde mich schon unterhalten.»

Einen Augenblick lang beobachtete ich sie, als sie über die Terrasse zurückging. Sie trug einen gelbbraunen Leinenrock, nur eine Nuance dunkler als ihre sonnengebräunten Arme und Beine. Selbst in der Stadt, wo die meisten Leute als einzigen Sport dem Autobus nachlaufen oder einem Taxi pfeifen, ging sie bei gutem Wetter zweimal wöchentlich nach dem Tennisplatz an der Ecke der Park Avenue und der Neununddreissigsten Strasse. Sie sah ganz tiptop aus, wie sie so ging, nicht eine Traumgestalt, vielleicht ein bisschen zu sportlich, ein bisschen zu dünn in den Beinen und vorn nicht genug. Aber ihre Art zu gehen war reizvoll und verriet ihre Tüchtigkeit. Ich beschloss, ihr das später zu sagen.

Sie verwirrte mich. Sie war ein Mädchen, dem ich ein bisschen später immer etwas Nettes sagen wollte. Vielleicht tat ich es nie, weil sie immer nur die Hälfte von dem glaubte, was ich ihr sagte.

Weil sie immer ein bisschen reserviert war. Vielleicht war das ihre Erziehung, diese Art, die immer eine strenge Ausgeglichenheit verlangt. Vielleicht war es das alte puritanische Blut in ihr. Vielleicht war es ein übles Erbe fanatischer Überzeugungen. Was immer es sein mochte, ein nettes Mädchen wie Beth, aus guter ehrbarer Familie, mit guten Schulen und einem gesunden Verstand, war mir immer noch ein Fragezeichen. Leidenschaft und Zurückhaltung in gleichen Teilen ergeben immer ein Unentschieden.

«Die ist in Ordnung», sagte Nick. «Da hast du dir was angeschafft. Die hat Klasse.»

VIERTES KAPITEL

WIR gingen durch das grosse Wohnzimmer, einen überfüllten Spiegelsaal, der unbewohnt wirkte, nach der Sonnenveranda. Als er uns sah, stand der kleine Argentinier schnell auf, war steif und förmlich und zeigte seine Zähne in einem einstudierten Lächeln. Er war ein kleiner, dicklicher Mann mit grosser Nase, dunkler Haut und einem Halbdutzend Haarsträhnen, die in einem strategischen, aber erfolglosen Versuch, seine Kahlheit zu verbergen, aus der Stirn zurückgebürstet waren. Er trug Gamaschen, eine weisskarierte Weste und einen vierknöpfigen Sportanzug mit einem Gürtel im Rücken, wie man ihn hier bei uns schon seit langem nicht gesehen hat. Am Ringfinger seiner kurzen, feisten Hand trug er einen Stein, der ein Rubin sein mochte.

«Eddie», sagte Nick, ohne sich die Mühe zu nehmen, mich vorzustellen, «das ist Acosta. Ihr beide habt zu arbeiten, also lass ich euch allein.»

Acosta verbeugte sich leicht und begann etwas zu sagen, was wie «Entzückt...» oder «Freut mich sehr...» klingen sollte, aber Nick schnitt ihm das Wort ab. Höflichkeit war für Nick nur in Ordnung, wenn sie seine Geschäfte nicht behinderte. «Ich hab Sie sitzen lassen», sagte er zu Acosta, «weil ich den ganzen Mist über das Dorf und die Weinfässer nicht zu hören brauchte. Ich bin ein Geschäftsmann. Ich schau mir den Burschen einmal an und weiss, dass er was los hat. Ich kann ihn verkaufen. Aber», Nick drückte hier freundschaftlich meine Schulter, «ich will, dass Sie meinem Jungen hier das ganze Festmahl servieren.»

«Ja, ja, ich versteh», sagte Acosta und verbeugte sich wieder leicht vor Nick, als wären dessen Worte besonders freundlich gewesen.

«Also, vergessen Sie nicht, das ganze Festmahl», sagte Nick, und er gebrauchte Acosta gegenüber denselben Ton wie gegenüber den Niemanden in seinem Büro. «Einschliesslich Nachtisch und Fingerschalen.»

«Miester Latka, er hat einen sehr schlauen Kopf für Geschäft», sagte mir Acosta, als Nick gegangen war. «Sehr starker Verstand, sehr intelligent. Als El Toro und ich nach Nordamerika kommen, habe ich nie auch nur den Traum, der Teilhaber eines so grossen Mannes wie Miester Latka zu sein.»

«Ja», sagte ich.

Er griff in die Brusttasche, zog eine Silberdose heraus und bot mir mit grossartiger Geste eine Zigarette an. «Vielleicht haben Sie nichts dagegen, eine argentinische Zigarette zu rauchen», sagte er. «Sehr mild, sehr angenehm zu rauchen. Wenn Sie mir verzeihen wollen, dass ich das sage: ich habe lieber als Ihre Chesterfield und Lucky Strike.» Wieder zeigte er lächelnd die Zähne, um mir zu zeigen, dass es hier nicht um eine nationalistische Nebenbuhlerschaft ging, sondern nur um einen kleinen Spass. Er steckte seine Zigarette elegant in eine dünne Spitze aus Schildpatt. Er sprach besser Englisch als der Killer oder Vanneman, aber er hatte eine starke Vorliebe für die Gegenwart und neigte dazu, seine Vergangenheitsformen zu verstümmeln.

«Miester Lewis», begann Acosta, «für mich ist es ein sehr grosses Vergnügen, Sie kennenzulernen. Miester Latka, er hat mir über Sie die vielen guten Dinge sagen. Sie sind ein sehr grosser Schriftsteller, ja? Sie werden sehr berühmt machen meine grosse Entdeckung El Toro Molina und seinen kleinen Manager Luis?»

Er sagte dies lächelnd, wie um zu zeigen, dass wir beide begriffen, dass Luis weder so aggressiv noch so egoistisch war, wie er nach seinen Worten schien. Luis hatte gescheite kleine Augen, die einen gar zu sorgsam abschätzten, wenn er einen anlächelte. Trotz all seinem argentinischen Schmalz konnte man sich gut vorstellen, dass er als einer der ganz grossen Manager in Jacob's Beach arbeitete, mit seinen Gamaschen und allem Drum und Dran.

Nun, die Ouverture ist vorüber, und der Vorhang geht auf, dachte ich.

«Ich sag Ihnen, was Sie tun, Mr. Acosta», sagte ich. «Geben Sie mir das ganze Zeug. Von Anfang an. Wo der Kerl herkommt, wie Sie ihn gefunden haben, wann er zu boxen begonnen hat, den ganzen Mist.»

«Bitte?» sagte Acosta.

«Sie wissen, die ganze Geschichte, vollständig in dieser Ausgabe.»

«Ach, ja, ja, ich versteh», sagte Acosta. «Sie ist sehr, sehr interessant, die Geschichte von El Toro und ich. Sehr romantisch. Sehr dramatisch. Aber erst, wenn Sie erlauben, will ich Sie auf etwas aufmerksam machen. El Toro Molina, er ist ein sehr junger Bursche. Er hat noch nicht einundzwanzig Jahre. Er kommt aus einem sehr kleinen Dorf in den Anden, oberhalb von Mendoza. Alle Leute dort, die sind sehr einfältig. Nicht loco, Sie verstehen, nur einfältig. Ihr ganzes Leben arbeiten sie in den Weinbergen der grossen Estancia de Santos. Von der Aussenwelt wissen sie nichts. Sie kennen nicht einmal die Hauptstadt ihres Staates, Mendoza. Buenos Aires, das ist für sie nicht so wirklich wie der Himmel, und Nordamerika ist so weit weg wie die Sterne.»

Acosta lächelte über Toros Unschuld.

«Und das ist die Sache, auf die ich Sie, wenn's erlaubt ist, aufmerksam machen will. Miester Lewis, ich kann El Toro nicht nach Nordamerika bringen, ohne dass ich verspreche, mich um ihn zu kümmern. Mit sehr grosser fidelidad, äh...»

«Treue», sagte ich.

«Ah, habla usted español?»

«Un poco», sagte ich. «Muy poco. Seis meses en Méjico.»

«Gut, sehr gut», sagte er herzlich. «Su acento de usted es perfecto.»

«Mi acento es stinko», sagte ich.

«Ach, Sie haben Sinn für Humor», sagte Acosta. «In meinem Argentinien haben wir ein Sprichwort: Ein Mann, der nicht lachen kann, ist ein Mann, der nicht weinen kann.»

«Auf der Achten Avenue ist das Leben nicht so einfach», sagte ich.

«Um das Madison Square Stadion muss es sehr eindrucksvoll sein, ja?» sagte Acosta. «Dort macht man das grosse Geschäft, Karten am Ring für vielleicht dreissig Dollar. In meinem Lande hundert Pesos. Fantástico! Mein Ehrgeiz ist, den Namen El Toro Molinas in den Lichtern der Stadion-marquesina zu sehen. Diesen Bauern aus Lehm, den ich habe formen zu einem Kunstwerk. Es ist mein grosser Traum, mein grosses Versprechen an El Toro.»

Er machte keinen Spass. Man konnte an dem gespannten Blick seiner Augen bemerken, dass er keinen Spass machte. Er war ein kleiner Mann, klein an Gestalt und an Erfolg, und er kam aus einem unterbevölkerten, zweitrangigen Lande. So träumte er von Grösse. So wie er es erlebte, war Toro Molina der David für ihn, einen Michelangelo.

«Aber Sie müssen glauben, dass ich ein Mann bin, der viel Wind macht», sagte Acosta. «Ich habe sprechen die ganze Zeit und ich habe Ihnen nicht sagen die Sache, auf die ich Sie aufmerksam machen will. El Toro, ich liebe ihn wie meinen Sohn, aber er hat keinen Kopf für das Geschäft. Nur mir traut er, dass ich mich um sein Geld kümmere. Dafür kommt er mit mir, das viele Geld zu seiner Familie in das Dorf zurückzubringen. So kann ich ihm nicht von dem Geschäft mit Miester Latka erzählen. Er wird nicht verstehen, wie ich habe verkaufen fünfzig Prozent an Miester Vanneman, und wie Miester Vanneman hat sich umdrehen und vierzig Prozent an Miester Latka verkaufen, und wie Miester Latka von mir auch noch vierzig Prozent kaufen. Dieses Geschäft wird El Toro nicht verstehen können. Es wird ihn machen sehr erschrecken, glaube ich. So ist es besser für El Toro, wenn er glauben, das Abkommen, mit dem wir nach New York kommen, ist nicht verändern. Es ist besser, wenn er glauben, Miester Latka ist nur mein sehr guter Freund, ein sehr grosser nordamerikanischer Sportsmann. So, wenn er Miester Latka sehr viele Male sieht, hat er keine sospecha ...»

«Verdacht», sagte ich.

«Exactamente», sagte Acosta. «Keinen Verdacht.»

«Mit anderen Worten, wenn ich den Jungen sehe, wollen Sie, dass ich die Schnauze darüber halte, wie er in Scheiben geschnitten wird wie Corned beef in einem Delikatessenladen», sagte ich.

«Bitte?» sagte Acosta.

«Die Schnauze halte», sagte ich. «Über Ihr kleines Geschäft mit Vanneman und Latka schweige.»

«Ach, Ihr Slang, der ist so farbig», sagte Acosta. «Ich möchte, bevor ich nach Argentinien zurückgehe, ihn ganz lernen.»

«Bevor Sie nach Argentinien zurückgehen», sagte ich, «werden Sie eine ganze Menge lernen.»

«Danke Ihnen sehr», sagte Acosta.

«Kommen wir also jetzt auf dieses Kunstwerk, das Sie da haben», sagte ich. «Sie glauben wirklich, dass Sie da einen Boxer haben, wie?»

Wieder kam dieser Blick in seine Augen. «Argentinien, das ist ein Land grosser Boxer», begann er. «Luis Angel Firpo hätte Dempsey durch Knockout besiegt, wenn die Sportberichter ihn nicht in den Ring zurückgehoben hätten. Alberto Lovel gewinnt die Amateurweltmeisterschaft bei der Olympiade. Aber El Toro

Molina – er ist unser grösster, der grösste von allen. In Argentinien sind die Berge sehr hoch, die Pampas sehr weit, es ist ein grosses Land, grosses Vieh, grosse Männer, aber El Toro – seine Mutter nennt ihn El Toro, weil er bei der Geburt zwölf Pfund und zehn Unzen wiegt – er ist gigantesco, mit Hals und Schulter wie Kampfstier und Muskeln in seinen Armen, so gross wie Melonen, und mit Beinen, so stark wie die grossen Quebrachobäume der Anden.»

«Sagen Sie mir», sagte ich, «wo haben Sie bloss diese mythologische Zusammenwürfelung von Kampfstier, Bergen, Melonen und Quebrachobäumen gefunden?»

«Ah, Sie meinen, wo ich habe machen meine grosse Entdeckung?»

«Si, dígame», sagte ich. Nick sollte mein dígame hören, dachte ich. Ich müsste einen Extrazwanziger dafür bekommen, dass ich auch noch die spanische Version mache.

«Vor zwei Jahren habe ich einen kleinen Wanderzirkus in Mendoza», begann Acosta. «Da ist Miguelito, der Clown. Da ist die Kunstreiter Señor und Señora Mendez und ihr Pferd. Da ist Juanito Lopez mit seinem Tanzbären. Da ist Antonio der Zauberer, das bin ich (eines Tages muss ich Ihnen ein Kartenkunststück zeigen). Und da ist Alfredo el Fuerte, Alfredo der Starke. Am Ende seines Aktes sagt Alfredo immer herausfordernd, dass er alles heben wird, was drei Männer aus den Zuschauern gemeinsam auf die Bühne tragen können.

Als wir ins kleine Dorf Santa Maria in dem schönen Weingebiet der Anden kommen, wir sind bitten, unsere Vorstellung in dem grossen Patio zur Unterhaltung der Familie de Santos zu zeigen, die die grosse casa de campo auf dem höchsten Gipfel haben, von wo aus sie die Tausende und Tausende Hektar ihrer schönen Trauben übersehen. Es ist der Namenstag von Familienoberhaupt der de Santos, und während sie vom Balkon aus zusehen, drängen sich alle Dörfler um unsere tragbare Bühne im Hof. Alles verlaufen ganz ausgezeichnet. Ja, alles geht sehr ausgezeichnet bis zu meinem letzten Akt, Alfredo dem Starken. Alfredo ist ein sehr tüchtig Kraftakt, nur hat er eine Schwäche, das ist ein sehr grosser Durst auf Champagnerweinbrand. Am Abend vor unserer Vorstellung hat Alfredo ein Rendezvous mit der jüngsten Tochter des Haushofmeisters der casa de Santos. Am nächsten Morgen, als ich den Atem von Alfredo rieche, ist der noch stärker als er. Ich finde heraus, dass die kleine muchacha für ihn mit den Schlüsseln von Vater eine Flasche Champagnerweinbrand aus dem Keller im grossen Hause gestohlen hat. So als Alfredo sagt, er will alles heben, was drei Männer auf die Bühne tragen können, da schnauft er schon wie ein grosser Fisch im Netz...»

«Das ist alles sehr interessant», sagte ich, «aber ich will nicht die Lebensgeschichte Ihres Zirkus schreiben. Ich brauche bloss das Zeugs von Molina.»

«Bitte», sagte Acosta, als wäre ich ein Störenfried, der mitten in seinem Akt auf die Bühne klettert. «Das sind alles Fäden in dem gleichen Teppich, wie ich habe machen die grosse Entdeckung von El Toro Molina.» Er steckte eine neue Zigarette in seine Spitze und lächelte mich wieder kalt und förmlich an. «Als ich sehe, in welcher geschwächten Verfassung Alfredo der Starke ist, bete ich zu Sankt Antonius, den ich verehre, dass nichts Schweres auf die Bühne kommen wird. Aber Sankt Antonius hört mich nicht. Weil drei der mächtigsten Männer, die ich je habe sehen, tragen auf die Bühne das grösste Fass Wein, das ich je sehe. Einer der Männer ist alt, nur sehr wenig grösser als ich, aber er ist beinahe so breit wie gross. Die anderen beiden sind junge gigantes, die mehr als sechs Fuss hoch sind und mehr als Luis Firpo wiegen.

‚Wer sind diese grossen Burschen?' frage ich. ‚Sie sind die Molinas', sagt man mir. ‚Sehr berühmt in diesem Dorf. Der kleine ist Mario Molina, der Fassbinder, und die anderen sind zwei Söhne, Ráfael und Ramon. Bei allen Festen, wenn es zum Ringkampf kommt, war der alte Mario immer der Meister. Und jetzt können ihn seine Söhne so leicht auf den Rücken werfen, wie Sie eine Traube schlucken!'»

«Das ist gut», sagte ich. «Das ist wie nach Mass gemacht. Das kann ich brauchen.»

«Bitte», sagte Acosta, «ich werde Ihnen geben, was Miester Latka ‚das ganze Festmahl' nennen. Jetzt ist das grosse Weinfass auf der Bühne, und wenn Alfredo es nicht heben kann, habe ich versprechen, jedem der Männer, die auf die Bühne gekommen sind, einen Peso zu zahlen. Und wenn, Gott behüte, einer der Zuschauer heraufkommt und Alfredos Tat nachmacht, ich habe versprechen, fünf Pesos zu zahlen. Der arme Alfredo, er schliesst seine Arme ums Fass, und der Schweiss rinnt ihm in zwei ununterbrochenen Strömen neben der Nase herab, und ich schwöre bei der Treue meiner Mutter zu meinem Vater, ich kann den Weinbrand riechen. Ja, es gibt viel Schweiss und viel Lärm, aber das Fass wird nicht gehoben. Alle Dörfler haben anfangen, grobe Bemerkungen zu schreien, und Alfredo hat viel Zorn in sich und pumpt sich die Lungen voll, dass man die Rippen durch sein Fett sieht. Aber immer noch hebt er das Fass nicht. Die Dörfler werfen Gemüse nach Alfredo. Dann ruft jemand: ‚El Toro! Wir wollen El Toro!' und bald schreien alle: ‚El Toro! El Toro!'

Aus der Menge erhebt sich ein Riese, und als er näherkommt, scheint er immer grösser und grösser zu werden. Als er auf die Bühne steigt, sind seine Bewegungen sehr langsam, aber sehr poderoso...»

«Kraftvoll», sagte ich.

«Danke Ihnen», sagte Acosta. «Sehr kraftvoll, wie ein Elefant. Er scheint sehr verleg. ‚Ich will nicht hinaufkommen, señor', sagt er mir, ‚aber es ist der Wunsch meiner Freunde, die ich nicht beleidigen kann.' Dann, ich schwöre bei meiner seligen Mutter, bückt sich El Toro und hebt das Fass hoch in die Luft. Die Menge lacht und schreit: ‚Mucho, mucho, viva El Toro Molina!' ‚Wer ist dieser Bursche?' frage ich. ‚Er ist der jüngste Sohn von Mario Molina', sagt man mir, ‚der stärkste Mann von Argentinien.'

Als ich diesem jungen Riesen die fünf Pesos bezahle, die er gewinnen hat, sage ich ihm: ‚Vielleicht wollen Sie mit mir kommen und den Platz meines Kraftaktes nehmen. Sie werden viel Geld in der Tasche haben und viele schöne Städte sehen, und wohin Sie gehen, werden schöne señoritas Ihre Stärke bewundern und die Ihren sein, wenn Sie es nur wollen.'

Aber El Toro sagt: ‚Ich will bei meinen Leuten bleiben. Ich bin hier zufrieden.'

‚Wieviel bekommen Sie bezahlen vom estanciero?' frage ich.

‚Zwei Pesos im Tag.'

‚Zwei Pesos? Das ist nur Spatzendreck. Von Luis Acosta werden Sie fünf Pesos bekommen, und wenn wir in Mendoza auftreten und die Leute die Hände nicht in den Taschen behalten, dann bekommen Sie zehn und vielleicht sogar fünfzehn Pesos im Tag. Sie werden nach Santa Maria zurückkommen und sich das schönste Mädchen im Dorf zur Frau nehmen.'

‚Sie meinen Carmelita Perez?' sagt El Toro.

Endlich habe ich seine weiche Stelle finden. ‚Natürlich meine ich Carmelita', sag ich. ‚Wen denn sonst? Sie werden mit genug Geld zurückkehren, sich ein Haus zu bauen. Für sich und Carmelita. Und aus Mendoza werden Sie ihr ein schönes Seidenkleid bringen, so fein wie irgendeines, das die Töchter von de Santos tragen.'

El Toro sieht mich lange an, und ich kann sehen, dass meine Worte in seinem Kopf arbeiten. ‚Ich werde meinen Vater um Erlaubnis bitten', sagt er mir. Der Vater bespricht es mit Mama Molina, die ist nie mehr reisen als fünfzig Kilometer aus Santa Maria hinaus. Sie ist sehr fürchten vor dem, was wird ihrem infante muy grande geschehen, wenn er in die grossen Städte geht. Aber die Brüder Ramon und Ráfael, die drängen den Vater sehr viel, er soll El Toro die Erlaubnis geben. Die Brüder haben Mario überzeugen, dass er El Toro die Erlaubnis gibt. Dann gibt es viel Umarmen und Weinen und Vaya con Dios, und El Toro hebt sein mächtige Körper auf mein Lastauto und winkt seine Familie mit seinen Riesenhänden ein Lebewohl zu. Ich fahre den Berg hinab, so schnell ich kann, weil ich fürchte, dass El Toro sich überlegen wird.»

«Riesensohn ländlichen Fassbinders verlässt Andendorf, um Kraftakt in Wanderzirkus zu werden», kritzelte ich. Das war eine jener Geschichten, die man über den Sportteil der Zeitungen hinausbringen konnte. Die Post oder Collier's könnten sie nehmen. Es könnte sogar ein bisschen Extrageld in einem Artikel stecken, der dem menschlichen Verlangen nach Stärke und Grösse einen Namen und eine Persönlichkeit gibt. Ich könnte mit einer Erwähnung der Juden in Palästina beginnen und ihnen Samson geben. Es würde gelehrt klingen, wenn ich zeigte, wie die Griechen Atlas verehrten. Herkules und Titan. Wie Rabelais seinen Gargantua erfand. Und jetzt Toro Molina. Für unsere Zeit würden wir einen eigenen Riesen servieren, der würdig war, Schulter an Schulter mit den erhabenen Riesen des Altertums zu stehen. Welch mächtige Taten würde unser Riese vollbringen, denen Samsons gleich, der aus den Bergen herabstieg, um für sein unterdrücktes Volk zu kämpfen. Atlas, der die Welt auf seinem muskelbepackten Rücken trug, und Herkules, der sich den Weg auf den Olymp hinauf erzwang. Um die klassische Atmosphäre zu behalten, könnten wir selbst den Deus ex machina hineinbringen, in der Person Nick Latkas, eines

Strolches von hoher Klasse, eines schleichenden Schiebers und eines Gutsbesitzers, der das Mittel ist, durch das ein riesiger Bauer aus den höchsten Bergen der Neuen Welt dem alten Muster folgt und vom Mann aus dem Volke zu einem Helden, dann einem Halbgott wird und schliesslich zu den Gottheiten der zeitgenössischen Mythologie gehört.

«Wohin ich komme, habe ich eine sehr grossen Erfolg mit El Toro», sagte Acosta, während ich mit der Idee spielte, einen Gott zu machen. «Die Leute haben nie sehen solche Grösse, solche Grossartigkeit von Muskeln. Weil ich El Toro so sehr liebe, gebe ich ihm nicht zehn Prozent vom Sammelteller. Ich lasse ihm fünfundzwanzig Prozent, weil ich habe versprechen, wenn er ins Dorf zurückgeht, wird er mehr Geld haben als alle Bauern zusammen. Aber El Toro geht auf den grossen Marktplatz in Mendoza, und wie ein Kind gibt er auch den letzten Centavo aus. Für seine Mama kauft er eine Schärpe und für Carmelita ein feines schwarzes Spitzenkleid und für sich selbst einen Zylinder, mit dem auf dem Kopf er zurückkommt. So ein Kind ist El Toro, und so wenig weiss er von der Welt.

Auf der anderen Seite der Promenade, gleich gegenüber meinem Zirkus auf dem grossen Rummelplatz von Mendoza ist mein guter Freund Lupe Morales, der der alte Sparringpartner von Luis Angel Firpo ist.

Lupe fordert die Zuschauer heraus, einer soll heraufkommen und sich drei Minuten lang gegen ihn im Ring halten. Ich sehe die Einnahme von Lupe Morales und ich beobachte die von El Toro Molina, und ich bin überraschen, dass Lupe, der im Boxen ganz erledigen ist, mehr Geld bringt als El Toro. Warum verschwende ich meine Zeit damit, in einer Schaubude Kleingeld aufzusammeln, wenn ich eine Goldmine in den Händen habe?

So mache ich mit meinem Freund Lupe ab, dass er El Toro die Wissenschaft des Wettkampf lehrt und dafür fünf Prozent von Geld bekommt, das El Toro im Ring verdient. Als ich El Toro erzähle, was ich habe machen, er sagt, er mag nicht. ‚Warum soll Lupe mich schlagen, und warum soll ich Lupe wiederschlagen, wenn wir nicht böse sind?' sagt er. Armer El Toro, er hat einen Körper wie ein Berg, aber ein Hirn wie eine Erbse. ‚Böse sein ist nicht nötig, El Toro', sage ich ihm. ‚Das Boxen ist ein Geschäft.' Aber El Toro ist nicht überzeugen.

Ich habe viel Sorgen, weil ich mein ganzes Leben lang denke, Luis, du bist zu schlau, um in der Provinz mit deinem kleinen Wanderzirkus zu sterben. Eines Tages wirst du was finden, was zu dein Hirn und zu deine Begabung passt. Und jetzt ist es in meiner Hand. Aber ich denke nicht nur an Luis Acosta. Ich denke auch an El Toro, der für mich zu einem Sohn werden. Ich habe sehen sein Haus im Dorf, und ich weiss, wie arm er lebt, trotz den vier Paar Armen von solche Stärke, die die Molinas haben.

So sage ich zu El Toro: ‚Ich biete dir die Gelegenheit, mehr Geld zu verdienen, als du je geträumt hast, dass es das in der Welt gibt. Wenn du bloss in den Ring kletterst und eine halbe Stunde lang boxst, verdienst du fünfhundert, vielleicht tausend Pesos. Komm mit mir nach Buenos Aires, und ich verdiene so viel Geld für dich, dass kannst nach Santa Maria zurückgehen, die Schuld auf dem Haus deines Vaters abzahlen und ein Dienstmädchen für Carmelita nehmen. Du kannst nach Sonnenaufgang im Bett liegen und deine Frau liebkosen und zu Hahnenkämpfen gehen und im Café sitzen und Wein trinken. Wie kannst du sagen, dass du sie liebst, wenn du nicht einmal dieses wenig für das Glück Carmelitas tun willst?'

Und so habe ich schliesslich El Toro überzeugen, denn in meiner eigenen Sprache bin ich sehr elocuente, obgleich Sie das nach meinem Englisch vielleicht nicht glauben werden, weil es an Mangel an Wortschatz leidet.»

«Zerbrechen Sie sich über Ihr Englisch nicht den Kopf», sagte ich. «Verglichen mit den Herren, die bei Stillman herumhocken, haben Sie den Wortschatz eines Tunney. Und der musste sich seinen auch mit viel Schweiss erwerben.»

«Sie sind sehr freundlich», sagte Acosta. «So bin ich jetzt bereit, meinen Bauernriesen zu einem Meister zu machen. Lupe kennt die Wissenschaft von el box nicht so wie Ihr Tunney oder der kleine Schwergewichtler Loughran, der bei das grossen Kampf in Buenos Aires seinen linken Handschuh im Gesicht von Arturo Godoy behält. Aber er kann El Toro zeigen, wie man den linken Fuss vorstellt und die rechte Hand unter dem Kinn, um den grossen Kiefer zu schützen. Er kann ihm zeigen, wie man sich auf den Fussballen im Gleichgewicht hält, so dass er bereit ist, vor- oder zurückzugehen, und er kann ihm zeigen, wie man mit der linken Hand vorstösst und mit der rechten querschlägt und sofort wieder in Stellung ist. Was man die Grundlagen der Selbstverteidigung nennt, ja? Er zeigt ihm, wie man einen Uppercut schlägt, wenn man ganz nahe ist, und wie man im Clinch die Arme eng an den Körper hält, so dass der Gegner einen nicht in die Rippen und auf die Nieren schlagen kann. Und das ist alles, was Lupe lehren kann, weil in dieser Wissenschaft mehr steckt als Lupe weiss.

Nach und nach lernt El Toro, denn er ist immer sehr ernsthaft an der Arbeit und versucht sehr, mir zu gefallen. Im Übungskampf mit Lupe ist er sehr stark, weil er die Lungen von ein Bullen hat, und im Clinch kann er Lupe wie eine Feder umherwerfen, und als er beinahe zwei Monate üben hat, sagt Lupe, er ist jetzt fertig für den Kampf in Buenos Aires.

So sind wir endlich in Buenos Aires, wo Lupe Morales vorsorgen hat, dass Luis Angel Firpo selbst einen Schaukampf mit El Toro zeigt. Als es vorüber ist, sagt Firpo den Zeitungen, dass El Toro stärker ist als Dempsey, wie Dempsey ihn sechsmal in der ersten Runde in dem Million-Dollar-Kampf im Staate New Jersey niederschlägt. So hat jetzt El Toro Molina schon viel Ruhm in Buenos Aires, und er ist gut dafür, mit Kid Salado zu kämpfen, dem Meister der Pampa. Vor der Arena sagt das Plakat in grossen Buchstaben: El Toro Gigantesco de Mendoza, der Riesenstier von Mendoza. Und darunter in kleinere Schrift ‚Unter der ausschliesslichen Leitung von Señor Luis Acosta'. Jedesmal, wenn ich dieses Plakat sehe, fühle ich mich sehr wohl. Wie sind Luis und sein Riese in der Welt hochgekommen! Alle spitzen die Ohren und bemerken es. Zwei Tage vor dem Kampf gibt es keine Karten mehr. Aus diesem grossen Stück Bauernlehm, das ich in den Bergen finde, habe ich machen den grössten Kassenmagneten von Südamerika.»

«Schon gut, schon gut. Was ist mit Salado geschehen? Diese Spannung bringt mich um», sagte ich.

«Im Kampf gegen Salado geht's über zehn Runden zum Unentschieden, was ganz gut für El Toro beim ersten Mal ist. Sie dürfen nicht vergessen, Salado ist ein Boxer von grosser Erfahrung, der viele Tricks kennt und Lupe Morales dreimal Knockout geschlagen hat. Für diesen Kampf zahlt man mir tausend Pesos, wovon ich Toro fünfhundert gebe, trotz ich all das Risiko übernehmen habe, dass ich mein Zirkusgeschäft aufgebe und alles, was ich habe, auf El Toro Gigantesco setze. Mit den fünfhundert Pesos ist El Toro sehr glücklich, besonders, als ich ihn ins Geschäftsviertel in der Roque Saens Pena führe. Ich bringe ihn zu einem

Schneider, der eigens für ihn einen schönen braunen Anzug mit roten und blauen Streifen macht, und El Toro lacht vor Glück, weil er nie zuvor einen eigenen Anzug hat. ‚Siehst du', sagte ich ihm. ‚Vertraue du Luis, der Vaterstelle bei dir einnimmt, und alles wird für dich gut ausgehen, wie ich versprechen habe.'»

«Das ist alles schön», unterbrach ich ihn, «voll von Zeug, das ich brauchen kann, aber jetzt gibt's bald Futter, und wir sind immer noch in Buenos Aires. Jetzt erzählen Sie mir das Neueste, wie Sie nach New York gekommen sind.»

«Viele Jahre lang», begann Acosta, «habe ich selbst den Traum, nach Nordamerika zu gehen. Ich kann meinen kleinen Zirkus nicht herbringen. Ich habe nicht genug Geld, um zum Vergnügen zu fahren. Aber jetzt, da ich El Toro habe, weiss ich, dass es die Gelegenheit für mich ist. Die Leute von Nordamerika, ich habe hören, geben viel Geld auf Sport aus. Und sie bilden auch grosse Mengen, um was Neues zu sehen. Mein El Toro Gigantesco, denke ich, wenn er an einem Abend in Buenos Aires tausend Pesos verdient, kann er zehntausend Dollar für einen Kampf in Nordamerika bekommen. Die Leute von Nordamerika sind – Sie werden entschuldigen – ein bisschen loco, so viele geben viel Geld aus, um ein Schwergewichtskampf zu sehen. Lupe erinnert sich an 1923, als er mit Luis Angel Firpo war, als am Abend achtzigtausend Personen bezahlen, um unseren Wilden Stier der Pampas gegen Jess Willard kämpfen zu sehen, als Willard vierzig Jahre alt ist. So habe ich grosses Zutrauen, dass El Toro ein noch grösserer Erfolg in Nordamerika wird als Firpo, der in zwei Jahren hier beinahe eine Million Dollar verdient hat.

Als ich El Toro sage, wir nehmen ein Schiff nach Nordamerika, ist er sehr fürchten. Er erinnert sich, dass der alte Mann im Dorf sagt, die Leute von Nordamerika mögen keine dunkle Haut. Die Eltern von El Toro haben spanisches Blut, aber da ist vom Grossvater her ein bisschen Negro, vielleicht ein Tropfen oder zwei. Die Haut von El Toro ist gelbbraun, weil er so viel Jahre in der Sonne der Anden steht. El Toro hat hören, dass man in Ihrem Lande die Schwarzen verbrennt. Er hat nicht die Intelligenz zu verstehen, dass das nicht an jedem Tag vorkommt.

So sag ich zu El Toro: ‚Du kennst das grosse Haus der de Santos, das auf dem höchsten Hügel aufragt, der dein Dorf und den Rio Rojas überblickt. Wenn du mit mir aus Nordamerika zurückkommst, wirst du Geld genug haben, ein Haus von so eleganten Massen auf der anderen Seite in Tale zu bauen. Die Leute deines Dorfes werden ihre Augen zu der casa de Molina erheben und sagen: «Schau, das ist sogar noch grösser als die casa de Santos.»' Für El Toro klingt das wie der grösste aller Träume, aber er hat lernen, seinem Luis zu vertrauen und ihm wie ein gehorsamer Sohn zu folgen. So sind wir endlich hier in Nordamerika, viertausend Meilen vom Dorfe Santa Maria. Wenn Sie das in die Zeitung bringen, dann schreiben Sie, bitte, wie stolz Luis Acosta ist, Ihrem grossen Lande den ersten wirklichen Riesen vorzustellen, der durch die Seile klettert und auf die Weltmeisterschaft losgeht.»

«Ist das alles, was Sie mir heute vormittag zur Veröffentlichung geben können?» fragte ich.

«Noch eine Kleinigkeit», sagte Acosta. «Wenn Sie meinen Vornamen schreiben, dann seien Sie, bitte, so freundlich, kein o hineinzuschreiben, einfach die vier Buchstaben, bitte: L–u–i–s, ausgesprochen, wie man es schreibt.»

«Ich werde daran denken», sagte ich.

«Ich danke Ihnen sehr», sagte Acosta. Er war ein gespannter, egozentrischer kleiner Mann, dem es offensichtlich ungeheure Freude machte, diese Geschichte immer wieder zu erzählen. Seine Persönlichkeit war eine Mischung aus Romantik und Materialismus, Wohlwollen, Habgier und vielen Jahren unbefriedigter Eitelkeit, die jetzt alle durch seine väterliche und einträgliche Schöpfung erfüllt werden sollten.

«Und jetzt habe ich da noch eine persönliche Angelegenheit, in der ich Sie um Ihren Rat bitten möchte», sagte Acosta. «Es ist die Frage von Anteil. Als ich nach New York komme, habe ich sehr grosse Schwierigkeiten, einen Match für El Toro zu veranstalten. Um einen guten Match zu bekommen, muss man seinen Namen sehr oft in der Zeitung haben. Man muss viel Geld für die Vorbereitung haben. Und um im Hallenstadion zu kämpfen, muss man Miester Jacobs kennen.»

«Wie lange sind Sie jetzt schon hier, Acosta?» fragte ich.

«Wir sind jetzt neun Wochen in Ihrem Lande.»

«Dann kommen Sie ja schön voran», sagte ich.

«Fünfundzwanzig Jahre im Zirkusgeschäft», sagte Acosta. «Ich lerne, die Leute dumm zu machen und nicht mich. Ich sehe sehr schnell, das amerikanische Boxbusiness ist für Luis fest verschlossen.

Es ist unbedingt nötig, Teilhaber zu haben, der Beziehungen hat. Ich lerne Miester Vanneman in der Sporthalle kennen. So wie er spricht, ist er ein Manager von sehr grosse Bedeutung. So verkaufe ich ihm fünfzig Prozent von El Toro für fünfundzwanzig Hunderter. Aber eine Woche darauf bin ich verwundern zu hören, dass Miester Vanneman hat verkaufen vierzig Prozent seines Anteils an Miester Latka für fünfunddreissig Hunderter. Dann lässt mich Miester Latka holen. Miester Vanneman kann El Toro nicht ins Stadion bringen, sagt Miester Latka mir. Er ist der einzige, der die Verbindungen dazu hat, er sagen. So macht er mir das Angebot, auch für fünfunddreissig Hunderter vierzig Prozent von meinen Anteil zu kaufen. Nur, wenn Sie entschuldigen, es ist nicht ganz ein Angebot. Wenn ich ihm diese vierzig nicht gebe, sagt mir Miester Latka, dann kann ich meinen El Toro gleich nach Argentinien zurückbringen. Es scheint, er hat die Macht, mich aus dem Stadion und den anderen Plätzen rauszuhalten. So sehen Sie, Miester Lewis, ist die Stellung für mich sehr schwer. Für all meine Arbeit bleiben mir nur zehn Prozent. Und davon habe ich versprechen, Lupe Morales die Hälfte zu zahlen. Ich bin nicht nur wegen Geld gekommen, aber für mich ist das eine sehr grosse Enttäuschung.»

Ich durchging im Geiste schnell die Anzahl der Aktionäre. Achtzig Prozent von der Einnahme des Managers für Latka, das hiess vierzig zu vierzig für ihn und Quinn, zehn für McKeogh, zehn für Vanneman, zehn für mich, fünf für Acosta, fünf für Morales, das machte zusammen hundertzwanzig Prozent. Ein bisschen schwierig. Nicht so verwickelt wie manche von Nicks Geschäften, aber wohl jenseits von einfacher Arithmetik. Keine Gleichung, die man im Kopf ausrechnen konnte, wenn man nicht Nicks Kopf hatte, in welchem Fall man sich keine Sorgen um solche mathematischen Probleme machte, wie man eine Torte in fünf Viertel teilt. Entweder Nicks Kopf oder Nicks Buchhalter Leo Hintz. Leo war ein sauberer, ernsthafter Mann mittleren Alters, der wie ein Kleinstadtbankkassierer aussah. Und das war er wirklich gewesen. In Schenectady. Bis seine dreissig Dollar die Woche ihm das Gefühl gegeben hatten, dass ein Wechsel nötig wäre. Unseligerweise für Leo war dieser Wechsel eine kleine Änderung einiger seiner Buchungen, eine kleine Angelegenheit von einer Ziffer hier und einer dort, die zusammen eine Extranull am Ende von Leos 1560

Dollar im Jahr ausmachten. Aber bald darauf wurde Leos Einkommen auf die fünfzig Cent im Tage gekürzt, die der Staat New York den Insassen des Gefängnisses Sing Sing zahlt. Leo war eine Art mathematischen Genies mit einem Naturtalent für ruhigen Betrug, ein moderner Strassenräuber, der seine schwarze Maske gegen einen grünen Augenschirm vertauscht hat.

«Miester Lewis», fuhr Acosta fort und zeigte seine kleinen, weissen Zähne in einem gespannten, freudlosen Lächeln. «Da Sie so simpático sind, werde ich mir die Freiheit nehmen, Sie um einen sehr grossen Gefallen zu bitten. Miester Latka hat Sie sehr gern, so denke ich, dass Sie vielleicht so freundlich sein werden, ihn zu ersuchen, bitte, meinen Anteil ein klein bisschen grösser zu...»

«Schauen Sie, amigo», sagte ich. «Kommen Sie mir nicht mit diesem Simpático-Mist. In Mexiko bin ich jedesmal hineingelegt worden, wenn einer mir gesagt hat, dass ich simpático bin. Nick mag mich, weil er mich braucht. Aber so sehr braucht er mich nicht. Sie haben Ihr Geschäft abgeschlossen. Wenn Sie mich nach meiner Meinung fragen, haben Sie Glück gehabt, dass Sie mit zehn Prozent weggekommen sind. Vielleicht ist das seine Vorstellung von gutnachbarlicher Politik.»

Acosta legte ein kurzes Bein über das andere, wobei er seine Hosen sorgfältig hochzog, um die Bügelfalten zu schonen. In Mendoza muss er ein gerissener kleiner Geschäftsmann gewesen sein. Hier war er bloss ein kleiner Hausierer. «Aber zehn Prozent, die ich mit Lupe Morales teilen muss, ist wie ein Fliegendreck. Besonders, wenn es meine Idee ist, die grosse Idee, einem Riesen Boxhandschuhe anzuziehen, ein Einfall, der Miester Latka viel Geld bringen wird. Er wird dankbar sein, ja?»

«Er wird dankbar sein, nein», sagte ich. «Das Wort brauchbar versteht er, aber dankbar – das ist zu abstrakt.»

Acosta schüttelte den Kopf. Er war verlegen und verwirrt. «Ihr Nordamerikaner, ihr seid so ohne Umschweife. Ihr sagt nicht nur, was ihr denkt, ihr sagt es auch sofort. In meiner Heimat» – er beschrieb mit seiner Zigarettenspitze einen grossen Kreis in der Luft – «sagen wir Dinge so, anstatt» – er durchschnitt den imaginären Kreis mit einem scharfen Streich abwärts – «so». Er schloss die Augen, rieb das rechte Lid mit dem Daumen, das linke mit dem Zeigefinger, als ob ihm der Kopf wehtäte. Hier sass er, viertausend Meilen weit von Santa Maria, mit nur fünf Prozent eines Traumes.

FÜNFTES KAPITEL

WENN man Toro Molina zum ersten Mal sah, schien er so gross, dass man ihn in Abschnitten ansehen musste, so wie ein Photoapparat einen Wolkenkratzer aufnimmt. Der erste Blick nahm überhaupt keine Züge wahr, gab einem nur den Eindruck von einer unglaublichen Masse. So sieht ein Mann einen Berg, an dessen Fusse er steht. Als Nick ihn auf die Sonnenveranda führte, wo Acosta und ich die beiden erwartet hatten, versuchte ich dann, zu dem Gesicht hinaufzuschauen, das einen vollen Fuss hoch über meinem war. Ich kam mir vor wie ein Kind, das in einer Schaubude zu dem «Grössten Mann der Welt» aufblickt.

Als ich Toro damals ansah, kam mir das Wort «Riese», mit dem Acosta mir dauernd in den Ohren gelegen hatte, gar nicht in den Sinn. Mir fiel nur das Wort «Ungeheuer» ein. Seine Hände waren ungeheuer, die Grösse seiner Füsse war ungeheuer, und sein übergrosser Kopf wurde in meiner Vorstellung sofort zu dem eines Neanderthalers, der vor vierzigtausend Jahren durch unsere Welt gestreift war. Wie er sich langsam mit unbeholfenem schwingendem Gang bewegte, wie er sich tief bücken musste, um durch die Tür auf die Veranda zu kommen, war fast ebenso verwirrend, als wäre im Naturhistorischen Museum eines der präparierten Skelette des Urmenschen plötzlich auf einen zugekommen und hätte einem zur Begrüssung eine Knochenhand gereicht. Aber hätte jemand eine Wette darauf gelegt, wer von uns allen am verwirrtesten war, dann hätte er auf Toro setzen müssen.

Toro benahm sich wie ein grosses Weidetier, ein Stier oder ein Pferd, das plötzlich mit dem Lasso eingefangen und in ein Haus geführt wurde. Als er Acosta sah, schien er erleichtert. Acosta sagte schnell auf spanisch: «El Toro, komm her, ich will dich einem neuen Freund vorstellen.» Und Toro kam gehorsam her und stellte sich ein wenig hinter Acosta, als suchte er Schutz bei dem kleinen, dicklichen Mann, der sich auf die Zehen hätte stellen müssen, um ihm auf die Schulter zu klopfen. Der braune Anzug mit den roten und blauen Streifen, den Acosta ihm in Buenos Aires gekauft hatte, sass in den Schultern knapp, die Hosen waren eng, und die Ärmel waren um ein paar Zoll zu kurz. Als der erste Schrecken verklang, sah ich ihn genauer an. Ich erinnere mich, dass ich damals an einen dressierten Affen von albdruckerregenden Proportionen dachte, der wie ein Mensch angezogen war und unter dem wachsamen Blick des Drehorgelmannes mechanisch seine Kunststücke zeigte. Nur brauchte in diesem Falle Acosta sich kein Instrument über die Schulter zu hängen. Er spielte seine eigene Musik und schrieb seine eigenen Texte, und es sah aus, als könnte er sie unermüdlich hinausorgeln.

«El Toro», sagte Acosta (und selbst die Art, wie er diesen Namen scharf ausrief und dann einen kleinen Augenblick lang pausierte, erinnerte mich an die Art, wie ein Dompteur die Aufmerksamkeit seines Tieres auf sich richtet, ehe er den Befehl gibt), «gib Miester Lewis die Hand.»

Toro zögerte einen Moment lang, gerade so, wie man es schon hundertmal bei dressierten Tieren gesehen hat, und dann gehorchte er. Ich hatte Angst, es würde so sein, als ob ich meine Hand in einen Fleischwolf steckte, aber er ergriff sie nicht sehr fest. Er war seiner selbst nicht sicher, glaube ich. Es fühlte sich eher an wie die Spitze eines Elefantenrüssels, die sich einem in die Hand drückt, wenn man das Tier mit Erdnüssen füttert. Schwer und schwielig, unnatürlich und von einer seltsamen, massigen Sanftheit.

«Con mucho gusto», sagte ich und warf sechs Monate Mexiko in die Bresche.

Toro nickte nur gleichgültig. Nachdem wir einander die Hand gereicht hatten, trat er wieder hinter Acosta und sah fragend auf ihn hinunter, als wartete er auf das nächste Kommando.

«Was hältst du von dem, Eddie?» fragte Nick. «Meinst, wir sollten ihn stockwerkweise vermieten wie das Empire State?»

Das war der erste der Molinawitze. Diesmal lachte ich, aber lieber Himmel, wie müde dieser Witze über Molinas Grösse sollte ich noch werden!

Wenn Nick Witze machte, fühlte er sich wohl. «Na, hast du alles bekommen, was du wolltest?» fragte er mich. «Hat der kleine Kerl gesprochen?»

«Ein ganzes Buch voll», sagte ich.

«He, das ist gar keine so schlechte Idee, ein Buch», sagte Nick. «Vielleicht eines von diesen Bildbüchern. Wie dieser Übermensch. Kennst du die Auflage von ‚Übermensch'? Acht, zehn Millionen. Für ein paar Cents das Stück, nicht schlecht.»

Eines Tages, wenn eine neue Ausgabe der «Geschichte der grossen amerikanischen Vermögen» vom alten Gustavus Meyer erscheint, wird man vielleicht lesen, wie Nicholas Latka (der berühmte Ururgrossvater von Nicholas Latka III.) seines erwarb. Das kann dort neben den Geschichten von den Vanderbilts und den Goulds und den übrigen der Auserlesenen stehen, die wussten, wann man ein Gesetz überschreitet und wann man eines erlässt.

«Kommt raus», sagte Nick. «Ich will ihn den andern zeigen.» Er nickte Toro lachend zu. «Komm mit mir, Dreikäsehoch.»

Acosta beugte sich nach hinten und sagte leise: «Folge ihm.» Toro nickte auf seine gehorsame Bauernart und führte Acostas Befehl buchstäblich aus. Langsam und ungeschickt schwingend, trat er genau in Nicks Fusstapfen. Plötzlich blieb Nick stehen und sagte halb im Scherz: «Sag ihm um Christi willen, er soll nicht so hinter mir gehen. Da hab ich das Gefühl, dass ein Elefant mir nachläuft.»

Acosta übersetzte das, und Toro fasste es wohl als Vorwurf auf, denn er eilte sich, neben Nick zu kommen. In seiner Hast stolperte einer seiner gewichtigen Füsse über einen Leitungsdraht, er schwankte vorwärts und verlor fast das Gleichgewicht. Ungeschickt flatterte er mit den Armen, um sich aufrecht zu halten. Er war entschieden kein Nijinsky. Aber danach kann man nicht immer urteilen. Ich habe schon ein paar plattfüssige, ungeschickte Burschen im Ring recht flink und gewandt gesehen.

«Was war das, Eddie?» fragte Nick. «Ist der richtig ausgeschlagen worden oder nur ausgerutscht?»

Er sah mich zwinkernd an und schlug mich spielerisch gegen den Kiefer.

Beth sass auf der Terrasse. Sie war allein und für ihre Verhältnisse ein wenig verwirrt.

«Tut mir leid, dass es so lange gedauert hat», sagte ich. «Alles in Ordnung?»

«Ich freue mich, dass ich gekommen bin», sagte sie doppelsinnig. «Aber ich glaube, das nächste Mal lasse ich dich allein gehen.»

Vielleicht war es ein Fehler gewesen, Beth in Nicks Gesellschaft zu bringen. Sie war ein Mädchen, das sich leicht von Amherst auf New York umgestellt hatte, aber man musste kein Hellseher sein, um zu bemerken, dass dies eine Welt war, die sie nicht kannte und nicht kennenlernen wollte. Und doch war sie wider Willen von alledem seltsam angezogen, als wäre es eine Schaubude voll Abnormitäten. Sie lächelte mir kurz zu, aber in ihrem Lächeln lag eine Spur von Angst.

«Wie steht es denn in dieser Gesellschaft mit der Hausfrau?» fragte sie.

«Ach, Ruby kann sich um ihre Gäste kümmern oder auch nicht. Ich hab Ruby ganz gern.»

«Mich macht sie nervös. Ich konnte nicht mit ihr ins Gespräch kommen. Ich habe mein Bestes getan, aber das war nicht gut genug, um sie von dem Buch, das sie las, loszureissen.»

Ich nahm Beth am Arm und führte sie zu Ruby hinüber, die auf einem Liegestuhl mit Rädern lag. Als sie zu uns aufsah, fragte ich sie: «Was lesen Sie da?»

Sie hielt das Buch hoch, so dass wir es ansehen konnten. «Das ist jetzt der grösste Bestseller», sagte Ruby. Es war eines dieser Achthundertseitenpakete, und der Umschlag zeigte eine Hedy Lamarr des siebzehnten Jahrhunderts, deren Leibchen beinahe platzte. «Die Gräfin benahm sich schlecht», hiess es.

Ruby verbrachte auf dem Lande die meiste Zeit mit der Lektüre von solchem Gräfinnenzeug. Ich weiss, dass Nick recht stolz auf ihre intellektuelle Beschäftigung war und darauf, dass sie Woche für Woche solche Bücher verschlang. «Wir haben eine mächtige Bibliothek dort draussen», sagte Nick mir einmal. «Ich wette, Ruby verschlingt drei Bücher in der Woche. Erinnert sich auch an das, was sie gelesen hat.» Ruby hatte ihr schönes, faltenloses Gesicht nie dem Druck der Literatur ausgesetzt, bevor sie aufs Land gekommen war, wo sie mit sich nichts anfangen konnte. Nun aber hatte sie eine innige Beziehung zur europäischen Geschichte entwickelt. Sie konnte mit ebenso viel Sicherheit über die Hintertreppenaffären der heissblütigen Hofdamen Karls des Ersten sprechen wie über die Ehestreitigkeiten ihrer Köchin Ethel.

Wenn Ruby nicht ihre Zuckerwassergeschichte verschlang, fuhr sie entweder in ihrem Auto in die Kirche oder sie trank Manhattans. Ihr Leben auf dem Lande schien in diese drei Phasen zu zerfallen. Sie war sehr gefühlvoll, was ihre Religion betraf, und hatte die Bewunderung und das Verantwortungsbewusstsein eines Schulmädchens für ihren Gottesdienst. Gottesdienste waren das einzige, das sie vor Mittag aus dem Bett reissen konnte, wenn ihr Kater nicht zu arg war. Gewöhnlich begann sie gegen drei Uhr zu trinken. Einmal war ich eine ganze Woche lang auf dem Gut, um eine Arbeit fertigzumachen, und Ruby kam jeden Abend mit einem guten Dreistundenvorsprung zu den Cocktails herunter. Ein Fremder hätte das gar nicht bemerken können. Sie vertrug den Alkohol recht gut, aber ihre Augen wurden sehr ernst und feucht, und je nach der Stimmung, in der sie zu trinken begonnen hatte, brachte sie das Gespräch auf Religion oder das Geschlechtsleben. Zu diesem arbeitete sie sich auf dem Umweg über Metternichs Geliebte oder Napoleons Schwester oder sonst eine vollbusige Fussnote der Geschichte hin. Geschah dies, so beugte sie sich vor, sprach fieberhaft, kam mit ihrem Gesicht immer näher und näher zu einem, so dass man das Gefühl bekam, es könnte geschehen, wenn man es nur richtig versuchte.

Das mag ungerecht sein. Niemals ist etwas zwischen uns vorgefallen, und es hätte mich nicht überrascht, wenn Ruby wirklich so tugendhaft gewesen wäre, wie sie sich am Sonntagmorgen auf dem Heimweg von der Kirche vorkam. Aber es hätte mich ebensowenig überrascht, wenn sie alles das gewesen wäre, was der Klatsch von ihr berichtete. Ihr Benehmen war immer gesetzt und damenhaft, aber in ihren schwarzen, ungewöhnlich geweiteten Augen war etwas, das einem den unangenehmen Eindruck einer tiefen, beherrschten Unbeständigkeit machte.

Es war dieser unbestimmte, aber sehr lebhafte Eindruck, glaube ich, weit mehr als irgendeine Gewissheit, der die Gerüchte über Ruby hatte entstehen lassen. Felix Montoya, der Leichtgewichtler aus Puerto Rico, einer von Nicks Burschen, hatte mir eine dicke Lügengeschichte erzählt, die angeblich geschehen sein sollte, als er auf dem Gut trainierte. Nick hat dort seine eigene Sporthalle mit einem Ring und guter Ausrüstung. Felix war drei Wochen lang dort gewesen, als er sich auf seinen Titelkampf gegen Angott vorbereitete. Felix erzählte mir, er hätte Ruby jede Nacht gehabt ausser an den Wochenenden, wenn Nick herüberkam. Und Felix erzählte mir noch etwas, über das ich immer noch nachdenken muss. Felix machte ihr das grösste Kompliment, das er kannte, als er sagte, ihre Reaktion hielte gut den Vergleich mit dem Besten aus, das Puerto Rico zu bieten hatte. Aber es machte ihn sehr nervös, sagte er, wenn sie, während sie in ihrem grossen Doppelbett lagen, ihren Arm ausstreckte, das Telephon auf dem Nachttisch nahm und Nick in New York anrief. Dann drückte sie Felix mit einem

Arm an sich, machte ihm ein Zeichen, so ruhig wie möglich zu sein, und hielt ein typisch ehefrauliches Gespräch mit Nick. «Hallo, Liebling. Wie steht's in der Stadt?... Soll ich dir etwas Besonderes zum Abendessen besorgen?... Natürlich fehlst du mir, du Dummer... Sei jetzt schön brav... Adieu, Schatz.»

Natürlich ist das die Geschichte, die Felix erzählt, und wenn man ihm zuhört, dann schläft er mit jeder Frau, die er kennenlernt. Hätte er seine Kampfkraft nicht in jemandes Bett gelassen, dann wüsste ich nicht, wer für die Farce verantwortlich war, die er im Ring mit Angott aufführte. Auf Grund dieses Walzers von Felix war ich schon halb bereit, seine Geschichte zu glauben. Aber diese Telephongeschichte war zu wild, als dass ich sie hätte schlucken können. Und doch schlug ich mich mit mir selbst in dieser Einmanndebatte auf kurze Distanz herum. Die Geschichte war so bizarr, dass es mir unwahrscheinlich schien, dass Felix so viel Phantasie hätte, sie zu erfinden.

Jedenfalls war Nick zufrieden, ganz gleich, wie die Sache wirklich stand. Diese Geschichte hätte er nur vom Killer erfahren können, und Ruby war die einzige Frau der Welt, über die der Killer völlige Diskretion bewahrte. So hatte Nick immer noch die gleiche Empfindung wie bei seiner Heirat – dass es das Gescheiteste war, was er je unternommen hatte. Mit diesen Worten sprach er oft davon, als wäre Ruby ein Vorzugsinsasse von Nicks Stall. Und Ruby war Nick eine gute Frau, immer da, wenn er sie brauchte, eine warmherzige, anmutige Gastgeberin, die gut sprach und tadellos gepflegt war, viel Klasse in der Auswahl ihrer Kleider bewies und sie geschickt trug, ein braves Mädchen, das jeden Sonntag zur Kirche ging und das Bücher las.

Von unseren Sitzen aus beobachteten wir die Menge, die sich auf der Terrasse und dem Rasen davor versammelt hatte. Nicks Teilhaber Jimmy Quinn und seine Frau und Mrs. Lennert, die Frau des alten Schwergewichtsmeisters, plauderten miteinander. Quinns Gesicht und Gestalt, seine Glatze, seine Kleidung und seine Manier, aus dem Bauch heraus zu lachen, waren genau das, was man von allzu vielen irischen Politikern zu erwarten gelernt hatte. In seiner Jugend muss er ein scharfes, angriffslustiges Gesicht gehabt haben, aber Jahre des Wohlstandes und der Nachgiebigkeit gegen sich selbst hatten die harten Züge durch Fett erweicht, und seine gerötete Haut, die in Wirklichkeit nur von hohem Blutdruck kam, verlieh ihm das freundliche, wohlwollende Aussehen eines bartlosen Weihnachtsmannes. Er trug seine gute Laune immer dick auf, und da er fest daran glaubte, dass alle Iren grosse Witzbolde seien, liebte er Wortspiele und altersgraue Dialektgeschichten. Quinns Anpassung ans Landleben bestand daraus, dass er seinen dreiknöpfigen Einreiher ausgezogen hatte. Jetzt sass er mit offenem Hemdkragen da, mit weissen Hosenträgern und Ärmelhaltern, hohen, schwarzen Schnürschuhen und einem Strohhut mit herabgebogener Krempe. Quinn hatte eben etwas gesagt, das witzig sein sollte, denn er warf sein Gesicht zurück und lachte aus vollem Halse, während die beiden Frauen höflich lächelten. Als er bemerkte, dass ich hinübersah, winkte er mir leutselig zu und fragte: «Wie geht's, junger Mann?» Und dabei lächelte er sein wählerfangendes Lächeln. Die Herzlichkeit des Ehrlichen Jimmy Quinn war ganz und gar nicht mechanisch. Er klopfte einem auf den Rücken, schüttelte einem die Hand und brachte einen zum Lachen, als ob es ihm wirklich Freude machte. Er war ein ganz reizender Kerl, dieser Jimmy Quinn, und das sagte jeder, ein ganz reizender Kerl. Es gab nichts in der Welt, das der Ehrliche Jimmy nicht für einen getan hätte, wenn man ihn darum bat, ausser wenn man das Pech hatte, ein Nigger oder Republikaner zu sein oder unfähig, ihm Gegendienst zu leisten.

Mrs. Quinn war eine ungeheure Dame mit mächtigem Busen. Sie nannte ihren Mann immer «den Richter», denn am Anfang seiner Karriere, als er es sich noch nicht leisten konnte, politische Arbeit ohne ein festes Gehalt zu verrichten, hatte er sich von seiner Gruppe ins Bezirksgericht wählen lassen.

Im Gegensatz zu ihr war Mrs. Lennert eine unscheinbare, ruhige Frau, die eher wie die Frau eines Lastwagenfahrers oder eines Bergmannes aussah als wie die eines berühmten Faustkämpfers. Sie trank nicht. Sie sass ruhig da, und ihre Haltung verriet höfliche Langeweile. Sie unterbrach ihr Schweigen nur gelegentlich mit einem «Gus, ein bisschen ruhiger» oder «Paul, nicht so laut», während sie ihre drei Söhne von vierzehn, zwölf und acht Jahren unter ihrem mütterlichen Auge hielt. Die Buben spielten auf dem Rasen Ball mit ihrem alten Herrn.

Der grosse Gus war ein guter Allroundsportler, der eine Zeitlang Ballwerfer bei Newark gewesen war, ehe er in den Kampfsport einbrach. Boxen war für ihn lediglich ein Erwerbszweig. Seine wahre Liebe war Baseball. Ich glaube nicht, dass die Yanks in den letzten Jahren jemals ein Doppelspiel auf dem eigenen Platz gespielt haben, ohne dass Gus und die drei Buben auf ihren gewohnten Sitzen hinter der ersten Basis sassen. Gus war in der Sportwelt nicht gerade einer der beliebtesten Leute, weil es sich herumgesprochen hatte, dass er vor einer Rechnung eines Kellners Reissaus nahm, als ob sie ihn in die Hand beissen wollte. Gus war ein Geschäftsmann. Er wusste, dass er nur noch für eine gewisse Anzahl von Kämpfen, für eine gewisse Anzahl von Börsen gut war, und er wollte sicher sein, dass ihm ein bisschen mehr als genug übrigblieb, wenn er sich wieder als Restaurateur niederliess.

Auf dem Rasen stellte Nick Acosta und Toro Danny McKeogh vor, der sie säuerlich abschätzend anblickte, und dem Killer und dem kleinen Garderobemädchen mit dem Pekinesengesicht aus dem Diamond Horseshoe, das eben in dem gelben Chryslersportwagen des Killers gekommen war. Acosta küsste die Hand des Püppchens und verbeugte sich elegant vor den anderen. Toro stand verlegen an seiner Seite. Der Killer nahm die Haltung eines Boxers ein und machte eine Finte mit seiner Linken, als wollte er auf Toro losschlagen. Alle lachten, nur Toro nicht. Er stand nur da und wartete darauf, dass Acosta ihm sagte, was er tun sollte.

Als wir im formellen Speisezimmer vor der Marmorstatue von Diana mit ihrem Bogen zum Mittagessen Platz nahmen, zählte ich schnell die Anwesenden. Wir waren dreiundzwanzig – ein typisches Sonntagsessen bei Latka. Nick, immer noch im Reitanzug, sass an dem einen Tischende, Ruby am anderen. Neben Nick sassen die Quinns, zwischen ihnen ein Herr, der streng anonym blieb. Dann kamen Vince Vanneman und Barney Winch und sein Gefolgsmann. Weiter unten sassen die Lennerts, der Killer, die Pekinesin, Nicks Sohn und sein Tennispartner, Danny McKeogh, dann Toro und Acosta, und Beth und ich sassen zu beiden Seiten von Ruby. Die Männer hatten sich nicht die Mühe genommen, ihre Jacken anzuziehen, und Nick kippte seinen Stuhl zurück, wie er es immer im Büro tat. Aber falls der Diener, der einen eleganten Smoking trug, diese gemischte Versammlung verachtete, verbarg er seine Gefühle hinter einem sorgfältig gepflegten Pokergesicht. Er bediente jeden der Anwesenden ohne Rücksicht auf Stellung oder Bildung mit der unpersönlichen Fürsorge und der übermässigen Förmlichkeit, die ein Zeichen seines Berufes sind.

Der anonyme Herr hatte ein dickes, schlaues Gesicht mit dunklen, schweren Wangen, das immer undurchdringlich aussah. Nick nahm sich nicht die Mühe, ihn der Gesellschaft vorzustellen, und er sass schweigend da und rollte Brotkügelchen. Wenn Vanneman mit ihm sprach, tat er das voll scheuer Ehrfurcht und ohne eine Antwort zu erwarten. Ich dachte sofort, und später wurde meine Meinung bestätigt, dass er der Leiter einer Bande war, die sich in Nicks Schiebungen eingedrängt hatte. Diese Meinung beruhte nur auf einer Vermutung. Später erfuhr ich dann einiges über ihn. Die Polizei suchte ihn, um ihn wegen eines Mordes zu verhören, den einer seiner Leute angeblich in der oberen East Side begangen hatte. Seinerzeit hatte er praktisch den ganzen Markt von erstklassigen Mittelgewichtlern beherrscht, und er war immer noch ein Mann, den man gern auf seiner Seite hatte, wenn man eine Chance im Hallenstadion haben wollte. Es schien mir aber besser für meine Gesundheit, nicht danach zu fragen, was er Nick oder Nick ihm bedeutete.

«Alles, was ihr hier esst, kommt von diesem Gut», rief Nick über den Tisch herüber. «Ist alles unser eigenes Zeug, sogar das Fleisch.»

«Selbstgemachtes Rindvieh, was?» sagte Quinn. Er wandte sich an Barney und den anderen Spieler und begann schon zu lachen. «He, Burschen, ihr glaubt doch nicht, dass Nick uns selbst zu Rindviechern macht?» Er brüllte vor Lachen, blickte umher, um zu sehen, dass alle seinen Witz schätzten, wiederholte ihn dann und brüllte wieder los. Toro ass hungrig seinen Obstsalat und hielt den Kopf gesenkt wie ein Kind, dem man gesagt hatte, es sollte sich nicht in die Unterhaltung der Erwachsenen einmengen.

Nick sah zu Toro hinüber und nickte. «Du hast Glück, dass du nicht Englisch verstehst. Wir anderen müssen über Jimmys faule Witze lachen.»

Der Killer begann zu lachen wie eine Claque. Alle schauten Toro an, nickten und kicherten. Toro hörte auf zu essen und sah fragend umher. Er hatte den Eindruck, dass man ihn auslachte. Er presste seine dicken Lippen zusammen, und seine Augen suchten voll Verwirrung Acosta. Acosta sagte hastig ein paar Worte auf spanisch, und Toro nickte und ass weiter. Ich beobachtete, wie sein grosses Gesicht arbeitete, während er kaute. Es war nicht das edle, grossartige Gesicht des Colossus. Es war im wesentlichen ein Bauerngesicht mit sanften braunen Augen, schweren Lidern, einer knolligen Nase, einem starken Kiefer und einem grossen, sinnlichen Mund, zu dessen beiden Seiten dunkle, eingefallene Stellen waren, die eine Gesundheitsstörung andeuteten, vielleicht von Drüsen verursacht. Es war ein Kopf, den El Greco in seinen dunklen, melancholischen Gelbtönen hätte malen sollen, und das Modell wäre schon durch den Astigmatismus des Künstlers vergrössert und verzerrt worden. Wenn er überhaupt aufblickte, bemerkte ich, dass er Ruby schnelle, heimliche Blicke zuwarf. Das war verständlich, denn Ruby wirkte magnetisch in ihrer weissen, durchscheinenden Seide, mit ihrem zurückgekämmten Haar und den Jade-Ohrringen, die hin- und herschwangen, wenn sie lebhaft sprach, halb nach der Art der Park Avenue und halb nach der der Zehnten.

«Ist das nicht ein tolles Buch?» sagte Ruby. «Ich kann es kaum erwarten, den Film zu sehen. Was meinen Sie, wer sollte Desirée spielen? Ich hab gelesen, dass Danton Walker sagt, Olivia de Havilland. Können Sie die als Desirée sehen? Paulette Goddard! Die ganze Zeit, als ich es las, sah ich Paulette Goddard vor mir.»

Beth sah mich eine Sekunde lang an, aber sie sagte nichts. Ich meine, sie sagte nichts von allem, was als Antwort nahegelegen hätte. Es war etwas Rührendes an Rubys Entdeckung der Literatur und an Nicks Stolz darauf, so dass einem die leichten Witze in der Kehle stecken blieben. Wie das Kind aus dem Elendsviertel, das im Rinnstein auf- und abgleitet und voll Verwunderung ruft: «Schau mich an, ich tanze! Ich tanze!» Für Ruby hiess es: «Ich lese! Ich lese!»

«Ich bin ganz vernarrt in Geschichte», sagte Ruby. «Sie ist so viel interessanter als alles, was heute vorgeht. Manchmal versuche ich, Nick zum Lesen zu bringen, aber er ist ein hoffnungsloser Fall.»

«He, Baby», rief Nick vom anderen Ende des Tisches herüber und gestikulierte mit einem grossen gelben Maiskolben, den er in der Hand hielt. «Alles in Ordnung an deinem Ende, Baby?»

Ruby lächelte ihn nachsichtig an und blickte um Entschuldigung bittend auf uns. Dieses Lächeln und dieser Blick zeigten deutlich, wie es zwischen den beiden stand. Nick war ein wundervoller Gatte, sorgte gut für sie und war noch immer in Ruby verschossen. Sie wollte, dass er diese primitiven Regungen langsam überwände. All diese Bücher, der Anstand des gesellschaftlichen Lebens, das geschliffene Benehmen der Kavaliere hatten ihr einen Standpunkt gegeben, von dem aus sie Nick und seine grossmäuligen Freunde kritisierte.

«Schaut Ruby an», sagte Nick lachend. «Sie glaubt, dass ich mich vor Albert blamiere.» Albert reichte wieder das Roastbeef herum. Kein Muskel seines Gesichts verriet, ob er gehört hatte, dass sein Name ins Gespräch gezogen wurde. Als er Nick die grosse Silberschüssel hinhielt, sagte Nick: «Bloss weil ich mit den Fingern esse und mir die Jacke nicht anziehe, halten Sie mich doch nicht für einen Landstreicher, nicht wahr, Albert?»

«Nein, Sir», sagte Albert und ging weiter, um Quinn zu bedienen, der noch drei Scheiben Roastbeef und zwei grosse Kartoffeln nahm.

«Na, was sagst du jetzt, Ruby?» rief Nick befriedigt. «Der bestangezogene Bursche hier, und er nimmt meine Partei.»

Nick konnte sich besser benehmen, ein bisschen besser, aber manchmal machte es ihm Spass, den Lümmel zu spielen, um sich vor seinen Freunden zu zeigen und Ruby zu ärgern. Es passte nicht ganz zu seiner Kleidung oder zur «Klasse», die er stets verlangte, und auch nicht zu seiner Haltung Ruby gegenüber. Anfangs erstaunte mich das immer, aber dann kam ich darauf, warum es Nick manchmal grossen Spass machte, sich öffentlich herabzusetzen. Das gab ihm das Mass, nach dem er seinen Fortschritt feststellen konnte. Denn er beging diese Ungeschicklichkeiten genau in dem Augenblick, in dem er am herrschaftlichsten war, etwa in diesem Augenblick, da er an der Spitze einer Tafel von dreiundzwanzig Personen sass und ein herrliches Festmahl servieren liess, das den gierigsten Tyrannen befriedigt hätte. «Schaut», schienen seine Handlungen zu sagen, «vergesst nicht, dass der Herr dieses Hauses mit der Marmorstatue, dem förmlichen Diener, dem eigenen Rindfleisch im eigenen Kühlhaus, noch immer Nick Latka, der eifrige kleine Geschäftsmann aus der Henry Street ist.»

Als wir schliesslich nach einer Stunde übermässigen Essens aufstehen konnten, kam Nick zu mir und legte mir die Hand auf die Schulter. «Will mit dir reden», sagte er. «Gehen wir ins Sonnenbad hinüber.»

Das Sonnenbad lag gleich hinter dem Schwimmbecken. Es war ein kreisrunder Stuckbau ohne Dach. Drin waren Liegematten und Massagetische. Nick zog sich aus und legte sich rücklings auf eine der Matten. Er atmete tief ein, schien Luft und Sonne gleichzeitig in sich aufzunehmen. Sein Körper war gleichmässig sonnengebräunt und für einen Mann anfangs der Vierzig in wunderbarer Form. Er sah überall sauber und kraftvoll aus, ausser am Bauch, wo der Ansatz eines Wanstes zu sehen war.

«Sag dem Killer, dass ich ihn brauche», sagte Nick.

Ich ging hinaus und rief den Killer. Er kam sofort. «Was ist los, Boss?» fragte er.

«Das Sonnenöl», sagte Nick. «Das neue Zeug, das ich bekommen habe. Wie heisst es doch?»

«Appelöl», sagte der Killer.

«Ja, reib mich damit ein. Und bring noch eine Flasche für Eddie», rief er, als der Killer an der Hausapotheke stand.

Der Killer gab mir eine Flasche und begann, Nicks Brust und Schultern zu salben. Ich sah die Etikette an. Es hiess «Apollo-Öl». «Das gibt dir nicht nur Sonnenbräune, sondern bringt auch Vitamine in deine Haut», sagte Nick. «Wirkt unmittelbar auf deine Poren. Wirklich hochklassiges Zeug. Von der gleichen Firma gemacht wie das Gesichtswasser, das ich dir gegeben habe.» Er atmete wieder tief ein. «Jetzt weiter unten, Killer. Giess ein bisschen dorthin.» Er sah mich an und zwinkerte. «Dafür soll's auch gut sein», sagte er.

Während der Killer das Öl in Nicks Schenkel rieb, sagte Nick: «Nun, kommen wir also aufs Geschäftliche. Hat Acosta dir einige Ideen gegeben?»

«Nun, die Art, wie er ihn gefunden hat, ist farbig genug», sagte ich.

«Ich will nicht diesen langatmigen Mist», sagte Nick. «Du kennst den Boxbetrieb so gut wie ich. Es ist ein Theaterbetrieb mit Blut. Die Burschen, die ein volles Haus bringen, sind nicht immer die besten Boxer. Es sind die grössten Sonderlinge. Natürlich hilft so einem Sonderling nichts besser als ein Schlag, der den anderen erledigt. Aber die Sportfexen lieben nichts mehr als einen Namen, an den sie sich halten können. Wie Dempsey, der Manassa-Mörder. Greb, die Windmühle von Pittsburgh. Firpo, der Wilde Bulle der Pampas. Etwas, womit man die Fexen über den Kopf schlägt. Etwas, das hinhaut.»

«Nun», sagte ich halb scherzhaft, «ich meine, wir könnten Molina den Riesen aus den Anden nennen.»

Nick setzte sich auf und sah mich an. «Nicht schlecht. Der Riese aus den Anden.» Er wiederholte es. «Da ist was dran. Wir verdienen schon Geld. Denk weiter nach.»

«Du meinst, so ein Zeug», sagte ich und begann aus dem Stegreif zu sprechen: «Aus dem fernen Argentinien stürmte der Wilde Bulle der Pampas herbei, um Dempsey durch die Seile zu schlagen und beinahe die Weltmeisterschaft nach Hause zu bringen. Jetzt kommt sein Schützling, der Riese aus den Anden, um Luis Angel Firpo, das Idol seiner Kindheit, zu rächen.»

«Red weiter, Junge», sagte Nick. «Red weiter. Du redest uns schon einen Pisspott voll Zaster.»

Ich dachte, diese Gelegenheit wäre genau so gut wie irgendeine andere, also sagte ich: «Übrigens, Nick, Acosta scheint über seinen Anteil nicht besonders glücklich zu sein.»

«Gibt's ein Gesetz, das sagt, dass er glücklich sein muss?» fragte Nick.

«Nein», sagte ich, «aber der kleine Kerl hat verdammt viel hineingesteckt. Er hat ja Molina wirklich entdeckt, hat auf ihn gesetzt und...»

«Er tut dir so leid, dass du ihm vielleicht deine zehn Prozent geben willst?»

Das Leben war viel weniger verwickelt, wenn man mit Nick einer Meinung war.

«Nein», sagte ich, «aber...»

«Wie gefällt dir dieser kleine südamerikanische Fettkloss!» sagte Nick, der ganz gross darin war, nicht zuzuhören, wenn man nicht zu seinem Vorteil sprach. «Er hat nicht genug Verbindungen, Molina in ein öffentliches Klo im Stadion zu bringen. Noch mehr von diesem Mist, und wir bringen ihn ans Schiff und geben ihm einen Abschiedskuss.»

Er drehte sich um und liess sich vom Killer den Rücken massieren. «Du beschäftige dich mit deinem Schwindel», sagte er, «und ich kümmere mich um meinen.»

Als wir herauskamen, waren alle nach dem Schwimmbecken hinübergegangen. Die Spieler sassen schon wieder mit ihren Karten an einem Tisch unter dem Sonnendach. Barney Winch, der dickere, gewann endlich. «Nur zwei!» rief er seinen Protest der Welt zu. «Wenn ich Rummy sage, hat er nur zwei. Was habe ich getan, um eine solche Strafe zu verdienen?» Gus Lennert und die drei Buben waren wieder auf dem Rasen und spielten Ball. «Ganz weit, Pop», schrie der Jüngste. Quinn schlief in einem Liegestuhl. Er hatte seinen Strohhut über sein Gesicht gezogen. Söhnchen und sein Gast waren offenbar wieder auf dem Tennisplatz. Beth war im Wasser und schwamm in einem entspannten Crawl. Die kleine blonde Pekinesin des Killers lag am Rande des Beckens und liess sich von der Sonne bräunen. Sie trug eine schwarze, moderne Sonnenbrille und hatte den Oberteil ihres winzigen Bikinis aufgemacht, um so viel wie möglich von ihrem aufreizenden kleinen Körper der Sonne auszusetzen. Danny McKeogh sprach mit Acosta. Er sah, seit er gegessen hatte, ein bisschen lebendiger aus, aber von mir aus gesehen unterschied sich die wässerig hellblaue Iris kaum von dem Weiss seiner Augen. Das liess sein Gesicht leichenhaft erscheinen. Er war wieder bei seinem Lieblingsthema, dem Training. Er wusste wirklich, wie man Boxer trainiert, und er liess sie gern hart arbeiten.

«Als ich ein Junge war, waren die Burschen in viel besserer Form», sagte er. «Stellen Sie sich vor, dass einer dieser Tölpel von heute über dreissig, vierzig harte Runden gehen müsste wie Gans, Wolgast oder Nelson. Er würde tot umfallen. Die wollen heutzutage nicht mehr so hart arbeiten wie wir es mussten, und sie haben auch nicht mehr die Beine. Fahren zu viel herum, Taxis, Untergrundbahn...»

Ruby lag in einer Hängematte und las «Die Gräfin benahm sich schlecht». Wer würde Desirée spielen? Auf der anderen Seite des Beckens plärrte ein tragbarer Radioapparat laut, aber niemand achtete auf den Komiker, dessen abgedroschene Witze vom fieberhaften Beifall einer begeisterten Zuhörerschaft im Atelier unterbrochen wurden.

Ich fragte mich, wo Toro sein möge. Ich suchte ihn mit den Augen, aber ich sah ihn nicht gleich, weil er so ruhig dastand. Er schaute durch den Gitterbogen des Traubengartens hinter dem Becken. Sein riesiger Kopf berührte beinahe die Spitze des Bogens. Er stand mit dem Rücken zur Sonne, und seine aussergewöhnliche Grösse wirkte wie ein Berg, der den ganzen Garten überschattete. Ich hätte gern gewusst, woran er dachte. Erweckten diese dunklen, reifen Trauben das Bild und den Duft seiner Heimat, des freundlichen Santa Maria, seiner Mutter und seines Vaters, Carmelitas? Die Erinnerung an die Zurufe, die aus den Kehlen seiner Landsleute stiegen, wenn er seine Weinfässer hob, an die Wärme und Sicherheit der einsamen, vertrauten Gemeinschaft, in der er geboren war, gearbeitet hatte und sterben würde? Oder berechnete Toro im Geiste den offensichtlichen Reichtum des Latka-Gutes und träumte er von dem Tage, da er im Triumph nach Santa Maria zurückkehren würde, um das Schloss zu bauen, das sogar der de Santos-Villa gleichkommen würde? Zu der sahen die barfüssigen Bauern auf, als wäre sie der Gipfelpunkt aller üppigen Behausungen, zumindest in diesem Leben. Und vielleicht sogar im nächsten.

SECHSTES KAPITEL

DIE Amerikaner sind immer noch ein unabhängiges und aufrührerisches Volk – zumindest in ihrer Reaktion auf Verbotstafeln. Stillmans Sporthalle, die Strasse aufwärts vom Hallenstadion, ist keine Ausnahme von unserer nationalen Gewohnheit, kleine Verbote mit einem Achselzucken abzutun. An der in einem charakterlosen Grau gestrichenen Wand hängt auffällig ein Anschlag: «Abfall wegwerfen und auf den Boden spucken bei Strafe verboten.» Wenn Sie sehen wollen, wie die Burschen sich um dieses Verbot kümmern, dann bleiben Sie einmal dort, bis alle die Bude verlassen haben, und sehen Sie nach, was der Portier alles zu tun hat. Der Boden ist mit Zigaretten übersät, die bis zu ihren fleckigen Kippen hinuntergeraucht sind, mit zu Brei gekauten Zigarrenstummeln, mit trockener Spucke, leeren Zündholzschachteln, zerlesenen und zertrampelten Exemplaren der News, des Mirror und des Journal, die dort aufgeschlagen sind, wo das letzte Leidenschaftsverbrechen oder die Rennergebnisse stehen, mit Kaugummikügelchen, Abschnitten von Freikarten für den gestrigen Kampf im St. Nick's und einem abgerissenen Einband der Speisekarte eines Restaurants in der Achten Avenue, worauf der Name eines neuen Veranstalters in Cleveland neben die Telephonnummer eines Mädchens gekritzelt ist. Hier auf dem schmutzigen, grauen Fussboden von Stillman ist der alles verratende Abfall einer Welt, die sich selbst ebenso sehr genügt wie eine ummauerte Stadt des Mittelalters.

Man betritt diese ummauerte Stadt durch eine dunkle, schmierige Treppe, die einen gleich von der Achten Avenue in eine grosse, griesgrämige, raucherfüllte, hoffnungsvolle, zynische, mit glänzenden Körpern bevölkerte Welt hinaufführt. Die Gerüche dieser Welt sind sauer und beissend, ein schaler Wildgeruch, der aus Schweiss und Salbmitteln gemischt ist, aus abgetragener Boxausrüstung, billigen Zigarren und zu vielen nackten und bekleideten Körpern, die in einem Raum ohne sichtbare Lüftungsmittel zusammengedrängt sind. Die Geräusche dieser Welt sind vielfach und verschiedenartig, aber je länger man ihnen zuhört, desto deutlicher formen sie sich zu einem Muster, einem Rhythmus, der anfängt, einem wie eine Partitur im Kopfe herumzugehen: der Trommelschlag des Punchingballs, der den Kontrapunkt zu anderen Punchingbällen bildet; das langsame Schlagen von Geraden in Sandsäcke; das Steptanztempo der Seilspringer; der Dreiminutengong; die Fussarbeit der Boxer, die langsam, mit offenen Handschuhen, ohne Mühe im Ring arbeiten; der gedämpfte Klang der flachen, hochgeschnürten Schuhe auf den Brettern, wenn der grosse Star der nächsten Veranstaltung im Stadion ein Zeichen von seinem Manager bekommt und sich an die Arbeit macht, seinen Sparringpartner in eine Ecke drängt und ihn mit Körperschlägen erschüttert; der schwere Atem, das Pfeifen der Luft durch die gebrochenen Nasen der Kämpfer in einem Staccato, das ihren Bewegungen angepasst ist; die vertraulichen Töne, die die Manager den Veranstaltern kleinerer Klubs gegenüber anschlagen, wenn sie ein neues Talent aufgespürt haben – «Irving, ich sag dir, mein Bursche kämpft sehr gern. Er will keinen von den ganz Leichten. Gewiss, Donnerstag abend hat er saumässig ausgesehen. Es ist eine Stilfrage. Ferraras Stil passte ihm gar nicht. Aber stell ihn gegen einen Jungen, der einen scharfen Kampf liebt, dann siehst du den Unterschied» –; die Geschäfte, die Streitigkeiten, die Ansichten, die Abschätzungen; der gedämpfte griechische Chor, der nervös eine Zigarre zwischen den Zähnen haltend aus dem Mundwinkel murmelt; der Lärm der Telephone; die Zellen «Nur für ausgehende Gespräche» – «Hör zu, Joe, ich hab eben mit Sam gesprochen, und der sagt, es ist in Ordnung. Zweihundert fürs Semifinale in...»; das endlose Klingeln der ankommenden Gespräche; ein Kerl in schmutzigen Flanellhosen und einem billigen gelben Sporthemd, der seine haarigen Hände zu einem Trichter zusammenlegt und seine Stimme über die unaufhörlichen Geräusche des Raumes hebt: «Whitey Bimstein, Anruf für Whitey Bimstein, jemand Whitey gesehen?»; die Müllabfuhrstimme von Stillman selbst, einem grossen, gebieterischen, böse dreinschauenden Mann, der die Namen des nächsten Kämpferpaares herausgrollt, das in den Ring gehen soll, laut, aber nie zu verstehen, wie eine wilde Kindersprache eines Erwachsenen; dann wieder der Gong, die Geräusche der Fussarbeit, der dumpfe Schlag von Handschuhen gegen harte Körper, die Routineraserei.

Die Atmosphäre dieser Welt ist voll Spannung, Entschlossenheit, Hingabe. Der Raum ist voll von Sportlern, jungen Männern mit harten, geschmeidigen, schnellen Körpern unter weisser, gelber, brauner oder schwärzlicher Haut und mit ernsten, gesammelten Gesichtern, denn dies ist ein ernsthaftes Geschäft. Hier geht es nicht einfach um Blut. Hier geht es um Geld.

Ich sass in der dritten Reihe der Zuschauersitze und wartete darauf, dass Toro herauskäme. Danny McKeogh wollte ihn zwei Runden mit George Blount, dem alten Versuchsgaul aus Harlem, arbeiten lassen. George hat den grössten Teil seiner Laufbahn im Ring als einer jener Burschen verbracht, die so gut sind, dass es sich lohnt, sie zu schlagen, aber nicht gut genug, selbst auf den Titel loszugehen. Hart, aber nicht zu hart, weich, aber nicht zu weich – das ist ein Versuchsgaul. Der alte George war gar kein Versuchsgaul mehr, bloss noch ein Sparringpartner, der seinen grossen, glänzend schwarzen Tümmlerkörper und sein zerschlagenes, gutmütiges Gesicht für fünf Dollar zur Verfügung stellte, dass man es noch ein bisschen mehr zerschlüge. Es gab Sparringpartner, die man noch billiger haben konnte, aber George war, was Danny einen anständigen Arbeiter nannte. Er konnte einen guten, festen Schlag einstecken, ohne aufzugeben. Er kannte sich im Ring gut aus, wenn seine Fähigkeiten auch begrenzt waren, und er tat den Managern den Gefallen, in jedem Stil zu kämpfen, den sie verlangten. Er ging drauf los; er hielt sich zurück; er boxte in der orthodoxen aufrechten Haltung und hielt seinen Mann mit der Linken auf Abstand; er kämpfte geduckt und schlurfte in einen Clinch hinein, hielt seinen Mann mit seinen keulengleichen Armen fest und machte ihm im Nahkampf heiss. Der alte gute George mit den Goldzähnen, dem freundlichen Lächeln und der altmodischen Höflichkeit nannte jedermann Mister, gleich ob er schwarz oder weiss war, summte seinen langsamen Blues, während er durch die Seile kletterte, liess sich in die Knie zwingen, kletterte wieder durch die Seile hinaus und nahm sein Lied wieder genau dort auf, wo er es beim Betreten des Rings unterbrochen hatte. Das war George, eine Art Mississippi des Ringes, ein John Henry mit Narbengewebe, ein menschlicher Sandsack, der seine Rolle mit philosophischer Unbeschwertheit hinnahm.

Vor mir waren die Boxer, die im Ring und hinter dem Ring übten und sich auflockerten, und hinter mir waren die Kolonnen der Nichtkämpfer, die Manager, Trainer, Veranstalter, Spieler, kleinere Gauner, Kiebitze, und hier und da ein Reporter oder ein schamloser Verzapfer von Lügengeschichten wie ich. Manche von uns verfallen in den Fehler, Verallgemeinerungen über Rassen zu äussern: die Juden sind dies, und die Neger sind das, und die Iren sind wieder etwas anderes. Aber in diesem Raum schien die einzig wahre Trennung die zwischen den flachbäuchigen, schlankhüftigen jungen Männern mit elastischen Muskeln zu sein und den Männern mit Fettwänsten, schlechter Haltung, fleischigen Gesichtern und schurkischem Charakter, die von den jungen Männern lebten, sie herausbrachten, Kämpfe zusammenstellten, sie kauften und verkauften, sie ausnützten und dann wegwarfen. Die Boxer kamen aus allen Rassen, allen Nationalitäten, allen Religionen, obwohl Neger, Italiener, Juden, Lateinamerikaner und Iren vorherrschten. Und bei den Managern war es ebenso. Denn nur jemand mit dem Astigmatismus eines Fanatikers konnte behaupten, es wäre typisch für die Iren zu kämpfen und für die Juden, Geschäfte zu machen, oder umgekehrt, denn jede Boxergruppe hatte ihren schmarotzerischen Widerpart. Boxer und Manager, das sind die beiden herrschenden Rassen in Stillmans Welt.

Ich habe eine altmodische Theorie über Boxer. Ich meine, man sollte ihnen so viel bezahlen, dass sie ihre Handschuhe an den Nagel hängen können, ehe sie anfangen, Selbstgespräche zu führen. Ich würde den Managern nicht einmal die dreiunddreissigeindrittel Prozent geben, die das New Yorker Boxkomitee ihnen erlaubt. Ein Boxer hat nur ungefähr sechs gute Jahre und nur eine Laufbahn. Ein Manager hat, wenn man nach den Jungen geht, die er in seinem Leben betreuen kann, ein paar hundert Laufbahnen. Sehr wenige Boxer werden so rücksichtsvoll behandelt wie Rennpferde, denen man das Gnadenbrot gibt, wenn sie fertig sind, so dass sie in Würde und Behagen alt werden können wie Man o' War. Manager sind, in den Worten meines liebsten Sportjournalisten, «bekannt als Männer, die geblendete Boxer beim Kartenspiel betrogen und ihnen das Geld raubten, bei dessen Erwerb sie ihr Augenlicht verloren».

Ich weiss noch, wie entsetzt ich war, als ich in die übelriechende Herrentoilette eines schäbigen kleinen Nachtlokals in Los Angeles ging und allmählich in dem blinden Wärter, der mir das Handtuch reichte, Speedy Sencio erkannte, den kleinen Filipino, der sich gegen Ende der Zwanzigerjahre an die Spitze der Bantamgewichtler hinaufgearbeitet hatte. Speedy Sencio mit der schönen

Fussarbeit, der über fünfzehn Runden ging, ohne langsamer zu werden, ein Künstler, der es fertigbrachte, dass ein Boxkampf wie ein Ballett aussah, der hinein- und heraustanzte, Seite an Seite mit dem Gegner, sich schlängelte, Finten schlug, den Gegner aus seiner Stellung herauslockte und dann kurze schnelle Haken schlug, die nie scharf aussahen, aber den anderen plötzlich auf die Bretter streckten, überrascht und bleich und ohne die Kraft, sich noch zu erheben. Der kleine Speedy mit den schönen zweireihigen Anzügen und der frechen, munteren und doch würdigen Art, in der er von einer Ecke in die andere sauste, um den Teilnehmern an einem Kampf die Hände zu schütteln und über sein nächstes Opfer zu entscheiden.

In jenen Tagen hatte Speedy Danny McKeogh in seiner Ecke. Danny kümmerte sich um seine Jungen. Er wusste, wann Speedys Zeitberechnung zu versagen begann, wann er um die achte Runde herum keinen Saft mehr hatte und wann die Beine nicht mehr wollten, gerade die Beine. Er war fast dreissig, Zeit für einen Boxer, heimzugehen. Eines Abends konnte er bloss noch ein Unentschieden gegen einen harten, jungen Schläger erreichen, der zu Speedys guten Zeiten gar nicht gegen ihn in den Ring hätte treten dürfen. Speedy kam eben noch in seine Ecke zurück und liess sich auf seinen Hocker sinken. Danny musste ihm Riechsalz geben, um ihn aus dem Ring zu bekommen. Speedy war der einzige wirkliche Geldverdiener in Dannys Stall, aber Danny lehnte alle Angebote ab. So weit es ihn betraf, war Speedy erledigt. Speedy war die ganze Zeit hinter Danny her und bettelte um einen Kampf. Speedy versprach sogar, das weisse Mädchen aufzugeben, auf das er so stolz war, wenn Danny ihn zurücknähme. Aber Danny hielt sich an die Baseballregel: dritter Schlag, Sie sind aus, keine Widerrede. Danny hatte Speedy wirklich gern. Zärtlich nannte er ihn «den kleinen, gelben Schweinehund». Danny hatte die Hochachtung eines alten Boxers für einen guten Jungen, und obgleich es ihm Übelkeit erregt hätte, ein Wort wie «Würde» zu gebrauchen, glaube ich, dass er daran dachte, als er Speedy sagte, er sollte aufhören. Es gibt wenige Dinge, die so würdelos sind wie ein alter Meister, der durch den Ring gejagt wird. Er ist leicht zu treffen, wird ohne Deckung angeschlagen, seine alten Wunden brechen wieder auf, und schliesslich wird er ausgezählt. Diesen schrecklichen Sturz aus der Würde erlitt Speedy Sencio, als Danny McKeogh den Vertrag zerriss und die Hyänen und Schakale sich heranmachten, um sich von der noch warmen Leiche zu nähren.

Seltsamerweise war es Vanneman, der der Manager Speedys wurde und ihn aus der Reihe der Ersten in das Männerklo brachte. Vince liess ihn drei- oder viermal monatlich in den kleinen Klubs von San Diego bis nach Bangor kämpfen, überall dort, wo man mit dem «ehemaligen Bantamgewichtsmeister» noch Karten verkaufen konnte. Vince jagte mit unbeirrbarer Hartnäckigkeit dem Dollar nach.

Vor ein paar Jahren traf ich ihn und Speedy eines Abends in Newark, als Speedy gegen einen schnellen, kleinen Linkshänder kämpfte, der beide Hände zu gebrauchen verstand. In der dritten Runde hatte der schon Speedys linkes Auge geschlossen und eine eigrosse Beule über dem rechten geschlagen, die sich in der fünften Runde öffnete. Der Linkshänder war ein Scharfschütze und ging auf die Augen los. In der siebenten Runde schlug er Speedy den Zahnschutz heraus und zerschnitt ihm die Innenseite seines Mundes mit einem harten Rechten, ehe Speedy den Zahnschutz wieder richtig einsetzen konnte. Als der Gong das Ende der Runde anzeigte, ging Speedy zu Boden, und Vince und ein Sekundant mussten ihn in seine Ecke schleppen. Ich sass in der Nähe von Speedys Ecke, und obgleich ich wusste, was man von Vince zu erwarten hatte, meinte ich, ich müsste doch etwas versuchen. «Um Christi willen, Vince, was willst du eigentlich? Einen Mord? Wirf das Handtuch, und hör mit der Schlächterei auf, um des lieben Himmels willen.»

Vince sah vom Ring herab, wo er versuchte, dem Trainer zu helfen, die Schnitte über den Augen zu schliessen. «Setz dich, und kümmre dich um deine eigenen verdammten Angelegenheiten», sagte er, während er verzweifelt an Speedy arbeitete, um ihn rechtzeitig für den Gong fertigzumachen.

In der nächsten Runde konnte Speedy wegen all des Blutes nichts sehen. Er erhielt einen rechten Schwinger auf die Schläfe, und er fiel zu Boden und wälzte sich herum, wobei er verzweifelt nach dem untersten Seil angelte. Langsam zog er sich bei Acht hoch, stand mit weit gespreizten Beinen da und schüttelte den Kopf, um das Blut aus Augen und Hirn zu schleudern. Der Linkshänder brauchte bloss Mass zu nehmen, und wieder lag Speedy flach auf dem Rücken. Er machte krampfhafte Versuche, wieder auf die

Beine zu kommen. Da hielt Vince seine fleischigen Hände an seinen Mund und brüllte durch die Seile: «Steh auf! Steh auf, du Schweinehund!» Und er meinte es nicht so wie Danny McKeogh. Aus irgendeinem Grunde, den nur Männer mit einem Herzen wie Speedy Sencio kennen, stand er wieder auf. Er stand auf und ging in den Clinch und hielt den Gegner fest und holte aus seiner Erinnerung alle Verteidigungsmöglichkeiten und alle Tricks, die er in mehr als dreihundert Kämpfen gelernt hatte. Irgendwie war er vier Niederschläge und sechs endlose Minuten später immer noch auf den Füssen, da schlug der Schlussgong. Er machte eine groteske Anstrengung, mit seinem zerschlagenen Munde zu lächeln, als er sich bei der traditionellen Umarmung in die Arme seines siegreichen Gegners fallen liess.

Eine halbe Stunde später ass ich auf der anderen Strassenseite eine Frikadelle, da kam Vince herein und quetschte seinen dicken Hintern in die Loge mir gegenüber. Er bestellte ein mit Beefsteak belegtes Brot und eine Flasche Bier. Er war mit einem anderen Kerl, und beide waren recht vergnügt. Aus dem, was Vince sagte, entnahm ich, dass er fünfhundert Dollar eins zu eineinhalb gesetzt hatte, dass Speedy über die Runden kommen würde.

Als ich meine Rechnung bezahlte, wandte ich mich zur Loge von Vince, weil ich das Empfinden hatte, ich müsste gegen die Verletzung von Speedy Sencios Würde protestieren. Ich sagte: «Vince, bei mir bist du ein schäbiger, dreckfressender Schlächter.»

Es ist grässlich, so zu sprechen, und ich entschuldige mich hiermit bei den Leuten, die in der Schnellimbissstätte waren und mich gehört haben. Zu meiner Verteidigung kann ich nur sagen, dass es keinen Zweck hat, Arabisch zu reden, wenn man mit einem Eskimo spricht. Aber meine Worte liessen Vince nicht einmal einen Takt im rhythmischen Kauen seines Steaks verlieren.

«Ach, sei keine alte Dame», sagte Vince. «Speedy is nie k. o. geschlagen worden, warum sollte ich ihm seinen Ruf verderben?»

«Sicher», sagte ich, «verdirb ihm seinen Ruf nicht. Verdirb nur sein Gesicht, verdirb seinen Kopf, verdirb sein Leben für immer.»

«Geh weg», sagte Vince lachend, «du wirst mir mein verdammtes Herz brechen.»

Der Gong rief mich von Newark zurück, von Speedy Sencio und seiner dreckigen Arbeit in dem Scheisshaus und, wie ich meinte, von Vince Vanneman. Da sah ich Vince selbst hereinkommen. Ich begriff, dass dies eine jener Gelegenheiten war, bei denen die Gedanken jemanden spüren, ehe sein Bild auf die Netzhaut fällt, so dass es wie ein Zufall aussieht, wenn gerade der Mann, an den man eben dachte, durch die Tür kommt. Sein gelbleinenes Sporthemd mit offenem Kragen trug er über den Hosen. Er trat hinter Solly Prinz, den Veranstalter, und stach ihm den Finger in die Rippen. Solly schien vom Boden aufzusteigen und stiess einen erregten, mädchenhaften Schrei aus. Alle wussten, dass Solly sehr kitzlig war. Der Kreis um Solly lachte herzhaft los. Die anderen Finger gegen die Handfläche gebogen, hielt Vince den drohenden Mittelfinger lüstern vor. «Seht ihr, Mädchen», sagte er, «das meint ein richtiger Chicagoer Warmer, wenn er sagt, dass er den Finger auf einen legt.» Auch darüber wurde gelacht. Vince war ein lustiger Kerl, ein Bursche, über den man grossartig lachen konnte, einfach ein grosser, witziger Junge, der nie erwachsen wurde.

Vince kam zu mir und fuhr mir mit der Hand übers Haar.

«Hallo, Liebster», sagte er.

«Pack dich», sagte ich.

«Aber Eddie», sagte Vince schmollend, «sei doch nicht so. Du fliegst doch auf mich, Baby.» Er warf seinen Kopf mit einer weiblichen Geste zurück und zappelte in grotesker Sprödigkeit mit seinem fetten Körper.

Das war ein weiterer Vanneman-Routineakt, der immer ein Gelächter hervorrief. Der Humor sollte in dem Gegensatz zwischen dem Puppenjungenakt und Vinces offensichtlicher Männlichkeit liegen. Ich machte mir zuweilen Gedanken darüber.

«Hast du ihn schon boxen gesehen?» fragte Vince.

«Er wird in einer Minute hier sein», sagte ich. «Danny lässt ihn von Doc ansehen.»

«Wann schreibst du was über ihn in der Zeitung?»

«Wenn Nick und ich denken, dass es an der Zeit ist», sagte ich.

«Hör den mal, hör den mal», rief Vince. «Was bist du denn, eine gottverdammte Primerdonner? Damon Runyon oder so was? Ich hab ein Recht zu fragen, ich bin Teilhaber, oder nicht?»

Edwin Dexter Lewis, dachte ich, geboren in Harrisburg, Pennsylvania, Sohn anständiger, frommer Anhänger der bischöflichen Kirche, fast zwei Jahre Studium in den Hallen von Nassau, beste Zeugnisse in Englisch und ein Durchfall in Griechisch, gelegentlicher Gefährte auf intellektuellen und anderen Gebieten einer Absolventin der Smith-Universität und Archivarin der Zeitschrift Life, ein künftiger Bühnenautor, ganz deutlich ein Mann von guter Erziehung und Rang – wenn nicht gar ein Ehrenmann. An welchem Punkt dessen, was ich lächelnd meine Karriere nenne, wurde entschieden, dass ich ein Geschäftspartner von Vincent Vanneman werden sollte, von zweihundertfünfzehn Pfund Abschaum der Achten Avenue, Absolventen des Zuchthauses, Ausnützer geschlagener Boxer, zeitgenössischem Humoristen und Witzbold?

«Das ist keine Teilhaberschaft», sagte ich, «das ist eine Aktiengesellschaft. Bloss weil wir beide ein paar Aktien desselben Unternehmens haben, sind wir noch nicht Brüder.»

«Was is denn los, Eddie, kannst du keinen Witz mehr vertragen?» sagte Vince grinsend und versuchte, sich mit mir gut zu stellen. «Ich meinte bloss, wenn du was in die Zeitung tust, könntest du eine Zeile über mich schreiben, du weisst, wie ich diesen grossen Burschen entdeckt habe.»

«Du meinst, wie du Acosta rausgedrängt hast?»

«Das hör ich nicht gern», sagte Vince.

«Verzeihung», sagte ich. «Ich wusste nicht, dass du so empfindlich bist.»

«Was zum Teufel hast du gegen mich?» wollte Vince wissen. «Warum versuchst du immer, mich abzuwimmeln?»

«Reg dich nicht auf, Vince», sagte ich. «Eines Tages werde ich einen schönen, langen Artikel über dich schreiben. Du brauchst dazu bloss tot umzufallen.»

Vince sah mich an, spuckte auf den Boden, lehnte sich auf seinem dicken Hintern zurück und öffnete seinen Mirror bei dem zweiseitigen Artikel über die Lateinische Drossel, die die Frau des Dirigenten verprügelte, als sie von ihr mit ihm in einem Hotel der West Side erwischt wurde.

Hinter mir sagte eine Stimme, die mir bekannt schien: «Ich würd dich doch nicht reinlegen, Paul. Ich hab einen Halunken, der deinen Kunden mächtig was zeigen wird. Hat nie in seinem Leben schlecht gekämpft.»

Ich drehte mich um und sah Harry Miniff mit Paul Frank sprechen, dem Veranstalter des Coney Island-Klubs. Harrys Hut war wie gewöhnlich ins Genick geschoben, und eine kalte Zigarre hing ihm beim Sprechen zwischen den Lippen.

«Du meinst doch nicht diesen Hund Cowboy Coombs, um Gottes willen?» sagte Paul.

Miniff wischte mit einer nervösen Bewegung den Schweiss von seiner Oberlippe. «Was willst du damit sagen, Hund? Ich will auf der Stelle einen Fünfziger wetten, dass Coombs den Patsy Kline schlagen kann, der angeblich draussen auf Coney so viel Geld bringt.»

«Ich brauche Montag in einer Woche jemanden für Kline», gab Paul zu. «Aber Patsy wird einen alten Mann wie Coombs umbringen.»

«Was heisst das, alt?» fragte Miniff. «Zweiunddreissig! Das nennst du alt? Das ist nicht alt. Für einen Schwergewichtler ist das kein Alter.»

«Für Coombs ist es ein Alter», sagte Paul. «Wenn man fünfzehn Jahre lang rumgeschlagen worden ist, ist man alt.»

«Ich sag dir, Coombs ist in Form, Paul», sagte Miniff, aber der verzweifelte Ton seiner Antwort klang eher wie eine Bitte als wie eine Aussage. «Und ob er gewinnt oder verliert, er gefällt der Menge. Das weisst du, Paul. Kline wird wissen, dass er einen Kampf gehabt hat.»

«Na, und der letzte oben in Worcester?» sagte Frank.

«Ach, lass den doch», sagte Miniff wegwerfend und griff schnell in die Jackentasche, aus der er eine Handvoll abgegriffener Zeitungsausschnitte zog. «Gewiss, gewiss, im Protokoll steht's als technischer K. o. für La Grange. Aber lies, was die in den Zeitungen von Worcester über uns geschrieben haben. Coombs hätte gewonnen, wenn er sich nicht die Hand am Schädel des anderen Lumpen verstaucht hätte. Da, da kannst du es gleich lesen.»

Er hielt Paul die Ausschnitte vors Gesicht, aber der Veranstalter schob sie zur Seite.

«Wie ist die Hand jetzt?» fragte Paul.

«So gut wie neu, so gut wie neu», versicherte Miniff. «Du glaubst doch nicht, dass ich einen meiner Jungen mit einer kaputten Flosse hinschicke, oder glaubst du das?»

«Ja», sagte Paul.

Miniff war nicht beleidigt. Es stand zu viel auf dem Spiel, als dass er hätte beleidigt sein können: fünfhundert Dollar, wenn er Paul Frank überreden konnte, den Cowboy gegen Patsy Kline einzusetzen. Hundertsechsundsechzig für Miniff. Und er konnte das noch ein bisschen verbessern, wenn er von Coombs' Anteil an der Börse ein paar Dollar zurückhielt. Miniff konnte das Geld brauchen. Das Forrest Hotel in der Neunundvierzigsten Strasse hatte sich seit sechs oder sieben Monaten mit Miniffs Erklärungen begnügen müssen.

«Ich sag dir, was ich mach, Paul», sagte Miniff. «Wenn du ganz sicher sein willst, dass deine Kunden was für ihr Geld bekommen, bevor Kline Coombs fertigmacht...» Er unterbrach sich und sah sich mit der Vorsicht eines Verschwörers um. «Komm auf die Strasse», sagte er. «Dort können wir vertraulich sprechen.»

«Na schön», sagte Paul ohne Begeisterung. «Aber mach's kurz.»

Entspannt und mit unergründlichem Gesicht ging Paul zu der breiten Tür. Und der kleine übereifrige Leiter der Geschicke von Cowboy Coombs klammerte sich an seinen Arm und sprach zu ihm hinauf. Er schwitzte, um einen Dollar zu verdienen.

Toro musste sich bücken, um aus dem Umziehraum in die Halle zu gehen. Gewöhnlich waren die Burschen mit ihren eigenen Übungen so beschäftigt, dass sie kaum aufblickten. Ich habe die grössten Kassenmagneten in diesem Betrieb Schulter an Schulter mit Fünfzig-Dollar-Vorkampfburschen arbeiten gesehen, ohne dass jemand den Unterschied zu bemerken schien. Aber als Toro hereinkam, schien alles eine Sekunde lang aufzuhören. Er war schwarz gekleidet – in lange schwarze Trikothosen und ein schwarzes Trainingshemd, das dem normalen Stillmanboxer an die Knöchel gereicht hätte. In seinem Strassenanzug, der bestenfalls halbwegs passte, ragte er auf wie ein mächtiger Elefant. Man war von der formlosen Masse überwältigt. Aber wenn er nur seine Sportkleidung anhatte, wurde die Masse zu einer ungeheuren, aber wohlproportionierten Form. Die Schultern, die aus dem langen, bemuskelten Hals herauswuchsen, waren drei Fuss breit, verjüngten sich aber scharf zu den schlanken, festen Hüften. Die Beine waren massig und hatten ungeheuerlich entwickelte Waden, und Muskeln von Melonengrösse standen aus seinen Armen hervor. Der kurzbeinige Acosta, Danny und Doc Zigman, der bucklige Trainer, kamen mit Toro aus der Garderobe. Sie sahen aus wie kleine, dickliche Schlepper, die einen riesigen Dampfer im Tau hatten. Danny, der grösste der drei, ein Mann von Durchschnittsgrösse, reichte ihm nur bis an die Schulter.

Toro ging langsam und scheu in den grossen Raum, und wieder

hatte ich den Eindruck von einem grossen Lasttier, das daherkam, sein Auge gehorsam auf den Herrn gerichtet. Acosta blickte auf und sagte etwas zu Toro, und dieser begann Turnübungen, um sich aufzuwärmen. Er beugte sich in den Hüften und berührte seine Zehen. Er setzte sich auf den Fussboden und beugte seinen enormen Rumpf vor, bis sein Kopf zwischen seinen Beinen war. Er war gelenkig und für einen Mann seiner Grösse erstaunlich flink, aber er führte seine Übungen doch nicht mit Sicherheit und Schwung durch wie die Boxer rings um ihn. Wieder erschien mir das Bild eines Elefanten, der in der Zirkusarena seine Kunststückchen zeigt. Langsam, mechanisch und mit stumpfer Nachgiebigkeit führt er jeden Befehl aus, den sein Dompteur ihm gibt.

Als Danny meinte, Toro wäre genug aufgewärmt, bereiteten Acosta und Doc ihn für den Ring vor. Sie befestigten an seinem Halse das schwere Lederkopfstück, das die Ohren des Boxers und die verletzlichen Stellen seines Hirns schützt. Sie setzten das harte Mundstück aus rotem Gummi über seine Zähne. Mit den Sechzehnunzen-Übungshandschuhen an den Händen kletterte er auf den Ring hinauf. Der dicke Kopfschutz und die Art, wie der Zahnschutz die an sich schon ungeheure Grösse seines Mundes übertrieb, verliehen ihm das angsteinflössende Aussehen eines Menschenfressers aus einem Kindermärchen. Auf der Aussenseite des Rings, gerade bevor er durch die Seile kletterte, hielt er einen Augenblick lang an und blickte über die etwa hundert Zuschauer, die ihn mit gleichgültiger Neugier anstarrten. Nie wieder würde er vor einer kritischeren Zuschauerschaft stehen. Einige darunter waren «aficionados» der Achten Avenue, die Curley an der Tür einen halben Dollar bezahlten, um zu sehen, wie irgendein beliebter Kämpfer seine Sparringpartner blödschlug. Aber die meisten von Toros Zuschauern waren berufsmässige Abschätzer, die voll kalter Missachtung ihre Zigarren zerkauten und alle Neulinge mit schlauen Augen besichtigten.

«Moliner», sagte Stillman. Seine knarrende Stimme verlor sich in dem allgemeinen Lärm, und Toro kletterte in den Ring. Der grosse, gutmütige George schlurfte auf den Ring zu und sang halblaut eines seiner Lieblingslieder vor sich hin:

«Gib mir eine dicke Frau mit Fleisch auf dem Skelett,
Gib mir eine dicke Frau mit Fleisch auf dem Skelett,
Und wenn sie damit wackelt, verliert ne Hagere ihr Bett.»

Danny legte seine Hand auf George Blounts schweren, schwarzen Unterarm, um ihm noch schnell einige Anweisungen zu geben, wie er gegen Toro kämpfen und welche Seiten von Toros Stil er erproben sollte. Ich sah, wie der Neger mit seinem warmen, fröhlichen Lächeln nickte. «Sie kriegen, was Sie wollen, Mr. McCuff», sagte George und kletterte in den Ring mit der sachlichen Miene eines Handlangers, der vor einer harten Tagesarbeit die Kontrolluhr sticht.

Der Gong erklang, und George schlurfte freundlich auf Toro zu. Er war selbst ein grosser Mann, ein Meter fünfundachtzig und etwa zweihundertfünfzehn Pfund, aber er kämpfte aus geduckter Stellung, den Kopf zwischen die dicken Schultern gezogen, um ein schwer zu treffendes, bewegliches Ziel darzustellen. Er konnte ein Boxer sein, der einem viel Schwierigkeiten machte, aber Männer, die wussten, was sie zu tun hatten, richteten ihn schnell mit rechten Aufwärtshaken auf, durchstiessen seine kurzen, keulenartigen Arme, um ihn mit festen geraden Linken zu treffen, und hielten ihn dann mit einem harten Rechten übers Herz an, wenn er mit platten Füssen zu einem seiner überstürzten, ungenauen Angriffe vorging. Toro hielt seinen langen linken Arm vor, wie Acosta es ihm zweifellos beigebracht hatte, und schob seinen Handschuh gegen Georges Gesicht, was wohl ein linker Gerader sein sollte. Aber die Bewegung war ohne Schwung. George ging einfach vor und schlug blitzschnell einen linken Schwinger, und Toro bewegte sich, als wollte er ihm ausweichen, aber seine Zeitberechnung war schlecht, und er bekam ihn gegen die Rippen. George ging um Toro herum, gab ihm Möglichkeiten und studierte ihn, und Toro drehte sich ungeschickt mit ihm und hielt seine Linke vor, aber er wusste nicht, was er damit anfangen sollte. George schob sie zur Seite und schlug seinen linken Haken. Der traf Toro in die Magengrube, und er stöhnte, als sie in den Clinch gingen.

Acosta lehnte sich gerade unter den beiden an die Seile. Er war so gespannt, als ginge es um die Weltmeisterschaft und nicht um die Aufwärmerunde eines Übungskampfes. In schrillem Spanisch rief er etwas zu Toro hinauf. Toro ging auf seinen Gegner los, bewegte seinen Körper mit ungeschickter Raserei und traf George mit dem konventionellen Zweierschlag, einem Linken ans Kinn und einem Rechten gegen den Körper. George schüttelte die Schläge einfach ab und lächelte. Trotz der Grösse des Körpers, aus dem sie kamen, hatten Toros Schläge keine Wucht. Seine Fäuste schossen unbeholfen vor, ohne dass die Kraft seines Körpers dahinter steckte. George bewegte sich wieder um ihn herum, duckte sich und tanzte in dem alten Langfordstil, und Toro versuchte wieder seinen Doppelschlag, aber George liess seinen Kopf ohne Anstrengung aus der Reichweite der Linken gleiten, fing den langsamen Rechten mit seinem Handschuh ab und zog Toro wieder in einen Clinch, hielt ihn mit der linken Hand und dem rechten Ellenbogen fest und brachte es fertig, seinen rechten Handschuh freizuhalten und Toros Magen zu bearbeiten.

Der Gong läutete, und Toro ging kopfschüttelnd in seine Ecke zurück. Acosta sprang in den Ring, sprach und gestikulierte erregt, schlug linke Gerade, Uppercuts, streckte George in seiner Pantomime auf die Bretter. Toro sah ihn ernsthaft an, nickte langsam und sah gelegentlich voll Verwirrung umher, als hätte er gern gewusst, wo er war und was vorging.

Die zweite Runde war für Toro nicht besser als die erste. George umtanzte ihn jetzt mit mehr Zuversicht und schlug ihn fast nach Belieben rechts und links mit offenen Handschuhen. Acosta machte mit seinen Händen einen Trichter vor dem Mund und schrie: «Vente, El Toro, vente!» Toro stürzte mit aller Macht vor und schwang mit seinem grossen rechten Arm so wild, dass er George völlig verpasste und schwer in die Seile taumelte. Einige Zuschauer lachten. Sie fühlten sich dadurch wohler.

Kurz bevor die Runde endete, fing Danny Georges Blick auf und nickte. George schloss seine Handschuhe und drängte Toro in eine Ecke, wo er mit der Linken eine Finte schlug, Toros Deckung herabzog und einen scharfen Rechten auf Toros Kinn knallte. Toros Mund öffnete sich, und er wurde weich in den Knien. George wollte ihn wieder schlagen, da erklang der Gong. Wie ein Mann, der beim ersten Ton der Fabriksirene seinen Hammer fallen lässt, senkte George automatisch die Hände, ging langsam in seine Ecke zurück, nahm einen Schluck Wasser aus der Flasche, rollte es im Munde hin und her, spuckte aus und kletterte mit dem gleichen vergnügten Lächeln aus dem Ring, mit dem er hineingestiegen war.

Toro lehnte sich gegen die Seile und schüttelte in einer verwirrten Gebärde den Kopf. Zwei Runden lang hatte sein riesiger Körper sich abgemüht, als hätte er alle Verbindung mit den motorischen Impulsen seines Hirns verloren.

Acosta war schnell neben Toro und wischte ihm den Schweiss von seinem grossen, ernsten Gesicht, während Doc Zigman mit seinen geübten Fingern den langen, dicken Hals massierte. Dann hielt Acosta ihm die Seile auseinander, und Toro kletterte umständlich aus dem Ring.

«Hast den grossen Klotz gesehen?» fragte einer der Dauerkiebitze hinter mir. «Der könnte nicht mal eine Briefmarke plattdrücken.»

«Aus einem Pfefferschotenland», sagte sein Gefährte. «El Stinkola, wenn du Spanisch verstehst.»

Ich wandte mich an Vince, der ausnahmsweise einmal ruhig war. «Du verstehst aber wirklich, die Leute auszusuchen», sagte ich.

«Lass mich in Ruhe», sagte er. «Nick ist das Hirn, und er glaubt, er kann was aus ihm machen.»

«Wenn wir bloss machen könnten, dass die Meisterschaft nach dem Wuchs entschieden wird wie ein Schönheitswettbewerb, dann könnte Toro sie nach Hause tragen. Aber wie kann einer, der so unbesiegbar aussieht, wenn er steht, so ein Versager werden, wenn er sich bewegt?»

«Danny kann ihn viel lehren», sagte Vince.

«Danny ist der Beste», gab ich zu. «Aber wenn Danny weiss, wie er aus einem Schweinsohr einen Seidenbeutel machen kann, dann hat er uns das bisher vorenthalten.»

«Warum versuchst du nicht, so zu reden wie alle anderen?» sagte Vince. «All diese Fünfdollarausdrücke, niemand weiss, von was zum Teufel du sprichst.»

«Mit anderen Worten, du ernennst dich selbst zu einem Niemand», sagte ich. «Vince, da hast du was Richtiges gesagt.»

George lehnte neben dem Ring an der Wand und wartete darauf, eine Runde gegen einen neuen irischen Schwergewichtler aus Newark zu kämpfen, der eben aus den Amateurreihen aufgestiegen war. Ich konnte ein paar Zeilen aus dem Liede verstehen, das ihm dauernd im Kopf herumzugehen schien.

«Gib mir eine dicke Frau als Kissen für den Kopf,
Gib mir eine dicke Frau als Kissen für den Kopf,
Wer keine Dicke haben will, der ist ein armer Tropf.»

«Wie geht es Ihnen, Mr. Lewis?» sagte George, als ich zu ihm kam. Er sagte das immer so, als wäre es wirklich eine Frage.

«Wie steht's denn mit Ihnen, George?»

«Es kann losgehen», sagte George. Ich habe nie gehört, dass er eine andere Antwort gegeben hätte. An dem Abend, als Gus Lennert ihn in einer einzigen Runde ausschlug – als noch etwas in Gus steckte – und als George erst in seiner Garderobe wieder zu sich kam, war seine Antwort auf die Frage «Wie geht's?» immer noch: «Es kann losgehen.»

«Was halten Sie von Molina, George?»

«Ein grosser Mann», sagte George.

George sagte nie etwas Böses über jemanden. Wut schien er nicht zu kennen, und die üblichen Ausdrücke von Hohn und Verachtung, die wir alle zuweilen gebrauchen, waren in seinem Wortschatz nicht enthalten. Oft meinte ich, dass George all seine Gemeinheit und üble Laune aus seinem System hinausgekämpft hätte, als wäre sie vom Ringboden aufgesogen worden wie sein Schweiss und sein Blut.

«Glauben Sie, dass aus ihm jemals ein Boxer wird, George?»

Sein schwarzes Gesicht wurde von einem weisen Lächeln in Falten gelegt. «Nun, ich sag Ihnen, Mr. Lewis, ich möchte gern den Auftrag bekommen, die ganze Zeit mit ihm zu üben. Das würde mir gut gefallen.»

Als ich zu den Garderoben ging, kämpfte George gegen den irischen Schwergewichtler. Der grosse irische Junge kämpfte mit einem verkrampften Hohnlächeln und verstand weder, seine Schläge zurückzuhalten, noch wollte er es. Als die Glocke erklang, stürzte er wild auf George los und hieb ihm einen schrecklichen Geraden unter das rechte Auge. Ich sah, wie George lächelte und sich in einen Clinch hineinarbeitete, während die Tür hinter mir zuschwang.

Drinnen lag Toro auf einem der Massagetische, und Sam, ein kahlköpfiger, muskulöser, dicker Mann, knetete ihn durch. Toro war für den normalen Massagetisch so viel zu gross, dass seine Knie dessen Ende erreichten und seine Beine seitlich herabhingen. Danny, Doc, Vince und Acosta standen umher. Acosta wandte sich an mich und begann eine langatmige, aufgeregte Erklärung. «El Toro, heute sehen Sie ihn nicht in bester Form. Es ist vielleicht die Aufregung über sein erstes Auftreten vor so wichtigen Leuten. Da das Klima sehr verschieden ist von dem, als er in Buenos Aires kämpft, glaube ich...»

«Ich glaube», sagte Vince und äffte Acostas Akzent übertrieben nach, «er ist eine Null. Aber machen Sie sich keine Sorgen, Freundo mio. Wir haben schon vorher mit Nullen Dollars verdient.»

«Schön, schön. Raus hier! Ich will, dass alle hinausgehen», sagte Danny. Dass er getrunken hatte, konnte man nur an seiner etwas lauteren Stimme erkennen. Aber nicht nur der Schnaps liess ihn so sprechen. Auch Vince, den er seit der Affäre mit Sencio hatte links liegen lassen. Auch Acosta, der Danny auf seine empfindlichen Nerven ging. Auch Toro, dieser Gargantua von einer Imitation eines Boxers.

Niemand rührte sich. Danny wurde streitsüchtig. «Glaubt ihr, ich spreche zu meinem Vergnügen? Ich will, zum Teufel, dass ihr alle hier verschwindet.»

Acosta richtete sich zu seiner vollen Grösse von einsdreiundsechzig auf. «Luis Acosta ist nicht gewöhnen an solche Beleidigung», sagte er. «El Toro Molina ist meine Entdeckung. Wo El Toro ist, muss auch ich sein.»

«Nick Latka gehört das grösste Stück von ihm», sagte Danny unverblümt. «Ich arbeite für Nick. Ein einziger Manager ist genug, der ihm sagt, was er tun muss. Ich will niemanden verletzen, aber ich will euch alle draussen sehen.»

Acosta blies sich auf, als wollte er etwas tun, aber er neigte nur steif seinen Kopf und ging hinaus.

«Da hast du den kleinen Halbneger gut fertiggemacht», sagte Vince.

«Ich habe gesagt, dass ich alle draussen haben will», bellte Danny.

«Hör mal, ich bin einer von den Partnern, nicht?» fragte Vince.

Danny sprach nicht direkt mit ihm. «Ich bin Nick für die Form seiner Boxer verantwortlich. Ich will nicht gezwungen werden, ihm zu sagen, dass manche Leute mich dabei stören.»

Das Wort «Nick» fiel auf Vince wie ein Sandsack. «Schon gut, schon gut, der Strolch gehört dir», sagte er und ging widerwillig hinaus.

«Ich glaube, ich sollte jetzt gehen und mir Grazellis Hand ansehen», sagte Doc Zigman. Er und Danny waren alte Freunde. Er wusste, dass der Befehl nicht ihm gegolten hatte. «Also, auf später, Danny.»

Ich wollte auch hinausgehen, aber Danny sagte: «Bleib hier, Bürschchen. Du kannst doch die Sprache von diesem Toro, nicht wahr?»

Ich ging an den Tisch und blickte auf Toro hinab. «Puede usted entenderme en español?» fragte ich.

Toro sah zu mir auf. Er hatte grosse, feuchte, dunkelbraune Augen. «Si, señor», sagte er ehrerbietig.

«Gut», sagte Danny. «Ich muss ihm ein paar Sachen über diesen Übungskampf sagen, bevor ich's vergesse. Aber wir wollen warten, bis Sam fertig ist. Er muss sich ganz entspannen, wenn er massiert wird. Darum habe ich all diese Kerle hinausgeworfen.»

Als Sam fertig war, setzte Toro sich auf und sah sich um. «Wo ist Luis?» fragte er auf spanisch.

«Er ist draussen», sagte ich. «Sie werden ihn bald sehen.»

«Aber warum ist er nicht hier?» fragte Toro.

Ich deutete mit dem Kopf auf Danny. «Der ist jetzt ihr Manager», sagte ich. «Danny wird sehr gut für Sie sorgen.»

Toro schüttelte den Kopf und sagte: «Ich will Luis haben.» Seine breiten, dicken Lippen waren in einem kindlichen Schmollen geschürzt.

«Luis wird weiter bei Ihnen bleiben», sagte ich ihm mühsam. «Luis wird Sie nicht verlassen. Aber um hier zu einem Erfolg zu kommen, müssen Sie einen amerikanischen Manager haben.»

Toro schüttelte trotzig den Kopf. «Ich will Luis haben», sagte er. «Luis ist mein jefe.»

Es wird jetzt Zeit für ihn, alles zu erfahren, dachte ich. Zeit, dass dieser grosse Klotz von Adoptivsohn lernt, wie im Kampfsport das Leben wirklich aussieht. Es war besser, dass er es von mir hörte, mit all der Schonung, die ich ihm in meinem begrenzten Spanisch zuteil werden lassen konnte, als dass er es aus dem Gossengeschwätz von Vince und seinen Brüdern erfuhr.

«Sie gehören Luis nicht mehr», sagte ich und wünschte, ich verfügte über mehr Wörter, damit ich feinere Schattierungen machen könnte. «Ihr Vertrag ist unter eine Gruppe von Nordamerikanern aufgeteilt worden, und Mr. Latka hat den Hauptanteil. Sie müssen alles tun, was er sagt, so als ob er Luis wäre. Er versteht viel mehr vom Boxen als Luis oder Ihr Lupe Morales und kann Ihnen viel beibringen.»

Aber Toro schüttelte wieder den Kopf. «Luis sagt mir, dass ich kämpfen soll», sagte er. «Luis bringt mich in dieses Land. Wenn wir genug Geld haben, dass ich mein grosses Haus in Santa Maria bauen kann, bringt Luis mich wieder nach Hause.»

Ich sah Danny an. «Vielleicht sollten wir Acosta lieber hereinholen, dass er ihn beruhigt», sagte ich.

«Schön», sagte er. «Ruf ihn herein. Was ich Toro zu sagen habe, hält sich auch noch bis morgen.»

Ich fand Luis, wie er auf der Zuschauerseite der Ringe auf und ab ging. Als er mich ansah, erkannte ich, dass er völlig verkrampft war. «Ihr Toro ist ganz verwirrt», sagte ich. «Er weiss nicht, was mit ihm geschieht. Gehen Sie lieber hinein und beruhigen Sie ihn.»

«Ihr seid alle eifersüchtig auf mich», sagte Acosta, als wir in die Gaderorbe zurückgingen. «Ihr seid alle eifersüchtig, weil Luis El Toro entdeckt hat, und so wollt ihr uns trennen. Ihr begreift nicht, dass ich einziger bin, der El Toro zum Kämpfen bringen.»

«Sehen Sie mal, Luis», sagte ich. «Sie sind ein netter, kleiner Kerl, aber es wäre vielleicht gut, Sie auch gleich ein bisschen aufzuklären. Sie können Toro nicht zum Boxen bringen. Niemand in der Welt kann Toro zum Boxen bringen. Wenn einer es aber beinahe kann, dann ist es Danny, denn es gibt in dem ganzen Betrieb keinen besseren Lehrer als Danny McKeogh.»

«Aber Luis Firpo selbst hat mir sagt, wie grossartig mein El Toro ist», sagte Acosta.

«Luis», sagte ich, «am Sonntag habe ich mir den ganzen Mist angehört, weil ich höflich sein wollte. Und weil ich diesen übergrossen Bauern, den Sie da haben, noch nicht gesehen hatte. Aber jetzt kann ich es Ihnen genau so gut mitten ins Gesicht sagen. Selbst Ihr Luis Firpo war eine Null. Der hatte einen Sonntagsschlag, sonst nichts. Er verstand nicht genug vom Boxen, um sich selbst aus dem Wege zu gehen.»

Acosta sah mich an, als hätte ich seine Mutter beleidigt. «Wenn Sie verzeihen wollen», sagte er, «woher soll ich wissen, dass es nicht einfach Ihre nordamerikanische Anmassung ist? In Wirklichkeit hat Firpo Ihren grossen Dempsey an jenem Tage ausschlagen, aber die Richter wollen den Titel nicht nach Argentinien gehen lassen.»

«Wenn Sie verzeihen wollen», sagte ich, «ist das bloss reiner argentinischer Pferdemist.»

Acosta seufzte. «Für mich ist das sehr traurig», sagte er. «Immer träume ich von New York. Und vom ersten Augenblick, da ich El Toro sehe...»

«Ich weiss, ich weiss», unterbrach ich ihn ungeduldig. «Das

haben wir alles schon durchgenommen.» Und dann dachte ich an jene epische Gestalt von einem Mann und daran, wie das grosse, vertrauensvolle Gesicht von einem alten Profi wie George Blount herumgeschlagen wurde, und mich packte die Würdelosigkeit des Ganzen, und ich sagte: «Gottverdammtnochmal, Luis, Sie haben ihn mit den Wurzeln ausgerissen. Sie hätten ihn in Santa Maria lassen sollen, wohin er gehört.»

Acosta zuckte die Achseln. «Aber es war zu seinem Besten, dass...»

«Ach, wenn Sie entschuldigen wollen», sagte ich, «das ist Mist! Ihr ganzes Leben lang waren Sie ein kleiner Frosch in einem kleinen Teich. Ein kleiner Frosch mit grossen Träumen. Und plötzlich sahen Sie Ihre Chance und stiegen auf Toros Rücken, um in einem grossen Teich einen grossen Platscher zu machen.»

«In meinem Lande», sagte Acosta pompös, «führen eine solche Bemerkung zu einem Duell.»

«Nehmen Sie mich nicht zu ernst, Luis», sagte ich. «Wie ich höre, lässt man in Ihrem Lande Revolver losgehen. Hier lassen wir nur gern unsere Mäuler losgehen.»

Wir waren an die Tür zum Massageraum gekommen. «Gehen Sie jetzt hinein und erklären Sie Toro, dass Danny der Chef ist», sagte ich. Man konnte beinahe hören, wie die Luft aus seinem angestochenen Ego entwich, als er hineinging. Er nickte Danny, der zu mir in den Korridor herausgekommen war, kaum zu.

«Luis, que pasa? Was geht hier vor? Erklär mir's. Ich verstehe es nicht», konnte ich Toro sagen hören, als die Tür zufiel.

SIEBENTES KAPITEL

ICH wollte in Walkers Bar gehen, in der ich mich richtig zu Hause fühlte, aber Danny konnte nicht fünf Häuserblöcke lang auf sein erstes Glas an diesem Tage warten. So krochen wir in die nächste der trübseligen kleinen Kneipen, die von der Achten Avenue abgehen. Danny war einer jener Burschen, die den Schnaps so sehr brauchen, dass es ihnen Mühe macht, höflich zu plaudern, bevor sie nicht die ersten zwei Gläser hinter die Binde geschüttet haben. Als der Barmann sein Glas vor ihn stellte – er trank Jamiesons irischen Whisky – kippte Danny den Schnaps mit einer schnellen, nervösen Bewegung seines Handgelenks hinunter. Nach dem zweiten Glas atmete er langsam und entspannt aus. Danny war ein schlanker, straffer Mann, der sich benahm, als lägen seine Nerven offen auf der Haut. Was immer er tat, wie er trank, wie er Zigaretten rauchte, sein Tick, sich plötzlich mit dem Handrücken über die Wange zu fahren, wie er sprach, das alles war voll Nervosität.

Der Barmann liess die Flasche vor Danny stehen und ging weiter seiner Arbeit nach. Während wir sprachen, goss Danny uns alle paar Minuten ein neues Glas ein.

«Na», sagte Danny, «ist der nicht prächtig? Ist der nicht herrlich?» Er sah die Flasche nachdenklich an. «Wenn's bloss das wäre, Bürschchen, dass er nichts versteht, das wäre nicht so schlimm. Ich hab schon früher mal von unten angefangen. Bud Traynor war so grün wie Gras, als ich ihn in die Hände bekam, aber Bud war wenigstens voll Kampflust. Wenn er auch ein Esel war, gefährlich war er doch immer. Aber dieser Ochse...» – er schüttete wieder ein Glas hinunter – «der ist nichts. Bloss ein grosser Tölpel. Der hat nicht einmal Schwung.»

Er hob sein Glas feierlich hoch. Danny trank gern schnell, aber stets mit einer gewissen Förmlichkeit. «Auf frohe Tage», sagte er.

Jetzt war ein wenig Farbe in Dannys Gesicht. Seine Augen waren heller. Er wischte sich mit der Hand über den Mund und sagte: «Weisst du, Bürschchen, vielleicht hab ich selbst einen zuviel eingesteckt, aber ich hab diesen verdammten Sport immer noch gern. Sogar mit allem, was daran falsch ist. Besonders, wenn ich einen Boxer habe. Gib mir einen neuen, gescheiten Jungen, und lass mich ihn hübsch langsam vorwärtsbringen, wie ich's mit Greenberg und Sencio gemacht habe, und ich fühl mich wie im Himmel. Auf frohe Tage», sagte er.

Er schien die Etikette der Flasche sorgsam zu lesen. «Ja, Bürschchen, vielleicht habe ich erlaubt, dass man mich einmal zu oft traf, aber ich habe in dieser Welt nichts lieber, als in einer Ecke zu arbeiten, wenn ich einen netten, intelligenten Burschen habe, der all das tun kann, was ich ihm sage. So war Izzy Greenberg bis zu seinem Kampf gegen Hudson. Der Hudsonkampf hat Izzy etwas weggenommen, was man nur schwer beschreiben kann, aber ohne das man einfach nichts taugt. Ich war nach Leonard selbst so. In der Sporthalle sieht man so gut aus wie immer, und man hat gar keine Angst, wenn man durch die Seile klettert. Das Selbstvertrauen fehlt einem einfach. Deine Chemie, glaub ich, würde man das nennen. Deine Chemie ist verändert. Damals hab ich aufgegeben. Hätte ich nicht Schluss gemacht, würde ich mir heute wahrscheinlich Kinderverschen aufsagen. Darum hab ich den Zaster nie bedauert, den ich Izzy geliehen habe, damit er sich ein Geschäft aufmacht. Lieber verlier ich das Moos, als dass ich sehe, dass man ihm das Hirn lose schlägt. Na, auf dein Wohl.»

Aus dem Radioapparat, dem wir bis dahin nicht zugehört hatten, kam das Signal des Starters auf der Rennbahn. Danny fuhr sich mit seiner nervösen Bewegung über die Wange und sagte: «Warte, ich hab was Gutes im ersten Rennen.»

«Im ersten auf der Jamaicabahn», sagte die kalte, mechanische Stimme des Ansagers, «starteten die Teilnehmer um zwei siebenunddreissig. Sieger Carburetor. Zweiter Shasta Lad. Dritter Labyrinth. The Gob kam als vierter ins Ziel. Bahn hart und schnell. Zeit eine Minute zwölf vierfünftel Sekunden. Der Sieger zahlte sieben achtzig, vier neunzig und vier zehn.»

Danny zog einen Wettschein aus der Tasche und zerriss ihn.

«Worauf hast du gesetzt, Danny?»

«The Gob», sagte er. «Er hätte dieses Rennen gewinnen sollen. Sinkt an Klasse. Trug nur hundertvierzehn Pfund. Und die Distanz war richtig.» Er griff wieder nach der Flasche. «Na, auf gute Tage.»

«Nein, danke, Danny», sagte ich.

«Los, Bürschchen, leiste mir Gesellschaft.»

«Ich muss nachher Nick treffen.»

«Zum Teufel mit Nick», sagte Danny. «Das ist das Üble an diesem dreckigen Sport. Zu viele Nicks in diesem dreckigen Sport.»

«Nun, dann gib mir einen kleinen», sagte ich.

«Musst mir Gesellschaft leisten», sagte er. «Wir stecken zusammen hier drin, Bürschchen. Nick soll zum Teufel gehen. Nick bringt uns dazu zu trinken, mit seinen lausigen Monstren, die wir für ihn verarbeiten sollen. Gute Tage!»

«Es geht nicht nur um Nick», sagte ich. «Ich muss später auch mein Mädchen treffen.»

«Na, das ist was anderes, Bürschchen. Man soll nie sagen können, dass Danny McKeogh zwischen einen Jüngling und die Dame seines Herzens gekommen ist. Hier, ich schenke dir nur noch einen oder zwei Tropfen ein, damit ich nicht das Gefühl habe, allein zu trinken.»

Er hielt sein Glas in die Höhe und starrte hinein. «Es ist ein Jammer», sagte er, «so einem Monstrum zuzusehen. Das ist es, ein Jammer.» Er griff wieder nach der Flasche. «Wenn ich etwas wirklich hasse, dann ist es ein unfähiger Boxer. Der geht mir gegen den Strich. Wenn man mich wirklich für meine Sünden bestrafen will, dann muss man mir im Fegefeuer eine Sporthalle geben und mich darin mit lauter schlechten Boxern einsperren.» Er grinste. Er hatte ein nettes, jungenhaftes Grinsen. Wenn man es sah, wollte man mitlächeln. Er fühlte sich jetzt wohler. Der Schnaps war gut für ihn. Wenn er jetzt hätte aufhören können, wäre er ganz in Ordnung gewesen. Nett und freundlich und innerlich ganz entspannt, so wie die alte Definition von Glück lautet: die Abwesenheit aller Schmerzen.

Doc Zigman kam herein und setzte sich auf den leeren Hocker neben Danny.

«Schenk meinem Freund ein Bier ein, John», rief Danny dem Barmann zu.

Doc trank nie etwas Stärkeres als Bier. Er hatte eine dunkle Haut, eine hohe, intellektuelle Stirn und ein scharfes, feinfühliges Gesicht, das immer feucht aussah. Tuberkulose hatte sein Rückgrat zwischen seinen Schultern zu einem Gipfel aufsteigen lassen und beugte ihn, als trüge er ein unerträglich schweres Gewicht. Das verlieh ihm eher das Aussehen eines Wissenschaftlers oder Gelehrten als eines Mitglieds der Brüderschaft der Boxer. Tatsächlich war Doc

nur knapp daran vorbeigegangen, ein richtiger Dr. med. zu werden.
Als er noch ein Kind war, versuchten die Orthopäden ihr Bestes mit ihren gerüstartigen Apparaten, aber sie hatten keinen Erfolg. Es gelang ihnen bloss, ihn lange genug von der Schule fernzuhalten, um seinen Traum von einer Arztlaufbahn zu ersticken. Noch weher als die Kuren musste ihm aber der Erfolg seines jüngeren Bruders getan haben, der jetzt einer der ersten Chirurgen von New York war. Man sagt, dass Doc im Hause seines Bruders nicht sehr willkommen ist, und ich meine, es müsste für einen Psychoanalytiker leicht sein, diese Fehde auf ein Jugendtrauma zurückzuführen. Es ist ganz klar, dass es nicht sehr leicht ist, all seinen Ehrgeiz einem kleineren Bruder unterzuordnen, besonders wenn dieser das Glück hat, einen geraden Rücken zu haben.

Ich kann mich nicht genau erinnern, wie er in den ganzen Boxschwindel gekommen ist, aber ich glaube, es war durch einen Burschen aus seinem Häuserblock auf der oberen East Side, der Hauptkämpfe im St. Nicks-Stadion ausfocht. Doc arbeitete wie ein Arzt, wirksamer als viele dieser Gecken, die genug politische Beziehungen hatten, um sich zu Amtsärzten des Boxkomitees wählen zu lassen. Ich habe nie gesehen, dass jemand eine Blutung so schnell zum Aufhören brachte wie Doc. In diesen kurzen sechzig Sekunden zwischen den Runden vollbrachten seine langen, dünnen Finger medizinische Wunder. Und er versteht nicht nur von der äusserlichen Medizin etwas. Er hat eine Art Abhandlung über zerschlagene Boxer geschrieben, mit viel Zeug über Gehirnerschütterung und Hirnblutungen. Es ist seltsam – er kommt aus einer bösen Gegend, verbringt die meiste Zeit mit Trotteln und spricht nicht so wie Dr. Christian, und doch habe ich gehört, wie er mit Ärzten über «Parkinsonsche Syndrome» und «posttraumatische Encephalitis» redete, und an der Art, wie sie ihm zuhörten, merkte ich, dass er wusste, wovon er sprach.

«Nun, was halten Sie von unserem Übermenschen, Doc?» sagte ich. «Wie schätzen Sie ihn körperlich ein?»

«Das will ich Ihnen sagen, Eddie, wenn Sie wollen, dass ich Ihnen reinen Wein einschenke», sagte Doc. «Erstens einmal hat er falsche Muskeln. Grosse, eckige Muskeln. Er hat viel gehoben. Solche Muskeln sind nicht elastisch und nicht schnell. Sein Bizeps ist überentwickelt. Seine Muskeln behindern einander. Das wird ihn sehr langsam machen.»

«Auf frohe Tage», sagte Danny.

«Und seine Grösse?» fragte ich. «Wieso wird ein Kerl so gross? Kann das natürlich sein? Oder hat es mit den Drüsen zu tun?»

«Nun, darüber möchte ich nichts sagen, ehe ich nicht mehr von seiner Geschichte weiss», sagte Doc genau so, wie Ärzte es immer sagen. «Aber nur so auf den ersten Blick würde ich sagen, dass er akromegalisch ist, wie die von der Medizinischen Fakultät es nennen würden.»

«Ist das schlimm?» fragte ich.

«Ach, das ist nichts Ernstes», sagte Doc. «Aber die Überaktivität des Hirnanhanges ist nicht gerade ein Zeichen von bester Gesundheit.»

«Nun, und was sind die Symptome?» fragte ich. «Oder die Syndrome oder wie ihr Genies das nennt.»

«Ein Mensch mit übermässig entwickeltem Hirnanhang», sagte Doc, «nun, ich sag Ihnen, ein Mensch mit übermässigem Hirnanhang sieht gewöhnlich irreführend aus. Er ist abnorm gross, und sein Nervensystem hat sozusagen keine Gelegenheit gehabt, mit ihm Schritt zu halten. So wird er leicht ein bisschen langsam handeln, ein bisschen vertrottelt, selbst wenn sein Hirn ganz in Ordnung ist. Es ist, als wären die Drähte zwischen Hirn und Körper nicht richtig angeschlossen. Es ist wahrscheinlich, dass er nicht so viel einstecken kann wie die kleineren, untersetzteren Burschen. Er wird wahrscheinlich schneller einen Schock bekommen. Seine Widerstandsfähigkeit ist nicht allzu gross.»

«Das ist grossartig», sagte ich. «Das ist einfach grossartig. Ich kann schon sehen, wie ich das bei den Sportredakteuren anbringe: ‚Seht Molina, den Mammutmenschen mit übermässigem Hirnanhang, Argentiniens Geschenk an die ärztliche Wissenschaft!»

«Auf euer Wohl», sagte Danny.

Wir hatten die Flasche leergetrunken. Danny hielt sie hoch, um dem Barmann seine schreckliche Lage zu zeigen. «John», sagte er.

Der Barmann brachte eine neue Flasche und stellte sie vor Danny. Danny griff in die Tasche, zog ein Bündel Geldscheine hervor und hielt es über die Bar. «Hier, John», sagte er. «Wenn Sie schliessen, nehmen Sie heraus, was ich Ihnen schulde, behalten Sie was für sich, stecken Sie mir den Rest in die Innentasche, und setzen Sie mich in ein Taxi.»

«Ja, Sir, Mr. McKeogh», sagte John ehrerbietig. Mit einer Miene solider Zuverlässigkeit riss er einen Streifen Papier von einer Zeitung, kritzelte Dannys Anfangsbuchstaben darauf, befestigte ihn mit einem Gummiband an den Scheinen und legte das Bündel in die Registrierkasse.

Wieder kam der Ruf des Starters aus dem Radio. Danny beugte sich ein wenig vor. «Das zweite Rennen auf Jamaica. Ab um drei zehneinhalb. Sieger Judicious. Platz Uncle Roy. Dritter Bonnie Boy. El Diablo war vierter. Zeit...»

Während der Ansager den Rest der Einzelheiten verkündete, griff Danny in die Brusttasche und zerriss einen zweiten Wettzettel.

«Wen hattest du diesmal?» fragte ich.

«Uncle Roy, auf Sieg», sagte Danny. Er kippte die neue Flasche. «Meine Herren, Ihr Wohl.»

Vom anderen Ende der Bar kam ein Bursche in einem schäbigen Anzug auf uns zu. Er hatte den ruckartigen, verräterischen Gang des zerschlagenen Boxers. Sein mopsnasiges, altersloses Gesicht trug die Anzeichen seines ehemaligen Berufs: die Augen zu orientalischen Schlitzen verwandelt, ein dickes Ohr, die Nase übers Gesicht ausgebreitet und ein Mund voll falscher Zähne. Er warf Danny seine Arme um den Hals und schaukelte ihn voll kräftiger Zärtlichkeit vor- und rückwärts. «Hallalalo, Danny, alter J-j-junge, oh J-j-junge, oh Junge», sagte er. Während die Wörter aus seiner Kehle aufstiegen, schienen sie an seinem Gaumen festzukleben, und er neigte mit krampfhafter Bewegung den Kopf zur Seite, um sie loszureissen.

«Hallo, Joe», sagte Danny. «Wie geht's denn, Joe?»

«Ach, f-f-f-f-fein, Danny, oh Junge, oh Junge-j-junge», sagte Joe.

Wenn er sprach, bemühte man sich, nicht seine Halsmuskeln zu beobachten, die sich bei der Anstrengung, wie ein Mensch zu sprechen, versteiften.

«He, John», rief Danny dem Barmann zu, «stellen Sie ein Glas für Joe Jackson her.»

Als Danny den Namen sagte, erkannte man, dass er dessen Klang immer noch gern hörte. Er hatte mit Joe Jackson viele Kämpfe gewonnen.

Danny hob sein Glas und stiess damit freundlich gegen das des alten Boxers. «Frohe Tage», sagte er. «Gott segne dich, Joe.»

Wir mussten tun, als bemerkten wir nicht, dass Joe ein bisschen verschüttete, als seine zitternde Hand das Glas an seine Lippen führte. Er setzte es lachend ab. «Junge-oh-Junge-oh-Junge, das h-h-h-h-h, das h-h-h-h-h, das haut aber hin», sagte er. Er begann wieder zu lachen, und dann unterbrach er sich und sein Mund verzog sich plötzlich nach einer Seite – Docs «Parkinsonsches Syndrom» – und er begann zu sagen: «He, Danny, k-k-k-k-k, k-k-k-k-k...» Aber dieses Wort klebte wirklich an seinem Gaumen, wurde dort von einer formlosen Hemmung festgehalten, die sich in seinem zerschlagenen Hirn regte.

«Sicher», sagte Danny. «Genügen zwanzig? Du kannst sie mir schuldig bleiben.»

«Ich werde bebebe, ich werd bebebe, ich g-geb sie dir Montag zurück», sagte Joe.

Joe legte seine Arme wieder um Danny. «T-tausend Dank, Danny, oh-Junge-oh-Junge-oh-Junge», sagte er und schlurfte wieder an seinen Platz weiter unten an der Bar zurück.

«Mit dem wird's ärger», sagte Doc.

«Sieht aus, als hätte er eine Fahrkarte ohne Rückfahrt nach der Klapsmühle», sagte ich.

«Warst du an dem Abend dabei, als er gegen Callahan kämpfte?» fragte Danny. «Ach, war das ein Prachtskerl an dem Abend, als er gegen Callahan boxte. An dem Abend war er ganz oben bei den Göttern, Bürschchen.»

«Das muss ziemlich teuer werden», sagte ich.

Danny zuckte die Achseln. «Was tut's? Es ist bloss Geld.»

Als ich in Nicks Büro kam, sagte seine Sekretärin Mrs. Kane ich solle Platz nehmen und warten, Mr. Latka wäre im Augenblick in einer Konferenz. Mrs. Kane brachte es immer fertig, das so zu sagen, als wären Nicks Konferenzen zumindest eine Zusammenkunft mit dem Bürgermeister, in der der Stadthaushalt entschieden würde. Ihre Stimme versank immer in einem ehrfurchtsvollen kleinen Knicks, wenn sie Nicks Namen erwähnte. Sie war eine dickliche, hübsche Frau mit einem frohen Gesicht, die sich auf Nicks Verlangen in elegante Schneiderkostüme einschnürte. Nick hatte sie schon seit Jahren bei sich, nicht nur wegen ihrer Ergebenheit, sondern weil sie die Schwester Gus Lennerts und die Frau Al Kanes war, der als Schwergewichtler gekämpft hatte, bevor Nick ihn in den Tagen der Prohibition als Kassierer angestellt hatte. Nick war der Ansicht, dass Emily Kane durch diese Familie weniger Schwierigkeiten haben würde, Schürzenjäger abzuwehren.

Nick konnte solche Sachen im Büro nicht leiden. Wenn er es beim Killer übersah, dann deshalb, weil der Killer, ausser seinen zahlreichen anderen Pflichten, die Freiheiten eines Hofnarren hatte.

Während ich wartete, ging ich in das kleine Büro zwischen dem Empfangsraum und Nicks Allerheiligstem hinunter. An der Tür stand «Chefsekretär». Dort trieb sich der Killer herum. Der Chefsekretär lag auf dem Sofa und kämmte sein glänzendes, schwarzes Haar mit einem Kamm, den er immer in der Brusttasche trug. Der Killer war ein eitler, kleiner Mann, der sich so oft mit dem Kamm durchs Haar fuhr, dass es langsam schon zu einer nervösen Gewohnheit wurde.

«Hallo, Killer», sagte ich, «wer ist beim Chef drinnen?»

«Polyp O'Shea.»

«Ach, verdammt, und das nennt sie eine Konferenz. Das ist nicht einmal eine Zusammenkunft.»

Polyp war bloss einer der Ausläufer von Nick. Er hatte seinen Namen aus der Zeit, da er bei der Polizei gewesen war, bevor eine jener regelmässigen Reformreorganisationen seine Verbindungen mit der Bande aufdeckte. Nachdem man ihm die Uniform ausgezogen hatte, machte er das Ganze offiziell, indem er für Nick arbeitete oder, richtiger gesagt, weiterarbeitete.

Ich wollte in Nicks Büro gehen, aber der Killer hielt mich mit einem Wink zurück. «Wart lieber. Der Chef liest dem Polypen die Leviten. Er hat nicht gern, wenn man ins Büro geht, wenn er so schnauzt. Ich glaube, er will, dass alle ihn für einen reizenden, liebenswerten Kerl halten.»

«Was ist denn mit dem Polypen los?»

«Ach, der Polyp ist bloss blöd», sagte der Killer. «Der kann sich nicht anpassen. Das sagt der Chef. Der Polyp geht aus, die Musik zu verkaufen. Manche von den Fressbuden, die wollen die Musik nicht. Da schmiert der Polyp dem Kerl eine. Kann sich nicht an die neue Art, wie man Geschäfte macht, gewöhnen, verstehst? Das macht den Chef wütend. Der Chef will von dem rohen Zeug nichts mehr wissen.»

Die Tür öffnete sich, und Polyp O'Shea kam heraus. Wie so viele seiner früheren Kollegen bei der Polizei war er ein grosser Mann mit einem harten, fleischigen Gesicht und einem Bauch, der ihm über den Gürtel hing. «Jetzt hab ich kapiert, Chef», sagte er. «Jetzt hab ich kapiert. Hab kapiert.»

Nick sah böse und erregt aus. «Ich sage solche Dinge nur einmal. Ich will nicht, dass du jemanden anrührst. Noch einmal, und ich schmeiss dich raus. Das weisst du, nicht wahr?»

Der Polyp wusste es. Nick hatte eine Eigenschaft: er hielt immer sein Wort. Ob es ein Versprechen war, einem einen Gefallen zu erweisen oder einen fertigzumachen, Nick führte es immer aus.

Nick wandte sich vom Polypen einfach ab, als wäre er gar nicht mehr da, und legte seinen Arm um mich. «Komm rein, Eddie», sagte er mit freundlichem Blinzeln, als er mich in sein Büro führte. «Tut mir leid, dass ich deswegen so viel Krach machen musste. Diese vertrottelten Schweinehunde. Von Psychologie verstehen sie bloss so viel, dass sie einem Kerl die Jacke von den Schultern reissen, ihm die Arme festbinden und ihn dann in die Eier treten. Die verdienen lieber einen halben Dollar und schlagen jemandem den Schädel ein, als dass sie einen anständigen Dollar erwerben.» Er nahm eine Belinda aus seiner Mahagonikiste mit Silberrand und bot mir eine an. «Aber ich hab meine Lektion gelernt. Warum soll ich die viele Zeit und mein Geld mit den Polypen und den Gerichten verschwenden, hier einen bestechen, dort einen Kerl bezahlen, wenn ich viel reicher werden kann, indem ich mich streng ans Gesetz halte? Bloss die Musikautomaten und die Glücksspiele, ein paar Konzessionen und einige Boxer, die viel Geld bringen – mehr brauch ich nicht, um auszukommen. Ich will niemandem wehtun, und in einem netten, kleinen Raum in der dritten Reihe enden will ich auch nicht. Das hab ich schon gehabt.»

Vor langer Zeit hatte Nick einmal zehn Monate absitzen müssen, wegen irgendeiner technischen Anklage, einer jener bezaubernden gesetzlichen Fiktionen, die unser Justizministerium sich ausdenkt. Er hatte zwar zeitweilig einige Unbequemlichkeiten erduldet, aber sein Geschäft war so gut organisiert gewesen, dass er es ganz glatt von seiner Zelle aus hatte leiten können, denn an den Besuchstagen war er mit seinen Unterführern zusammengekommen.

«Nick», sagte ich, «ich habe keinen Ehrgeiz, diese Zelle mit dir zu teilen. Darum mache ich mir Sorgen. Wenn du bei deiner Idee bleibst, aus diesem Molina einen grossen Schwergewichtler zu machen, dann glaube ich, laufen wir alle Gefahr, wegen Mithilfe zum Morde verurteilt zu werden.»

«Du meinst, Molina könnte jemanden töten?» fragte Nick grinsend.

«Ich meine, dass Molina eine Lungenentzündung bekommen und sterben kann von der Zugluft, die er erregt, indem er so oft vorbeihaut. Ernsthaft, Nick, der Kerl ist ein Witz. Ich hab ihm heute nachmittag bei der Arbeit zugesehen. In dem steckt gar nichts. All diese grossen, schönen Muskeln, und er schlägt nicht hart genug zu, um ein Ei zu zerbrechen.»

«Schau, Eddie», sagte Nick. «Ich will, dass du losgehst und Toro Molina verkaufst. Lass mich meinen Kopf zerbrechen, wie er seiner Reklame gerecht werden soll.»

«Aber du scheinst mich nicht zu verstehen, Nick. Ich sag dir, dieser Kerl kann mit keiner Zuckerstange fertigwerden. Jeder Berufsboxer, der was von seinem Handwerk versteht – selbst der alte Gus Lennert – kann diesen Molina totschlagen. Und ich meine das wörtlich, so wie der Leichenrichter es sagt, nicht das Zeug, das man in Theaterzeitungen liest.»

«Molina wird sich schon durchsetzen», sagte Nick.

«Ich weiss nicht, wie du dir das vorstellst.»

«Du brauchst nicht zu wissen, wie ich mir das vorstelle.» Nick wurde jetzt weniger liebenswürdig. «Glaube einfach meinen Worten. Du geh los und mach Molina populär, wie du nie im Leben jemanden populär gemacht hast. Molina, der Mammutmensch. Der Riese aus den Anden. Diesen Mist. Den Rest überlass mir.»

«Ich kann ihn in die Zeitung bringen», sagte ich. «Ich kann soviel in die Zeitung bringen, wie du willst, solange er uns etwas zeigt. Ich kann eine Niederlage hier oder dort vertuschen, aber wir kommen eigentlich nur mit dauernden Siegen wirklich zu etwas.»

«Wir werden dauernd siegen», sagte Nick. Und an der unbetonten, ruhigen Art, in der er das sagte, war etwas dran, das mir zum ersten Mal sagte, dass Toro Molina, der Riese aus den Anden, dauernd siegen würde.

Das war schon früher gemacht worden. Nicht in jedem Kampf, aber genug, um einen grossen Ruf aufzubauen und das grosse Geld hereinzuholen. Young Stribling hat seinen Fahrer (je nachdem als Joe White, Joe King, Joe Sacko, Joe Doktor, Joe Clancy, Joe Undsoweiter bekannt) in praktisch jeder Stadt Amerikas ausgeschlagen.

«Sogar nur glaubwürdig auszusehen ist schon eine grosse Aufgabe für diesen Fassheber. Kein Witz, Nick, unser Gott hat nicht nur tönerne Füsse, die Füsse sind Grösse siebenundfünfzig und dazu wahrscheinlich noch platt.»

«Da hab ich eine Idee», sagte Nick. «Führ ihn zu Gustav Peterson und lass ihm für ein halbes Dutzend Schuhe Mass nehmen. Lass sie sogar noch zwei Zoll länger machen, als er sie braucht. Hol die Pressephotographen, dass sie ihn bei der Anprobe knipsen. Verstehst du, so sollst du arbeiten. Die Arbeit im Ring überlass Danny. Der ist ein Meister, wenn er mich auch nicht leiden kann. Die Leistungen seiner Gegner überlass Vince. Wir wissen beide, dass er ein Gauner ist, darum ist er für diese Arbeit geeignet. Der kleine Kerl...» Er meinte Acosta. «Den nimm mit auf die Reise. Dass der grosse Kerl jemand hat, mit dem er reden kann. Aber lass mich wissen, wenn er Schwierigkeiten macht.»

«Der ist ganz in Ordnung. Er meint es gut.»

«Zum Teufel damit», sagte Nick. «Das verkauft keine Karten. Beim ersten Mal, dass er uns stört, setzen wir ihn aufs Schiff.»

Er sah auf seine Uhr. «Jesus, ich muss ja ausgehen und einen Anzug probieren.» Er ging nach der Tür und rief: «He, Killer, sag Jock, er soll mich sofort vor der Tür erwarten.»

«Fein», sagte der Killer. «Wo gehn wir hin?»

«Zu Weatherill. Zur Anprobe, an die du mich hättest erinnern sollen.»

«Herrje, Chef», sagte der Killer, «ich denke immer an diese Sachen. Aber ich weiss nicht, heut geht mir so viel im Kopf herum.»

Nick zog seinen Mantel an und zwinkerte mir zu. «Hör mal, Eddie, wie der das nennt. Seinen Kopf!» Er tat, als wollte er den Killer an die Stelle schlagen, an der er voll Leben war.

Auf dem hinteren Sitz des Cadillac lehnte Nick sich zurück und blies Rauch gegen das Dach. Nach der Anprobe wollte er ins Luxor gehen, sich massieren lassen, ein Dampfbad nehmen, und dann traf er Barney und Jimmy bei Dinty, bevor er zum Baseballspiel ging.

Auf unserem Weg zu Walker, wo Nick mich absetzte, sagte er: «Du weisst jetzt, worum es geht. Sonst noch was, das du wissen willst?»

«Wir haben noch nicht einmal angefangen», sagte ich. «Wie stellst du dir vor, dass ich den Kerl verkaufen soll, wenn jeder ihn bei Stillman ansehen kann? Du brauchst ihn bloss einmal kurz anzusehen, und schon weisst du, was er für eine Null ist.»

«Wohin soll ich ihn führen?» fragte Nick.

«So weit weg wie möglich von den schlauen Burschen, wo Scharfschützen wie Parker oder Runyon uns nicht umlegen, bevor wir angefangen haben.»

«Ojai», sagte Nick.

«Wo ist das?»

«Zwei Stunden von Los Angeles. Wir hatten Lennert einmal vor dem Kampf gegen Ramage dort. Nette, ruhige Sache. Stört einen keiner. Und jetzt fällt mir ein, die Westküste ist das Richtige, um den Mammutmenschen einzuführen. Dort gibt es ohnedies nicht allzu viel gute Kämpfe. Wahrscheinlich werden die Leute dort kaum den Unterschied erkennen. So ein Zeug wird ihnen gut gefallen. Die haben einen Match zwischen Jack Doyle, der Smaragddrossel, und Enzo Fiermonte, einem der Gatten von Madeline Force Astor Dick, veranstaltet. Wer Geld bezahlt hat, um den Kampf zu sehen, ist imstande, alles zu tun.»

«Los Angeles ist ganz in Ordnung», sagte ich. «Ich wollte immer schon gern wieder nach Los Angeles.»

«Ich hab paar Adressen, die ich dir dort geben werde», sagte der Killer. «Tolle Mädchen.» Er stiess einen Schürzenjägerpfiff aus.

«Lass Eddie in Ruhe», sagte Nick. «Er muss dort arbeiten.» Er legte seine Hände gerade oberhalb des Knies auf mein Bein und kniff meine Sehnen, dass ich aufschrie. Das war ein Zeichen von Zuneigung. «Eddie, dort draussen musst du es denen richtig einhämmern. Lass dich's was kosten. Gib Geld aus. Mach, dass den Sportredakteuren vor deinem Mammutmenschen Molina so übel wird, dass sie ganzseitige Artikel bringen, bloss um dich loszuwerden. Tu, als könntest du während des ersten Monats oder so keinen Gegner für ihn bekommen, weil keiner da ist, der genug Mut hat, mit ihm in den Ring zu steigen. Du kennst die Routine. Dann bring jemanden aus dem Osten hin, einen netten, sanften Kerl, der niemals westlich vom Felsengebirge gewesen ist, so dass dort keiner weiss, was für ein Vogel er ist. Und dann komm mit der grossen Geschichte heraus, wie du mit ihm nach Kalifornien gekommen bist, weil er so hart ist, dass keiner der grossen Boxer vom Hallenstadion etwas mit ihm zu tun haben will. Vince wird schon eine Null für dich finden.»

Ich dachte an Harry Miniff. Damit könnte Harry auf nette Art ein paar Dollar verdienen. «Ich weiss von einem guten Krüppel», sagte ich. «Cowboy Coombs.»

«Jesus, lebt der noch?» fragte Nick.

«Harry war heute nachmittag in der Sporthalle, hat versucht, ihn zu verkaufen. Der würde dankbar sein, wenn er einen Dollar kriegen könnte.»

«Wie sieht dieser Coombs jetzt aus? Werden die Sportfexen ihn ernst nehmen?»

«Der Cowboy hat den allerbedrohlichsten bösen Blick von allen Schwergewichtlern, die heute im Geschäft sind», sagte ich.

«Schön, ich werde Vince sagen, er soll uns Coombs verschaffen», sagte Nick. «Komm morgen nachmittag und hol dir die Karten.»

«Welche Karten?» fragte ich.

«Die Fahrkarten», sagte Nick. «Ich reservier dir Platz im Limited für morgen abend.»

«Das geht ein bisschen schnell, nicht wahr?»

«Warum nicht schnell?» sagte Nick. «Du sagst mir, die schlauen Kerle riechen Lunte, wenn wir ihn zu lange hier lassen. Dann wollen wir also schnell handeln. Ich werde die Karten um vier Uhr haben. Wenn du also noch etwas zu tun hast, dann tust du das am besten heute abend.»

Der schwarzglänzende Cadillac setzte mich vor Walkers Bar ab und sauste durch den gesetzesfürchtigen Verkehr, um freie Fahrt zu haben. Nick hatte einen Ehrenschild von der Polizeibehörde, so konnten die blauen Burschen ihm keine Schwierigkeiten machen.

An der Bar war es recht ruhig. Nur die Lumpen und die verirrten Tiere. Die Kerle, die auf dem Heimweg von der Arbeit auf einen Schnellen hereinkamen, und die andern, die kamen, um den ganzen Abend dort zu verbringen, waren erst später zu erwarten. Jetzt standen nur ich da und ein Kerl unten an der Bar, der aussah, als dächte er darüber nach, wie er sein eigener ärgster Feind werden könnte. Die Katze, die gelegentlich an der Bar entlanglief, rieb sich an ihm, und er streichelte sie geistesabwesend und blickte über die Bar. Seine Augen waren in einer einsamen Trance nach innen gekehrt. Zwei Damen des abendlichen Gewerbes ruhten ihre Füsse in einer der Logen aus.

Charles versorgte mich mit dem Üblichen und wischte dann langsam die Bar vor mir ab, was seine Art war, ein Gespräch zu beginnen.

«Nun, wie geht es Ihnen heute, Mr. Lewis?»

«Wunderbar, wunderbar», sagte ich. «Noch einen mehr, und ich werde auf den Knien herumrutschen.»

«Ich habe nie gesehen, dass Sie einen Schluck tranken, den Sie nicht brauchten», sagte Charles. Das war seine Art, sich auszudrücken, wenn ein Kunde sich unvernünftig vollaufen liess.

«Ich feiere», sagte ich. «Fahr morgen nach Kalifornien.»

«Kalifornien», sagte Charles. «Vor vielen Jahren war ich dort. Hab als Gehilfe des Barmanns im alten Sportklub von Kalifornien gearbeitet. Damals waren Sie noch nicht auf der Welt.»

Er schenkte zwei Gläser Bier für zwei Neuankömmlinge ein und kam auf seine Geschichte zurück. «Ja, Sir, der SK Kalifornien. Der grösste Schwergewichtskampf in der Geschichte des Ringes wurde im alten SKK ausgefochten. Das werde ich nie vergessen, Sir, und wenn ich hundert Jahre alt werde. Corbett und Jackson. Der grösste weisse Meister und der grösste schwarze Meister, die jemals die Handschuhe anzogen. Halten Sie dieses Bild fest, Sir. Der schwarze Fürst Peter und der Gentleman Jim. Wunder der Wissenschaft, alle beide. Die waren so schnell wie Leichtgewichtler, und an jenem Abend kämpften sie einundsechzig Dreiminutenrunden, vier Stunden und drei Minuten, genug, um ein Dutzend gewöhnlicher Männer umzubringen. Als der Schiedsrichter schliesslich den Kampf abbrach, weil er Angst hatte, einer der Männer würde vor Erschöpfung tot umfallen, bevor er aufgäbe, da konnte man an Peter und an Jim kaum eine Spur sehen, so sehr hatten sie sich geduckt, waren ausgewichen und hatten die Hiebe des Gegners abgefangen. Die waren wie Klümpchen Quecksilber, und keiner der beiden wurde langsamer, ehe sie nicht dreissig der schnellsten und ausgeglichensten Runden gekämpft hatten, die man jemals gesehen hat.»

Charles wischte die Bar wieder glänzend, wo mein Glas seinen feuchten Abdruck gemacht hatte. «Und all das vor fünfhundert Leuten um eine Börse von zehntausend Dollar, alles für den Sieger.» Er sah mich bedeutungsvoll an. «Heute würde der gleiche Kampf zwei Millionen Dollar auf dem Baseballplatz einbringen. Aber in jenen Tagen kämpfte man nicht um Geld. Der Verlierer bekam nur das Fahrgeld nach Hause. Es war ein Sport, als ich jung war, Mr. Lewis, ein rauher Sport, aber doch ein Sport. Keine von diesen Ringelreihen, diesen Haust-du-mich-dann-hau-ich-dich-Affären, die diese Schwergewichtler oft im Stadion aufführen.»

«Moment, Charles», sagte ich. «Mir ist gerade etwas eingefallen. War dieser Kampf zwischen Corbett und Jackson nicht ein Jahr vor dem Slavinkampf, von dem Sie mir erzählt haben?»

Charles sah unbestimmt in die Luft. «Ich muss fragen, was der Herr will», sagte er und überliess es mir, über das Problem nachzudenken, wie Charles ein Jahr vor seiner Abreise aus England in Kalifornien hatte sein können.

«Charles», sagte ich, als er endlich auf mein Signal reagierte. «Wie können Sie so lügen? Sie haben den Jackson-Corbett-Kampf nie gesehen.»

«Es ist keine Lüge, Sir», sagte Charles beharrlich.

«Na, wie würden Sie es denn nennen?»

«Bloss eine Verbesserung der Wahrheit, Mr. Lewis. Ich habe im SKK gearbeitet, und einige der alten Mitglieder sprachen immer noch von dem Kampf und stritten darüber, wer ihn gewonnen hätte, wenn er über die vollen Runden gegangen wäre. Eines Tages stand Mr. Corbett selbst an der Bar, als er Weltmeister war, und beschrieb mir selbst den Kampf. ‚Charles‘, sagt Mr. Corbett zu mir, und da steht er so nahe vor mir wie jetzt Sie. ‚Jackson hatte alles. Der konnte jeden Schwergewichtler schlagen, den ich je gesehen habe. Versuchte man, mit ihm zu boxen, dann boxte er besser. Begann man draufloszudreschen, so drosch er sofort zurück. Er war der Meister, dieser schwarze Zauberer, ein Mann, der nicht seinesgleichen hatte.‘»

«Charles», sagte ich, «noch nie bin ich einem Mann begegnet, der die Wahrheit so verbessern konnte wie Sie. Sie verbessern sie so sehr, dass ich gar nicht mehr weiss, wie sie wirklich ausgesehen hat.»

«Dichterische Freiheit», sagte Charles achselzuckend.

Ich sagte Charles, er sollte die Flasche wegstellen, weil ich den Schnaps schon zu spüren begann und meine letzte Nacht mit Beth nicht verderben wollte. Ich ging nach dem Edison zurück und dachte über die Angelegenheit Molina nach. Im Geist arbeitete ich schon an verschiedenen Möglichkeiten, sie zu präsentieren. Sobald wir in Los Angeles waren, wollte ich alle Sportjournalisten zusammenrufen, eine Gesellschaft geben und sie vollaufen lassen. Ihre Fähigkeit zu Sauberkeit und Selbstkritik einschläfern. Dann würde ich ihnen etwas geben, das ihre Leser glauben liess, dass sie ihren Fünfer gut angelegt hatten. Es musste nicht unbedingt wahr sein.

ACHTES KAPITEL

BETH sagte, sie würde wahrscheinlich ein wenig später aus dem Büro weggehen. So streckte ich mich mit meinem «Krieg und Frieden» auf dem Bett aus. Ich habe «Krieg und Frieden» gelesen, seit ich Oberklässler der Mittelschule war, und jetzt bin ich schon beinahe bei der Hälfte angekommen. Nicht, dass ich es nicht interessant gefunden hätte. Aber es war auf einem grossen Gut in Russland vor dem Zeitalter der Elektrizität, der Autos und Radios geschrieben worden, und manchmal glaube ich, ich müsste unter ähnlichen Bedingungen leben, um es auszulesen. Ich lese zwei Kapitel, und dann habe ich keine Zeit, weiterzulesen. Wenn ich bereit bin, mich wieder hineinzuversenken, habe ich vergessen, wer Maria Dimitriewna ist, und muss zwei- oder dreihundert Seiten zurückblättern, um den Faden wieder aufzunehmen. Wenn «Krieg und Frieden» mir Schwierigkeiten macht, kann ich das weder dem Grafen noch mir vorwerfen. Es ist eher die Schuld des Hotels Edison und meines Zimmers, das auf Strands Bar blickt und auf die Rennbahnwetter, die sich gewöhnlich am Strassenrande unter meinem Fenster versammeln. Das regt einen weit mehr an, eine Rennzeitung oder die Boxzeitschrift zu lesen als russische Literatur.

Ich lag ohne Schuhe, Socken und Hemd auf dem Bett. Neben mir auf dem Fussboden, wo ich es leicht erreichen konnte, stand ein Glas. Da kam Beth herein.

«Hallo, Süsses», sagte ich.

Der süsse Name brachte nur einen sauren Ausdruck auf ihr Gesicht. Sie hatte ihn nie leiden können.

Sie blickte sich nach einer Zigarette um, und ich warf ihr eine vom Bett aus zu. Sie kam zu mir und bückte sich, um ihre Zigarette an meiner anzuzünden. Ich legte meinen Arm um ihre Beine, wie ich es oft tat.

An der Art, wie sie sich gegen meinen Arm stemmte, erkannte ich sofort, dass etwas nicht stimmte. So war Beth immer. Ihre Leidenschaft hatte unregelmässige Gezeiten. An einem Abend kam sie, kaum dass die Tür geschlossen war, mit lüsterner Gier in meine Arme, und am nächsten Abend musste sie so sorgsam verführt werden, als wäre nie etwas zwischen uns gewesen.

«Liebling», sagte ich, «sei nicht so. Ich fahre morgen nach Kalifornien.»

«Oh!» sagte Beth und stockte. «Das ist vielleicht gut.»

Meine Hand liess sie los, als handelte sie auf eigenen Impuls. «Na, das ist ja ein netter, liebevoller Abschied.»

Sie setzte sich auf meinen Bettrand und drückte langsam und überlegt ihre Zigarette aus. Beth konnte längere Pausen machen, als einem angenehm war. Ich wusste, dass sie auf mich nicht gut zu sprechen war, als sie langsam begann: «Also, Eddie, werde nicht böse.»

Sie sah mich ernsthaft an und schien mit sich selbst zu diskutieren, ob sie weitersprechen sollte. Ich versuchte, sie durch eine Finte neu anfangen zu lassen.

«Viele Schriftsteller gehen nach Kalifornien.»

«Um zu schreiben?» fragte sie und wartete nicht auf eine Antwort. «Wir wollen einmal ganz offen reden, Eddie. Ich glaube, es ist gerade an der Zeit, dass einer von uns nach Kalifornien fährt.»

«Du meinst, für immer?»

«Das weiss ich noch nicht. So weit habe ich noch nicht überlegt. Ich weiss nur, dass wir in New York nichts erreichen, ich glaube, weil du dich weigerst, darüber nachzudenken, was du erreichen willst. Das Arge scheint daran zu sein, dass ich die einzige bin, die weiss, wohin du steuerst. Du hältst dich immer irgendwo auf, um einen Schluck zu trinken, ein bisschen Geld leicht zu verdienen, zu verschieben, was du tun solltest. Immer fängst du an, nie vollendest du etwas. Dieser Boxbetrieb... Du weisst, als du mir das erste Mal davon erzähltest, war ich fasziniert. Es schien etwas darin zu sein, eine Kraft, eine Vitalität, die in so vielen anderen Dingen fehlen. Aber damals warst du anfangs der Dreissig. Jetzt bist du in der Mitte der Dreissig, fünfunddreissig, im nächsten November sechsunddreissig. Das ist ein gefährliches Alter, besonders in deinem Beruf, Eddie. Ein Presseagent eines Boxers ist mit einunddreissig ein interessanter Bursche. Das kannst du auf Buchumschlägen sehen – Zeitungsjunge, Redaktionslaufbursche, Reporter, Seemann, Presseagent eines Boxers, Anzeigentexter. Du weisst, wie das immer geht. Aber ein Presseagent eines Boxers mit vierzig, das ist ein bisschen traurig. Mit fünfzig ist es sehr traurig. Und mit sechzig bist du ein Strolch, der in den Kneipen der Achten Avenue herumlümmelt und jedermann mit den Namen grosser Boxer, die er gekannt hat, langweilt.»

«Du hast mein Leben wirklich fein für mich geplant», sagte ich. «Klingt gar nicht so schlecht.»

«Du kannst das nicht mit einem Lachen abtun, Liebster. Die Bars in der Stadtmitte sind voll von Burschen wie du. Sie kommen nach New York, weil sie Talent haben. Sieh dich selbst an, du hast Talent zum Schreiben, aber du bist zu faul oder zu ängstlich oder zu beschäftigt, um es zu entwickeln.»

«Himmel», sagte ich, «es ist gut, dass ich morgen hier abhaue.» «Was wirst du in Kalifornien machen?»

Ich erzählte ihr ein bisschen davon, was wir an der Westküste vorhatten, und von unseren Plänen, Molina, den Riesen aus den Anden, allgemein bekannt zu machen.

Beth schüttelte den Kopf. «Das ist genau das, was ich meine. Was für ein Beruf ist das für einen Burschen, der...»

«Der was? Der die gerissenen Kerle in den Redaktionen nicht um Aufträge anbetteln muss? Der sich nicht am Rande herumtreiben und ein bisschen hungern will? Der einen leichtverdienten Dollar haben will – und noch dazu viele davon – mit der Aussicht, sich was auf die hohe Kante zu legen und eines Tages zu sehen, was er wirklich schreiben kann?»

«Eines Tages! Eines Tages! Eddie, willst du diese beiden Worte auf deinen Grabstein schreiben?»

«Nun, zum Teufel, und wenn schon!» sagte ich. «Ich verkauf also Molina. Ein anderer Kerl arbeitet für J. Walter Thompson und verkauft Seife. Oder er schreibt Parfumanzeigen und erzählt den Mädchen, wie gerade dieser besondere Mohnsaft jeden Kerl, den sie treffen, reizen wird, sie hinzulegen. Bloss braucht er dazu Zehndollarworte wie ‚Verlockendes Mysterium' und ‚Bezauberung der Nacht'. Wahrscheinlich ist er auch nach Princeton gegangen. Oder auf die Yale-Universität oder vielleicht sogar Harvard. Aber wenn du unter diese schön gestärkten, weissen Manschetten mit dem zarten Monogramm schaust, dann wirst du bestimmt die Handschellen sehen. Oder nimm einmal meinen Freund Dave Stempel, der den kleinen Gedichtband veröffentlicht hat, als er noch Student war – ‚Der Traum von der Lokomotive' – weisst du noch, wir haben's zusammen gelesen – nun, der ist drüben in Hollywood und schreibt stinkende, zweitklassige Melodramen. Was ist der Unterschied zwischen dem und meiner Stellung bei Nick?»

«Aber ich spreche nicht vom Texter mit den gestärkten Manschetten. Oder von Dave Stempel. Ich denke an dich. Das heisst, vielleicht denke ich in Wirklichkeit an mich. Ich bin jetzt ein grosses Mädchen. Ich bin siebenundzwanzig. Es wird Zeit, dass ich den Mann kennenlerne, mit dem ich schlafe. Ich weiss nie, ob ich mit einem von Nicks Jungen zu Bett gehe oder mit jemandem, der selbständig denken kann.»

Ich blickte in die laute, grelle Nacht der Sechsundvierzigsten Strasse hinab. Ich konnte sehen, wie auf der anderen Strassenseite der alte Barmann Tommy auf den Ellenbogen lümmelte und mit Mickey Fabian sprach, einem schneidigen, winzigen Gnom, der jeden Monat seine ganze Invalidenrente aus dem Ersten Weltkrieg auf sein Urteil über die relative Geschwindigkeit unserer vierbeinigen Freunde setzte. Später würde ich wahrscheinlich hinübergehen und ein Glas mit Mickey heben und hören, wie seine Pferdchen ihn in Saratoga behandelt hatten. Das waren meine Burschen. Kleine Menschen, manche davon, Pumpkünstler und Nichtsnutze, aber doch meine Burschen. Vielleicht meinte Beth gerade das. Das gehörte zu meinem Schwindel, in den verschiedenen Kaschemmen herumzuhocken und freundlich mit allen zu quatschen. Wir sprechen darüber, ob noch was an Joe, dem Schläger, ist, und ob das Komitee recht hatte, als es die Börsen der beiden Niemande nach ihrem Walzer am letzten Freitagabend sperrte. Man gewöhnt sich gut an dieses Leben. Es ist keine Art zu leben, aber man denkt, dass es doch eine ist, und man kommt ohne es nicht mehr aus. Ich wollte Beth haben und wollte gleichzeitig frei sein, um mit den Burschen herumzuhocken, wenn mir gerade danach zumute war. Wahrscheinlich habe ich ihr deshalb immer erst dann einen Antrag machen können, wenn ich ein paar intus hatte. Und wenn ich ein paar gehoben hatte und sie ihren schnellen, depressiven Zauber auf mich ausübten, dann kannte Beth mich besser als ich selbst.

«Ich glaube, ich bin einer von Nicks Jungen», sagte ich. «Ach, sicher, ich lese gern einmal ein Buch, und ich bin nicht so dumm, dass ich nicht sehen könnte, wie das Profitsystem die männliche Kunst hinter dem Busch hervorlockt und sie zum Geschäft macht. Aber ich gehöre bestimmt in eine Kneipe. Gelegentlich nehme ich gern alle Rechnungen rings um den Tisch an mich, und da hab

ich gern genug in der Tasche, um alle Bons zu bezahlen. Nicks Moos mag ein bisschen schmierig aussehen, aber bei jedem Schalter wechselt man es mir in schöne, neue, knisternde Banknoten um.»
«Was geschieht nach Kalifornien?» fragte Beth.
«Weiss noch nicht. Müssen sehen, wie sich alles entwickelt. Werden uns wahrscheinlich nach Osten durcharbeiten und auf dem Wege die üblichen Tölpel umschlagen.»
«In Wirklichkeit wirst du also ein Marktschreier für... ein Zirkusmonstrum sein.»
«Um Christi willen, was soll ich tun? Meine Gedichte an der Ecke des Washington Square verkaufen und mit dem Rest der Narren verhungern? Für einen Hunderter in der Woche und eine Scheibe von der Pastete – bin ich ein Marktschreier.»
Beth stand vom Bettrand auf und sagte mit einer Miene, als wäre dies endgültig: «Schön, Eddie. Aber ich glaube, du verkaufst dich schrecklich billig. Ich glaube, du weisst, was du willst. Ich wünschte nur, du wolltest ein bisschen mehr.»
Dann entspannte sie sich, wurde wieder wie sonst, legte ihren Arm um mich und küsste mich schnell. «Pass auf dich auf.»
«Du auch, Kleines.»
«Du bist böse», sagte sie. «Ich hatte gehofft, du würdest nicht böse werden.»
«Ich bin nicht böse», sagte ich. «Ich bin nur...»
«Schreib mir gelegentlich.»
«Sicher, wir bleiben in Verbindung.»
«Hoffe, dass alles so geht, wie du willst.»
«Mir wird's schon gut gehen.»
Wir sahen einander an, vielleicht nur eine Sekunde lang oder zwei, aber es schien länger. Es gibt immer einen Augenblick, in dem es einem so vorkommt, als könnte man in den Augen des anderen ein Aufblitzen der Dinge sehen, die hätten geschehen können, wenn man bessere Karten gehabt oder sie anders ausgespielt hätte.
«Vielleicht ist diese Unterbrechung gerade das, was wir nötig hatten», sagte ich. «Vielleicht können wir heiraten, wenn ich zurück bin.»
«Vielleicht», sagte Beth. «Sehen wir, was geschieht.»
«Fein. Sei brav, Fräulein Lehrerin.»
«Adieu, Eddie.»

«Wiedersehen, Beth.»

Ich stand am Fenster und sah zu, wie sie auf die Strasse trat. Ich sah, wie die Burschen sich instinktiv umdrehten, als sie vorüberging, und einen Blick auf ihre Beine warfen. Ihre schmucke Gestalt sah nie ganz so aus, als gehörte sie zu ihrem hellen und angenehmen, aber gar nicht auffälligen Gesicht. Ich blieb am Fenster stehen, bis ihr schneller Gang sich in dem Menschenwirbel verlor, der über die Ecke flutete.

Ich genehmigte mir noch einen, aber der tat mir nicht gut. Ich legte mich wieder aufs Bett und versuchte, zu «Krieg und Frieden» zurückzukehren, aber die Szene und die Charaktere hatten ihren Kontakt mit mir verloren, und die Worte liefen sinnlos ineinander. Ich ging zur Kommode und sah meine anderen Bücher an. Ein Boxhandbuch von Fleischer, ein Taschenbuch «Pal Joey», Cains «Drei in Einem», der Runyon Sammelband und eine alte, bekritzelte Ausgabe des «Grossen Gatsby». Ich nahm den «Gatsby» in die Hand und betrachtete einen der Abschnitte, den ich angestrichen hatte. Es war die schreckliche Szene, in der Daisy, Tom und Gatsby endlich alles aufdecken. Eine der verdammt besten Szenen der amerikanischen Literatur. Aber ich konnte mich nicht darauf konzentrieren.

Allmächtiger Gott, vielleicht hatte Beth recht. Wer war ich? Mit wem hatte sie wirklich geschlafen? Mit dem Leser, der diese Zeilen Fitzgeralds angestrichen und sorgfältig studiert hatte? Oder mit dem Kerl, der übertriebenen Mist über Joe Hasenfuss und den Mammutmenschen Molina verzapfte? Was bedeuteten die beiden einander, der Leser und der Aufschneider? Einfach zwei Burschen, die in derselben Haut lebten, zwei Fremde, die unter einem Dach wohnten.

Ich warf das Buch ungeduldig hin und zog mich an, um auszugehen. Toro und Acosta wohnten im Columbia Hotel gleich um die Ecke. Weil ich nicht wusste, was ich tun sollte, wollte ich nachsehen, ob sie alles für die Reise vorbereitet hätten.

Das Columbia war eines jener zahllosen Hotels rings um den Times Square mit der gleichen farblosen Vorderseite, den gleichen einsamen Menschen, die das gleiche Mistzeug an den gleichen verchromten Bars tranken, die gleiche gehetzt aussehende Kundschaft von unglücklichen Rennwettern, Theateragenten ohne Klienten, Schauspielern ohne Rollen und Managern von herabgekommenen

Faustkämpfern wie Harry Miniff. Die Halle des Columbia schien voll von kleinen, schäbigen Gruppen, die in schlauem Flüsterton miteinander sprachen und kleine Ränke schmiedeten, um ohne körperliche Anstrengung einen Dollar zu verdienen.

Toro und Acosta hatten, was das Columbia eine Suite nannte, nämlich ein Wohnzimmer, nicht viel grösser als eine Telephonzelle, und ein kleines zweibettiges Schlafzimmer.

«Ach, mein lieber Miester Lewis», sagte Acosta, als er an die Tür kam und seine kleine Verbeugung machte. Er sah sehr schneidig aus mit seiner Schleife und der schwarzen Rauchjacke, mit seiner langen Zigarettenspitze und einem Buch unter dem Arm.

«Stör ich Sie?»

«Bitte? Ach nein, nein. Ich vertreibe mir gerade die Zeit mit Englischlernen.» Er hielt mir die Grammatik unter die Augen.

«Das ist eine Sprache, die ich erfreulicherweise früh gelernt habe», sagte ich.

«Ja, die Zeitwörter – die Zeitwörter sind sehr schwierig», sagte Acosta. «Aber Sie haben eine feine Sprache. Vielleicht nicht so musikalisch wie Spanisch, aber sehr männlich, sehr stark.»

«Das sind wir ja auch», sagte ich.

Er führte mich an den bequemsten Sessel und bot ihn mir mit der automatischen Höflichkeit eines Oberkellners an. «Bitte», sagte er. Aus der unteren Schreibtischschublade holte er eine halbleere Flasche, die er mit einem netten, kleinen Schwung auf den Kaffeetisch stellte.

«Bitte, wollen Sie ein bisschen Weinbrand nehmen?» Er berührte die Flasche liebevoll. «Ich bring die ganz von Mendoza her.»

«Danke», sagte ich. «Ich glaube, ich passe lieber. Ich bin den ganzen Tag am Whisky gewesen, und ich hab nur einen einzigen Magen.»

Acosta lachte, wie Männer lachen, wenn sie einen nicht verstehen.

«Nun, und was halten Sie von Kalifornien?» fragte ich.

«Oh, ich bin sehr aufregen – aufgeregt», sagte Acosta. «Mein ganzes Leben habe ich von Los Angeles hören – gehört. Manche Leute sagen, es ist sogar schöner als unser Mar del Plata. Und ich glaube, es wird auch sehr gut für El Toro sein. Er wird ein Klima haben, mehr wie das, an das er gewöhnen ist. Hier ist es so humedo. Vielleicht er sieht deshalb im Ring so langsam aus.»

Ich hatte am Nachmittag alles gesagt, was über El Toros Fähigkeiten zu sagen war, so nahm ich dieses Thema nicht auf.

«Übrigens, wo ist Toro?»

Acosta zeigte aufs Schlafzimmer. «Schon im Bett. Schläft. Armer El Toro. Heute abend es geht ihm sehr schlecht. Er wissen, dass er am Nachmittag sehr schlecht ist, und hat den Wunsch, nach Santa Maria heimzugehen. Ich versuche, ihm zu erklären, dass er jetzt mit dem Interesse von Miester Latka und Miester McKeogh mehr Geld verdienen wird als Luis Firpo. Aber Sie wissen, wie Jungen sind. Ab und zu bekommen sie das Heimweh.»

«Er kämpft wirklich nicht gern? Er ist nicht wirklich mit dem Herzen dabei, nicht wahr, Luis?»

Acosta lächelte entwaffnend. «Den Mordinstinkt, den hat er nicht, vielleicht nein. Aber bei einem Mann seiner Stärke, wenn Miester McKeogh ihm zeigen hat, wie er schlagen muss...»

«Kriegt er das sehr oft, dieses Heimweh?»

«Ach, das ist nichts», versicherte Acosta. «Am Morgen nach einem guten Schlaf wird er in Hordnung sein. Ich hab den gleichen Kummer mit ihm dort in Mendoza. Als wir zuerst den Berg von Santa Maria herunterkommen, sitzt er bloss den ganzen Tag lang im Lastwagen, und ich weiss, er hat das Heimweh sehr arg. Er tut mir sehr leid, so gehe ich eines Tages zur Tochter einer wahrsagenden Zigeunerin, die ein Zelt unten an der Strasse hat, und ich sage ihr: ‚In meinem Lastauto ist ein junger Mann, der sehr unglücklich ist. Hier sind zehn Pesos für dich, wenn du ins Lastauto gehst und ihn glücklich machst.' Danach finde ich heraus, dass die beiden besten Arten, dieses Heimweh von El Toro fernzuhalten, sind, ihn sehr viel füttern – vielleicht fünfmal am Tage – denn er kann wie ein Löwe essen, und ihm oft Gelegenheit zu Mädchen geben, denn tiene muchos huevos, und sein Appetit auf die muchachas ist wahrhaft grossartig. Es ist mein Glück, dass ich das herausbekomme, denn ohne die Mädchen, glaube ich, wird El Toro vielleicht in sein Dorf zurückgehen und seiner grossen Chance die Tür schliessen.»

Acostas kleine, schlaue Augen glühten, so wichtig kam er sich vor. Ach, es war nicht so leicht, wie man denkt, diesen Riesen so weit die Leiter hinaufzubringen, schienen sie zu sagen. Ich musste schreckliche Schwierigkeiten überwinden. Ich musste meinen Kopf anstrengen.

«Da Sie mit der Propaganda beauftragt sind», fuhr Acosta fort, «will ich Ihnen etwas von El Toro erzählen, was natürlich nicht für die Presse ist. Er kommen aus einem so kleinen Dorf, wo die Leute nichts von der Welt wissen. So ist El Toro in den Händen von erfahrene Frauen wie arcilla...»

«Ton», sagte ich.

«Danke sehr. Mein Englisch ist ein bisschen verbessern, ja? Zu erklären, wie wenig El Toro die Welt kennt: eines Tages, als wir noch in Mendoza sind, ist Señor Mendez weg, weil er neue Eisen auf die Füsse seines Kunstreiterpferdes schlagen lässt. An dem Abend kommt gerade vor der Vorstellung El Toro zu mir und sagt, er muss sofort den Priester sehen, um die Sünde von Ehebruches zu beichten. In seinem ganzen Leben hat er nie die Sünde von Ehebruches begehen. Und jetzt hat er sehr viel Furcht, dass er nie in den Himmel kommt. Wie alle Leute in seinem Dorf, glaubt er alles von der Kirche und will lieber in den Himmel kommen, wenn er stirbt, als sich in diesem Leben mit Carmelita hinlegen.

‚Mit wem begehst du den Ehebruch?' frage ich El Toro.

‚Mit Señora Mendez', sagt er.

‚Señora Mendez!' sage ich. ‚Aber warum kümmerst du dich um eine solche Alte, wenn der ganze Rummelplatz voll muchachas ist, die gern wollen?'

‚Ich wollte Señora Mendez gar nicht', sagt mir El Toro. ‚Aber sie kommt ins Auto, als ich gerade liege, und setzt sich auf den Rand meine Feldbettes. Sie spricht mit mir und streichelt mich übers Haar, und bevor ich weiss, was ist geschieht, ich habe den Ehebruch begehen.'

‚Schau nicht so traurig drein, El Toro', sage ich. ‚Mit Señora Mendez kann man dir nicht vorwerfen, dass du den Ehebruch begehst. Jedesmal wenn Señor Mendez für einen Tag in die Stadt geht, begeht Señora Mendez den Ehebruch. Señora Mendez ist jetzt beinahe vierzig Jahre alt, und sie hat den Ehebruch zweimal im Monat begehen, seit sie sechzehn war. Wenn es also eine Sünde ist, ein contribuidor zum fünfhundertfünfundsiebzigsten Ehebruch einer Dame zu sein, dann ist es nicht mehr als allerwinzigster Splitter von eine Sünde.'»

«Wenn er hier so was macht», sagte ich, «dann ist er sein Publikum blitzartig los. Wir wollen, dass unsere Helden Weizenflocken essen, gut zu ihren Müttern und ihrer Jugendliebe treu sind.»

«Sie verstehen», sagte Acosta, «ich erzähle Ihnen das jetzt nur, weil wir wie eine grosse Familie werden sind.»

Einfach eine grosse, unglückliche Familie, dachte ich.

«Ich hoffe, ich habe El Toro nicht wie einen bösen Jungen aussehen machen», fuhr Acosta fort. «Er ist nur ein kräftiger Joven – Jüngling mit gesunde Appetit. Aber ich sage Ihnen das, weil Sie Gelegenheit haben werden, viel mit ihm in der Öffentlichkeit zu sein, und vielleicht helfen können, ihn gegen gewisse Frauen schützen, die er kennenlernen und die sich für ihn interessieren wie Señora Mendez.»

Siamesische Zwillinge, die in verschiedenen Richtungen zogen, kämpften um den Besitz meines Rückgrats. Der Student moderner amerikanischer Literatur, des Fitzgerald und des O'Hara, hatte sich als männliche Amme eines übermässig grossen Jünglings mit übermässigem Hirnanhang vermietet, der sich von Kunstreiterinnen mittleren Alters verführen liess.

In dem stickigen Zimmer war die Hitze der Nacht drückend, und die Wände waren einander so nahe. Plötzlich hatte ich genug von Acosta mit seiner ungrammatischen Langatmigkeit, seinem Charme, der hauptsächlich eine Angelegenheit der Zähne war, und seinen Beteuerungen des Wohlwollens für El Toro. Wenn El Toro ein Opfer der Verführung war, war das eine weit radikalere Verführung als die tändelnde Aufmerksamkeit von Señora Mendez.

Aber vielleicht würde El Toro dafür sorgen, dass es sich diesmal lohnte. Er hatte die Grösse dazu. Der Ehrliche Jimmy hatte die Beziehungen. Nick hatte das Geld. Ich hatte die Tricks. Und das amerikanische Publikum, Gott segne es, hatte die Leichtgläubigkeit. Man konnte ihm deswegen keinen wirklichen Vorwurf machen. Es war auch ein bisschen dummgeschlagen. Es hatte von allen Seiten entsetzliche Hiebe bezogen: vom Radio, der Presse, den Plakatwänden, den Reklamezugaben, selbst von Flugzeugen, die weisse Streifen in den Himmel zeichneten und ihm sagten, was es kaufen und was es brauchen müsse. Sie konnte wirklich Schläge einstecken, diese Nation von Radiohörern und von den Geschäften dumm gemachten Verbrauchern, diese grosse Zuschauernation. Aber wie der Boxer, der lächelt, wenn er getroffen wird, und wieder vorstürmt, um noch mehr einzustecken, wird sie nach jedem Treffen ein wenig verletzlicher. Nun, wenn der Wind günstig ist (und wenn er's nicht ist, kann man ja Windmaschinen in die Kulissen stellen), dann wird das Publikum vielleicht auf El Toro Molina zugeweht werden, den Riesen aus den Anden, der von den Berghöhen herabgestiegen ist, um wie Samson die Philister herauszufordern und die Niederlage seines Landsmannes zu rächen.

«Nun, wir werden Sie morgen etwa eine Stunde vor Abfahrt des Zuges abholen», sagte ich.

«In Hordnung», sagte Acosta. «Wir werden sehr erfreuen sein.»

Aus dem Schlafzimmer kam ein lautes, schlaftrunkenes Stöhnen und das Geräusch von Bettüchern, die heftig umhergezogen wurden. Acosta ging an die Schlafzimmertür und blickte hinein. Ich stand hinter ihm und konnte ungestört über seine Schulter schauen. Toro hatte sich abgestrampelt und lag nackt auf dem Bett. Das Bett war nicht lang genug, um ihn aufzunehmen, und man hatte einen Stuhl ans Bettende gestellt, um seine Füsse zu stützen. Das liess die Szene unnatürlich aussehen. Es war, als hätte man eine ungeheure, überlebensgrosse Gliederpuppe zwischen zwei Vorstellungen weggelegt. Im Schlaf zeigte sein Gesicht die steifen Züge eines Marionettenkopfes, den man um der komischen Wirkung willen vergrössert hatte.

Und ich dachte, hier planen wir seine Laufbahn, prägen sein Leben, bringen ihn nach Kalifornien, stellen ihn gegen Coombs auf, umgeben ihn mit Managern, Trainern, Schiebern, Presseagenten, und niemand hat ihn gefragt. Ich konnte das amerikanische Volk dazu bringen, ihn zu lieben, zu hassen, zu achten, zu fürchten, auszulachen oder mit Ruhm zu bedecken, und doch hatte ich nie wirklich mit ihm gesprochen. Was waren seine Neigungen, seine Gefühle, sein Ehrgeiz, seine innersten Sehnsüchte? Wer wusste das? Wer kümmerte sich darum? Genau so gut konnte man die Bauchrednerpuppe Charlie McCarthy fragen, ob sie etwas dagegen hätte, am Samstag zwei Sondervorstellungen zu geben. Toro war für die Nacht weggelegt worden. Wenn Jimmy und Nick und Danny und Doc und Vince und ich bereit waren, in einer vereinten Anstrengung an seinen Fäden zu ziehen, würde der Riese aus den Anden seinen massigen Rumpf beugen, um durch die Seile zu klettern. Wir würden nochmals ziehen, und seine Hände würden zu der Haltung erhoben werden, die bei Faustkämpfern seit fünftausend Jahren Tradition ist, und dann würde man ihn durch die Bewegungen leiten, die berechnet sind, dem zahlenden Publikum zu gefallen, das sein Geld hingelegt hat, um das zu sehen, was technisch eine Vorführung der männlichen Kunst der Selbstverteidigung sein soll.

Unruhig wälzte Toro sich auf die Seite und murmelte etwas auf spanisch, das klang wie Sí, sí, papá, ahora, ahorita – ja, ja, Vater, jetzt, jetzt gleich. Wieviele tausend Meilen weit vom Columbia Hotel war Toro? Welch kleine Aufgabe hatte sein Vater ihm auferlegt, so bedeutungslos und alltäglich und doch so tief in jenen Teil des Hirns eingekerbt, der nie schläft, der immer weiterarbeitet wie ein automatischer Heizofen in einem dunklen, in Schlaf versunkenen Hause?

Vielleicht hatte Papa Molina ihm gesagt, er solle die fertigen Fässer hinaustragen und vor der Werkstatt aufstellen. Toro mochte auch bei der Mittags-comida mit seinen Brüdern bei Tisch sitzen und seine dritte Portion pollo con arroz hinunterschlingen, während sein Vater sich mit dem Ärmel die scharfe Sauce vom Munde wischte, nachsichtig seinen Bauch streichelte und sagte: «Gut, meine Buben, ein gutes Mahl für ein gutes Tageswerk. Jetzt wieder in die Werkstatt.»

Draussen war die Strasse voller Leute, für die Mitternacht Mittag ist. Der Broadway war mit ihrer schlaflosen Energie geladen. So wie man bei einem allzu langen Besuch in einem Krankenhaus oft beginnt, Krankheitssymptome an sich zu finden, so findet man auf dem Broadway in den frühen Morgenstunden inmitten des rastlosen Kommens und Gehens plötzlich neue Kraft, und die Augen öffnen sich in einer übertriebenen Wachheit. So wandte ich mich westlich vom Broadway weg und ging nach der Reihe schäbiger Ziegelhäuser zwischen der Achten und Neunten Avenue, wo Shirley wohnte.

Shirley wohnte im obersten Stockwerk, in einer jener Wohnungen, die erstaunlich behaglich sind, nachdem man die enge, dunkle Treppe hinaufgestiegen ist, die in ein Elendsquartier führen könnte. Sie hatte das ganze Stockwerk, zwei Schlafzimmer (mit herzigen Knaben- und Mädchenpüppchen am Kopfende jedes Bettes), ein Wohnzimmer, eine kleine Bar und eine niedliche Küche. Die Wohnung war nicht wie ein Ort eingerichtet, wohin Männer kamen, um Frauen zu haben. Es war eigentlich eine Art zwangloser Mädchenvermittlung, und die Mädchen gingen zur Arbeit ausser Haus. Gelegentlich, wenn es sich um jemanden handelte, den Shirley seit langem kannte, durfte ein Bursche das zweite

Schlafzimmer benützen. Der andere Teil von Shirleys Geschäft ging über die Bar, die gewöhnlich offenblieb, bis die braven Leute schon ihre Früharbeit begonnen hatten. Die Gardinen in dem kleinen Zimmer waren immer zugezogen, und die Beleuchtung war so diskret, dass ich mich noch gut an das bedrückende Gefühl von Dekadenz erinnere, das mich eines Morgens überfiel, als ich glaubte, gegen vier Uhr wegzugehen, und plötzlich in das blendende, anklägerische Tageslicht hinaustrat und die nüchternen, rechtschaffenen Einwohner einer Werktagswelt um acht Uhr früh sah.

Lucille, das würdige Negerdienstmädchen, liess mich ein. Aus der Bar konnte ich hören, wie Shirleys Grammophon, ihr liebster Besitz, eine ihrer Platten spielte: Billie Holiday mit Teddy Wilson am Piano sang: «Ich hab um dich geweint.» Es war in dem kleinen Zimmer so dunkel, dass ich zuerst nur die Glut der Zigaretten der Gäste sehen konnte und Shirley, die hinter der Bar stand, ein Glas in der Hand, und eine ihrer Selbstgedrehten rauchte. Sie trug etwas Langes, das vorn tief ausgeschnitten war und längs der ganzen Seite einen Reissverschluss hatte. Entweder ein Abendkleid, das wie ein modisches Hauskleid aussah, oder umgekehrt. Sie sang mit Billie:

«Ich fand zwei Augen, die ein bisschen blauer,
Ich fand ein Herz, das treu in seiner Trauer.»

Als sie mich sah, sagte sie: «Hallo, Fremder», und umarmte mich fest. Ihr war an diesem Abend recht wohl zu Mute.

Der Plattenwechsler hatte eine andere Holiday aufgelegt, das langsame, gemütliche «Schön und Sanft», und Billies tiefe Legatostimme passte zum Zimmer.

«Die Lieb ist wie ein Wasserhahn...
Man dreht sie ab, man dreht sie an...
Die Lieb ist wie ein Wasserhahn...
Man dreht sie ab und an...»

Auf dem kleinen Sofa am Fenster versuchte eine statuenhafte Blondine mit einem Gesicht, das schön gewirkt hätte, wenn es weniger steifgefroren gewesen wäre, sich in die Arme eines kleinen Broadwaykomikers zu schmiegen. Auf dem Boden sass mit dem Rücken gegen einen Sessel ein grosser, schöner Neger. Im Sessel war eine weisse Frau Ende oder Mitte der Dreissig, die ihm mit der Hand durchs Haar fuhr, aber damit nicht viel erreichte. Sie sah aus wie eine jener Nutten, die aus sehr guten Familien stammen und viel Zaster haben. Als sie sich hinabbeugte, um den Neger zu umarmen, stiess sie ihr Glas von der Sessellehne.

Wie jede ordnungsliebende Gastgeberin sah Shirley sie böse an. «In etwa drei Sekunden», sagte sie zu mir in einem Flüstern, das die Frau hätte hören müssen, wenn ihr der Schnaps nicht die Ohren verstopft hätte, «werde ich diese Person hinausschmeissen».

Am Radio lehnte ein schlankes lateinamerikanisches Mädchen mit einem unerwartet schönen Gesicht. «Das ist meine Neue», sagte Shirley, als sie bemerkte, wohin ich sah. «Scheint ein liebes Kleines zu sein.»

Wir hatten einmal über lateinamerikanische Mädchen gesprochen, und sie wusste, dass ich sie für die einzigen hielt, die in dieses Geschäft einstiegen, ohne ihre grundlegende Liebe zu Männern zu verlieren oder ihre Begeisterung für den Liebesakt. Die angelsächsischen Profis sind im allgemeinen ein übellauniges, elendes Pack, das einen mit geschäftlicher Tüchtigkeit abfertigt oder mit kaltblütiger Verbitterung.

«Komm her, Juanita», sagte Shirley. «Ich will dich mit einem alten Freund bekanntmachen.»

«Is die nicht was?» sagte sie, als wir einander die Hände schüttelten. Juanita senkte verlegen den Blick. Shirley tätschelte zärtlich die Hand des Mädchens. «Willst du was trinken, meine Liebe?»

«Coca-Cola», sagte das Mädchen, und bei ihr klang es ganz spanisch.

Während Juanitas Augen im Glas verborgen waren, nickte Shirley zu ihr hin und hob dann in einer schnellen Frage die Augenbrauen. Ich schüttelte den Kopf. Juanita war ein wundervolles Mädchen, aber ich war nicht ihretwegen gekommen.

«Wie wär's mit einem kleinen Rummy? Ich fahr morgen nach der Westküste und möchte versuchen, glattzukommen. Das ist ausschliesslich ein geschäftlicher Besuch.»

«Komm in meinen Salon», sagte Shirley lachend. «Du kommst gerade rechtzeitig, um meine Monatsrechnungen zu bezahlen.»

Ich zog das Wachstuch vom Küchentisch, während Shirley kaltes Huhn aus dem Eisschrank holte.

Ich gab. Shirley nahm ihre Karten auf und sagte: «Ach, du Stinker.»

«Tut mir leid, meine Liebe», sagte ich. «Heute abend fühle ich mich mächtig in Form.»

«Willst du Bier zum Huhn?»

«Mmmmm.» Mein Mund war voll Huhn. «Verdammt gutes Huhn.»

«Ich hab's selbst gebraten. Niemand kann es mir knusprig genug machen.»

Shirley spielte geschickt und erwischte mich mit neun.

Wir lachten. Langsam ging es mir besser. Bei Shirley erholte ich mich immer. Sie schuf eine Atmosphäre von Gesundheit und – jawohl, Sicherheit. Es war nach all diesen Jahren in New York seltsam, dass ein Rummyspiel in Shirleys Küche mit kaltem Huhn auf dem Tisch und einer Flasche Bier neben meinem Ellenbogen das in Manhattan war, das mich am meisten an zu Hause erinnerte.

Mitten im nächsten Spiel fragte Shirley ruhig: «Was ist mit dir und meiner Nebenbuhlerin in deiner letzten Nacht in der Stadt los?»

«Ach, zum Teufel, ich weiss nicht. Ich bin dort erledigt.»

«Willst du darüber sprechen?»

Shirley schien ihre Aufmerksamkeit mehr auf ihre Karten als auf meine Sorgen zu richten, aber sie verstand es immer, auf eine unbeschwerte, fast uninteressierte Art zuzuhören, die es einem leichter machte, über solche Dinge zu sprechen.

«Ich glaube, die Molina-Angelegenheit ist sozusagen der Schluss», sagte ich. «Sie will, dass ich mit dem Betrieb aufhöre. Zum Teufel, ich weiss, dass er stinkt. Im Vertrauen, ich weiss, dass Nicks Geschäft nicht wie eine Rose riecht. Aber mit fünfunddreissig fängt man nicht so leicht von vorne an. Ich hab's gern, wenn das Bargeld jede Woche reinkommt.»

«Wie ist's mit drei?» fragte Shirley.

«Ich bin tot», sagte ich. «Neunundzwanzig. Damit hast du gewonnen, wie?»

«Ein wahrer Blitzkrieg», sagte Shirley. «Na, das ist die Telephonrechnung. Jetzt muss ich mir die Miete holen.»

Ich dachte, sie hörte nicht einmal zu, aber als sie ihre erste Karte abgeworfen hatte, kam sie darauf zurück, wo wir stehen geblieben waren, als wären wir gar nicht unterbrochen worden.

«Ich will dir was sagen, Eddie, die Liebe kann keine Schläge vertragen. Wenn dein Mädchen den Boxbetrieb nicht leiden kann und du meinst, dass er für dich gemacht ist – nun, vielleicht ist sie schlau genug, gleich Schluss zu machen.»

«Du würdest das nicht tun», sagte ich.

«Sei nicht zu sicher. Diese Boxerbande kann einer Dame teuflisch zusetzen. Sie sitzen zuviel miteinander herum. Die Frauen und die Freundinnen bekommen da nicht viel. Ich würde das keinem anderen sagen als dir, Eddie, aber diese Stadt hat Billy und mich beinah auseinandergebracht. Es war verdammt nahe dran. Wäre ich nicht mit dem Schweinehund – Gott sei seiner Seele gnädig – zusammengewesen, seit ich fünfzehn war, ich wäre todsicher nach Oklahoma abgehauen.»

Wie jedermann hatte auch ich etwas von dem Auf und Ab in Shirleys Beziehungen zum Seemann gehört, aber sie hatte nie davon gesprochen, und ich fragte sie nie aus. Aber dass ich offen über Beth gesprochen hatte, schien etwas in ihr zu lösen, das sie fest in ihrem Innern eingeschlossen hatte.

«Du weisst, dass Billy ein wilder Bursche war. Er trank viel, ehe er ernsthaft mit dem Boxen anfing. Ich glaube, drüben in West Liberty haben wir's beide getan. Wir waren zwei närrische Trottel. Jedesmal, wenn ich lese, dass ein Bursch und sein Mädchen einen Kerl ausrauben, der sie auf der Landstrasse aufgesammelt hat, denke ich, das hätten Billy und ich sein können. Billy wollte vieles haben. Und ich war so vernarrt in ihn, dass ich alles getan hätte, was er mir sagte. Hätte er nicht so viel mit seinen Fäusten bekommen, Gott weiss, was dann geworden wäre.

Aber eines muss ich für Billy sagen, er hat nie herumgespielt. Erst als er in New York war und berühmt wurde und mit diesen Reptilien zusammenkam, die die Beziehungen zu den Klubs haben, fing es an. Das erste Mal dachte ich, ich müsste aus dem Fenster springen. Es war an dem Abend des Kampfes gegen Coslow, von dem alle sagten, er würde eine so schwere Hürde sein. Billy siegte, ohne dass ihm auch nur ein Haar gekrümmt wurde. Ich ging nie zu seinen Kämpfen, weil ich nicht sehen wollte, dass es ihm schlecht geht, aber ich hörte am Radio zu, und das war fast genau so arg. Nun, als ich höre, wie Coslow ausgezählt wird, mach ich mich fein, weil ich meine, vielleicht will Billy feiern. Aber er hat seine eigenen Ideen über das Feiern. Erst gegen sechs Uhr morgens kommt er nach Hause. Er stinkt nach Whisky, und der Geruch von einer anderen klebt noch an ihm. Am Abend, als er aufwacht, Baby, verzeih mir, ich tu's nie wieder. Sechs Wochen später nimmt er Thompson die Meisterschaft in fünf Runden ab, und mich schiebt er wieder so beiseite.

Nach einer Weile fing ich an zu fürchten, dass Billy wieder gewinnen würde. Schliesslich wird er gegen Hyams gestellt, und er will auf niemanden hören, wenn man ihm sagt, er solle trainieren – er sagt Danny McKeogh, er solle abhauen – denkt, er kann boxen und seinen Spass haben. Ich glaube, du erinnerst dich an den Hyamskampf. Hyams zerschlug ihm die Nase und schlug ihm das Gesicht unter beiden Augen auf. Hätte der Schiedsrichter nicht Schluss gemacht, so hätte er Billy wahrscheinlich getötet. Billy war fast verrückt, er war so mutig. Nun, in der Nacht kam Billy gleich nach dem Kampf nach Hause. Ich liess ihn eine Woche lang im Bett, und er wollte nicht, dass ausser mir jemand zu ihm kommt, nicht einmal Danny. Und er war so lieb und brav wie ein Baby.

Danach, das schwöre ich bei Jesus, habe ich wirklich gebetet, dass Billy besiegt würde. Denn immer, wenn er geschlagen war, war es das gleiche. Sanft wie ein Lamm kam er nach Hause, und ich hatte mein Billybaby ganz für mich allein. Ich machte ihm kalte Umschläge auf seine Beulen und wusch ihm die Wunden aus und las ihm die Witzblätter vor. Ich weiss, dass es sich verrückt anhört, aber mein Wort, ich konnte es nicht leiden, wenn er wieder aufstand.»

Während sie sprach, begriff ich plötzlich etwas, das Willie Faralla mir erzählt hatte. Willie war von Jerry Hyams in der Halle mächtig verdroschen worden, und Willies Verfassung war noch ärger als sein Aussehen. So beschloss er, zu Shirley zu gehen und sich ein bisschen zu amüsieren. Sobald Shirley ihn sah, mit seinem bösen Auge und der in der Mitte aufgeschlagenen Lippe, legte sie ihn sofort ins Bett. Sie verarztete ihn den ganzen Abend lang, und schliesslich, als alle nach Hause gegangen waren, stieg sie zu Willie ins Bett und liess ihn mit dem Kopf auf ihrer Brust schlafen. Willie blieb fast eine Woche lang dort, sagte er. «Und das Komische daran ist, es war alles gratis.»

Willie war ein hübscher Bursche, und er glaubte, Shirley hätte sich rasend in ihn verliebt. Nun, zwei Wochen darauf wird Maxie Slott in einem Halbfinale in der Halle flachgelegt, und er hat von Willie was über diese Geschichte mit Shirley erfahren. So beschliesst er, es zu versuchen. Nun ist Maxie klein und untersetzt und hat ein Gesicht, das er vermieten könnte, um damit in Häusern zu spuken. Aber Shirley nimmt ihn gleich an ihren Busen, genau wie Willie, bedient ihn von Kopf bis Fuss und lebt praktisch eine Woche lang mit ihm im Bett. Und all das ist zu Maxies Erstaunen auch gratis. Danach kam jeder zerschlagene, erledigte Faustkämpfer zu Shirley, wenn er nur noch die Kraft hatte, die drei Stockwerke hinaufzuklettern. Ganz gleich, wie beschäftigt Shirley war, hatte sie immer Zeit, ein Ohr zu baden oder Umschläge auf ein geschwollenes Auge zu machen. Und obgleich kein Tag vorübergeht, an dem sie nicht von den besten Männern eingeladen wird, sind die einzigen Männer, mit denen Shirley aus Liebe zu Bett geht, geschlagene Boxkämpfer.

Nicht nur gratis, wie Willie es formuliert hatte, sondern wirklich aus Liebe, aus Liebe zu einem schäbigen, kleinen Schweinehund aus West Liberty in Oklahoma, der ihr nur gehörte, wenn er zu blutig geschlagen und zu beschämt war, um sich in der Öffentlichkeit zu zeigen. Und Shirley wird ihn lieben, solange sie lebt, wenn er auch manchmal in der Gestalt des grossen, schlanken Faralla erscheint und manchmal in der des kleinen, breiten Maxie Slott.

«He, schau, wie spät es ist», sagte ich. «Ich hab morgen viel vor. Ich will sagen, heute.»

«Kannst nicht mehr vertragen, was?»

«Ich weiss, wann ich geschlagen bin. Ich werfe das Handtuch in den Ring.»

«Na schön. Nimm dir noch ein Bier aus dem Eisschrank. Ich will mal nachsehen, wieviel dieser kleine Besuch dich kostet.»

Es machte zweiundvierzig Dollar aus. «Ich wollte, du gingest nicht nach Kalifornien», sagte Shirley. «Mein Lieblingsgimpel.»

Sie begleitete mich zur Tür. «Dieser Molina, mit dem du da arbeitest, der ist nicht gerade sensationell, nicht wahr?»

«Woher weisst du das? Hat jemand von Stillman es dir erzählt?»

«Nein, niemand hat's mir erzählt – nicht einmal du. Das ist mir aufgefallen. Gewöhnlich verkaufst du deine Burschen, als ob du glaubtest, ich wäre Onkel Mike.»

«Nun, du musst mir versprechen, das in deinem Herzen zu verbergen oder wo du sonst deine Geheimnisse versteckst, aber dieser Molina könnte einem drittklassigen Leichtgewichtler einen ganz verteufelten Kampf liefern. Aber sag nichts. Weil ich ihn noch mit dem Meister zusammenbringen werde.»

«Ich weiss bloss, was ich im Mirror lese», sagte Shirley.

«Danke, Shirley, sei recht brav.»

«Nicht zu brav, sonst verhungere ich.» Sie küsste mich auf die Wange. «Und bleib mir von den Filmstars weg.»

Ich gab ihr einen zärtlichen Klaps. «Eins muss ich zu unseren Gunsten sagen: wir haben die erotischeste platonische Beziehung in dieser Stadt.»

NEUNTES KAPITEL

WENN man in Los Angeles aus dem Zug steigt, erwartet man gewöhnlich den Witz über den starken Regen im sonnigen Kalifornien. Aber diesmal war es nur ein leichter Sommerschauer. Ich hätte mich gefreut, wenn wir in einem Hagelsturm ausgestiegen wären. Vier Tage und drei Nächte lang mit dieser Gruppe eingeschlossen zu sein, konnte einem sehr lange vorkommen. Ich hatte ein Abteil mit Danny zusammen. Vince und Doc hatten ein zweites. Und Toro und Acosta ein drittes. George Blount, der höflich auf Negerart behandelt wurde, hatte ein Oberbett draussen bei dem gemeinen Volk. Danny kümmerte sich überhaupt nicht um Vince, und Vince war sicher kein Gefährte, den ich mir ausgesucht hätte, um mit ihm irgendwo in der Einsamkeit zu leben. Luis lernte Englisch und erzählte jedem Fremden, der ihm lange genug zuhörte, von seiner grossen Entdeckung El Toro Molina. Danny und ich blieben in unserem Abteil, becherten meistens und schliefen morgens so lange wie möglich, um die Fahrt zu verkürzen. Unter anderem wurden wir uns über die Frage einig, wer das Recht hätte, sich den grössten Schwergewichtler aller Zeiten zu nennen. Wir stellten diesen Anspruch fest, indem wir ein verzwicktes System aufstellten, das Punkte für Schlagkraft, Geschicklichkeit, Härte im Nehmen, Kampfgeist und allgemeine Kenntnisse einschloss. So etwas kann einem in diesem Zug passieren. Wir hatten schliesslich Jim Corbett an der Spitze und Peter Jackson gleich hinter ihm. Der ruhigste Mann der Gesellschaft war Toro, der Tag für Tag am Fenster sass, gleichgültig auf die Landschaft hinausblickte und niemals sprach. Einmal, als wir durch das weite Weideland von Kansas fuhren, setzte ich mich neben ihn und fragte: «Na, wie gefällt Ihnen das?»

«Gross», sagte Toro. «Wie die Pampas.»

Als am Tage vor unserer Ankunft die sinkende Sonne die surrealistische Landschaft des Südwestens ganz auffällig gefärbt hatte, bemerkte ich, wie Toro mit einem Block auf den Knien dasass und den Kopf gespannt über eine Zeichnung beugte. Ich setzte mich neben ihn, um zu sehen, was er machte. Er blickte nicht einmal auf. Sein Sinn war ganz auf seine Bleistiftspitze konzentriert, ganz auf Santa Maria gerichtet. Denn das Papier war voll roher, halbgekritzelter Skizzen von Dorfszenen, der Glocke im Kirchturm, einer ungleichen Reihe von Bauernhäusern, die auf einem Berghang hockten, unter einem grossen, schlossartigen Haus, das alles darunter beherrschte. Und auf einem anderen Hügel auf der anderen Seite des Dorfes zeichnete Toro ein zweites grosses Haus, das sogar noch grösser war. Das musste das Haus sein, das Luis ihm versprochen hatte, das Traumschloss von Santa Maria. Das Überraschende an den Zeichnungen war, dass sie durchaus nicht das kindliche Geschmier darstellten, das ich erwartet hätte. Sie waren dreidimensional und verrieten einen entschiedenen Sinn für Form. Ich beobachtete Toros Gesicht mit den schweren Zügen, während er die Zeichnung hier und dort vervollkommnete. Wie alle anderen hatte auch ich angenommen, dass Toro nur ein übergrosser, zurückgebliebener Trottel wäre. Aber die Zeichnungen gaben mir zu denken.

Als wir in den Bahnhof einfuhren, sah ich mich nach den Kameras um, denn ich hatte telegraphiert, um die örtliche Presse auf die Ankunft des Riesen aus den Anden aufmerksam zu machen. Los Angeles ist keine grosse Zeitungsstadt. Trotz seiner grossen Ausdehnung gibt es nur zwei Morgenzeitungen, die Times und den Examiner. Der Sportredakteur der Times war ein alter Saufbruder von mir, Arch Macail, mit dem ich über viele Kämpfe berichtet hatte, bevor der verständnislose Militärarzt mich erwischte. So meinte ich, Arch würde uns eine Chance geben. Beide Zeitungen hatten ihre Leute richtig auf dem Bahnsteig, aber wir hatten ein bisschen Konkurrenz von einem anderen Sportler, einem Dreiviertel der Mittelschulmannschaft des Mittelwestens, der herkam, um für die Universität Südkalifornien zu spielen. Wie er mir eines Nachmittags jungenhaft auf der Aussichtsplattform anvertraute, hatte die Universität ihm das beste Angebot gemacht, einschliesslich eines Vierteljahresstipendiums für sein Mädchen.

Die Photographen bekamen ihr Bild von Toro, wie er Acosta auf einem Arm hochhielt und mit der anderen Hand winkte, wobei er ein törichtes Grinsen produzierte. Dann wollten sie ein Bild, wie Toro Acosta und Danny trägt, aber Danny machte nicht mit. «Lass mich mit diesem Mist in Ruhe», Bürschchen», sagte er abwehrend. Danny hatte für dieses Hochdruckverfahren nicht viel übrig.

Aber Acosta blickte in die Objektive, als wären sie die Augen einer längst verlorenen Geliebten. Es war ein grosser Augenblick für den kleinen Luis, seine erste öffentliche Anerkennung. Auch Vince lief nicht gerade vor den Kameras weg. Er passte auf, dass er sein feistes Gesicht mit draufbekam, wie er grinsend seinen Arm um Toros Hüften legte. Das war das erste Mal, dass er dem Jungen einen freundlichen Blick schenkte. Toro schien über den Empfang weder erstaunt noch erfreut. Er machte ganz ohne Verlegenheit und mit einem todernsten Gesicht mit, als wäre eine Begrüssung durch Pressephotographen eine alltägliche Angelegenheit für ihn. Man musste den grossen Burschen gern haben. Es ist nicht leicht, einen Mann seiner Grösse zu hassen, der sich so scheu und zurückhaltend benimmt wie ein Kind in einem fremden Haus.

«Was ist eigentlich mit diesem grossen Komiker da los?» fragte ein junger Reporter mit breitem Gesicht.

«Er hat eben die südamerikanische Schwergewichtsmeisterschaft gewonnen», sagte ich aus dem Stegreif. «Er ist bereit, sich jedermann zu stellen, einschliesslich des Meisters.»

«Gegen wen kämpft er hier?»

Ich meinte, wir sollten uns die Ankündigung von Cowboy Coombs für ein anderes Mal aufheben und daraus eine grosse Geschichte machen. So sagte ich: «Gegen jeden, den die hiesigen Veranstalter gegen ihn aufstellen können. Wir schliessen keinen aus.»

«Was sind die unmittelbaren Pläne?»

«Ein bisschen von eurem kalifornischen Sonnenschein und eurer frischen Luft zu bekommen. Deshalb sind wir hergekommen, weil Doc Zigman, der Trainer, sagt, es sei das gesündeste Klima der Welt.»

Das war nicht gerade Eddie Lewis in feinster Form, aber es konnte uns nichts schaden. Die Zeitungen von Los Angeles haben immer ein bisschen Platz für Besucher, die ihr Klima schätzen.

«Wird er in der Stadt trainieren oder...»

«Ojai», sagte ich. «Aber wir wollen, dass die Sportfreunde einstweilen noch nicht hinkommen. Wir wissen, dass Tausende darauf warten, ihn zu sehen, aber ich würde mich freuen, wenn Sie ihnen sagten, dass wir bekanntgeben, wann wir fürs Publikum offen sind. Toro hat gerade eine mörderische Kampagne in Südamerika hinter sich, und nach diesem vielen Reisen braucht er jetzt Ruhe.»

Ich meinte, das würde uns die Neugierigen ein bisschen vom

Halse halten, bis Danny eine Chance hätte, Toro ein bisschen in Schwung zu bringen.

«Besteht die Möglichkeit, dass Molina hier Buddy Stein trifft?» Stein war der beste Schwergewichtler, den die Westküste seit Jeffries herausgebracht hatte. Diejenigen, die es wissen mussten, hatten mir gesagt, er hätte den härtesten linken Haken seit Dempsey. Niemand in Kalifornien hatte sich länger als fünf Runden gegen ihn halten können. Wenn es einen lebenden Schwergewichtler gab, den wir nicht für Toro haben wollten, war es Buddy Stein.

«Wir werden gegen Stein überall und jederzeit kämpfen», sagte ich. «Wir sind so sicher, dass wir gegen Stein antreten können, dass wir sogar gegen ihn boxen werden, wenn der Sieger die ganze Börse einsteckt.»

Stein war die grosse Sensation, darum meinte ich, wir könnten ein bisschen von seiner Propaganda profitieren. Das war nicht ganz so unvorsichtig, wie es klang, denn ich hatte aus dem Büro des Hallenstadions erfahren, dass Kewpie Harris, Steins Manager, nichts mehr mit Kämpfen an der Westküste zu tun haben wollte. Stein war bereit für New York, wo das Geld steckt, und Kewpie wollte entweder einen Kampf um die Meisterschaft oder einen Kampf im Freien gegen Gus Lennert mit einer dicken Garantie.

Der junge Reporter kritzelte mit müdem, skeptischem Gehorsam unsere Herausforderung auf die Rückseite eines Briefumschlages. Plötzlich wandte er sich an Toro.

«Glauben Sie, dass Sie Stein schlagen können?»

«Qué?» fragte Toro.

Acosta mischte sich eilig ein. «Der Mann fragt dich, ob du Kalifornien ganz gewiss gernhast», sagte er schnell auf spanisch.

«Sí, sí, estoy seguro», sagte Toro.

«Haben Sie verstanden?» fragte ich. «Ja, ja, ich bin sicher.»

Toro begann, eine Menschenmasse anzuziehen. «He, schau, dort ist Übermensch», sagte ein Kind.

«Wir wollen hier raus», sagte Danny. «Ich will ins Hotel gehen und baden.»

«Kommt gegen sechs Uhr hin», sagte ich den Reportern. «Wir haben eine kleine Teegesellschaft.»

Als wir den Bahnsteig hinuntergingen, liefen wir an dem Dreiviertelspieler der Fussballmannschaft des Mittelwestens vorüber. «Nun, das ist ganz komisch, wie ich dazugekommen bin, Südkalifornien zu wählen», erzählte er den Reportern. «Wissen Sie, ich will Architekt werden, und einer meiner Trainer – ich will sagen, meiner Lehrer – sagte mir, dass die Uni von Südkalifornien die beste Schule für Architekten hat.»

Als wir ins Biltmore kamen, sagte Vince zu George, er solle sich ein Taxi nach dem Lincoln nehmen, in der Central Avenue, im Negerviertel von Los Angeles. Ich glaube übrigens, dass George damit am besten von uns allen fuhr.

«Tut mir leid, dass wir uns so trennen müssen, George», sagte ich.

«Machen Sie sich über diesen Burschen keine Sorgen, Mr. Lewis», sagte George. Seine Augen sahen aus, als lachten sie, und sein ganzer Körper erzitterte von einem Kichern, das ihm aus dem Bauch kam. Aber ich hatte das unbehagliche Gefühl, dass er uns auslachte.

Die Cocktailgesellschaft ist Amerikas Lieblingsform der Verführung.

Sie wird von Presseagenten veranstaltet, ist voll von Gin und Whisky und macht sich mit Platz in den Zeitungen bezahlt. Der Plan ist immer der gleiche. Kommen Sie in mein Zimmer und trinken Sie ein Glas. Und ob das Ziel körperliche Leidenschaft ist oder der Wunsch, den Namen des Kunden in die Schlagzeilen zu bringen, die Methode ist genormt: den Widerstand mit Ich-schenk-Ihnen-noch-einen-ein zu schwächen, bis der Partner einem in alkoholischer Betäubung die Arme oder die Spalten seiner Zeitung öffnet. Natürlich wird es immer einige Damen und Mitglieder der Presse geben, die regelmässig nach jeder Verführung zurückkommen, ihre leeren Gläser hinhalten und eifrig bereit sind, sich wieder zu opfern. Oft sind die Damen nett, und die Pressevertreter sind gute Männer, die einstmals einige Begabung und einige Lebensregeln hatten.

Die kleine Teegesellschaft, die wir in unserer Suite im Biltmore veranstalteten, um Toro der örtlichen Sportsbrüderschaft vorzustellen, folgte allen Regeln. Leitartikler, die als Skeptiker gekommen waren, glaubten mir nach einer Stunde der goldgelben Flüssigkeit aufs Wort. Nur einer machte mir Schwierigkeiten, ein hagerer, nach Magenleiden aussehender Bursche von den News, der Nachmittagsbildzeitung, Al Leavitt, der eine regelmässige

Spalte mit dem Titel «Lies es mit Leavitt» schrieb. Er nahm seine Arbeit ernst. «Ich werde abwarten und sehen, was der Kerl leistet, bevor ich ihn annehme», sagte er mir. «Ich habe noch nie einen übergrossen Schwergewichtler gesehen, der sich nicht selbst im Wege stand. In den Siebzigerjahren gab es einen Burschen namens Freeman, zwei Meter zehn gross und dreihundert Pfund schwer, und der konnte sich nicht einmal aus einer Papiertüte herausschlagen.»

Noch dazu ein Historiker! In jeder Stadt, in die man kommt, ist immer so ein Ekel, der natürliche Feind des Presseagenten, der Kerl mit der Redlichkeit.

«Schreiben Sie, was Sie wollen, Al», sagte ich und schenkte ihm sein Glas voll, weil man bei meinem Geschäft jeden gernhaben muss. «Aber denken Sie daran, je weiter Sie auf den Ast hinausklettern, desto mehr werden Sie sich blamieren, wenn Toro so herauskommt, wie ich es voraussage.»

Leavitt sah mich lange mit einem wissenden Lächeln an. Aber die übrigen Journalisten machten gern mit. Ich brachte Acosta mit Joe O'Sullivan zusammen, der die Boxspalte des Examiner schrieb. Luis gab ihm die ganze Geschichte, die vollen siebentausend Meilen von Santa Maria nach Los Angeles, mit drei Wörtern je Meile, und Joe frass das für einen Sonntagsartikel. Charlie King, der eine kleine Wochenzeitung für Boxliebhaber herausgab, die Ka-O hiess und an Boxabenden in den Arenen verkauft wurde, versprach uns ein Bild auf der Titelseite und einen ganzspaltigen Artikel. Der verschwenderische Lew Miller, der für die Times über Boxkämpfe berichtete, wurde ohnmächtig, und ich liess Toro ihn wie ein kleines Kind hochheben und ins Bett legen. Alles ging wie auf Rädern. Es war eine gute Gesellschaft. Wir hatten gut angefangen.

Am Morgen mieteten wir uns ein Auto, um nach Ojai zu fahren, wir alle ausser Vince, der in der Stadt blieb, um Einzelheiten des Matches mit Nate Starr, dem Veranstalter des Hollywood Klubs, zu verabreden.

Ojai war ein langes Tal mit Obstbäumen und allerhand anderen Bäumen, deren Namen ich nie erfuhr. Berge stiegen an beiden Talenden steil auf wie die Kopf- und Fussbretter eines riesigen Bettes. Wenn man das Land liebte, dann bot Ojai alles. Die Luft war von der Art, die man tief einatmet und lange in seinen Lungen behält, wobei man merkt, wie man jede Sekunde gesünder wird.

Wir hatten zwei Häuschen im Ferienlager für reiche Leute gemietet. Gewöhnlich waren dort Direktoren, die sich in den Kopf gesetzt hatten, fünf Zentimeter von ihren Wänsten abzuarbeiten, und Filmregisseure, die vier Wochen Urlaub genommen hatten, um für ihren nächsten Streifen wieder in Form zu kommen. Die Anlage war genau, wie wir sie brauchten, eine gute Sporthalle, ein Ring drinnen und einer im Freien, ein Dampfbad, gute Masseure und viel Platz für Laufübungen.

Als wir ausgepackt hatten, rief Danny die Gruppe auf der Veranda seines Häuschens zusammen und gab seine Anordnungen. In seinen grauen Flanellhosen, einem alten, blauen Sweater, Boxschuhen und einer Baseballmütze sah er elastisch und sportlich aus.

«Von jetzt an», sagte er, «hören wir auf, Unsinn zu machen. Ich bin jetzt für uns verantwortlich. Sie, Acosta, wenn's was gibt, was er nicht kapiert, sagen Sie's ihm in Ihrer Sprache. Molina, das ist Ihr Stundenplan. Um sieben wird aufgestanden. Beinarbeit, sechs oder acht Meilen, abwechselnd Laufen und Gehen, so schnell es möglich ist, ohne Sie zu erschöpfen. Dann eine Dusche und eine scharfe Massage. Kein Blödsinn unterwegs. Gewöhnlich werde ich dabei sein, um Ihnen zu zeigen, wie ich's haben will. Frühstück um Punkt acht, so viele Eier wie Sie wollen, aber keine Pfannkuchen oder sonst weiche Nahrung. Die gibt's nicht. Nach dem Frühstück eine lange Ruhepause. Vor dem Mittagessen gehen Sie etwa eine Meile. Nach einem leichten Mittagsmahl schlafen Sie eine Stunde, und dann fangen Sie an, sich zu lockern. Schattenboxen und zwei Sparringrunden mit George kommen dann dran. Dann eine Übung mit dem Punchingball und eine andere mit dem Sandsack. Da üben Sie die Schläge, die ich Ihnen zeige. Dann etwa fünfzehn Minuten Seilspringen und ein paar Freiübungen. Doc wird Ihnen die Übungen zeigen, die ich verlange. Übungen, die Sie auflockern und Sie dazu bringen, sich ein bisschen schneller zu bewegen. Jede andere Übung ist einen Dreck wert. Dann auf die Pritsche zu einer gründlichen Massage. Von drei bis fünf Ruhe, dann ein langer Spaziergang. Abendessen um sechs. Nach dem Abendessen können wir uns zwei Stunden ausruhen. Karten spielen oder was Sie sonst wollen. Dann eine Meile gehen, und um neun dreissig geht das Licht aus. Kein Schnaps. Kein Essen zwischen den Mahlzeiten. Keine Weiber. Das ist alles. Noch etwas zu fragen?»

Nur Acosta sagte etwas. «Acht Meilen im Tag? Ich glaube, das kann El Toro nicht laufen. Das ist zu viel. Da er schon sehr stark ist.»

«Hören Sie, Acosta», unterbrach Danny ihn. Er sprach seinen Namen aus, als hätte er ein R am Ende. «Kriegen Sie das ein für allemal in Ihren Schädel. Stärke hat nicht das geringste damit zu tun, zumindest nicht die Kraft, die Molina hat. Es geht um Schnelligkeit, Kopfarbeit, Zeitberechnung, selbst bei den grossen Burschen. Diese dicken, hervorquellenden, gewichtehebenden Muskeln, die er hat, werden ihm nur im Weg sein.»

Acosta schwieg. Das eifrige, leuchtende Gesicht, mit dem er mir seine Geschichte zum erstenmal erzählt hatte, war jetzt düster und enttäuscht. Nur gelegentlich, wie zum Beispiel im Bahnhof, als die Kameras auf ihn gerichtet waren, zeigte er seine frühere Lebhaftigkeit. Sein grosser Traum, Toro im Triumph nach Amerika zu bringen, verflüchtigte sich schnell. Es war nicht mehr seine persönliche Leistung.

An diesem Nachmittag kam Toro mit einem schnellen Zweimeilenlauf davon. Danny hatte mich gefragt, ob ich mitlaufen wollte, aber ich sagte ihm, ich wäre noch nicht ganz zu einem Selbstmord bereit. Auf einen Barhocker hinauf- und wieder herunterzuklettern war reichlich genug Sport für mich. Danny begleitete seine Boxer immer während der Laufarbeit. Das war wirklich ganz unglaublich. Wie ein Bursche seines Alters und seiner Lebensweise über sechs Meilen Schrittmacher für einen jungen, gesunden Sportler sein konnte, war mir rätselhaft. Entweder bestanden Dannys Eingeweide aus Eisenbeton, oder eine Diät aus Alkohol ist nicht so schädlich, wie ihre Verleumder behaupten. Bis auf einen kleinen Wulst um die Mitte, wie ihn die Männer mittleren Alters haben, war Dannys Gestalt immer noch geschmeidig und athletisch. Er lief leicht, mit einer entspannten, federnden Bewegung, die neben Toros schwerfälligem Einherpoltern wie der Lauf einer Gazelle aussah. George lief hinter den beiden her. Er trottete daher, als wäre es überhaupt keine Anstrengung.

Als sie etwa fünfzehn Minuten später wieder zurückkamen, liefen Danny und George immer noch ganz leicht, aber Toro war fertig. Er schien sein rechtes Bein zu schonen. Darum legte Doc ihn gleich auf die Pritsche und untersuchte ihn. «Hier haben wir's», sagte er, als er Toros enorme Wade betastete. «Nur ein

kleiner Krampf. Den kann ich in ein paar Minuten wegmassieren.»
Seine langen, geschickten Finger arbeiteten Toros gespannte Beinmuskeln durch. «Man sollte ihn lieber eine Zeitlang beim Laufen schonen», sagte Doc, während er arbeitete. «Seht ihr, seine Muskeln sind von all dem Heben ganz knotig. Die bekommen leicht einen Krampf. Die gleiten nicht übereinander, wie man es fürs Laufen und Boxen braucht.»

«Was will Nick Latka mir antun?» sagte Danny. «Sehen, wieviel ich vertragen kann? So viel Gewicht und keine Beine!»

«Es ist vielleicht der Klimawechsel», sagte Acosta. «El Toro ist nicht gewöhnen...»

«Halt dein Maul», sagte Danny.

Er hatte den ganzen Tag lang noch nichts getrunken, und sein Gesicht sah abgespannt aus. Ich wusste, dass Acosta ihm früher oder später auf die Nerven gehen würde. Danny liess Doc den Wadenkrampf wegmassieren und ging nach seinem Häuschen zurück, um eine Zigarette zu rauchen. Ich ging mit ihm. Er zog zweimal an seiner Zigarette und drückte sie dann ungeduldig aus. «Himmeldonnerwetter», sagte er. «Mein ganzes Leben lang wollte ich einen guten Schwergewichtler haben, und was gibt man mir? Einen grossen Blödian ohne Beine.»

Am Abend ging ich nach dem Essen mit Toro und Acosta spazieren. Wir gingen langsam am Rande eines Orangenhains entlang. Die Hitze des Tales hing noch in der Luft. Der grosse, rosig getönte Mond war ein fünfter Durchschlag der drückenden, glühenden Sonne, die den ganzen Tag lang auf uns niedergebrannt hatte. Ich ging ruhig einen halben Schritt weit hinter ihnen, und nach einiger Zeit begannen sie, ganz aufrichtig miteinander zu sprechen, als hätten sie meine Anwesenheit oder meine Spanischkenntnisse vergessen. Ich bemerkte, dass Toro auf spanisch garnicht der lahme, stotternde Ochse war, als den wir ihn kannten. Er konnte sich deutlich und mit viel Empfindung ausdrücken.

«Du hast mir nicht die Wahrheit gesagt, Luis», sagte Toro. «Du hast mir gesagt, ich könnte viel Geld verdienen und würde nicht so viel arbeiten müssen wie in Santa Maria. Aber zu trainieren, wie dieser Mann es verlangt, ist viel schwerer, als ich je für meinen Vater gearbeitet habe. Und ich hab's nicht so gern.»

«Aber die Arbeit, die du in Santa Maria machst, musst du dein ganzes Leben lang machen, bis du vielleicht sechzig oder siebzig

Jahre alt bist», argumentierte Acosta. «Hier musst du sehr schwer arbeiten, das stimmt. Aber wenn du ein oder zwei Jahre lang geboxt hast, dann hast du genug Geld, um den Rest deines Lebens wie ein Lord in Santa Maria zu verbringen.»

«Das könnte ich in Santa Maria schon jetzt haben», sagte Toro. «Selbst ohne das Geld.»

«Du darfst nicht so reden», schalt Acosta. «Das ist sehr hässlich von dir. Nach allem, was ich für dich getan habe, dass ich dich in dieses Land gebracht und in die Hände so wichtiger Manager gelegt habe. Wie viele arme Dorfbuben möchten gern diese Gelegenheit haben.»

«Ich würde ihnen mit Vergnügen meinen Platz überlassen», sagte Toro.

«Aber du verstehst nicht», sagte Acosta ein wenig ungeduldig. «Keiner von denen hat deinen wundervollen Körper. Hierzu bist du geboren. Es ist dein Schicksal.»

Als ich in das Häuschen zurückkehrte, sass George allein auf den Verandastufen und sang leise ein Lied vor sich hin, das kein Ende zu haben schien.

Doc war drinnen. Er sass an einem kleinen Schreibtisch im Vorderzimmer. Sein entstellter Körper beugte sich gespannt über etwas, das er schrieb.

«Erledigen Sie Rückstände Ihrer Verehrerbriefe, Doc?»

Doc wandte sich mir zu, legte ein dünnes, eckiges Bein über die Armlehne des Stuhls und nahm eine halbgerauchte Zigarre aus dem Munde. «Ach, ich mach mir nur ein paar Notizen.»

«Was für Notizen, Doc?»

«Pathologische», sagte Doc. «Ich glaube, so würde man's nennen.»

«Über blödgeschlagene Boxer?» fragte ich.

«Stimmt. Krankengeschichten von blödgeschlagenen Boxern. Darüber hat man noch nicht viel technisches Zeug geschrieben.»

«Wie viele enden eigentlich wirklich in diesem Zustand?»

«Nun, vielleicht die Hälfte der Burschen, die mehr als zehn Jahre dabeibleiben. Aber das ist nur eine Schätzung», sagte Doc. «Sehen Sie, Eddie, das Traurige ist, dass noch niemand eine wissenschaftliche Untersuchung gemacht hat. Viele Burschen laufen herum und schneiden Papierpüppchen aus, und man hat gar keine medizinischen Aufzeichnungen darüber. Jeden Fall, von dem ich höre, schreibe ich in mein Notizbuch. Vielleicht werde ich eines Tages etwas damit anfangen.»

«Warum versuchen Sie nicht, einen Artikel darüber zu schreiben?» sagte ich. «Der würde verdammt interessant sein.»

Doc rieb nachdenklich seine feuchte, hohe Stirn. «Nicht ohne den Doctor med.», sagte er. «Ich weiss, was Ärzte von Laien halten, die Bücher über Medizin schreiben. Wenn es etwas gibt, was ich nicht sein möchte, dann ist es so ein grossmäuliger Quacksalber mit ein paar fixen Ideen. So bleibe ich einfach bei meinem gottverdammten Boxschwindel und lass meinen Bruder die Bücher schreiben.»

Er zog ein Taschentuch heraus, wischte sich den Schweiss ab, der dauernd auf seinem Gesicht zu sein schien, und wandte sich wieder seinen Notizen zu.

Danny lag schon auf dem Bett. Er studierte die Rennzeitung, einen Bleistift in der Hand und eine halbleere Flasche von Old Granddad auf dem Tisch neben sich.

«Schenk dir einen ein, Bürschchen», sagte er.

«Nein, danke, Danny», sagte ich. «Ich bin eine Woche lang in der Wüste. Das tue ich mir jedes Jahr einmal an. Es ist, als stiesse man seinen Kopf gegen eine Steinmauer. Wundervoll, wenn man damit aufhört!»

Danny langte nach der Flasche und hob sie an die Lippen.

«Ich hab das Trinken aufgegeben, als ich Greenberg und Sencio hatte. Ich bin auch ganz gut dabeigeblieben, als ich Tomkins hatte, Gott segne sein schwarzes Herz. Aber ich will mich entzweischlagen lassen, wenn ich wegen eines grossen, von den eigenen Muskeln gehemmten Lümmels von Gewichtheber den Schnaps aufgebe.»

Er stellte die Flasche so nahe an den Rand des Tisches, dass sie bei der kleinsten Erschütterung hinunterzufallen drohte. Danny vertrug den Alkohol so gut, dass man auf solche Dinge achten musste, um zu wissen, wie weit er war. Er wandte sich eifrig zu seiner Rennzeitung zurück und machte einen Kreis um einen der Namen.

«Was Gutes für morgen?»

«Ich kontrolliere nur die Trainingsarbeit und die geschätzten Geschwindigkeiten», sagte Danny. «Wenn man dann ein Pferd laufen lässt, das ich mir vorgemerkt habe, setze ich darauf.»

«Funktioniert dein System?»

«Es gibt nur ein System, das funktioniert. Man muss wissen, wer gewinnt.»

«Warum spielst du dann, Danny? Was hast du davon?»

«Ach, ich weiss nicht. Ich glaube, aus dem gleichen Grund, aus dem man Salz auf Eier tut. Würzt das Leben ein bisschen.» Er griff wieder nach der Flasche. «Ein Gewichtheber! In meinem Alter bekomme ich einen Gewichtheber!» Verzweifelt sog sein Mund an der Flasche.

Danny schlief morgens lange. Das tat er nie, wenn er mit dem Herzen bei seiner Arbeit war. Aber Doc liess Toro seine Übungen machen. Toro tat alles, was man ihm sagte, aber er hatte nicht den Schwung und die Spannkraft eines Mannes, der sich gern bewegt. Sein Seilspringen war ungeschickt und schwerfüssig, und das Seil blieb dauernd an seinen unbeholfenen Füssen hängen.

Nach dem Mittagessen liess Danny Toro ein wenig an dem Punchingball üben, dann führte er ihn an den Sandsack und belehrte ihn über den geraden Linken. «Ich behaupte, dass ein Mann sich gar nicht Berufsboxer nennen kann, wenn er nicht den linken Geraden beherrscht», sagte Danny. «Ein guter, scharfer Linker schlägt den Gegner aus dem Gleichgewicht. Hat er das Gleichgewicht verloren, dann ist er ein besseres Ziel für die übrigen Schläge. Einen linken Geraden schlagen heisst aber nicht, einfach die Hand ins Gesicht des anderen Kerls zu wedeln. Man muss in seine Linken ganz hineintreten, von seiner rechten Zehe abspringen und mit dem linken Fuss vorgehen. Wie beim Fechten oder einem Stoss mit dem Seitengewehr. Es ist immer die gleiche Idee. Gerade aus der Schulter heraus und mit dem ganzen Körper dahinter, dass der andere nie ins Gleichgewicht kommt. So.»

Danny wandte sich gegen den Sandsack, wippte auf den Fussballen, und selbst wenn er sich nicht wirklich bewegte, ging sein Körper in einer wiegenden, gerissenen Bewegung hin und her, automatisch bereit, an einem geraden Rechten vorbeizuschlüpfen oder von einem Linken wegzuspringen. Seine Schläge bissen scharf in den Sack, und er zog sich so schnell wieder in die Ausgangsstellung zurück, dass es zu einer einzigen Bewegung wurde. Dann rief er George zu sich und zeigte es an ihm. George erlaubte den Linken, sein Gesicht zu treffen, rollte leicht, um den Stoss abzufangen, erlaubte aber zugleich, dass man ihn scharf genug traf, dass Toro die Wirkung sehen konnte. Dann, immer noch mit

George als Ziel, sagte Danny Toro, er sollte es ihm nachmachen. Toro stürzte vor und zog seine linke Faust zurück, bevor er sie wirkungslos gegen Georges Kiefer stiess.

«Man darf bei einem Geraden nie zurückziehen», sagte Danny. «Das nennen wir ‚telegraphieren'. Und man verliert einen Teil seiner Wucht.»

Toro versuchte es wieder. Seine enorme Faust trieb langsam auf Georges Gesicht zu. Danny schüttelte verzagt den Kopf und führte Toro an den Sandsack zurück. Mit gespreizten Beinen stand Danny hinter dem Sack und tat sein Bestes, um ein paar Tropfen seiner Ringweisheit auf diesen Dinosaurier zu übertragen.

«Mr. Lewis», sagte George, «werden Sie aufpassen, gegen wen er boxt?»

«Ach, wir werden schon aufpassen», sagte ich.

«Das ist gut», sagte George. «Er ist ein recht netter Bursche. Ich möchte nicht, dass man ihm allzu wehtut.»

«Dem wird man nicht wehtun», sagte ich.

Ich ging zu Danny hinüber, der jetzt den linken Geraden im Schattenboxen zeigte. «Danny, ich gehe in die Stadt», sagte ich. «Kann ich etwas für dich tun?»

Danny wischte sich die Stirn ab und sah Toro an. «Einen Augenblick», sagte er. «Ich geh mit dir.» Er rief Doc, der auf einer Bank sass und Zeitung las. «Lass ihn eine Zeitlang am Sandsack arbeiten. George kann ihm zeigen, was ich will. Dann bewege ihn zehn, fünfzehn Minuten durch den Ring. Keine Schläge, nur ein paar vorbereitende Bewegungen mit George. Dann gib ihm ein paar gute, harte Übungen, so viel er nur vertragen kann. Versuche, ihn beim Seilspringen von den Fersen wegzuhalten. Ich komme irgendwann morgen früh zurück.»

«In Ordnung», sagte Doc. «Danny, wenn du einen Kiosk siehst, der Zeitungen von auswärts hat, schau zu, ob du eine New Yorker Zeitung bekommst.»

«Die Giants halten sich noch», sagte Danny. «Was willst du sonst noch wissen?»

«Man bleibt doch gern in Verbindung», sagte Doc.

«Lernen Sie, sich zu entspannen, Doc», sagte ich. «Das hier ist ein Kurort. Tun Sie, als wären Sie auf Urlaub.»

Doc lächelte auf eine Art, die mich immer traurig machte.

Als wir vom Lager wegfuhren, sagte Danny: «Bürschchen, ich

musste einfach von hier wegkommen. Nichts macht mich so närrisch, wie wenn ich einen Mann unterrichten soll, der keine Fähigkeit hat. Und mit dem anderen kleinen Kerl, der dauernd neben mir spanisch brabbelt, da werd ich ganz blödsinnig.»

Als wir in den Ventura Boulevard einfuhren, wo die schmucklosen ländlichen Tankstellen reicher verzierten Abschmierstellen mit unverkennbarem Hollywoodeinfluss Platz machten, sagte Danny mir, ich sollte zu einem Friseurgeschäft in der Cherokee Avenue fahren.

«Aber du hast dir doch erst die Haare schneiden lassen, Danny.»

«Das ist die Adresse eines Burschen, der für mich eine Wette annimmt», sagte Danny. «Ich glaube, ich werde so oder so geschoren, Bürschchen.»

Nachdem ich Danny abgesetzt hatte, ging ich in unsere Zimmer ins Biltmore und begann zu arbeiten. Ich machte gerade eine Liste der Leute, die ich besuchen musste, als Vince im Schlafanzug aus dem Badezimmer kam.

«Wie geht's, Liebling?» sagte er.

«Hallo.»

Vince sagte: «Mit Starr ist alles in Ordnung. Wir haben den Match gegen Coombs am sechsundzwanzigsten des nächsten Monats. Das gibt dir Zeit genug, die Leute zu bearbeiten, nicht wahr, mein Liebster?»

«Jesus, noch sechs Wochen in dieser Stadt!»

«Was hast du gegen diese Stadt, Schatz?» sagte Vince. «Du solltest sehen, was für Betrieb jede Nacht in der Cocktailbar ist. Als ob du Fische in einem Fass schiesst.» Er zog den Hosenboden seines Schlafanzugs von seinem fleischigen Körper weg und verschwand wieder im Schlafzimmer.

Ich setzte mich ans Telephon und begann mit der Arbeit, mein Erzeugnis zu verkaufen. Ich brachte Wicherleys Herrenbekleidung dazu, Toro von Kopf bis Fuss auszustatten. Dafür versprach ich ihnen eine gute Reklame. Ich machte mit einer Möbelhandlung ab, dass sie ein extragrosses Bett für Toro liefern sollte. Das wollte ich photographieren lassen, während es durch die Halle des Biltmore getragen wurde. Ich brachte den Chefredakteur der westlichen Ausgabe einer Wochenbeilage dazu, eine Doppelseite zu veröffentlichen, auf der Toros Körpermasse mit denen von Herkules, Atlas und anderen Riesen des Altertums verglichen wurden.

Meine Idee war, über die Sportseiten hinauszukommen und ausser den Boxfanatikern auch die grosse Masse der Neugierigen zu erreichen. Zum Mittagessen führte ich Joe O'Sullivan zu Lyman, wo ich ihm nach dem zweiten Whisky (dem vierten auf der Spesenrechnung!) die wichtige Neuigkeit anvertraute, dass wir entweder Buddy Stein oder Cowboy Coombs als ersten Gegner Toro Molinas an der Westküste in Aussicht nähmen.

Am nächsten Morgen stand das als Exklusivmeldung an der Spitze seiner Spalte. Coombs sei den Boxliebhabern an der Westküste nicht so gut bekannt wie Stein, schrieb O'Sullivan, aber er sei ein starker, erfahrener Schwergewichtler, der gegen die Besten im Osten gekämpft habe. Das konnte niemand abstreiten. Die einzige Einzelheit, die O'Sullivan ausgelassen hatte, war, dass Coombs ausnahmslos am Empfangsende dieser Kämpfe gegen die Besten im Osten gewesen war. Er hatte viel Erfahrungen im Ring gesammelt, das stimmte, aber meistens schlechte Erfahrungen.

Stein oder Coombs, Coombs oder Stein. Die Sportjournalisten spielten damit etwa eine Woche lang. Als wir das bis zum äussersten ausgenützt hatten, bekamen wir einen netten, fetten Zweispalter für die Ankündigung, dass Toro Molina, der Riese aus den Anden, unbesiegter Meister von Südamerika, als seinen ersten amerikanischen Gegner niemand anderen haben würde als Cowboy Coombs, den mächtigen Kämpfer, der bei den Sportfreunden an der atlantischen Küste so beliebt war, den Liebling der Massen, der gezwungen war, nach dem Westen zu kommen, weil kein New Yorker Schwergewichtler von Rang und Namen seinen Ruf gegen ihn aufs Spiel setzen wollte.

«Unter seinen vielen Leistungen im Ring», schwätzte der Artikel daher, «kann Coombs sich eines Unentschieden gegen den grossen Gus Lennert rühmen.» Der Lennertkampf war wirklich unentschieden gewesen, aber das war vor neun Jahren, damals, als Coombs wenigstens noch den Schwung der Jugend hatte und Lennert an einem jener schwachen Abende erwischte, die jeder Boxer einmal hat. Aber glücklicherweise hatten die Leute, die dieses Zeug lasen, weder Boxhandbücher noch ein gutes Gedächtnis, und den Burschen, die das Zeug schrieben, gefiel die Farbe unseres Whiskys und unserer Chips. Allen ausser Al Leavitt, der in seiner Spalte einen Witz darüber machte, wie passend Molinas Vorname wäre, da er auf englisch «Stier» bedeutete, was auch «völliger Blödsinn» heissen konnte. «Es ist interessant», schrieb Leavitt, «dass mit diesem Stier zu spielen nicht der gleiche Sport ist, der in romanischen Ländern so begeistert ausgeübt wird. Mr. Eddie Lewis, der mit Stier – Verzeihung, Toro Molina reist, ist ein geschickter Vertreter der nördlichen Abart.» Ach, zum Teufel mit Leavitt. Es war nur eine einzige Stimme in der Wüste. Er war einer von den Kerlen, die zu einer Cocktailgesellschaft kommen, einem allen Schnaps wegtrinken und dann hingehen und schreiben, was ihnen passt. Keine Loyalität. Keine Grundsätze.

Ich widmete den Rest des Tages der Aufgabe, dem Volk von Kalifornien Molina in den Kopf zu hämmern. Ich staubte einige alte Witze ab, verband Toros Namen damit und telephonierte sie einigen der Burschen, die zu unserer Gesellschaft gekommen waren. Ich wählte die eindrucksvollste Photographie von Toro aus, die wir auf den Plakaten verwenden wollten. Ich liess Toros Lebensgeschichte vervielfältigen und dazu eine Aufstellung seiner Körpermasse vom Schädelumfang bis zum Umfang der kleinen Zehe. Ich liess ein Mädchen kommen, das alle Zeitungsausschnitte über Molina in ein Album kleben musste. Ich hatte sie mir seit unserer Ankunft in dieser Stadt aufgehoben. Und komisch, als ich die ersten paar Seiten dieses Albums durchsah, mit dem grossen Bild von Toro, wie er Acosta aus dem Zug hob, und mit der Sonntagsgeschichte, wie Luis Toro in Santa Maria entdeckt hatte, als er Fässer hob, da hatte ich wirklich das Gefühl, ich hätte etwas geleistet. Ob das, was ich getan hatte, stimmte oder nicht, und ob es jemals jemandem etwas nützen würde, das ging mich nichts mehr an. Dieses Buch mit Ausschnitten zu füllen, war ein Selbstzweck geworden wie Briefmarkensammeln. Das machte alles so leicht. Es brachte mich beinahe dazu zu glauben, dass eine so gute Arbeit an sich gut sei.

ZEHNTES KAPITEL

ALS die Sonne sich anschickte, hinter den plumpen, hässlichen Häusern der Unterstadt von Los Angeles zu verschwinden, dachte ich darüber nach, wie ich einem weiteren Beisammensein mit Vince aus dem Wege gehen könnte. Ich hatte den ganzen vorigen Abend mit ihm in der Cocktailbar des Biltmore verbracht, und obgleich die Jagd so mühelos war, wie er gesagt hatte, war ich nicht zu wahllosen Paarungen bereit. Beths bittere Worte steckten noch in meinem Kopf. Verdammt nochmal, ich verdiente doch mein Geld. Ich beraubte niemanden. Die Lügen, die ich verzapfte, waren einfach gewöhnliche amerikanische Geschäftslügen, so wie jeder sie erzählt. Die richteten nicht viel Schaden an. Was wollte sie von mir? Wozu war sie denn so gottverdammt rechtschaffen? Wenn es etwas gibt, das ich nicht leiden kann, sind es rechtschaffene Weiber. Von den Hunderten und Tausenden von Weibchen in der Stadt New York, die in Frage kamen und verhältnismässig willig waren, musste ich mir ausgerechnet ein Frauenzimmer aussuchen, das mich erheben wollte! Weil du dich selbst erheben wolltest, sagte mir eine leise Stimme, die sich irgendwo in einer meiner Gehirnwindungen versteckt hielt. Es war nicht nur ihr Körper, der mich zu dieser verirrten Neuengländerin gezogen hatte. Das dachte ich gern, weil ich dann weniger Grund hatte, mir den Kopf zu zerbrechen. Aber schon beim ersten Mal, als ich mit ihr sprach, hatte ich eine Ahnung, dass sie mich erheben, etwas aus mir machen wollte. Ich war sofort gewarnt. Ich erinnere mich noch, dass ich dachte, wie körperlich aufreizend ein Mädchen ist, das so nett anzusehen ist und gleichzeitig so vernünftig. Aber ich wollte sie unter meinen Bedingungen.

Als ich das erste Mal mit Beth sprach, verwandelten sich alle Nummern in meinen kleinen Telephonverzeichnissen in Hunde. Es waren hübsche Hunde, von Spitzen bis zu russischen Wolfshunden, aber ich hatte kein Verlangen mehr nach ihnen. Ich wollte Beth, wie ich nie zuvor eine Frau begehrt hatte. Ich wollte nicht nur ihren Körper, sondern auch ihren Geist, und die Befriedigung des einen schien die Befriedigung des anderen nur zu verstärken.

Beth liess mich begreifen, wo ich in Raum und Zeit stand, und wenn meine Stellung bei Nick ein Gefängnis war, ein behagliches, weiches Gefängnis, aber doch ein Ort, an dem man eingesperrt ist, war Beth meine Verbindung zur Aussenwelt, die an jedem Besuchstag ein wenig von dieser Welt zu mir brachte. Es war ihre Welt, und hier im Westen schien es mir, es hätte auch meine sein sollen. Beth war mein Sicherheitsventil. Aber jetzt war das Ventil geschlossen. Ich musste jetzt alles in meinem eigenen Dampf ausschwitzen.

Vince kam, immer noch im Schlafanzug, aus seinem Zimmer. Er hatte bis ein Uhr geschlafen und dann sein Frühstück kommen lassen. Jetzt, da der Match festgelegt war, hatte er nicht viel zu tun, bis Miniff kam und sie sich zusammensetzten, um den Kampf auszuarbeiten. Dieses Mal hatte er sich wirklich sanft gebettet.

«Weisst du, ich habe nachgedacht...», sagte er.

«Offensichtlich eine Übertreibung», sagte ich.

«Na schön, du Schlaukopf», sagte er. «Aber ich bin nicht durch meinen schönen Körper dorthin gekommen, wo ich jetzt bin.»

«Und wo bist du?» fragte ich.

«Im Hotel Biltmore», sagte er. «Zimmer achtnulleins und zwei. Und wo zum Teufel bist du?»

«In der Vorhölle», sagte ich. «Hotel Vorhölle. Und ich weiss nicht einmal die Zimmernummer.»

«Du arbeitest zuviel», sagte Vince.

«Nun, ich glaube, wir beide zusammen verrichten schon ein Tagewerk», sagte ich.

«Über den hier musst du dir keine Sorgen machen.» Vince zeigte ärgerlich auf sich. «Wenn ich meine Arbeit nicht mache, dann wird aus all deinen schönen Worten nur eine doppelte Null.» Er zog die Jacke seines Schlafanzuges aus, beugte seinen feisten Rumpf, und in einem wenig begeisterten Anflug von Freiübungen versuchte er, seine Zehen zu berühren. «Jesus», sagte er, «ich lasse nach. Kann nicht einmal mehr meine Zehen berühren.» Er richtete sich langsam auf und legte seine Hände lüstern unter seine Brüste, die schwer verfettet waren. «Glotz mich nicht so an, du böser Junge», quietschte er mit einer Falsettstimme und lachte.

«Zieh dich an, gottverdammt», sagte ich. «Hier ist ein Büro. Jeden Moment kann jemand hereinkommen.»

«Ich weiss, was mit dir los ist, Süsser. Du willst mich ganz für dich haben.»

«Da hast du unrecht», sagte ich. «Ich will, dass du ganz allein mit dir bleibst.»

«Ganz allein mit mir», sagte Vince. «Mein alter Herr hat mir gesagt, dass ich das nie tun soll.»

«Zieh dich an», sagte ich.

Vince zögerte, dann entschied er sich dafür, sich mit mir gut zu stellen. Zum ersten Mal in seinem Leben hatte er eine Fahrkarte Erster Klasse in einem D-Zug, und es konnte sich lohnen, mit den anderen Fahrgästen gut auszukommen. «Schön, Freundchen, ich habe nur Spass gemacht.»

Vince zog sich ins Badezimmer zurück. Ich musste ihn loswerden. Ich dachte an Stempel. Ich hatte mich noch nicht darum gekümmert, mich mit ihm in Verbindung zu setzen, weil ich nicht mehr wusste, wo er war. Er war zu MGM herübergekommen; daran erinnerte ich mich. So rief ich dort an, aber das Mädchen, das «Metro-Goldwyn-Mayer» sagte, hatte nie von ihm gehört, verband mich jedoch mit einem anderen, das «Autoren» sagte und mir erzählte, dass Stempel seit einigen Jahren nicht mehr dort arbeite. Dann glaubte ich mich daran zu erinnern, seinen Namen auf einem Warner-Film gesehen zu haben, und rief dort an. Ja, Mr. Stempel habe dort gearbeitet, aber seit sechs Monaten nicht mehr. Warum ich nicht den Verband der Filmautoren anriefe? Die Verbandssekretärin hatte in einem Verzeichnis die Adresse jedes Schriftstellers, der in Hollywood arbeitete. Ich könnte Stempel bei National erreichen, sagte sie. National, das schien mir unmöglich. Der Autor des «Traums von der Lokomotive», eine der besten jungen Hoffnungen meiner Generation, wurde von der Gesellschaft beschäftigt, die sich auf blutrünstige Wildwester spezialisiert hatte. Für mich war das fast so, als hätte ich entdeckt, dass «Der einsame Weidepolizist» von Thomas Mann geschrieben worden wäre. Aber ich rief auf jeden Fall an. Ja, Mr. Stempel war auf dem Gelände gewesen. «Er ist aber schon heute nachmittag weggegangen», sagte man mir. Nein, das Atelier dürfe keine Privatnummern weitergeben.

Jetzt war ich so weit, dass ich Stempel unbedingt sehen musste. Ich musste herausfinden, was mit Stempel geschehen war. In meiner Verzweiflung nahm ich das Telephonbuch zur Hand und sah nach, obgleich ich nicht glauben konnte, dass er darin verzeichnet wäre. Aber da stand es wirklich klipp und klar: David H. Stempel, 1439 Stone Canyon Road, CRestview 6-1101. Eine Minute später sprach ich mit Stempel. Seine Stimme klang genau so frisch und jungenhaft und begeistert wie damals, als ich ihn das letzte Mal gesehen hatte.

«Um Gottes willen. Eddie Lewis! Von welcher Wolkenbank bist du herabgestiegen? Spring in ein Taxi und komm gleich her.»

Als ich durch die Strassen von Los Angeles fuhr, die aussahen, als hätte man Meilen und Meilen weit Kleinstädte des Mittelwestens aneinandergereiht, dachte ich an Dave Stempel. David Heming Stempel, der uns damals, als er uns sein werdendes Werk vorgelesen hatte, wie ein Halbgott erschienen war. David Heming Stempel war genau der Typ des jungen epischen Dichters. Hätte man ihn aus dem Adressbuch der Schauspieler ausgewählt, ein erfahrener Regisseur hätte keinen besseren Typ wählen können. Er war gross, gut über eins achtzig, und hatte eine seltsame Verbindung von Grösse und Zartheit. Seine Augen waren hellblau, lächelten leicht und waren doch leidenschaftlich, und er hatte ein langes, scharfes Profil.

Nachdem ich die Universität verlassen hatte, sah ich Dave nicht mehr. Erst einige Jahre später traf ich ihn zufällig in Tims Bar in der Dritten Avenue. Er war damals erst ein oder zwei Jahre lang von der Universität weg, und durch den «Traum von der Lokomotive» war er der meistdiskutierte junge Dichter Amerikas geworden. Das war der erste Band einer Trilogie gewesen, die er geplant hatte. Er wollte «des Menschen unerbittlichen Kampf um die Eroberung der Maschine» beschreiben, wie der Buchumschlag sagte, und der zweite Band, «Herz mit sieben Steinen», war schon angekündigt. Er sollte «bald» veröffentlicht werden. Als ich ihn an jenem Abend fragte, was bei ihm Neues los wäre, warf er seinen wundervollen Kopf zurück und sagte: «Du weisst, ich war immer schon neugierig, wie ein wirkliches Königreich der Fabel aussieht, darum gehe ich auf zwei Monate nach Hollywood. Will sehen, ob ich nicht ein bisschen von dem fabelhaften Geld herausschmuggeln kann. Meine Pläne sind für diese Guggenheims eine schreckliche Belastung geworden. Da dachte ich, es wäre ganz vergnüglich, mir ein Stipendium von Metro-Goldwyn-Mayer geben zu lassen.»

Das war vor fünfzehn Jahren gewesen. Während mindestens der

Hälfte dieser Zeit hatten seine Verleger weiter die «baldige Herausgabe» des «Herzens mit den sieben Steinen» angekündigt. Ich weiss das, weil ich immer darauf wartete, nachdem ich den «Traum von der Lokomotive» fast auswendig gelernt hatte.

Mein Taxi hielt vor einem grossen, mittelalterlich aussehenden Steinhaus an. Ein Dienstmädchen führte mich durch das kalte Wohnzimmer mit hoher Decke in eine gemütliche holzverkleidete Bar, die nicht zum Stil des Hauses passte.

«Eddie Lewis», sagte Stempel, als ob unsere Zusammenkunft von wirklicher Bedeutung wäre. «Lieber Gott, hast du dich verändert, Eddie.»

Mein erster Eindruck von Dave war, dass er sich gar nicht verändert hatte. Das Gesicht war noch immer hübsch und jungenhaft, seine Gestalt gross und schlank. Die karierte Tweedjacke und seine Schleife mit Punktmuster unterstrichen seine Jugendlichkeit. Erst als ich ihn genauer ansah, während er Cocktails mixte, konnte ich die kleinen Veränderungen sehen, die die Zeit bewirkt hatte. Sein blondes Haar war vorzeitig ergraut und spärlich geworden, und in seinen Augen fehlte etwas. Als junger Mann war er voll überschäumender, phantasievoller Heiterkeit gewesen, aber während er sprach, schien mir, dass sie durch eine nervöse Lebhaftigkeit abgelöst worden war. Wir tauschten beim ersten Glas Erinnerungen aus, da kam Daves Frau herein. Ich wollte ihr schon Hallo sagen, denn ich hatte die überempfindliche kleine Verrückte erwartet, die selbst zwei kleine Versbände veröffentlicht und Dave mit der ehrfürchtigen Bewunderung behandelt hatte, die man sonst nur Toten zollt. Aber dies war eine sehr junge Frau mit Stirnfransen, schulterlangem Haar, exotischen Augenbrauen, fleischigen Brüsten, die ihr offenbar wohl gefielen, und einem Benehmen, das eigentlich wie eine Theatervorstellung wirkte. Sie hätte ein Hollywooder Nuttchen sein können, das sich als Intellektuelle gab, oder eine Intellektuelle, die als Nuttchen posierte.

«Miki, Eddie ist mit diesem Riesenboxer hergekommen, von dem wir gelesen haben», sagte Dave.

«Das finde ich faszinierend», sagte Miki.

«Miki und ich gehen jeden Freitagabend zum Boxen», sagte Dave. «Mir gefällt der Rhythmus eines guten Kampfes. Ich habe Kämpfe gesehen, die waren das reinste Ballett.»

«Was für ein Kerl ist dieser Riese eigentlich?» sagte Miki und warf sich im Spiegel der Bar einen schnellen, zufriedenen Blick zu. «Es muss rasend faszinierend sein, einen solchen Menschen zu studieren.»

«Rasend», sagte ich.

Das Mädchen kam herein, sah Mrs. Stempel vielsagend an und ging wortlos wieder hinaus. «Komm Schatz», sagte Mrs. Stempel, «gehen wir essen.»

Schatz und Mrs. Schatz sassen im grossen, förmlichen Speisezimmer an beiden Enden eines langen Tisches im spanischen Kolonialstil. Nach dem Avocadosalat brachte das Mädchen eine in eine Serviette gehüllte Flasche Wein und stellte sie mit feierlicher Miene vor Dave hin. «Gott sei Dank hatte ich die Voraussicht, allen Graves aufzukaufen, den ich finden konnte», sagte er, während er die Flasche fachmännisch entkorkte.

Er goss einen Schluck in ein Weinglas und ersuchte das Mädchen, es zu Mrs. Stempel zu bringen. Er sah sie an und erwartete ihr Urteil, als sie den Wein sorgsam kostete.

«Wie ist er?» fragte er.

«Nicht schlecht», entschied sie. «Ist das der Dreiunddreissiger?»

Als er bejahte, nickte sie weise. «Das dachte ich. Der Dreiunddreissiger hat so eine kleine, besondere...» Sie stockte, als suchte sie nach genau dem richtigen Ausdruck, und ich fragte mich, ob es «Nuance» sein würde oder gar «bonne bouche», aber sie sagte nur «ein Etwas».

«Es ist wirklich komisch». sagte Dave. «Ich habe Weine seit, na, gut zwanzig Jahren studiert, und mein kleiner Racker da, dessen Lieblingsgetränk früher ein Coca-Cola mit Zitrone war, kann einen Wein vom anderen unterscheiden, als hätte sie sich ihr ganzes Leben lang damit beschäftigt.»

«Ich habe einfach einen natürlichen Geschmack», gab Miki zu.

Während Dave das Fleisch schnitt, sagte er: «Übrigens, Miki, ich habe heute mit Mel Steiner gesprochen.»

«Ach», sagte Miki und wartete gespannt auf etwas, das offensichtlich sehr wichtig war. «Und was hat er gesagt?»

Dave wandte sich an mich und zog mich höflich ins Gespräch. «Weisst du, Eddie, wir haben einen kleinen Streit um die Autorenrechte meines letzten Films. Zwei Schriftsteller, die mein letztes Manuskript aufgebügelt haben, versuchen, mich um die Erwähnung auf der Leinwand zu bringen. Wir erledigen solche Streitigkeiten heute durch ein Schiedsgericht des Verbandes. Steiner ist der Vorsitzende des Ausschusses.»

«Nun, und was hat er gesagt?» drängte Miki.

«Er sagt, der Ausschuss sei noch zu keiner endgültigen Entscheidung gekommen. Es sieht aber nicht so aus, als würde ich als Autor erwähnt werden. Ich könnte aber als Bearbeiter genannt werden.»

«Das ist einfach schmutzig», sagte Miki und liess dann, wie eine Dame es auf einem Kostümfest tun könnte, ihre kleine rosa Kulturmaske einen Augenblick lang fallen. «Ich finde, das stinkt», verkündete sie.

«Sie haben bloss mein Stück genommen und es umgeschrieben», sagte Dave. «Sie haben sorgfältig allen Rhythmus und alle Poesie daraus beseitigt.»

«Zusätzlicher Dialog, das sollten sie kriegen», sagte Miki. «Zusätzlicher Dialog.»

«Siehst du, Eddie», erklärte Dave, «um als Autor genannt zu werden, muss man beweisen, dass man mindestens fünfundzwanzig Prozent des Drehbuchs geschrieben hat. Darum versuchen diese Ehrenjäger immer, ein Manuskript zu mindestens achtzig Prozent umzuschreiben. Schriftsteller mit den Seelen von Buchhaltern.»

Das Mädchen füllte unsere Gläser von neuem.

«Wahrscheinlich klingt dir das alles griechisch», entschuldigte sich Dave, «aber diese Erwähnungen sind unser Butterbrot. Ich habe voriges Jahr neun Monate lang bei Goldwyn an einem Drehbuch gearbeitet, das aufs Eis gelegt wurde, und musste bei National mit einer Gehaltskürzung arbeiten. Wenn ich jetzt diese Erwähnung verliere, hab ich Schwierigkeiten.» Er runzelte seine hohe Stirn. «Verdammt, Miki, wie oft musst du diesem Trampel sagen, dass sie nach dem Hauptgang nicht in der Küche schlafen soll? Du weisst, wie ungern ich schmutzige Teller sehe.»

«Ich weiss, Schatz», sagte Miki. «Sie ist von beiden Seiten ihrer Familie her ein bisschen verblödet. Aber es ist so schwer, Personal zu finden, das nach Beverly Hills kommt. Die sind jetzt alle so unabhängig.»

«Was glauben die denn, wo sie sind? In einem freien Lande?» sagte ich, aber niemand lächelte darüber.

Als das Mädchen unwillig die Kaffeetassen abgeräumt hatte und

Dave uns eben den zweiten Cognac einschenken wollte, sagte Miki sehr freundlich: «Wenn dein Freund mich entschuldigen will, werde ich euch allein lassen. Ihr werdet wahrscheinlich viel zu besprechen haben.»

Sie ging zu Dave und gab ihm eine spielerische Ohrfeige. «Gute Nacht, Schatz», sagte sie. «Gute Nacht, Mr. Lewis. Kommen Sie bald wieder. Es ist faszinierend gewesen.»

Stolz lag in Daves verwaschenen blauen Augen, als ihre volle, aufrechte Gestalt verschwand. «Gott, sie ist eine grossartige Frau», sagte er. «Findest du nicht, dass sie eine grossartige Frau ist, Eddie?»

«Mm», sagte ich.

«Ich muss sie immer ansehen», sagte er. «Wir sind drei Jahre verheiratet, und immer muss ich sie ansehen. Die hat mir was gegeben, Eddie, etwas, das ich mein ganzes Leben lang gesucht habe. Ohne Miki und Irving wäre ich schon längst verrückt geworden.»

«Wer ist Irving?»

«Irving Seidel, mein Analytiker. Er ist ein grosser Mann. Er hat sozusagen jedermann behandelt, den ich kenne.»

Aus einem der Bücherschränke, die die Wände völlig bedeckten, zog David einen Band und las mir einen Abschnitt vor. Es war ein Buch von Seidel und hiess «Ich gegen Mich». Daves Bibliothek enthielt fast alle englischen, französischen und russischen Klassiker, verschiedene Fächer voll psychoanalytischer Werke und die gesamte hervorragende Poesie und schöne Literatur der letzten zwanzig Jahre. Und Daves Geist schien genau so neugierig und so hungrig nach neuen literarischen Erlebnissen wie vor fünfzehn Jahren. Er zitierte begeistert einen neuen Dichter von Yale, dessen Werk, wie er sagte, ihn an einen «marxistischen Gerard Manly Hopkins» erinnerte. Er beschrieb die zarten Beziehungen in dem ersten Roman einer jungen Südstaatlerin, deren verwickelter Stil ihn bezauberte. Dann machte er eine Pause, um den Duft aus seinem Cognacglas einzuatmen, und rezitierte ein seltsames, bedrückendes Gedicht über zwei Roboter in einem mechanisierten Utopien, die mit menschlichen Herzen versehen sind und plötzlich die Liebe entdecken. Zuerst schien es mir, als fehlten Rhythmus und Form, und den Klang empfand ich als hartes Knirschen, aber langsam formte es sich zu einem Muster, und seine Melodien waren so unverkennbar und so aufreizend wie die verzerrten Dissonanzen Schönbergs.

Als David aufhörte, um unsere Cognacgläser neu zu füllen, sagte ich: «Das habe ich noch nie gehört. Was ist es?»

«Der Prolog zum ‚Herz mit sieben Steinen'», sagte Dave.

«Es ist...» Ich wollte «faszinierend» sagen, aber da fiel mir Miki ein. «Es ist toll», sagte ich. «Hast du es fertiggeschrieben?»

Daves Gesicht war gerötet, und seine Augen schweiften hin und her. Es hatte nicht viel zu trinken gegeben, aber plötzlich schien seine Koordinationsfähigkeit abgeschaltet. «Beinahe beendet», murmelte er. «Nur noch ein Gesang. Das 's alls, nur noch ein Gesang. Möcht bloss diese Stadt vom Buckel haben...» Er schüttelte langsam den Kopf und rezitierte weiter, aber es war unverständlich.

«Aber warum kannst du nicht raus?» fragte ich. «Was hält dich?»

«Ich brauch bloss eine gute Erwähnung un' bisschen von dem Gold. Ich brauch mehr Gold, Eddie, und dann – geh ich nach Mexiko, sechs Monate, vielleicht ein Jahr, entdecke meine Seele wieder, Eddie.»

«Aber, Dave», sagte ich, «das verstehe ich nicht. Du hast seit Jahren schwer verdient. Du musst doch genug haben, um...»

«Das ist doch kein Geld», sagte Dave. «Geld bleibt einem an den Händen kleben. Das ist eine Handvoll Würmer, die einem durch die Finger schlüpfen. Weisst, was mich dieses Haus kostet, Eddie? Fünfhundert Dollar im Monat, sechstausend Dollar im Jahr für diesen unsagbaren Dreck. Und dann Louise, tausend im Monat, meine Strafe für das Verbrechen einer vorbedachten Ehe. Und dann hab ich da meine Tochter, Sandy, die gerade in Wellesley anfängt, ein schönes, intelligentes Mädel, dessen Mutter sich weigert, ihr zu erlauben, sich durch einen Besuch bei ihrem übelbeleumdeten Vater zu beschmutzen, sich dabei aber doch überwindet, seinen übelbeleumdeten Mammon anzunehmen, übelbeleumdete fünftausend im Jahr. Und da ist Wilbur, einundvierzig Jahre alt, der sich endlich für einen Beruf entschieden hat – der Bruder eines Hollywood-Autors zu sein. Ein untauglicher Bruder, dreitausend im Jahr. Und lass mich nicht meine unschuldig aussehende, weisshaarige Schwiegermutter vergessen, bei der die Registrierkasse im Hirn klingelt und die eine Jahresrente von fünftausend festgesetzt hat. Das ist das Unkraut, Eddie, das die zarten, empfindlichen Wurzeln des dichterischen Impulses erstickt. Das Unkraut, das Uuunkraaauuuut...» Er sang es lang in einem unheimlichen Gesang heraus. «Das sich nährt, das sich näääääährt... von den armen, schöpferischen Saaten...»

Ich musste gehen. Ich konnte nicht dableiben. Ich brauchte einen Schnaps. Nein, ich hatte ja Schnaps. Ich glaubte nur immer, dass ich einen Schnaps brauchte, wenn ich etwas ganz anderes brauchte. Ich brauchte Luft. Ich musste hinausgehen.

«Danke», sagte ich, «ich muss laufen. Muss morgen früh aufstehen. Viel zu tun.»

Er bat mich zu bleiben, flehte mich mit so viel Beharrlichkeit und Eindringlichkeit an, dass ich das Gefühl hatte, dieser grosse Vogel habe eine bedrückende Furcht davor, in diesem kleinen Käfig allein gelassen zu werden. Als ich immer wieder sagte: «Ich muss gehn, Dave, ich muss gehn», bestand er darauf, mich zu begleiten und mir zu helfen, ein Taxi zu finden. Er torkelte in die Nacht hinaus und begleitete mich bis an den Boulevard. Wir warteten unter einer Laterne an der Ecke, und als ein Taxi am Strassenrand hielt, stand Dave mit gespreizten Beinen da, wiegte sich langsam vor- und rückwärts und murmelte: «Willst mein letztes, mein allerletztes Gedicht hören, grad heut geschrieben, in Nationals kostbarer Zeit geschrieben.»

Sein Lachen stieg wahnsinnig an. Als mein Taxi wegfuhr, konnte ich ihn durchs Rückfenster sehen, wie er aus dem grellen Lampenlicht nach den Schatten der dunkelsten Beverly Hills zurückschlurfte.

«Wohin wollen Sie?» Das schwere, erbitterte Gesicht des Taxichauffeurs war mir zugewandt.

«Biltmore», sagte ich.

«Könnt's nicht lieber das Biltmore in Chicago sein?» sagte er mit zornigem Humor.

«Was ist denn los? Mögen Sie diese Stadt nicht?» fragte ich.

«Sie können diese Stadt haben und noch sieben Punkte dazu. Mir ist Chi lieber. In Chi, da kann ein Taxifahrer noch verdienen. In Chicago, da wollen die Fahrgäste, dass man leben kann. Die geben einem wirklich anständige Trinkgelder.»

Wütend schaltete er den dritten Gang ein. Er tat mir leid. Wenn man es genau nahm, taten mir alle Leute leid. David Heming Stempel tat mir leid. Eddie Lewis tat mir leid. Ich will nicht mit vierzig ein bisschen traurig sein und mit fünfzig noch trauriger und mit sechzig ein Strolch. Was hatte Beth gesagt? Eines Tages – zwei Wörter für eine Grabschrift. Wer sagte das? Beth sagte das. Beth hatte den Mut ihrer Überzeugungen. Warum rief ich Beth nicht an? Warum heiratete ich Beth nicht? Hallo, Liebling, wollte dich bloss anrufen und dir mitteilen, dass ich diesen Schwindel fallen lasse. Sehr richtig, fahre nicht einmal mehr ins Trainingslager zurück. Ja, ich hab's endlich getan, habe mich entschlossen, habe meine Dichterseele wieder entdeckt – nein, das ist Stempel. Auf jeden Fall etwas wiederentdeckt. Komme mit dem nächsten Zug zurück, Liebling, komme zu dir zurück, und, sag mal Beth, willst du mich heiraten?

Ich gab dem Chauffeur aus Chicago einen Dollar, um ihm seinen Abend zu erheitern, und eilte in die Halle, um mein Gespräch anzumelden. Voranmeldung für Miss Beth Reynolds, R wie rechtschaffen, E wie erhebend, Y wie Yankeemädchen. Ich bin nicht betrunken, rief mein Hirn jubelnd. Diesmal bin ich nicht betrunken. Nur ein bisschen Wein und ein wenig Cognac, aber ich tue es nicht, weil ich betrunken bin. Ich tue es, weil ich die Versager nicht mehr aushalten kann, die Hochstapler, die Betrüger. Ich tue es, weil ich kein zweiter David Heming Stempel werden will, ein weniger begabter David Heming Stempel für kleine Leute. Ich will nicht auf Händen und Knien herumrutschen und meine Seele in jeder Ecke suchen, als wäre sie ein verlorener Kragenknopf.

«Hallo, hallo... Keine Antwort?» Es war in New York drei Stunden später, also zwei Uhr früh. Sie musste antworten. Wo konnte Beth um zwei Uhr früh an einem Sonntagmorgen sein? «Schön, dann streichen Sie die Voranmeldung. Ich will mit irgendjemandem vom Hotel sprechen. Hallo... Haben Sie eine Ahnung, wo ich Miss Reynolds erreichen könnte? Sie ist weg? Übers Wochenende weggefahren?... Ach... Ja, wollen Sie ihr etwas ausrichten? Sagen Sie ihr einfach, dass... Ach, lassen Sie's, lassen Sie's. Ich ruf ein andermal wieder an.»

All meine Erregung liess ich in der Telephonzelle zurück. Ich hatte einen stumpfen, zerrenden Schmerz im Magen. Ich hatte nie gewusst, dass Eifersucht etwas war, das man wirklich in seinem Bauch fühlen konnte wie einen unverdaulichen grünen Apfel. Beth war mein Mädchen, und jetzt, da ich sie haben wollte und brauchte, konnte ich sie nicht einmal ans Telephon bekommen.

Ich ging in die Cocktailbar. The Muzak spielte Guy Lombardo. Zwei betrunkene reisende Geschäftsleute, die meinten, sie müssten nicht nur verschwenderisch, sondern auch komisch sein, griffen zwei Damen ab, die ihre Aufmerksamkeiten mit gelangweilter Geschäftsmiene hinnahmen. Eine Frau in den Dreissigern sass allein an einem Tisch und trank Bier. Sie blickte mit ganz und gar nicht begeisterter Koketterie zu mir hin, als ich in der Tür stand. Wieder eine Bar, wieder eine Nacht, wieder eine Frau, die nichts bedeutete. Ich drehte mich um und ging hinauf.

Auf dem Tisch im Wohnzimmer standen leere Whisky- und Sodaflaschen, und in der Luft lag ein schaler, saurer Geruch. Ich sah ins Schlafzimmer. Alle Fenster waren geschlossen, die Vorhänge zugezogen, und es war heiss und stickig darin. Vinces Kleidungsstücke waren im Zimmer verstreut. Das Hemd hing an der Türklinke des Badezimmers, seine Unterhosen lagen auf dem Boden, und auf einem Stuhl, ziemlich ordentlich aufeinandergelegt, waren die Kleider einer Frau. Ihre Seidenstrümpfe waren sorgfältig über das Fussende des Bettes gelegt.

Ihre Lust hatte sich verbraucht, und sie schliefen jetzt, ihre Köpfe auf dem Kissen nahe beieinander. Wie friedlich sahen die beiden aus! Am Morgen würden sie als Fremde aufstehen, einander keinen Kuss geben, vielleicht nicht einmal ein nettes Wort, aber heute nacht waren sie gemeinsam in einen heiteren Schlaf eingehüllt. Welches Unglück oder welche Perversität hatte diese Frau veranlasst, so gleichgültig in das Bett Vince Vannemans zu wandern? Vince stöhnte und drehte sich um, wobei er die Bettücher mit sich zog. Die Frau, die dadurch abgedeckt wurde, schob sich im Schlaf zu ihm hin und drückte sich an seinen fetten Rücken. Es war eine instinktive Reaktion aus der Urzeit, das Weibchen, das Wärme und Schutz beim Männchen sucht, und dass dies in diesem Zimmer und unter diesen Umständen geschah, stürzte mich in eine bodenlose Depression.

Ich konnte es nicht ertragen, den Morgen mit diesem verlassenen Paar anzusehen. So telephonierte ich mit einer Mietwagengarage, die die ganze Nacht hindurch offen war, und fuhr aus der schweigenden Stadt aufs dunkle, hügelige Land hinaus. Ich fuhr eben in Ojai ein, als die Morgendämmerung langsam ins Tal sickerte. Grillen zirpten, und die Vögel erwachten. Ich ging auf Zehenspitzen ins Häuschen und in das Zimmer, das ich mit Doc teilte. Doc schlief auf dem Bauch und schnarchte rhythmisch. Die Bettdecke zeichnete seine Verunstaltung ab. Als ich müde in mein Bett kroch, fiel mir ein, wie gut es war, dass ich die Fahrt gemacht hatte. Am Vormittag sollten einige Photographen zu uns kommen und Toro bei der Trainingsroutine aufnehmen. Während ich in Schlaf sank, dachte ich an einige Tricks und packende Posen, die ich für die Aufmachung gebrauchen konnte. Gerade bevor ich völlig das Bewusstsein verlor, fiel mir ein, dass ich mir irgendwann früher am Abend gesagt hatte, ich wäre mit diesem Schwindel fertig. Aber während der Fahrt hierher war mir das gar nicht in den Sinn gekommen. Wie eine wohladressierte Brieftaube flog ich gleich zu meinem Riesen aus den Anden. Nun, ich hatte mir mein Bett gemacht, und nun lag ich darin.

ELFTES KAPITEL

«ICH hab einen guten Einfall», sagte der Photograph. «Wir setzen ihn auf die Erde und photographieren ihn mit den Füssen vor der Kamera. Dann sehen die eine Meile hoch aus.»

Wir setzten ihn auf die Erde.

«Wie wär das?» fragte ich. «Wir stellen ihn hin und photographieren ihn von unten – den Wolkenkratzerwinkel.»

«Herrlich», sagte der Photograph.

Wir stellten ihn auf.

«Jetzt wollen wir eine grosse Nahaufnahme machen, mit Verzerrungseffekt. Schieben Sie seine grosse Schnauze direkt in die Linse.»

Wir neigten seinen Kopf. Wir photographierten ihn mit Weinfässern, liessen ihn wie Tarzan von einem Baumast hängen. Wir nahmen ihn auf, wie er sechs Spiegeleier vertilgte, wie er von zwei Masseuren gleichzeitig massiert wurde. Wir photographierten ihn mit seiner ungeheuren behandschuhten Faust im Vordergrund, wie er über ein Meter Reichweite zielte. Wir knipsten ihn «in Aktion» mit George, wie er «seinen berühmten mazo schlug», der, wie unsere Bildunterschrift dem harmlosen Leser verriet, von Toro zu Hause in seiner kleinen Fassbinderei in den Anden entwickelt worden war, als er den Spund mit einem einzigen Schlag seines schweren Vorschlaghammers ins Fass trieb.

Der mazo war nichts anderes als ein wilder, zielloser rechter Schwinger, den jeder drittklassige Berufsboxer mit der Linken parieren konnte, um mit einem Rechten zu antworten, der Toro offen und ausser Gleichgewicht getroffen hätte. Aber glücklicherweise für unseren Schwindel ist der Boxliebhaber, der die Finessen des Sports kennt, ein seltener Vogel. Die meisten kommen nur wegen des passiven Vergnügens, zu sehen, wie ein Kerl einen anderen Kerl nach Strich und Faden verdrischt, und wenn man ihnen etwas wie einen mazo-Schlag zum Kauen hinwirft, wenden sie sich fröhlich zu ihrem Nachbarn hin und sagen: «Du, da kommt dieser alte mazo wieder.»

Als wir genug Bilder hatten, jagte ihn Danny durch zwei Runden Schattenboxen. Schattenboxen, bei dem alle Bewegungen des Angriffs und der Verteidigung gegen einen imaginären Gegner durchgeführt werden, kann sehr schön sein. Bei einem schnellen, geschickten Boxer, der weiss, was er tut, wird es zu einer Art modernen Kriegstanzes. Er dreht und wendet sich, schlägt Finten, schiesst seine Schläge scharf in die Luft, schwenkt und geht im Kreis herum. Aber Toro stampfte nur stumpf durch den Ring und streichelte die Luft.

«Schneller, ein bisschen Schwung!» knurrte Danny.

Toro blickte herüber, und ängstlich zeigte er das Weisse seiner Augen. Er hatte Angst vor Danny. Er wusste, dass Danny ihn nicht leiden konnte. Er bemühte sich, schneller zu werden und seine Schläge schärfer zu machen, aber es war so, wie Danny gesagt hatte. Die dicken, knotigen Muskeln hinderten ihn. Er atmete laut von der Anstrengung, auf Danny Eindruck zu machen.

«Herr Jesus Christus», sagte Danny.

«Aber dieses Schattenboxen, es ist nicht natürlich für ihn», erklärte Acosta hastig. «Das heisst nicht, dass, wenn er im Ring ist...»

«Wollen Sie die Schnauze halten und sich packen?» sagte Danny. Acostas eifriges Gesicht zog sich in unterwürfiges Schmollen zurück. Danny läutete ungeduldig die Glocke. «Gut, George», rief er. «Machen wir zwei Dreiminutenrunden.» Als George in den Ring schlurfte, sagte Danny: «Lass ihn arbeiten, beschäftige ihn, gib ihm keine Chance zu faulenzen.»

George stiess gleichmütig einen Handschuh gegen den anderen. «Sie wollen, dass ich alles tue, ausser ihn treffen, stimmt's, Chef?»

«Hau ihm eine rein, wenn du eine Öffnung siehst. Das wird ihn lehren, sich zu decken. Aber mach's nicht zu arg», sagte Danny. Dann nahm seine Stimme den verzweifelten Ton an, mit dem er jetzt immer zu Toro sprach. «Jetzt arbeite mit der Linken gegen sein Gesicht, wie ich dir's gesagt habe. Und wenn du eine Öffnung für deine Rechte siehst, vergiss nicht, deinen linken Fuss ein bisschen zu drehen und deinen Körper in der Hüfte zu wenden. So.» Er zeigte es Toro. «Nun, glaubst du, dass du dich daran erinnern kannst?»

«Schon, ich glaube, ja», sagte Toro und sah Acosta um Ermutigung bittend an.

Vielleicht hatte Danny zu wenig Abstand, um es zu sehen, aber

Toro fing an, ein wenig einem Boxer zu gleichen. Zumindest hatte er nicht mehr die steife, plattfüssige Haltung eines alten Schlägers, der noch ohne Handschuhe kämpfte. Für den linken Geraden ging er noch ziemlich mechanisch mit dem linken Fuss vor, aber man konnte sehen, dass er langsam anfing zu begreifen. Dennoch schienen seine Linken George gar nicht zu stören, und selbst als einer von Toros Rechten traf, nahm George ihn ohne Mühe.

«Die Arme», sagte Danny eindringlich, als die Runde zu Ende war. «Du schlägst immer noch mit den Armen. Wie oft muss ich dir noch sagen, dass Körper und Schultern und Gewichtsverlagerung einen festen Schlag geben? So.» Er war bedeutend kleiner als Toro, aber er setzte seine Füsse zurecht, liess die rechte Schulter sinken und schoss einen scharfen linken Geraden hinaus, der genau dort landete, wo Danny es gewollt hatte: gerade unter Toros Herz. Toro taumelte verletzt und erstaunt zurück. Da ich Danny kannte, begriff ich, dass seine Verzweiflung und Ungeduld ihn dazu getrieben hatten, viel härter zuzuschlagen, als er beabsichtigt hatte.

Toros grosse Augen sahen gekränkt aus. Er rieb den roten Fleck, der sich unter seinem Herzen auszubreiten begann. «Aber, aber, das hat dir nicht wehgetan», sagte Danny. «Jetzt wollen wir noch eine Runde sehen. Und schlag diesmal zu.»

In der nächsten Runde schlug Toro Rechte, so scharf er nur konnte, und George nahm einige, bloss um Toro zu zeigen, wie es ist, wenn man einen festen Schlag landet, aber es war immer noch nichts dahinter. Toro schlug wieder einen seiner sich überschlagenden Rechten, und George fing ihn mit dem Arm ab, zog Toro aus dem Gleichgewicht und bewegte seine Linke in gerader Linie auf Toros Kinn zu. Toro taumelte zurück. Danny läutete angeekelt den Gong.

«Der kann kein Ei zerschlagen», sagte Danny.

«Ich mach mir Sorgen um sein Kinn», sagte Doc. «Das ist der verdammteste Glaskiefer, den ich je gesehen habe. Der muss dort seine Nerven direkt auf der Haut haben. Viele dieser übergrossen Burschen leiden daran.»

«Verzeihen Sie, wenn ich etwas sagen dürfte, bitte», begann Acosta. «Ich glaube, Sie machen vielleicht den Fehler, sein Stil zu ändern. Der grosse Schwinger, der Sie ihn nicht machen lassen, das ist der Schlag, den Lupe Morales...»

«Gottverdammtnochmal, Sie kleiner argentinischer Windbeutel», unterbrach Danny ihn, «wenn Sie sich noch einmal einmischen, dann schmeisse ich Sie raus. Quatschen Sie mich nicht mehr an. Und hören Sie um Christi willen auf, mir was vorzureden. Man kann den Stil dieser Null so wenig ändern wie die Frisur auf Mike Jacobs' Kahlkopf. Man kann nicht ändern, was man nicht hat.»

«Vom ersten Tag an sind Sie gegen Toro und mich», sagte Acosta. «Sie sind eifersüchtig, weil Sie Ihr ganzes Leben lang einen grossen Schwergewichtler suchen haben, und ich, Luis Acosta, habe ihn finden.»

«Bleiben Sie von mir weg», sagte Danny, der wütend war, aber ungern stritt. «Bleiben Sie weg von mir. Eddie, halt ihn von mir weg.»

«Ich muss gleich in die Stadt fahren», sagte ich zu Acosta. «Miniff und Coombs kommen heute an. Wollen Sie mit mir fahren?»

«Ja, ich werde kommen», sagte Acosta. «Ich bin die Beleidigungen müde. Ich bin müde, zu werden herumstossen wie ein Bettler. Man schätzt mich nicht und meinen El Toro. Vielleicht werden die anders denken, wenn El Toro diesen Mann Coombs ausgeschlagen hat.»

Acosta hatten wir nicht gesagt, dass Coombs den Tanz des sterbenden Schwans tanzen würde. Je weniger Leute diese Dinge wissen, desto weniger Gerede gibt es. Toro wusste es auch nicht. Ein Boxer liefert einem gewöhnlich eine überzeugendere Leistung, wenn er glaubt, dass alles regulär ist.

Als wir nach dem Häuschen zurückgingen, um unsere Sachen zu holen, holte Toro uns ein. «Luis, lass mich hier nicht allein», sagte er auf spanisch. «Wenn du weggehst, will ich auch weggehen.»

«Aber du kannst nicht weggehen. Du musst für deinen Kampf trainieren.»

«Ich habe genug für viele Kämpfe trainiert. Ich habe genug von all diesem Training. Als wir von Mendoza wegfuhren, hast du mir da nicht versprochen, mich nicht zu verlassen?»

Acosta blickte zu ihm auf und tätschelte seinen Arm. «Ja, das habe ich in Mendoza versprochen», sagte er. Er lächelte traurig. «Schön, ich bleibe hier.»

Toros grosses, einfältiges Gesicht entspannte sich in einem dankbaren Lächeln. «Und wenn wir genug Geld verdient haben, gehen wir zusammen nach Hause?»

«Ja, wir gehen zusammen nach Hause.»

«Ist es möglich, dass wir dieses Jahr nach Hause gehen?»

«Vielleicht dieses Jahr, vielleicht nächstes Jahr.»

«He, Molina», rief Doc herüber. «Sie wissen doch, dass Sie nicht herumstehen sollen, wenn Sie schwitzen. Schnell, gehen Sie unter die Brause. Dann ziehen Sie sich für die Laufarbeit um.»

Als ich in den Wagen stieg, stützte Danny seinen Ellenbogen auf die Fensterbank und sagte: «Glaubst du, dass du bald mit Nick sprechen wirst?»

«Wahrscheinlich heute abend», sagte ich. «Ich sollte ihn anrufen und ihm sagen, wie die Dinge stehen.»

«Ich wette zwei zu eins, dass er mehr darüber weiss als du. Der ist noch schlauer als die Füchse. Aber hör zu, Bürschchen, wenn du mit ihm sprichst, sag ihm, ich will diesen Vogel Acosta loswerden. Seit ich den Ring verlassen habe, habe ich keinen Menschen ernsthaft geschlagen. Wenn ich sehe, dass es in einer Kneipe zu einer Rauferei kommt, laufe ich eine Meile. Aber etwas sagt mir, dass ich mich vergessen werde, wenn ich diesen kleinen Wichtigtuer hier nicht loswerde.»

«Aber ohne ihn ist Toro verloren, Danny. Er braucht ihn wegen seiner Moral.»

«Wenn er bloss kapieren könnte, was für einen Versager er gefunden hat», sagte Danny. «Aber wie er immer mit dem Kopf in den Wolken herumläuft, das macht mich verrückt. Ich muss dann immer daran denken, was für ein Schuft ich bin.»

«Du bist kein Schuft», sagte ich. «Wenn man dir die Wahl lässt, machst du immer alles ehrlich. Ein richtiger Lump ist vergnügter, wenn er etwas hintenherum kriegt.»

«Ich will dir sagen, wie voll von Betrug ich mir vorkomme, Bürschchen. An diesem Sonntag gehe ich zur Messe, gemeinsam mit Molina. Zum ersten Mal seit mehr als einem Jahr. Ich gehe nur, wenn ich etwas tue, das ich nicht mag.»

Ich ging nicht an den Bahnhof, um Harry Miniff und seinen fürchterlichen Schwergewichtler aus dem Osten abzuholen, weil Diskretion manchmal der bessere Teil der Propaganda ist. Aber es war eine ganz hübsche Abordnung da, um den prominenten Sportsmann vom Broadway zu begrüssen, wie Miniff an diesem Morgen munter von einem der Leitartikler genannt worden war, die mir aus der Hand frassen. Ich wäre aber doch gern dort gewesen. Der kleine Miniff, der hungrigste der Hungrigen, ein so übersehener und beleidigter Mann, wie er nur je in Jacobs' Beach tägliche Erniedrigungen erlitten hat, wurde von Nate Starr, dem Veranstalter, und Joe Bishop, dem Arrangeur des Matches, begrüsst, als hätte er einen Stall voll Meister. Und der alte Cowboy Coombs, der immer ein bisschen überrascht schien, dass er sich noch auf den Füssen halten konnte, wurde mit einer Hochachtung behandelt, die gewöhnlich senkrechten Faustkämpfern vorbehalten ist.

Ich hatte Miniff mit Luftpost informiert, hatte ihm die meisten seiner Zwiegespräche aufgeschrieben und ihn dringend davor gewarnt, Coombs in aller Öffentlichkeit «mein Strolch» zu nennen. «Das ist schön und gut für die, die Sie kennen und lieben, aber ich glaube nicht, dass es zum Erfolg von Toros erstem Auftreten beitragen wird», hatte ich geschrieben. Worauf Miniff freundlich geantwortet hatte: «Schön, ich werde einen Mann darstellen, der alle seine Rechnungen bezahlt und alle seine Schuldzettel eingelöst hat. Und ich werde versuchen, meinen Strolch nicht einen Strolch zu nennen.»

Wie ich aus der Abendzeitung ersah, hatte Miniff seine Rolle treulich gespielt, wenn er vielleicht auch einigermassen ungebildet gesprochen hatte. Ich sah ein Bild von Coombs' aufgeschwemmtem, flachgeschlagenem Gesicht mit der Unterschrift: «DER RIESENTÖTER?» Und darunter ein kurzes Interview mit Coombs' Mentor, in dem er sagte: «Dieser Riese erschreckt uns nicht. Wir fürchten niemanden. Wir haben einen Match mit viel Geld im New Yorker Hallenstadion aufgegeben, um diesen Kampf anzunehmen. Das zeigt Ihnen, wie zuversichtlich wir sind, dass wir einfach über diesen Mammutmenschen wegsteigen werden. Je grösser man ist, desto tiefer stürzt man.»

Am Spätnachmittag kam Harry ins Hotel. Er hatte einen neuen Hut gekauft, um seine Schicksalsveränderung zu feiern, aber er hatte ihn schon so verdreht, eine Seite aufwärts, die andere hinab, dass er wieder aussah wie sein alter. Bis auf diesen Tag sind Miniffs Scheitel und ich einander völlig fremd. Ich bin sicher, wenn man Miniff besuchte, während er in der Badewanne sitzt, würde man ihn mit dem Hute auf dem Kopf finden. Miniff schien so fest entschlossen, mit dem Hute auf dem Kopf ins Grab zu steigen, wie andere Abenteurer, in ihren Stiefeln zu sterben.

«Nun, wie war Ihre Reise, Harry?» fragte ich.

«Schrecklich», stöhnte Miniff. «Warum muss dieses Nest so weit von New York sein? Meine Magengeschwüre reisen nicht gern.»

«Hier ist das gesündeste Klima der Welt», sagte ich. «Das wird einen Mann aus Ihnen machen, Miniff. All diese frische Luft und der Sonnenschein.»

«Ich werde in der Sonne schwindlig», jammerte Miniff.

«Wolln Sie was trinken?» fragte Vince und goss sich ein Glas voll.

«Was wolln Sie, mich umbringen?» fragte Miniff. «Milch, ich halt mich streng an Milch.»

«Sagen Sie dem Zimmerkellner, er soll eine Jerseykuh raufschicken», sagte ich zu Vince. «Wir können die im Badezimmer halten, solange Miniff hier ist. Wolln Sie was essen, Harry?»

«Geben Sie mir ein Roggenbrot mit Stör», sagte Miniff.

«Stör?» sagte ich. «Wo zum Teufel glauben Sie, sind Sie? Bei Lindy? Hier ist Kalifornien.»

«Isst man nicht in Kalifornien?» wollte Miniff wissen.

«Bloss Nuss- und Käsepasteten», sagte ich. «Wie wär's mit einem guten Obstsalat?»

«Vom Obst krieg ich Ausschlag», sagte Miniff. Aus der Brusttasche nahm er drei kurze, dicke Zigarren, steckte eine in den Mund und bot die anderen an.

«Zehncent-Zigarren», sagte ich. «Harry, lassen Sie sich meine Reklameartikel nicht zu Kopf steigen.»

«Mir sind meine alten lieber», sagte Miniff, «aber hier muss man ja was vorstellen.»

«Wie geht's Cowboy?» fragte ich. «Hat er begriffen, dass er allen erzählen muss, dass er auf sich selbst wettet, dass er Toro ausschlägt? Ich will das so aufziehen, dass es klingt, als hätte er es satt, einem Ausländer so viel Propaganda zu gönnen, und dass er darauf aus ist, ihm den Kopf runterzuschlagen.»

«Aber mach ihn nicht so wild, dass er in der zweiten nicht zusammenklappt», sagte Vince. «Ich will, dass er in der zweiten fertig ist.»

«In der zweiten!» sagte Miniff. Mit einer schnellen Handbewegung schob er den Hut zurück. «Das ist zu schnell. Die Fexen mögen das nicht. Da bekommen sie nichts für ihr Geld. Ich hab eine bessere Idee.»

«Schwimm ab mit deinen Ideen», sagte Vince.

«Gib mir eine Chance», bat Miniff. «Was ist denn los? Können wir in diesem Land nicht mehr frei reden?»

«Für was für ein Amt, zum Teufel, bewirbst du dich, dass du eine Rede halten willst?» sagte Vince. «Kandidier als Spucknapfputzer und Wischer, und dann stimme ich vielleicht für dich.»

«Aaaaaaah», sagte Miniff als Abwehr. Es war ein Geräusch aus der Gosse, ein harter, verbitterter Protest gegen grössere Männer mit besseren Verbindungen. «Ich hab eine Idee, wie man das Ganze verbessert, und du lässt mich nicht zu Wort kommen.»

«Schön, dann sag's», sagte Vince grossmütig. «Zehn zu eins, dass es stinkt, aber sag's.»

«Meine Null und deine Null», begann Miniff, «die kämpfen ausgeglichen...»

«Nimm's weg, es stinkt», unterbrach Vince.

«Sie gehen in die siebente, die achte, die neunte, und immer noch ist's ausgeglichen», fuhr Miniff fort. «Dann, in der zehnten, dreissig Sekunden vor Schluss, trifft deine Null, und meine Null kippt um und spielt tot. Kaufst du das?»

«Das kannst du mir nicht einmal schenken, wenn du noch eine Zugabe gibst», sagte Vince.

«Aber dein Niemand kommt doch richtig ins Ziel.» Miniffs Stimme wurde lauter und schneller. «Das gibt mehr Gerede. Der Kerl is ein Held.»

«Bloss weil's das Hollywoodstadion ist, brauchen wir denen noch keinen Film zu zeigen», sagte Vince.

Miniff wischte sich mit nervöser Gebärde die Stirn. «Aber so, wie ich's meine, bekommen wir einen Rückkampf. Eddie schreibt eine Geschichte, wie mein Niemand überzeugt ist, dass er bloss durch Pech verloren hat und dass er Revanche will. Dann, im Rückkampf, geht mein Kerl in der zweiten, wie du's willst. Was ist daran schlecht, sag mir, was ist daran schlecht?»

«Sei doch nicht so verfressen», sagte Vince. «Du kriegst siebenfünfzig für den Kampf und dazu noch zwofünfnull fürs Theater. Was willst du noch mehr?»

«Ich will's zweimal», gab Miniff zu. «Zweimal wird dir nicht schaden, und wir können die Differenz brauchen. Wir haben seit

Worcester keinen Kampf gehabt. Und mein Strolch hat fünf Kinder zu füttern.»

«Hau ab mit den Kindern», sagte Vince. «Was ist das hier? Ein Wohlfahrtsamt? Coombs geht in der zweiten. Wenn's zu lange dauert, dann sieht man, was für Krüppel wir haben. Zehn Runden, und der Schiedsrichter schmeisst beide raus, weil sie's nicht besser versuchen. Stimmt's, Eddie?»

«Ich fürchte, es stimmt, Harry», sagte ich. «Je länger Toro drin ist, desto ärger sieht er aus. Und Coombs kann nicht über zu viele Runden gehen, ohne durch die Macht der Gewohnheit umzufallen.»

«Na, jedenfalls kann ich meine Mietschulden bezahlen», sagte Miniff philosophisch und kaute seine Zigarre, als wäre sie ein Nahrungsmittel.

Eine Woche vor dem Kampf kamen die Journalisten zu uns, um den «menschlichen Wolkenkratzer» anzusehen, wie einige ihn jetzt nannten. Das Lager stand auch dem Publikum offen, und wir hatten jeden Tag etwa zweihundert Neugierige, die ihren Dollar hinlegten, um das Monstrum zu beglotzen. Es waren immer ziemlich viel Frauen in der Menge. Etwas an seiner rohen Grösse schien eine steinzeitliche Wirkung auf die Frauen auszuüben. Ich merkte mir das im Geiste vor, um es später einmal zu benützen. Atavismus nannte ich es.

Alle Leute schienen beeindruckt, wenn Toro seinen Riesenkörper beugte und streckte. Während er schattenboxte, ging ich in die Garderobe, um mit George zu sprechen, der seine Ringschuhe für den letzten scharfen Übungskampf zuschnürte, den er vor dem Kampf mit Toro durchführen sollte.

«Der zwei-siebzehn holte mir weg mein Glück», sang er leise vor sich hin. «Der zwei-neunzehn bringt's eines Tags zurück...»

«George, heute sind eine ganze Menge Reporter da», sagte ich.

«Ich verstehe, Mr. Lewis», sagte er. Und er kicherte wieder so, dass die ganze Angelegenheit lächerlich schien, höchst lächerlich, närrisch und sinnlos.

«Toro ist angeblich ein scharfer Schläger», erinnerte ich ihn.

«Machen Sie sich keine Sorgen, Mr. Lewis», sagte George. «Ich werde mir alle Mühe geben, dass er gut aussieht.» Und das leise, gutartige Lachen stieg wieder aus seinem Bauch auf, ganz unbefleckt von Gemeinheit, ein warmes, mitfühlendes und doch verwirrendes Lachen.

Das Sparring sah ganz gut aus. George stiess ihn in der ersten Runde ein bisschen herum und hielt ihn in Clinches fest. Toro war stark genug, sich aus ihnen freizumachen. In den nächsten zwei Runden berechnete George seine Bewegungen gerade falsch genug, dass Toro ihn mit seiner schwingenden Rechten treffen konnte. George schüttelte unwillig den Kopf, als wollte er die Wirkung des Schlages abschütteln, und ging in einen Clinch. Gerade vor der Schlussglocke schlug George einen rechten Haken zu kurz und steckte einen Schlag hoch am Kopf ein. Er fiel auf ein Knie. Es sah wirklich nicht zu schlecht aus. Das einzige Komische war, dass Toro, als George aufstand und seine Handschuhe berührte, erst sicher sein wollte, dass George nicht verletzt war, ehe er weitermachte.

«Was zum Teufel geht da vor?» fragte Danny, als Toro zögerte.

«Er hat nicht den Wunsch, George ernsthaft zu verletzen», erklärte Acosta.

«Jetzt hab ich aber wirklich schon alles gehört», sagte Danny. «Sagen Sie ihm, er soll weiterkämpfen, gottverdammtnochmal, bis ich den Gong läute.»

«Macht der grosse Komiker einen Witz?» fragte der junge, dickwangige Reporter, der uns am Bahnhof abgeholt hatte.

«Nein, der hat nur Angst vor seiner eigenen Kraft», improvisierte ich. «Wissen Sie, drüben in Buenos Aires lag einer der Kerle, die er k. o. geschlagen hatte, zehn Wochen lang im Krankenhaus und war dem Tod verdammt nahe. Seit damals hat er immer Angst, dass er jemanden töten könnte.» Das klang so gut, dass ich meinte, ich könnte noch ein bisschen lauter ins Horn stossen. «Es wäre wirklich ganz gut, wenn ihr Sportjournalisten im öffentlichen Interesse den Schiedsrichter darauf aufmerksam machtet, dass er es den Bürgern von Kalifornien schuldet, Molinas Kämpfe abzubrechen, ehe er ernsthaften Schaden anrichtet. Wir wollen natürlich so eindrucksvoll wie möglich siegen, aber wir wollen niemanden töten.»

«Wie heisst der Bursche, den er beinahe getötet hat?» wollte der Reporter wissen.

Ich rief zu Toro hinüber, dessen Gesicht Doc mit einem Handtuch abwischte, während Acosta ihm seine Handschuhe auszog. «Toro», sagte ich auf spanisch, «wie hiess Ihr erster Gegner, bevor Sie nach Amerika gekommen sind?»

«Eduardo Solano», sagte Toro.

«Haben Sie das?» fragte ich und buchstabierte dem Reporter den Namen. Am nächsten Morgen machte er seinen Artikel damit auf.

Auch Al Leavitt war gekommen. «Nun, was halten Sie von ihm, Al?» fragte ich.

Er zuckte nur die Achseln. «Ich urteile nie nach dem Training», sagte er. «Ich habe wundervolle Sporthallenkämpfer im Ring als Erztrottel gesehen. Und ich habe gute Boxer gesehen, die bei der Vorbereitungsarbeit saumässig waren.»

Ein besonderer Schlaumeier. Aber er störte mich nicht. Mit so einem muss man immer rechnen. Der Rest der Presse war fein. Mein Ausschnittalbum wurde mit jeder Ausgabe dicker. Auch die Besucherzahl im Trainingslager war nett angestiegen. Die Toro Molina A. G. hatte schon einen Überschuss. Und Nate Starr erzählte mir, das Stadion wäre schon seit einer Woche ausverkauft. Fünfdollar-Ringsitze wurden schon für den doppelten und dreifachen amtlichen Preis schwarzgehandelt. Wir waren zur Übersiedlung in die Stadt bereit.

Am ersten Tag, an dem wir in Los Angeles waren, führte ich Toro zur MGM, um ein bisschen weitere Reklame zu machen. Ich hatte dort einen alten Kumpel, Teet Carle, der mir die Türen öffnete. Toro trug den neuen Gabardineanzug, den Weatherill für ihn geschneidert hatte, und er sah wundervoll aus. Er freute sich wie ein Kind über die Schönheit seines Anzugs, seine neuen, nach Mass gemachten zweifarbigen Schuhe und seinen riesigen Strohhut, der für Miniff einen ganz hübschen Strandschirm abgegeben hätte. Die Bilder, die wir zurechtsudelten, waren gute alte Schablone. Es muss etwas im Wesen eines Presseagenten und einer Kamera sein, die es ihnen unmöglich macht, andere Bilder fertigzubringen als die, die wir bei der Metro fabrizierten. Toro vergleicht seine Grösse mit der Mickey Rooneys, der auf einer Kiste steht. Toro mit zwei hübschen Mädchen, die in Badeanzügen seine Muskeln betasten. Toro im Atelier mit Clark Gable und Spencer Tracy, vor denen er mit der Grösse seiner Faust prahlt. «Zwei Sterne sehen Faust, die Coombs mehr Sterne sehen lassen wird», schrieb ich als Unterschrift unter dieses Bild.

Die Sporthalle in Main Street, in der Toro und Coombs ihr letztes Training abhalten sollten, sieht wie ein schäbigerer Zwilling von Stillmans Halle in New York aus. Die Strasse ist greller als die Achte Avenue. Sie bietet billige Kabaretts und elende Kinos, nur für Erwachsene, dunkle, schmierige Bars mit lärmenden Musikboxen und beblusten zweitklassigen Hürchen, Ihr Schicksal für zehn Cent, Ihr Haarschnitt für einen Vierteldollar, Whisky für fünfzehn Cent, Liebe für einen Dollar und ein Fünfcentnachtlager.

Vor dem Eingang zur Sporthalle war die übliche Ansammlung auf der Strasse: Boxer, Manager, alte Kämpfer, Eckensteher. Am Randstein schlug ein grosser, schäbig gekleideter, narbenbedeckter Neger gutmütig einen Schwinger nach einem viel kleineren Neger, der sich herangeschlichen hatte, um ihn zu kitzeln. «Bleib weg da, Mensch», rief der grosse Neger und grinste mit einem Mund voll Goldzähne. Erst in diesem Augenblick, als er sein grosses, zerschlagenes Gesicht hob, sah ich, dass er blind war.

George ging zu ihm und sagte: «Was tust du denn immer, Joe?»

Der blinde Neger neigte den Kopf seitwärts. «Was wollen Sie, Mann?»

«Bruder, heb die Hände», sagte George vergnügt, «und schau zu, ob du Georgie Blount noch schlagen kannst.»

«Georgie!» sagte der Blinde. «Wo hast du denn gesteckt? Gib mir die Pfote.»

Beide lachten, als sie einander die Hände schüttelten. George erzählte ihm, was er hier machte, und dann sagte Joe vergnügt: «Na, wir haben denen paar Kämpfe gezeigt, nicht? Das muss man doch sagen, George?»

«Da hast du wirklich recht», sagte George. «Ich bin noch immer eingebeult, wo du mich in die Rippen getroffen hast.»

Joe kicherte. «Das waren noch Zeiten.»

George sah Joe an und griff in die Tasche.

«Hier ist der Zehner, den ich dir noch schulde, Joe. Erinnerst du dich, damals in Kansas City?»

«Kansas City?» sagte Joe.

«Ja», sagte George und steckte ihm den Schein in die Hand.

Joes Grinsen verschwand in dem seltsamen, toten Ausdruck der Blinden. «Viel Glück, Georgie», sagte er. «Ich seh dich ja noch.»

Als wir die lange, schmutzige Treppe hinaufgingen, die der

genormte Eingang zu jeder Boxhalle zu sein scheint, sagte George zu mir: «Das ist Joe Wilson, Joe der Eismann, wie man ihn nannte. So viele hat er kalt ausgeschlagen. Ich hab viermal gegen ihn geboxt. Der konnte einem wahrhaftig einen ordentlichen reindreschen. Einmal hat er mir drüben in Vernon zwei Rippen gebrochen.»

«Wie lange boxen Sie schon, George?» fragte ich.

Georges Augen verengten sich in einem vertraulichen Lächeln. «Sag Ihnen die Wahrheit, Mr. Lewis, ich weiss nicht mehr.»

«Wie alt sind Sie, George?»

George schüttelte geheimnisvoll den Kopf. «Wenn ich Ihnen das erzählen täte, würd man mich sofort entlassen und ins Altersheim schicken.»

Oben waren die gleichen schmutzigen, grauen Wände, der gleiche Mangel an Lüftung und sanitären Anlagen und die gleiche wirbelnde Tätigkeit hingebungsvoller junger Männer mit schmalen Hüften und glänzender Haut, die sich beugten, streckten, schattenboxten, sparrten, Punchingbälle schlugen oder ernsthaft den Anweisungen von Männern mit Schmerbäuchen zuhörten, mit knochenlosen Nasen, schmutzigen Sweatern und braunen Hüten, die aus schweissigen Stirnen zurückgeschoben waren, den Managern, den Trainern, den Fachleuten. Nur waren hier in der Main Street noch mehr dunkle Häute, nicht nur schwarze wie die, die bei Stillman die weissen schon überflügelt hatten, sondern die gelben und braunen Häute der Filipinos und Mexikaner, die aus den Elendsvierteln von Los Angeles in die Sporthalle strömten. Denn wenn Rennen der Sport der Könige ist, ist Boxen der Beruf der Armen, die kämpfen müssen, um zu leben. Wann haben die Söhne Erins alle Titel und allen Ruhm eingeheimst: die Ryans, Sullivans, Donovans, Kilbanes und O'Briens? Als die Wellen irischer Einwanderung über Amerika hereinschlugen. Allmählich, als die Iren Fuss gefasst hatten und zu Politikern, Polizisten und Richtern wurden, musste das Kleeblatt der grünen Insel dem Davidsstern weichen, den Leonards, Tendlers und Blums. Und dann kamen die Italiener: Genaro, La Barba, Indrissano, Canzoneri. Jetzt drängen die Neger sich vor, voll Hunger nach dem Geld, dem Ansehen und den Gelegenheiten, die man ihnen an fast jeder Tür verweigert. In Kalifornien kämpfen sich die Mexikaner aus ihren braunen Ghettos herauf und beherrschen die leichten Gewichtsklassen: Ortiz,

Chavez, Arizmendi und eine anscheinend unendliche Reihe kleiner brauner Schläger namens Garcia.

Im Mittelring war Arizmendi selbst, schlug Gerade in die Luft, duckte sich, schwang sich hin und her, während er einen imaginären Gegner gegen die Seile drängte. Er schien nicht nur das kraftvolle, stoische Gesicht eines alten Azteken geerbt zu haben, sondern auch dessen Mut und Ausdauer.

Als Toro zu einer leichten Übung mit George durch die Seile kletterte, kam ein kleiner, dicklicher, braunhäutiger Bursche in einem billigen, aber makellos weissen Leinenanzug und weissen Schuhen an eine Ecke des Ringes, hob ein Sprachrohr an die Lippen und begann seine Ansage mit einem spanischen Akzent, der durch zu viele Schläge gegen den Kopf noch schwerer verständlich geworden war.

«Iiich ställe vorr, miet zweihondertainunsiebssig Ffund, den gressten Schwärgewichtler inner Welt...»

«Wer ist dieser Tropf?» fragte ich einen Sekundanten, der Doc beim Kampf am Freitag helfen sollte.

«Ach, das ist Pancho, einer unserer Sonderlinge», sagte der Sekundant. «Er ist ein bisschen blödgeschlagen. Ist schon seit Jahren hier. Hält sich für einen Ansager. Niemand bezahlt ihn, aber er kommt jeden Tag zur selben Zeit her, als wäre er hier angestellt. Um in der Übung zu bleiben. Hie und da wirft einer ihm einen Vierteldollar zu. Und der Trottel gibt jeden Batzen, den er bekommt, dafür aus, sich weiss zu kleiden. Er hat einmal einen Ansager im weissen Anzug gesehen, und ich glaube, das ist ihm irgendwie steckengeblieben.»

Coombs kletterte in den Nachbarring. Er war schwer gebaut und schien bereit, jedermann zuzuwinken, der ihn anlächelte. Ich sah zu, wie Pancho das Sprachrohr an die Lippen hob, seinen Kopf zurückwarf und seine Augen in Ekstase schloss. «Iiich ställe vorr, miet zweihondertsächs Ffund den grossen Schwärgewichtler aus demm Osten, Cowboy Coombs.»

Einer der Stammgäste der Halle, ein unrasierter, kahlköpfiger Helfer, ging mit zwei Schwefelhölzchen im Mund auf Pancho zu, und der kleine Mexikaner zog sich zurück und rief drohend: «Blaib wägg von mirr, du Swainehun, blaib wägg von mirr.»

«Was ist denn mit dem los?» fragte ich den Sekundanten.

«Ach, das ist ein stehender Witz», sagte er. «Die Burschen wissen, dass er ganz wild darauf ist, so sauber zu bleiben. Da gehen also manche hin zu ihm und fahren ihm mit ihren abgebrannten Zündhölzern über den Anzug oder beschmieren seine weissen Schuhe, bloss, dass sie ihn brüllen hören.»

Pancho zog sich weiter zurück und jammerte, während er wie eine Krabbe langsam seitwärts ging, bis er die Tür erreichte. Wie ein Pfeil schoss er hinaus. Einige der Zuschauer waren belustigt. «Hast gesehen, wie der kleine Mex gerannt ist?» fragte Vince lachend.

Am nächsten Tag, bei der letzten Übung vor dem Kampf, fanden wir Pancho an seiner üblichen Stelle. Eifrig machte er seine Ansagen, denen niemand zuhörte. Ich dachte eben, Vince ginge hinüber, um ihm einen Vierteldollar zu geben, als er auf ihn zuging. Ich begriff erst, dass etwas los war, als Pancho verzweifelt zurückrutschte, so wie er es tags zuvor gemacht hatte. Wir alle, die wir gemeinsam hereingekommen waren, sahen, wie Pancho sich zurückzog, bis er einen hohen Hocker nahe dem Eingang erreichte. Er zog seine Füsse hoch, schlang seine Arme um sich und zog wie eine Schildkröte den Kopf ein. «Blaib wägg, du blaib wägg», rief er.

«Hab keine Angst vor mir, muchacha», sagte Vince lachend und zog einen langen Strich über Panchos Jackenärmel. Pancho sah den Fleck betrübt an.

Toro war erstaunt. «Warum hat er das getan?» fragte er auf spanisch.

«Ein Witz», sagte ich. «Un chisto.»

«No entiendo», sagte Toro. Er verstand nicht. Vinces Grausamkeit war zu verwickelt für ihn. Er ging zu Pancho hinüber, der immer noch dasass und über die Beleidigung nachdachte.

«Warum hat er das Ihrem schönen weissen Anzug angetan?» fragte Toro auf spanisch.

Pancho antwortete in dem verdorbenen Spanisch der kalifornischen Mexikaner. Die Namen, die er Vince beilegte, finden in unseren Beschimpfungen keine befriedigenden Gegenstücke.

Toro wandte sich an Acosta und sagte auf spanisch, wobei er mit dem Kopf auf Vince deutete: «Sag ihm, er soll dem Mann zehn Pesos geben.»

«Das sind zwei Dollar in amerikanische Geld», sagte Acosta. «Willst du, dass er zwei Dollar bekommt?»

«Ich meinte zehn Dollar», verbesserte Toro sich.

Als Acosta dies an Vince weitergab, behielt Vince seine Hände in den Taschen und sagte: «Woher soll dieser Dummkopf einen Zehner wert sein?»

«Sie geben», sagte Toro.

«Hör ihn bloss an. Jetzt ist er ein hohes Tier», sagte Vince.

«Los, du schäbige Trauerweide, gib ihm zehn Eier», sagte Danny. Das waren die ersten Worte, die er zu Vince sprach, seit wir in Kalifornien angekommen waren.

«Ach, ihr macht mich krank», sagte Vince. Aber er spuckte das Geld aus.

Als Pancho sein Geld sah, schüttelte er nur den Kopf. «Geh wägg», sagte er, «du gross Swainehun.»

«Was is denn mit dir los? Bist blödgeschlagen?» fragte Vince.

Männer in Panchos Zustand leiden deswegen an schweren Komplexen. «Wärr bleed?» fragte er. «Iiich nix bleed. Ich hab Ställung hierr. Ich Ansaggerr. Vielleich du bleed.»

Vince lachte. Toro wandte sich wieder an Acosta. «Gib mir zehn Dollar», sagte er. Er gab Pancho feierlich den Schein. Er konnte nicht erklären, was geschehen war, aber sein einfacher Bauernverstand schien ihm zu sagen, dass die sorgsam genährte Würde von Pancho Diaz verletzt worden war.

Während Toro arbeitete, ging ich zu Abe Atell hinunter, in die dunkle, enge Kneipe und vegetarische Speisewirtschaft, die sich unter die Sporthalle gewühlt hatte. Man konnte um zehn Uhr früh hingehen, ein Bier bestellen und bis Mitternacht herumsitzen und alten Kämpfen auf einer streifigen Leinwand zusehen. Die Filme liefen ununterbrochen, und es gab nur eine Pause, wenn einer der Barmänner die Rollen auswechseln musste. Ein heiserer Tonstreifen betäubte einen mit den Geräuschen, die die Boxfanatiker machen, wenn im Ring etwas los ist. Manchmal setzte ein junger Boxer oder ein Sportreporter sich hin, um einen der Kämpfe anzusehen, aber die meisten Zuschauer, die diese Filme unzählige Male gesehen haben mussten, waren Saufbrüder und schäbige ehemalige Boxer, die bloss herumlümmelten, auf eine neue Chance, auf einen neuen Manager warteten, eine Gelegenheit, sich Geld für Bier zu verdienen, indem sie mit jemandes Kunden sparrten oder als Sekundant arbeiteten oder darauf warteten, dass sie einen alten Kameraden oder einen aufstrebenden Neuling mit Geld in der Tasche anpumpen könnten.

Auf der Leinwand bearbeitete Jack Dempsey, wild von Bosheit, als hätte er endlich einen lebenslangen Feind gestellt, den grossen, langsamen, schlaffen Jess Willard, schlug Jess jedesmal nieder, wenn er aufstand, und brach ihm die Rippen, die Nase und den schweren Kiefer. Ein armseliger Saufbold sass mir gegenüber mit dem Rücken zur Leinwand und begann, mit sich selbst zu murmeln. Als meine Augen einen Moment lang von der gemaserten Gewalttätigkeit auf der Leinwand abwichen, versuchte er zu lächeln, aber es war nur die unglückliche, mechanische Grimasse eines Mannes, der bereit ist, eine unechte, versuchsweise Freundschaft für ein Fünfcentglas Weisswein zu bieten.

«Ich hab Sie doch schon wo gesehen, nicht?» sagte er, um das Gespräch zu eröffnen.

«Ich bin noch nie hier gewesen», sagte ich.

«Ach, ich habe überall gekämpft, Kansas City, Louisville, Camden, New Yersey, Young Wolgast.» Er nannte den Namen stolz und verstummte, um die Wirkung zu beobachten.

Die einzigen Wolgasts, die ich kannte, waren Midget, der Fliegengewichtsmeister, und der grosse Ad, der Battling Nelson in vierzig Runden ausgeschlagen und schliesslich so lange geboxt hatte, bis er das Gedächtnis verlor. Aber Young Wolgast sah aus, als brauchte er ein bisschen moralische Unterstützung, und es kostete mich nichts, den Mund zu öffnen und «Oh» zu sagen.

«Mushy Callahan», sagte er. «Wissen Sie, der grosse Mushy, den hätte ich beinahe ausgeschlagen. Ich hatte ihn schon fast fertig gemacht, sehen Sie, aber ich wusste nicht, wie schwer ich ihn angeschlagen hatte, und da hab ich mich von ihm fertigmachen lassen. Ich hatte ihn schon so weit, dass er auf den Seilen hing, schon reif für den K.o., und ich bin nicht drauflos gegangen.» Seine Enttäuschung war noch schmerzhaft, aber er konnte nicht umhin, sich mit perverser Selbstquälerei immer wieder daran zu erinnern. «Wenn ich Mushy aus dem Weg räume, dann kann ich mich fein weich betten. Ich bin die Sensation der Stadt, und wie ein Trottel lasse ich mich von ihm bluffen. Ich wusste nicht, wie schwer ich ihn angeschlagen hatte, sehen Sie...»

Mushy Callahan hatte in der Mitte der Zwanzigerjahre Pinky Mitchell die Jugendmeisterschaft im Weltergewicht abgenommen.

So musste der Kampf, der diesen Wolgast noch quälte, vor zehn, vielleicht fünfzehn Jahren stattgefunden haben. Aber in Wolgasts Kopf war die Zeit ganz verdreht. Zwei oder drei Sekunden lang in seinem ganzen Leben hatte er einen kurzen Blick auf den Ruhm werfen können, und während der schäbigen Jahre in Vergessenheit waren diese kostbaren Tropfen gewachsen und gewachsen, bis sie all seine anderen Erinnerungen ausgelöscht hatten. «Ich dränge ihn schnell in eine Ecke und dresch ihm einen scharfen Uppercut hinein», sagte er, und seine Faust schloss sich in einer Reflexbewegung. «Und dann trete ich wie ein Idiot zurück, lass ihn loskommen. Er steht noch, aber er ist praktisch ausgeschlagen, und ich weiss das nicht einmal.»

Sein Kopf sank auf seine Brust, schwer von Wein und Ekel vor sich selbst. Auf der Filmleinwand sah man jetzt Dempsey und Carpentier, die erste Million-Dollar-Einnahme, das Vorspiel zum Goldenen Zeitalter des Boxens und des vergoldeten Gewäsches und Propagandarummels. Ein Viehhändler aus Reno kam nach New York mit der grossen Idee, dass ein Boxkampf nicht einfach ein Wettbewerb von Geschicklichkeit und Muskelkraft wäre; er war ein dramatisches Schauspiel, und so wollte er ihn auch aufziehen. So hiess es also Carpentier, der Kriegsheld, gegen Dempsey, den Drückeberger. Der furchtlose französische Halbschwergewichtler gegen den 200-Pfund-Rohling. Der saubere, gut rasierte, vornehme Frontkämpfer, der Vaterlandsliebe, Sportlichkeit und Geschicklichkeit im Boxen vertrat, und der wild dreinschauende Schläger mit einem drei Tage alten Bart, der sich aus den Dschungeln des Landstreichertums heraufgekämpft hatte. Da waren die 80 000 übererregten Sportnarren, die sich für Carpentier die Lungen herausbrüllten, weil Tex Rickard und seine Presseagenten sich ihre einfältige Sittenreinheit zu Nutze gemacht und ihnen sorgfältig einen Helden gegeben hatten, dem sie zujubeln, und einen Bösewicht, an dem sie ihre flüchtige Wut auslassen konnten.

Als ich von meinem Bier aufstand und Young Wolgast, dem Beinahe-Bezwinger von Mushy Callahan, noch einen Weisswein spendierte, hatte die Szene nach Philadelphia gewechselt, mit Dempsey und Tunney. Jetzt war es Dempsey, der Horatio Alger-Junge, ein romantischer Meister, der immer sein Bestes gab, wenn er im Ring war, ein freundlicher, ruhiger Bursche ausserhalb des Ringes, aber von Glockenschlag zu Glockenschlag ein wütender

Gegner, gegen den zurückhaltenden, gelehrten, vorsichtigen, undramatischen, methodisch sein Ziel erreichenden Tunney. So zog Rickard diesen Kampf auf, und der Bösewicht von Boyles Thirty Acres wurde in den Helden der Hundertfünfzigjahrfeier von Philadelphia verwandelt, für den 130 000 Leute sich heiserschrien und das abgenützte Tongerät schwer beanspruchten, als ich dieser alten Geschichte den Rücken drehte und ins Licht der Strasse hinaustrat.

In der Ansammlung vor dem Eingang zur Sporthalle stand Miniff. Sobald er mich von Attell herauskommen sah, lief Miniff auf mich zu und packte mich am Jackenaufschlag. «Herrje, ich muss Sie wegen was sprechen, Eddie. Kommen Sie mit mir bis an die Ecke.» Als er sicher war, dass wir von den anderen weit genug entfernt waren, fing er an zu sprechen. Er trabte, um mit mir Schritt zu halten, und sprach fieberhaft zu mir hinauf.

«Eddie», sagte er, «immer, wenn Sie wollen, dass ich was für Sie tu, Sie kennen mich ja – das Hemd von meinem Rücken.»

«Behalten Sie Ihr Hemd an, Harry», sagte ich. «Was wollen Sie?»

«Lassen Sie meinen Taugenichts ein bisschen drinbleiben, vielleicht sieben, acht Runden, wie wär's damit, Eddie, einem Freund zuliebe?»

«Das ist nicht meine Abteilung, Harry. Da müssen Sie mit Mr. Vanneman sprechen. Der ist für die Choreographie verantwortlich.»

«Der Vanneman, wenn der eine Erdnussfabrik hätte, der würde mir nicht mal die Schalen geben», sagte Miniff.

«Ist Ihnen klar, dass Sie von einem meiner Geschäftsfreunde sprechen?» sagte ich.

«Geschäftsfreund», sagte Miniff. «Sie nennen diesen Niemand einen Geschäftsfreund. Hören Sie, Eddie, einem Freund zuliebe, sprechen Sie mit Vince, sagen Sie ihm, er soll mein Stück Malheur sechs Runden gehen lassen, fünf. Ich bin mit fünf zufrieden.»

«Aber wo ist denn da der Unterschied, ob er in fünf Runden geht oder in zwei?» wollte ich wissen.

«Zwei, da sieht er aus wie ein erledigter Stromer», erklärte Miniff. «Fünf, da ist er schon ein anständiger Versager. Fünf, da kann ich die traurige Figur vielleicht ein paar kleineren Klubs verkaufen, Santa Monica, San Berdoo, Sie wissen, fünf, darüber kann man schon was reden: vier Runden lang hat er dem Kerl einen ganz verdammten Kampf geliefert und so weiter quitschiquatschi, aber zwei...» Verzagt schüttelte er den Kopf. «Mit zwei kann ich nichts anfangen. Mit zwei können ich und mein Stromer verhungern.»

«Harry», sagte ich, «entspannen Sie sich. Lassen Sie das in Ruhe. Lassen Sie ihn in zwei Runden gehen. Vielleicht machen wir noch mal ein Geschäft.»

«He, ich hab eine Idee», sagte Miniff, und sein Gesicht wurde heller. «Ich kenn da in Frisco einen wirklich guten Strolch. Tony Colucci. Hab mal mit ihm gearbeitet. Ein mächtig grosser Schweinehund, fast so gross wie Ihr Monstrum. Zahlen Sie mir die Spesen, und ich fahr rauf und seh, ob ich...»

«Hören Sie auf, Ihren Motor zu jagen, Miniff», sagte ich. «Ein Taugenichts, ich will sagen ein Kampf auf einmal. Verdammt, jetzt bin ich auch schon so weit.»

Der kleine Harry Miniff mit seinem Insektengesicht und seinen Käferbeinen klammerte sich an seine Idee, als ginge es ums liebe Leben.

«Na schön, schön», sagte Miniff. «Aber ich sag Ihnen, Eddie, dieser Colucci wird eine Sensation...»

ZWÖLFTES KAPITEL

AM Tage vor dem Kampf ging ich an den Bahnhof, um Nick, Ruby und den Killer abzuholen, die mit dem Super-Chief Luxusexpress ankamen. Wir fuhren in die Oberstadt nach dem Beverly Hills Hotel, wo Nick einen Bungalow reserviert hatte, und assen neben dem Schwimmbecken zu Mittag.

«Ich hab Ruby diese Reise nach Kalifornien schon jahrelang versprochen, nicht wahr, Baby?» sagte Nick. «Nick hat dich noch nie enttäuscht, nicht wahr, Baby?»

«Nein, Schatz.»

Sie trug eine neue Hochfrisur, ein bisschen zu elegant für untertags. Ruby war eine jener Frauen, die zum Abend gehören und im Tageslicht nie ganz gesund aussehen.

«Das ist eigentlich unsere zweite Hochzeitsreise», sagte Nick mitteilsam. «Ich hab dir immer gesagt, wir würden unsere zweiten Flitterwochen im sonnigen Kalifornien haben, nicht wahr, Ruby?»

«Ich dachte, die hätten wir letzten Winter in Miami gehabt», sagte Ruby.

«Ach, das war nichts», sagte Nick. «Das war bloss eine Vorübung für unsere zweiten Flitterwochen.» Er beugte sich hinüber und küsste Ruby ein wenig rauh. Sie zog sich nicht zurück, aber sie hielt es nicht mehr für damenhaft, sich in der Öffentlichkeit küssen zu lassen.

«Killer», sagte Nick, «geh in den Bungalow und hol mir paar Zigarren.»

Der Killer, eine kleine, schmucke Gestalt in seinen hawaiianischen Phantasieshorts, gehorchte.

«Sie hätten Toro zum Mittagessen mitbringen sollen», sagte Ruby. «Wie sieht er in seinem neuen Anzug aus?»

«Haben Sie denn keine Zeitungen gelesen?» fragte ich.

«Du hast gut gearbeitet, Eddie, wirklich gut», sagte Nick. «Diese Sonntagsbeilage mit dem ganzseitigen Bild von Toro und daneben dem griechischen Gott, das war sehr ordentlich. Ich wusste, wovon ich sprach, nicht wahr, Eddie? Der Kerl ist Geld auf der Bank.»

Der Killer kam mit den Zigarren zurück. Jede einzelne stak in einer Aluminiumhülse. Nick öffnete seine mit liebevoller Sorgsamkeit. Der Killer hielt ihm ein Zündholz hin. «Neue Zigarre», sagte Nick. «Eigens für mich in Havana gemacht. Dollar fünfundzwanzig das Stück. Eddie, nimm so viele du willst.»

«Schatz, weisst du nicht, dass es unhöflich ist, den Leuten zu sagen, wieviel alles kostet?» sagte Ruby.

«Hör die an», sagte Nick, lehnte sich zurück, schlug ein Bein über das andere und hielt die Zigarre wie ein Zepter. «Hast du je gesehen, dass ein Mädchen aus der Zehnten Avenue so fein wird?»

«Nicholas», sagte sie. Sie setzte mit einer verärgerten Gebärde ihre Sonnenbrille auf und begann das Buch zu lesen, das sie mitgebracht hatte. «Nancy hat drei Lieben» hiess es, und auf dem Einband konnte man sehen, dass Nancy ein hochbusiges, rothaariges Bauernmädel war, das uns geholfen hatte, die Unabhängigkeit unseres Landes zu erkämpfen, indem sie die Aufmerksamkeit Cornwallis' von einer Eroberung auf eine andere ablenkte.

Drei herzige Mädchen mit schlanken, sonnengebräunten jungen Körpern in winzigen Andeutungen von Badeanzügen gingen an uns vorüber zum Schwimmbecken und streckten sich in der heissen Sonne aus. «Ach, Bruder», bemerkte der Killer, «wie würde dir das gefallen, die zu betreuen?»

«Wie oft muss ich dir noch sagen, dass du in Rubys Gegenwart keine dreckigen Bemerkungen machen sollst?» sagte Nick.

«Ach, tut mir leid, Ruby», sagte der Killer.

«Du hast nie gewusst, wie man vor einer Dame spricht», sagte Ruby freundlich.

Der Killer nahm das lächelnd zur Kenntnis.

«Nate Starr sagt, mit diesem Kampf hätte er den Baseballplatz füllen können. Selbst mit Coombs», sagte Nick. «Das zeigt dir, was Reklame fertigbringt, was, Junge?»

«Ich frag mich nur, was geschieht, wenn man ihn einmal gesehen hat», sagte ich.

«Die werden wiederkommen, und gern», versprach Nick.

«Und wenn sie herausfinden, was wir tun?» fragte ich.

«Dann schmeisse ich dich raus», sagte Nick vergnügt.

Den Abend des Kampfes begannen wir bei Chasen, dem Restaurant, wohin die grossen Tiere von Hollywood gehen, wenn sie essen, trinken oder gesehen werden wollen. Nick und Ruby waren da, und der Killer und ein kleines Ding mit einem herzigen Puppengesicht, die Art, die immer auf Lager zu sein scheint. Wir kamen rechtzeitig ins Stadion, um den alten George das Halbfinale boxen zu sehen. Er kämpfte gegen einen untersetzten, narbenbedeckten Klubboxer, Red Neagle, der in einem verschossenen Bademantel der Goldenen Handschuhe, der Amateurmeister, in den Ring kam. Auf dem Rücken konnte man eben noch die Zahl 1931 erkennen. George kletterte durch die Seile, rieb sich die Sohlen mit Kolophonium ein und setzte sich mit überlegter Gleichgültigkeit in seine Ecke: ein erfahrener Alter, der bereit war, sich an die Arbeit zu machen, weder übermütig noch furchtsam.

Mit dem Gongschlag kam der weisse Boxer mit einer Wucht aus seiner Ecke, die der Menge einen Schrei der Erregung entlockte. Red erhielt im Klub viel Arbeit, weil er jeden Schein von Selbstverteidigung verachtete und wild schwingend drauflos ging. Aber George wich ruhig diesem ersten Angriff aus und schlug Red einen scharfen Linken aufs Auge. Red war einer von der Sorte, die zwei Schläge nehmen, ehe sie einen landen. Er schlug die ganze Zeit Schwinger, und George wich methodisch den Schlägen aus oder ging in den Nahkampf und konterte ziemlich scharf. Aber aus einiger Entfernung muss es ausgesehen haben, als ob Red George ermordete, denn die Jubelrufe der Götter auf der Galerie erschütterten die Halle bei jedem wilden, ergebnislosen Schwinger. Sie flehten Red an, er sollte ihn schnell fertigmachen.

Auf dem Sitz neben mir sass ein dicker Bursche mit fleischigem Gesicht, von hohem Blutdruck geröteter Haut und einem grossen Mund. «Los, Red, schick den Nigger nach der Central Avenue zurück.» Er beugte sich auf seinem Sitz vor und riss seine Schultern im Takt mit Reds Schlägen hin und her. Jedesmal, wenn Red einen Schlag anbrachte, stiess er ein erregtes, kehliges Lachen aus.

George kämpfte in kurzen Feuerstössen, bewegte sich voll gelangweilter Entspanntheit, bestimmte sein Tempo vorsichtig, vergeudete nie einen Schlag, wenn er nicht eine Öffnung in der Deckung sah, und beendete jede Runde mit einem zwanzig oder dreissig Sekunden langen Ansturm, um den Schiedsrichter zu beeindrucken. In der fünften Runde stoppte George seinen Mann mit einem Rechten, als der auf ihn losstürmte, und Red fiel auf den Boden. Blut tropfte aus seinem linken Auge. Aber bevor der

Schiedsrichter noch angefangen hatte zu zählen, stand er wieder auf den Beinen, wischte das Blut mit dem Handschuh weg und drückte George wild gegen die Seile, wo er mit beiden Händen wie ein Tobsüchtiger auf ihn losdrosch. Der einzige Schaden, den er anrichtete, war, dass er sich selbst erschöpfte, denn George fing die Schläge mit Armen und Schultern ab. Aber die Zuschauer waren begeistert. Sie standen auf, legten die Hände wie Trichter vor den Mund und brüllten ihre heftigen Aufmunterungen. «So ist's gut! Schlag ihn nieder! Bring den Nigger um!» Die Begleiterin eines Filmschauspielers, braungeschminkt, mit moderner Sonnenbrille und einem grossen schwarzen Strohhut, der die Zuschauer noch drei Reihen weit hinter ihr störte, erhob ihre Stimme zu einem Kreischen, das das allgemeine Gebrüll übertönte. «Bring ihn um, Red! Bring ihn um!» Und der Mann neben mir fügte mit seiner tiefen Stimme hinzu: «In den Brotkorb mit ihm, Red! Das haben diese Schwarzen nicht gern.»

George arbeitete ruhig im Clinch und manövrierte seinen Gegner so herum, dass er über dessen Schulter auf die grosse Uhr blicken konnte, die ihm sagte, wieviele Sekunden noch für die Runde blieben. Dabei bearbeitete er das verletzte Auge unauffällig, aber gründlich. Der Weisse griff immer wieder an, forcierte den Kampf mit schwachem Hirn, doch starkem Herzen. Er war einer von denen, die zeigen müssen, wie tapfer sie sind, indem sie nach jedem Niederschlag aufspringen, ohne den Vorteil des Zählens auszunützen; der Typ, in den die Sportliebhaber eine Zeitlang ganz vernarrt sind und den sie dann nicht mehr erkennen, wenn sie ein Jahr später vor dem Stadion Erdnüsse oder Zeitungen von ihnen kaufen.

Als der Gong die letzte Runde beendete, schlug Red weiter Schwinger, bis der Schiedsrichter ihn packte, aber George senkte seine Hände automatisch und schlurfte in seine Ecke zurück, wo er sich hinsetzte und auf die Entscheidung wartete. Nach meiner Berechnung hatte George vier von den sechs Runden für sich gebucht, aber der Schiedsrichter nannte den Kampf unentschieden. Mit einem Auge, das eine blutig verschmierte Masse war, warf Red seinen Arm in einer grossen Gebärde der Sportlichkeit um George und winkte der Menge glücklich zu. Er erhielt starken Applaus, als er den Ring verliess. Die meisten glaubten, er hätte gesiegt. Als George durch die Seile kletterte, hörte man vereinzelte Pfuirufe.

«Fein gearbeitet, George», rief ich ihm zu, als er im Laufgang an mir vorüberging, und er wandte sich einen Augenblick um und lächelte mir mit seinem gutmütigen Lächeln zu. Pfuirufe und Jubel, Ruhm und Beschimpfungen, das war für George alles Routine. Nach fünf Minuten pflegte er unter der Brause zu stehen und eines seiner Lieder zu summen. Eine Stunde später sass er sicher bei seinen Leuten in der Central Avenue, ass gebratenes Huhn und knusprige Bratkartoffeln und lachte leise über den Kampf. «Wenn der Weisse so boxen könnte, wie die Leute da drüben gedacht haben, dann würde ich nicht hier sitzen und diesen Vogel geniessen.»

Alle Lichter über der Arena brannten jetzt, und alle Leute standen auf und warteten auf die Kämpfer des Hauptkampfes. Das Grossmaul neben mir zog sich den Hosenboden glatt, wo er sich in seinen Hinteren eingeklemmt hatte, und sagte: «Der Nigger hatte aber Glück, dass er ein Unentschieden bekam.»

Ruby winkte über den Ring hinweg einem platinblonden Filmstar zu, den sie gekannt hatte, als sie noch ein Tanzgirl war. «Schau Jerry an», sagte sie zu Nick, «sieht die nicht wunderbar aus? Mit ihrem neuen Haar habe ich sie kaum erkannt.»

Die Luft war von Zigarren- und Zigarettenrauch verpestet. Rings um den Ring sassen geschmeidige, wohlhabende Schauspieler, Regisseure, Filmdirektoren, Theateragenten, Schlagerautoren, Politiker, Versicherungsleute und ihre schlanken, stilisierten Frauen und die grossen Rechtsanwälte, die halfen, sie von Zeit zu Zeit neu zu mischen. Ich bemerkte Dave Stempel und Miki, die in meiner Nähe neben einer jungen Erbin mit müden Augen und ihrem derzeitigen Favoriten sassen.

Cowboy Coombs kam den Laufgang herunter, seine breite, zerschlagene Schnauze in einem dümmlichen Grinsen von Sportlichkeit gespalten. Miniff, eine halbgeraucht Zigarre in den Mund geklemmt, trippelte neben ihm her. Die Musik des Frontkämpferbundes, die sich mit einer lächerlichen Version eines Swings fast zu Tode gearbeitet hatte, hörte einen Augenblick lang auf und setzte dann mit der «Halle des Bergkönigs» ein. Das war das Stichwort für Toro, seinen Auftritt zu beginnen. Einfach einer der kleinen Tricks, die ich mir ausgedacht hatte, um dem Theater ein bisschen nachzuhelfen. Toro trug einen weissseidenen Bademantel mit der argentinischen Flagge auf der Schulter, einem Symbol eines Berggipfels auf dem Rücken und darunter in Goldbuchstaben: *Der Riese aus den Anden*. Danny und Acosta trugen beide weisse Sweater mit dem Worte *Molina* auf dem Rücken. Die anderen beiden Sekundanten, in ähnlichem Aufzug, waren so gross wie Acosta. Sie waren wegen ihrer Kleinheit gewählt worden, um Toros Wuchs zu unterstreichen. Die Inszenierung sah noch besser aus, als ich erwartet hatte. Toro überragte die Sekundanten, die an seiner Seite gingen, um einen halben Meter. Mit der ungeheuren Fläche von weisser Seide, die seine übermenschliche Grösse betonte, bewegte er sich wie ein seltsamer Riese der Vorzeit auf den Ring zu. Als er die Vorbühne des Ringes erreicht hatte, kletterte er nicht wie üblich durch die Seile. Er stieg über das oberste Seil. Damit bekam er den Applaus, mit dem ich gerechnet hatte. Aber Toro vergass zu winken, wie wir es ihm gesagt hatten. Dies war sein erstes Auftreten vor einer amerikanischen Menge – einer nordamerikanischen Menge, wie er gesagt hätte – und er sah nervös und verwirrt aus. Er wusste, dass er bei George nicht gut gewirkt und Danny nicht gefallen hatte, und er und Acosta hatten wahrscheinlich all die Lügengeschichten gefressen, die wir über die schreckliche Kampfkraft von Cowboy Coombs verbreitet hatten.

Die Lichter wurden abgeschaltet, wir alle neigten unsere Köpfe, und die Musik spielte die Nationalhymne. Ein lyrischer Bariton sang die Worte.

Beim Gongschlag sauste Coombs aus seiner Ecke heraus, als wollte er Toro schnell abtun. Wütend ging er in den Clinch. Sie stiessen und zogen und schlugen sich durch die Runde. Coombs' ganze Gewalttätigkeit lag in seinem Gesicht, das er zu kämpferischen Grimassen verzog, und in der angriffslustigen Art, mit der er durch seine zerschlagene Nase atmete. Toro torkelte umher, versuchte gelegentlich einen Geraden und schlug ab und zu einen seiner wilden Rechten, bevor er die Füsse noch richtig gestellt hatte. Die meiste Energie verbrauchte in dieser Runde Acosta, der sich vorbeugte, als wollte er selbst in den Ring springen, und ununterbrochen halbhysterische Anweisungen rief, die weit unterhaltender waren als der Kampf. Nach der ersten Runde sprang er in den Ring, stand Danny und Doc im Wege, legte seinen Mund an Toros Ohr und sprach erregt mit den Händen. Ich konnte sehen, wie Dannys Gesicht vor Ärger ganz starr wurde.

In der zweiten Runde führten sie während der ersten Minute einen Ringkampf auf, und dann stiess Toro seinen rechten Handschuh gegen Coombs' Brust, und Miniffs Krieger sank langsam auf die Bretter und streckte sich behaglich aus. Bei zehn machte er mit halbem Herzen eine Anstrengung, wieder aufzustehen, und sackte dann wieder zusammen. Toro sah überrascht aus und schleppte ihn dann in seine Ecke. Auch das gehörte zum Theater, obwohl Toro es nicht wusste. Ich hatte ihm nur gesagt, falls er durch Knockout gewönne, gelte es bei uns als sportlich, dass man selbst dem Mann in seine Ecke zurückhelfe.

Die besseren Beobachter stiessen vereinzelte Pfuirufe aus, aber die Sportfexen als Kollektiv schienen zufrieden zu sein, dass sie einen schnellen und entscheidenden Knockout gesehen hatten. Als ich mich durch den Laufgang drängte, drückten unsere barzahlenden Kunden glücklich ihre Leichtgläubigkeit aus. «Wie der gebaut ist!» «Der ist ja noch ärger als King Kong.» «Den Kerl könnte man nicht mal mit dem Vorschlaghammer verletzen!» «Der letzte muss wehgetan haben!»

Aber ich hörte jemanden hinter mir sagen: «Wie hast du das genannt, Al?» Und blitzschnell kam die Antwort: «Man sollte Coombs einen Oscar für die beste unterstützende Rolle des Jahres geben.»

Ich sah mich um und erblickte Al Leavitt, den Oberschlauen von den News. Ich ging weiter, als hätte ich ihn nicht gesehen. Warum sollte ich mich über ihn ärgern? Ausserhalb Los Angeles las kein Mensch seine Artikel.

Im Korridor vor der Garderobe hatte sich eine grosse Menge von Heldenverehrern, Neugierigen und Mitläufern angesammelt. Drinnen waren die Reporter, die Berühmtheiten und die üblichen Besucher, die es immer fertigbrachten, nach einem Kampf den Weg in die Garderobe des Siegers zu finden.

Sobald er mich erblickte, lief Acosta zu mir und umarmte mich stürmisch. Seine Augen waren wild, und er wirkte wie betrunken, aber es war nur die Überreizung seines persönlichen Triumphes. «Er gewinnen! Er gewinnen!» schrie er. «Mein El Toro, ist er nicht alles, was ich sage?» Dann lief er zurück und küsste Toro, der auf der Massagepritsche lag. Auch Toro schien mit sich zufrieden. «Ich schlagg, und er mach bumm!» sagte er ein paar Male.

Danny stand abseits und betrachtete kalt diese Szene. «Los, Doc, unter die Brause mit ihm», sagte er gereizt. «Muss er sich denn erkälten?» Sein Gesicht war sehr weiss, und seine Augen hatten das verwaschene Aussehen, das sie immer annahmen, wenn er trank.

Acosta glich einem eifrigen kleinen Schlepper, der einen grossen Überseedampfer im Tau hat, als er Toro zur Brause führte. «Bitte, Bahn frei, Bahn frei», rief er wichtigtuerisch und drängte sich durch die Menge in der Garderobe. Am Eingang des Duschraumes blieb Toro stehen und wandte sich an Doc. «Dieser Mann, den ich ausschlag, er nix verletzt, nein? Er okay?»

Doc versicherte ihm, dass Coombs sich erholen würde. Toro hatte das so gesagt, als hätte er es geprobt. Ich bemerkte, wie einige Reporter es hastig aufschrieben. «Sehen Sie, er hat eine Todesangst, dass er jemanden töten könnte», erklärte ich. «Das hat er immer, seit er damals in Argentinien den Kerl beinahe umgelegt hat.»

Al Leavitt lehnte mit einem unguten Lächeln auf dem Gesicht an der Tür. «Für einen Boxer tanzt dieser Coombs ein wunderschönes Ballett», sagte er.

«Sie würden nicht einmal Ihrer eigenen Mutter vertrauen, nicht wahr?» sagte ich.

«Nicht, wenn sie im Boxbetrieb steckte», sagte Leavitt.

«Kommen Sie zu Pat Drake hinaus und kühlen Sie sich ab», sagte ich. «Pat gibt eine kleine Gesellschaft – bloss vier- oder fünfhundert Leute – oben in seiner Bude in Bel Air.»

Drake war in den Tagen des Alkoholschmuggels einer der Fahrer von Nick gewesen. Als ihm der Boden in New York zu heiss wurde, ging er nach Hollywood, arbeitete zuerst als Extrastatist und kam dann schnell in die Spitzenklasse, weil er die Antwort eines Konkurrenzateliers auf Bogart war.

«Na schön, ich komme», sagte Leavitt, «aber bei mir war das immer noch El Zusammenklappo.»

Drakes Gesellschaft bot alles – ein Schwimmbecken, Scheinwerfer, ein Buffet, Diener, Barmänner, ein Siebenmannorchester, Berühmtheiten und alles übrige Zubehör einer erfolgreichen Gesellschaft in Hollywood. Wie gewöhnlich hatte Nick gewusst, was er tat, als er Hollywood für Toros erstes Auftreten wählte. Die Menge in Hollywood war genügend voll von Sentimentalitäten, Übertreibungen und Heldenverehrung, um auf Toro ganz versessen zu sein. Männliche Stars, deren Gesichter Altäre eines neuen Götzendienstes waren, drängten sich, um Toro die Hand zu schütteln, und berühmte Schauspielerinnen, deren halbnackte Bilder zu einem nationalen Fetisch geworden waren, kamen in Scharen herbei wie Autogrammjägerinnen. Dave Stempel trat zu mir, um mich zu beglückwünschen. «Toll, Eddie, wirklich toll!» sagte er. «Ganz unmenschlich. Schlägt zu wie ein Vorschlaghammer.»

Toro sah erstaunt und befangen drein. Ein weiblicher Star mit seelenvollem Gesicht, der wegen seiner vornehmen, damenhaften Rollen bekannt war, lächelte ihm über sein Glas weg zu. Ruby kam mit einem Cocktail in der Hand zu mir und sagte: «Ich will ihn lieber vor dieser Zuckerpuppe retten. Wie ich höre, ist sie die ärgste Hosenjägerin der ganzen Stadt. Toro ist dumm genug, auf sie hereinzufallen.»

Ein paar Minuten später tanzte Ruby mit ihm. Nick spielte drinnen Karten mit Drake und ein paar andern. Toro trug einen eleganten weissen Sommeranzug, einen dieser neuen Anzüge, die ich für ihn geangelt hatte. Ruby trug ein schwarzes, tief ausgeschnittenes kleines Abendkleid mit einem grossen schwarzen Onyxkreuz, das gerade auf das Tal zwischen ihren vollen Brüsten zeigte. Um den Kopf hatte sie ein schwarzes Samtband geschlungen. Ihre dunklen Augen waren halbgeschlossen, und ihr Körper bewegte sich selbstbewusst. Sie war nicht so symmetrisch und modern untergewichtig wie einige der Filmstars, die Sexappeal zu ihrem Beruf gemacht hatten, aber in Ruby steckte eine reife, weibliche Üppigkeit, die mehr versprach als die künstlich schlanken, schmalhüftigen Gestalten der professionellen Schönheiten.

Ich fand Danny an der Bar, die unter einem hellen Sonnendach beim Schwimmbecken aufgestellt worden war. Er wartete darauf, dass der Barmann sein Glas wieder füllte. Seine Beine waren weit gespreizt, damit er das Gleichgewicht hielte, und er starrte mit bleichen, müden Augen über die Menge. «Hallo, Bürschchen», sagte er, als er mich erkannte. «Macht's dir Spass, Bürschchen? Ich werde langsam betrunken, Bürschchen. Was dagegen?»

«Was meinst du, wie hat's ausgesehen, Danny?»

Sein Gesicht verzog sich zu einem bitteren Lächeln. «Du weisst, was ich davon halte, Bürschchen. Ich meine, es stank zum Himmel. Ich halte ihn für die gottverdammt armseligste Ausrede für einen Boxer, die ich je gesehen habe. Ich glaube, es wird für uns alle

damit enden, dass die Boxbehörde uns allen die Lizenz wegnimmt.»
«Vergiss nicht, dass Jimmy Quinn und das Komitee Hand in Hand gehen», sagte ich. «Und Jimmy hat die Oberhand. Er wählt die Mitglieder aus.»
Danny nahm sein nächstes Glas von der Bar. «Frohe Tage, Bürschchen», sagte er.
Gerade da kam Acosta zu uns, bereit für mehr Umarmungen und Glückwünsche. «Ist jetzt nicht alles wahr, was ich habe sagen?» Er musste lachen, während er sprach. «El Toro ist magnifico, nein? Er machen Ihnen grosse Überraschungen, he?»
Danny wandte sich wortlos von ihm ab. Acostas Aufwallung verebbte plötzlich. «Ich verstehe nicht, bitte», sagte er empört zu mir. «Heute abend haben wir den ersten Sieg. Wir feiern. Wir sind alle auf dem Weg zu grosse Erfolg. Ich denke, es ist vielleicht Zeit, wir sind alle werden Freunde, nein?»
Danny wandte sich wieder um und starrte ihn so lange an, ehe er etwas sagte, dass Acosta seine Augen verlegen abwandte.
«Geh weg», sagte Danny.
Acosta sah ängstlich aus, blinzelte schnell, als versuchte er, seine Tränen zu unterdrücken, und ging steif weg.
Dannys seltene Ausbrüche von Feindseligkeit liessen immer ein unbehagliches Gefühl bei ihm zurück. «Tut mir leid», sagte er. «Tut mir leid, Bürschchen, aber dieser kleine Hurraschreier ist schon auf dem Heimweg. Morgen ist er erledigt.»
«Nick schickt ihn nach Hause?»
Danny nickte. «Nick wird's ihm morgen früh sagen. Wie sagen das diese Halbnigger, adios? Morgen ist's adios für Señor Acosta. Adios.»
Ich sah zu, wie Acosta sich vor Stolz aufblies, als er wieder bei der Gesellschaft war. Ein berühmter Regisseur und seine geschiedene Frau, die die Hauptrolle in seinem letzten Film gespielt hatte, luden Acosta ein, sich zu ihnen zu setzen. Bald hatte Acosta das Gespräch an sich gerissen. Seine Gebärden waren sehr deutlich. «Und so ist jetzt meine grosse Entdeckung, El Toro Magnifico, auf seinem Wege zur Weltmeisterschaft», sagte er zweifellos. Er war auf dem fliegenden Teppich mitgenommen worden, und jetzt sauste er aufwärts, dem Himmel zu. In seinem Glück bemerkte er gar nicht, dass der Teppich unter ihm weggezogen wurde.
Ich ging langsam zum Schwimmbecken hinüber. Einige

Paare schwammen darin. Der Killer stand aufrecht auf dem Sprungbrett, zeigte stolz die Entwicklung seines Brustkastens, prahlte mit seinem muskulösen kleinen Körper. Wie ein Pfeil sauste er ins Wasser und blieb lange unten. Das Mäuschen, das ihm diese Nacht gehörte, kreischte, und er kam lachend auf die Oberfläche. Sie tat, als wäre sie beleidigt, aber er tauchte wieder, und einen Augenblick später lachte sie auch. Am Morgen würde ich alles darüber hören.

Als ich zu den Tänzern hinüberbummelte, ging ich an Toro und Ruby vorüber, die auf einer Steinbank im Garten sassen. Toro lachte über etwas, das Ruby ihm sagte. Es fiel mir auf, dass ich ihn noch nie lachen gesehen hatte. «Wir unterhalten uns herrlich», sagte Ruby. «Ich spreche mit ihm englisch, und er antwortet auf spanisch. Ich habe versprochen, ihm Englischstunden zu geben.»

«Sie lehren mich das Englisch», sagte Toro vergnügt.

«Fein», sagte ich. «Vergessen Sie bloss nicht, dass Dannys Stunden zuerst kommen.»

Es war nur ein ganz leichter Schlag, und er schien ihr nicht weh zu tun. «Er lernt sehr schnell», sagte sie. Sie lächelte ihn an, und er wurde verlegen und fuhr sich mit der Hand durchs Haar.

«He, Molina, ich hab Sie schon überall gesucht», rief eine Stimme von der anderen Seite des Gartens. Es war Doc. «Ich lass da ein Taxi schon seit einer halben Stunde warten, um Sie ins Hotel zurückzufahren.»

Toro sah Ruby an. «Ich nix müde. Ich bleiben.»

Doc schüttelte den Kopf. «Wissen Sie, wie spät es ist? Nach eins. Der einzige Boxer, der die ganze Nacht aufbleiben und dann siegen konnte, war Harry Greb. Und Sie sind nicht Greb.»

Toro schob seine dicken Lippen in kindlichem Schmollen vor. «Aber ich frag Luis. Luis sagen, ich kann bleiben.»

«Tut mir leid, Bruder, Luis hat darüber nicht zu bestimmen. Ich bin der Hornist in dieser Truppe, und ich blas den Zapfenstreich.»

«Ich geh in zwei Minuten weg, Doc», sagte Ruby. «Wenn Sie wollen, bring ich ihn nach Hause.»

«Es ist ganz weit in der Unterstadt, Mrs. Latka», sagte Doc. «Ich werde ihn nach Hause bringen.» Er fing an, Toro hochzuziehen. «Gehen wir, Molina.»

Ich sass auf der Bank neben Ruby, als der Bucklige seinen

Schützling zum Haus führte. Sie bat um eine Zigarette, und als ich mich zu ihr neigte, um ihr Feuer zu geben, bemerkte ich eine üble Gier in ihren Augen. Und die galt nicht mir.

«Spielt Nick noch?» fragte ich.

«Sie kennen Nick. Der bleibt dabei, bis er als Gewinner herauskommt, und wenn's bis morgen nachmittag dauert.»

Nick spielte alles mit tödlichem Ernst, ob es um Rummy ging, den Punkt zu einem Cent, oder um ein Pokerspiel ohne Höchstsatz.

«Ich hab nie einen Burschen gekannt, der so ungern verliert wie Nick», sagte Ruby. «Wenn ein Pferd, das ihm gefällt, versagt oder so was, dann kann man es etwa eine Woche lang nicht mit ihm aushalten.»

«Ich möchte auch nicht gern dabei sein, wenn er herausfindet, dass er auf ein falsches Pferd gesetzt hat», sagte ich.

DREIZEHNTES KAPITEL

AM nächsten Morgen, als Toro mit Ruby zur Kirche gegangen war, führte ich Acosta zu Nick. Da es nichts anderes zu berichten gab, hatten die Sportseiten Toro gross herausgebracht, und in einem Artikel war Acostas ununterbrochenes Ermahnungsgeplapper am Ring ausführlich beschrieben worden. Diese öffentliche Anerkennung hatte seinen Stolz gemästet. Auf dem ganzen Weg nach Beverly Hills musste ich mir seine eitlen Variationen eines schon allzu bekannten Themas anhören. «Sie sehen, Luis erzähl die Wahrheit, wenn er sagen, El Toro wird uns alle sehr reich und berühmt machen», sagte Acosta, als wir durch die Palmenallee nach Nicks Bungalow gingen.

Nick sass mit dem Killer im Patio beim Frühstück. Er trug seinen mit einem Monogramm bestickten Bademantel, rauchte eine Zigarre und las Zeitung. Acosta verbeugte sich herzlich vor ihm, lächelte ihm freundlich ergeben zu und begann, eine seiner schmeichelhaften Begrüssungen zu formulieren, als Nick ihm kurz ins Wort fiel. Nick nahm immer den kürzesten Weg.

«Killer, hast du herausgefunden, wann das Schiff nach Buenos Aires abfährt?» fragte er.

«Donnerstag mitternacht von Pedro», sagte der Killer.

«Das ist das Schiff, mit dem Sie nach Hause fahren», sagte Nick.

Acosta sah ihn ungläubig an. «Bitte? Ich verstehe nicht...»

Nick sah mich an. «Willst du's ihm in seiner eigenen Sprache sagen?»

«Nein, nein», sagte Acosta, seine Augen verrieten seine Verzweiflung. «Ich verstehe das Englisch. Es ist nur, dass ich nicht verstehe...»

«Nun, wenn Sie Englisch verstehen, dann ist's das», sagte Nick. «Donnerstag um Mitternacht setzen wir Sie aufs Schiff.»

«Nein, nein, ich werde nicht gehen. Das können Sie nicht tun. Ich gehöre zu El Toro. Ich bleibe bei ihm!» schrie Acosta.

«Pssst!» Nick befahl ihm mit einer Handbewegung, seine Stimme zu dämpfen. «Das ist eine Bude mit Klasse. Der Kerl neben uns ist ein grosses Tier. Was soll der von mir denken? Dass ich ein Gauner bin?»

«Aber El Toro und ich, wir kommen zusammen, wir bleiben zusammen, oder er geht mit mir zurück», sagte Acosta beharrlich.

«So wird das nicht sein», sagte Nick ruhig. «Jimmy Quinn und mir, uns gehört Molina. Wenn Sie Ihre fünf Prozent mit nach Hause nehmen wollen, ist das Ihre Angelegenheit. Aber fünfundneunzig bleiben hier bei mir.»

«Aber er ist mein. Er gehört mir. Sie haben ihn mir wegnehmen. Sie können mich nicht so hinauswerfen», kreischte Acosta.

«Wir bringen Sie Donnerstag nacht aufs Schiff», sagte Nick.

«Aber warum schicken Sie mich weg?» fragte Acosta. «Was tue ich, was tue ich Böses?»

«Sie sind ein Plagegeist», sagte Nick. «Sie sind nicht damit zufrieden, sich schön im Hintergrund zu halten und Ihre lausigen fünf Prozent einzustecken.»

Acostas Gesicht wurde zornesrot. «Ich bleibe hier», brüllte er. «Ich kämpfe. Ich sehe einen Anwalt. Ich krieg El Toro zurück.»

Nick goss sich ruhig eine neue Tasse Kaffee ein. «Nein, Sie fahren am Donnerstag. Ihr Visum läuft nächste Woche ab. Sie können Ihre Arbeitserlaubnis nicht verlängern lassen, weil wir Sie nicht brauchen. Mein Teilhaber hat das schon einem Freund erklärt, der Beziehungen zum Aussenministerium hat. So haben wir nur für Molina eine Verlängerung bekommen. Mein Buchhalter wird Ihnen Ihre fünf Prozent mit der Post zusenden.»

Ich sass ein wenig abseits, beobachtete, wie der Konflikt zu seinem traurigen Höhepunkt aufstieg, als wäre es ein Schauspiel, das ich von einem Sitz in der ersten Reihe aus ansähe. Es wäre hübsch gewesen, wenn meine Beziehungen zu dieser Handlung beim Fall des Vorhangs im dritten Akt sauber abgeschnitten worden wären. Hübsch, aber uneinträglich. Nein, ich war kein Zuschauer, ich sass auf der Bühne, ganz gleich, wie nahe zu den Kulissen ich meinen Stuhl zu schieben suchte.

«Kein Visum», sagte Acosta. Er hatte jetzt seine Kampfkraft verloren. Er verzog seine Lippen, als wollte er weinen. «Sie schieben so, dass ich kein Visum bekomme. Sie schieben so, dass ich El Toro hier lassen muss.» Die kleinen Augen waren jetzt feucht von Enttäuschung. Die flotte Anmassung, das sorgsam aufgebaute Selbstbewusstsein waren aus ihm herausgerissen worden und liessen ihn so klein und dürr und absurd mitleiderregend aussehen wie eine gerupfte Elster.

«Jetzt sag ich Ihnen, was ich für Sie tun werde», sagte Nick. «Ich geb Ihnen fünftausend Dollar Vorschuss auf Ihren Anteil. Den bekommen Sie am Donnerstag in bar auf dem Schiff, wenn Sie Toro sagen, dass Sie wollen, dass er bei uns bleibt und dass wir für ihn sorgen werden. Ist das abgemacht?»

Acosta sah ihn stumpf an.

«Vergessen Sie nicht, wenn Sie's Toro nicht sagen, bleibt er, und Sie gehen genau so gut», sagte Nick. «Bloss ohne die fünf grossen Lappen.»

«Ich versteh», sagte Acosta.

Ich konnte sein Gesicht nicht ansehen. Irgendwie hatte ich das närrische Gefühl, dass meine Mittäterschaft noch ärger würde, je mehr ich dieses Gesicht ansähe.

«Nun, wollen Sie den Zaster?» fragte Nick. Seine Stimme war ganz unbewegt, ganz geschäftlich. «Abgemacht?»

Acosta nickte langsam, beinahe als hätte er alles Interesse verloren. «Schön, abgemacht», sagte er mit der Apathie des Besiegten.

Nick deutete mit der Zigarre auf mich. «Eddie wird dabei sein, wenn Sie's Toro erzählen», sagte Acosta. «Bloss, damit ich's weiss.»

Acosta wandte sich um und schloss mich in sein Misstrauen gegen Nick ein. Ich fühlte, wie ich aus den Kulissen in die Mitte der Bühne gezerrt wurde. Ich schlug die Augen nieder. Ich wollte ihm sagen, dass es mir leid tue, dass ich das nicht getan hätte, dass ich verstünde, was es für ihn bedeutete, sich mit Toro zu identifizieren. Aber was brachte mir das ein? Hatte es einen Sinn für mich, mir Nicks Gunst zu verscherzen, wenn ich doch nichts für Acosta tun konnte?

Wenn ich meine Karten richtig ausspielte, mussten die Dinge eines Tages anders liegen. Dann hatte ich mir vielleicht genug Zeit verdient, mein Stück zu Ende zu schreiben. Und wenn es klappte, dann konnten Beth und ich... Aber inzwischen geschah hier in der heissen Sonne des Patios in Beverly Hills alles so, wie Nick es haben wollte, und ich konnte bloss mit «Ja» stimmen.

Die Art, wie Acosta dort sitzen blieb, nachdem Nick alles gesagt hatte, was er zu sagen hatte, erinnerte mich an einen zusammengeschlagenen Boxer, der nach dem Ende der letzten Runde in seiner Ecke sitzen bleibt und darauf wartet, dass er genügend Kräfte sammelt, um aufzustehen und aus dem Ring zu klettern.

«Schön», sagte Nick. «Das wär's also.» Er winkte dem Killer. «Führ Acosta ins Hotel zurück und bleib bei ihm, bis Eddie hinüberkommt.»

«Aber, Miester Latka, das ist nicht recht. El Toro...»

Nick nickte dem Killer zu. Menegheni fasste ihn am Arm und führte ihn zum Tor. Alle Förmlichkeit war jetzt aus Acosta herausgequetscht worden. Nick grüsste ihn nicht zum Abschied. Der Killer öffnete das Tor mit seiner freien Hand und schob Acosta hinaus.

Nick streckte sich behaglich und zündete eine neue Zigarre an. Er hatte Acosta schon völlig vergessen. Die feuchten Augen, die zerschmetterte Miene hatten ihn nicht gerührt. Er kippte seinen Stuhl nach hinten und öffnete seinen Bademantel, um sich die Sonne auf die Brust brennen zu lassen. «Diese Sonne ist wie für mich gemacht», sagte er. «Zieh deinen Anzug aus und mach dir's bequem, Eddie. Ich hab eine Badehose, die kannst du tragen.»

«Ich fürchte, die wird mir nicht mehr passen», sagte ich.

«Das ist mir schon aufgefallen», sagte Nick. «Du solltest auf dich aufpassen, Junge. Da gibt's eine grossartige Sauna am Sunset Boulevard. Alle Stars bringen ihren Katzenjammer dorthin. Schwitz dir all das Gift aus dem Körper.»

Ein wenig später waren wir beide allein im Dampfraum und genossen die angenehm feuchte, heisse Atmosphäre. Nick nahm von der unteren Pritsche eine schlaffe Sportbeilage und las nochmals den Bericht über den Kampf von gestern abend. Ich hatte ein kleines Geschäft mit dem Burschen abgeschlossen, der den Artikel gezeichnet hatte, und die Geschichte klang so, wie wir es wollten.

«Na, Eddie, wir sind unterwegs», sagte Nick. «Die Berichte von heute früh lesen sich gut. Wirklich gut. Die Kerle sollen sagen, dass Toro als Boxer stinkt, sie sollen ihn ungeschickt nennen, wenn sie wollen, solange das Publikum nur glaubt, dass er die Burschen zusammendrischt. Deshalb kommen die Leute, deswegen, und um zu sehen, wie ein kleiner Kerl ihn fertigmacht.» Er streckte sich in einer Haltung übertriebenen Wohlbehagens auf dem Rücken aus. «Das ist ein Leben, was? Kalifornien, am Nachmittag bummeln, und das Geld kommt rein. Latka gibt dir nichts Schlechtes, wie?»

Es war wirklich die beste Stellung, die ich jemals hatte. Mehr Geld, weniger Arbeit, und dazu die Befriedigung, etwas fertigzubringen. Selbst Acosta hatte nicht viel Grund zur Klage. Zehntausend hatte er schon eingenommen, und das waren viele Pesos für einen Zweigroschen-Zirkusdirektor, der durch die Dörfer zog.

«Hab ich dir das von meinem Buben erzählt?» fragte Nick. «Er und sein Partner haben die Schulmeisterschaft im Doppel von Neuengland gewonnen. Du solltest sehen, was für einen grossen Pokal er bekommen hat. Der muss sooo gross sein. Und darauf steht wirklich Nicholas Latka Junior.» Sein Gesicht wurde weich von väterlichem Stolz. «Wie gefällt dir das, Nicholas Latka Junior neben all diesen hochklassigen Namen?»

«Hast du schon eine Universität für ihn ausgesucht, Nick?»

«Ich will versuchen, ihn in Yale hineinzubringen. Ich habe viel von Yale gehört. Das scheint wirklich Klasse zu sein!»

Der muskulöse schwedische Masseur öffnete die Tür und schaute herein. «Fertig für Ihre Massage, Mr. Latka?»

Ich blieb noch ein paar Minuten liegen und liess den Dampf das Gift aus meinen Poren ziehen. Später, als ich nach der Massage und der kalten Brause ins Freie trat, fühlte ich mich erfrischt. Aber dieses Gefühl dauerte nur so lange, bis ich im Biltmore ins Zimmer kam, in dem Toro und Acosta wohnten.

Acosta sass am Fenster und schaute hinaus. Toro las Witzblätter, die seit kurzem seine Leidenschaft waren. Der Killer legte eine Patience. Er warf die Karten schnell zusammen, als er mich hereinkommen sah. «Eddie, bin ich froh, dich zu sehen! Ich hatte heute nachmittag eine Frühvorstellung vor.»

Er eilte hinaus. Acosta sah nicht zu mir her.

«Schon gesagt?» fragte ich.

Er schüttelte den Kopf.

«Erzählen Sie's ihm lieber», sagte ich.

Er sah mich hilflos an. Dann wandte er sich an Toro. Sein Gesicht war erloschen vor Resignation. «El Toro», sagte er spanisch. «Diesen Donnerstag muss ich nach Hause fahren.»

«Aber wie ist das möglich? Ich kämpfe doch nächste Woche wieder», sagte Toro.

«Du musst hierbleiben, wenn ich wegfahre», sagte Acosta.

Toros Witzblatt glitt zu Boden. «Luis, was sagst du da? Warum sollte ich ohne dich bleiben?»

«Weil ... weil es so besser ist», sagte Acosta trübe.

«Wie ... wieso kann es besser sein?» widersprach Toro. «Du

hast mir versprochen, wir würden immer zusammenbleiben. Und jetzt willst du mich bei diesen Fremden hierlassen?»

Acosta fuhr sich mit seiner kleinen Hand übers Gesicht. «Leider kann ich nicht bei dir bleiben, Toro.»

«Du musst bleiben», sagte Toro. «Du musst bleiben, oder ich gehe auch weg. Ich bleibe nicht ohne dich. Ich bleibe nicht.»

«El Toro, hör mir zu», sagte Acosta. Er sprach tonlos und gemessen. «Du musst bleiben. Es wird immer noch gut für dich sein. Du wirst so reich nach Hause kommen, wie ich es dir immer versprochen habe. Ich werde dich dann vom Schiff abholen.»

«Luis, verlass mich nicht, bitte, verlass mich nicht», bettelte Toro plötzlich. «Ich mag diese Leute nicht. Ich habe Angst vor diesen Leuten. Wenn du gehst, geh ich auch.»

Acosta sah mich flehend an. Es bleibt nichts anderes übrig, als ihm alles zu erzählen, schienen seine traurigen Augen zu sagen.

«El Toro, du kannst nicht mit mir gehen. Du kannst nicht weggehen, weil du diesen Leuten gehörst. Jetzt gehörst du ihnen.»

Toros grosses Gesicht sah Acosta verständnislos an. «Ich – gehöre ihnen?»

Er hatte noch nie etwas von den Abkommen und Prozentverteilungen erfahren, durch die Luis zuerst einen Teil seines Vertrages an Vince und dann an Nick und Quinn verkauft hatte. Acosta hatte gemeint, es würde ihn nur verwirren. Jetzt sah er Toro tief beschämt über seinen Verrat an und wusste nicht, was er sagen sollte.

«Wieso gehöre ich ihnen, Luis?» fragte Toro wieder.

«Ich habe ihnen deinen Vertrag verkauft, El Toro.»

«Aber warum – warum hast du das getan?»

«Weil ich nicht wichtig genug war, um dich selbst in das grosse Geschäft hineinzubringen», erklärte Acosta. «So wirst du im Madison Square Hallenstadion kämpfen – vielleicht um den Meistertitel. Das habe ich für dich getan, El Toro.»

Toros Lippen pressten sich zusammen. Seine Augen verrieten eine plötzliche instinktive Angst und verengten sich dann voll Misstrauen. «Du hast mich verkauft, Luis. Dann kannst du mich auch zurückkaufen. Bitte!»

«Nein, das ist unmöglich – unmöglich», sagte Acosta, und seine Stimme stieg gereizt an. «Du musst hierbleiben. Du musst.»

Verwirrt schüttelte Toro seinen massigen Kopf. «Ich dachte, du wärst mein Freund, Luis.»
«Es wird schon gut gehen», mischte ich mich ein. «Wir werden für Sie sorgen.»
Toro wandte sich überrascht zu mir, als hätte er vergessen, dass ich da war. Er sah mich ein paar Sekunden lang schweigend an, bis ich anfing, verlegen zu werden. Wieder schüttelte er den Kopf, diesmal mit einer Art Mitleid. Er sprach nicht mehr mit uns. Langsam ging er ans Fenster, wo er mit seinem grossen Rücken zu uns stehenblieb und auf den Verkehr der Unterstadt hinabblickte.

Am Donnerstagabend kamen Vince und der Killer, um Acosta ans Schiff zu bringen. Bis zum letzten Augenblick hatte er mich angebettelt, ich sollte Nick dazu bringen, seine Entscheidung umzustossen. Er bot mir sogar an, seinen Anteil auf zweieinhalb Prozent zu kürzen, wenn er nur bleiben dürfte. Mein Versprechen, mit Nick darüber zu reden, hielt ihn bis zum Schluss in ruhiger Hoffnung. Was für einen Zweck hatte es, Acosta zu sagen, dass es gegen Nicks Entscheidungen nie eine Berufung gab? Sein Wort war immer gut, ob's für einen ging oder gegen einen.
Weder Vince noch dem Killer gefiel es, dass sie Acosta den weiten Weg nach San Pedro hinüberfahren mussten, und sie behandelten ihn mehr wie einen Mann, der wegen eines Verbrechens ausgewiesen wird, als wie einen Menschen, der systematisch betrogen worden war. Ich hätte mir leicht ein Dutzend Orte ausdenken können, an denen ich lieber gewesen wäre als dort, während Acosta sich von Toro verabschiedete. Acosta legte seine kurzen Arme so weit wie möglich um Toros grosse Hüften.
«Adios, El Toro mio», sagte Luis fast im Flüsterton.
Toro wandte sich einfach ab. Ich stand da und versuchte mir etwas auszudenken, was ich sagen könnte. Er murmelte heiser: «Ich dachte, er wäre mein Freund.»
«Kommen Sie», sagte ich, «wir gehen ins Kino.»
Toro hatte unsere Kinos gern. Besonders gern hatte er Musik, und am meisten schien er sich bei den grossen musikalischen Überspanntheiten zu unterhalten, in denen hundert Mädchen auf hundert Flügeln tanzen. Hollywood zeichnet sich darin wirklich aus.
Die Wochenschau enthielt einen Streifen über Toro, wie er in

Ojai trainierte, mit den unvermeidlichen Wochenschauwitzen, die zeigten, wie er neben einem Fliegengewichtler stand, der sein Kinn auf Toros Unterarm legte, und damit endeten, dass sein grosses Gesicht in einer Grossaufnahme wie ein Wasserspeier in die Kamera grinste. Als wir aus dem Kino gingen, umgab ihn eine Gruppe von Halbwüchsigen und baten ihn um sein Autogramm. Aber weder die Tänzerinnen noch seine Kostprobe von Ruhm schienen Toro irgendwie zu beeinflussen. Er hatte sich in sich selbst zurückgezogen. Als ich auf dem Rückweg zum Hotel versuchte, sein Schweigen zu brechen, indem ich auf spanisch sagte: «Machen Sie sich jetzt keine Sorgen. Wir werden uns alle um Sie kümmern», antwortete er mir stockend auf englisch, als weigerte er sich, die Vertraulichkeit der Muttersprache mit mir zu teilen. «Ich wünsche, ich gehe heim», sagte er.

Am nächsten Tag stiegen wir alle in den Zug nach San Diego zum zweiten Kampf auf Toros Reise. Vince hatte einen farbigen Schwergewichtler namens Dynamit Jones aufgetrieben, einen Faustkämpfer von feststehender Mittelmässigkeit, der in der Grenzstadt gewonnen hatte. Für fünfhundert Dollar hatte Jones sich bereit erklärt, alles Dynamit, das er hatte, in seiner Garderobe zu lassen und uns mit einem Fall in der dritten Runde zu beliefern.

Toros Training in der Sporthalle von San Diego füllte das Haus jedesmal bis zum letzten Platz, obwohl er noch schlapper aussah als in Ojai. Danny war so angewidert, dass er den grössten Teil seiner Zeit den Bars und Wettannahmen widmete und es Doc überliess, Toros Erziehung in der männlichen Kunst fortzusetzen. Doc tat, was er konnte. Er hatte Toro so gern, dass er ihm beibringen wollte, wie er sich schützen könnte, falls er wirklich einmal mit jemandem zusammengeriete, der keine Handschellen trug. Aber Toro fehlte entweder der primitive Instinkt eines wild drauflosschlagenden Mörders oder die systematische Hingabe des Sportsmannes. Er war gleichgültig und launisch und fürchtete die schweisstreibende Eintönigkeit der Fussarbeit und die tägliche Schinderei in der Sporthalle. Mit widerwilligem Gehorsam führte er Docs Anweisungen aus. Aber ausser dass er lernte, seine Linke in der mehr oder weniger festgelegten Art vorzuhalten und sich mit langsamer, ungraziöser Orthodoxie zu bewegen, konnte man keine grosse Zunahme seiner Boxkunst sehen. George war freundlich genug, sich gelegentlich umlegen zu lassen, damit er den Mythos von Toros Schlagkraft aufrechterhielt, aber unser Mammutmensch hatte immer noch nicht gelernt, hart genug zuzuschlagen, um einen gesunden Federgewichtler zu stören.

Ich nahm den Boxreporter der einzigen Morgenzeitung zweimal zu mir ins Zimmer, und ich hielt ihn für einen netten Burschen, der gern faulenzte und etwa so sauber war wie ich, und der lieber mein Zeug mit seinem Namen in die Zeitung tat, als dass er es sich selbst abquälte. So sass ich also im Hotel Grant und tobte mich in Beiwörtern aus.

Es verging kein Tag, an dem ich nicht wegen meiner Tätigkeit einen Gewissensbiss oder sogar zwei empfand. Aber gleichzeitig musste ich zugeben, dass ich im Grunde doch viel Vergnügen daran hatte, diesen grossen Tölpel als den allergefährlichsten Schwergewichtler der Welt darzustellen. Am Morgen des Kampfes musste ich lachen, als ich las, was in der ersten Spalte der Sportseite unter Ace Mercers Namen stand. Ich glaube, es war ein Lachen der Überlegenheit.

«Kurz nach seinem sensationellen Knockoutsieg in zwei Runden über Cowboy Coombs, auf den man grosse Hoffnungen gesetzt hatte, trifft der Mammutmensch Molina, der Riese aus den Anden, die 275 Pfund schwere menschliche Ramme, heute abend in der Wasserfrontarena für zehn oder weniger Runden auf Dynamit Jones, den Stolz von San Diego.

Obgleich er fünfundachtzig Pfund weniger wiegt und nur einen Meter dreiundachtzig gross ist, ein kleiner Bursche, wenn man aus Molinas stratosphärischer Höhe von eins siebenundneunzig herabblickt, sind Jones und sein Manager, der ‚flüsternde' Al Mathews, in Boxkreisen herumgegangen und haben alle Wetten gelegt, die sie unterbringen konnten. ‚Wir haben vor niemandem Angst', erklärte gestern der flüsternde Al mutig dem Schreiber dieser Zeilen nach Dynamits letztem Training.

Dynamit ist den Sportlern von San Diego wohlbekannt, die noch nie gesehen haben, dass der dunkelhäutige Kämpfer für die vollen Zehn zu Boden gegangen ist. Er trifft in dem Riesen aus den Anden auf einen tödlichen Schläger von übermenschlicher Kraft, den man schon als Anwärter auf die Meisterschaft erwähnt...»

Jones war ein hochgewachsener Bursche mit grosser Reichweite, und in ihm steckte mehr, als ich von einem Zweitklassler hier draussen erwartet hätte, wo die Füchse einander gute Nacht sagen. Er kam aus seiner Ecke, als wollte er einen wirklich harten Kampf liefern, und schlug steife Linke, die Toro unbeholfen und plattfüssig aussehen liessen. Toro schlug einen wilden Rechten, der ihn selbst fast zu Boden warf, als Jones abduckte. Die Menge lachte. Zehn Sekunden vor dem Ende der Runde schlug Jones eine Finte gegen den Körper, übertölpelte Toro, der seine Fäuste senkte, und schlug ihm einen rechten Geraden aufs Kinn. Toros Knie sackten ein, und wären Doc und Danny beim Gongschlag nicht durch die Seile gesprungen, dann wäre er vielleicht zu Boden gegangen.

Die Menge stand auf und jubelte Jones zu, als der farbige Boxer zuversichtlich nach seiner Ecke zurücktanzte. Das war natürlich ein Teil von Toros Anziehungskraft. Man kam nicht nur, um zu sehen, wie das Untier seinen Gegner ausschlug, sondern auch mit der tiefeingewurzelten Hoffnung, dass einmal der kleine Kerl, der Unterlegene, das undeutlich erkannte Symbol des Zuschauers selbst, über den Riesen triumphieren würde, so wie David, der ewig kleine, Goliath stürzte.

Toro taumelte betäubt in seine Ecke zurück. Doc musste Riechsalz benützen, um seine versagenden Sinne zu beleben.

«Was wird mit diesem Jones gespielt?» fragte ich Vince.

«Wenn der Nigger was versucht», sagte Vince, «dann endet er im Sumpf.»

«Vielleicht will er nur, dass er eine oder zwei Runden lang gut aussieht. Vielleicht weiss er nicht, wie schwach Toro im Nehmen ist.»

«Wenn der Nigger versucht, uns zu betrügen, haben wir einen Schutz», sagte Vince. «Einer meiner Leute arbeitet in seiner Ecke.»

Da erkannte ich zum ersten Mal, welch wirklich gründlicher Bursche Vince Vanneman war. Wir sollten damit zwar keinen Orden verdienen, aber hätte er nicht seine Massnahmen getroffen, dann wäre es noch ärger geworden als es ohnedies war.

Jones kam zur zweiten Runde hervorgestürzt, als wäre unsere Abmachung in Wirklichkeit für zwei andere Boxer getroffen worden. Er wollte nicht stehenbleiben, so dass Toro einen seiner schwerfälligen Rechten landen könnte. Während er um Toro herumtanzte, sammelte er Punkte mit scharfen Schlägen, die die Menge auf die Beine stellten, sie um einen Knockout betteln und den langsamen Riesen mit blutdürstigen Beschimpfungen herausfordern liessen: «Schlag den grossen Klotz nieder! Schick ihn nach Argentinien zurück! Bravo! Schneid ihn auf deine Grösse zurecht!»

Glücklicherweise war Jones ein harter Schläger, konnte den Gegner aber nicht fertigmachen, sonst hätte er ein vorzeitiges «Finis» unter unseren ganzen Feldzug geschrieben. Als die zweite Runde zu Ende war, wanderte Toro in seine Ecke zurück. Blut lief ihm über den Kiefer, und seine Augen glotzten leer. Doc bearbeitete ihn mit seinen geschickten Fingern, massierte ihm den Nacken, während ein Helfer einen Schwamm voll kalten Wassers über seinem Kopf ausdrückte und mit Vaseline das Blut stillte, das ihm aus dem Mundwinkel lief.

«Ernste Sache», sagte Vince.

«Jesus», sagte ich, «das ist einer, dieser Jones.»

«Mein Bursche spricht mit ihm», sagte Vince. «Mein Bursche ist ein wirklich harter Kerl. Er wird dem Nigger sagen, was losgeht, wenn er in dieser Runde nicht hinplumpst.»

Der Vertreter unserer Interessen, den Vince in Jones' Ecke untergebracht hatte, schien viel zu sprechen. Er beugte sich durch die Seile, sein schweissiges Gaunergesicht an Jones' Ohr, und sprach auf ihn ein. Aber als Jones zur dritten Runde aus der Ecke kam, versuchte er es immer noch. Mit einem geschickten linken Geraden schlug er Toro aus dem Gleichgewicht und folgte schnell mit einem geraden Rechten, der Toro gegen die Seile taumeln liess. Jeden Augenblick erwartete ich, Toro abschnittweise einknicken zu sehen, und meine fünf Prozent wären dann nicht mehr wert gewesen als Dannys zerrissene Buchmacherzettel. Zum ersten Mal begriff ich, wie hungrig nach diesem Zaster ich war. Genau so hungrig wie Nick oder Vince oder Luis Acosta, der jetzt auf hoher See war, auf dem Rückweg ins kleine Leben. Ich entdeckte plötzlich, dass ich aufgestanden war und Toro, genau wie Acosta, anflehte, doch bei uns zu bleiben.

Jones wurde jetzt wild. Er hatte, entgegen allen Anweisungen, das Verlangen, Toro auszuschlagen. Seine linke Hand schoss über Toros Schulter, und Toro brachte einen weitausholenden Rechten vom Boden herauf, der Jones aufs Kinn traf. Der tat Jones nicht so sehr weh, als dass er ihn erwischte, als er sein Gleichgewicht nicht hatte. Toro, der unbeholfen versuchte, seinen Vorteil auszunützen, schubste Jones mit beiden Händen, und der farbige Boxer fiel oder rutschte auf die Bretter. Als er unten war und der Schiedsrichter (mit dem Vince ein kleines Geschäft abgeschlossen hatte) zu zählen begann, beschloss Jones, bis Sechs auf einem Knie auszuruhen, denn seine Arme wurden schon langsam müde von den vielen Schlägen, die er auf sein weit offenes Ziel gedroschen hatte.

Aber als er bei Sechs aufstand, flog ein Handtuch aus seiner Ecke. Vinces Bursche machte Überstunden, um seine fünfzig Eier zu verdienen. Jones versuchte, das Handtuch mit dem Fuss aus dem Ring zu stossen und weiterzukämpfen, aber der Schiedsrichter packte ihn und führte ihn in seine Ecke. Dann kam er zurück und hob die Hand unseres verwirrten Übermenschen hoch. Ein schreckliches Protestgebrüll stieg aus der Menge auf. Innerhalb einer Sekunde war die Luft voll von fliegenden Kissen, Programmen und Flaschen. Einige Fanatiker begannen in ihrem Zorn, ihre Sitze zu zerbrechen und die Stücke in den Ring zu werfen. Unter Polizeischutz brachten wir Toro hastig in seine Garderobe zurück. Wir gaben dem Wachtmeister schnell einen Fünfziger und fuhren im Polizeiauto weg.

«Was geschehen?» fragte Toro mich in unschuldiger Verwirrung.

«Machen Sie sich keine Sorgen. Sie haben den Kampf anständig gewonnen», erzählte ich ihm. «Die Leute sind bloss nicht zufrieden, bevor sie nicht sehen, wie Sie jemanden töten. Darum wollten sie nicht sehen, dass der Kampf so schnell abgebrochen wurde.»

Toro lächelte mit seinen blutigen Lippen. «Ein Schlagg, und er geh bumm», sagte er. «Gerade wie erstes Mal.»

Einmal in meinem Leben hatte ich keine Lust, mich mit den Reportern zu verbrüdern. Darum gingen wir weder ins Hotel zurück noch nach dem Bahnhof, sondern eilten in eine Garage und mieteten einen Wagen. Wir fuhren die Küste hinauf, bis wir glaubten, wir wären weit genug von der kleinen Stinkbombe entfernt, die wir hatten platzen lassen, und hielten in einem kleinen Autohof an, einem Motel, wie man jetzt in Kalifornien sagt. Der Bursche, den Vince für uns in der anderen Ecke hatte arbeiten lassen, war auch bei uns. Er hiess Benny. Er war einer jener ehemaligen Leichtgewichtler, die schnell zu Schwergewichtlern anschwellen, wenn sie mit dem Training aufhören und mit dem Bier anfangen. Sobald Doc Toro nach einer leichten Massage und einem warmen Bad, damit er leichter ruhen könnte, zu Bett gebracht hatte, erzählte uns Benny alles über die kleine Komödie (im griechischen Sinn), die in seiner Ecke gespielt worden war. Es war eine heisse Nacht, und er war bei seinem dritten Bier, als er sein verschwitztes Hemd öffnete und eine fette, haarige Brust enthüllte, auf der die Worte eintätowiert waren: «Paz. Küste Lt. Gew. Meister 1923» und darunter die übertriebene nackte Gestalt einer Frau namens Edna, die eine Adonis-gleiche Gestalt in Boxhosen, Boxhandschuhen und einer Matrosenmütze umarmte, unter der «Battling Benny Mannix» stand. Der alte Kämpfer brachte es fertig, die Stimmung unserer Gruppe zu heben, indem er so ein- und ausatmete, dass sein verfettetes Zwerchfell die tätowierten Gestalten mit eindrucksvollem Realismus sich hin- und herbewegen liess.

«Dieser Nigger kommt nach der ersten Runde frech wie ein Teufel zurück, seht ihr», begann Benny tief verletzt. «‚Herrjeh, ich wusste nicht, dass der grosse Kerl so ein Stück Malheur ist', sagte er. ‚Und ich dachte, ich werd mich hinlegen, damit ich nicht zusammengeschlagen werd.'

‚Komm nur nicht auf komische Ideen', sag ich ihm, ‚oder du wirst verteufelt viel ärger zusammengeschlagen werden als du meinst.'

Aber als der Nigger in die zweite Runde geht, ist er noch immer voll von falschen Ideen, versteht ihr? ‚In dem Kerl steckt nix', sagt er. ‚Den Kerl leg ich flach hin. Zum Teufel mit den fünf Hundertern', sagt er zu Mathews. ‚Wir können mehr verdienen, wenn wir diesen Hampelmann umlegen.'

Nun, ich versuch, ihm beizubringen, dass er, wenn er weiter so weise Reden führt, sich ein nettes Loch im Kopf holen wird, aber der Nigger wird nicht so leicht ängstlich. Er hat sich in den Kopf gesetzt, ein Riesentöter zu werden. Als ich ihn also massiere, versuche ich, seine Muskeln so zu quetschen, dass sie versagen, und als ich ihm das Gesicht wasche, reibe ich ihm irrtümlich Alkohol in seine Augen. Als wir ihn also in die Dritte senden, reibt er sich die Augen und ist nicht mehr ganz der Schlauberger, der er war, als er aus der Zweiten zurückkam. Aber auch da schlägt er euren Toro noch wirklich hart, da rutscht er aus und geht zu Boden. So sag ich mir, was zum Teufel, der Nigger ist schlecht genug, wieder aufzustehen und den grossen Trottel auszuschlagen. Da seh ich meine Chance und werf das Handtuch.»

Danny sog den Rest aus einer Halbliterflasche Korn. «Mir gefällt das nicht», sagte er. «In zwanzig Jahren in dem Schwindel hatte ich nie einen Krach mit der Behörde. Jetzt braucht's mir bloss noch zu passieren, dass ich meine Lizenz verlier.»

«Ach, hör mit deinem Bauchweh auf», sagte Vince. «Plärrst immer über deine gottverdammte Lizenz. Die Komitees können mir gestohlen werden. Lass Jimmy und Nick sich um die kümmern.»

«Aber verdammt nochmal, wenn du diese Kämpfe schiebst, warum tust du's nicht richtig?» fragte Danny. «Die Wälder sind voll von Stromern, die bereit sind, für einen Preis umzufallen. Aber du, der grosse Schieber, du musst einen Kerl aussuchen, der gern gewinnt.»

«Ach, lass mich, du Dickschädel», sagte Vince abwehrend. «Was bin ich denn? Ein Hellseher, um Christi willen? Wie zum Teufel soll ich denn ahnen, was in seinem betrügerischen Hirn vorgeht?»

«Wenn ich meine Lizenz verlier, bin ich erledigt», sagte Danny. «Du, du kannst immer wieder als Zuhälter anfangen.»

«Na, du Hurensohn!» Gemeinheiten stürzten aus Vinces fleischigem Mund, als er schwerfällig auf Danny losging und einen wilden Schlag losliess, den Danny sauber abfing. Danny bemühte sich nicht zurückzuschlagen, als Benny, George, Doc und ich Teile von Vinces empörter Anatomie packten und ihn wegzogen.

«Tu das nie mehr», sagte Danny ruhig. Sein Gesicht war seltsam weiss, seine dünnen Lippen zu einer harten Linie zusammengekniffen.

«Jawohl, du, kein Trottel wird mich so nennen», stotterte Vince heraus.

«Was willst du eigentlich? Molina wecken?» fragte Doc. «Lass den Burschen schlafen. Er braucht seinen Schlaf.»

«Ach, der kann mich auch –», sagte Vince. Er lehnte sich auf der Couch zurück und las ein zerknittertes Exemplar der Zeitschrift «Verbrechen», die er auf der Fahrt nach San Diego im Zuge gefunden hatte.

Ich ging hinaus, um in Ruhe eine Zigarette zu rauchen. Jenseits der Landstrasse schlug die Brandung mit endloser Eintönigkeit gegen den Strand. Der Himmel war hell und voll Mondschein. Als ich hinaufblickte, schien mir die Spannung in dem verrauchten

Motelzimmer so närrisch und fern wie ein Streit, den man mit seinem Bruder hatte, als man acht Jahre alt war. Ein paar Minuten später kam George Blount heraus und stellte sich neben mich.

«Mann, o Mann», sagte er und lachte leise.

«Dieser Tage schlägt Danny ihm eine rein», sagte ich.

«Mister McCuff ist wie ich», sagte George. «Der will sich nicht schlagen, ausser um Geld.»

«Woran liegt das eigentlich, George?» fragte ich. «Warum weichen die meisten von euch solchen Schlägereien aus?»

«Weiss nicht», sagte George lachend. «Vielleicht läuft man so lange herum und schlägt auf die Burschen los und steckt Hiebe ein, dass man es ganz aus seinem System herausgeschlagen hat. Vielleicht stecken in jedem Menschen bloss so und so viele Schläge, und wenn man sie alle im Ring loswird, dann will man einfach niemand mehr hauen.»

Ich ging mit ihm eine Viertelmeile weit die Strasse hinab. Wir sprachen nicht viel, aber ich war mir, wie immer, seiner tiefen Heiterkeit bewusst.

«George, wir haben den Saftladen heute abend aber wirklich vollgestunken», sagte ich.

«Der Bursche sollte nach Hause gehen», sagte George. «Er sollte heimgehen, ehe wirklich was passiert.»

Das war leicht zu sagen, wenn man aus der Geschichte nur drei reichliche Mahlzeiten und ein bisschen Taschengeld herausbekam. Aber Toro Molina hatte seine Gegner schon in zwei Städten fertiggemacht. Er war eine Ölquelle, die eben zu fliessen begann, und man dreht einen ertragreichen Fluss nicht ab, bloss weil man ein bisschen schmutzige Hände bekommt. Jedenfalls nicht dort, wo ich zu Hause bin.

Sobald wir am nächsten Morgen die Zeitungen lasen, wussten wir, dass wir Schwierigkeiten hatten. Die Staatliche Boxbehörde hatte die Börsen beider Kämpfer für die Dauer der Untersuchung gesperrt. Der Kampf, den wir für Oakland vorgesehen hatten, wurde verschoben. Toro konnte die Zeitungen nicht gut genug lesen, um zu begreifen, was geschehen war, so war wenigstens er glücklich. Er wollte bloss wissen, wo das Geld war, das er verdient hatte. Vince steckte ihm fünfzig Dollar zu. Er hatte nie einen grossen amerikanischen Geldschein gehabt, der ihm selbst gehörte, und so war er zufrieden. «Fiinfzig Aier, hokay», sagte er immer wieder.

Als Nick ankam, wurde die Luft so kalt, dass man sie zu Eiswürfeln hätte schneiden können.

«Nun, meine Herren», sagte er, «das ist grossartig. Das ist einfach grossartig. Das haben wir so nötig gehabt wie ein Loch im Kopf.»

Vince begann eine Erklärung herauszuplärren und zu toben, aber Nicks harte, scharfe Stimme schnitt seine Verteidigung ab.

«Innaressiert mich nicht», sagte er. «Als ich ein kleiner Kerl war, hab ich was gelernt, und das hab ich gut gelernt. Tu nie was halb. Was es auch ist, wenn du's tun willst, dann tu's. Der Bub, der einen Apfel von der Karre stiehlt und wegläuft, das ist der Trottel, den der Polyp immer fängt. Der Kerl, der dem alten Mann nach Hause folgt, ihn im Hausflur niederschlägt und ihm die ganze Karre nimmt, der kommt damit davon. Das ist seither immer mein Grundsatz gewesen. Wie diese Reklame, die wir für Molina machen. Du sagst, du hast dem Nigger zweifünfzig in die Hand gedrückt, dass er sich hinlegt. (Es waren fünfhundert gewesen, als ich davon gehört hatte, aber vielleicht hatte Vince die Hälfte in die eigene Tasche gesteckt.) Zum Teufel, schau zu, dass es sich für ihn lohnt. Es lohnt sich ja auch für uns. Sei nicht so geizig. Denke gross. Gib ihm einen Tausender. Aber gib ihm den erst nach dem Kampf. Kein Umfaller, kein Moos. Verstanden? Nun, diesmal lass ich's durchgehen. Vielleicht weicht mir diese Sonne das Hirn auf, aber ich lass es durchgehen. Wenn du das nächste Mal versagst, sitzt du draussen.»

«Ja, aber wir haben einen Vertrag», sagte Vince schmollend.

«Sicher haben wir einen Vertrag», gab Nick zu. «Aber mach mir Ärger, dann kannst du sehen, wie schnell ich den Vertrag zerreisse. Ich habe Max Stauffer», sagte er und erwähnte den Weltmeister der Korruption. «Mach du mir eine Schweinerei, und Max hat sofort zehn Gründe, warum der Vertrag nicht gültig ist. Und diese Gründe halten auch vor Gericht stand.» Er öffnete eine Schublade in seinem Wandschrank und sah nachdenklich seine eindrucksvolle Sammlung handgemalter Krawatten an. «Jetzt haut ab, ihr beide», sagte er. «Pat Drake bringt zwei grosse Tiere aus dem Atelier herüber, und ihr Kerle seid nicht gut genug angezogen.»

Die Untersuchung zog sich über zwei Wochen hin, und ich hatte allerhand zu tun, um die Sache in den Zeitungen so gut wie möglich aussehen zu lassen. Was zu unseren Gunsten sprach, war die überzeugende Art, in der Toro auf die Anschuldigungen reagierte. «Mich nix Kampf schiiieeeben», sagte er beharrlich. «Ich nix Schuft. Ich versuche sehr.»

Vince drückte ebenfalls seine Empörung aus, dass seine berufliche Sauberkeit angezweifelt wurde. Das Ganze endete damit, dass das Komitee Toro und seine Manager völlig entlastete, aber Benny Mannix schuldig sprach und seine Lizenz, Boxern im Staate Kalifornien zu sekundieren, für zwölf Monate aufhob. Benny hatte zugegeben, dass er das Handtuch deshalb geworfen habe, weil er eine hohe Wette auf Toro abgeschlossen und gefürchtet hätte, sie zu verlieren. Diese Handvoll Wortsand in die Augen des Komitees erhöhte unsere Betriebskosten um fünfhundert Eier, denn so viel hatte Benny verlangt, um die Schuld auf sich zu nehmen. Die Entscheidung des Komitees war nur für Kalifornien verbindlich; so sandte Vince Benny nach Las Vegas, wo wir eine Verabredung mit einem reinblütigen Indianer namens Häuptling Donnervogel hatten, den Miniff für uns aufgetrieben hatte. Häuptling Donnervogel, so sagte Miniff mit für ihn bezeichnender Schrulligkeit, war der Schwergewichtsmeister von Neu-Mexiko.

Jetzt, da das Komitee die Börse von San Diego freigegeben hatte, verlangte Toro sein Geld. Er wollte einen Grossteil davon seiner Familie nach Santa Maria senden. Er wollte ihnen beibringen, welch reicher Mann er in Nordamerika würde. Aber Vince erklärte ihm, er könne nicht ausgezahlt werden, bevor Nicks Buchhalter Leo ausgerechnet habe, wie gross Toros Anteil nach Abzug der Betriebskosten und des Manageranteils sei. «Inzwischen hast du hier nochmals fünfzig», sagte Vince. «Wenn du Geld brauchst, sag mir's.»

Toro war sehr zufrieden. Er hatte so viel Geld, wie er wollte. Er brauchte Vince bloss darum zu ersuchen. Und sobald sein Anteil ausgerechnet wäre, würde er seinem Vater genug senden, dass man mit dem Bau des Hauses beginnen könnte, das den Landsitz der de Santos beschämen sollte. Vielleicht würde er sogar im Urlaub nach Hause fahren – ich machte ihm die Hoffnung, dass dies möglich sein würde, sobald er genügend eingeführt wäre – und seine Beziehungen zur reizenden Carmelita weihen.

Während wir darauf warteten, dass das Komitee wegen der Angelegenheit in San Diego zu einer Entscheidung käme, ging ich eines Nachmittags mit Toro die Spring Street hinab. Toro konnte niemals an einem Musikgeschäft vorübergehen, ohne stehenzubleiben, seine Nase ans Schaufenster zu drücken und erstaunt die Radios, Grammophone und Musikinstrumente anzuschauen. Diesmal sagte er: «Ich komm pronto zurück» und sauste in den Laden. Wenige Minuten später kam er mit einem tragbaren Radioapparat in der Hand zurück, der laut die Musik eines Swingorchesters übertrug. «Fünfzig Dollar. Ich kaufe», sagte Toro glücklich. Die Leute drehten sich um, um uns anzuglotzen, nicht nur wegen Toros Grösse, sondern auch wegen der Lautstärke der unerwarteten Musik.

«Toro, dreh das Ding ab», sagte ich. «Niemand spielt auf der Strasse Radio.»

«Ich gerne Musik tragen», sagte Toro.

Beth sollte mich jetzt sehen, dachte ich, wie ich Kindermädchen eines elefantenhaften Idioten spiele. Wohin wir auch gingen, trug Toro das blöde Radio herum, immer auf volle Lautstärke gedreht. Als wir in ein Restaurant gingen, legte er es zärtlich auf einen Stuhl und lächelte es liebevoll an, und während wir assen, füllte es den Raum mit der näselnden Musik von Cowboyliedern. «In Santa Monica nix Musik in Schachtel», sagte er. «Ich bring viele in mein Dorf zurück als Geschenk.»

Ich glaube nicht, dass Toro wusste, dass man Banknoten wechseln konnte. Man musste entweder etwas um fünfzig Dollar kaufen, meinte er, oder man könnte sie ebensogut wegwerfen. Er gab die zweiten fünfzig sofort in der Säulenhalle des Hotels aus und beeilte sich, mir seine neueste Erwerbung zu zeigen. Es war ein winziger Goldschlüssel in einem ganz kleinen herzförmigen, goldenen Vorhängeschloss.

«Für wen ist das?» fragte ich.

«Für Señora Latka», sagte er.

Ich sah es genauer an. Auf der Rückseite des Schlosses war in kleinen Buchstaben eingraviert: «Der Schlüssel zu meinem Herzen.»

«Das können Sie ihr nicht geben», sagte ich.

«Warum nicht?» wollte Toro wissen. «Sie liebe Dame. Ich mag sehr.»

«Ihr Mann mag sie auch sehr», sagte ich.

«Ich mag sie auch», sagte Toro in Protest. «Sie nett zu mir. Gute Dame. Gehen jeden Sonntag zur Kirche.»

Nun, schliesslich konnte ich nichts anderes tun, als ihn nach Beverly Hills hinaufzuführen, damit er Ruby sein kleines Schmuckstück übergäbe. Nick war zufällig mit Pat Drake auf dem Golfplatz, und sie war allein zu Hause. Obgleich die Sonne schien, fanden wir sie im Zimmer, wo sie sich durch eine Menge Sidecars durchtrank.

«Aber Toro, das ist süss von Ihnen, das ist wirklich süss von Ihnen», sagte sie und steckte das kleine Schloss mit einer herausfordernden Gebärde über ihrem Herzen fest.

Während ich ihr ein wenig beim Trinken Gesellschaft leistete, sass Toro einfach da und glotzte sie in einfältiger Schamlosigkeit an. Sie war eine famose Frau mit der Zeitlosigkeit einer vollerblühten Wollüstigen. Obwohl ihr Benehmen einwandfrei war und fast übermässig damenhaft, fragte ich mich, ob mich der Einfluss der Sidecars spüren liess, dass Toros Gegenwart sie zu lebhafterer Unterhaltung anfeuerte als sonst.

Als wir eben gehen wollten, kam Nick mit Pat Drake herein, und er schien sich zu freuen, dass er dem Filmstar seinen riesigen Schützling vorführen konnte. Falls er überhaupt durch Toros Geschenk an Ruby gestört wurde, verriet seine Reaktion es nicht. «Der Kerl zeigt wirklich Geschmack von Klasse», sagte er gutmütig und sah das Schloss an. Er stiess Toro spielerisch in die Rippen. «Schon bereit für den Kerl in Oakland, Mammutmensch?»

«Ich schlagg. Er geh bumm», sagte Toro.

VIERZEHNTES KAPITEL

IN Oakland putzten wir einen komischen Kerl namens Oscar DeKalb in vier Runden weg, und in Reno klappte ein angeblicher Schwergewichtler, der Tuffy Parrish hiess, nach einem bösartigen Schlag auf die Brust zusammen, was unserer Genossenschaft weitere fünftausend einbrachte. Als wir nach Las Vegas kamen und «die neue Geissel der Schwergewichtler, der Riese aus den Anden, auf seinen fünften Knockoutsieg ohne Unterbrechung losging», begann der Osten, den Köder anzunehmen, und die Agentur AP wollte einen Bericht von fünfzig Worten über das Ergebnis des Kampfes gegen Häuptling Donnervogel.

«Dreh das gottverdammte Radio ab», sagte Danny, als wir nach dem Hotel fuhren. Je mehr Erfolg wir hatten, desto reizbarer schien Danny zu werden. Betrug war für ihn eben nicht so natürlich wie für Vince. Er kämpfte ununterbrochen dagegen an.

Toro hielt immer noch an seinem Radio fest. Jazz, Cowboymusik, geistliche Negerlieder, südamerikanische Musik – ihm schien es alles eins zu sein, solange es aus der Kiste kam, die er herumtragen konnte.

Sobald wir uns eingerichtet hatten, führten Doc und George Toro hinaus, um ihm die Beine ein bisschen zu strecken. Danny verschwand, um eine Stelle zu finden, wo er auf ein paar gute Sachen setzen konnte, die er in Belmont zu haben glaubte. Vince war am Telephon und versuchte, eine dumme Ziege zu erreichen, die er mal in Las Vegas gekannt hatte, und ich war in der Badewanne und las den New Yorker, als Miniff hereinkam.

Als ich die Geschichte ausgelesen hatte und mit einem Handtuch um die Hüften herauskam, waren sie schon in vollem Streit.

«Aber dieser Mex ist kein zweitklassiger Niemand», sagte Miniff eindringlich. «Er ist erstklassig. Ja, der könnte sogar Titelanwärter werden, wenn er richtig gemanagt würde.»

«Sie meinen damals zur Zeit Corbetts?» sagte ich.

Miniffs Frettchenaugen wandten sich mir vorwurfsvoll zu. «Aaah!» sagte er abwehrend. «Der is bloss achtundzwanzig. Was sagen Sie jetzt?»

«Ich sage, dass er in diesem Falle seinen ersten Kampf als Profi gekämpft haben muss, als er sechs Jahre alt war», sagte ich. «Ich habe im Handbuch nachgeschlagen.»

«Er ist wirklich ein zäher Geselle», sagte Miniff. «Eins neunzig. Wiegt zweifünfundzwanzig. Selber ein Mammutmensch. Wird neben eurem Kerl wirklich gut aussehen. Lasst ihn sieben gehen, einverstanden?»

«Eine Runde, Freundchen, eine Runde», sagte Vince.

«Eine Runde!» jaulte Miniff auf. «Nagelt mich ans Kreuz, ja, kreuzigt mich doch! Eine Runde! Sieben Runden, das sieht aus, als ob euer Niemand einen richtigen Gegner umschlägt. Eine Runde, das ist ein Witz! Das ist's, ein dreckiger Witz.»

«Brüllen Sie nicht so», sagte ich. «Wollen Sie, dass die ganze Stadt weiss, für welche Runden wir Sie schmieren?»

«Sieben Runden, da könnte ich mit diesem Indianer vielleicht ein bisschen Geld verdienen», wimmerte Miniff. «Was ist denn mit euch Kerlen los, wollt ihr mich nie ein bisschen Geld verdienen lassen?»

«Um Himmels willen, du kriegst einen Tausender vom Klub und von uns noch fünfhundert für das Theater», sagte Vince. «Vor drei Monaten bist du noch in Lumpen herumgelaufen. Was willst du denn noch?»

«Wenn er so schnell umfallen soll, will ich einen grossen Lappen», sagte Miniff. «Einen grossen Lappen für die Erniedrigung.»

«Hört den an, er will», sagte Vince zu mir voll rechtschaffenen Staunens. «Sammelt in einer Kneipe einen halbblöden Schmierfink auf, und plötzlich will er.» Sein Mund öffnete sich zu einem Hohngelächter.

Miniff wollte. Er wollte verzweifelt. Er schien nie aus der Kleingeldabteilung herauskommen zu können.

«Ich sag dir, was ich mit dir mache», sagte Vince in plötzlicher Nachahmung von Nick zu Miniff. «Ich geb dir noch extra zweifünfzig, die du für dich behalten kannst. Dein Mex braucht nichts davon zu wissen. So kommst du genau so gut weg, wie wenn du einen Extrafünfer halbieren musst.»

Und so machten sie das ab. Vince ersparte uns zweieinhalb (die er vermutlich in die eigene Tasche steckte), indem er Miniff dazu brachte, seinen Boxer zu betrügen. Am nächsten Nachmittag sass ich in unserem Zimmer, trank einen Whisky mit Soda, beugte mich über meine heissgelaufene Schreibmaschine und schrieb irgendeinen Blödsinn, dass dieser Kampf um die lateinamerikanische Schwergewichtsweltmeisterschaft ginge, als Miniff hereinkam. Er jammerte noch ärger als sonst. Es war ein heisser Herbsttag, aber er behielt immer noch seinen Hut auf, und die Sonnenhitze und dazu sein eigenes inneres Feuer brachten Schweissglanz auf sein kleines, kränkliches Gesicht. Während er durch das Schlafzimmer ging, sprach Miniff ununterbrochen seinen jammernden Monolog. «Kein Wunder, dass es mich im Bauch beisst. Das sind diese Gauner, diese stinkenden Gauner. Ach Jesus, ich wollte, ich hätte ebensoviel Geld wie ich diese Halunken nicht leiden kann.»

«Was ist denn los, Harry?» fragte ich. «Entspannen Sie sich.» Ich zeigte auf die Flasche. «Bedienen Sie sich.»

«Schnaps?» Er zog sich entsetzt zurück. «Ich hab ohnedies genug Sorgen! Jetzt hat schon mein Magengeschwür Magengeschwüre. Wollen Sie wissen, warum? Dieser Esel, den ich da habe, dieser Häuptling Donnervogel!»

Vince lag noch in seiner Unterkleidung im Bett und schlief nach einer hektischen Nacht. Er drehte sich gereizt um. «Wassenlos? Wassenlos?» fragte er.

«Mein Krüppel, der hat den Verstand verloren», sagte Miniff. «Er sagt, er will sich nicht vor eurem Krüppel hinlegen. Plötzlich redet er daher, als ob er nicht schon achtunddreissigmal niedergeschlagen worden wär.»

«Was? Glaubt er, dass er nicht genug Geld kriegt?»

«Es geht nicht um den Zaster», sagte Miniff, und dann zögerte er, als schämte er sich, es auszusprechen. «Er sagt, es ist sein Stolz.»

Vince setzte sich im Bett auf, kratzte seine haarige Brust und griff nach einer Zigarre. «Stolz, um Christi willen. Was soll das heissen, Stolz?»

«Er sagt das, Stolz.» Miniff zuckte die Achseln. «Hat nichts zu fressen, aber Stolz muss er haben. Die ganze Geschichte fängt gestern an, als er Molina in der Sporthalle trainieren sieht. ‚Der ist doch eine Null wie ich', sagt er sofort. Und dann, ihr kennt ja diese blödgeschlagenen Kerle, fängt er an, wütend zu werden. Er ist fast so gross wie euer Kerl, da fängt er an zu überlegen, wie anders alles für ihn ausgesehen hätte, wenn seine Manager so für ihn geschmiert hätten, wie ihr es für Molina tut. Tut sich richtig leid, versteht ihr? Und dazu kommt, dass einer seiner Verwandten aus dem Indianerschutzgebiet herkommt, um den Kampf zu sehen. Er sagt, er schämt sich, dass ein Vogel wie Molina ihn in der Ersten ausschlägt. Er sagt, er will den Zaster nicht, sagt er. Er sagt, er hat noch seinen Stolz.»

«Stolz!» sagte Vince. «Glaubst du, dass er der einzige Umfaller in Las Vegas ist?»

«Aber der Kampf ist schon übermorgen», sagte ich. «Wir haben schon die ganze Reklame losgelassen. Wir haben schon fünfundsiebzighundert eingenommen. Wir sind blank, wenn dieser empfindliche Bursche sein Wort nicht wie ein Gentleman hält.»

Miniff fuhr sich nervös über die Stirn. «Was ich mich über diese Idioten ärgern muss!»

«Vielleicht könntest du ihm ein kleines Betäubungsmittel beibringen», schlug Vince vor.

«Wofür hältst du mich? Für einen Lumpen?» fragte Miniff. «Achtzehn Jahre im Geschäft, aber mit Gewaltmitteln hab ich nie was zu tun gehabt. Kein Betäubungsgetränk und keine Prügel. Ich hab Grundsätze.»

«Du brichst mir das Herz», sagte Vince. «Du brichst mir das Herz. Bloss werd ich dir dein kleines Genick brechen, wenn dieses Ungeziefer, das du da hast, uns Schwierigkeiten macht.»

Miniffs behaarte kleine Hand schob seinen Hut noch weiter aus der Stirn und wischte krampfhaft über sein Gesicht.

«Ich sag euch, der gibt nicht nach.» Er wandte sich an mich als den vernünftigeren Zuhörer. «Ich red mit einer Mauer. Sein Hirn ist verklemmt, als hätte jemand einen dicken Stein in die Maschine geworfen.»

«Ich sag Ihnen, was Sie tun sollen», sagte ich. «Bringen Sie ihn heute nach dem Nachmittagstraining her. Vielleicht erreichen wir etwas.»

Zwei Stunden später kam Miniff mit seinem Schwererziehbaren wieder zu uns. Er sah wirklich wie ein reinblütiger Indianer aus, ein grosser, mächtiger Mann mit dem langen, eindrucksvollen Kopf eines Navajokriegers. Man musste daran denken, dass er in einer anderen Zeit ein grosser Stammeshäuptling hätte sein können, aber jetzt war er bloss ein zerschlagener Faustkämpfer, und die edlen Züge seines Gesichts waren zu einer Karikatur des ewigen Boxtrottels zerhämmert worden, seine hochrückige Adlernase war ihm ins Gesicht geschlagen worden, seine Ohren hätten selbst für einen Blumenkohl wie Blumenkohl ausgesehen, und über seinen eingesunkenen Augen wucherte Narbengewebe. Aber er hatte eine Art, einen mit diesen Augen so stolz und so melancholisch anzustarren, dass man wegschauen wollte.

«Was ist denn mit Ihnen, Häuptling», sagte ich.

«Molina schlägt mich nicht aus», sagte er.

«Na, Sie Taugenichts von einem Krüppel», sagte Vince. «Welchen guten Ruf müssen Sie denn schützen, um des lieben Heilands willen? Ich nehme an, Sie sind noch nie vorher auf die Bretter gesaust. Sie, Sie sind ja schon so lange in dem Aquarium, dass Ihnen schon Flossen wachsen.»

Der Indianer schien die Schimpfworte gar nicht zu hören. Er sagte kein Wort.

«Das ist doch bloss ein Geschäft», sagte ich. «Das ist doch keine Schande, Häuptling.»

Der Indianer sass einfach da und sah uns aus der Tiefe seiner zerschlagenen Würde heraus an. Miniff kreischte, Vince drohte, und ich sprach vernünftig, aber er schüttelte nur den Kopf. Miniff hatte recht, es war wirklich, als wäre ein Stein in die Maschine seines Geistes gefallen und hätte das Hirn verklemmt. Er sass da, gefeit gegen Beschimpfungen, Bestechungen und die Gefahr körperlicher Gewalttätigkeit. Vielleicht war es nur ein dumpfer Protest gegen ein Leben voll uneinträglicher Faustschläge, der ihn dazu brachte, seinen Sinn gegen uns abzuriegeln und sich zu weigern, sich weiter von diesen bleichgesichtigen Schakalen erniedrigen zu lassen, die hoch auf den Schultern eines übergrossen, überschätzten Versagers ritten.

Am Morgen des Kampftages hatte der Indianer immer noch nicht nachgegeben, und wir alle waren sehr nervös – das heisst alle ausser Toro, der wirklich zu glauben begann, dass er so ein Naturboxer sei, wie Acosta es ihm eingeredet hatte. Ich schlagg ihn, und er geh bumm – so schien es Toro wirklich, als ein Gegner nach dem anderen unter seinem lächerlichen Ansturm zu Boden fiel.

Sobald Nick angekommen war, liefen wir in seine Suite hinüber und legten unsere Sorgen in seinen Schoss. Die Maniküre war eben mit den letzten Feinheiten ihrer Arbeit an seinen Nägeln beschäftigt, als wir zu ihm kamen. Ruby traf uns in der Tür. Sie ging in den Schönheitssalon hinunter, obwohl sie aussah, als wäre sie gerade aus einem gekommen. Der Killer sass am Telephon und traf für Nick eine Verabredung mit Joe Gideon, der den Spielsaal unten leitete. Offenbar war das Syndikat auch an dieser Bude beteiligt.

«So könnt ihr zwei Genies nicht einmal mit einem vertrottelten Boxer fertigwerden», sagte Nick. «Was würdet ihr tun, wenn ich nicht da wäre? Wisst ihr, deshalb wird schliesslich all das Geld bei uns landen müssen.» Er betrachtete seine gepflegten, wohlpolierten Fingernägel. «Sagt Miniff, er soll mir den Burschen herschicken.»

Wir gingen in die Arena, wo Toro und der Häuptling eben gewogen wurden. Vince flüsterte Miniff etwas zu, der das Wort heimlich dem Indianer weitergab. Zuerst, sagte uns Miniff, wollte Donnervogel nichts damit zu tun haben. Aber Miniff schilderte ihm eindrucksvoll, welch grosser Mann dieser Latka wäre, und deutete an, dass er vielleicht daran interessiert wäre, den Vertrag Donnervogels zu kaufen und ihn nach dem Osten zu bringen, wo er im Hallenstadion kämpfen würde. Die Hoffnung ist die blinde Mutter der Dummheit, und der grosse Tölpel fiel darauf hinein.

Ich ging nach der Garderobe zurück und sass bei Toro, während er sich nach dem Wägen wieder anzog. Er wog zweihundertneunundsiebzig Pfund, vier Pfund mehr als beim letzten Kampf. Toro zog den zweireihigen graukarierten Anzug an, den ich ihm in Los Angeles ausgesucht hatte. Er betrachtete sich im Spiegel und lächelte der gepflegten, gutangezogenen Gestalt zu, die ihm daraus entgegensah.

«Sie sehen schneidig aus, Toro», sagte ich.

«Sie machen Bild?» fragte Toro. «Ich sende Bild an Mama und Papa, ihnen zeigen, dass ich anziehen bin wie ein de Santos.»

«Sicher, wir schicken alles, was Sie wollen», sagte ich.

«Señora Latka, sie ist auch hier?» fragte Toro, als wir den Umkleideraum verliessen.

«Ja, sie ist mit Nick hier», sagte ich.

«Ich gehe jetzt, sie besuchen», sagte Toro.

«Immer langsam. Sie werden sie sehen, wenn Sie Nick sehen.»

«Wir gehen für Spazier. Wir sprechen.»

«Das habe ich bemerkt», sagte ich. «Ich vermute, Nick hat's auch bemerkt. Worüber sprecht ihr denn?»

«Wir sprechen... nett», sagte Toro.

«Auf spanisch», sagte ich. «Erzählen Sie mir's auf spanisch.»

«Die Señora ist sehr freundlich und mitfühlend», erklärte Toro.

«Sie ist mehr wie die Damen von Argentinien. Ich gehe gern mit ihr zur Kirche. Und nach der Kirche erzähle ich ihr vom Leben in meinem Dorfe. Von meiner Familie. Vom Dia del Vino, dem ersten Vollmond der Erntezeit, wenn aus dem Dorfbrunnen Wein für alle fliesst und selbst die Dorfbettler wie grosse Herren umhertaumeln.»

Vielleicht war das alles, dachte ich. Ruby war mit ihrem Instinkt, sich an Männer heranzumachen, mehr wie die Frauen aus Toros Dorf. Vielleicht rührte Ruby nur die persönlichen Saiten an, die anzurühren wir anderen zu faul, zu egoistisch oder zu beschäftigt waren. Aber die Furcht – die durch nichts, was ich gesehen hatte, berechtigt war und die nur in den üblen Hinterhöfen meines Hirnes herumlungerte – dass ihre Berührung persönlich werden könnte, liess mich sagen: «Machen Sie's ein bisschen langsam mit ihr, Toro. Ich habe Nick schon wütend gesehen. Ich möchte nicht, dass er auf mich wütend würde.»

«Aber an dem, was wir tun, ist nichts Böses», sagte Toro auf spanisch. «Sie ist eine gute Frau. Sie geht zur Kirche. Wir tun niemandem etwas Böses.»

Wir gingen zum Hotel zurück. «Dieser Mann, gegen den ich heute boxe – grosser Bursche?» fragte er.

«Ja, er ist gross», sagte ich, «aber Sie sollten ihn schon schlagen. Schlagen Sie nur fest drauf los.»

Ich war neugierig, wie Nick mit dem Indianer fertigwürde. Der Indianer taugte nicht viel. Er war leicht zu treffen und ebenso durch seine Muskeln behindert wie Toro, aber er war ein besserer Kämpfer mit besserer Koordination, und ich wollte nicht daran denken, was er Toro antun würde, wenn er sich weiterhin weigerte, zu Boden zu gehen.

Ruby war immer noch unten im Schönheitssalon, also ging Toro auf sein Zimmer, um die drei Koteletts wegzustauen, die ihn bis zum Kampf am Leben erhalten mussten. Ich dachte, es würde interessant sein, wie Nick den Indianer begaunerte, aber als ich meinen Kopf in die Tür steckte, sagte Nick mir, das wäre eine vertrauliche Angelegenheit zwischen ihm und dem Burschen, und ich sollte mich verziehen. An der Bar traf ich Miniff, den man auch nicht eingelassen hatte. «Herrje, mach ich mir Sorgen», sagte er mit einem Seufzer der Käuflichkeit. «Sie müssen zugeben, meine Krüppel sind immer zuverlässig gewesen. Wenn ich sag, sie klappen zusammen, dann klappen sie zusammen. Wenn dieser Tölpel mich reinlegt, dann ist das grässlich für meine Reppatation.»

Etwa eine halbe Stunde später kam der Indianer herunter. Miniff winkte ihm. Er wollte sich mit ihm in die Ungestörtheit der Herrentoilette neben der Bar zurückziehen.

«Nun, was ist? Schiess los», bat Miniff.

«Er sagte mir, ich sollte niemandem was sagen», antwortete der Indianer.

«Aber du wirst uns doch nicht mit deinem Spass um den Extrazaster bringen. Du und Nick, habt ihr euch geeinigt?»

«Er ist ein recht schlauer Geselle», sagte der Indianer, und mehr wollte er nicht sagen.

Eine halbe Stunde vor Beginn des Kampfes wusste ich noch nicht mehr als unsere barzahlenden Kunden. Als Benny Mannix aus der Garderobe des Indianers kam, um so zu tun, als beobachtete er, wie Doc Toros Hände bandagierte, fragte ich ihn, ob er wisse, was los sei.

Benny schüttelte voll gereizter Verwirrung den Kopf. «Das ist wahrhaft die Höhe. Weisst du, was der Kerl tut? Er nimmt mich zur Seite und sagt mir, ich soll ihm ein Stückchen dünnen Draht bringen. Dünnen Draht will der Kerl! Und ein paar Minuten später, als ich den Draht besorgt habe, sagt er: ‚Das ist gut. Jetzt hol mir eine Zange, und triff mich im Klo.' Ich denke, der Kerl wird ein bisschen blöd, so versuche ich, es ihm auszureden. ‚Schön', sagt er, ‚schön, nach dem Kampf werde ich Nick einfach sagen, dass du nicht mitarbeiten wolltest.' ‚Willst du sagen, dass das Nicks Idee ist?' frage ich. ‚Wer sonst hat denn hier eine Idee?', antwortet dieser Donnervogel. So mach ich meine Klappe zu, bevor ich noch mehr Fliegen fange, und treffe ihn mit der Zange im Klo, wie er's verlangt hat.»

«Warte, Benny», sagte ich, «lass mich erst deinen Atem riechen.»

«Ich will auf der Stelle tot umfallen, wenn's nicht so war, wie ich dir's erzähle», sagte Benny, beleidigt darüber, dass ich an seiner Wahrheitsliebe zweifeln konnte. «Und als wir da zusammen im Klo sind, sagt er: ‚Jetzt schneid ein kleines Stück ab.'

‚Wie klein?' frage ich.

‚Klein genug, um in meinen Mund zu passen', sagt er.

‚Was zum Teufel?' sag ich.

‚Hast du einen Gummi bei dir?' fragt er.

‚Einen Gummi?' sag ich. ‚Sicher, aber...'

‚Schön, jetzt steck den Draht in den Gummi', sagt er. ‚So, das ist richtig. Jetzt behalt das in deiner Tasche, und wenn du mir den Zahnschutz in den Mund steckst, dann pass auf, dass du das darunter hast, so dass es flach an meinem Zahnfleisch liegt.'»

«Heiliger Jesus», sagte ich.

«Ich hab schon viele Tricks gesehen, aber der ist mir neu», sagte Benny.

So war es also, als der Kampf begann. Beim ersten Mal, als Toro seine Linke dem Indianer ins Gesicht hielt, tat der dünne Draht seine Arbeit, und Blut begann aus einem Mundwinkel des Indianers zu tropfen. Aber es störte ihn noch nicht. Er wehrte sich. Er konnte mit seiner Linken ein bisschen schlagen, und er schoss sie zweimal vor und drängte Toro zurück. Die Kunden standen auf und schrien. Es sah aus, als könnte der Indianer etwas gegen ihn ausrichten. Wieder konnte man die Gier der Masse fühlen, den Riesen zusammengeschlagen und erniedrigt zu sehen. Männer, die gut zu ihren Müttern waren und ihre Kinder liebten, schrien dem Indianer Ermutigungen zu, erfüllt von leidenschaftlichem Hass gegen die mächtige, unfähige Gestalt, die sich vor ihm zurückzog. Aber jedesmal, wenn Toro ihm seinen linken Handschuh ins Gesicht stiess, floss Blut heraus. Am Ende der Runde sah der Indianer aus, als hätte er mit dem Gesicht ein fahrendes Lastauto angehalten.

Miniff und Benny taten zwischen den Runden, was sie für die Schnitte tun konnten. Der Indianer kam mit einem rechten Schwinger aus seiner Ecke, der Toro aufstöhnen liess. Aber im Clinch, der darauf folgte, bearbeitete Toro das Gesicht seines Gegners mit seinen Pfoten, und der Mund des Indianers wurde zu einer blutigen Schweinerei. Auch Toros Handschuhe wurden ganz klebrig davon, und jedesmal, wenn er damit ans Gesicht des Indianers streifte, hinterliessen sie hässliche rote Flecke. Der Indianer griff immer weiter an, aber das Blut, das ihm aus dem Munde strömte, begann, ihn zu stören. Bevor die Runde halb vorüber war, waren sein Mund und Toros Handschuhe so durchnässt, dass sie ein übelkeiterregendes, quatschendes Geräusch machten, wenn sie zusammenkamen.

«Brecht den Kampf ab, brecht den Kampf ab», riefen einige Leute in den ersten Reihen. Frauen versteckten ihre Gesichter hinter den Programmen. Der Indianer sprang mit prahlerischem Mut aus seiner Ecke, aber sein Gesicht war eine blutige Maske. Er verfehlte einen wilden Schwinger, der das weisse Hemd des Schiedsrichters und einige Leute in der ersten Reihe mit Blut bespritzte. Toro wandte sich ab und sah den Schiedsrichter mit fragenden Augen an. Er hatte keinen Magen für so was. Die weichherzigeren unter den Sportfreunden und die, die auf einen frühen Knockoutsieg gewettet hatten, standen jetzt auf und riefen im Sprechchor: «Abbrechen, abbrechen!» Der Indianer, der sah, wie der Schiedsrichter auf ihn zukam, schüttelte den Kopf und griff rücksichtslos an. Aber der Schiedsrichter ergriff ihn am Arm und führte ihn, anscheinend unter Protest, in seine Ecke zurück. Alles war vorüber. Der Riese aus den Anden hatte seinen sechsten Sieg in ununterbrochener Reihe durch einen technischen Knockout gewonnen.

Toro bekreuzigte sich, wie er es vor und nach jedem Kampf tat. Dann ging er auf die andere Ringseite, um zu sehen, ob es dem Indianer gut ginge. Der Indianer, dessen Mund immer noch heftig blutete, stand auf, um Toro zu umarmen. Die Menge war begeistert. All ihr Blutdurst hatte sich plötzlich in Sentimentalität verwandelt. Toro bekam einen schönen Applaus, als er den Ring verliess. Aber alle standen auf und jubelten und klatschten Beifall, als der Indianer, den Mund von blutgetränkter Watte verstopft, durch die Seile kletterte. Die Burschen aus dem Schutzgebiet, die oben auf der Galerie sassen, schrien begeistert seinen Namen, und er antwortete mit einer Handbewegung, die voll Stolz war.

Nick sah zu mir herüber und blinzelte. «Guter Kampf», sagte er. Es hatte wirklich überzeugend ausgesehen. Ich fragte mich, welcher Anflug von Sadismus Nick dazu gebracht hatte, sich einen solchen Trick auszudenken. Vielleicht war es bloss eine harte, gesunde Geschäftsidee. Nick kannte keinen Blutdurst. Nur Gelddurst.

«Das war zu blutig», sagte Ruby. «Ich sehe einen solchen Kampf gar nicht gern.»

«Ach, das war nichts», sagte Nick, der sich über Rubys Reaktion freute. «Ruby entgehen alle Knockouts», sagte er. «Sie versteckt immer ihr Gesicht hinter der Hand.»

«Ich mag nicht sehen, wie diese Burschen verletzt werden», sagte sie. «Ich bin wenigstens froh, dass es nicht Toro war.»

Ich ging nach unserer Garderobe zurück. Toro lag auf dem Tisch und wurde massiert. Danny war in einem Sessel zusammengesunken und starrte auf den Fussboden. Er war seit unserer Ankunft in Las Vegas dauernd betrunken.

Vince begann eine komische Pantomime, in der er Dannys Zustand nachmachte. In diesem Akt der Herablassung, der zu meinem Vergnügen vorgeführt wurde, war mehr als eine Andeutung von Kameradschaft zwischen uns. Du und ich sind die Burschen, die dieses Theater in Funktion halten, schien die Grimasse zu sagen. Und plötzlich erkannte ich mit ekelerregendem Schock, dass meine alte Feindschaft gegen Vince, die ich noch während der Bahnfahrt nach dem Westen stolz zur Schau gestellt hatte, in meinem Geiste immer mehr in den Hintergrund geschoben und diskret aufgehoben worden war, während unser gemeinsames Interesse an unserem Unternehmen uns unvermeidlich immer näher zusammenbrachte.

«Was machst du heute abend, Söhnchen?» fragte Vince. «Wie wär's, wenn wir beide ausgingen und in Schwierigkeiten gerieten?»

Ich war Vinces Freund. Ein schrecklicher Gedanke. Alle meine Beleidigungen waren harmlos von ihm abgeprallt. Ihre spitze Gemeinheit hatte nur geholfen, unsere Beziehung vertraulicher zu machen, als sie es gewesen wäre, wenn ich ihn einfach übersehen hätte. Vince, der die unerträgliche Einsamkeit des in Herden lebenden Lumpen litt, hatte mich als Freund angenommen.

«Sag mir, wohin du gehst, damit ich dort ganz bestimmt nicht hingehe», sagte ich.

«Triff mich gegen zwölf in der Krazy Kat», sagte Vince, gerade so, als hätte ich gebettelt, ihn begleiten zu dürfen. «Da treiben sich diese Scheidungsweibchen herum. Wolln ein bisschen Schürzen jagen.»

So sprachen alle in der Strasse, in der ich arbeitete. So sprach auch ich allmählich schon. Aber irgendwie hörte ich Vinces Worte jedes für sich in seiner verlorenen und gottverlassenen Gemeinheit aus dem fetten weissen Hals über dem offenen gelben Sporthemd kommen. Es waren nicht vertraute, bedeutungslose Redensarten, sondern einzelne Anklagepunkte, die mir meine Erniedrigung vorwarfen. Statt der Anklage offen entgegenzutreten, wich ich aus und ging an die Massagepritsche, wo ich auf Toro hinabblickte. Doc massierte einen roten Fleck auf seinen Rippen, wo der Indianer seine Rechte hingeschlagen hatte.

«Schöner Kampf, Toro», sagte ich.

«Zu viel Blut», sagte Toro. «Nix gern, er so viel bluten.»

«Er macht sich um den anderen Burschen Sorgen», sagte Doc. Sein feuchtes, reizloses Gesicht wurde von einem unfrohen Lächeln gerunzelt.

«Was ist mit dem Indianer?» fragte ich Doc. «Ist der in Ordnung?»

«Ich vermute, er überlebt's», sagte Doc. «Aber ich wette, er wird in den nächsten zwei Tagen sein Essen mit dem Strohhalm zu sich nehmen. Diese Blutgefässe in seinem Zahnfleisch sind wahrscheinlich verteufelt zerschnitten.»

Ich ging in den Korridor, um selbst nachzusehen. Wenn der Klubarzt ihn ins Krankenhaus schickte, dann musste ich das wissen. Im Geiste sah ich schon die Schlagzeilen – einen Kasten auf der Sportseite – *Molinas TKO-Opfer in Krankenhaus*. Eine Sekunde lang war ich entsetzt, als ich feststellte, dass ein bösartiger Wunsch der Vater dieses Tagtraums, oder vielmehr Nachttraums, war.

In der anderen Garderobe arbeitete der Hausarzt immer noch an dem Indianer. Eine kleine Gruppe von Helfern und wohlwollenden Leuten stand um den Tisch. Ihre gespannten, schweigenden Gesichter waren auf den schrecklichen Mund des Indianers gerichtet.

Miniff stand ohne Hemd am Waschbecken und wusch sich die Hände und das Gesicht. Endlich einmal war er ohne Hut, und sein kleiner Kahlkopf sah nackt und mitleiderregend aus. Nervöse blaue Adern liefen im Zickzack darüber hin. Er war so klein, dass er sich auf die Zehen stellen musste, um in den Spiegel zu schauen.

«Wie geht's Ihrem Mex?» fragte ich.

«Der gehört mir nicht mehr», sagte Miniff. «Sobald ich meinen Scheck bekomme und ihn ausbezahlt habe, gebe ich ihm für immer den Abschiedskuss. Ich will mit dem nichts zu tun haben.»

«Das ist das erste Mal, dass ich sehe, wie Sie einen Dollar wegwerfen», sagte ich.

Miniff nahm den kurzen, zerkauten Zigarrenstummel, den er sorgfältig auf den Rand des Beckens gelegt hatte, und schüttelte den Kopf. «So was will ich nie wieder durchmachen. Der hat mich verrückt gemacht. Mit dem will ich nix zu tun haben. Der Narr verdirbt mir's beinah mit einem grossen Mann wie Latka, und dann lässt er sich zu einem Hacksteak verarbeiten, wenn er sich nett und bequem in der ersten Runde hätte hinstrecken können, als wäre er zu Hause im Bett. Den kann ich nicht begreifen.»

«Er musste seinen Stolz bewahren», sagte ich.

«Stolz!» Miniff schien das Wort zu kauen und wieder auszuspucken. «Möchten Sie sich den Mund in Streifen schneiden lassen, wenn Sie sich ganz leicht hinfallen lassen können, ohne sich auch nur den Ellenbogen zu zerschinden?»

«Ich weiss nicht», sagte ich. «Vielleicht, aber ich weiss es nicht.»

«Stolz, so ein Mist», sagte Miniff.

Der Arzt hatte beschlossen, den Indianer auf zwei Tage ins Krankenhaus zu schicken. Nichts Ernsthaftes, nur oberflächliche Blutungen, aber er wollte nichts riskieren.

Ich lief hinaus, mich zu versichern, dass ein paar Photographen bereitstanden, um den Indianer zu knipsen, als er in das Krankenhaus verladen wurde. Das war eine Reklame, die einem einfach in den Schoss fiel. Die kann man nicht kaufen, und die kann man nicht erfinden. Eine kleine Menge von Wichtigtuern drängte sich um ihn. Zwei Leute riefen: «Fein gemacht, Häuptling!» Der Indianer winkte schwach. Ihm musste ziemlich schlecht sein, so viel Blut hatte er geschluckt. In seinem dummen und unnötig brutalen Märtyrertum hatte er seinen Sieg gewonnen. Für uns war es nur ein weiteres kleines Scharmützel in einem langen Feldzug gewesen, aber der Indianer hatte sein Blut für eine Sache vergossen, die weder Nick noch Miniff noch Vince jemals verstehen konnten.

FÜNFZEHNTES KAPITEL

ICH nahm mir nicht die Mühe, in den Umkleideraum zurückzugehen. Danny hatte schon so viel getrunken, dass er einem keine Gesellschaft mehr leisten konnte, und die Erkenntnis, dass ich in die Zone von Vinces Vertraulichkeit getrieben war, riss mich zurück. Ich verliess die Arena und machte mich auf die einsame Suche nach einem ruhigen Lokal, wo ich mir einen Schnaps kaufen könnte. Aber die erste Bar war eine zu üble Kaschemme, und die zweite war zu voll und die dritte zu trübsinnig, und so kam es, dass ich plötzlich am Ende der kurzen Strasse war, die in die Wüste hinausführt.

Es war eine milde Nacht mit Millionen Sternen am Himmel. Die Ruhe führte mich von dem sinnlosen Lärm vieler Münder weg, weg von den Bars und den Musikautomaten. Ich musste denken. Es war lange her, seit ich zu denken versucht hatte. Im Boxbetrieb dachte ich nicht. Da hatte ich nur gute Einfälle, plötzliche Geistesblitze, gebrauchte sie, hielt die Drähte glühend. Als ich ein Bub war, züchtete ich Schildkröten. Ich nahm eine aus ihrem Terrarium, und sofort zog sie Kopf und Füsse ein und wurde ein kalter, toter Klumpen. Einen Augenblick zuvor war sie ein lebendes, hastendes Ding gewesen. Ich liess sie in ein anderes Terrarium fallen, und ihr Kopf kam schnell hervor. Ihre Füsse schossen heraus, und sie krabbelte wieder herum. Sie hatte keine Ahnung, wohin zum Teufel sie ging, aber sie bewegte sich mit verzweifelter, zielloser Hast, genau so, wie man mich in den Boxbetrieb hatte fallen lassen und darin umherlaufen liess. Aus irgendeinem Grunde, den ich nicht verstand und gegen den ich mich nur in seltenen, ungewöhnlichen Augenblicken wehrte, begann mein Hirn automatisch Funken zu sprühen, meine Beine begannen zu funktionieren, und ich war wieder auf meiner fieberhaften, sinnlosen Reise in meinem kleinen Terrarium rund herum.

Ich legte meine Hand an den Mund. Einen Augenblick lang wusste ich nicht, warum, und dann erinnerte ich mich an Häuptling Donnervogel. Ich hatte keinen dünnen Draht gegen meinen Gaumen gedrückt, aber ich peinigte mich mit stahlspitzen Selbstvorwürfen in einer letzten Anstrengung, das festzuhalten, was von meinem Stolz noch übrig war. Die Ereignisse des Abends zogen in all ihrem kitschigen Melodrama an mir vorüber. Nick, Vince, Danny, Doc und Toro, diese monströse Gestalt, die zu schaffen ich mitgeholfen hatte. Ich musste von allen weg. Ich musste aus diesem Rattenrennen heraus, ehe die Falle zuschnappte. Wie hatte Beth meinen Beruf genannt? Mit dreissig interessant, mit vierzig eine Sackgasse, mit fünfzig eine letzte Zuflucht für einen Strolch.

Beths Worte. Beth und ihr verdammtes Neuengland-Gewissen verfolgten mich den weiten Weg bis hierher in die Wüste. Wie sehr hatte ich Beth eigentlich begehrt? Waren wir jemals «für einander bestimmt» wie die Liebesleute auf der Filmleinwand? Hatte ich Beth jemals heiraten wollen? Waren meine gelegentlichen Heiratsgelüste einfach automatische Reaktionen auf Beths Verlangen nach Dauer? Die versuchsweise, die zufällige Beziehung widersprach ihrer ganzen Erziehung. Hinter all ihrer Unzufriedenheit mit mir stand die Furcht vor Unsicherheit, Ziellosigkeit und Mangel an Dauerhaftigkeit. Fern von ihr, in einer Welt, die sie nie begreifen konnte, war ich entwurzelt, verfaulte ich.

Ich wollte Beths Stimme wieder hören. Ich glaube, mir fehlte sogar die forsche Ungeduld, mit der sie mich gern entliess. Ich ging die neonlichtstrahlende Strasse zurück, bis ich an eine kleine Kneipe kam, die Jerry's Joynt hiess. Ich ging an der Bar vorüber in die Telephonzelle im Hintergrund. Ich gab der Telephonistin Beths Nummer. Die Linien waren besetzt, es würde ein paar Minuten dauern, sagte sie. Ich ging an die Bar zurück, um zu warten. Alle Gäste schienen entweder schweigend trübsinnig oder geschwätzig unglücklich.

Ein Bursche in Cowboystiefeln unten an der Bar erzählte dem Barmann von unserem Kampf. «Der gottverdammt beste Kampf, den ich je gesehen habe», sagte er. «Der gottverdammt blutigste Kampf, den ich je gesehen habe. Mike, den hätten Sie sehen sollen.»

Neben mir vertraute ein schäbiger, kleiner Betrunkener seine Ehekümmernisse einem nur halb zuhörenden Lastwagenfahrer mit einem Gewerkschaftsknopf an der Mütze an.

Ich schaltete alle Leute völlig ab und versuchte, meinen eigenen Gedanken zu lauschen. Welch eine Szene für ein Schauspiel würde ein solches Lokal abgeben. Gorkis «Nachtasyl» mit einer Besetzung ganz aus Las Vegas. Beth würde zufrieden sein, dass ich in Begriffen eines Schauspiels dachte und nicht einer Boxschiebung. Das Telephon klingelte. Ich eilte in die Zelle, um zu antworten. «Hallo. Wegen Ihres Anrufs nach New York City. Die Linien sind noch besetzt. Soll ich Sie in zwanzig Minuten wieder anrufen?»

Noch zwanzig Minuten, noch ein Schnaps, noch eine Pechgeschichte von dem Kerl, der nicht zu seiner Frau nach Hause gehen wollte. Alkohol lässt einige Leute ehrlich und gut sprechen. Er treibt andere zu närrischen Lügen. Alkohol verlangsamt meinen Rhythmus, deprimiert meine Nerven, lässt Ängste los, die in mir lauern. Ich dachte voll Neid an Toro, der oben im Hotel in heiterer Unwissenheit schlief. Der Mammutmensch Molina, der Hirnanhangfall aus den Anden, der auch weiterschlafen würde, wenn er morgens erwachte. Als ich an Toro dachte, erinnerte ich mich in einer jener seltsamen Gedankenreihen an eine englische Leseaufgabe im ersten Semester: an John Miltons «Samson Agonistes», den mächtigen Riesen in den Händen seiner Feinde, die ihn geblendet hatten und ihn in Ketten zur Belustigung der Volksmenge der Philister ausstellten.

Aber wie konnte Samsons Unglück mit dem Toros verglichen werden, wenn all diese Idioten vor ihm auf ihre breitgeschlagenen Gesichter fielen? In welcher Gefahr war er? Gefahr? Ein rotes Licht blitzte in meinem Hirn auf. Ich wurde von einem unausweichlichen Vorgefühl gepackt, und doch hätte ich mir wahrhaftig nicht vorstellen können, was ihm geschehen sollte. War dieses rote Licht wirklich in meinem Hirn, oder war es nur die rot aufblitzende Neonröhre vor dem Fenster, die die Worte «Jerry's Joynt» buchstabierte?

Die Klingel in der Zelle schlug dringlich an. Ich torkelte hin und hatte endlich den Hörer vom Haken genommen. Ja, ja, hier sprach Mr. Lewis. Könnte ich jetzt meine Verbindung bekommen?

Als die Tür geschlossen war, konnte ich in der Zelle kaum atmen. Die Stickigkeit machte mich schwindlig, liess die Wände um mich schwimmen, immer herum und herum in meinem Kopf.

«Hallo, hallooo, Liebling?»

«Hallo, Eddie. Was ist denn mit dir los?»

«Ich weiss, ich weiss. Ich wollte dir immer schreiben... Aber hier war eine solche Hetzjagd... Ich habe in Los Angeles einen langen Brief an dich angefangen...»

Ich brauchte keinen Fernsehapparat, um zu sehen, wie Beth am anderen Ende der Leitung halb belustigt, halb resigniert den Kopf schüttelte.

«Eddie, manchmal glaube ich, du willst einfach originell sein.»

«Wie geht's denn immer, Beth? Du hättest mir auch schreiben können, weisst du?»

«Hier ist wirklich gar nichts losgewesen, Eddie. Es ist nicht viel geschehen. Ich habe nur gearbeitet und bin früh nach Hause gegangen. Hab viel gelesen.»

«Am Samstag, als ich dich anrief, warst du um zwei Uhr früh noch nicht zu Hause.»

«Ach, ich war wahrscheinlich übers Wochenende weggefahren. Ich bin viel zu Martha hinausgefahren.»

Martha hatte mit Beth im Smith-College das Zimmer geteilt. Sie hatte als Modezeichnerin ziemlich viel Aufsehen erregt. Martha hatte nie sehr zart verborgen, was sie von mir hielt. Ich wusste, dass es meiner Sache nicht nützte, wenn Beth so viel bei Martha draussen war.

«Martha hat endlich beschlossen, ihre Stellung aufzugeben und zu heiraten. Einen schrecklich netten Burschen aus Brookline. Du kennst ihn nicht. Sie will sich wirklich zur Ruhe setzen und eine Familie gründen.»

«Warum zum Teufel sprechen wir von Martha? Wie wär's mit uns, Baby? Wir sind schon so lange voneinander getrennt, und wir haben noch nicht angefangen, von dir und mir zu sprechen.»

«Gibt's über uns was Neues zu sagen, Eddie?»

«Nun, mir hast du verteufelt gefehlt. Aber du hast recht. Ich glaube, das ist nicht sehr neu.»

«Mir hast du auch gefehlt, Eddie. Wirklich. Ich wollte aber, es wäre nicht so. Ich fühle, dass es eine Art Schwäche von mir ist... dich noch haben zu wollen.»

«Jetzt hör zu, Beth. Warum sollen wir ein Problem daraus machen? Wir haben einander schon endgültig auf dem Buckel. Warum entspannst du dich nicht und gibst es zu?»

«Du scheinst schrecklich nüchtern zu sein. Bist du heute abend nüchtern, Eddie?»

«Mehr als nüchtern, Baby. Ich habe nachgedacht. Dieser Kampf, den wir heute abend hatten, hat das Mass so ziemlich voll gemacht. Ich bin beinahe so weit, dass ich Nick sagen möchte, er solle sich einen andern suchen.»

«Nur beinahe so weit, Eddie? Eddie, wirst du denn nie wirklich so weit sein?»

«Sicher, sicher, ich bin so weit, aber du weisst, wie Nick ist. Man kann nicht einfach zu ihm gehen und weglaufen. Man muss sich langsam herausschleichen.»

«Aber du bist herausgeschlichen, seit ich dich kenne.»

«Warte nur, Beth. Ich werde es dir beweisen. Ich sollte in ein paar Monaten zurücksein. Warte auf mich, Beth.»

«Warte auf Nick, willst du sagen. Ach, Eddie, lass ihn sitzen. Es ist leicht, glaub mir das.»

«Ich will's tun. Ich werde es tun. Aber ich muss vorsichtig sein. Du verstehst das nicht. Ich brauche jeden Batzen, den ich herausholen kann. Dann...»

«Schön, Eddie. Sammle all die Batzen, die du kriegen kannst. Halte dich weiter zum Narren.»

«Um Christi willen, Beth, was soll ich denn sonst tun? Warte nur, und du wirst sehen.»

«Ich weiss nicht, was du sonst tun kannst. Ehrlich nicht. Lass mich wissen, wann du genug hast. Leb wohl, Eddie.»

Sie hängte ein, während ich noch «Leb wohl» sagte. Ich riss die Klapptür der Zelle auf und trat in den Lärm von Jerry's Joynt zurück. Ich ging an die Bar, um noch ein Glas zu trinken. Vielleicht hätte ich Beth nicht anrufen sollen. Vielleicht hätte ich sofort zu Nick gehen und meine Uniform abgeben, aus dem weichen Bett herauskriechen und nach Osten fahren sollen. Vielleicht hätte ich nur mit mir selbst sprechen und mich ein für allemal entscheiden sollen, das zu tun, was ich tun musste. Nun, schliesslich hatte ich Nick noch einiges zu sagen, und jetzt war der Augenblick, es mir von der Seele zu reden, bevor ich mich davonmachte.

Die Gesellschaft bei Nick sah aus wie ein Cecil de Mille-Film, der zeigt, wie moderne Raubritter sich unterhalten. Als ich kalt von meiner Einmann-Sauftour hineinkam, hatte ich den Eindruck von grossen, wohlhabenden, dickfelligen Säugetieren der männlichen Abart, die laut aus ihren umfangreichen Bäuchen lachten, und von Frauen, die Aphroditen aus dem Schminkkasten waren, nichts als Augenbrauenstift, Liderschminke, Lippenrot, Frisuren und Parfums, die einen zu den üblichen Leidenschaften anstachelten. Ruby schwebte kühl und damenhaft auf mich zu. Sie trug ein Abendkleid aus schwarzem Tüll und einen spanischen Kamm im Haar. Sie war auf eine entrückte und prächtige Art sinnlich. Rubys Augen hatten einen seltsamen Glanz, und sie ging mit verräterischer, aber erfolgreicher Bemühung um ihr Gleichgewicht.

«Na, es wird langsam Zeit, dass Sie erscheinen, Eddie», sagte sie und küsste mich zärtlich auf die Wange. «Kommen Sie rüber, und ich schenke Ihnen ein Glas ein.»

Wenn ich Ruby ansah und sie dann sprechen hörte, war ich immer wieder überrascht. Sie war ein gewöhnliches Revuemädel, das in einer hochadligen, prunkvollen Rolle auf die Bühne geht, wobei der Autor vergessen hat, etwas zu schreiben, das sie sagen könnte.

«Wir hatten alle gehofft, Sie würden Toro mitbringen», sagte Ruby.

«Toro ist ein Bauernbursche», sagte ich. «Der braucht seine Ruhe. Dieses Zeug ist nicht gut für ihn, Ruby. Er ist so schon verwirrt genug.»

Sie blickte zu mir auf, aber ich war nicht ganz sicher, ob sie es verstanden hatte. Das war auch so eine Sache mit Ruby. Sie konnte einen ruhig mit ihren erweiterten, dunklen Pupillen ansehen, als reagierte sie mit höchstem Verständnis, aber es war nur eine überzeugende Nachahmung von Verständnis.

«Er ist ein so süsser Junge», sagte sie. «Nimmt seine Religion so ernst. Ich gehe zu gern am Sonntag mit ihm. Ehrlich, wir können von Leuten mit so einfachem Glauben lernen.»

«Ja», sagte ich und griff nach meinem Glas, «ich glaube, das können wir. Wo ist Nick, Ruby? Ich muss ihm was sagen.»

«Dort drüben», sagte sie und deutete mit dem Kopf. «Mit dem dicken Mann in der Ecke.»

Auch Nick hatte ein Glas in der Hand, aber er musste es schon den ganzen Abend lang so gehalten haben. Nick war zu schlau und zu systematisch. Seine Pläne waren zu fein gewoben, als dass er wahllos getrunken hätte. Nick trank, wenn er trinken musste, um jemanden zu beruhigen. Jetzt in den lotterigen, verräterischen frühen Morgenstunden brachte er es fertig, bemerkenswert elegant, nüchtern und hellwach zu sein. Sein kunstseidener Massanzug passte ihm beinahe zu gut, und sein mageres, scharf ausrasiertes dunkles Gesicht wirkte im Gegensatz zu den verquollenen, schlaffen Zügen seiner Gäste noch schärfer als sonst.

«Hallo, Shakespeare», sagte er, erfreut, mich zu sehen.

«Nick», sagte ich, «ich will mit dir sprechen.»

«Ich auch mit dir, Eddie», sagte er. «Wir wollen auf zwei Minuten auf den Balkon gehen.»

Er stand mit gespreizten Beinen auf dem Balkon und blies Rauch in die Nacht.

«Ich wollte, diese Idioten gingen endlich weg», sagte er.

Er bot mir eine Zigarre an, aber ich lehnte sie ab. Ich hatte jahrelang Nicks Zigarren geraucht und Rauchringe geblasen, die dann den Namen Nick Latka formten oder Toro Molina oder was er sonst im Sinne hatte.

«Nick, ich...», wollte ich anfangen.

«Ich weiss, was du sagen willst», unterbrach mich Nick. «Und ich bin dir zuvorgekommen. Du meinst, du solltest eine Gehaltserhöhung haben. Nun, darüber wirst du mit mir nicht streiten können. Du hast verdammt gut gearbeitet, Eddie. Du hast das Publikum wirklich dazu gebracht, zu glauben, dass diese traurige Figur ein grosser Boxer ist. Ich bin ein Optimist, aber ich hatte nicht gedacht, dass die Boxfreunde ihn so schnell schlucken würden. Du warst lange nicht im Osten, also weisst du nicht, was gespielt wird. Wir sind jetzt so weit, dass wir aus dieser Hühnerfutterrundreise rauskommen. Charley Spitz in Cleveland sagt, er habe fünftausend bereit, wenn Toro gegen jemanden boxt, ganz gleich wen, und wenn's Joe Umfaller ist. Die Kunden wollen ihn einfach sehen. In Chicago können wir eine Garantie von fünfzehntausend gegen vierzig Prozent der Bruttoeinnahme bekommen, wenn er gegen Red Donovan antritt. Reds Manager, Franc Conti, schuldet mir eine Gefälligkeit. Dann, nach einem Sieg über Donovan, der ein paar recht ordentliche Burschen geschlagen hat, wird Onkel Mike bereit sein, uns ins Hallenstadion zu bringen. Quinn hat mit Mike schon darüber gesprochen, und die wollen vielleicht Toro gegen Lennert stellen, etwa zwei Monate nach dem Lennert–Stein-Kampf vom Donnerstag.»

«Aber sie gehören dir doch beide», sagte ich. «Ist es nicht ein schlechtes Geschäft, einen den anderen ausschalten zu lassen, wenn...»

«Ich bin dir immer noch voraus», sagte Nick. «Vergiss nicht, dass ich offiziell mit Toro noch nichts zu tun habe. Ich habe immer noch Vince und Danny als Strohmänner. Wenn Toro also Lennert besiegt, zieht Gus sich zurück – was er ohnedies tun will – und du kündigst an, dass Quinn und ich Toros Vertrag von Vince und Danny gekauft haben. Kann es einfacher gehen?»

«Aber Gus ist immer ehrlich gewesen», sagte ich. «Gus ist in seinem ganzen Leben nicht freiwillig zu Boden gegangen. Warum glaubst du, man könnte Gus...»

«Das habe ich schon alles mit Gus besprochen, bevor ich hergefahren bin», sagte Nick. «Gus wird nächsten Monat dreiunddreissig. Er ist fünfzehn Jahre lang im Ring gewesen. Er denkt nicht mehr an seine Karriere. Heute will er bloss zwei Kämpfe mit richtigem Geld, genug, dass er sich's den Rest seines Lebens wohlergehen lassen kann, gute Anlagen, zwei gute Renten, so dass es seinen Kindern gut geht. Wir haben seine Finanzangelegenheiten alle zu seiner und Mrs. Lennerts Zufriedenheit ausgearbeitet. Du weisst, sie ist mir immer ein bisschen böse gewesen, weil ich ihn überredet habe, wieder zurückzukommen. Sie wollte ihn bei seiner Würstchenbude halten, wenn er auch nur Kleingeld verdiente. Nun, wir haben ihr gezeigt, wie Gus in zwei Kämpfen runde hunderttausend Dollar verdienen kann. Mit Stein auf dem Baseballplatz rechnet Onkel Mike mit einer Bruttoeinnahme von etwa vierhundert grossen Lappen, wovon Gus fünfundzwanzig Prozent bekommt. Das sind hunderttausend für uns und Jimmy. Ich habe beschlossen, weil es Gus ist und er seinen Laden schliesst, ihm zwei Drittel ohne Abzüge zu geben. Das sind für den Anfang einmal runde fünfundsechzigtausend. Dann sollten wir mit Toro im Hallenstadion leicht hundertfünfzigtausend einnehmen. Weil es eine solche Reklame für Toro ist, Lennert auszuschlagen, meine ich, er müsste mit zehn Prozent zufrieden sein, was Lennerts Anteil auf fünfundfünfzigtausend bringt, wovon Gus etwa sechsunddreissig Grosse bleiben.»

Zweimal versuchte ich, diesen überwältigenden Strom von Bruttoeinnahmen und Prozenten mit der schönen Rede zu unterbrechen, die ich nach dem Gespräch mit Beth auf meinem Wege zu Nick vorbereitet hatte. Aber das war, als wollte ich gegen Armstrong boxen – der einen bedrängte, in die Ecke manövrierte, einem niemals eine Chance gab. Es war sinnlos. Nicks Rechenmaschinenhirn fuhr fort, jeden Kampf in Dollar und Cent auszurechnen.

«Also, fünfundsechzig und sechsunddreissig, da hat Gus seine hunderttausend Steine. Der Sieg über Gus macht Toro logischerweise zum Gegner von Buddy Stein, und dann sind wir wirklich an der Futterkrippe mit einer Million Dollar Eintrittsgeld, wenn wir schlau vorgehen. Also, Eddie, ich will, dass du begreifst, was du für dieses Geschäft bedeutest. Natürlich sind fünf Prozent von Toros Anteil an einer Million Eier – wenn wir sie kriegen – kein Mist. Aber inzwischen bekommst du einsfünfnull in der Woche, und gleich nach dem Lennertkampf erhöhen wir das auf zweihundert.»

Sechshundert im Monat, das war eine ordentliche Verbesserung gegenüber meiner alten Stellung bei der Tribune, und wenn Lennert und Stein nach Cleveland und Chicago drankamen, konnte Toro zweihundertfünfzigtausend im Jahr einnehmen, was zwölftausendfünfhundert zu meinem normalen Gehalt bedeutete. Zwanzigtausend! Wieviele Burschen würden eine Stellung wegwerfen, die ihnen einen Durchschnitt von vierhundert Dollar in der Woche einbrachte, bloss weil die Stellung ihre Seelen ein bisschen zwickte? Zum Teufel, selbst Beth müsste einsehen, dass das vernünftig war. Und dabei verkaufte ich mich ja nicht für mein ganzes Leben an Nick. Noch zwei Jahre davon, vielleicht mit einer Erhöhung auf fünfundzwanzigtausend im zweiten Jahr, dann hätte ich genug von diesen kleinen grünen Abschnitten, um es mir wohlsein zu lassen und mein Stück hervorzuholen und fertigzuschreiben, wenn ich Lust dazu hatte. Und inzwischen bekam ich all das wertvolle Material! Nun, meine Pläne hatten sich nicht geändert, meine Sauberkeit war noch unberührt, ich machte nur schrittweise Schluss statt auf einmal wie Gus Lennert, der damit rechnete, von Stein für seine fünfundsechzigtausend schrecklichen Prügel zu beziehen, für leichtverdiente sechsunddreissig durch die Toroschiebung zu trudeln und dann bis ans Lebensende wie ein Grossgrundbesitzer zu leben. Ich hatte bloss wie ein mondsüchtiges erstes Semester gedacht, als ich dort am Stadtrand beschlossen hatte, Nick loszuwerden.

Damit verkaufte ich mich nicht. Ich handelte einfach schlau.

SECHZEHNTES KAPITEL

DYNAMIT Jones und Häuptling Donnervogel waren als frühe Knockoutopfer Toro Molinas in das Boxarchiv eingetragen. Nun meinten wir, wir sollten einmal etwas Leichtes haben. So war in Denver Toros Gegner ein «Negerschützling von Sam Langford, der gegen die Besten seiner Gewichtsklasse gekämpft hatte». Natürlich stellte es sich heraus, dass es unser Georgie Blount war.

Aber ich musste mir meinen Zaster wieder schwer verdienen, als ein Lokalreporter – wieder so ein Al Leavitt – mit der Entdeckung von Georges Identität herauskam. Das macht den Beruf eines Presseagenten so nervenzerreissend. Gerade, wenn man glaubt, dass man im Freilauf eine breite Autobahn hinunterfährt, wirft einem so ein Trottel die Nägel der Wahrheit in den Weg.

Aber ein tüchtiger Bursche nimmt diese Schwierigkeiten schnell und zieht noch einen Vorteil daraus. So gab ich sofort eine Geschichte heraus, die daraus Kapital schlug, dass George ein Sparringpartner von Toro gewesen war und sich mit ihm zerstritten hatte, weil Toro ihn angeblich ausgeschlagen hätte, während sie nur einen leichten Trainingskampf hätten haben sollen.

«Blount ist kein gewöhnlicher Sparrer (sagte meine faule Geschichte, die ich in der führenden Sportspalte von Denver unterbrachte). Er hat sich gegen einige der besten Schwergewichtler des Landes gehalten, darunter Gus Lennert, der knapp ein Unentschieden gegen den Panther von Harlem erzielte. Darum hat George, in einem bei einem Sparringpartner noch nie dagewesenen Ungehorsam, den Riesen aus den Anden herausgefordert, mit ihm in ein Zimmer zu gehen, die Türen zu versperren und die Angelegenheit in einer regelrechten altmodischen Holzerei zu bereinigen. Der Generalstab Molinas nahm diese unerwartete (und uneinträgliche) Rivalität sehr übel auf, und so werden die Sportfreunde von Denver morgen abend die Sensation erleben, bei dem ersten grollerfüllten Kampf in der aufsehenerregenden amerikanischen Laufbahn des argentinischen Behemoths zuzusehen, der in ununterbrochener Reihe sieben Knockoutsiege über so fürchterliche Gegner wie Cowboy Coombs, Dynamit Jones und Häuptling Donnervogel erzielt hat, der unbestrittener Meister des Südwestens war, bis der Mammutmensch kürzlich in Las Vegas seinen Siegeszug in drei glutheissen Runden unterbrach.»

Beim Wägen am Tage des Kampfes wollte George, der sein Bestes tat, um seine kleine Rolle für Latkas Wandertheater zu spielen, Toro nicht die Hand geben.

Wir hatten Toro gesagt, George hätte seine Stellung bei uns aufgegeben, weil er wirklich meinte, er könnte ihn schlagen, aber selbst so konnte Toro Georges Unhöflichkeit nicht verstehen. «Warum er nix Hand geben?» fragte er. «George mein Freund, nein?»

Man muss wirklich begabt sein, um so überzeugend zu verlieren wie George an jenem Abend. Noch kein Gegner Toros hatte ihn so vorteilhaft erscheinen lassen. An der Art, wie Toro seine Schultern bewegte und seine Füsse setzte, konnte George genau erkennen, wann er zuschlagen würde. So brauchte er sich bloss auf die Schläge zuzubewegen, anstatt ihnen auszuweichen wie normal. Die Wucht, mit der sein Körper gegen Toros Fäuste knallte, machte ein Geräusch, das man in der ganzen Arena hörte. Niemand, der diesen Anprall vernahm, konnte Toros Schlagkraft anzweifeln. Und wenn George sich wehrte, vermied er vorsichtig den Glaskiefer, der eine so offene und verlockende Zielscheibe war.

In der vierten Runde exponierte George seinen Bauch einem besonders dröhnenden Hieb Toros und gestattete, dass man ihn auszählte. In seinem Siege verzieh Toro ihm grossherzig und bestand darauf, George in seine Ecke zurückzuhelfen, wo er ihm die Hand reichte. Diese Gebärde war genau das, was die sentimentalen Boxfexen haben wollten. Toros Fähigkeit, genau die richtige Geste zu machen, ohne zu wissen, wie gut sie zu unserem Theater passte, war beinahe mystisch. Es war eine alte Geschichte, aber die Boxfreunde, die mit ihrer Massenbegabung für Selbsthypnose auf den grollerfüllten Match hereingefallen waren, schluckten das Happy End genau so, als wäre es Samstagabend und ein Zweifilmprogramm.

Toro sah erleichtert aus, dass George sich so schnell erholte. Er winkte der jubelnden Menge zu und sprang aus dem Ring. George folgte ihm. Er bewegte sich mit seiner bekannten, überlegten Leichtigkeit und trug ein zweideutiges Lächeln auf seinem breiten Gesicht.

Als wir aus Denver abfuhren, liessen wir George zurück, damit die Sache korrekt aussähe. Er stiess zwei Tage später in Kansas City wieder zu uns, wo wir uns bereit machten, einen anderen Tauchkünstler auszuschlagen.

«George, welchen Eindruck hatten Sie in dem Kampf von Toro?» fragte ich.

George lächelte mit dem Munde, aber seine Augen blieben ernst. «Der kann einfach nicht zuschlagen», sagte er. «Und wenn man einen Schwergewichtler treffen kann, und wenn er nicht zurückschlagen kann...» George schüttelte den Kopf. «Passen Sie lieber auf ihn auf, Eddie. Passen Sie gut auf ihn auf, bevor etwas wirklich Böses passiert.»

Aber das einzige, was in Kansas City, in Cleveland, wo wir das Gemeindestadion füllten, und in Chicago geschah, wo wir mit Donovan fast achtzigtausend Dollar einnahmen, war, dass wir drei weitere Siege buchten und den Vertrag für den grossen Kampf gegen Lennert im Hallenstadion unterzeichneten.

Toros Anteil für die achtzehn Minuten angeblichen Boxens muss zwanzigtausend Dollar betragen haben. Aber davon sah er nur die Fünfziger und Hunderternoten, die Vince herausrückte, wenn Toro ihm den Daumen aufs Auge setzte. Doch nach dem Kampf in Chicago roch Toro Geld. «Sie geben jetzt, ich sende mein Papa zum grossen Haus bauen», sagte er Vince. Vince griff in die Tasche, zog einen Stapel Geldscheine heraus und nahm fünf Hundertdollarscheine davon weg. «Wenn du Zaster brauchst, sag mir's bloss», sagte er mit ungewöhnlicher Liebenswürdigkeit.

Als Toro und ich am nächsten Morgen den Michigan Boulevard hinunterspazierten, gingen wir an der Lake Shore National Bank vorüber.

«El banco grande!» sagte Toro.

«Eine der grössten», sagte ich.

«Ich gehe hinein», sagte Toro.

«Was willst du tun? Deine fünfhundert auf die Bank legen?»

«Ich komm pronto zurück», antwortete Toro.

Als er herauskam, hatte er eine Handvoll argentinischer Scheine. Über zweitausend Pesos. «Schau, wieviel Geld», sagte er und hielt es mir glücklich unter die Nase. «Das anfühlen wie richtiges Geld.»

Am Tage unserer Ankunft in New York wurde Toro unsterblich – wenigstens für eine Woche. Sein Bild war auf der Titelseite von Life. Und als ob dies noch nicht genug Ehre wäre, wurde er gedrängt, auf die Tanzfläche zu kommen und sich vor dem Publikum zu verneigen, als Joe E. Lewis ihn mit Vince und mir an einem Tisch in der ersten Reihe des Copacabana entdeckte. Meine Arbeit lief jetzt von selbst. Ich musste den Leuten nicht mehr nachrennen. Reporter kamen zu uns. Selbst als Runyon eine ganze Spalte der Aufgabe widmete, die Reklame mit dem Mammutmenschen lächerlich zu machen, und damit schloss, dass er Toro als den Hampelmann aus den Anden, den unbestrittenen Schaubudenmeister von Amerika beschrieb, brachte uns das kein Pech. In Amerika ist ein Verriss einfach eine Reklame, die durch die Hintertür hereinkommt. Wie gewöhnlich hatte Nick auch diesmal richtig geraten. Toros abnorme Grösse und die Knockoutsiege, die wir für ihn zusammenbastelten, waren ein Fressen für die unglaubliche Leichtgläubigkeit des Publikums.

Gerade bevor er bereit war, mit Vince, Danny, Doc und George nach Pompton Lakes zu fahren, um das Training für den Lennertkampf zu beginnen, erschien ein weisses Lincoln-Phaethon mit Sonderkarrosserie vor dem Hoteleingang. Am Nachmittag des Vortages, als er hätte ruhen sollen, hatte Toro sich weggeschlichen und dieses Spielzeug für blosse fünftausend bestellt. Offenbar war er doch nicht so ein Dummkopf, dass er Vinces Zögern, eine Dividende auszuschütten, nicht umgehen konnte. Es lag nicht in seiner Natur zu lernen, wie man einen linken Haken schlug, ohne ihn zu telegraphieren, aber er hatte bald herausgefunden, wie man der grossen amerikanischen Bruderschaft beitritt, deren Losungswort ist: «Senden Sie die Rechnung an...»

Als wir hörten, wieviel wir für dieses weisse Ding ausspucken mussten, wollte Vince es sofort zurücksenden. Toro schmollte und rief: «Mein Auto, mein Auto, ich kaufen.»

«Lass es ihm», sagte ich zu Vince. «Warum willst du den Kerl wegen lausiger fünftausend Eier verärgern, wenn der richtige Zaster hereinzuströmen beginnt? Leo kann es für Transportkosten von der Einkommenssteuer absetzen. Und inzwischen ist ein weisser Lincoln eine gute Reklame.»

Also fuhr Toro mit seinem tragbaren Radio, seinem Gefolge und Benny Mannix am Steuer seines Lincoln-Phaethons nach Pompton Lakes. Als ich am Randstein vor dem Hotel stand und zusah, wie sie im Morgenverkehr verschwanden, kam mir ein Satz in den

Kopf, die letzte Zeile von Wolcott Gibbs' Profil von Luce im Stil von Time: «Wo das enden wird, weiss Gott allein.»

Ich war schon zwei Tage in New York, ohne Beth gesehen zu haben. Ihre Entschuldigungen schienen ganz in Ordnung zu sein, und doch waren sie von der Art, denen sie in den Tagen, als es zwischen uns noch klappte, immer ein Schnippchen hätte schlagen können.

Nach all der Zeit, die wir schon zusammenwaren, hätte ich nicht gedacht, dass ich wieder so leicht in die alte Rolle des hoffnungsvollen Bewerbers zurückfallen könnte. Ich erwischte mich sogar dabei, dass ich ihr immer wieder Blumen schickte.

Am Morgen des dritten Tages rief ich Beth an und sagte: «Hör mal, ich werde verrückt. Wann werd ich dich endlich sehen?»

Etwas in meiner Stimme muss zu ihr durchgedrungen sein, denn sie sagte, fast zu ruhig, als dass es mir gefallen hätte: «Wie wär's mit jetzt? Komm doch rüber und frühstücke mit mir, wenn du Lust hast.»

Auf meinem Weg zu ihr kaufte ich eine Schachtel Bonbons. Das war dumm. Es schien mir vernünftiger, in eine Bar in der Sechsten Avenue zu gehen und mir einen kleinen Schluck Mut anzutrinken.

Beth machte mir die Tür auf und sagte: «Tag, Eddie», offen und freundlich wie sonst. Ihre Haltung schien eher frisch als kühl. Aber sie war nie sehr überschwenglich gewesen, bis der Augenblick des Überschwanges selbst kam. Wie die meisten Frauen verstand auch sie, ihr eigenes Gefühlsklima zu bestimmen.

«Mach dir's bequem, Eddie. Ich muss schnell laufen und meinen Toast retten. Ich verbrenne ihn immer noch.»

Sie trug einen chic geschnittenen sandfarbenen Hausanzug, der sie eher elegant als einfach mager aussehen liess. Ich folgte ihr durch das Zimmer mit den vielen Büchern und den vertrauten modernen Möbeln und ging an dem Radioplattenspieler vorüber, dessen beleuchtete Skalenscheibe der einzige Lichtschimmer im Dunkel unserer ersten Nacht gewesen war. Als ich nach all diesen Monaten der Unsicherheit endlich wieder mit Beth allein war, fühlte ich das Verlangen in mir erwachen, ihre Zurückhaltung zu durchbrechen und sie wieder zu der spontanen Reaktion zurückzubringen, die ich früher von ihr empfangen hatte. Selbst in der Umgebung all dieser erotischen Wahrzeichen, des Radios, der Ateliercouch, des dicken gelben Teppichs, hatte ich die seltsame

Empfindung, dass ich alles zum ersten Male erlebte. Ich fühlte die gleiche Erregung, das gleiche Verlangen, die gleiche Neugier auf sie wie zu Anfang unserer Beziehung.

Sie stellte das Frühstück auf einen kleinen Tisch am Fenster der winzigen Küche. Es gab Eier, genau drei Minuten lang gekocht, wie ich es gern hatte, knusprigen Speck und gebutterten Toast, den sie immer abkratzen musste. Als wir so beisammensassen, wünschte ich mehr denn je, dass es jeden Tag so sein könnte. Etwas – ich konnte es immer noch nicht benennen – hatte mich gehindert, dies zu einem Dauerzustand zu machen, als ich die Möglichkeit dazu noch in Händen hielt. Was hatte mich daran gehindert? In diesem Augenblick schien es mir das Natürlichste in der Welt zu sein, Beth zu heiraten. Ich werde langsam bis zehn zählen, und dann werde ich ihr den ersten nüchternen Antrag meines Lebens machen, dachte ich.

«Nun, wie war deine Reise, Eddie? War es lustig, war's interessant?»

Du gedankenlesende, themawechselnde Füchsin, dachte ich. Schlägst mich aus dem Gleichgewicht, als ich eben meinen besten Sonntagsgeraden schlagen will.

«Ach, du weisst ja», sagte ich. «Derselbe alte Eichhörnchenkäfig.»

«Aber du liebst ihn», sagte sie. «Warum gibst du das nicht zu, anstatt zu tun, als wärest du zu gut dazu, als erniedrigtest du dich damit?»

«Um Christi willen, Beth, fangen wir nicht wieder damit an.»

«Schön, ich kriege nur all diese Leute schrecklich satt, die immer auf ihre Arbeit schimpfen, aber Jahr um Jahr dabeibleiben.»

«Das ist eine gottverdammt ernste Art, einen Tag zu beginnen.»

«Weisst du denn nicht mehr?» sagte sie und lächelte dabei, damit es nicht wie ein Vorwurf klänge. «Ich bin immer ernster, bevor ich meine erste Tasse Kaffee getrunken habe.»

«Ich weiss es noch», sagte ich.

Sie sah mich mitleidig an. So hatte sie mich noch nie angesehen, und ich nahm es übel. Was wäre, wenn ich einfach aufstünde und sie packte wie früher? Eine atavistische Überzeugung, dass männliche Kraft siegen könnte, wenn alles andere versagte, muss mich angetrieben haben.

«Eddie, was tust du?»

Fast vom Augenblick an, als ich anfing, war es schon keine Instinkthandlung mehr. Es war zu einer verlegenen Bemühung geworden, aber ich konnte nicht damit aufhören. Es schien, als müsste ich es mit roher Gewalt durchführen, obgleich ich schon die schreckliche Nutzlosigkeit dieser Annäherung empfand.

«Eddie! Um Gottes willen!»
«Beth – Liebling – bitte...»
«Hör auf, Eddie! Hör auf!»

Sie stiess mich weg. Die Stärke ihres Geistes und ihres Körpers hielt mich von ihr weg. Mein eigener Körper war in der Niederlage schwer und plump. Ich fühlte mich schlaff und verausgabt, und der Hunger meines Körpers war so völlig verschwunden, als wäre er befriedigt worden und nicht einfach grausam enttäuscht.

«Der Kaffee», sagte Beth. «Der Kaffee kocht über.»

Sie brachte zwei Tassen auf den Tisch. Ich fühlte, wie sie zufällig an meine Schulter streifte, als sie meine Tasse hinstellte, und ich rückte ab.

«Das ist der Augenblick, den ich hasse», sagte Beth, als sie sich setzte. «Die unordentliche Zeit.»

Ich sagte nichts. Ich war wütend auf sie. Und doch war mir bewusst, dass ich unvernünftig war. Schliesslich war sie keines von Shirleys Mädchen.

Es war bezeichnend für Beth, dass sie das Gespräch auf sein richtiges Niveau brachte und genau das sagte, was sie von dem hielt, was geschehen war.

«Eddie, ich habe viel Zeit gehabt, über alles nachzudenken. In den Nächten, wenn du mir gefehlt hast – ich bin schrecklich an dich gewöhnt, in vielen Beziehungen – habe beinahe Angst, mit jemand anderem anzufangen – und doch waren Tage, an denen – ich muss dir das sagen, ich habe dir auch in allem anderen die Wahrheit gesagt – Tage, an denen ich erleichtert war, dass du nicht mehr in meinem Leben warst. Das führt alles zu nichts.»

«Als ich dich aus Las Vegas anrief», sagte ich, «wollte ich dich heiraten. Ich wollte dich immer heiraten, Beth.»

«Ja, das glaube ich dir, Eddie. Aber du wolltest nie genug, um es zu tun. Ich hatte immer das Gefühl, wenn es doch einmal geschehen sollte, dann müsste ich mich hinsetzen, den Tag aussuchen und dich wegschicken, die Heiratserlaubnis zu holen. Heirat ist eine altmodische Angelegenheit, Eddie. Ich glaube, selbst ein Mädchen wie ich, das jahrelang auf eigenen Füssen steht, möchte, dass jemand kommt und es einfach mitnimmt.»

Der Kaffee schmeckte sauer. Ich hatte Beth immer wegen ihres Kaffees geneckt. «Das ist also... der Hinausschmiss?»

«Eddie, du weisst, ich... kann diese Worte nicht leiden. Nicht die Worte selbst, aber das, was sie bedeuten. Warum hast du Angst davor, weich zu sein – warum schämst du dich zu zeigen, was du wirklich für Leute empfindest – warum fürchtest du, etwas Besseres zu tun als das, was du tust – fürchtest du, dass du ein Versager wirst? Das Theaterstück, zum Beispiel...»

«Ich habe an das Stück gedacht. Ich habe einige Szenen in meinem Kopf ganz ausgearbeitet. Ich...»

«Eddie, ich sag das gar nicht gern – es klingt wahrscheinlich so hochnäsig – aber das Stück wirst du nie schreiben. Seit ich dich kenne, hast du mir Szenen aus dem Stück erzählt. Du hast es einfach zu Tode geredet. Du wirst das Stück ebensowenig beenden wie du den Boxbetrieb verlassen wirst. Du hast einfach nicht den Mut dazu.»

«Danke», sagte ich. «Was ist heute? Abkanzeltag?»

«Ich glaube, es ist viel deutlicher herausgekommen, als ich beabsichtigt hatte», sagte Beth begütigend. «Ich habe mir das so lange im Kopf herumgehen lassen. Aber ich wollte, es wäre etwas mit uns geworden, Eddie. Ich wollte, wir hätten es zu etwas gebracht. Das weisst du, nicht wahr?»

«Sicher», sagte ich. «Das muss der Schluss von der Geschichte sein, doch wolln wir immer weiter Freunde sein. Das ist schon vertont worden.»

Ich hätte gern diesen dummen Witz zurückgenommen, hätte ihr gern gezeigt, dass ich grösser war als das, hätte gern einen Einfall gehabt, womit ich sie als grosszügiger, verständnisvoller Staatsbürger verlassen konnte. Aber das schien nicht in mir zu stecken. Ich ging mit dem kleinlichsten, gemeinsten, schäbigsten Abschiedsschuss hinaus, den ich mir ausdenken konnte. «Nun, ich vermute, Herbert Ageton ist eine bessere Aussicht. Schliesslich hat er schon einen Schlagererfolg am Broadway gehabt.»

«Ach, zum Teufel, Eddie, zum Teufel!» rief Beth, und ihre Augen waren plötzlich voll Zornestränen. «Du bist so ein Lump! Was macht dich bloss zu so einem Lumpen? Eddie, gerade dich. Du machst mich manchmal so verdammt wütend.»

Ich war erschöpft. Ich war erschöpft von der Anstrengung, die es mich gekostet hatte, all diese Jahre hindurch meine Heirat mit Beth in der Schwebe zu halten. Ich wollte sie nie aufgeben, und ich wollte nie die Folgen davon tragen, dass ich daran festhielt. Aber jetzt, da ich es aufgeben musste, wo blieb ich da? Vielleicht hatte ich Glück, dass ich sie los war, die immer an mir herumnörgelte, versuchte, mich zu bessern, mich aus dem Boxbetrieb herauszuziehen. Ich wollte die Stadt verlassen. Ich wollte nicht in derselben Stadt sein wie sie, selbst wenn es eine grosse Stadt war wie New York. Danny und Vince und Doc und George – warum sollte ich anders sein, warum sollte ich besser sein, was war so besonders an mir, dass ich auf diese Burschen hinunterblicken sollte? Aber ich blickte auf sie hinunter, und warum sollte ich es auch nicht? Ich wusste mehr, ich verstand mehr, ich empfand mehr. Wer sonst in dieser Gesellschaft von Taugenichtsen, Huren und Gaunern kümmerte sich um Toro, fragte sich, was er empfand, sah ihn in richtiger Perspektive? Wer bemerkte es, wenn er einsam war, wer machte sich die Mühe, mit ihm durch die Stadt zu gehen, wer versuchte, ihn anzuleiten? Und doch hatte Beth mich einen Lumpen genannt! Sie besass die Frechheit, mich einen Lumpen zu nennen!

Ich fuhr mit der Bahn nach dem Lager. Sobald ich ausstieg, war mir schon wohler. Ich war wieder in meiner eigenen Welt oder wenigstens in einer Welt, der ich mich gewachsen fühlte.

Benny Mannix holte mich von der Bahn ab. Sein käufliches, hässliches Gesicht sagte mir, dass ich wieder zu Hause war.

«Nicht so schlecht, mein Sohn. Sind hier fein eingerichtet.»

«Was macht Danny?»

«Danny, bei dem lässt's jetzt langsam nach. Hat bis jetzt nur ein halbes Liter getrunken.»

«Klingt ja, als wäre er schon Antialkoholiker. Und wie geht's meinem Toro?»

Benny zuckte die Achseln. «Der Krüppel versucht's, das muss man ihm lassen. Hat heute nachmittag mit Chick Gussman nicht schlecht ausgesehen. Das ist das neue Halbschwergewicht, das wir aus Detroit geholt haben. Kämpft ungefähr im Stil von Lennert.»

Ich kam kurz nach dem Abendessen hin, und Danny sass auf der Veranda mit Doc und einigen der Sparringpartner. Danny las den Morning Telegraph. Er sah fast nüchtern aus.

«Versuchst immer noch, sie zu schlagen, Danny?»
Danny grinste. «Das hab ich schon lange aufgegeben, Bürschchen. Ich mach bloss so mit. Aber diese Shasta Rose» – er klopfte auf die Rennberichte – «wenn die morgen in Laurel nicht mit dem Preis von Maryland davonläuft, dann werd ich...»
«Deine Chips zurückgeben und aufhören», unterbrach ich ihn.
Danny schüttelte den Kopf und lächelte. «...diese dreckigen Voraussagen wegwerfen und nach meiner eigenen Idee wetten.»
«Er könnte nicht schlechter fahren, wenn er sie mit verbundenen Augen aussuchte», sagte Doc. «Er ist der Freund des Buchmachers. Das ist Danny.»
Alle lachten Danny aus. In einem Trainingslager sieht es immer so aus, als warteten alle darauf, alle anderen auszulachen. Im Wohnzimmer begann ein Würfelspiel, und Doc, Gussman und die anderen auf der Veranda gingen hinein, um mitzumachen.
«Der Gussman ist einer, der weiss, was er mit sich anfangen soll», sagte Danny, als der neue Halbschwergewichtler hineinging. «Erinnert mich ein bisschen an Jimmy Slattery, als der anfing, ein richtig patenter Bursche, vielleicht nicht ganz so schnell wie Jimmy, aber er hat einen Naturverstand im Ring. Wenn ich den in die Hand nehmen und ihn lehren könnte, seine Schläge ein bisschen schärfer zu schlagen...»
Danny seufzte und blickte in die einfallende Dämmerung. «Eddie, einmal wieder mit einem richtigen Boxer nach New York kommen, die Neunundvierzigste Strasse hinuntergehen, und alle kommen zu einem und sagen: ‚Hab gestern abend gesehen, wie dein Schützling den Kerl angenommen hat, Danny. Da hast du aber wirklich was...'»
«Warum machst du keinen Vertrag mit diesem Gussman?» fragte ich. «Warum ziehst du ihn dir nicht?»
«Was hab ich davon, Bürschchen?» sagte Danny wieder mit toter Stimme. «Wenn er brüchig ist und nichts wird, hab ich viel Zeit vergeudet. Und wenn er gut aussieht, kommt Nick her und übernimmt ihn, und bald muss er einen niederschlagen, oder er gewinnt einen Kampf, den er nicht verdient. Zum Teufel damit. Nick hält mich eisern fest, Bürschchen. Natürlich bin ich selbst schuld daran, aber wann hat einer das deshalb lieber gehabt?»
«Jedenfalls», sagte ich, «bin ich froh, dass du so gut aussiehst.»

«Jaa», sagte er. «Diesen möcht ich gewinnen. Diesen Lennert möcht ich wirklich schlagen.»

Das war Nicks Einfall gewesen, Danny an seine Arbeit zurückzubringen, indem er ihm nicht sagte, dass auch der Lennertkampf eine abgekartete Sache war. Danny wusste, dass Lennert noch nie bei einer Schiebung mitgemacht hatte; so war es nicht zu schwierig, ihn zu überzeugen. Und da er noch nie so viel über den Boxbetrieb gewusst hatte, wie er über Boxer wusste, fiel er darauf herein, dass es Nick diesmal nicht darauf ankäme, wer gewinne, weil beide ihm gehörten. Danny war ein Gimpel für die meisten Boxer, mit denen er gearbeitet hatte, aber Lennert war eine Ausnahme. Lennert war ein Geschäftsmann, nicht geradezu ein Geizhals, nur vorsichtig mit seinem Geld. Wenn irgendein alter Kämpfer kam, den Lennert einmal verdroschen hatte, und ihn um zehn oder zwanzig Dollar anpumpte, dann weigerte Lennert sich gewöhnlich mit der Begründung, der Kerl wäre ein Saufbruder und würde die Pinkepinke ohnedies bloss durch die Gurgel jagen. Aber Danny war es gleich, was der Kerl damit machte. Für ihn war es nur Geld, und das ging ihn nichts an. Das war der Unterschied zwischen den beiden. Als Lennert seinen Comeback machte, meinte er, er wüsste ebenso viel über Ausbildung und Strategie wie Danny und bestand darauf, er müsste sein eigener Herr sein. Dieser Lennert war ein rechter Dickschädel. Als er in den Ring zurückkehrte, verbarg er nicht, dass er nur wegen des Geldes dabei war und kein unnützes Risiko wollte. Hie und da hätte Danny zum Beispiel verlangt, dass Gus drauflos ginge und den Kampf in die Hälfte des Gegners trüge, während Gus damit zufrieden war, sich den Gegner vom Leibe zu halten, Gegenschläge zu führen und einen leichten Punktsieg zu gewinnen, wenn er etwas viel Eindrucksvolleres hätte fertigbringen können. Das war für Danny kein anständiges Boxen, aber schliesslich hatte Danny, selbst wenn man es wegen einiger Dinge, die er tun musste, kaum glauben konnte, einen Sinn für Reinheit, für wahren Anstand im Sport, den ein gewöhnlicher Profi wie Lennert nicht verstehen konnte. Lennert boxte so wie er seinen Würstchenstand in Trenton betrieb. Er beraubte niemanden, aber er holte so viel heraus wie möglich, ohne eine gewisse Grenze zu überschreiten.

«Du glaubst doch nicht wirklich, dass Toro gegen Lennert was ausrichtet, wenn man beide hineinschickt, um zu siegen?» sagte ich.

«Sei nicht zu sicher, Bürschchen», sagte Danny. «Machen wir uns nichts vor. In Gus steckt nicht mehr viel. Die Prügel, die er von Stein bezogen hat, haben ihm nicht gut getan.»

«Ich habe nie gedacht, dass er noch so viel nehmen könnte», sagte ich.

Lennert hatte wieder ganz wie sein altes Ich ausgesehen, als er gegen Stein kämpfte, bis ihm die Luft ausging. Von der siebenten an hatte Stein ihn in jeder Runde zu Boden geschlagen, ihn aber nicht dort halten können. Der Schiedsrichter hatte schon den Kampf abbrechen wollen, da war er zu Ende. Lennert war noch auf den Füssen, aber nicht mehr fähig, sich zu verteidigen. Auf dem Weg nach dem Umkleideraum war er zusammengebrochen.

«Er hat viel mehr Mut gezeigt, als ich ihm zugetraut hätte», sagte ich.

«Das war Geschäft», sagte Danny. «Er hat ausgerechnet, wieviel grösser die Einnahme beim Molinakampf sein würde, wenn Stein ihn nicht ausschlüge. So liess er sich von Stein den Schädel einschlagen, um zehn oder fünfzehn grosse Lappen mehr zu verdienen. So ist Gus. Ich kenne ihn. Der will gar kein Held sein. Der macht sich nur Gedanken darüber, wieviel Zaster er sich auf die hohe Kante legen kann, damit er sich zurückziehen kann.»

«Glaubst du, dass Stein ihn wirklich langsamer gemacht hat?»

«Ich sah ihn am nächsten Tag, als er ins Büro kam, um sein Geld abzuholen», sagte Danny. «Ich dachte, er benähme sich ein bisschen komisch, er war so langsam, als täte ihm was im Kopf weh oder so was.»

«Ich habe gehört, dass Stein ihn so getroffen hat, dass Gus einen Schädelbruch bekam», sagte ich. «Gus ist eigentlich ein bisschen zu alt, um diese Scharfschüsse auf den Kopf zu ertragen, wie Stein sie abschiesst.»

«Er hat Glück, dass Toro nicht schlagen kann», sagte Danny. «Ich glaube, er hat ihn deshalb für die Abschiedsvorstellung ausgesucht. Er meint, Toro könne nicht mehr tun, als sich gelegentlich an ihn lehnen oder ihm vielleicht mit seinen Quadratlatschen auf die Zehen treten. Aber, ob du mir das glaubst oder nicht, Bürschchen, ich glaube, ich habe Toro jetzt dazu gebracht, ein bisschen besser zu arbeiten. Ich habe diese Woche viel Zeit mit ihm verbracht. Jetzt kann er schon einen ganz guten rechten Uppercut schlagen, und er ist jetzt so weit, dass er mit seiner linken Hand nicht mehr herumwedelt, als sei sie eine Fahne.»

«Danny, du könntest selbst einem hölzernen Indianer das Boxen beibringen.»

«Nun, ein hölzerner Indianer würde jedenfalls nicht immer zusammenklappen, wenn man ihn aufs Kinn klopft.» Danny lachte. «Ich glaube, diesmal habe ich eine ganz gute Verteidigung für Toros Kinn ausgearbeitet. Bloss muss er, wenn er im Ring halbwegs gut aussehen will, ein bisschen mehr auf sein Training achten.» Danny fuhr sich nervös mit dem Handrücken über die Wange. «Darum bin ich froh, dass du hergekommen bist, Bürschchen.»

«Ich bin bloss der Mann der Worte», sagte ich. «Was habe ich damit zu tun?»

«Du kannst mit ihm sprechen. Vielleicht wird er in seiner Sprache besser zuhören.»

«Gewiss werde ich mit ihm sprechen. Worüber soll ich denn mit ihm sprechen?»

«Über Ruby. Es wäre gut, wenn du mit ihm über Ruby sprichst.»

«Ruby? Was ist mit Ruby los?»

«Ich weiss nicht», sagte Danny, «aber ich mach mir meine Gedanken.»

«Du meinst, Ruby und Toro? Nein, Danny. Das glaub ich nicht. Toro versteht doch nicht genug...»

«Wieviel muss man dazu verstehen, Bürschchen?»

«Jesus, bist du sicher, Danny? Toro ist kein Geistesriese, aber ich glaube nicht, dass er dumm genug ist, mit etwas herumzuspielen, was Nick gehört.»

«Nun, ich weiss bloss, dass er in seinem gottverdammten Lincoln bei jeder Gelegenheit hinüberfährt. Ich hab ihn mit Benny ausfahren lassen. Er benimmt sich mit dem Ding verrückter als ein Kind mit einem neuen Spielzeug. Nun, Benny erzählt mir, der grosse Trottel hat ihm Zaster zugesteckt, damit er ihn nach Green Acres fährt. Und Toro geht hinein und kommt eine Stunde lang nicht wieder. Ich weiss nicht, vielleicht habe ich eine schmutzige Phantasie, aber wenn Toro nichts erreicht, dann ist Ruby nicht so, wie man es mir erzählt hat.»

«Jesus», sagte ich. «Hoffentlich hast du unrecht. Ich will nicht daran denken, was Toro geschieht, wenn Nick das jemals herausfindet.»

«Es ist komisch», sagte Danny. «Man sollte doch glauben, dass Nick ein bisschen besser auf so eine Frau aufpasst.»

«Alle Leute haben eine schwache Stelle, auch die allerschlausten», sagte ich. «Und bei Nick liegt's, glaub ich, daran, dass er Ruby für ein wirklich hochklassiges Madamchen hält.»

«Na, sprich lieber mit ihm», sagte Danny. «Selbst wenn Nick es nicht herausbekommt, wird ihm das im Ring gegen Lennert nicht viel nützen. Und ich will Lennert schlagen. Ich will einfach sehen, ob ich es mit diesem Blödian fertigbringe.»

Doc kam auf die Veranda heraus. Er lächelte, aber er sah immer noch traurig aus. Er setzte das Lächeln nur auf die ewig tragischen Züge seines Gesichtes. «Wie wär's mit einem kleinen Pinochle zu zweit, Danny?» sagte er. «Du kannst dein Geld genau so gut bei mir verlieren wie bei den Buchmachern.»

«Komm mir nicht damit», sagte Danny. «Ich bin der Pinochlemeister von Pompton Lakes.»

«Wann hat schon ein Ire jemanden beim Pinochle geschlagen?» sagte Doc und blinzelte mir zu.

Ich sass eine Zeitlang allein auf der Veranda und hörte mit halbem Ohr zu, wie die Burschen im Zimmer ihren Würfeln gut zuredeten. Ich dachte an Toro und George, die draussen spazierengingen, und fragte mich, was die beiden miteinander sprechen könnten. Toro mit seinem gebrochenen Englisch und seinem Kinderverstand und George, der tief in seiner Kehle seine eigene Musik machte. «Da haben wir's, und schwer war's!» rief jemand mit dem zufriedenen Lachen des Siegers. Ich hatte Lust, hineinzugehen und den Burschen auf halbe Lautstärke zu stellen.

Aber ich hielt es für besser, zu warten und mit Toro zu sprechen. Gottverdammtnochmal, seit wann war ich Toros Hüter? Was ging es mich an, wenn er Nick ein paar schöne Hörner aufsetzte? Das war es eben: es ging mich etwas an. Ich tat es nicht aus Sympathie, nicht aus persönlichem Interesse, es war einfach meine Arbeit, mein fünfprozentiger Anteil, der mich zwang, darauf zu achten, dass Toro nichts geschah.

«Qué tal, qué tal, amigo? Buenas noches!»

Toro stand plötzlich über mir und zeigte in einem tölpelhaften Lachen sein Zahnfleisch. Ich hatte gar nicht gewusst, dass er so froh sein würde, mich wiederzusehen. Er schien tatsächlich erleichtert, dass ich wieder zurück war. Ich hatte noch nicht daran gedacht, aber dies war wirklich das erste Mal seit Acostas Abreise, dass wir getrennt gewesen waren. Toro sprach nicht genug Englisch, um sich mit den anderen wirklich zu unterhalten, und die, die sich überhaupt um ihn kümmerten, behandelten ihn mit der herablassenden Freundlichkeit, die man einem dressierten Hund entgegenbringt. Wir sprachen eine Zeitlang über allerhand Kleinigkeiten, über das Essen im Lager, den ländlichen Frieden nach unserer gehetzten Reise, wie schwer Danny und Doc ihn arbeiten liessen, über das Photoalbum voll Bilder von Toro in Boxerposen, das ich für seine Familie machen wollte. Nach einiger Zeit kam Benny heraus und sagte: «Doc sagt, du sollst ins Bett gehen.»

«Ich gehe mit hinauf und bleibe bei Ihnen, während Sie sich ausziehen», sagte ich.

Es war ein grosses, dürftig eingerichtetes Zimmer mit einem behaglich aussehenden, altmodischen Doppelbett aus Schmiedeeisen. Sobald Toro ins Zimmer trat, stellte er das Radio auf volle Lautstärke. Ein Redekünstler sprach über die einzigartigen Gelegenheiten für Männer, die durch eigene Kraft etwas geworden waren, wenn sie nur an die amerikanische Lebensart glaubten. Aber Toro schien es ganz gleich zu sein, was es war, solange es nur laut war. Ich ging an seinen Schreibtisch hinüber. Unter seinem Kamm und seiner Bürste lag ein Stapel Papier. Ich nahm die Bogen in die Hand und sah sie an. Es waren flüchtige Bleistiftskizzen, die Toro gezeichnet hatte, primitiv in der Perspektive, aber voll überraschender Kraft und voll Humor. Die erste zeigte offensichtlich Vince, ganz Nacken und fettes Gesicht mit kleinen Augen und einem grossen, grausamen Mund. Die nächste war Danny mit übertrieben flachgeschlagener Nase. Die Augen waren durch zwei ╳-Zeichen dargestellt. Er beugte sich über eine Bar. Die nächste war Nick, der viel ausgekochter und finsterer aussah, als ich ihn mir vorgestellt hatte. Ich begriff zum ersten Mal, was Toro von ihm hielt. Toro hatte in seiner Gegenwart immer ganz fügsam ausgesehen, als empfände er in dieser Beziehung gar nichts. Aber die Skizzen schienen eine Abneigung zu verraten, sogar eine Art Durchschauen dieser Männer, das Toro entweder verborgen hatte oder nicht ausdrücken konnte. Wie roh diese Skizzen auch waren, zeigten sie eine gewisse begrenzte Begabung, die niemand von diesem unbeholfenen Riesen erwartet hätte. Aber die künstlerische Qualität des nächsten Bildes war beträchtlich geringer. Es war der sentimentale und dilettantische Versuch eines Schuljungen, eine schöne Frau zu zeichnen. Die Frau sollte offenbar Ruby sein, obwohl es eine jüngere, schlankere, mehr ätherische und völlig romantisierte Version von Ruby war. Das Tuch, das sie um den Kopf trug, machte nicht den exotischen Eindruck, den Ruby damit beabsichtigte, sondern gab ihr in Toros Bild eine vergeistigte Haltung, fast die einer Madonna. Es war deutlich ein Werk der Liebe, aber durch zuviel Gefühl verdorben.

Als Toro sah, dass ich es betrachtete, glaubte ich, er würde wütend werden, aber er wurde nur verlegen. Toro schien Wut nicht zu kennen. Alle Heftigkeit seiner Natur schien zu Knochen, Umfang und Gewicht geworden zu sein.

«Sie zeichnen sehr hübsch, Toro.»

Toro zuckte die Achseln.

«Wo haben Sie so gut zeichnen gelernt?»

«In meiner Schule, als ich ein kleiner Bub bin. Mein Lehrer zeigt mir.»

Ich hielt die Skizze von Vince hoch. «Die da sehr gut», sagte ich und bemerkte plötzlich, dass ich Toros kümmerliches Englisch nachmachte. Dann sah ich auf die Skizze, die Ruby darstellen sollte. «Das nicht so gut.»

«So schön wie die Señora kann ich nicht kriegen», sagte Toro.

«Und wenn Sie wissen, was für Sie gut ist, werden Sie auch nicht versuchen, die Señora zu kriegen», sagte ich.

«No comprendo», sagte Toro.

Jetzt war er nicht mehr ein übergrosser Lümmel. Er glich allen Eingeborenen, die ich je gekannt hatte, die sich in die bequeme Ausrede des Nichtverstehens einer Sprache zurückzogen. «No comprendo», sagen sie mit einem Ausdruck, der deutlich beabsichtigt, so dumm wie möglich zu sein. Aber ihre Augen verraten sie, denn sie sind ganz leicht spöttisch herausfordernd.

«Sie werden schon richtig comprendo, wenn Nick Sie erwischt, wie Sie mit seiner Frau herumspielen», sagte ich.

Tiefe Kränkung lag in Toros Augen. «Nicht herumspielen. Die Señora mein Freund. Sie behandelt mich sehr nett. Sie mögen mit mir sprechen. Sie nicht lachen über das schlechte Englisch. Mit der Señora bin ich nicht... nicht... solitario.»

«Einsam», sagte ich. «Warum sollten Sie auch? Wer zum Teufel ist einsam, wenn er bei der Señora ist?»

Toros grosse, geduldige Augen leuchteten verstimmt auf. «No es verdad, no es verdad», rief er. «Niemand sonst ist mit der Señora. Die Señora selbst hat mir das gesagt.»

«Hören Sie zu, Sie blöder Kerl», sagte ich. «Ich versuche, Ihnen zu helfen, so wie Luis Ihnen hätte helfen wollen. Ihnen helfen, helfen! Verstehen Sie?»

Toros Gesicht wurde düster und unfreundlich. «Luis nix helfen. Luis nix Freund. Luis mich hier alleinlassen. Er mich verkaufen wie novillo an Schlachter. Nur die Señora, sie behandeln mich wie einen Mann.» Aber er gebrauchte das Wort hombre, das ganz besonders stolz klingt.

«Davor habe ich ja gerade Angst», sagte ich, «dass sie Sie zu sehr als Mann behandelt.»

«Die Señora mein Freund», sagte Toro beharrlich. «Die Señora und Sie und George mein einzig Freund.»

Und keiner von denen kann dir helfen, dachte ich. Dein einziger Freund ist der Mann, der dich wieder in deine Weinfasswerkstatt in Santa Maria schickt, bevor es zu spät ist.

SIEBZEHNTES KAPITEL

ALS Toro sich am nächsten Nachmittag durch die Trainingsrunden mit George, Gussman und zwei anderen gefälligen Kadavern durchschlug, beschloss ich, nach Green Acres hinüberzufahren und einmal mit Ruby selbst zu sprechen. Als ich die lange, gewundene Auffahrt nach dem Hause hinauffuhr, kam ich an Jock Mahoney, dem Fahrer, vorüber, der einen alten Sweater mit Rollkragen und eine Mütze trug und aussah, als wäre er eben von einer Seite von Frederick Lewis Allens Roman «Erst gestern» herausgesprungen. An seiner Seite trottete ein grosser Junge in Sporthosen und einem schmutzigen Polohemd.

«Was machen Sie, Jock? Wollen Sie sich auf einen Match gegen Delaney vorbereiten?»

Mahoney grinste gutmütig. «Delaney würde heute auch nicht mehr so hart sein. Aber, Jesus, vor fünfzehn Jahren...» Er schüttelte den Kopf und lächelte in der Erinnerung an eine böse halbe Stunde. «Ich dachte damals, ich wäre wieder in der Kneipe meines Alten und holzte mich mit drei, vier Kerlen auf einmal herum.»

Der junge Mann, der mit Jock Beinarbeit machte, hatte ein frisches, sauber geschnittenes Gesicht, das hübsch genug für Hollywood gewesen wäre. Aber seine Ebenmässigkeit wurde durch einen Ausdruck hochmütigen Selbstbewusstseins verdorben. «Eddie Lewis – das ist mein kleiner Neffe Jackie Ryan», sagte Jock.

«Komm, Jock, um Christi willen, willst du, dass ich mich erkälte?» bemerkte Ryan.

«Schön, schön. Lauf nur zu, ich hol dich schon ein», sagte Jock liebenswürdg. Er blickte ihm stolz nach. «Das wird der beste Boxer, den wir je in der Familie hatten. Sie hätten ihn sehen sollen, wie der die Amateurmeisterschaft von Jersey im Weltergewicht gewonnen hat. Nick hat ihn engagiert. Will bloss, dass er sich ein Jahr lang entwickelt und ein bisschen zunimmt. Der wird was, Mr. Lewis. Aber, Jesus, ist das ein hitzköpfiger kleiner Halunke. Glaubt, er weiss schon alles. Er ist nicht übel, wenn man ihn kennt. Und ein zukünftiger Meister, wenn ich je einen gesehen habe. Wenn man ihn bloss von den Weibern weghalten kann. Sie wissen, wie die Burschen sind, wenn sie siebzehn sind – zu gross für ihre Hosen.»

Ich fuhr langsam an. «Na, passen Sie auf, Jock. Die Kinder gesund?»

«Die werden jetzt bald ihren Alten verprügeln», rief er mir glücklich nach. Ryan antwortete nicht auf mein Winken, als ich an ihm vorüberfuhr.

Ich fand Ruby in ihrem Liegestuhl auf der Sonnenveranda. Sie las ein Buch. Sie trug einen schmucken Hausanzug, und obgleich es nur ein Wochentag auf dem Lande war, hatte sie ihr glänzendes schwarzes Haar kunstvoll frisiert. Eine halbleere Schachtel Datteln stand auf einem Tischchen neben ihr.

«Hallo, Eddie», sagte sie. «Hab Sie lange nicht gesehen.»

Ich blickte mich nach einem Stuhl um. Sie machte mir Platz auf dem Liegestuhl.

«Ein gutes Buch, Ruby?»

Sie hielt es hoch. Es hiess «Die Hofdame». Sein Umschlag zeigte einen kühn aussehenden Burschen in einem federgeschmückten Hut, der verschmitzt über die Schulter einer jungen Dame mit unverschämten Brüsten sah. «Die Auswahl des vorigen Monats mochte ich lieber», sagte Ruby. «Aber es spielt in meinem Lieblingsjahrhundert. Ich hätte gern im siebzehnten Jahrhundert gelebt. All diese schulterfreien Kleider. Die Frauen waren damals so viel mehr – distingeh. Ich glaube, auch die Männer waren viel anziehender.»

Ich fragte mich, was Ruby im siebzehnten Jahrhundert getan hätte. Wahrscheinlich so ziemlich dasselbe wie jetzt, nur vielleicht als Geliebte eines grossen Madeirakönigs oder einer Macht in indischen Gewürzschiebungen. Aber Rubys Ehe war tatsächlich eine aus dem siebzehnten Jahrhundert. Oder sogar dem vierzehnten. Boccaccio war ihr in mehr als ein Boudoir nachgegangen.

«Kommt Nick heut abend raus?»

«Sie kennen doch Nick. Gewöhnlich ruft er mich eine halbe Stunde vorher an und erwartet dann, dass ein grosses Roastbeef da ist.»

«Nick ist ein ziemlich anspruchsvoller Bursche.»

«Ach, Nick ist schon recht. Ich hab nichts gegen ihn zu sagen. Ich muss ihn nie um etwas bitten, wie einige der Frauen, die ich kenne. Nick ist in vieler Hinsicht sehr lieb. Aber...»

«Aber?»

«Warum erzähle ich Ihnen das alles? Wahrscheinlich sagen Sie es Nick weiter.»

«Ruby, ich...»

«Ich weiss nicht, warum Sie anders sein sollten. Alle anderen tun es. Diese kleine Laus, der Killer, wenn der da ist, traue ich mich kaum, den Mund aufzumachen.»

«Sie vergleichen mich doch wohl nicht mit dem Killer, um Himmels willen?»

«Nein, Sie sind ein Gentleman, Eddie. Wenn Sie eine Affäre haben, dann laufen Sie wenigstens nicht herum und erzählen es jedermann mit allen Einzelheiten. Das hab ich so gern an diesem siebzehnten Jahrhundert. Alle amüsierten sich, aber sie taten es manierlich.»

In der Art, in der ihre vollen roten Lippen sich bewegten, lag etwas, das «nur für Erwachsene» war. Irgendwie wurde alles, was Ruby tat, ein sinnlicher Akt. Sie sah mich mit ihren vergrösserten Pupillen an, was wahrscheinlich bloss durch ein körperliches Leiden verursacht war, eine Art Astigmatismus, die man gewöhnlich für Leidenschaft hält. Wieder hatte ich das Gefühl – bloss eine Schwingung, wie man in dem Telepathieschwindel sagt – dass es gemacht werden könnte. Dass es da wäre, wenn ich es wollte.

«Wissen Sie, Sie regen mich an», sagte sie. «Nick bringt nur ungebildete Leute nach Hause. Ich, ich bin anders. Ich hab gern Leute, von denen ich was lernen kann.»

«Und was glauben Sie, können Sie von Toro lernen, Ruby?»

Der Blick in Rubys Augen wurde hart. «Was meinen Sie mit einer solchen Bemerkung?»

Ich zuckte die Achseln. «Ich weiss nicht. Wenn der Schuh passt, meine ich...»

«Und ich habe Sie für einen Gentleman gehalten», sagte sie. «Ich dachte, Sie wären anders. Aber er lässt Sie genau so für ihn spitzeln wie den Rest der Bande.»

«Jetzt hören Sie mir zu, Ruby. Das ist streng vertraulich zwischen uns beiden. Nick weiss nicht einmal, dass ich hier bin.»

«Wahrhaftig! Und ich dachte, wir würden uns bloss ein bisschen nett über Bücher und so was unterhalten. Und die ganze Zeit schnüffeln Sie nur herum wie ein Privatdetektiv.»

«Nick wird nie erfahren, dass ich hier war», sagte ich eindringlich. «Ich wollte Sie nur daran erinnern, Ruby, dass Toro ein grosser, ungeschickter Narr ist. Ich möchte nicht sehen, dass er in etwas hineinstolpert, mit dem er nicht fertigwerden kann.»

«Vielleicht wird Nick nicht erfahren, dass Sie hier waren», sagte Ruby. «Aber deshalb arbeiten Sie doch für Nick. Sie passen auf, dass Nicks Eigentum nichts geschieht. Genau wie der Rest seiner Bande. Nun, der Teufel soll euch alle holen. Das gilt auch für Nick. Lässt mich die ganze Woche hier draussen, und ich hab niemanden zum Reden ausser einem blödgeschlagenen Fahrer und einem homosexuellen Diener.»

«Ruby, mir ist ganz gleich, was Sie tun. Das ist Ihre Angelegenheit. Ich versuche nur, mich um Toro zu kümmern.»

«Sie können Ihren Toro behalten», sagte Ruby. «Ich sag Ihnen die Wahrheit, ich habe Toro mehr als satt. Ich gebe zu, dass ich anfangs ein bisschen neugierig auf ihn war, aber jetzt brauchen Sie sich keine Sorgen mehr zu machen. Wenn Sie hergekommen sind, um mir zu sagen, dass ich Ihren kleinen Jungen nicht verführen soll, dann können Sie in Ihr Büro zurückgehen und Ihren Mist verzapfen, wie Ihr grossartiger Mammutmensch den Boden mit dem armen, alten Gus Lennert aufwischen wird.»

«Wann werden Sie endlich unsere Boxer in Ruhe lassen?»

«Wollen Sie, bitte, sofort dieses Haus verlassen», sagte Ruby in einer Nachahmung eines hoheitsvollen Benehmens. Und dann versagte plötzlich etwas in ihrem Hirn, und sie begann zu kreischen: «Mach, dass du hier rauskommst, du schäbige Laus, du kleine schäbige Laus. Pack dich!»

Rubys schrille Gemeinheiten folgten mir durch das Haus, als ich nach der marmornen Halle eilte. Aber der Diener öffnete mir die Tür und verbeugte sich zum Abschied mit einem wissenden Lächeln.

Als ich Nick zwei Tage später in New York sah, wo er mit Jimmy Quinn und dem Killer bei Dinty Moore zu Mittag ass, war er in bester Laune. Nach dem Vorverkauf sah es aus, als würden wir hundertfünfzigtausend einnehmen, genau wie er es berechnet hatte. Selbst die Boxfanatiker des Hallenstadions, die den Verdacht hegten, Toros Laufbahn wäre mit «Tauchern» ausgestopft worden, waren gespannt, wie er sich gegen einen Erstklassler wie Lennert halten würde.

Als Teil der Reklame brachte ich einen ehemaligen Meister

in das Lager, wo ich ihn photographieren liess, wie er Toro begutachtete. Nachher schrieb ich eine kleine Erklärung, die ich in den Zeitungen unterbringen wollte, dass er beide Lager besucht hätte und überzeugt wäre, dass Toro durch Knockout gewinnen würde, weil er an Schlagkraft überlegen sei, und ähnlichen Mist und Blech und das ganze Reklametrara.

Der Spassvogel, den wir dazu ausgegraben hatten, war Kenny Waters, ehemaliger Schwergewichtsmeister, aber entschieden ein Meister dritter Garnitur, ein Tölpel, der längst wieder Erdarbeiten gemacht hätte, wenn er nicht gerade herausgekommen wäre, als ein beträchtlicher Mangel an Schwergewichtlern herrschte. Den Titel hatte er bekommen, als er flach auf dem Rücken gelegen und «foul» gebrüllt hatte. Ein Jahr später verlor er seine Krone an Lennert, an einem Abend, als Lennert noch etwas von seiner Jugendkraft zeigte. So schändlich diese Niederlage damals gewesen war, gab sie ihm immer noch das Recht, sachverständig, wenn auch völlig falsch, über jeden Wettkampf zu sprechen, mit dem sein Besieger zu tun hatte. Für diesen ehemaligen Meister war es eine Chance, sich einen weiteren kostbaren Augenblick lang in der Sonne der Reklame zu wärmen. Sicher hätte er uns sogar etwas für unsere Arbeit gezahlt, um seinen Namen noch einmal mit seinem zivilen Generaloberstenrang «ehemaliger Weltmeister» gedruckt zu sehen.

Ich war in meinem Zimmer und schrieb Kenny Waters' Augenzeugenvergleich von Toro und Lennert, da kam Benny herein und sagte mir, irgend jemand aus Argentinien wollte mich sprechen.

«Verdammt, ich hab zu tun», sagte ich. «Ich hab dem Journal versprochen, ihm diesen Mist bis vier Uhr zu liefern.»

«Nun, dieser Bursche ist ein grosses Tier», sagte Benny. «Sein Wagen sieht aus, als hätte man Räder an ein Rennboot montiert. Hat ihn von Argentinien heraufgefahren.»

«Sag ihm, ich komm in einer Minute. Unterhalt ihn, bis ich komme.»

Ich beendete Waters' Artikel eilig. Das ist grossartig, dachte ich, ich bin ein Schatten eines Schattens, ein Strohmann eines Strohmannes. Ich lachte über diesen Einfall, aber tausend kleine Mücken des Gewissens summten in meinem Kopf.

Im Wohnzimmer wartete ein grosser, dunkelhäutiger, sehr gepflegter Mann mit zwei sauberen Mauseschwänzchen von Schnurrbart auf mich. Er war anfangs der Dreissig, und neben ihm sass sein untersetzter, sehr dunkler Gefährte mittleren Alters mit einem sturen Gesicht und einem ausgebeulten braunen Anzug.

«Gestatten Sie, dass ich mich vorstelle, Carlos de Santos», sagte der jüngere Mann und stand anmutig auf. Sein Englisch verriet kaum, dass seine Muttersprache Spanisch war.

«Das ist Fernando Jensen», sagte de Santos. «Er ist der Sportredakteur unserer berühmten Zeitung El Pantero. Wir sind gekommen, um unseren Landsmann in seinem grossen Kampf anzufeuern.»

«In unserem Lande herrscht grosses Interesse für diesen Kampf», begann Jensen pompös und zog einen gefalteten, abgegriffenen Abschnitt aus El Pantero aus der Tasche, um mir seinen Artikel über Toros Laufbahn zu zeigen. «El Toro bringt neuen Ruhm nach Argentinien», lautete die Überschrift. «Ich will täglich einen Bericht über Toros Verfassung und Tätigkeit nach Hause schicken», fuhr er fort. «Sehen Sie, unser Land ist ein sehr stolzes Land. Wir haben ein Ertüchtigungsprogramm, um die Körper unserer jungen Männer auszubilden. Bevor ich abreiste, habe ich einen Leitartikel geschrieben, in dem ich El Toro Molina als das Symbol des ‚Jungen Argentiniens' bezeichnete.»

«Fernando ist ein sehr ernster Reporter», sagte de Santos vergnügt. «Sie sollten nicht allzu sehr auf das achten, was er Ihnen sagt.» Seine braunen Augen schienen zu lachen. «Können wir El Toro jetzt sehen? Ich habe eine goldene Uhr, die ich ihm als Geschenk seiner Mitbürger von Santa Maria übergeben möchte.»

Toro zog eben seinen Laufdress an, als wir eintraten. Er sah überrascht aus, als de Santos ihn so herzlich umarmte. Obwohl der junge Gutsherr ihn offensichtlich jetzt als Seinesgleichen ansah, behandelte Toro ihn immer noch mit der scheuen Ehrerbietung eines paisano. Während de Santos die letzten Neuigkeiten von zu Hause mit einer Frische erzählte, der es nicht gelang, Toros offensichtliche Überraschung über diese plötzliche Vertraulichkeit zu überwinden, ging ich zu den Reportern und Photographen. Wir hatten ziemlich wenig aus dem Lager zu berichten gehabt, und der Besuch war genau das, was wir brauchten, um die allgemeine Langeweile von Toros Training zu verdecken.

Wir brachten sogar die Wochenschauen heraus, damit sie am Nachmittag über die Übergabe der Golduhr berichteten. Die phantastische Stärke der Fassbinder Molina sei schon lange eine Legende in Santa Maria gewesen, sagte de Santos, und jetzt bete das ganze Dorf und zünde Kerzen an, damit El Toro die Weltmeisterschaft nach Hause bringe. Wenn El Toro Lennert schlüge, dann würden die de Santos den Dorfbrunnen mit Wein füllen und einen zweitägigen Feiertag abhalten.

Da steckte alles drin. Es hätte nicht schmalziger sein können, wenn ich es mir selbst ausgedacht hätte. Und ich bemerkte, dass der junge de Santos trotz all seinem reichen Nichtstuer-Geschwätz sehr schön fertiggebracht hatte, die Reklame für die de Santos-Weine einzuarbeiten, die gerade auf dem nordamerikanischen Markt aufzutauchen begannen.

Während die Wochenschauleute ihre Kameras einpackten und de Santos und Jensen den Reportern erzählten, sie hätten fünfzigtausend Dollar mitgebracht, um auf Toro zu wetten, stand Toro wie vor den Kopf geschlagen da.

«Nun, das muss ja eine angenehme Überraschung sein», sagte ich zu Toro. «Jetzt werden Sie mit jemandem sprechen können.»

«Er will, dass ich ihn bei seinem Spitznamen Pepe nenne», sagte Toro ungläubig. «Stellen Sie sich vor, dass ich, ein aldeano, einen de Santos Pepe nenne!»

Er zeigte mir die Golduhr mit der auf der Rückseite eingravierten Sentimentalität: «Für El Toro mit Stolz und Zuneigung das Haus de Santos.»

«Und er sagt mir, ich soll ihn Pepe nennen», wiederholte Toro. «In seinem ganzen Leben hat mein Vater nur einmal mit Carlos de Santos gesprochen. Aber Sie haben mit Ihren eigenen Ohren gehört, dass sein Sohn mir gesagt hat, ich solle ihn Pepe nennen.» Es war mehr, als er begreifen konnte. «Ich habe viel Glück, Eddie. Gerade wie Luis es mir versprochen hat. Ich habe alles, was ich will – Geld, Ehre, die Leute haben mich gern.» Er kniff seine Lippen entschlossen zusammen. «Ich muss Lennert schlagen. Ich muss meinen Landsleuten zeigen, dass sie nicht vergebens so weit gereist sind.»

«Sie werden Lennert schlagen», sagte ich. «Sie werden Lennert todsicher schlagen.»

«Ein Schlagg, ich hoff, er geh bumm», sagte er wieder auf englisch.

An diesem Abend war das Lager für Pepe zu ruhig. Es war

nichts los, bis auf das allabendliche Würfelspiel. So schlug er vor, ich sollte ihn und Fernando in die Stadt führen und ihnen die Sehenswürdigkeiten zeigen. Wir drei quetschten uns in den Mercedes-Benz, den er aus Buenos Aires mitgebracht hatte. Pepe war, wie es sich herausstellte, nicht nur ein Polospieler und Flieger, sondern auch ein Aschenbahnrennfahrer, und die Art, wie er seinen Mercedes in die Stadt jagte, schien all diese Leistungen zu vereinen. Nicht ohne eine gewisse Angst begriff ich, dass ich in den Händen eines Lebemannes war. Ein Lebemann ist in meinem Wörterbuch nicht der sorglose, luxusliebende Typ, den das Wort gewöhnlich in der Vorstellung der Leute hervorruft. Es ist jemand, der versucht, aus dem neurotischen Wirbel von Geldüberfluss und Mangel an Verantwortung zu entkommen.

Erst mussten wir in die Suite hinaufgehen, die sie in den Waldorf Towers gemietet hatten, wo Pepe sich umziehen wollte. Er zeigte auf eine eindrucksvolle Flaschensammlung auf dem Tisch. «Ich gleich wieder da. Bedienen Sie sich.» Der Scotch war Cutty-Sark. Es war auch Champagnerweinbrand da, holländischer Genever und zwei Flaschen Noilly-Prat.

Fernando war innerhalb von zwei Minuten fertig, aber Pepe brauchte mindestens eine halbe Stunde. Als er schliesslich erschien, sah er aus wie ein Bild aus einem Modejournal.

«Wohin gehen wir also jetzt?» fragte Pepe mit einem leeren, festlichen Lächeln.

«Kommt drauf an, was Sie wollen», sagte ich. «Musik, Berühmtheiten, Mädchen?»

«Wer interessiert sich für Musik und Berühmtheiten, wie, Fernando?» Fernando lächelte plump. Pepe zog eine goldene Zigarettendose hervor, die mit Players gefüllt war, und wählte eine davon mit anmutiger Bewegung aus. «Machen Sie sich keine Sorgen, meine Freund», sagte er zu Fernando und zwinkerte mir fröhlich zu. «Ich werde Ihrer Frau schwören, dass Sie jede Nacht im Trainingslager waren.»

Pepe bekam mit guten Trinkgeldern einen Tisch in der ersten Reihe, befahl dem Kellner, den Wein dauernd fliessen zu lassen, und verliebte sich wortreich in eine Blondine nach der anderen, die tanzte, sang oder über ihrem Zigarettenkasten lächelte. Es war klar, dass er ein glückliches und teures Debut auf dem Broadway feiern wollte. Früh morgens sagte er im Copacabana: «Die zweite von dort – die wie ein goldenes Kätzchen aussieht – glauben Sie, die würde zu einem letzten Gläschen mit in unsere Wohnung kommen?»

«Hören Sie, Pepe», sagte ich – er hatte mir schon ein grosses Gästehaus ganz für mich allein versprochen, wann immer ich nach Santa Maria käme – «die kleine Hexe schaut nur einmal auf Ihre Einrichtung in den Towers, und schon haben Sie Schwierigkeiten.»

«Aber sie ist so schön. Bei ihr würden mir ein paar Schwierigkeiten nichts ausmachen...»

Als die Gesellschaft sich auflöste, knallten und kratzten die Leute von der Kehrichtabfuhr, die Herolde der Morgendämmerung in New York, die Kehrichteimer auf die Bürgersteige, als wollten sie gegen die glückliche Bürgerschaft protestieren, die reinere Arbeit zu bequemeren Stunden verrichtete. An der Ecke der Achten Avenue kaufte ich die Morgenzeitungen von einer alten Frau, die einen Schal um den Kopf trug. Automatisch blätterte ich die Sportseite auf, als ich nach dem Hotel zurückging.

Die News hatten die de Santos-Geschichte schön herausgebracht.

«Argentinischer Erbe kommt, um ehemaligem Angestellten Toro Molina zuzujubeln. Bringt $ 50 000, um auf Ex-Fassbinder der berühmten de Santos-Weinberge zu wetten.»

Und weiter unten las ich: «Toro Molina unterzieht sich Freitag abend der Säureprobe seiner aufsehenerregenden Laufbahn, wenn der unbesiegte Riese eine Chance erhält, seinen berühmten mazo-Schlag an dem mächtigen Ex-Meister Gus Lennert zu versuchen.»

Ich erkannte meine eigenen Worte, Worte, die ich so oft geschrieben hatte, dass sie mir schon beinahe wahr vorkamen. Unten auf derselben Seite war eine grosse Zigarettenanzeige, in der ein kürzlich gekrönter Mittelgewichtsmeister seinen Anhängern riet, eine wohlbekannte Marke zu rauchen, weil sie die einzige Zigarette sei, die seine Ausdauer nicht beeinflusst habe. Ich dachte an alle die Leute, die mit dieser frommen Lüge zu tun hatten: den Boxer, den Texter, die Direktoren der Anzeigen- und der Zigarettenfirma, die Zeitungsherausgeber und schliesslich die grosse Masse der Leser selbst, die damit einverstanden sind und es uns praktisch ebenso leicht machen, mit einer Lüge zu leben wie mit der Wahrheit.

Wie konnte man mir einen Vorwurf daraus machen, dass ich für mein Erzeugnis, den Riesen aus den Anden, warb? Wer war ich, dass ich einen Kreuzzug für Lauterkeit hätte führen sollen? Ich versuchte nur, mit einem Mindestmass von Reibung und Mühe in der Welt zu leben. Wenn diese Welt so leichtgläubig war, das Hallenstadion zu füllen, um zu sehen, wie ein harmloser Tölpel einen ehemaligen Meister verholzte, warum sollte ich sie an der Tür zum Umkehren bewegen? Weil ich es schon besser wusste? Weil ich den Boxbetrieb als das sah, was er war, eine wahrhaft männliche Kunst, die durch die Abwasserrohre menschlicher Gier herabgezogen wurde? Was konnte ich daran ändern?

Aber mit wem stritt ich denn? Wer sagte, dass ich es ändern müsste? Ich blickte nach dem sechsten Stockwerk von Beths Hotel hinauf. Was tat ich denn ein Dutzend Häuserblöcke weit entfernt von meiner Bude nahe dem Times Square? Ihr Licht brannte. Um fünf Uhr früh brannte Licht bei ihr. Jetzt verstand ich, warum mein Hirn mich nicht ruhen liess. Das war kein Hamletmonolog. Das war mein dauernder Streit mit Beth. Ich spähte durch die verschlossene Glastür in die Vorhalle. Die trübselige, formlose Gestalt einer Frau mittleren Alters schrubbte den Fussboden. Jahrelang hatte ich sie auf meinem Wege nach und von Beths Wohnung dort gesehen.

Ich blickte weiter auf die Scheuerfrau, während ich versuchte, zu einem Entschluss zu kommen. Wie würde Beth mich empfangen? Würde sie es als eine Tat der Entschlossenheit ansehen, kühn genug, ihren Widerstand hinwegzufegen? Oder würde es ihr nur als eine weitere alkoholische Verirrung eines ruhelosen Trunkenboldes erscheinen, der durch die grauen Schluchten der Morgendämmerung in der Stadt wanderte und ein Irrlicht verfolgte – seine Anständigkeit.

Ihr Fenster war ein kleines Rechteck, das seinen gelben Speer in den fahlen Morgen stiess. Dort leuchtet mein Gewissen, dachte ich, eine kleine Zelle in diesem grossen Gebäude der Dunkelheit. Und als ich es in einer Art hasserfüllter Verehrung beobachtete, erlosch es plötzlich. Die leere Strasse herab kam ein knochiges Milchwagenpferd, klippklapperte müde auf dem widerhallenden Pflaster. Sein Tag hatte wieder begonnen. Wieder im Geschirr, mit Scheuklappen an den Augen. In diesem Augenblick fiel mir ein, dass ich um neun Uhr im Lager sein musste, um ein paar Sportjournalisten von auswärts zu empfangen, die Toro interviewen wollten.

ACHTZEHNTES KAPITEL

ICH rasierte mich, duschte, stürzte zwei Tassen Kaffee hinunter und rief das Waldorf an, um zu sehen, ob die argentinische Delegation mit mir hinausführe. Fernando beantwortete den Anruf. Pepe war eben zu Bett gegangen. Er hatte Auftrag gegeben, ihn um vier Uhr nachmittags zu wecken. Aber Fernando wollte mit mir fahren. Er hielt es für gut, wenn Toro in seinem Interview etwas über die wachsende Bedeutung der nationalen Sportbewegung in Argentinien sagte. So musste ich eine Stunde lang in dem ratternden Vorortszug, während eine falsche Version des Amboss-Chores in meinem Kopfe dröhnte, anhören, wie sehr die Begeisterung für Argentinidad wachse. Unser Riese aus den Anden sollte nur ein Held der Nation sein. Aber dieser selbsternannte Botschafter von südlich des Amazonas schien entschlossen, ihn auch zu einem Helden des Nationalismus zu machen.

Toro sass auf der Veranda, hörte seinem Radio zu und zeichnete müssig Gesichter auf den Rand einer Zeitung. Das Training war bis auf ein paar leichte Übungen am Nachmittag vorüber, und er hatte nicht viel zu tun.

«Warum Sie gestern abend weggeh?» fragte er. «Viele Leute kommen und stellen Fragen. Ich weiss nicht, was sagen.»

Ich hatte ihn nie in einer solchen Stimmung gesehen. Die Anstrengung begann sich zu zeigen. Es war der erste Kampf, für den Danny und Doc ihn wirklich unter Hochdruck gesetzt hatten, und die tägliche Schinderei, zu der dann die Nervenspannung der Zeit ohne Training kam, hatte selbst Toros sture Eingeweide zu dem vor dem Kampf üblichen Knoten zusammengewickelt.

Sogar die Reporter, denen er gewöhnlich mit bäuerlicher Liebenswürdigkeit entgegenkam, behandelte er gereizt und wenig mitteilsam.

«Es ist ein gutes Zeichen», bemerkte Doc. «Er ist in seiner bisher besten Form. Auf zweiachtundsechzig runter. Zum ersten Mal zeigt er Schärfe. Danny hat ihn wirklich verteufelt arbeiten lassen. Hat ihn trainiert, als ginge es um einen Kampf in der guten alten

Zeit. Liess ihn Holz hacken, auf Bäume klettern und über Hecken springen. Und dazu noch die normale Arbeit.»

«Ich möchte gern sehen, dass der grosse Krüppel was zeigt», sagte ich. «Diese Burschen am Pressetisch, die wir nicht kaufen können, werden wirklich auf ihn scharfschiessen.»

«Wenn Sie mich fragen, hat Danny wirklich Wunder an ihm gewirkt», sagte Doc. «Wenigstens diesmal sollte er wie ein Profi aussehen. Endlich hat er ihm ein bisschen einen Schlag beigebracht. Und er bewegt sich schon besser und klebt nicht dauernd mit den Fersen am Boden.»

Nach dem Mittagessen sollte Toro sich hinlegen, aber er sagte Doc, er könnte nicht schlafen. Er war wegen des Kampfes zu nervös. Er sagte, er wollte in seinem Wagen ausfahren. Danny, gereizt durch seine schreckliche Anstrengung, nüchtern zu bleiben, sprang wütend auf Toro los.

«Versuch nicht, deinen Onkel Danny reinzulegen. Ich hab dich drei Wochen nicht rausgelassen. Da willst du jetzt rüberlaufen und dich von Ruby gut behandeln lassen.»

Toros Gesicht krampfte sich in Wut zusammen. «Du das sagen, ich dich teeten, du Hursohn...»

«Ich sag dir etwas», mengte ich mich ein. «Vielleicht wird die Fahrt Toro gut tun. Ich fahr also mit ihm. In Ordnung?»

Beide waren einverstanden. Fernando wollte mitkommen, aber aus irgendeinem Grunde wollte Toro ihn nicht dabei haben. Selbst auf spanisch konnte er nie die Worte finden, um sein Misstrauen gegen seinen aggressiv patriotischen Landsmann auszudrücken. Für Toro waren Phrasen wie «die Macht und der Ruhm Argentiniens» ohne alle Bedeutung, ganz gleich, wieviel blumige Beiwörter gebraucht wurden, um ihn als das Symbol der Argentinidad darzustellen. Für ihn war Argentinien das Dorf Santa Maria.

«Bitte», sagte Toro, als wir auf der Landstrasse waren, «ich gehe die Señora sehen.»

«Toro, ich bin Ihr Freund. Was ist zwischen Ihnen und der Señora?»

«Ich sie sehen will», sagte Toro schmollend. «Ich sehe sie heute.»

«Vielleicht kann ich Ihnen helfen. Aber Sie müssen mir mehr davon erzählen. Ich werde Ihr Geheimnis wie eine Beichte bewahren. Das verspreche ich.»

«Ich habe die Sünde des adulterio schon gebeichtet», sagte Toro.

«Aber ich kann nicht aufhören. Ich liebe die Señora. Ich will, dass die Señora meine Frau wird. Ich will sie mit mir nach Santa Maria nehmen, damit sie mit mir in dem grossen Hause lebt, das ich auf dem Hügel erbaue.»

«Aber Toro, estás loco», sagte ich. «Completamente loco. Verstehst du denn nicht, dass sie schon verheiratet ist? Hast du ausgerechnet Nick vergessen?»

«Das ist keine wirkliche Ehe», sagte Toro beharrlich. «Sie hat mir das Ganze erzählt. Es ist keine wirkliche Ehe vor der Kirche. Es ist nur eine Ziviltrauung gewesen.»

«Aber warum glaubst du, dass die Señora mit dir gehen will? Hat sie dir das gesagt? Hat sie es dir versprochen?»

«Sie sagt nur, vielleicht, möglicherweise», gab er zu. «Aber sie sagt, sie liebt mich, nur mich. Ich werde sie nach Santa Maria mitnehmen. Und Mama wird sie lehren, die Gerichte zu kochen, die ich gern esse. Und wir werden sehr reich sein mit all dem Geld, das ich im Ring verdiene.»

«Das ist grossartig», sagte ich. «Das ist wirklich ein Filmende. Du hast nur eine Kleinigkeit ausgelassen: Nick. Was wirst du mit Nick machen?»

«Die Señora ist sehr intelligent. Die Señora wird einen Weg finden, ihm zu sagen, was geschehen ist.»

Was sollte man mit einem solchen Dummkopf machen, ausser den Schnabel zu halten und sich an der Landschaft zu erfreuen?

Toro sagte Benny, er sollte nach Green Acres fahren. «Das in Ordnung?» fragte er mich. Vielleicht war es nur eine boshafte Neugier von mir, die sich als edle Absicht verkleidet hatte, aber ich liess ihn fahren.

Als niemand das Haustor öffnete, gingen wir nach der Rückseite und durch die Veranda hinein. Wir sahen niemanden, so folgte ich Toro die Treppe hinauf. Er schien zu wissen, wohin er ging. Am Ende des Korridors im ersten Stock war Rubys Zimmerflucht – sie und Nick wohnten getrennt – ein Wohnzimmer im ersten Stock, das ganz in Weiss gehalten war. Am Ende des grossen Raumes, uns gegenüber, stand ein weisser Flügel. Ein Mann sass auf der Bank vor dem Flügel, aber er spielte nicht. Er sass mit dem Rücken zum Flügel, und sein Kopf war zurückgelegt, als wäre er ein Stummer, der tat, als sänge er eine grosse Oper. Wir sahen Ruby erst, als wir in der Mitte des Zimmers waren. So wie wir standen, war ihr Kopf durch den Deckel des Flügels verborgen gewesen.

Als er uns bemerkte, sprang der Mann auf, und ich sah, dass es Jackie Ryan war, der kleine Neffe Jock Mahoneys. «Raus mit euch! Zum Teufel, raus mit euch!» brüllte er. Rubys Stimme kreischte schriller, als ich sie je gehört hatte. Noch schneller als ich schien Toro begriffen zu haben, was hier vorgegangen war.

«Puta!» brüllte er. «Estás una puta, una puta!»

Er stürzte verzweifelt und ungeschickt auf sie los, aber Ryan, der ihm kaum bis an die Schulter reichte, sprang vor und hieb ihm die Faust in den Magen. Der Schlag kam ganz überraschend für Toro und liess ihn zurücktaumeln. Dann senkte er den Kopf, beinahe wie ein Kampfstier, und wollte angreifen.

«Raus, raus mit Ihnen!» befahl ich Ryan.

«Ja, um Gottes willen, raus mit euch allen», kreischte Ruby. «Du auch, Jackie.»

«Schon gut, schon gut, ich geh schon», sagte Ryan und stolzierte hinaus, wobei er sich den Anschein völligen Gleichmuts gab.

«Komm Toro, wir wollen auch gehen», sagte ich. Aber er hörte mich nicht.

Die erste Welle von Toros Wut war erschöpft. Er wandte sich ungläubig an Ruby. «Puta», sagte er, «warum du das tun? Warum du das Böses tun? Und immer du mir sagen, Toro ist der einzige...»

«Du Lümmel», schrie Ruby, «du dreckiger, schnüfflerischer Lümmel.»

Ihre Lippen waren ungewöhnlich rot in ihrem bleichen, ängstlichen Gesicht. Aber als sie in ihrem seidenen Hausanzug dort stand, begann ihre wundervolle, phantasielose Selbstkontrolle wieder zu ihr zurückzukehren.

«Warum du tun dieses Böses für Toro?» fragte er wiederum. «Warum? Por qué?»

«Geht dich nichts an», sagte Ruby. «Geht dich verdammtnochmal nichts an. Bloss weil ich dich ein paarmal hierher kommen liess, glaubst du, du besitzest mich. Alle Männer versuchen, mich zu besitzen.»

«Aber immer wir sprech von Santa Maria. Vielleicht du gehen mit mir, du sagen.»

Ruby sah ihn mitleidlos an. «Ich musste dir doch etwas sagen, du Pavian. Glaubst du, ich würde das alles hier wegen eines kleinen Drecklochs in Argentinien verlassen? Mein Leben mit einem verblödeten, zehntklassigen Niemand verbringen?»

Toro glotzte sie verdutzt an. «Toro nix niemand. Toro Boxer. Immer gewinn. Bester Boxer Nick in ganzem Leben hat.»

Ruby lachte. Sie musste zurückschlagen. Nach dem, was geschehen war, musste sie etwas tun, um ihn an die ihm gebührende Stelle zu verweisen.

«Hör zu, du Tölpel», sagte sie langsam. «Du könntest nicht mal Eddie hier schlagen, wenn es nicht geschoben würde. Jeder Kampf, den du in diesem Lande hattest, war geschoben. Alle diese Krüppel, die du angeblich geschlagen hast, waren bezahlt, damit sie untertauchten. Jeder einzelne davon.»

«Untertauchten?» sagte Toro und runzelte die Stirn. «Ich nix versteh. Erklär mir, was du meinen, untertauchen.»

«Du armer Dummrian», sagte Ruby. «Diese Kerle, die du geschlagen hast, haben dich siegen lassen – wusstest du das nicht? – haben dich siegen lassen.»

Toros grosse Augen schlossen sich halb in seinem Schmerz. «Nein!» brüllte er. «Nein! Nein! Ich nix glauben. Ich nix glauben.»

«Frag Eddie», sagte Ruby. «Der sollte es wissen.»

Toro wandte sich verzweifelt an mich. «Dígame, Eddie», bat er. «La verdad. Solamente la verdad. Dígame.»

Dass ich da stehen und diesen Körperschlag gegen seinen einfältigen Stolz schwingen musste, schien mein Verbrechen vollkommen zu machen. Aber ich hatte keine Möglichkeit, mich zu drücken. «Es ist wahr», sagte ich. «Deine Kämpfe waren geschoben. Sie waren alle geschoben, Toro.»

Toro fuhr sich langsam mit der Hand übers Gesicht, als ob er schreckliche Kopfschmerzen hätte. Wenn man ihn ansah, hatte man den närrischen Eindruck, sein ganzes Gesicht wäre eingeschlagen worden.

Er drehte sich um und lief hinaus. Unten sauste er durch die Verandatür, lief ums Haus herum und rannte wild die Strasse hinab. Ich sprang in den Wagen und sagte Benny, er sollte ihm nachfahren. Wir liessen ihn fast vier Häuserblöcke weit laufen. Dann ging ihm die Luft aus. Er hatte nicht die Koordination des Sportsmannes, der leicht auf seinen Zehen laufen konnte. Allmählich wurde sein Lauf langsamer und zum Trab eines Arbeitsgaules. Wir hielten den Wagen fünfzig Meter weit vor ihm an, und als er zu uns kam, versuchten wir, ihn in den Rücksitz zu manövrieren.

«Geh weg, geh weg, du mach mich aussehen wie Narr», schrie er.

«Los, mach, dass du da reinkommst», sagte Benny. Er stiess Toro gegen den Wagen zu. Er hatte nur Verachtung für ihn. Die Anstrengung hatte Toros Widerstandskraft erschöpft. Müde gab er nach und kletterte auf den Rücksitz.

Während der ganzen Fahrt nach dem Lager kauerte Toro in seiner Ecke und glotzte seine massigen Hände an.

«Hör zu, um Christi willen», sagte ich. «Wir haben nur versucht, dir zu helfen. Versucht, dir das Geld zu verschaffen, das du haben wolltest.»

Toro antwortete nicht. Er gab kein Zeichen, dass er mich gehört hätte.

Das stand nicht im Drehbuch. Toro hatte keine Empfindlichkeit zu haben, keine gedemütigten Gefühle, keinen Stolz und keinen Zorn. Er war nur das Erzeugnis: die Seife, der Kaffee, die Zigarette.

«Ehrlich, Toro, wir haben nicht versucht, einen Narren aus dir zu machen. Wir wollten nur sicher gehen, dass du den richtigen Start bekommst. Das macht man immer.»

Aber Toro wollte mich nicht hören. Er sass nur düster in seiner Ecke, und seine Augen blickten voll Scham nach innen.

Als wir ins Lager kamen, sassen Danny und Doc mit George und einigen andern auf der Verandatreppe.

«He, Toro», sagte George. «Nette Fahrt gehabt?»

Toro stand, uns alle überragend, auf dem Treppenabsatz. Wenn man zu diesem tölpelhaften, zornigen Riesen aufblickte, sah seine Wut, der er keinen Ausdruck verleihen konnte, schrecklich aus.

«Ihr glauben, ihr machen Witz aus Toro, was?» sagte er uns alle beschuldigend. «Ihr machen grossen Narren aus Toro?» Er ging ins Haus hinein.

«Was hat er denn?» wollte Danny wissen.

«Ruby hat ihm eben klar und deutlich gesagt, wie er all die Burschen geschlagen hat», sagte ich.

«Geschieht ihm recht dafür, dass er sich um die Herzogin herumtreibt», sagte Doc. «Geschieht ihm ganz recht.»

«Vielleicht hätten wir's ihm sagen sollen», überlegte Danny. «Es stinkt so schon arg genug, ohne dass man es mit noch mehr Lügen aufstinkt.»

«Ach, ihr hört euch an wie ein Haufen alter Weiber», sagte Vince. «Der kommt schon wieder zurecht. Ich geh rein und steck ihm nochmal fünfhundert zu. Das ist die beste Medizin.»

Aber als Vince ein paar Minuten später zurückkam, war sein dicker Hals rot vor Ärger. «Er sagt, er will das Geld nicht. Der Trottel. Und vor sechs Monaten hatte er überhaupt nichts. Was macht man mit so einem Idioten?»

Als es Zeit zum Abendessen war, ging Benny hinauf, um Toro zu rufen, aber er wollte nicht herunterkommen. Dann versuchte George es, weil er Toro näher stand als die anderen, aber auch er kam allein zurück. So ging ich hinauf, um zu sehen, was ich tun könnte. Toro stand am Fenster und starrte in die einfallende Dämmerung hinaus.

«Toro, du solltest was essen», sagte ich.

«Ich bleiben hier», sagte Toro.

«Komm, vergiss es. Wir haben ein feines Steak für dich. Gerade so, wie du's magst.»

Toro schüttelte den Kopf. «Ich nix mit euch essen. Ihr machen Witz aus Toro.»

Dann drehte er sich um und sah mich an. «Dieser Kampf mit Lennert. Der auch Schiebung?»

«Nein», log ich. «Dieser ist einwandfrei. Wenn du also Lennert schlägst, dann brauchst du dich gar nicht zu schämen.»

Es tat mir leid, dass ich so mit ihm weitermachen musste, aber ich war so tief drin, dass ich keinen Ausweg aus diesem Kreis von Lügen fand. Wir waren wirklich in Verlegenheit. In der Stimmung, in der er jetzt war, konnte er im Kampf gegen Lennert alles mögliche tun. Wenn er glaubte, dass der Kampf geschoben wäre, konnte er es sogar der Boxbehörde verpfeifen, und das wäre das Ende der fetten Bissen gewesen. Wir konnten sogar vor ein Geschworenengericht kommen. Ich wollte, mir wäre eine Wahl geblieben, aber da stand ich nun. Ich musste ihn glauben machen, dass dieser Kampf sauber war.

Toro hieb mit seiner gewaltigen Faust auf die Handfläche der anderen Hand. «Ich diesen Kampf gewinnen», sagte er drohend. «Ich zeig euch, Toro nix Spass. Ihr nix schieben müssen für Toro. Diesmal ihr nix lach hinter mir.»

«Schön, schön», sagte ich. «Jetzt komm runter und iss dein Steak.»

NEUNZEHNTES KAPITEL

SCHWERGEWICHTSRIVALEN
HEUTE IN ENTSCHEIDUNGSKAMPF –
MACHEN VORAUSSAGEN ÜBER VERLAUF

«Toro bekommt Boxunterricht und erste Niederlage», sagt Ex-Meister.
Von
Gus Lennert

Ich bin davon überzeugt, dass ich die Gewinnserie des Mammutmenschen heute abend abschneide. Obgleich ich viel Achtung vor seiner Stärke und Schlagkraft habe, erwarte ich doch, dass ich ihn in unserem Fünfzehn-Runden-Kampf durch Technik und Strategie schlage. Dass er fünfundsiebzig Pfund mehr wiegt, macht mir keine Angst. Er mag ein Riese sein, aber auch Riesen sind schon geschlagen worden. Man denke an Goliath. Je grösser man ist, desto tiefer fällt man. Ich war nie in besserer Form, und ich wette, dass ich den argentinischen Eindringling erledige und der erste Ex-Meister werde, der seine Krone wiedererringt.

«Ich werde ihn in fünf Runden ausschlagen», sagt argentinischer Riese.
Von
Toro Molina

Schon in Argentinien habe ich von Gus Lennert gehört. Er war damals Weltmeister. Obgleich er den Titel nicht mehr hat, ist mir doch klar, dass er ein grosser Boxer und der gefährlichste Gegner ist, den ich bisher hatte. Aber ich wäre überrascht, wenn er in der sechsten Runde noch da wäre. Meine Überlegenheit an Gewicht, Kraft und Jugend sollte ihn in den ersten Runden erschöpfen. Dann rechne ich mit meinem mazo-Schlag, um ihn zu erledigen. Dieser Kampf wird ein weiterer Schritt die Leiter hinauf sein, meinem Ziel zu: das zu erreichen, dem mein Idol, Luis Angel Firpo, so nahe gekommen ist – die Meisterschaft nach Argentinien zu bringen.

Ich überlas nochmals diese glänzenden Produkte schöpferischer Literatur, die ich zusammengeschmiert hatte. Nicht schlecht, dachte ich. So überzeugend, wie dieses Zeug nur sein kann. Toros Artikel hatte ich aus einem anderen umgeschrieben, den ich ein Jahr zuvor für einen französischen Mittelgewichtler verfasst hatte, aber wer würde das bemerken? Bestimmt nicht die Gimpel, die das Zeug lasen. Der andere Artikel klang noch mehr nach Lennert als Lennert selbst. Nächstens würde er noch glauben, dass er Tunney wäre, und würde von mir verlangen, dass ich ihm Vorträge über Shakespeare schriebe, die er dann vor den Studenten in Harvard halten könnte.

Dann dachte ich mir einen Fortsetzungsartikel für Gus aus unter dem Titel «Wie ich geschlagen wurde». Der sollte am Morgen nach dem Kampf erscheinen. Gewöhnlich musste ich diese Leichenreden in der ersten Person in der kurzen Zeit zwischen dem Ende des Kampfes und dem Redaktionsschluss des Journal herunterrasseln. Aber diesmal meinte ich, ich könnte genau so gut all meine literarischen Geburtswehen auf einmal loswerden. So faselte ich etwas daher, das begann: «In meinen dreizehn Jahren im Ring habe ich mich gegen die besten Boxer gehalten. Darum kann ich ehrlich sagen, dass dieser argentinische Riese der mächtigste Schläger ist, dem ich je gegenübergetreten bin. Ich erwarte, dass er den starken Buddy Stein schlägt und dann auf die Meisterschaft losgeht.»

Meistens schmierte ich dieses Zeug nur zusammen, setzte den Namen des Burschen darüber und schickte es weg. Aber Gus war zum Verzweifeln empfindlich damit, wie sein Name benützt wurde. Der kannte jede Möglichkeit, sich einen Extradollar zu verdienen. Gus glaubte, eine einträgliche Nebenbeschäftigung als Kommentator grosser Kämpfe gefunden zu haben. Er hatte sogar vorgeschlagen, ich sollte für ihn täglich einen Artikel schreiben. Da ich damit rechnete, dass dabei etwas für mich abfallen könnte, hatte ich versprochen, diese Namensartikel zu ihm hinzubringen, damit er sie durchsähe, bevor ich sie abschickte.

Gus wohnte in einem bescheidenen, weissen Holzhaus in einem Mittelstandsviertel von West Trenton. Als seine Frau mir die Tür öffnete, trug sie eine Schürze. Sie koche eben das Mittagessen für die Kinder fertig, sagte sie. Mit der Börse aus dem Kampf gegen Stein und seinen Ersparnissen musste Gus zumindest hundert grosse Lappen in Bargeld und Wertpapieren haben. Aber ich glaube, er hatte nie eine Köchin. Gus behauptete gern, er liebe das Essen seiner Frau so sehr. Aber in Wirklichkeit liebte er nur das Moos auf der hohen Kante.

Gus sass in der Frühstücksecke. Er trug einen abgetragenen roten Bademantel, alte Hosen und Pantoffeln. Vor ihm lag ein Haufen Papiere. Sein Haar, das scharf aus der Stirn zurückging und an den Schläfen Spuren von Grau zeigte, war ungekämmt, als wäre er eben erst aufgestanden. Er hatte sich nicht rasiert, in dem traditionellen Boxerglauben, dass ein eintägiger Bart das Gesicht zusätzlich schützte. Er sah viel älter aus als damals, als ich ihn zuletzt in Green Acres gesehen hatte. Man hätte ihn näher den Vierzig geschätzt als den Dreissig. Die Niederlage durch Stein schien ihm etwas genommen zu haben. Ich konnte noch die sechs Stiche zählen, die gemacht worden waren, nachdem Stein sein rechtes Auge in der vierzehnten Runde aufgeschlagen hatte.

Als ich eintrat, sah er mich stirnrunzelnd an, als hätte er Kopfschmerzen.

«Gottverdammt, du lässt dir wahrhaftig Zeit, herzukommen», grüsste er mich.

«Tut mir leid, Gus», sagte ich. «Ich habe den Zehnuhrzug verpasst. Hoffentlich hattest du dadurch keine Unannehmlichkeiten.»

«Nun, es gibt ja noch ein Telephon», sagte er. «Gott sei Dank kann ich meine Telephonrechnungen noch bezahlen. Du hättest Emily anrufen können. Ich bin eigens um halb zehn aufgestanden, um für dich fertig zu sein. Was ist denn los, gestern zu viel gefeiert?»

«Teufel nochmal, nein, ich war vor Mitternacht in der Flohkiste. Ich wollte ganz sicher sein, dass ich für den Kampf in Form bin.»

Ich dachte, er würde darauf eingehen, aber er lächelte nicht einmal.

«Ich hatte eine grässliche Nacht», sagte er. «Muss drei Uhr gewesen sein, bevor ich eingeschlafen bin. Hab zwei ganze Kriminalromane gelesen. Darum hätte ich heute früh diese Extrastunde brauchen können.»

«Tut mir leid», entschuldigte ich mich nochmals. «Ich hätte dich wohl anrufen sollen, Gus.»

«Nun, so ist es eben», sagte Gus mit einer Stimme, die von Selbstmitleid ganz bärbeissig war. «Hat man Erfolg, hört's Telephon gar nicht zu klingeln auf. Aber wenn man fertig ist, dann kümmert sich keiner mehr darum.»

Aus der Küche kam lautes Bubengeschrei, gefolgt von einem allgemeinen Krach. Gus sprang auf, öffnete die Tür und schrie:

«Um Gottes willen, Emily, wie oft muss ich dich noch bitten, sie ruhig zu halten? Ich weiss, ich hätte gestern abend ins Hotel gehen sollen. Wirst du sie jetzt endlich zur Ruhe bringen, oder muss ich erst kommen und ihnen die Köpfe zusammenschlagen?»

Er kam an den Tisch zurück, schloss die Augen und drückte die Finger gegen die rechte Stirnseite.

«Geht's dir gut, Gus?»

«Bloss ein saumässiges Kopfweh», sagte er. «Zum Teufel, das ist kein Wunder bei dem Krach, den diese Kinder hier machen.»

Er kniff die Augen zusammen und massierte das Dreieck zwischen seinen Augenbrauen.

«Herrje, es sieht aus, als müsste ich alles machen», sagte er und hob einige Papiere auf, die vor ihm lagen. Darauf standen lange Zahlenreihen. «Ich zahl einem Wirtschaftsberater zweihundert Dollar im Monat, dass er meine Anlagen verwaltet, und der kann nicht mal richtig zusammenzählen.» Er klopfte gereizt auf die Papiere. «Hab schon zwei Fehler gefunden. Und diese fünfzig Lappen, die ich heute abend verdiene, da versucht er mir einzureden, ich soll sie in Renten anlegen. Renten sind grosser Mist. Ich hab mir das ausgerechnet, das lohnt sich nicht. Ich hab hunderttausend an Versicherung. Das ist das einzige, was man haben soll. Ich hab fünfzigtausend anzulegen. Da möcht ich mir doch lieber Obligationen kaufen.»

Er fing an zu berechnen, wie 2,9 Prozent von fünfzigtausend gegenüber einem Treuhandfonds aussahen. Man konnte sehen, wie gern er diese grossen Zahlen niederschrieb und multiplizierte.

«Hör mal, Gus», sagte ich. «Ich hab heute viel zu tun. Willst du mal einen Blick auf dieses Zeug da werfen?»

Er las es durch, als wäre er Hemingway, der seinen literarischen Ruf wahren müsste. Sein Bleistift schwebte kritisch über jedem Wort. Zuweilen schüttelte er den Kopf und las einen Satz noch einmal. «Dieser Satz da», nörgelte er. «‚Man denke an Goliath.' Der klingt nicht gut. Vielleicht wissen manche Leute nicht, wer Goliath ist.»

«Wer das Journal liest und nicht weiss, wer Goliath ist», sagte ich, «dem geschieht es recht, dass er das Journal liest.»

«Wenn du in diesem Schreibbetrieb Erfolg haben willst», sagte Gus eindringlich, «dann musst du so schreiben, dass jeder dich verstehen kann.»

«Aber da du Goliath mit Toro vergleichst, wird es jedermann einfallen, wer er ist.»

«Gottverdammt, warum muss man denn hier über alles streiten?» sagte Gus, und seine Stimme wurde lauter. «Das geht unter meinem Namen, da meine ich doch, ich kann's so haben, wie ich will.»

Er nahm mein Manuskript und begann es zu verbessern, wobei er verschiedene Male radierte. «So», sagte er, «so ist's ein bisschen besser.»

Ich sah es an und schwieg. Er hatte geschrieben: «Man denke daran, wie David Goliath besiegte.» Er ging den Rest des Manuskriptes durch, machte seine kleinlichen und nörglerischen Änderungen und gab es mir dann zurück, ohne mich anzusehen.

«Hier», sagte er. «Jedes gottverdammte Ding muss ich selbst machen.»

Ich blieb ruhig. Aber ich konnte mir nicht darüber klar werden, warum er sich wegen eines Kampfes aufregte, den er doch freiwillig verlieren würde.

Er stand auf, rieb sich wieder den Kopf und begleitete mich nach der Tür. «Wie sieht das Haus aus?»

«Nicht einmal Jacobs kann meckern. Nur ein paar zu dreissig sind übrig, und die werden verkauft sein, wenn der Kampf beginnt. Es macht leicht hundertfünfzig.»

«Wenn diese verdammten Steuern nicht wären, dann könnte ich ein bisschen Geld verdienen», sagte Gus.

«Ich wollte, ich müsste die Steuern zahlen», sagte ich. «Nun, auf Wiedersehen, Gus. Lass dir's gut gehen.»

«Ich hoffe nur, dass es richtig aussieht», sagte Gus. «Dieser grosse Tölpel soll gefälligst kämpfen, dass es gut aussieht. Jetzt fehlt mir bloss noch, dass das Komitee Verdacht schöpft und die Börsen sperrt.»

«Hör auf, dir Sorgen zu machen», sagte ich. «Es wird ganz in Ordnung sein. Das ist Geld auf der Bank. Du hast gar keinen Grund zur Sorge.»

Als die Haustür hinter mir geschlossen wurde, konnte ich hören, wie Lennerts Kinder wieder in der Küche lärmten. «Um Himmels willen, wirst du diese verdammten Kinder zur Ruhe bringen?» schrie Gus. «Wie oft muss ich dir das noch sagen? Ich habe Kopfweh!»

Toro war mit Pepe und Fernando in die Stadt gefahren. Er wollte nichts mit uns zu tun haben. Fernando hatte die Leitung übernommen und ihn nach der Suite im Waldorf gebracht. Wir sahen ihn erst zu Mittag beim Wägen.

«Wie geht's?» fragte ich.

Toro sah weg. Er sprach mit keinem von uns.

«Also, vergiss nicht, ein gutes Essen gegen drei Uhr», sagte Doc. «Aber denk dran, kein Fett, keine Saucen und keine Zitronentorte mit Schlagsahne.»

Aber Toro wollte auch Doc nicht zur Kenntnis nehmen. Fernando rieb voll Besitzerstolz Toros Rücken, als er in seinen Unterhosen von der Waage stieg. «Wir werden schon für ihn sorgen», versicherte Fernando.

Gus stieg auf die Waage. Er trug ein altes Handtuch, auf dem in verblichenen Buchstaben stand: «Hotel Manx».

«Na, jedenfalls, Gus, nach diesem Kampf solltest du in der Lage sein, dir einmal ein Handtuch zu kaufen», sagte Vince, als Gus von der Waage stieg.

Die andern lachten. Aber Gus war in seinen besten Zeiten humorlos, und diesmal war er nicht in einer seiner besten Zeiten.

«Wenigstens tu ich nichts Ärgeres als Hotelhandtücher stehlen», sagte er. Es war nicht so sehr, was er sagte, als die Art, wie er es sagte, die die Atmosphäre verpestete.

Toro wartete darauf, auf die Waage zu steigen, als Gus herabstieg. Dies ist ein wichtiger Augenblick im Drama jedes Kampfes. Die Reporter beobachten die Gesichter der Hauptdarsteller, um zu sehen, ob der Unterlegene Furcht vor dem Favoriten zeigt, oder sie warten auf diese Schaustellungen von herausforderndem Benehmen, die ein Teil einer wohlberechneten psychologischen Kriegsführung sind, oder auf ein Zeichen einer durch Reklame angekündigten Feindseligkeit, oder auf den Austausch von Lächeln und guten Wünschen, der nie verfehlt, die Gefühlvollen zu begeistern.

Aber zwischen Toro und Gus geschah überhaupt nichts. Gus stieg hinauf und herunter, so gleichgültig wie ein Mann, der vor der Arbeit die Kontrolluhr sticht. Dass er Toro nicht grüsste, war ebensowenig eine Beleidigung, wie es eine Unhöflichkeit bei dem Mann an der Kontrolluhr ist, wenn er den Mann hinter sich nicht beachtet. Aber als Gus wegging, sah Toro ihm von der Waage aus nach. Reporter, die nicht wissen konnten, was Toro in den letzten achtundvierzig Stunden geschehen war, haben seine Augen vielleicht hasserfüllt genannt. Aber Gus als Person hatte nicht viel Bedeutung für Toro. Er war einfach das unmittelbare Ziel für Toros berstenden Widerwillen gegen eine Welt geworden, die ihn hineingelegt und verachtet hatte.

Eine Stunde vor dem Kampf konnte man im Vorraum des Hallenstadions die Spannung wachsen fühlen. Leute, die im letzten Augenblick noch Karten wollten, die scharfäugigen Schwarzhändler, die eifrigen kleinen Burschen, die bis zur letzten Minute wetteten, acht zu fünf für Toro, fünf zu neun für Lennert, und mit Prozenten spielten.

Gegen neun kam Toro mit Pepe und Fernando aus dem Waldorf. Danny wollte sie hinauswerfen. Fremde im Umkleideraum machten ihn noch nervöser. Aber Toro war dickschädig. «Sie meine Freunde», sagte er. «Wenn sie geh, ich auch geh.»

Danny hatte nie viel darum gegeben, was Toro sagte, aber diesmal fühlte Danny etwas in Toro, das man nicht übersehen konnte, etwas Wildes, das nach Gewalttätigkeit verlangte.

Gewöhnlich hatte Toro mit der geduldigen Freundlichkeit eines Guernseybullen, der bereitsteht, bei einer Landwirtschaftsausstellung gezeigt zu werden, darauf gewartet, in den Ring geführt zu werden. Aber diesmal fragte er alle paar Minuten, wie lange es noch dauern würde. Und als Doc ihm schliesslich sagte, er sollte sich mit Schattenboxen ein bisschen aufwärmen, drosch Toro mit einer Wut, wie wir sie noch nie bei ihm gesehen hatten, auf seinen imaginären Gegner los.

Lennert betrat den Ring als erster. Als er langsam seine Sohlen mit Kolophonium einrieb, antwortete er auf die Zurufe seiner Anhänger mit einem gespannten, freudlosen Lächeln. Sein Gesicht war im blendenden Licht der Ringlampen geisterhaft weiss.

Toros weisser Seidenmantel mit der blauen Garnitur und der argentinischen Flagge auf dem Rücken erhielt einen unheimlichen Beifall, als er durch die Seile stieg. Er schwang sich nicht über das oberste Seil, wie ich es ihn bei den früheren Kämpfen hatte tun lassen. Etwas an dieser Veränderung machte mir unbestimmte Sorgen. Es war ein kleinlicher, aber bedeutungsvoller Protest gegen die Art Zirkusdarbietung, die wir für ihn erdacht hatten. Ich wusste nicht, was geschehen könnte, aber ich hatte das gleiche Angstgefühl, das ein Bühnenautor haben muss, wenn einer der Schauspieler plötzlich fremde Sätze zu sagen beginnt, die nicht im Manuskript stehen.

Ich liess Toro nicht aus den Augen, während der Ansager die üblichen Berühmtheiten vorstellte und danach einige der künftigen Attraktionen – den «hochgeschätzten Leichtgewichtler aus Greenwich Village, der siegreich aus siebzehn Kämpfen nacheinander hervorgegangen ist», den Mittelgewichtler aus Bronx, «der sich kürzlich als eine Sensation des Faustkampfes erwiesen hat und immer einen sehenswerten Kampf zeigt», und ein paar andere Jungen, die Harry Balogh mit kunstlosem, sinnlosem Schwulst beschrieb. Toro sass auf dem Rande seines Hockers und wartete ungeduldig auf den Anfang. Selbst als lautes Beifallsgeschrei aus der Menge aufstieg und Buddy Stein sich durch die Seile schwang und dem Publikum mit einer grossen, schmieren-schauspielerhaften Gebärde zuwinkte, passte Toro nicht auf. Stein war schneidig in einen auffällig karierten Sportanzug gekleidet, der seine breiten Schultern und seine schmalen Hüften gut zur Geltung brachte. Der Körper, den müde Sportjournalisten immer mit dem des Adonis verglichen, bewegte sich mit kecker Arroganz. Er trabte in Lennerts Ecke hinüber, aber anstatt ihm, wie üblich, gleichgültig die Hand zu schütteln, küsste er ihn auf die Stirn. Die Menge lachte, und Stein lachte zurück. Sie liebten einander. Dann schlüpfte er durch den Ring, um Toro die Hand zu schütteln. Toro liess ihn einfach seinen Handschuh hochheben. Er schien ihn immer noch nicht zu sehen. Er sah nur Lennert.

Der Ring war nun freigemacht worden. Der Schiedsrichter rief die Boxer für die letzten Anweisungen zu sich. Gus stand ruhig da, ein Handtuch um den Kopf gebunden, und hörte gelangweilt den Routinebelehrungen über regelwidrige Schläge und sauberes Wegbrechen aus dem Clinch zu, die er schon Hunderte von Malen angehört hatte. Toro starrte auf die Füsse seines Gegners und nickte düster, während der Schiedsrichter durch seinen Akt ging.

Dann waren beide wieder in ihren Ecken, ohne Mäntel, allein und kampfbereit. Toro drehte sich in seiner Ecke um, machte eine Geste des Niederkniens und bekreuzigte sich feierlich. Lennert blinzelte einem Freunde am Pressetisch zu. Die Menge schwieg in nervöser Erregung. Die Lichter des Hauses waren ausgeschaltet, und der weisse Ring stach scharf aus der Dunkelheit heraus.

Beim Gongschlag streckte Gus seine Handschuhe vor, um die

Toros in der bedeutungslosen Gebärde der Sportlichkeit zu berühren. Aber Toro schob sie zur Seite und drängte Gus gegen die Seile. Das erweckte den schwankenden Sinn für Fairness der Sportfreunde, und sie riefen Pfui. Gus sah überrascht drein. Toro lehnte sich gegen Gus und drosch in wirkungsloser Wut mit den Armen auf ihn los. Als der Schiedsrichter sie trennte, tanzte Gus hin und her, schoss seine Linke in Toros Gesicht und bereitete sich vor, ihn mit der klugen Verteidigungstaktik abzuwehren, die alle von ihm erwarteten. Aber Toro drängte ihn wieder gegen die Seile. Er traf ihn nicht sauber, sondern verdrosch ihn, bedrängte ihn mit seinem grossen Gewicht, packte ihn mit einem Arm und schlug ihn mit dem anderen auf den Kopf.

So sah die erste Runde aus. Lennert war nicht imstande, Toro seinen Stil aufzuzwingen. Seine Bewegungen waren schlaff. Ihm fehlte die Kraft, Toros wilden Ansturm abzuwehren.

Als Toro zur zweiten Runde aus der Ecke kam, sah er noch angriffslustiger aus. Er schlug einen weitausholenden Uppercut von der Art, die Gus schon tausendmal leicht abgefangen und erwidert hatte. Aber diesmal schien er sich gar nicht zu bemühen, ihm auszuweichen, und wurde seitlich am Kopf getroffen.

Er sollte Toro nicht erlauben, ihn so leicht zu treffen, dachte ich. Das wird ja niemand glauben. Aber ich musste zugeben, dass Gus sehr gut spielte. Er schien wirklich durch den Schlag verletzt zu sein. Wenigstens fiel er in einen Clinch, als wollte er weitere Treffer vermeiden. Selbst im Clinch versuchte Toro weiter, auf ihn loszuhämmern. Er war kein richtiger Nahkämpfer, aber er war stark genug, einen seiner Arme freizubekommen und damit auf Lennerts Rücken und Nieren loszudreschen. Im Clinch sprach Gus mit ihm, sagte ihm leise etwas ins Ohr. Ich fragte mich, was er wohl sagen mochte. Vielleicht: «Nur immer langsam. Was bist du denn so aufgeregt? Du musst ja gewinnen.» Aber was immer er sagte, Toro hörte ihm nicht zu. Auf seine plumpe, holzende Art spielte er Gus an die Wand. Wie wir den Kampf berechnet hatten, sollte Gus in den ersten zwei oder drei Runden überlegen gegen Toro boxen und dann gegen die sechste Runde zu nachlassen, bis er einen Schlag einstecken konnte, der für einen K. o. gut genug aussah.

Aber Toro gab ihm keine Möglichkeit, etwas zu zeigen. Er kämpfte wie ein Besessener gegen ihn, als müsste er Gus Lennert vernichten.

Kurz vor dem Ende der Runde stürmte Toro wieder gegen Gus vor und drosch bösartig auf den kleineren Mann los. Seine Faust schlug schwer auf die Schädeldecke des Altmeisters. Es war kein Schlag, den die Boxwissenschaft kannte, nur der bekannte Keulenschlag, den die Polypen so gern gebrauchen. Gus sackte zusammen. Toro schlug ihn wieder wütend auf den Kopf, und Gus sank in die Knie. Der Gong läutete. Gus sah nicht verletzt aus, aber er stand nicht auf. Er blieb auf einem Knie, runzelte die Stirn und glotzte nachdenklich auf den Boden. Seine Sekundanten zogen und trugen ihn in seine Ecke.

«Das ist ein Lump, der will aufgeben», schrie jemand hinter mir.

Riechsalz, eine Nackenmassage und ein nasser Schwamm, der über seinem Kopf ausgedrückt wurde, brachten Gus wieder zu sich, als der Summer die dritte Runde voranmeldete. Er öffnete die Augen, schloss sie dann wieder und schüttelte den Kopf, als wollte er ihn klar bekommen.

«Der spielt Theater», sagte der Mann hinter mir. «Schau den an, der will aufgeben.»

Ein paar andere Skeptiker nahmen den Schrei auf.

Beim Gongschlag lief Toro durch den Ring. Gus versuchte, ihn mit einem schwachen linken Geraden abzuwehren, aber Toro stiess seine Faust nur zur Seite und hämmerte wieder auf Lennerts Kopf. Gus senkte die Hände und wandte sich an den Schiedsrichter. Er murmelte etwas. Aber der Schiedsrichter verstand ihn nicht und gab ihm ein Zeichen, er sollte weiterkämpfen. Toro schlug wieder wie mit einer Keule zu. Gus taumelte gegen die Seile und setzte sich auf das mittlere Seil, wobei er den Kopf in seinen Armen verbarg. In Toros Augen war ein wilder Blick. Er wollte Gus wieder schlagen, da trat der Schiedsrichter dazwischen. Gus blieb weiter auf dem Seil sitzen und duckte sich hinter seinen Handschuhen. So wie die Zuschauer es sahen, war er nicht wirklich schwer getroffen worden. Es sah tatsächlich aus, als klappte er freiwillig zusammen. Ich konnte mir das nicht erklären. Gus war zu vernünftig, um aufzugeben, ohne zu Boden zu gehen. Selbst wenn er früh nach Hause gehen wollte, hatte er genug Ringverstand, um der Menge den K. o. zu bieten, für den sie bezahlt hatten. Aber er blieb einfach auf dem Seil sitzen und hielt den Kopf auf die Arme gebeugt, als betete er. Der Schiedsrichter sah Gus neugierig an. Dann hob er Toros Hand und winkte ihm, er sollte in seine Ecke gehen. Der Menge gefiel das nicht. Der Mann hinter mir schrie: «Schiebung!» Der Ruf wurde aufgenommen. Offenbar war doch genug von Toros Laufbahn durchgesickert, um die Kundschaft überkritisch zu machen. Lennerts Helfer sprangen in den Ring und führten Gus in seine Ecke. Er liess sich auf seinen Hocker fallen, und sein Kopf sank schlaff auf seine Brust. Ein Teil der Menge ging schon aus dem Stadion und sprach leise über die Enttäuschung. Aber Tausende blieben noch stehen und schrien «Pfui!» und «Schiebung!»

«Diese Vorstellung sollte uns das Variété zurückbringen», rief der Komiker hinter mir. Die Leute rings um ihn lachten noch, als Gus plötzlich vorwärts kippte und von seinem Hocker glitt. Sein Kopf knallte gegen den Boden, und er blieb unbeweglich liegen.

Die starken Lampen, die auf Lennerts regloses, ausdrucksloses Gesicht herabstrahlten, gaben ihm ein geisterhaftes Aussehen. Zwei Pressephotographen schoben ihre Apparate durch die Seile und machten Aufnahmen. Die Menge stiess keine Pfuirufe mehr aus. Neugierige drängten sich um den Ring, um besser zu sehen.

Der Hausarzt, der dickliche, freundliche, untüchtige Dr. Grandini, eilte in den Ring. Die Helfer stellten sich eifrig um den Arzt. So etwas kam nicht sehr oft vor, und sie hatten Angst.

Der Mann hinter mir, der zuerst «Schiebung!» gebrüllt hatte, drängte sich an mir vorüber, um Gus besser sehen zu können. «Der ist schwer verletzt», sagte er. «Ich wusste, dass was Komisches los war, als er sich in die Seile setzte.»

«Der kann's einfach nicht mehr nehmen», erklärte sein Kumpan.

«Ich hab ihn hier im Hallenstadion schon grosse Kämpfe boxen gesehen», sagte jemand.

«Na, heute hat er den Laden sicher vollgestunken», sagte ein Spieler, der gewettet hatte, dass Lennert über die Runden kommen würde.

Barnie Winch und einer seiner Stellvertreter, Frankie Fante, kamen herbei.

«Holla, Eddie», sagte Barnie und grinste hinter seiner dicken Zigarre. «Wie geht's denn immer?»

«Sieht aus, als wäre was mit Gus nicht in Ordnung», sagte ich.

«Komm, Barnie», sagte Fante. «Das können wir im Trans-Lux sehen. Wir müssen die andern draussen treffen.»

«Haben Sie heute abend gut abgeschnitten?» fragte ich Barney.

«Ganz schön», sagte Barney.

«Ganz schön» hiess bei Barney zwölf, fünfzehntausend, vielleicht sogar zwanzig.

Man trug Gus jetzt hinaus. Man trug ihn durch den langen Zwischengang in die Garderobe. Sein weisses Gesicht starrte ohne Blick auf die Zuschauer, die ihn noch wenige Minuten zuvor mit ihrem zynischen Geschrei beschimpft hatten.

In unserer Garderobe lud Pepe alle ein, seine Gäste im El Morocco zu sein. Es war Vince gelungen, die fünfzig Tausender für ihn unterzubringen, und Pepe wollte, dass wir alle ihm hülfen, sie auszugeben. Aber Toro war aufgeregter als alle anderen. Als ich eintrat, packte er mich und schrie: «Toro nix Spass. Toro wirklich Boxer. Du sehen heute abend, was?»

«Jeder Argentinier wird heute von dir sprechen», sagte Fernando, der von irgendwoher auftauchte. «Das ist ein grosser Sieg für Argentinidad, für den Stolz Argentiniens.»

Für den Stolz Toro Molinas, dachte ich. Nur um den ging es, und das genügt schon.

Doc kam aus dem Korridor. In all der Aufregung hatte niemand ihn vermisst. Mit seinem Buckel und seinem feuchten, fahlen Gesicht sah er wie ein Herold des Unheils aus. Seine näselnde Stimme durchschnitt den Lärm der Feiernden.

«Gus ist noch bewusstlos», sagte er. «Man bringt ihn ins Krankenhaus.»

ZWANZIGSTES KAPITEL

WIR fuhren alle in Pepes Wagen zum St. Claire-Spital. Ich wäre lieber im Taxi gefahren, denn es schien mir gewissermassen lästerlich, einen frisierten Mercedes zu benützen, wenn man einen Burschen besuchte, der dem Tode nahe war. Niemand sprach. Selbst Pepe war verständig genug zu schweigen.

Im Wartezimmer sprach Doc mit einer der Pflegerinnen. Der Patient sei noch bewusstlos, sagte sie. Lennerts Arzt hatte einen Gehirnspezialisten zugezogen. Es war eine Gehirnblutung. Mehr konnte sie uns nicht sagen.

Doc kam zurück und berichtete uns. «Ist das...? Ist das...?» wollten alle wissen. Doc wusste es auch nicht. «Ich habe von Fällen gehört, bei denen der Patient weiterlebte», sagte er. «Zum Beispiel, wenn sich auf dem Hirn ein Schorf bildet. Der Patient lebt, aber er hat dann Paralysis agitans, wozu wir sagen, dass einer blödgeschlagen ist.»

Einige Leute fühlen sich wohler, wenn sie dauernd reden. So war Doc. Danny sass einfach in einer Ecke, biss sich auf die Lippen und fingerte an seinem Hut herum. Toro hielt sein Kruzifix in der Hand. Seine Augen waren halbgeschlossen und sein Gesicht maskenhaft. Seine Lippen bewegten sich langsam. Er betete den Rosenkranz.

«Ich hätte nicht gedacht, dass Toro ihn so schwer ausschlagen könnte», sagte ich zu Doc.

«Wahrscheinlich hat Toro nichts damit zu tun», antwortete Doc. «Gus hat diese Blutungen wahrscheinlich schon im Kampf gegen Stein bekommen, wissen Sie. Vielfache Blutungen. Die können ganz winzig sein, nicht grösser als eine Stecknadelspitze. Aber ein kleiner Stoss genügt, um sie hervorzurufen. Selbst ein bisschen zu viel Aufregung würde schon genügen.»

«Gus sprach von Kopfschmerzen, als ich ihn gestern sah», sagte ich.

«Das klingt danach», sagte Doc. «Das könnte es sein.»

«Jesus», sagte ich.

«Ich habe von Leuten gehört, die sich erholt haben», sagte Doc.

Ein wenig später stiegen Mrs. Lennert und ihre beiden grösseren Söhne aus dem Lift. Sie gingen an uns vorüber durch den Korridor nach Lennerts Zimmer. Toro blickte auf, als sie vorübergingen, und liess den Kopf dann wieder sinken. Mit seinem gebeugten, ernsten Kopf, seinen traurigen braunen Augen und seiner enormen Hand, die den Rosenkranz verzweifelt festhielt, sah er wie ein zerschlagener Monolith aus.

Gegen zwei Uhr morgens wurde Gus durch den Korridor zum Lift gefahren. Mrs. Lennert weinte. Doc ging hinüber und fragte einen der Hilfsärzte, wie es um ihn stehe. Er kam sorgenvoll zurück. «Man will versuchen, den Druck zu erleichtern», sagte er.

«Was heisst das, versuchen?» sagte ich.

«Nun, diese Gehirnangelegenheiten sind verzwickt», sagte er. «Sehen Sie, man muss versuchen, das Übermass an cerebrospinaler Flüssigkeit ablaufen zu lassen...»

«Gottverdammtnochmal, hören Sie auf, mit Ihren medizinischen Kenntnissen zu protzen, und erzählen Sie mir's so, dass ich's verstehen kann», sagte ich.

«Schon gut, schon gut», sagte Doc. «Ich dachte, Sie wollten es wissen.»

In dieser Hinsicht war er immer empfindlich, aber ich konnte nichts dafür. Danny kam zu uns und sagte: «Wie sind die Aussichten da oben, Doc?»

«Ich könnt's nicht sagen», sagte Doc.

Danny ging in seine Ecke zurück, setzte sich und blätterte geistesabwesend in einem Heft des National Geographic Magazine.

Um drei Uhr wurden Pepe und Fernando müde und beschlossen, ins Waldorf zurückzufahren. Sie wollten Toro mitnehmen, aber er schüttelte nur den Kopf und beugte sich über seinen Rosenkranz. Ein wenig später kamen Nick und der Killer herein. Nick trug einen zweireihigen blauen Anzug und eine dunkle Krawatte. Er musste sich für diese Gelegenheit umgezogen haben. Er sah sehr ernst aus, und ich hatte den Eindruck, dass er seine Haltung ebenso sorgfältig gewählt hatte wie seinen Anzug. Killers Gesichtsausdruck war eine Kopie davon, nur nicht ganz so überzeugend. Nick kam ans Fenster, wo ich über die eintönigen Dächer blickte.

«Tu in den Geschichten für die Morgenzeitungen dein Bestes», sagte er.

«Jesus», sagte ich, «wie kannst du dir Sorgen um die Zeitungen machen, wenn Gus da oben mit einem Schlauch im Kopf liegt?»

«Ich bin sehr betrübt», sagte Nick. «Aber jemand muss dasein, der den Kopf nicht verliert. Das könnte ganz saumässig für uns ausgehen. Wenn die Zeitungen damit herauskommen, dass Gus nach dem Steinkampf erledigt war... Du weisst, was ich meine.»

«Sicher weiss ich, was du meinst. Ich soll versuchen, ihnen beizubringen, dass Lennert ein passender Gegner war und nicht ein zerschlagener alter Mann mit einem Hirn voll Blut.»

«Nur immer ruhig», sagte Nick.

Ich konnte fühlen, wie der Druck in mir nachliess, nachdem ich mir bei Nick Luft gemacht hatte. Schliesslich, wenn etwas geschah, war er schuld daran. Das war Nicks Angelegenheit. Ich gab es nur dem Publikum zu fressen. Wenn es Eddie Lewis nicht tat, konnte Nick zehn andere Burschen bekommen.

Die Stunden tickten langsam vorüber. Nick ging unruhig auf und ab, und der Killer folgte ihm, ein wenig hinter ihm wie ein gut dressierter Hund. Ein Reporter der News kam herein. Nick erzählte ihm, was er haben wollte. «Gus ist schon oft genug wieder vom Boden aufgestanden», sagte er. «Aber ich werde bis zum Schluss in seiner Ecke sein.»

Er sagte nichts darüber, dass er auch in Toros Ecke war. Das war noch nicht allgemein bekannt. Ich hatte alles vorbereitet, die Nachricht auszugeben, dass Nick Toros Vertrag gekauft hatte. Ich wollte nur noch warten, bis Gus bekanntgab, dass er sich zurückgezogen hatte. Wenn Gus abkratzt, dachte ich plötzlich, dann würde es besser sein, die Geschichte mit dem Vertrag zurückzuhalten, bis die Leute den Vorfall schon ein wenig vergessen hätten.

Jesus, Gus lag noch auf dem Operationstisch, die Chirurgen versuchten, sein Hirn zusammenzuflicken, und hier stand ich und begrub den Burschen. Begrub ihn nicht nur, sondern legte mir auch schon einen Plan zurecht, wie ich Nick schützen könnte. Wie nennt man so was? Reflexhandlung, psychologische Vorbereitung oder einfach Verkommenheit? Da ich Gus schon abgeschrieben hatte und mir klar war, dass ich bereits die beste Art ausarbeitete, dem Publikum seinen Tod beizubringen, war es kein so schwerer Schock, als Doc hereinkam und es uns erzählte.

«Ich habe nicht nur einen der besten Boxer verloren, die ich je hatte, sondern auch einen der besten Freunde», erzählte Nick den

Reportern. «Als Lennerts Manager möchte ich sagen, dass ich Molina keinen Vorwurf mache. Er hat sauber gekämpft. Es war eben ein Zufall.»

Er trauert nicht, er arbeitet, dachte ich. Er verabschiedet sich nicht von Gus. Er ist zu sehr damit beschäftigt, sich im Clinch zu schützen. Das Credo der Henry Street, die Weltanschauung der Eckensteher.

Aber warum machte ich nicht den Mund auf, sagte ihnen nicht, dass dies kein Zufall war, sondern ein Mord? Dass man Gus Lennert der menschlichen Habgier, einschliesslich seiner eigenen, geopfert hatte? Nein, ich hielt den Mund. Auch ich schützte mich im Clinch. Als die Reporter sich von ihm abwandten, sah Nick zu mir herüber. Fast war es ein Blinzeln, ein Zeichen unter Verschwörern. Wir standen ja beide im selben Stall.

Ein Photograph des Mirror kam herein und machte ein Blitzlichtbild von Toro. Und gleichzeitig blitzte es durch mein Hirn, dass das Bild uns nicht schaden würde. Es zeigte Toro in einer wirkungsvollen Pose, als er seinen Rosenkranz betete.

Ich musste Toro hinausführen. Er war in einer Trance. Für ihn wurde der Tod nicht durch einen Schutzschirm von Erfahrung und Rationalisierung gefiltert. Auf ihn wirkte er mit seiner ganzen Kraft. Toro hatte einen Mann getötet. Er ging voll Angst und im Schock einher, so wie das Opfer eines Autounfalls schlafwandlerisch von dem Wrack weggeht.

Mrs. Lennert kam heraus, als wir am Strassenrand auf ein Taxi warteten. Nick schickte sie in seinem Wagen nach Hause. Toro ging zu ihr hinüber. «Ich traurig. All mein Leben traurig. Alles Geld ich heute verdienen, ich Ihnen geben. Jeden Cent ich geben. Ich das Geld nix wollen.»

«Gehen Sie weg von mir, Sie Mörder, Sie!» sagte Mrs. Lennert. Sie weinte nicht. «Der Kampf war geschoben, und doch mussten Sie ihn töten. Sie mussten allen Leuten zeigen, was für ein Kerl Sie sind. Der Kampf war geschoben, damit der arme Gus früh nach Hause gehen könnte, weil er krank war, und Sie, Sie konnten nicht mal warten. Sie mussten ihn töten. Sie dreckiger, schmutziger Mörder.»

Dann begann sie zu weinen. Es war ein hässliches, würgendes Weinen, weil es noch so voll Zorn war. Ihre Söhne halfen ihr in Nicks Auto. Als sie wegfuhren, stand Toro da und starrte ihnen mit offenem Munde nach. Er neigte den Kopf und murmelte vor sich hin: «Jesus Christo... Jesus Christo... Jesus Christo...» Wir mussten ihn ins Taxi stossen.

Ein paar Häuserblöcke weit sagte niemand was. Dann unterbrach Danny das Schweigen mit etwas ganz Unerwartetem. «Wisst ihr, wenn ein Bursche weggeht, dann meint man, man wäre es ihm schuldig, etwas wirklich Nettes über ihn zu sagen. Aber Gus, bei mir ist Gus nie hoch im Kurs gestanden. Nur jetzt wünschte ich eigentlich, ich hätte ihn gern gehabt. Weil es irgendwie nicht ganz so schlimm ist, einen Freund zu verlieren wie jemanden, den man nie leiden konnte.»

«Ich hatte Gus gern, Gott sei ihm gnädig», sagte Doc. «Der hat sich immer tadellos gegen seine Frau und seine Kinder benommen.»

«Du und dein weiches Herz», sagte Danny. «Du hast alle Leute gern.»

Wir hielten vor St. Malachy, der kleinen Kirche, die man zwischen die Bars und die billigen Hotels der Neunundvierzigsten Strasse gezwängt hat. Die Kehrichtmänner schleppten die grossen Eimer über das Pflaster zu ihrem grossen, mahlenden Auto. Ein Betrunkener, der noch in der vergangenen Nacht lebte, torkelte an uns vorüber und verschwand seinem unbekannten Ziele zu. Eine Prostituierte, deren Gesicht nicht für das Tageslicht bestimmt war, ging langsam nach Hause, um den verlorenen Schlaf nachzuholen.

Ich bin nie sehr für Kirchen gewesen, aber mir war leichter zumute, als der Küster uns eingelassen hatte. Die Ruhe und das Kerzenlicht schufen eine bessere Atmosphäre, um über die Toten nachzudenken. Toro und Danny entzündeten Kerzen für die Mutter Gottes. Dann ging Toro in die Sakristei, um den Priester zu suchen.

«Ich sollte auch beichten», sagte Danny. «Hätte ich keinen Groll gegen Gus gehabt, dann hätte ich Toro nie in den Zustand gebracht, in dem er war. Ich bin mit Hass im Herzen zu dem Kampf gegangen, Bürschchen. Vielleicht ist das schuld daran. Gott helfe mir.»

Aber Danny beichtete nicht, es sei denn, man wollte mich seinen Beichtvater nennen. Er ging nach einem anderen Altar hinüber, stopfte eine Handvoll Banknoten in den Opferstock und kniete im Gebet nieder.

Doc sass mit gebeugtem Haupt in einer der hinteren Bänke. Ich ging hin und setzte mich neben ihn, während wir auf Toro warteten. «Ich hatte einen starken Verdacht, dass Gus schon nach seinem Kampf gegen Stein ein Loch im Hirn hatte», sagte Doc. «Ich wusste, dass etwas mit ihm nicht stimmte. Ich hätt's sagen können.»

Sicher hättest du's sagen können, dachte ich. Danny hätte es sagen können. Ich hätte es sagen können. Der arme alte Gus, der seine Renten ausrechnete, hätte es sagen können. Wir sind alle so schuldig wie Kain. Alle ausser Toro, der da drüben in seinem geistlichen Schwitzkasten ist und unser aller Bürde trägt. Ja, wenn der Pater wirklich im Bilde wäre, dann würde Toro erfahren, dass er nur ein unschuldiger Zuschauer war, nur der Junge, der zufällig dabei war, als die Bande beschloss, mit einem erledigten Altmeister, dessen Name noch einigen Werbezauber behalten hatte, Geld einzukassieren.

Toro kam aus dem Beichtstuhl zurück, entzündete noch eine Kerze für die Jungfrau Maria und fiel vor dem Altar in die Knie. Er blieb ein paar Minuten lang in dieser Stellung. Als wir wieder auf die Strasse traten, überzog ein kaltes, graues Licht die Stadt. Ein paar Frühaufsteher gingen mit verschlafenen, aber frisch rasierten Gesichtern an die Arbeit.

«Ich gehe nach Hause und leere meine beste Flasche Irischen», sagte Danny. Sein Zuhause war ein Zimmer mit Bad, das er in einem schäbigen Hotel in einer Seitenstrasse des Broadway gemietet hatte.

«Ich will lieber meine Mutter anrufen», sagte Doc. «Sie macht sich Sorgen um mich.»

Als wir Danny absetzten, kauften wir von einem unlustigen Zeitungsverkäufer mittleren Alters die Morgenblätter. Gus und Toro hatten die Schlagzeilen. Auf der ersten Seite der News waren grosse Bilder von Gus, wie er auf dem Boden lag, Gus auf einer Bahre, wie er nach dem Krankenwagen getragen wurde, und von Toro, wie er mit gebeugtem Kopf den Rosenkranz betete. Ich schlug den Bericht auf Seite drei auf. Das Boxkomitee würde den Todesfall untersuchen, aber soweit der Vorsitzende es beurteilen könne, «scheint es ein tragischer Zufall zu sein, den man niemandem zum Vorwurf machen kann».

Nun, vielleicht war das so. Und vielleicht hatte Jimmy Quinn sich schon mit dem guten Vorsitzenden in Verbindung gesetzt. Vielleicht hatte der Vorsitzende gar nicht die Hand hingehalten. Vielleicht war er nur nicht besonders intelligent.

Der Bericht sagte weiter, Toro würde unter der üblichen Totschlagsanklage vor Gericht gestellt werden. Ich brachte Toro eiligst nach der Polizeidirektion. Toro hatte Angst, als man ihn vor den Polizeirichter brachte. Er verstand nicht, was ich meinte, als ich ihm sagte, das wäre alles eine reine Routineangelegenheit.

Die Bürgschaft war nur nominell, bloss ein Tausender, damit die Polizei nicht bei jenen Steuerzahlern ihr Gesicht verlöre, die meinen, dass Boxen nur eine organisierte Prügelei ist und verboten werden sollte. Aber Toro hatte die Furcht des Bauern vor allem Amtlichen. Wenn es nötig war, so viel Geld zu bezahlen, dachte er, dann musste die Regierung ihn als einen Verbrecher ansehen.

Ich brachte ihn nach der Suite in den Waldorf Towers, weil ich meinte, Pepe und Fernando könnten ihn in bessere Stimmung bringen, aber auch dort sass er bloss benommen herum. Pepe sprach von Santa Maria und der dreitägigen Feier, die sie bei Toros Heimkehr im Triumph abhalten würden.

«Aber ich töte einen Mann», sagte Toro. «Ich töte ihn.»

«Mein Freund», sagte Fernando glatt, «es gibt Dinge, die sind ärger als der Tod. Es gibt Schwäche und Feigheit. Dass dieser arme Bursche sterben musste, ist natürlich schlimm. Aber bedenke, was du für dein Land tust! Jeder Jüngling von Jujuy bis nach dem Feuerland wird gross und stark und siegreich sein wollen wie der grosse El Toro Molina.»

Toros ungeheures, verletzliches Kinn ruhte auf seiner Brust. «Aber ich töte diesen Mann. Ich spreche nicht einmal vorher mit ihm, und ich töte ihn.»

«Vielleicht solltest du nach Santa Maria zurückkehren, ehe du wieder kämpfst», schlug Pepe vor. «Du kannst mein Gast sein.»

«Aber ich töte diesen Mann», sagte Toro. «Ohne Grund töte ich ihn.»

«Pepe hat recht», sagte Fernando. «Nach ein paar Monaten Ruhe kannst du einen Kampf in Buenos Aires haben, der dich wieder in Form bringt. Vielleicht können wir einen Yankee runterbringen, irgendeinen Zweitklassler...»

Er musste lächeln, als er an diese öffentliche Darbietung argentinischer Überlegenheit dachte. Aber Toro machte nicht mit. Toro schüttelte langsam den Kopf. «Ich gehe jetzt nach Hause. Ich kämpfe nicht mehr. Damit ich nicht noch einen Menschen verletze.»

Was mich anbetraf, meinte ich, ich hätte gern meinen Anteil am Steinkampf aufgegeben, wenn er nach Hause gegangen wäre. Aber Nick hatte schon für den Kampf gegen Stein auf dem Baseballplatz einen Vertrag unterschrieben. Und Nick hielt seine Verträge eisern ein, wenn sie für ihn vorteilhaft waren.

Am nächsten Tage gingen wir alle zum Begräbnis nach Trenton. Nick kam für alle Kosten auf, und er machte es wirklich ordentlich. Alle waren einer Meinung: Für ein Begräbnis war es wirklich wunderbar. Nick und fünf ehemalige Meister waren die Sargträger. Nicks Kranz hatte die Form eines riesigen, viereckigen Boxrings aus weissen Nelken, in dem mit roten Nelken geschrieben stand: «Gott segne dich, Gus.» Am Grab erzählte der Pfarrer uns, welch grosser Mensch Gus gewesen war, ein Mann, der nie seine Stärke missbraucht hatte, ein Meister, der sein Heim liebte, Gott fürchtete und sauber lebte, dessen Leben ein Beispiel für das junge Amerika sein sollte. Als Gus zur Ruhe gelegt war, standen alle umher und erzählten einander, was für ein grossartiger Kerl er gewesen war. Selbst Leute, die jahrelang in Jacobs' Beach auf ihn losgehackt hatten, schwätzten daher, welch einen Kameraden sie verloren hätten.

Als ich mit Toro aus dem Friedhof trat, sah ich, wie Nick Ruby in ihre Limousine half. Er trug einen schwarzen Filzhut und wirkte distinguiert, wenn man ihn nicht zu genau betrachtete. Sie sah sehr hübsch aus in ihrem schwarzen Kleid und schwarzem Chiffon über den Haaren. Ob sie Toro bemerkt hatte, konnte man nicht wissen. Der Killer legte eine Pelzdecke über ihre Knie. Ich sah sie an, als der Wagen abfuhr. Ihr Gesicht war düster, damit es zur Gelegenheit passte.

Pepe und Fernando nahmen Toro mit ins Hotel. Er schien sich gar nicht von dem Unfall freimachen zu können. Ich ging die Strasse hinunter nach einer Bierkneipe, die ich mir gemerkt hatte, als wir nach dem Friedhof gefahren waren. Einige der Leute aus dem Friedhof hatten den gleichen Gedanken gehabt. Danny sass schwer geladen in einer Ecke. Er hatte sich nicht umgezogen, seit wir ihn am Morgen des Vortages vor seinem Hotel abgesetzt hatten, und auf seinem Anzug waren Flecken von verschüttetem

Whisky. In seinem blutleeren Gesicht war die hellblaue Iris seiner Augen so verwaschen, dass sie sich kaum vom Weissen abhob. Die irische Begabung, ein tiefes Schuldgefühl in eine Marathonsauferei zu verwandeln, hatte von Danny Besitz ergriffen. «Hab den Schweinehund nie leiden können», sagte er zu jedem, der ihm zuhören wollte. «Hab den Schweinehund nie leiden können. Aber ich trink jedenfalls auf ihn. Soll das vielleicht nicht recht sein? Hab ich vielleicht kein Recht, auf ihn zu trinken, he, Mister? Na, trinken wir jedenfalls auf ihn, wenn er auch ein egoistischer, geiziger Schweinehund war.»

Wenn ein Ire bei einem Begräbnis ist und den Kerl, den man beerdigt, nicht gern haben kann, dann geht es ihm schrecklich schlecht. Besonders wenn er glaubt, dass er dazu mitgeholfen hat, den Verstorbenen dorthin zu bringen, wo er ist.

Ich wollte nicht mit Danny von Bar zu Bar gehen und zufällig Boxreporter treffen, die mich über die Lennertgeschichte ausholen würden. So ging ich in mein Zimmer zurück. Ich versuchte, «Krieg und Frieden» zu lesen, aber ich hatte schon wieder vergessen, wer Maria Dimitriewna war, und ich hatte nicht genug Geduld, zurückzublättern und es herauszufinden. Ich warf das Buch zur Seite und begann, «Der reiche Junge» von Fitzgerald zu lesen, aber das war für meine Stimmung zu tiefschürfend. Ich fragte mich, was Beth wohl täte. Ich konnte mir vorstellen, was sie jetzt dachte, nachdem dies geschehen war. Aber verdammt, werden denn nicht jeden Augenblick Leute getötet?

Was dachte ich eigentlich? Ich war nur von der Anstrengung der letzten Tage erschöpft. Ich schloss die Tür zum Badezimmer. Ich zog die Vorhänge auf, um mehr Licht ins Zimmer zu lassen. Ich hätte Beth gern angerufen. Aber es gab keine Beth mehr, die ich anrufen konnte. Ich hätte Beth heiraten sollen. Ich hätte diese dreckige Stellung nicht so lange behalten sollen. Ich hätte mein Theaterstück schreiben sollen. Nun, vielleicht war es noch nicht zu spät.

Ich wollte nicht länger in meinem Zimmer bleiben. Ich ging nach der Zweiundfünfzigsten Strasse hinüber, wo die Musik hart und laut und zum Zerreissen unruhig war, eine Partitur, die die Zweifel und Enttäuschungen und Gemeinheiten von Eddie Lewis begleiten könnte, meinte ich.

Am nächsten Morgen ging ich ins Büro, um mir mein Wochengehalt abzuholen. Nick sprach mit Kewpie Harris, der Buddy Stein hatte. Nick trug einen braunen englischen Tweedanzug mit einer schwarzen Armbinde. Als Kewpie gegangen war, trat Nick vor den Spiegel und betrachtete sich aufmerksam. Dann wandte er sich an mich.

«Siehst du hier einen Mitesser?» Er deutete auf einen Fleck neben seinem Mund. Der Mitesser war wohl dort, aber was dachte er sich? Sollte ich ihm den vielleicht ausdrücken? Er musste daran gedacht haben, denn er sagte: «Lass nur, Eddie. Oscar unten beim Friseur hat eine Methode, sie herauszunehmen, ohne dass eine Spur zurückbleibt.» Er ging wieder an seinen Schreibtisch und legte die Füsse darauf.

«Ich habe eben versucht, Kewpie zu überreden, beim Kampf gegen Stein dreissig zu dreissig zu teilen», sagte Nick. «Er will dreiunddreissigeinhalb gegen sechsundzwanzigeinhalb. Er sagt, Stein habe schon bessere Burschen geschlagen. Das muss ich ihm lassen, aber nicht einmal Stein und der Meister würden die Menge so anziehen wie Stein und Molina. Ich meine, wenn's halbwegs gut geht, müssen wir eine Million vier, und wenn wir Glück haben, eine Million sechs einnehmen. Das bedeutet für uns eine nette halbe Million, mit der wir herumspielen können.»

«Mit anderen Worten, etwa dreihunderttausend für Toro selbst», sagte ich.

«Oder mit anderen Worten, mindestens fünfundzwanzigtausend für dich selbst», antwortete Nick.

«Hat bloss einen kleinen Haken», sagte ich. «Toro will weg. Er sagt mir, er will nicht mehr boxen. Er will heimfahren.»

«Wer kümmert sich darum, was Toro will? Er hat einen Vertrag mit mir. Und ich habe einen Vertrag mit Mike und Kewpie für den Baseballplatz am neunzehnten Juni. Toro wird dort sein, und wenn wir ihn in den Ring tragen müssen.»

«Vielleicht solltest du mit ihm sprechen», sagte ich.

«Ich habe Wichtigeres zu tun», sagte Nick. «Ruby und ich fahren auf sechs Wochen nach Palm Beach. Ich habe ihr in letzter Zeit nicht genug Zeit gewidmet. Eine Frau, wie ich sie habe, die kann man nicht so behandeln wie irgendeine blöde Ziege. Sie sagt, sie muss einen Gefährten haben.» Er sah stolz auf das Bild auf seinem Schreibtisch, ein Bild, das vor vielen Jahren gemacht worden war. «Jesus, früher mal brauchte eine Frau, um glücklich zu sein, jedes Jahr einen neuen Pelzmantel und gelegentlich ein paar auf den Hintern. Jetzt muss sie einen Gefährten haben.» Er versuchte, es mit einem Witz abzutun, aber seine Achtung vor Ruby sass zu tief. «Sie will sogar, dass ich ihre verdammten Bücher lese.»

Er ging an die Tür und rief: «He, Killer, sag Oscar, dass ich in zehn Minuten runterkomme.» Er ging an die Zigarrenkiste und gab mir eine Zigarre. Ich riss die Bauchbinde ab und wollte sie eben wegwerfen, da sagte er: «Lies sie, lies sie.» Darauf stand: «Für Nick Latka angefertigt von Rodriguez, Havana.»

Er nahm seinen zweireihigen Fischgrätenmantel vom Haken und gab ihn mir zu halten. «Ach, was ich gerade sagen wollte», sagte er, als er in den Ärmel fuhr. «Veröffentliche die Nachricht, dass ich Vanneman den Molinavertrag abgekauft habe, zwei Wochen nach meiner Abreise. Ich brauch dir nicht zu sagen, wie du's aufziehen sollst. Du weisst das. Alles recht geschmackvoll. Klasse, Eddie.»

Er legte mir vertraulich die Hand auf den Arm. «Du weisst, Eddie, das mag verrückt klingen, aber wir können mit dem Kampf beinahe zwei Millionen erreichen. Gott weiss, dass ich Gus nie was Böses gewünscht habe, aber... nun, das, was geschehen ist, schadet uns nicht. Einige dieser Pfadfinder von Journalisten, die sich laut gefragt haben, was wohl mit Toros Gegner loswäre... Nun, anständiger kann's doch gar nicht aussehen, als wenn man einen Kerl tötet, oder doch?»

«Nein, das sollte jeden Verdacht beseitigen», sagte ich.

«Niemand würde jemals glauben, dass ein Kerl abkratzt, wenn er sich hinlegt», sagte Nick. «So können wir das also zu unseren Gunsten buchen.»

«Ja, das war wirklich Glück», sagte ich.

«Und es macht deine Arbeit verdammt viel leichter, diesen mazo-Schlag zu verkaufen. Du weisst, wie das Publikum ist. Die werden alle kommen, um zu sehen, ob er vielleicht noch einen Kerl umbringt.»

«Ja, es ist grossartig», sagte ich. «Lennert hat uns da wirklich einen Gefallen getan. Wir konnten ihn ohnedies nicht mehr brauchen. Da kann er sich genau so gut das Gras von unten ansehen.»

Aber Nick wollte mir nicht einmal den Luxus gönnen, dass ich mich ärgerte. «Ich weiss, wie dir zumut ist, Eddie», sagte er. «Ich glaube, du meinst, dass ich vor Freude auf den Händen hüpfe, weil Gus abging, als es uns am meisten nützte. Zum Teufel, ich habe mich immer um Gus gekümmert. Ich hab ihm alles zukommen lassen, was ich konnte. Aber ich denke, wenn etwas geschieht, dann geschieht es eben. Wir müssen immer noch weiterleben. Das ist meine Psychologie.»

EINUNDZWANZIGSTES KAPITEL

AM nächsten Morgen gaben wir den Bericht über den Kampf zwischen Stein und Molina aus. Er wurde gut aufgenommen. Nick hatte den Wert der Lennerttragödie nicht überschätzt. Jeder Schwergewichtlermatch ist ein nachgeahmter Kampf auf Leben und Tod. Die Sportfanatiker, die in urweltlicher Blutlust aufstehen und ihren Favoriten bitten: «Töte ihn! Töte ihn!», meinen es vielleicht ernster, als sie selbst wissen. Der Tod im Ring kommt nicht jeden Tag vor, nicht jeden Monat und nicht einmal jedes Jahr. Aber er gibt immer allen folgenden Kämpfen ein prickelndes Gefühl von Gefahr und Dramatik. Denn der Sadismus und die Grausamkeit der Zuschauerschaft in einem römischen Zirkus blicken noch aus den Augen der modernen Zuschauer eines Boxkampfes. Da ist nicht nur der bewusste Wunsch zu sehen, wie ein Mann einen anderen bewusstlos schlägt, sondern der unbewusste, rückschrittliche Drang, Zeuge einer gewaltsamen Tragödie zu werden, selbst wenn der Verstand des Zuschauers sich von übermässiger Brutalität abwendet.

Diese psychologischen Faktoren nebst Steins wirklicher Niedertracht und Toros scheinbarer Wildheit machten ihren kommenden Match zu einer neuen «Schlacht des Jahrhunderts». Selbst die Sportschriftsteller, die Toro den «Monstrummenschen» und «El Schwerfälligo» nannten, mussten zugeben, dass der Kampf gegen Stein als Toros erste wirkliche Prüfung sehenswert wäre. Und die Lohnschreiber, die immer mitliefen, drehten alle Leitungen weit auf, beschworen den markerschütternden Kampf zwischen Dempsey und Firpo und servierten ihren Lesern unsere Geschichte von Toros Ehrgeiz, die Niederlage des Wilden Stiers der Pampas zu rächen.

Als das Telephon klingelte, lag ich im Bett und dachte darüber nach, wie Nick sich das Geschäft mit Kewpie Harris und Stein vorstellte. Es war Fernando. Ich müsste sofort hinkommen. Toro hätte soeben die Zeitungen gesehen. Er sei sehr wütend. Er wolle nicht gegen Stein kämpfen. Er wolle gegen niemanden kämpfen. Er gehe nach Hause.

Ich warf mich in meine Kleider, nahm schnell ein Taxi und eilte hinüber, um Toro zu sehen. Ich war nicht so überzeugend, wie ich es hätte sein sollen, weil ich ihm eigentlich keinen Vorwurf machen konnte. Aber ich versuchte, ihm zu zeigen, dass es aus dem Kampf gegen Stein keinen Ausweg gäbe. Nick und das Hallenstadion hatten seine Unterschrift. Die Steinklausel war schon im Lennertvertrag enthalten gewesen. Wenn er sich drückte, würde Toro im Fluss enden, mit dem falschen Ende nach oben. Und da er schon so weit gekommen war, schien es nicht vernünftig, auf das sechsziffrige Moos zu verzichten, das jetzt zu ihm kam.

Aber alles, was Toro nach dem Ende meiner Rede sagte, war: «Nein. Ich gehe nach Hause.»

Auch Pepe und Fernando versuchten, ihn zur Vernunft zu bringen, aber er sass einfach da, schüttelte feierlich seinen grossen Kopf und sagte immer wieder mit einer kindlichen Eintönigkeit, die einen verrückt machte: «Nein. Ich gehe nach Hause.»

Ich sagte Pepe, er sollte mit ihm in eine Mitternachtsvorstellung ins Kino gehen oder in ein Bordell oder was ihm sonst einfiele – irgend etwas, das Toro aufrütteln würde. Aber für Toro schien es keine Verlockungen mehr zu geben. Er wollte bloss von uns weg sein, zu Hause und wieder in Frieden. Hätte es von mir abgehangen, ich glaube, ich hätte ihn gehen lassen. Aber ich wusste, dass es nur zu seinem Besten war, wenn er blieb. Er kannte Nick und die andern nicht so gut wie ich. Es waren nette Kerle, solange man ihnen nicht in die Quere kam.

Toro war nicht überzeugt. Er ging schliesslich zu Bett, und ich kehrte in mein Hotel zurück. Kurz vor drei Uhr rief Fernando mich wieder an. Toro war verschwunden. Er musste sich in den Korridor hinausgeschlichen haben, als die anderen dachten, dass er schliefe. Er war mit seinem Handkoffer und seinem tragbaren Radioapparat weggegangen, was darauf schliessen liess, dass er es endgültig meinte.

Ich fand Nick im Bolero, einem Nachtlokal auf der East Side, das dem Syndikat gehörte. Er war überraschend ruhig. Ich hatte vergessen, dass er ganz und gar ein Mann der Tat war. Bei Gelegenheiten wie dieser zeigte er sich in seiner Grösse. «Nein, rufe die Polizei nicht», sagte er auf meine Frage. «Das würde zu dumm aussehen. Könnte unseren Einnahmen schaden. Wir werden ihn selbst finden. Ich werde ein paar meiner Leute aussenden. Er ist zu gut bekannt, als dass er weit kommen könnte.»

Nicks Leute überprüften alle Ausfahrten aus der Stadt, die Bahnhöfe, Flughäfen und Autobus-Endstationen, um zu sehen, ob Toro eine Fahrkarte gekauft hatte. Fernando erinnerte sich, dass Toro gewissermassen damit gedroht hatte, allein nach Argentinien zurückzufahren. Also fuhren Benny, Jock Mahoney, Vince, der Killer und ich in dem weissen Lincoln nach der Wasserfront. Wir fragten die Nachtwächter, ob sie ihn gesehen hätten. Einer davon erzählte uns, dass ein Frachter der American Fruit Company in der Frühe von Pier Sechs nach Buenos Aires abführe. Wir eilten hin. Wir hielten am Eingang zum Pier an. Wir stiegen alle aus und sahen uns um. Es stand nur eine schmale Mondsichel am Himmel, und die Wasserfront war in einen schwarzgrauen Nebel gehüllt. Die Lichter auf dem Frachtdampfer sahen gelb und verschwommen aus.

Plötzlich rief Benny: «He, ich glaub, ich seh den Schweinehund.» Er sauste auf die grosse Schiebetür zu, die den Eingang nach dem Pier versperrte. Wir liefen hinterher. Wirklich, da war Toro. Er musste dort darauf gewartet haben, dass das Tor frühmorgens geöffnet würde. Als er uns sah, lief er weg. Ich jagte ihn mit den anderen. Ich war ein Teil der Meute, die das Wild hetzte. Toros Bewegungen waren ausserhalb des Ringes genau so schwerfällig wie darin. Jock und der Killer holten ihn schnell ein, packten ihn und behinderten ihn im Laufen. Benny, Vince und ich liefen hinzu und umringten ihn. Toro versuchte, den Kreis zu durchbrechen, aber Benny hielt ihn von hinten, und Jock und Vince bedrängten ihn von den Seiten. Toro schüttelte sie ab, und einen Augenblick lang war er frei, aber kaum hatte er ein paar Schritte gemacht, da waren sie schon wieder über ihm. Er beschimpfte uns auf spanisch und schrie dauernd: «Yo me voy. Yo me voy.» Ich gehe weg. Der Killer langte hinauf und trieb seine kleine Faust in Toros Gesicht. Toro brüllte und stiess seine Schultern vor- und rückwärts, um unseren Griffen zu entkommen, aber wir hielten ihn fest und begannen, ihn nach dem Wagen zu schleppen. Er wehrte sich wütend dagegen, in seinen Lincoln zurückgebracht zu werden. In der Dunkelheit mussten unsere hin- und herschwankenden Gestalten, die er hoch überragte, ausgesehen haben wie vorzeitliche Jäger, die mit irgendeinem Urwelttier rangen. Plötzlich wurde das grosse Tier schlaff, und wir schoben und hoben ihn in den Wagen. Benny steckte seinen Gummiknüppel wieder in die Tasche. «Heute nacht kneift der Hurensohn uns nicht mehr aus», sagte er.

Am nächsten Morgen besprach ich die Angelegenheit mit Nick. Er fuhr an diesem Nachmittag nach Florida. «Ich sag dir, was du tun wirst», sagte er. «Nimm den Trottel und die zwei Halbaffen und geh aus und amüsier dich. Der Killer gibt dir alle Informationen, die du brauchst. Tu alles, aber pass auf, dass der grosse Krüppel nicht ein Schulmädchen umlegt oder sich eine Krankheit zuzieht. Wenn er seinen Spass gehabt hat, nimm ihn aufs Land hinaus und fang mit dem Training an. Vielleicht braucht er das, um über diese Lennertgeschichte wegzukommen.» Er gab mir eine dicke Rolle Geldscheine. «Das sollte reichen. Spesen. Ich werd es Leo von der Einkommensteuer abziehen lassen.»

Pepe gefiel die Idee, und es gab nichts, das Fernando nicht für sein Land getan hätte. So begannen wir gleich an diesem Nachmittag. Pepe holte eine Kiste Champagner hervor, und der Killer schickte uns sechs Mädchen, zwei davon als Reservereifen, falls eine einen Plattfuss bekäme, sagte er. Was wir an diesem Nachmittag begannen, kann eine Woche lang gedauert haben oder auch drei, das erfuhr ich nie ganz sicher. Soviel ich weiss, wettete Pepe mit Toro um hundert Dollar, dass Toro keine Flasche Champagner ohne abzusetzen austrinken könnte, und Toro schlief auf dem Fussboden ein, und Pepe liess ihn durch eines der Mädchen auf eine Weise aufwecken, über die wir alle lachen mussten. Ich glaube mich auch zu erinnern, dass wir alle eines Tages zu Fernando ins Zimmer stürmten und ihn in seiner altmodischen Unterkleidung überraschten, mit Schuhen, Socken und Sockenhaltern. Er sah aus wie der brave Mann in einem pornographischen Film. Dunkel erinnere ich mich an ein Revuemädchen von amazonenhaften Proportionen, das wir eigens für Toro geholt hatten, und ich glaube, wir sahen alle zu und feuerten sie an. In einer Nacht in Philadelphia, oder vielleicht war es Boston, denn ich glaube, wir fuhren dauernd umher, schliefen wir alle gemeinsam in einem grossen Bett. Ich meine, es muss in einem Freudenhaus gewesen sein, denn ich erinnere mich an einen Spiegel an der Zimmerdecke. Ein Mädchen hiess Mercedes; es stammte aus Juarez und behauptete, eine der vielen Töchter von Pancho Villa zu sein. Sie lehrte uns unter anderem die mexikanische Nationalhymne, und wir schienen andauernd die Partner zu wechseln und gutmütig unsere Erfahrungen auszutauschen. Es gab Mädchen, die temperamentlos entgegenkommend waren, und es gab auch unpersönlich stürmische Mädchen. Manche liessen sich die äussersten Gemeinheiten gefallen, erlaubten aber nicht, dass man ihre Ohren mit gemeinen Reden beleidigte. Andere zögerten nicht, die üblichen Stellungen einzunehmen, lehnten aber spröde jede Variation ab. Und es gab Mädchen, die sich begeistert auf Unterhaltungen stürzten, die nicht zu beschreiben sind. Aus irgendeinem Grund erinnere ich mich an ein Mädchen namens Olive, das viel von seinem kleinen Sohn Oliver sprach und bei den allerunpassendsten Gelegenheiten in Tränen ausbrach. Ich erinnere mich an eine kleine, hübsche Irin, die nicht mit Toro ins Schlafzimmer gehen wollte, weil sie vor ihm Angst hatte. Und eine vorzeitig ergraute Frau aus offensichtlich guter Familie, die wir in der Hotelhalle fanden, als sie betrunken zusammenbrach, vertraute mir an, sie hätte Toro insgeheim immer begehrt, seit sie zum ersten Mal etwas über ihn gelesen hätte. Da war der Morgen, an dem ich zum Frühstück hinunterkam und feststellte, dass es schon dunkel und die Zeit für Cocktails war. Ich ging in unser Zimmer zurück, und da lag Toro nackt auf dem Bett und schlief. Fernando schnarchte im anderen Bett. Er sah mit seinem verquollenen Gesicht und mit seinem untersetzten, haarigen Körper in seiner Unterwäsche sehr hässlich aus. Aber Toro gehörte selbst in diesem unordentlichen Hotelzimmer mit den leeren Gläsern und den zerquetschten Zigarettenstummeln nicht ins Kielwasser einer Orgie. Er war zu gross für das Zimmer, zu gross für das Bett, er lag mit dem Gesicht nach unten da wie eine überlebensgrosse Statue, die sich irgendwie aus ihrem Sockel gelöst hatte und umgekippt war. Ich fragte mich, ob ich Toro wecken sollte, damit er etwas ässe. Fernando konnte meinetwegen dort liegenbleiben, bis er verrottete. Ich hätte gern gewusst, wo Pepe war. Ich war für eine so frühe Morgenstunde ziemlich wach. Oder war es Abend? Wach. Eine Wache. Eine Totenwache für Gus Lennert. Wir haben aber wirklich eine vergnügte Totenwache, Gus. Ich bin wach, eine Wache, eine Totenwache für Gus Lennert. Die mexikanischen Indianer begraben ihre Toten und betrinken sich dann auf dem Friedhof und singen Lieder und erzählen schmutzige Geschichten und amüsieren sich herrlich. Und wer will sagen, dass es eine bessere Art gibt? Aber das ist eine reine Wache wie die trunkene Totenwache der Iren, und dies ist eine unzüchtige Totenwache, eine Totenwache für die Verkommenen und Entarteten, eine Totenwache zur Teufelsbeschwörung und Hexenanrufung, eine unfeine, unreine, gemeine Schweineorgie von Totenwache, bei der wir uns in eine tödliche Betäubung hineinpaaren, damit wir nicht mehr die anklägerischen Finger der Schuld auf unsere Augen deuten sehen.

Toro lag in seiner ungeheuren Nacktheit auf dem Bett. Es war Abend und nicht Morgen, und ich fragte mich, ob ich ihn wecken sollte. Er schlief schwer. Als ich ihn beobachtete, wälzte er sich auf die Seite. «Yo me voy, Papa. Yo me voy», murmelte er. Lass ihn schlafen, dachte ich, lass ihn schlafen. Lass ihn glauben, dass er zu Hause ist.

Als ich endlich aufwachte, wusste ich nicht, wo ich war. Mein Mund fühlte sich an wie klumpige Watte, und ein Tomtom schlug in meinem Kopf, als wollte es mich verrückt machen. «Schlucken Sie das», sagte Doc. «Das bringt Ihren Magen wieder in Ordnung.» Es war nicht mein Magen, der sich umdrehte. Es war die Reue. Ich konnte fühlen, wie es aus meinem Bauch hochkam, dieses schreckliche, zerrende, alles beendende Gefühl von Reue. Die unaufhörliche Kette von Weibern, an die ich mich nicht besser erinnerte als an die Zigaretten, die ich in Ketten geraucht hatte. Fernando mit seinen Sockenhaltern, die tägliche Verführung Toro Molinas, die ganzen leeren, rasenden Saturnalien bedrängten mich und drohten, mich zu erdrücken.

Langsam konnten meine Augen sich auf ein Bild auf dem Schreibtisch konzentrieren. Es starrte mich an, ein hübsches, kühles Gesicht starrte mich an. Mein Bild von Beth. Ich war in meinem eigenen Zimmer. «Wo sind alle?» fragte ich.

«Sie haben Pepe gestern abend ans Schiff gebracht», sagte Doc. «Er kommt mit einer ganzen Gesellschaft rechtzeitig für den Steinkampf zurück. Fernando ist mit Molina nach Pompton Lakes gefahren. Die beiden nächsten Wochen werden wir ihn bloss ausschwitzen lassen.»

«Was ist mit Danny?»

«Danny ist auch dort draussen. Aber ich glaube, wir rechnen lieber nicht zuviel mit Danny. Danny hat so lange gesoffen, dass er schon Alkohol schwitzt.»

Doc legte mir die Hand auf die Stirn und fühlte mir dann den Puls. Seine Hände waren erstaunlich lebendig, feucht und nervös, aber dennoch seltsam beruhigend.

«Danke, Doc.»

Aber ich glaube, ich hätte ihm gar nicht danken müssen. Doc spielte gern Arzt.

Ich nahm mir nicht die Mühe, oft nach dem Lager hinauszufahren. Dort war nicht viel los. Wenn man ein Trainingslager besucht, dann kann man gleich sagen, wie die Stimmung ist, ob das Lager scharf und sachlich ist oder mit Huren und Spielern versaut, ob es langweilig methodisch, faul oder geziert ist oder voll Schwung und Vertrauen. Die Atmosphäre um Toro war unlustig. Gewöhnlich bringt die Zielbewusstheit des Managers oder die Energie des Boxers Schwung in ein Lager. Aber diesmal vergeudete Danny seine Zeit und sein Geld in den Schnapsbuden und den Wettannahmen, und Toro ging wie ein Schlafwandler durch seine Übungsrunden.

Als wir über Toro sprachen, schüttelte George seinen Bronzekopf. «Ich mach mir Sorgen um ihn», sagte er mir. «Er boxt wie ein lebender Leichnam. Er ist einfach nicht da. So kann er sich nicht auf Stein vorbereiten. Er muss in Form sein, wenn er sich gegen Stein halten will.»

Ich fuhr zum letzten Training wieder hinaus, bevor die Gruppe in die Stadt kam, und ich begriff, warum George sich Sorgen machte. Der junge Gussman, der etwa achtzig Pfund weniger wog, musste sich zurückhalten, um Toro nicht vor den Reportern den Kopf herunterzuschlagen. Toro war am Bauch fett wie ein Schwein, weil Fernando, da niemand anderer da war, das Lager mehr oder weniger übernommen hatte und den grossen Tölpel zu viel dickmachendes Essen verstauen liess.

Am Tage vor dem Kampf konnte man kein Hotelzimmer mehr in New York bekommen. Boxfreunde waren aus dem ganzen Lande herbeigeströmt. Eine Abordnung aus Steins Heimatstadt war mit einem Sonderzug gekommen. Alle waren dabei vertreten, vom Bürgermeister bis zur beliebtesten Bordellwirtin, und alle wohnten in einem Hotel in der Stadtmitte. Varietys Besucherliste war beinahe doppelt so lang wie sonst an einem Mittwoch. Pepe und seine argentinische Delegation von Millionären, Politikern und Lebemännern gaben einen grossen Lunch im Ritz. Der argentinische Generalkonsul hiess seine Landsleute willkommen, und Fernando sprach für den Argentinischen Sportverband. Der Riese aus den Anden steige am Firmament des Faustkampfes empor, sagte er, genau wie Argentinien selbst, das Land der Riesen, am Firmament Panamerikas emporsteige. Der Applaus an dieser Stelle muss mindestens zwei Minuten lang gedauert haben. In allen Reden wurde Toros Name wie eine Flagge geschwenkt, die blauweisse Flagge unseres streitsüchtigen Nachbarn im Süden. Dann wurde Toro aufgefordert, ein paar Worte zu sagen. Sein Gesicht war stumpfsinnig. Keine Kampflust steckte in ihm, weder eine nationalistische noch sonst eine. «Ich tu mein Bestes», sagte er. «Dann geh ich nach Hause.»

Alle Broadway-Restaurants waren voll von Burschen, die über Boxen sprachen und Neun-zu-Fünf-Wetten auf Stein legten oder annahmen. Gegen sechs Uhr muss glatt eine Million bereit gewesen sein, die Besitzer zu wechseln.

Gegen sieben Uhr trieb sich schon eine ungeheure Menge um den Baseballplatz herum. Es gab den Kampf in letzter Minute um Eintrittskarten, den Schwarzhandel, den Sturm der Wartenden auf die unnumerierten Plätze, und die Spieler bearbeiteten die Gimpel bis zum Eröffnungsgongschlag. Vor einem der Eingänge ging ein Blinder auf und ab. Er trug einen Blechnapf und ein Schild vor der Brust und auf dem Rücken. «Kid Fargo», stand darauf. «Ehemaliger Schwergewichtsanwärter. War Sparringpartner von Jack Dempsey.»

Die Schlauen wetteten auf Stein, weil sie ihn solange unterstützen wollten, bis er besiegt wäre. Seit Dempsey hatte es keinen Boxer mit einer solchen Schlagkraft gegeben. Aber auch auf Molina wurde viel Geld gesetzt, zumeist von Leuten, die durch seine Grösse, das Reklametrara und den Totschlag an Gus Lennert beeindruckt waren.

In den Ring kletterte das erste Paar muskelbepackter Mittelmässigkeiten, die Onkel Mike immer auf das Publikum losliess, wenn er wusste, dass der Hauptkampf so gut war, dass er ihn nicht mit teuren Vorkämpfen wattieren musste. Das Stadion war ausverkauft, ganz bis hinauf zu den Göttern der Galerie, die fünf Dollar dafür bezahlten, um sagen zu können, sie wären bei einem der klassischen Kämpfe des Ringes dabeigewesen. Und noch über ihnen waren die Tausende von neugierigen Zaungästen, die den Bewohnern der obersten Stockwerke einen Dollar bezahlt hatten, um aus den Fenstern oder von den Dächern dem Schauspiel zuzusehen. Und hinter ihnen waren die Millionen Radiohörer in eleganten Grosstadtwohnungen, kleinbürgerlichen Heimen, Elendsvierteln, Kleinstadthäusern und Bauernhöfen von einem Ende Amerikas bis zum anderen.

Die Ringplätze – oder das, was Onkel Mike schlau Ringplätze nannte – breiteten sich dreihundert Reihen weit aus, eine wahre Mustersammlung von Wohlhabenden, einschliesslich des Gouverneurs, des Bürgermeisters, des Polizeipräsidenten, Broadwaystars, Hollywoodstars und all der Vertreter der besten gesetzmässigen und ungesetzlichen Schwindel, der Burschen aus der Wall Street, Industriebarone, der Prominenten der Gesellschaft, Versicherungsleute, Direktoren von Anzeigengesellschaften, Richter, der hervorragenden Anwälte, grossen Spieler und der allerbesten Gangster, deren Namen nie in der Zeitung stehen. Niemand, der «Jemand» war, liess die Chance aus, in einem Ringsitz gesehen zu werden.

Die Menge lachte über die Mätzchen der zwei breitbrüstigen Unfähigen, die einen Walzer durch den Eröffnungskampf tanzten. «Dreht die Lichter ab, die wollen allein sein», brüllte eine tiefe Stimme aus dem Mittelstock. Es wurde immer noch darüber gelacht. Jemand sollte einmal etwas Neues für die Sportfreunde schreiben. Immer die alten Sprüche, mit denen der alte Hohn ausgedrückt wurde, die Unzufriedenheit mit blutlosen, schmerzlosen, aktionslosen Kämpfen. «Darf ich um den nächsten Tanz bitten?»... «Was haben wir da, das russische Ballett?»... «Seid ihr traurigen Figuren Schwäger?»... «Vorsicht, Kinder, ihr könntet einander wehtun!» Aber die Protestrufe waren noch ohne Spannung und gutmütig. Die Menge arbeitete sich erst langsam in eine Erregung hinein. Die Missfallensrufe waren noch frei von wirklicher Verachtung. Die höchstgespannte aller amerikanischen Sportzuschauermassen war noch nicht erwacht. Sie benahm sich noch, als wäre dies bloss ein Sport.

Ich ging nach der Garderobe zurück, um Toro zu sehen. Fernando und George halfen ihm, sich fertigzumachen. Danny war auch dort. Er murmelte. Er versuchte, Toro etwas zu sagen. Aber Fernando stiess ihn weg. Toro legte langsam seine Kleidung ab, als zögerte er, sich wieder in einen Boxer zu verwandeln. Er sagte nichts zu mir, als ich eintrat. Er sprach mit niemandem.

«Ich glaube, er hat heute Angst», flüsterte Doc mir zu. «Er hat den ganzen Tag rennen müssen.»

«Vielleicht hat er nur Angst, dass dies wieder ein Fall Lennert wird», sagte ich.

«Ich hoffe bloss, dass es nicht andersrum kommt», sagte Doc.

Pepe kam mit einigen seiner argentinischen Freunde herein. Sie alle machten grosse Geschichten mit Toro, umarmten ihn, sagten ihm, wieviel Geld sie auf ihn gesetzt hatten, und gingen dann hinaus, um den Vorschlusskampf zu sehen. Sie waren voller Lachlust und sorglos anfeuernder Begeisterung. Toro sagte auch ihnen nichts. Es war genau, wie George gesagt hatte: Er war einfach nicht da.

Nick kam mit dem Killer und Barney Winch herein. Alle drei trugen massgeschneiderte Kamelhaarmäntel. Toro sass in seinem Bademantel auf der Pritsche. Doc rieb ihm den Rücken.

Nick pflanzte sich vor Toro auf. «Hör zu, du Krüppel», sagte er mit einer harten, ruhigen Stimme. «Ich wollte dir bloss etwas mitteilen. Meine Frau hat mir alles von dir erzählt.»

Toro blickte langsam auf und wartete auf den Schlag wie ein Ochse im Schlachthaus.

«Sie hat mir gesagt, dass du eines Tages zu ihr ins Haus gekommen bist und versucht hast, mit ihr frech zu werden. Ich sollte dir den Schädel einschlagen, du betrügerisches Stück Mist, du. Aber die Mühe brauche ich mir nicht zu nehmen. Dieser Kampf heute abend ist der erste, den du ganz regelrecht und ohne Schiebung für mich kämpfst. So brauche ich mir an dir nicht meine manikürten Nägel zu verderben. Ich kann ruhig draussen in der ersten Reihe sitzen und das Vergnügen haben, zuzusehen, wie Stein dir dein verdammtes Hirn rausschlägt. Ich hoffe, er bringt dich um.»

Er gab Toro einen scharfen Schlag ins Gesicht. Toro starrte ihn bloss an. Ein paar Minuten lang, nachdem sie schon hinausgegangen waren, starrte Toro weiter stumpfsinnig ins Leere. Chick Gussman, der den Sechsrunden-Sonderkampf geboxt hatte, kam nach einem Sieg durch technischen K. o. in der Dritten herein. Er war vergnügt über seine Leistung. Er gab Toro spielerisch einen Schlag und sagte: «Sieht wie ein grosser Abend für den Latkastall aus, Toro.» Aber Toro sah ihn nicht einmal. Der Vorschlusskampf war schnell vorüber, und Toro war an der Reihe, hinauszugehen. Zum ersten Mal, so weit ich mich erinnern konnte, war Danny nicht in der Lage, in der Ecke zu arbeiten, so übernahm es Vince mit Doc und George, der die Flaschen hielt.

«Na, viel Glück, Toro.» Ich versuchte, etwas in diesen Wunsch zu legen, aber meine Stimme klang flach und hohl. Ich hielt ihm die Hand hin, und Toro nahm sie schlaff in seine. Da bemerkte ich, dass er zitterte.

Buddy Stein trat als erster in den Ring. Die Menge brüllte und kreischte beifällig, als er in seinem blauen Seidenmantel mit einem weissen Handtuch um den Kopf umhertanzte. Er langte mit seinen bandagierten Händen durch die Seile hinab und schüttelte vielen Leuten die Hände, Jack Dempsey, Bing Crosby, Sherman Billingsley ...

Eine schöne Blondine in der dritten Reihe spitzte die Lippen, als wollte sie ihn küssen, und er zwinkerte ihr zu. Heute abend waren mehr Frauen als sonst da. Beide Boxer wirkten sehr anziehend auf Frauen. Stein war dunkel, lockig, für einen Boxer ungewöhnlich hübsch. Er war breitschultrig und hatte schmale Hüften, die in erstaunlich anmutige Beine ausliefen. Er war ein eitler, prächtiger Bursche mit der Persönlichkeit eines Aufschneiders und dem Bühnenauftreten eines Idols der Nachmittagsvorstellungen, das Anbetung gewohnt ist. Man hatte ihm oft Komplimente über sein Lachen gemacht – das Steingrinsen, hiess es manchmal – obgleich es in Wirklichkeit das bösartige Lächeln eines Mannes war, der eine Möglichkeit gefunden hatte, aus seiner natürlichen Grausamkeit eine einträgliche Karriere zu machen.

Trotz seinem komödiantischen, clownhaften Benehmen gegen die Menge war Stein ein ernsthafter Praktiker des tätlichen Angriffs und durch Training zu einer messerscharfen Schneide geworden. Er stolzierte voll bedrohlicher, aufgespeicherter Kraft im Ring umher und wärmte sich mit kurzen Schattenboxhaken auf, die bösartig in die Luft schossen.

Toro wurde freundlich, aber zurückhaltend empfangen, und es gab ein paar vereinzelte Pfuirufe von Skeptikern und alten Lennertanhängern, die sich an die primitive Meinung hielten, dass der Tod des Altmeisters irgendwie durch übermässige Brutalität Toros verursacht worden wäre. Aber als Doc und George ihm seinen auffälligen Mantel auszogen, musste ich wieder an die Ungeheuerlichkeit des Witzes denken, den die Natur sich mit diesem Riesen erlaubt hatte. Seine riesigen Schultern, seine hervorstehenden Muskeln und seine alles schlagende Brustausdehnung sahen wie ein allzu grosser Vorteil gegenüber selbst dem fürchterlichsten Gegner aus, und doch enthielt sein bedrohlicher Körper eine sanfte, geruhsame Sinnesart mit weniger Kampfinstinkt, als in einem zehnjährigen Buben steckte, und mit beträchtlich weniger Tauglichkeit zum Kampf.

Die grossen Scheinwerfer über dem Stadion erloschen langsam, und der Ring wurde zu einem strahlend weissen Viereck, das aus der weiten Dunkelheit ausgeschnitten war. Der Ansager bat um eine Schweigeminute für den «alten Gus, einen wirklichen Meister, der im Kampf zu Boden ging, wobei der Grosse Schiedsrichter ihn mit der Tödlichen Zehn auszählte.»

Das Stadion wurde schwarz, während die ungeduldigen Sportnarren in einer rührenden Kundgebung verlogener Trauer aufstanden und der Gong mit der Eindringlichkeit eines Geräuscheffektes zehnmal schlug.

Als die Lichter über dem Ring wieder aufleuchteten und der Ansager endlich alle die berühmten Boxer vorgestellt und die beiden Kämpfer mit unnötig ausführlicher Förmlichkeit angekündigt hatte, stieg die Spannung der Masse an, und ein Gebrüll stieg aus achtzigtausend Kehlen auf. Der Schiedsrichter gab ihnen die letzten Anweisungen und schickte sie in ihre Ecken zurück, wo sie auf den Eröffnungsgong warten sollten. Als die Helfer ihnen endlich die Mäntel von den Schultern zogen, liess der Grössenunterschied die Menge erregt aufstöhnen. Toro, fast zwei Meter gross und fast zweihundertachtzig Pfund schwer, sah um die Hüften ein bisschen fleischig aus. Er bekreuzigte sich und wartete in einer Art gehorsamer Verwunderung auf den Gongschlag. Stein, knapp eins achtzig, mit einem harten, geschmeidigen, gespannten Körper, einssechsundneunzig schwer, schob seine Füsse in nervöser Ungeduld vor und zurück und bewegte seine Schultern, als stände er schon im Ring und drösche auf seinen Mammutgegner los.

«Bring ihn um, Buddy», bat die Blondine in der dritten Reihe mit einer schrillen, unangenehmen Stimme.

Der Gong brachte Stein blitzartig quer durch den Ring vor

Toro, der langsam aus seiner Ecke kam. Toro streckte seine Linke in der mechanischen Verteidigung vor, die Danny ihn gelehrt hatte. Stein tastete ihn vorsichtig ab. Er zeigte beträchtliche Hochachtung vor Toros Vorteilen an Gewicht und Reichweite. Er schlug scharfe Gerade in Toros Gesicht, schlug eine Finte mit seiner Rechten und hielt seine berühmte Linke so, als wollte er sie abschiessen, aber er wollte noch nichts riskieren. Toro boxte steif, stiess eine lange Linke gegen Steins Kopf und hielt den kleineren Mann auf Abstand. Toro hatte endlich die Grundlagen des Boxens gelernt, aber seine Ausführung war ungeschickt und hatte keinen Schwung. Seine Fussarbeit war langsam, aber korrekt, und einmal liess er seinem linken Geraden einen rechten Haken folgen, der wirklich Steins Rippen erreichte. Stein lächelte und stiess Toros Kopf mit einem scharfen Geraden zurück. Steins Gerader sah härter aus als Toros beste Schläge. Buddy presste die Lippen zusammen, und ein böses Lächeln flog über sein Gesicht, als er einen neuen Geraden ins Ziel schoss. Der Schmerz weckte Toro ein wenig auf, und er versuchte mit elementarer Zeitberechnung einen Eins-Zwei. Der Linke erreichte Steins Gesicht, aber der Rechte, die Zwei, sauste harmlos durch die Luft, als Stein geschickt auswich und Toro in einen Clinch zog. Im Clinch schien nicht viel zu geschehen, aber als der Schiedsrichter sie trennte, war Toros Auge gerötet und blinzelte. Es sah aus wie Daumenarbeit. Stein war viel umhergekommen. Er war sehr schlau. Als sie sich trennten, streckte Stein seine Handschuhe in einer grossen Gebärde der Sportlichkeit vor. Toro, der im Augenblick geblendet war, reagierte nicht und berührte die Handschuhe nicht. Die Menge pfiff sein unfeines Benehmen aus. Im Drama dieses Abends hatte man ihm die Rolle des Bösewichtes zugeschrieben.

Einige Leute auf der Galerie begannen rhythmisch zu klatschen, um ihre Ungeduld zu zeigen. «Ein bisschen Tempo», schrien sie. Stein, der empfindlich war wie alle eitlen Menschen, ging drauf los, um sie zufriedenzustellen. Er begann einen Rechten gegen Toros Körper, aber als er sah, wie dessen Hände sich senkten, schwang er sich herum und schlug zum ersten Mal mit seiner Linken scharf zu. Er traf Toro hart an den Kiefer. Toro knickte zusammen. Ich sass nahe genug, um zu sehen, wie er die Augen verdrehte. Stein tanzte beim Gong in seine Ecke zurück, wobei er ein bisschen schmierenhaft die Brust herausstreckte. Toro ging langsam zu seinem Hocker und setzte sich wie ein Mann, der sich den Bauch mit Bier gefüllt hat.

Stein wartete schon auf ihn, sobald er wieder aufstand. Er beschleunigte jetzt sein Tempo. Toro versuchte, ihn wieder zu boxen, aber Stein machte eine Finte, genau wie vorher, lockte Toro aus der Deckung und krachte seine Linke auf Toros gerötetes Auge. Mit ungewöhnlicher Geschwindigkeit schwoll eine Beule darüber an. In diesem Augenblick wünschte ich, ich wäre weit weg von alledem, weg von dem, was nur eine unaufhörliche Quälerei eines hilflosen Monstrums sein konnte. Aber etwas hielt mich mit schrecklicher Verzauberung fest, wie es uns alle achtzigtausend hielt, die wir in einer Art Totenwache auf das offenbar Unvermeidliche warteten.

Es war kein Wettkampf mehr. Es war ein Stierkampf, eine erregende Darstellung der Überlegenheit des Menschen über das Tier, den Riesen, die grosse, formlose Angst. Die Stimmen der Zuschauer wurden von Erregung gespannt. «Schlag ihn aufs Auge!» «Schliess ihm das Auge!»

Stein tat ihnen den Gefallen. Er mass Toro kühl ab und schlug dann auf das geschwollene Auge. Toros schwere Lippen öffneten sich im Schmerz, und man sah den hässlichen, orangeroten Zahnschutz. Als Toro seinen Angreifer mit seinem einen guten Auge anstarrte, war er plötzlich zu einem grotesken und unglaublichen Rückfall auf den Zyklopen geworden. Stein bearbeitete ihn jetzt mit methodischer Bösartigkeit. Die kurzen, wilden Schläge trafen Toro mit übelkeiterregender Eintönigkeit. Als der Gong seine Qual auf sechzig Sekunden unterbrach, zögerte Toro einen Augenblick lang töricht und versuchte festzustellen, in welcher Richtung seine Ecke lag. Der Schiedsrichter führte ihn zu seinem Hocker zurück.

Docs Finger, die sich in Toros schlaffen Nacken bohrten, das Wasser, das George über Toros Kopf goss, und die Riechsalze, die Vince ihm unter die Nase hielt, gaben dem Riesen einen Anschein von Erholtheit, mit der er der nächsten Runde entgegengehen konnte. Aber Stein schlug jetzt mit tierischer Wut auf ihn los. Seine Lippen waren über seinem Zahnschutz zusammengekniffen, und in seinen Augen leuchtete Mordlust. Man konnte fast fühlen, wie der Druck der steigenden Grausamkeit der Menge sich um den Ring schloss. «Gib's ihm! Gib's ihm!» «Schlag ihn aus!»

«Bring ihn um!» Die Schreie wurden immer hysterischer. Der Klumpen über Toros rechtem Auge war jetzt auf Eigrösse angeschwollen. Stein trieb Toro mit einem linken Geraden zurück, der Toros Mund aufriss. Dann schlug er mit aller Kraft auf die Beule und zerschmetterte sie, als wäre sie wirklich ein Ei. Aber ein Ei voll Blut. Die rechte Seite von Toros Gesicht wurde sofort zu einem roten Klecks.

«So ist's richtig, Buddy! Bring ihn um!» kreischte die Blondine in der dritten Reihe.

Ich blickte zu Nick hinüber, der mit Ruby in der ersten Reihe sass, genau mir gegenüber auf der anderen Seite des Ringes. Er sass einfach da, zog ruhig an einer langen Zigarre und beobachtete die Vorgänge mit einer Art gelangweilter Aufmerksamkeit, die ich in den Trainingslagern vielhundertmal auf seinem Gesicht gesehen hatte. Ruby trug einen auffallenden schwarzen Filzhut mit einem flitterbesetzten Band, der ein weissgepudertes Gesicht mit wilden, dunklen Augen und einem tiefroten Mund einrahmte. Soweit ich sehen konnte, schien sie sich zu unterhalten.

Wieder wurde ein wilder Schrei aus den Kehlen der Zuschauer gerissen, und Leute rings um mich sprangen auf, um zu sehen, wie Stein Toro in eine Ecke gedrängt hatte und einen Regen von Linken und Rechten gegen dessen Kopf losliess, bis Toro langsam am Ringpfosten hinabglitt und in grotesker Stellung auf dem Boden hockte. Einige Leute lachten. Der Schiedsrichter verwies Stein in eine neutrale Ecke, wo er närrisch auf und ab hüpfte und darauf wartete, wieder auf Toro loszugehen. «Bleib unten, Toro, bleib unten», schrie ich. Aber aus einem unerklärlichen Grunde in seinem dickschädligen, halbbewussten Hirn riss Toro sich hoch und torkelte schwerfällig auf Stein zu. Der Gong verschob die Abschlachtung um eine weitere Minute.

In seiner Ecke lehnte Toro sich gegen die Seile. Blut sickerte aus seinem Mund. Er holte keuchend Luft, ganz erschöpft von den schrecklichen Schlägen, die er einsteckte. Sein eines halboffenes Auge schloss sich in einer Agonie des Überdrusses. Docs Finger taten ihr Bestes. Mit all ihrer Kraft pressten sie die Ränder der Risswunde über dem rechten Auge zusammen und versuchten, die Blutung zu stillen. Dann schmierte Doc Kollodium über die Wunde, und sie schien sich für den Augenblick zu verkrusten. Inzwischen versuchte George, ein wenig Leben in die mächtigen, muskelbepackten und fast unnützen Beine zu massieren, und Vince schrie ihm lästerliche Belehrungen in seine geschwollenen Ohren.

Nach all diesen Vorbereitungen sauste Stein beim Gongschlag durch den Ring und schlug Toro mit dem ersten Schlag wieder zu Boden. Alle Arbeit Docs war wieder zunichte gemacht, und aus dem Riss über dem rechten Auge floss Blut auf den schmutzigen Ringboden. Es lag kein Sinn, keine Ehre mehr in dieser Darstellung der hoffnungslosen Unfähigkeit eines grossen Mannes, sich an koordinierter Gemeinheit mit einem kleineren Mann von erwiesener Überlegenheit zu messen. Ich glaube, als Toro wieder aufstand, hatte er nicht einmal die Absicht, das zu versuchen. Sein Gesicht war ein blutiges Geschmier, und er taumelte vorwärts, um noch mehr Hiebe einzustecken, ein gebrochener, zerschlagener Rumpf von Mann, der in einer See von Schmerzen unterging, unaufhörlich von den bösartigen Wellen der Schläge gepeitscht und nur von einem unbekannten Vorrat an sinnloser Ausdauer aufrechterhalten.

Die Menge brüllte jetzt nach einem Knockout, bettelte darum, flehte darum, eine wildäugige, jubelnde Menge von Wettern, die auf einen Knockout durch Stein gesetzt hatten, von Sportnarren, die, von einem zornigen Gefühl falsch angewandter Gerechtigkeitsliebe inspiriert, wegen seiner mit Betrug gemästeten Vergangenheit gegen Toro waren und jetzt diese Niederlage mit einer Rache der Redlichkeit verwechselten, und schliesslich die grosse Menge der Enttäuschten und Unterdrückten, die fast wider Willen eine tiefe, tröstliche Freude daran hatten, dass sie bei der endgültigen Verwandlung eines übermächtigen Riesen in ein jämmerliches Wrack aus Menschenfleisch dabei sein konnten.

Irgendwie kam Toro über diese Runde, schleppte sich zur ersten Hilfe zurück und stolperte glasäugig wieder vor, um sich Stein nochmals darzubieten. Warum brach man den Kampf nicht ab? Warum brach Doc den Kampf nicht ab? Doc musste Befehle von Nick erhalten haben, den Kampf laufen zu lassen. Aber der Schiedsrichter? Nun, erstens einmal bricht man einen Schwergewichtlerkampf nicht gern zu früh ab, weil man von den grossen Boxern erwartet, dass sie's aushalten können. Und dann fiel mir noch etwas ein. Vince hatte erwähnt, er hätte acht grosse Lappen gegen fünf gewettet, dass Toro in der achten Runde noch da sein würde. Vince und der Schiedsrichter, Marty Small, hatten schon früher Geschäfte miteinander gemacht. Marty brauchte gar nicht zu schieben. Er brauchte Toro bloss so lange weitermachen zu lassen, wie er konnte. Um den Rest würde Vince sich schon kümmern.

Drei Minuten lang schlachtete Stein unter der Begleitmusik des Brüllens der Menge, das zu irrer Wut angestiegen war, den wehrlosen Riesen ab. Toro stürzte, arbeitete sich auf die Knie, und wenn er dann mit zitternden Knien aufstand, schlug Stein ihn wieder zu Boden. Er rollte sich, den zerschlagenen Kopf gegen den Boden gepresst, wieder auf die Knie. Dann kämpfte er sich voll perversen und nutzlosen Mutes wieder hoch. Mit einer Hand an den Seilen hielt er sich aufrecht. Sein anderer Arm hing schlaff an seiner Seite. Blut floss ihm aus beiden Augen, und ein weiterer Blutstrom schoss ihm aus dem Munde. In blinder, hilfloser Verwirrung schwankend wartete er darauf, dass der kleine Mann ihn wieder angriffe. Stein sprang mit einem rechten Körperschlag vor, der Toro zusammenkrümmte. Dann richtete er ihn wieder mit einem lähmenden Linken gegen den Kiefer auf. Toro fiel um. Er fiel so ungeschickt, dass er sich den Fussknöchel verrenkte. Mit schrecklicher Konzentration hob er sich wieder auf die Knie. Er kroch vorwärts, rutschte in seinem eigenen Blut aus wie ein sterbendes Tier. Sein Mund war geöffnet, und der Unterkiefer hing widerlich lose herab. «Kiefer gebrochen», hörte ich jemanden sagen. Der grosse, orangenfarbene Zahnschutz fiel ihm aus dem Mund und rollte ein paar Fuss weit vor ihn. Aus einem Grunde, den er selbst nicht verstand, kroch er voll Schmerzen auf ihn zu und versuchte, ihn mit einer Zeitlupengebärde der Nutzlosigkeit wieder in den Mund zu stopfen. Er tastete immer noch daran herum, da hatte der Schiedsrichter ausgezählt und hob Steins Hand. Buddy tanzte glücklich umher und winkte mit über den Kopf erhobenen Handschuhen, um für die Huldigung der Menge zu danken. Toro versuchte immer noch, den Zahnschutz in seinen Mund zu stopfen, als Vince, Danny und George ihn in seine Ecke schleppten.

ZWEIUNDZWANZIGSTES KAPITEL

ZUFRIEDEN und ruhig schob sich die Menge langsam nach den Ausgängen. Als ich durch den Laufgang ging, traf ich Nick und Ruby, den Killer mit einem Mädchen, Mr. und Mrs. Quinn und Barney Winch.

«Hast du je eine traurigere Figur gesehen?» fragte Nick.

«Wir sollten ihn Harry Miniff für einen alten Strumpfhalter geben», sagte Quinn lachend.

«Hübsch, vor den Mädchen so zu reden», sagte Nick und nahm Rubys Arm.

«Aber da verlierst du deine Futterkrippe», sagte ich.

Nick zog mich näher zu sich heran. «Mach dir keine Sorgen, Söhnchen. Ich habe ein Abkommen mit Kewpie Harris getroffen. Uns gehört jetzt ein Stück von Stein.»

«Kommen Sie ins Bolero rüber, Eddie», sagte Quinn. «Fragen Sie nur nach meinem Tisch.»

«Mir ist heute abend nicht danach zumut», sagte ich.

«Ich kann dir etwas Nettes aus der Revue verschaffen», sagte der Killer.

«Ich bin heute nicht in der Stimmung», sagte ich.

Ich ging nach dem Umkleideraum zurück. Toro sass mit einem blutigen Handtuch über dem Kopf auf der Massagepritsche. Doc versuchte immer noch, den Blutstrom aus Mund und Nase zu stillen. Toros zerschlagenes, verschwollenes Gesicht hing schlaff auf seiner Brust. Er zitterte. Die Reporter drängten sich um ihn, dachten gar nicht an seinen Zustand, so eifrig waren sie darauf bedacht, ihre Geschichten abzurunden.

«Wann hat er Sie das erste Mal verletzt, Toro?»

Toro murmelte durch seinen zerrissenen Mund: «Jesus Christo...»

«Welcher Schlag hat Ihnen am meisten zu schaffen gemacht?»

«Jesus Christo...», sagte Toro.

«Möchten Sie einen Rückkampf haben?»

«Jesus Christo...»

«Wo zum Teufel steckt Grandini?» sagte Doc. «George, geh

in den Korridor und schau, ob du Dr. Grandini finden kannst. Er soll sich einmal diesen Kiefer anschauen.»

Toros Kopf schwankte leicht hin und her wie der eines Epileptikers. Das verbeulte, zerfetzte Fleisch über seinen Augen wurde tiefrot, und der gebrochene Kiefer stand offen.

«Leg dich», sagte Doc. «Leg dich lieber hin.»

Toro sass einfach in blinder Agonie da und schüttelte langsam den Kopf. «Jesus Christo...» flüsterte er.

Man brachte ihn ins Roosevelt-Spital und richtete ihm den Kiefer ein. Ich ging am Morgen hin, um ihn zu sehen. Seine beiden Kiefer waren mit Drähten verbunden worden, seine Risse vernäht. Er nahm durch ein Glasröhrchen Flüssigkeit zu sich. Die verbeulten, verfärbten Quetschungen in seinem Gesicht liessen ihn noch mehr als sonst einem Wasserspeier gleichen.

Er wollte mir etwas sagen. Er versuchte, es durch seine verdrahteten Zähne und seine geschwollenen, zerfetzten Lippen zu flüstern, aber kein Ton kam heraus. Endlich verstand ich einige der Worte, die er aus seiner Kehle würgte. «Ich gehe jetzt heim. Mein Geld... Geld...»

«Ich hol dir's», sagte ich.

Als ich hinausging, traf ich Vince im Korridor.

«Na, das ist wohl der letzte Ort, an dem ich dich zu sehen erwartet hätte», sagte ich.

«Ach, was ist denn mit dir los, glaubst, du bist der einzige anständige Kerl in der ganzen Bande? Bildest du dir ein, du hast allein das Recht, den Kerl zu sehen?»

«Was hast du vor, Vince? Sag mir nicht, dass du kommst, um ihn zu erheitern. Das ist nicht deine Linie.»

«Ich dachte bloss, ich könnte dem Burschen vielleicht helfen», sagte Vince.

«Ich wusste nicht, dass du das Wort kennst», sagte ich.

«Es gibt viel, was du nicht weisst, Freundchen», sagte Vince und ging hinein.

Nun, das ist ein komischer Schwindel, dachte ich. Ich habe gesehen, wie zwei einander so zerschlugen, dass sie sich beide nie wieder ganz erholen konnten, und dann einander in echter Zuneigung umarmten. Ich habe gesehen, wie ein Vater mit verkniffenen Lippen in einer Ecke sass und seinen Sohn zehn Runden lang wie ein Schwein bluten liess und dann, als alles vorüber war, das entstellte Gesicht seines Sohnes zwischen die Hände nahm und in Tränen ausbrach. Man konnte nie voraussagen, wie sie sein würden; die rohesten Kerle wurden manchmal unberechenbar und unlogisch zart. Vielleicht war Vince so. Vielleicht war irgendwo in dem fetten, groben Gesicht, in dem fetten, gemeinen Hirn ein Kern von Menschlichkeit verborgen, der mir entgangen oder noch nie angezapft worden war.

Ich ging ins Büro, um nach Toros Geld zu fragen. Nick war zu Hause und schlief nach einer durchbummelten Nacht, sagte der Killer. «Ich hätte dort bleiben sollen» beklagte er sich. «Herrje, was für eine Nacht! Hast du jemals eine chinesische akrobatische Tänzerin gehabt, Eddie? Ich hab geglaubt, ich hab schon alles gesehen, aber...»

«Killer», sagte ich, «wie kann ich Toros Zaster für ihn bekommen?»

Der Killer sah enttäuscht aus. «Sprich mit Leo», sagte er. «Der ist heute früh da.»

Ich ging den Korridor hinab, um Nicks Buchhalter zu sehen. Er arbeitete an einem Hauptbuch. Er sah klein, bleich und ergeben aus, so wie Buchhalter aussehen sollen, bis auf seine Augen, die dazu da waren, einen zu warnen.

«Viel zu tun, Leo?»

«Nun, ich berechne die Verteilung der Einnahmen aus dem Kampf», sagte er.

«Wie war die ganze Bruttoeinnahme?»

«Eine Million dreihundertsechsundfünfzigtausend achthundertdreiundneunzig und fünfzig Cents.»

«Ich habe Toro versprochen, ihm sein Geld zu holen», sagte ich.

«Ich muss in der Kartei nachsehen», sagte Leo.

Er blätterte fachmännisch die Kartei durch. LATKA, LEWIS, MANN, MOLINA... «Hier ist es.» Er leckte an seinem Zeigefinger und nahm einige Bogen aus der Mappe. Er betrachtete sie sorgsam.

«Es ist ein kleiner Überschuss da», sagte er.

«Ein kleiner Überschuss? Machen Sie einen Witz?»

«Steht hier alles Schwarz auf Weiss», sagte Leo.

Ich nahm die Bogen und blickte auf die Reihen von Ziffern, die alle sauber getippt und einzeln angeführt waren. Mein Auge überflog eine Kolonne astronomischer Zahlen. Da standen $ 10 450 für Trainingskosten, $ 14 075 für Unterhalt und $ 17 225 für Reklame und Bewirtung. Alle Posten standen da, alle schön aufgefüllt, Ausrüstung, Sparringpartner, Reisen, persönliche Unterhaltung, Telephongespräche, Telegramme und das gute alte «Verschiedenes». Da stand eine kleine Angelegenheit von $ 63 500 in bar, die Vanneman angeblich Toro vorgeschossen hatte. Und schliesslich standen da die Provisionen für die Manager, die Bundes- und Staatssteuern und «persönliche Gratifikationen für Gefälligkeiten». Als all das von den Börsen abgezogen war, die beinahe eine Million Dollar ausmachten, blieb tatsächlich ein kleiner Überschuss. Genau neunundvierzig Dollar und sieben Cent.

«Einen Augenblick», sagte ich. «Das ist Strassenraub. Vince hat Toro niemals dreiundsechzigtausend vorgeschossen. Sie meinen wohl sechstausend.»

«So hab ich's von Vince bekommen», sagte Leo. «Er hat mir alle Quittungen gegeben.»

«So schliesst Toro also mit neunundvierzig Dollar sieben Cent ab», sagte ich. «Warum seid ihr Burschen so grosszügig? Wozu lasst ihr ihm noch einen Fünfziger?»

«Sie können ja selbst addieren, wenn Sie wollen», sagte Leo.

«Ich weiss, dass Sie addieren können, Leo. Ich hab Sie schon früher für Nick addieren gesehen. Ich habe auch schon gesehen, wie Sie abziehen.»

«Alles ist in Ordnung», sagte Leo. «Ich kann jedermann meine Bücher zeigen.»

«Gewiss», sagte ich. «Sie haben diese Zahlen dressiert, Leo. Sie können diese Zahlen durch Reifen springen lassen.»

«Wenn Sie was zu kritisieren haben, sprechen Sie mit dem Chef», sagte Leo. «Aber in meinen Büchern werden Sie keine Fehler finden. Ich will meine Bücher jedermann zeigen, zu jeder Zeit.»

Ich sprang in ein Taxi und fuhr nach Nicks Wohnung in der Dreiundfünfzigsten Ost. Es war gegen Mittag. Nick frühstückte. Er sass allein im Esszimmer, gekleidet in einen mitternachtsblauen seidenen Hausrock, auf dessen Brusttasche die Buchstaben N. L. in altmodischer Fraktur gestickt waren.

«Nick», begann ich, «ich habe eben mit Leo gesprochen.»

«Ja?» Er brockte seinen Toast sorgfältig in die weichgekochten Eier. «Hast du deinen Anteil richtig bekommen, Junge? Du solltest etwa siebzehntausend bekommen.»

«Aber Nick, was ist mit Toro? Toro hat bloss neunundvierzig Dollar. Einen gebrochenen Kiefer und lausige neunundvierzig Dollar.»

«Was geht das dich an, Eddie?»

«Was es mich angeht? Ich...» Was ging es mich wirklich an? Wo waren die Worte, mit denen ich Unüberbrückbares überbrükken könnte? Das Unversöhnliche versöhnen?

«Du kannst das einem Kerl doch einfach nicht antun, Nick. Du kannst ihn doch nicht halb totschlagen lassen und ihn dann mit einem Loch in der Tasche stehen lassen?»

«Hör mal, Eddie, der Trottel ist ausgezahlt worden. Das kannst du in den Büchern nachsehen.»

«Ich weiss», sagte ich. «Ich habe die Bücher gerade gesehen. Ich kenne Leo und seine Bücher.»

«Dann ist es einfach ein arges Pech, nicht wahr?» sagte Nick.

«Jesus, Nick, schliesslich ist der arme Hund doch ein Mensch. Er ist...»

«Einfach Pech», sagte Nick.

«Um Christi willen. Nick. Um Jesu Christi willen, das kannst du doch nicht tun.»

«Geh zu Bett, Eddie», sagte Nick und langte ruhig nach seinem Kaffee. Und das Schreckliche daran war, wie er es sagte. Ich wusste, dass er mich noch gern hatte. Ich wusste, Gott verzeih mir das, dass er meinte, ich hätte Klasse. Er würde mich immer an allem teilhaben lassen. «Geh zu Bett und schlaf dich aus. Du verdirbst mir das Frühstück.»

Ich ging wieder ins Krankenhaus, um Toro zu sehen. «Sie dürfen nicht lange bleiben», sagte mir die Schwester vor seinem Zimmer.

«Wie geht es ihm denn?»

«Er hat jetzt ein Beruhigungsmittel bekommen. Leidet noch an Schock. Seine linke Seite ist teilweise gelähmt, aber der Arzt meint, dass es nur vorübergehend ist.»

Toro lag auf dem Rücken und starrte auf die Zimmerdecke. Sein Gesicht war eine Masse roter und blauer Flecke. Er wandte langsam den Kopf, als er mich hörte.

«Mi dinero? Mein Geld... mein Geld?»

Ich schüttelte den Kopf. Ich wusste nicht, was ich sagen sollte. Seine Augen sahen mich verzweifelt an. «Mi dinero... dinero?»

Ich wusste nicht, warum gerade ich der sein musste, der es ihm sagte. Aber ich meinte, ich wäre der einzige, der sich die Mühe nehmen würde, es ihm sanft beizubringen.

«Toro, ich... weiss nicht, wie ich es dir sagen soll, aber... es ist weg, Toro, ist alles weg. Se fué.»

«Se fué?» murmelte Toro durch seine verdrahteten Zähne. «No. No es posible. Se fué?»

«Lo siento», sagte ich. «Toro, lo siento.» Das sagen die Spanier für «Es tut mir leid», aber wörtlich heisst es: «Ich empfinde es», und genau so meinte ich es.

Ein schreckliches Stöhnen kam aus Toros Kehle. Er starrte mich ungläubig an. Es kam mir vor, als dauerte es eine Minute lang. Dann wandte er sich langsam von mir ab und starrte auf die Wand. Plötzlich bewegten sich seine grossen Schultern, und er wurde von einem trockenen, kehligen Schluchzen geschüttelt. Es war entsetzlich, einen so grossen Mann so verzweifelt weinen zu sehen.

Schliesslich sagte ich: «Toro, es tut mir schrecklich leid. Ich wollte, ich könnte etwas dazu tun.» Dann dachte ich an meine siebzehntausend. «Hör mal, ich habe eine Idee. Ich kann dir fünftausend Dollar geben». Ich wollte «zehn» sagen, aber irgendein kleiner Buchhalter in meinem Hirn schnitt das in die Hälfte. «Damit könntest du wenigstens nach Hause kommen.»

«Aber es... ist alles mein Geld... alles... alles... Ich habe es alles verdient...»

«Sicher, sicher», gab ich zu. «Aber was kannst du machen? Die machen mit dir, was sie wollen. Sei vernünftig und nimm die fünf, Toro.»

Er wandte sich mir zu und starrte mich böse an.

«Vaya», flüsterte Toro heiser. «Geht. Ihr alle... Geht weg von mir.»

Ihr alle! Was meinte Toro damit, ihr alle. Er musste mich mit den anderen verwechselt haben. Ich war Toros Freund, der einzige, der sich um ihn kümmerte, der einzige, der Mitleid mit ihm hatte. Und doch hatte er gesagt: ihr alle. Er hatte gesagt: ihr alle.

«Aber Toro, ich bin dein Freund, ich will dir helfen, ich...»

«Geh», flüsterte Toro. «Geh... geh... geh...»

Als ich in den Korridor hinabging, erschien Vince. Er trug einen grossen, weitgeschnittenen Kamelhaarmantel.

«Hallo, Liebster», sagte er.

«Vince», sagte ich, «ich kann das nicht glauben. Sag mir nicht, dass du nochmals kommst, um nach Toro zu sehen.»

«Sicher», sagte er. «Der ist jetzt mein Junge. Ich muss sehen, wie bald ich ihn loslassen kann. Wir haben grosse Pläne.»

«Du willst sagen, du und Toro?

«Ja. Ich habe seinen Vertrag von Nick zurückgekauft. Bloss weil er für New York versaut ist, heisst das nicht, dass wir nicht noch einen Haufen Geld in der Provinz zusammenkratzen können.»

«Aber er ist erledigt, Vince. Er ist ganz fertig.»

«Fürs Hallenstadion, sicher. Aber ich glaube, wir können noch ein ganz hübsches Kleingeld einsammeln, wenn wir die gleiche Reise zurückmachen. Diesmal werden die Fanatiker in der Heimatstadt ihr Geld hinlegen, um zu sehen, wie ihr eigener Bursche den Riesen zum Krüppel schlägt. Wir haben einen Namen, der noch Anziehungskraft hat, und wir brauchen uns nicht einmal um Schiebungen zu bemühen. Ich hab schon gegen Dynamit Jones für die Arena in Tiajuana abgeschlossen. Wir werden die Leute ahnen lassen, dass es vielleicht das vorige Mal eine Schiebung war und dass Jones diesmal ohne Handschellen in den Ring geht. Ich wette, wir nehmen zwanzigtausend ein.»

«Vince, du bist verrückt. Wie kommst du darauf, dass Toro nach gestern abend noch weiterboxen will?»

«Heute bist du nicht recht gescheit, Liebster. Er muss boxen. Er ist bankrott.»

Ich dachte an Speedy Sencio. Ich dachte an all die zerbrochenen und ausgebrannten Boxer, die die Vince Vannemans der Welt immer wieder zusammenflickten und in den Ring stiessen. Aber ich war zu angewidert, um etwas zu sagen.

«Weisst du, ich möchte dich ja gern mitnehmen, Eddie», sagte Vince. «Schliesslich sind wir beide gute Freunde. Aber, nun, um ganz aufrichtig zu sein, Eddie, du hast bei der letzten Reise gar zu viel gesoffen. Ich kann das Geld nicht so rauswerfen wie Nick. Ich glaube einfach nicht, dass du es noch wert bist. Aber wenn ich anderer Meinung werde, dann lasse ich dich's wissen.» Er kniff mich in die Wange. «Aber deshalb sind wir einander nicht böse, was, Liebster?»

Er ging langsam durch den Korridor zu Toros Zimmer. Ich stand hilflos da. Ich war für Vince nicht gut genug.

Es gab nur noch eines, das ich für Toro tun könnte, dachte ich. Pepe und Fernando könnten ihn mit nach Hause nehmen. Pepe würde für ihn sorgen. Ich eilte in die Telephonzelle im Drugstore des Krankenhauses und rief die Waldorf Towers an. Die Hoteltelephonistin verband mich mit der Auskunft. Die de Santos-Gesellschaft war mittags abgereist, sagte man mir. Ihre Adresse war jetzt das Hotel Nacional in Havana.

Ich ging in mein Zimmer zurück. Etwas führte mich an den Wandschrank. Ich öffnete meinen Koffer. Das untere Fach war voll von altem Zeug, Artikel, Zeitungsausschnitte, Briefe – ich konnte mich nicht einmal erinnern, warum ich sie aufbewahrt hatte – und unten inmitten all dieser Unordnung war es. «Und immer noch Meister» von Edwin Dexter Lewis. Drei Namen, damit es Klasse hätte.

Die Seiten vergilbten. Aber das machte nichts. Ich konnte sie abschreiben lassen. Als ich die Titelseite anschaute, erblickte mein inneres Auge das Plakat der Theatergilde vor dem Theater. Ich begann, den ersten Akt zu lesen. Ich wollte mich dazu bringen, daran zu glauben. Aber welchen Zweck hatte das? Wie lange konnte ich mich noch zum Narren halten? Der Dialog war gezwungen. Die Personen waren einfach Theaterrequisiten. Überall schauten die Knochen des Themas heraus. Und das war der Blankoscheck auf die Zukunft, den ich mir all diese Jahre hindurch versprochen hatte. Das Stück für den Pulitzerpreis! Ich hatte nur den ersten Akt eines schlechten Schauspiels geschrieben. Nur dreiundzwanzig Seiten eines Schauspiels, das wieder in das untere Fach meines Koffers gesteckt wurde, wohin es gehörte.

Ich stiess den Koffer wieder in den Wandschrank zurück. Ich hatte ohne mein Schauspiel ein schrecklich unsicheres Gefühl. Was war ich jetzt? Genau das, was Beth gesagt hatte. Einfach irgendeiner, der für Nick arbeitete.

Es war früh am Morgen, als ich meinen Weg zu Shirley fand. Lucille säuberte das Barzimmer, und Shirley legte eine Patience.

«Eddie», sagte sie. «Du siehst schauerlich aus. Du siehst aus wie nach dem letzten Kampf. Was um Gottes willen ist mit dir los?»

«Der Ärgste von allen», sagte ich. «Der grösste Lump von allen. Der einzige, der Recht von Unrecht unterscheiden konnte und sein verdammtes Maul hielt. Der einzige, der wusste, was gespielt wurde, und trotzdem die Hände in den Taschen behielt. Der Ärgste, der Ärgste, Shirley, der Ärgste von allen.»

Shirley kam zu mir und schaute mir ins Gesicht.

«Komm», sagte sie. «Vergiss es. Zeit, zu Bett zu gehen.»

Als ich erwachte, war das Zimmer dunkel, die Vorhänge waren zugezogen, und ich wusste nicht, ob es Tag oder Nacht war. Ich wusste nur, dass eine Frau neben mir im Bett lag, und einen Augenblick lang dachte ich, es wäre Beth. Ich suchte nach einem Zündholz, um eine Zigarette anzuzünden, und als ich sie anzündete, begriff ich mit einem Schock, dass ich in dem Zimmer war, in das Seemann Beaumont und andere geschlagene Boxer auf der Suche nach Tröstung und Stillung ihrer Schmerzen gekrochen waren.

Shirley? Was machte ich bei Shirley? Shirley ging doch nie mit mir zu Bett. Shirley nahm nur ihre zusammengeschlagenen Boxer ins Bett. Nur eine Kette von Ersatzmännern für den Seemann. Das wussten alle.

Ich weiss, was zum Teufel mit mir los ist, dachte ich. Genug Hirn, es zu sehen, und nicht genug Mut, die Folgen daraus zu ziehen. Tausende von uns, Millionen von uns, Verdorbene, Entwurzelte, von der Karriere Besessene mit guten Herzen und feigen Bäuchen, die ihr Leben für den leichtverdienten Dollar leben, für das weiche Bett, und die wir uns der Illusion hingeben, dass wir mit Dreck arbeiten können, ohne zu dem zu werden, was wir berühren. Kein Wunder, dass Beth mich nicht wollte. Einen Lumpen hat sie mich genannt, einen Lumpen, den grössten aller Lumpen.

«Ich weiss, was zum Teufel mit mir los ist», sagte ich plötzlich laut.

«Eddie, mein Schatz, was ist denn mit dir los? Hör auf, gegen dich selbst zu kämpfen. Was immer es ist, mach dir keine Sorgen darüber», sagte Shirley ruhig.

Ihr nackter Arm legte sich um meinen Hals, und ihre grosszügigen Brüste drückten sich tröstend gegen mich.

«Schlaf jetzt. Wenn du aufwachst, wird dir schon besser sein.»

Aber als ich gerade in den warmen, feigen Schlaf sank, begriff ich, warum sie mich endlich in ihr Bett genommen hatte.